清人辞赋选释

张成林 编注

黑龙江人民出版社

图书在版编目(CIP)数据

清人辞赋选释/张成林编注. —— 哈尔滨：黑龙江人民出版社，2018.7
ISBN 978－7－207－11402－0

Ⅰ.①清… Ⅱ.①张… Ⅲ.①赋—注释—中国—清代 Ⅳ.①I222.4

中国版本图书馆 CIP 数据核字(2018)第 160448 号

责任编辑：朱佳新
封面设计：鲲　鹏

清人辞赋选释
Qingren Cifu Xuanshi

张成林　编注

出版发行	黑龙江人民出版社
地　　址	哈尔滨市南岗区宣庆小区 1 号楼
邮　　编	150008
网　　址	www.longpress.com
电子邮箱	hljrmcbs@yeah.net
印　　刷	北京万博诚印刷有限公司
开　　本	787×1092　1/16
印　　张	25
字　　数	450 千字
版　　次	2018 年 10 月第 1 版　2021 年 1 月第 2 次印刷
书　　号	ISBN 978－7－207－11402－0
定　　价	68.00 元

版权所有　侵权必究

法律顾问：北京市大成律师事务所哈尔滨分所律师赵学利、赵景波

前　言

　　赋，是我国文学宝库中的瑰宝，它以广博的知识、凝重的体式、繁复的技巧，奠定了它在诗词歌赋中的重要地位。论形式，它汪洋恣肆，天马行空；论技巧，它既能洞烛幽微，亦可涵盖广宇，是以受到人们的普遍关注。

　　赋者，铺也，铺采摛文，体物写志，它肇始于先秦，繁荣于两汉。嗣后乃如百舸争流，千帆竞发，作者之众，几如过江之鲫，遂有文成而洛阳纸贵之目。

　　赋这种文体，源远流长，虽然世事更迭，它却经久不衰，堪称文学史上的奇观。

　　清前期的黄宗羲、朱鹤龄、钱澄之、屈大均、王夫之等人的赋作，多为抒发江山易主之痛，表述洁身自好之情的至文："挽坠日于虞渊兮，恨此志之未捷"（黄宗羲《避地赋》），怅复明之无望也；"遭狂寇与仇岁兮，委田园于烽燧"（钱澄之《哀故园赋》），悲家园之被毁也，辛酸沉痛，字字血泪！这些赋作，如惊涛奔泻，如过山喷涌，自为清赋之精粹。嗣后乃有钱大昕、纪昀、阮元、凌廷堪、孙星衍等，他们的笔端，凝聚着浓郁的书卷气："赋此兴竞谈六艺，固莫过于盛唐；才学识兼擅三长，又独推乎老杜。"（周学濬《诗史赋》），文兼史笔，颂不失实。"晦弦进退，转环于三百六旬；气朔盈虚，积算于一十二月"（纪昀《海上生明月赋》），径直是对天体现象的探索；"盖集目成罗，惟一罗乃收众目；而分罗得目，非一日可抵全罗"（阮元《御试一目罗赋》），分明是哲理的发挥。乾、嘉之后，出现了以赋鸣于时的大批作家，如孔继镕、陶然、吴锡麒、顾元熙、孙炳荣、王敬熙、汪承庆、夏柔嘉、姚思勤、姚伊宪、施朴华、谢兰生、丁绍周等，真如灿烂星空。近人詹杭伦先生说："清代律赋在审题之精审，句式之多变，对偶之工整，押韵之讲究，用典之恰当，平仄声调之和谐等方面用尽浑身解数，尽展平生所学，或构奇章丽句，或抒思古幽情，集周秦汉魏唐宋元明之大成流风逸韵，使楮墨生香，为赋体文学，讴吟出壮丽的尾声。历史上有许多格言警句和诗词歌赋，都是劝人要奋发向上……"方今国运昌隆、民族复兴，我国古代文化遗产的研究，也必将出现一个崭新的局面。

清人辞赋选释

　　高山仰止，我阅读清人文集和清赋总集时，深为清赋作家的苦心孤诣所折服，他们在限字、限韵的严格要求下，犹能做到对偶工整、押韵讲究、平仄和谐、用事恰切，宛如在做一件精雕细琢的艺术品！于是，我产生了选编清人辞赋的念头，俾使读者能在浩瀚的典籍中，窥见一些清人的赋作。乃不辞鄙陋，历时三年，遴选清赋百篇，奇文佳构，率皆个中翘楚。其中文赋十五篇，皆清初之作；其余八十五篇均为律赋，除对原文个别词语进行注释外，对赋文也略做诠释，倘能对读者阅读有所助益，则不胜欣慰矣。对于赋文作者，均一一详考其生平，附录于书后。实无考稽者，以其所与交游或成书年代推算，予以排列。疏失与谬误，敬请方家批评指正。

编　者

目 录

白凫赋	朱鹤龄（1）
不登高赋	李 渔（4）
哀故园赋	钱澄之（6）
吃 赋	施闰章（10）
反恨赋	尤 侗（16）
霜 赋	王夫之（20）
看弈轩赋	陈维崧（25）
陋巷赋	屈大均（29）
秋雪赋	吴兆骞（32）
古历亭赋	蒲松龄（37）
吏部厅藤花赋	查慎行（43）
五色蝴蝶赋	纳兰性德（47）
七夕赋	方 苞（53）
曼陀罗赋	全祖望（57）
韩昌黎佛骨表赋	张汝霖（60）
坐观垂钓赋	袁 枚（64）
春水绿波赋	纪 昀（67）
仁寿镜赋	蒋士铨（70）
御试石韫玉赋	钱大昕（77）
茑萝赋	张梦喈（82）
鹤处鸡群赋	毕 沅（86）
引光奴赋	毕光祖（91）
山雨欲来风满楼赋	陈 震（94）

— 1 —

霜信赋	吴省兰 (97)
老渔赋	吴锡麟 (102)
过旧居赋	洪亮吉 (106)
老农赋	吴锡麒 (111)
络纬赋	黄 钺 (115)
春华秋实赋	孙星衍 (118)
赤壁赋	阮 元 (121)
野茉莉花赋	凌廷堪 (124)
孟母三迁赋	夏柔嘉 (128)
邹忌窥镜赋	叶兰生 (132)
隆中高卧赋	叶兰生 (135)
数点梅花赋	孙尔准 (139)
一览众山小赋	汪 巢 (144)
蚊市赋	钱之鼎 (148)
造物无尽藏赋	吴廷琛 (152)
扁舟赋	徐 谦 (156)
板桥赋	黄安涛 (159)
吴季子挂剑赋	顾元熙 (162)
人情以为田赋	陶 澍 (166)
江枫渔火赋	孙炳荣 (169)
古碑赋	柯万源 (172)
前秋虫赋	杨 棨 (176)
后秋虫赋	杨 棨 (178)
寒雁赋	汪元爵 (182)
每看儿戏忆青春赋	黄金台 (185)
寒蝶赋	甘 煦 (189)
落花赋	吴振棫 (191)
蛰虫启户赋	严保庸 (196)

目 录

元鸟归赋……………………………………… 金长福（200）

励志赋………………………………………… 王振声（204）

春江花月夜赋………………………………… 朱　兰（208）

禽言赋………………………………………… 胡光莹（211）

鸟求友声赋…………………………………… 劳崇光（215）

海上看羊十九年赋…………………………… 林昌彝（220）

子在川上曰赋………………………………… 吴嘉宾（224）

清白吏子孙赋………………………………… 孔继镕（228）

高渐离击筑赋………………………………… 黄士珣（233）

浣花草堂赋…………………………………… 麟　魁（236）

四时读书乐赋………………………………… 王敬熙（240）

廉石赋………………………………………… 潘遵祁（243）

郑监门绘流民图赋…………………………… 潘遵祁（247）

黄叶赋………………………………………… 吴昌寿（252）

学如为山赋…………………………………… 朱　梓（255）

范文正岳阳楼记赋…………………………… 胡林翼（259）

解忧赋………………………………………… 刘熙载（263）

影　赋………………………………………… 刘家谋（266）

今月古月赋…………………………………… 江　璧（269）

岳少保奉诏班师赋…………………………… 袁　度（272）

陋轩赋………………………………………… 袁　度（276）

以鱼羡鸟赋…………………………………… 何　栻（280）

寒到君边衣到无赋…………………………… 崔国榜（284）

古柏赋………………………………………… 范以煦（286）

诗史赋………………………………………… 周学濬（291）

万物静观皆自得赋…………………………… 丁绍周（296）

西湖修禊赋…………………………………… 冯培元（300）

学然后知不足赋……………………………… 胡　琨（302）

— 3 —

清人辞赋选释

青灯有味似儿时赋	汪承庆	（306）
风筝赋	龚宝莲	（310）
圯上受书赋	陶 然	（313）
牧童遥指杏花村赋	陶 然	（318）
会试萍始生赋	王闿运	（321）
松菊犹存赋	张 预	（324）
新秋赋	卢 鉴	（328）
蓑衣赋	陆润庠	（331）
憎苍蝇赋	施补华	（334）
不倒翁赋	黄镜清	（338）
春月胜秋月赋	蒋师辙	（341）
满城风雨近重阳赋	锡 珍	（344）
胜固欣然败亦可喜赋	王颂蔚	（348）
风送滕王阁赋	陈宝琛	（353）
小时不识月赋	黄遵宪	（357）
欧阳子方夜读书赋	徐 琪	（361）
鸢飞鱼跃赋	来鸿璹	（365）
名士赋	柳下敬	（368）
李陵送苏武归汉赋	王恩涛	（373）
送春赋	傅熊湘	（377）
重九赋	吴芳吉	（379）
附录：辞赋作者小传		（385）

白凫赋

朱鹤龄

方塘浪暖①，枉渚波清②。何来素羽③，荡漾身轻。随流泛泛④，矫翼星星⑤。胫短而常依弱藻⑥，觜丹而能自呼名⑦。时临波而顾影⑧，恣游泳于沙汀⑨。友白鹭兮抃舞⑩，对皓鹤兮低鸣。非稻粱之可豢⑪，岂绦镟之能惊⑫？其浴浦也⑬，似鸥群之戏广浮深而浩荡于波涛也；其宿渚也⑭，似雁族之顾俦命侣而行列于苇萧也⑮；其飞旋也，又似文练之摇飏太空而点破乎青霄也⑯。若乃浪花朝起，映旭日以开翎；江烟夕霏⑰，负清风而竦翼⑱。乍临绿岸以依人，忽入丛芦而难觅。澹容与其翩翻⑲，虽卑飞而自得⑳。至若饮湍流，啄藻荇㉑。喙嚼蘋花㉒，沿泂木梗㉓；不争肥于粒食，不受绁于轩屏㉔；恒宛颈以相呼，狎风波而无警。此又智于鸤鹩之处身㉕，而安于鹜鹦之屈猛者也㉖。嗟人世之局促兮㉗，叹吾生之艰虞㉘。何此鸟之容裔兮㉙，炯飞鸣其自如。循濑涯以盘桓兮㉚，羡美羽之游娱。愿相从夫渔父兮，长适性于江湖㉛。

【注释】

①方塘：方形的水塘。朱熹《观书有感》云："半亩方塘一鉴开，天光云影共徘徊。"

②枉渚：弯曲的洲渚。

③素羽：白色羽毛，此指白色水鸟。

④泛泛：漂浮，浮行貌。

⑤星星：点点，形容其小。

⑥弱藻：柔软的藻类。

⑦觜丹：红色的鸟嘴。

⑧顾影：自顾其影。

⑨沙汀：水边或水中的平沙地。

⑩白鹭：水鸟名。　抃舞：拍手而舞，极言欢乐。

⑪豢：畜养。

⑫"绦镟"句：本指系鹰的丝绳和转轴。杜甫《画鹰》云："绦镟光堪

摘，轩楹势可呼。"此处指猛禽。

⑬浦：水边，河岸。

⑭渚：小洲，水中的小块陆地。

⑮俦、侣：伴侣、朋辈。　苇萧：苇荻蒿草。

⑯文练：形容水色、轻烟之美。　青霄：高空。

⑰霏：弥漫。

⑱竦翼：振翅。

⑲容与：从容闲适貌。　翩翩：上下飞动貌。

⑳卑飞：低飞。

㉑藻荇：水草。

㉒唼：水鸟或鱼类吃食。

㉓沿洄：顺流而下或逆流而上。

㉔绁：羁绊、约束。　轩屏：堂阶旁的墙壁。

㉕鹪鹩：小鸟。《庄子·逍遥游》："鹪鹩巢于深林，不过一枝。"喻弱小者或易于自足者。

㉖鸷鹗：皆为猛禽。　屈猛：强猛。

㉗局促：形容受束缚而不得施展。

㉘艰虞：艰难忧患。

㉙容裔：从容娴丽貌。

㉚濑涯：浅水的石滩边上。

㉛适性：称心，合意。

【今译】

方塘里的水暖暖的，洲渚间的水清清的，哪来的白色水鸟？它们飞翔着，身姿是那样的轻盈；随着川流浮动，飘飞。它们拍动着翅膀飞远了，最后只剩下它们的点点身影。它们的腿很短，经常依偎在柔软的水草之间；红红的嘴巴，呀呀地叫着自己的名字。有时它们对着清流，看着水里映出自己的身影。恣意地在洲渚之间游泳，和白鹭结伴欢舞，对着白鹤低声地鸣叫。它们不是有食就可以豢养的，也不是猛禽所能恐吓的！它们在远浦戏浴就像鸥鸟在广阔的水面上嬉戏，在浩荡的深水里徜徉一样。它们在洲渚中栖宿，像雁群的顾念俦侣，而在苇蒿中排成队列；它们飞舞盘旋，像轻烟地摇曳，点破了浩无际涯的高空。

至于早晨，浪花轻涌，它们就映着初升的太阳，展开自己的翅膀；江上

白凫赋

烟雾弥漫，它们就趁着清风鼓动双翼。刚刚临近岸边，好像要依人做伴，却又一头钻进芦苇丛中而难于寻觅。

它们恬淡而从容闲适，虽然飞得并不高，却也怡然自得。至于它们饮湍急的清流，啄食洲渚中的荇藻，吃着萍草的花瓣，随着断梗顺水漂流。它们不与豢养的鸟儿争食，不受阶砌墙垣的羁绊，只是伸颈相呼，与风波为戏而不必提心吊胆。这比鹔鹴之类谋求安身的所为聪明多了，也比鹫鹗类猛禽更为安逸。

啊！人世间到处是羁绊，没有办法施展；而我又遭遇着艰难忧患。为什么这鸟儿能那么安闲？它们飞翔着，鸣叫着，那么自由自在。羡慕那鸟儿的安乐，我循着浅水沙石的岸边，不禁流连忘返了。真想跟着那江上的渔父，在江湖上，永远过着随心适意的生活。

不登高赋

李 渔

　　湖滨顽叟，才谫腹虚①。好与古战，不安其愚。时当秋令，身在客居，届囊萸之令节②，有坦腹者相俱。劝以登高，勉其从俗③。顽叟固辞，畏群喜独。询曰何为，双眉始蹙。谓我尝讥古人，胡为蹈其荒躅④？重五竞渡⑤，重九登高⑥，竞渡宜往，登高勿劳。竞渡吊忠臣，又复悲孝女⑦，于理无可非，其义有所取。登高何昉⑧，昉自长房⑨。桓景有灾⑩，命制萸裳。登高饮酒，行乐避殃。入门户兮周览，觅鸡犬兮尽亡。是以无人弗信，举国皆狂。因而成俗，岁以为常。疑事信于一时，凶闻吉乎千载。本无灾以思避，知非祥而不改。怪善俗之无人，听举世之迷津。我以不登高而作赋，犹之欲徙鳄而为文⑪，暂存是说于纸上，行灭此迹于河滨。狂士之言无足采⑫，匹夫之令其谁遵⑬？

【注释】

①谫：浅薄。

②囊萸：古俗重阳节取茱萸缝袋盛之，佩系身上，谓能辟邪。

③从俗：依从时俗。

④荒躅：不合情理的足迹。

⑤重五：指五月五日端午节。

⑥重九：指九月九日重阳节。

⑦孝女：指曹娥，亦于五月五日沉江。

⑧昉：始。

⑨长房：即费长房，后汉汝南人。入山学道不成，辞归。师与一竹杖曰："骑此任所之。既至，可投之葛陂。"长房乘之须臾来归，自谓去家旬日，已十余年矣。以杖投陂，顾视则龙也。

⑩桓景：汝南人桓景随费长房游学累年，长房谓之曰："九月九日，汝家当有灾厄，急宜去令家人各作绛囊盛茱萸以系臂，登高饮菊花酒，此祸可消。"景如言，举家登山。回家见鸡狗牛羊，一时暴死。长房闻之曰："代

之矣！"

⑪徙鳄：韩愈初至潮州，问民疾苦。皆曰："恶溪有鳄鱼食民畜产且尽，民是以穷。"数日愈为文祝之。祝之夕，暴风震电起溪中，数日，水尽涸，西徙六十里，自是潮无鳄鱼患。

⑫狂士：泛指狂放之士。

⑬匹夫：庶人。

【今译】

湖边上有一位倔强的老人，知识浅薄，胸无点墨，却好和传统作对，不安于他的愚钝。时逢秋日，身居客舍，赶上这重九佩戴香囊的节令。有客来热情相约，劝他一起去登高。倔老人一再推辞，说自己怕热闹，喜欢孤独。问他为什么会这样，他皱着眉毛说："我曾经讥笑过古人，为什么要重复地走那不合情理的足迹？端午节龙舟竞渡，重阳节登高。竞渡应该去，登高却不需要。竞渡是凭吊忠臣，又能哀悼孝女，于情于理无可非议，确实可取。而登高从什么时候开始？原来始于费长房。桓景有灾，长房让他制作带有茱萸的衣裳，登高饮酒，一边行乐一边躲避灾殃。回来进门四顾，鸡狗都死了。就因为这没有人不相信，全国都像发了狂，因而就成了风俗，年年岁岁，习以为常。疑事可以信于一时，凶闻怎么能使千载吉祥？本来无灾还要躲避，知道不祥还不改正，真奇怪，好习俗无人认从，却听信举世的胡说！我以不登高为题作赋，就是仿效古人欲徙鳄鱼而作的文字。暂存这种说法在纸上，让陋俗如同鳄鱼之迹一样永灭于河边！狂放之人的说辞不足为法；一介布衣的令子，谁会去听从？"

哀故园赋

钱澄之

　　吾家百年同居兮，于江上之青山①。桂树丛生兮四邻荫，松声涛起兮半天寒。惟昔人之友于兮②，共辟馆于其间③。弦诵相闻兮④，生徒以满⑤。花开置酒兮，花茵何煖。临觞分咏兮，诗成始散；曳杖浩歌兮，明月为伴。惟暮年之倦勤兮，乃怡情乎樊圃⑥。扈古梅以滋荣兮⑦，争孤松于将斧。梅映窗以月上兮，松临池而蛟舞。尔乃亭前默坐，树下经行⑧。防诸子之文课⑨，听雏孙之书声。茗灶香炉⑩，随行左右；丫童竹杖⑪，或先或后。落英委地兮金粟漫，曾枝剡棘兮圆果抟⑫。过雨而茶省夫旂枪兮⑬，侵晓而竹报乎平安⑭。欣宾朋之至止兮，开宿酝以倾倒⑮。得一士可与言兮，谈竟夕以彻晓。乃哲人之先几兮⑯，甫将乱而厌世⑰。遭狂寇与饥岁兮，委田园于烽燧⑱。欸小子之亡命兮⑲，历万死而来归。盼庭柯之未毁兮，叹人世之已非。爰构丙舍⑳，依我先陇㉑。既万虑之尽灰，惟一卷以坐拥。昼掩扉而自去，夜开户而无恐。跖无端之见图㉒，憯不知其祸始。既劫质而情露，遂戕杀其壮子㉓。防仇戈之不返兮，广机阱以绊止㉔。蓄阴谋不肯已兮，余乃逃乎津之市㉕。指林壑之在望兮㉖，瞩朝夕之炊烟。念烝尝之久废兮㉗，欲归欤而不敢前。待斯人之天殄兮㉘，余乃返筑于西田。时倚杖于旧馆兮，述废址之所在㉚。松桂摧为薪兮，群豕践为荒秽。忽梵音之出墙兮㉛，絷樊圃之吾庐。吾子于此陨命兮，爰舍宅与僧居。星已周夫一纪兮㉜，吾过门而不忍入。闻修竹之蔽窗兮，念清阴而饮泣。历昔人之行坐兮，览故物其奚存？陟荒台兮废圮㉝，窥虚室兮无门㉞。盼东皋之兰若兮㉟，余蒿莱之满院㊱。穿陇亩以檀栾兮㊲，惜往者之不见。上冢墓而哀号兮，使我去此者其谁与？衔幽恨而不能言兮，长怛郁以焉摅㊳？

【注释】

①江：指长江。　青山：在今安徽省青阳县北，青山在县北五里。
②友于：兄弟友爱，借指兄弟。
③馆：学馆。
④弦诵：弦歌诵读。

⑤生徒：学生。

⑥樊圃：有篱笆的园圃。

⑦扈：爱护。

⑧经行：经过，行程中经过。

⑨防：对也。　　诸子：诸儿。　　文课：语文作业。

⑩茗灶：烹茶的小炉灶。

⑪丫童：挽着丫髻的儿童。

⑫刿：削也。

⑬省：知晓，懂得。　　旗枪：绿茶名。由带顶芽的小叶制成。

⑭"侵晓而竹"句：《酉阳杂俎》谓："北都惟童子寺有竹一窠，才长数尺。其寺纲维，每日报竹平安。"

⑮宿醢：陈酒。

⑯哲人：智慧卓越的人。　　先几：预先洞知细微。

⑰甫将：刚要。

⑱烽燧：战乱。

⑲欸：叹息。屈原《九章·涉江》："乘鄂渚而反顾兮，欸秋冬之绪风。"

⑳丙舍：指在墓地的房屋。

㉑先陇：先人的坟墓。

㉒跖：指盗寇。

㉓壮子：作者的长子法祖，戊申年十月死于盗。

㉔机阱：比喻险境或坑害人的圈套。

㉕津之市：渡口的集市。

㉖林壑：山林涧谷。

㉗瞩：看见。

㉘烝尝：祭祀。

㉙殄：灭绝。

㉚述：循也。

㉛梵音：诵经时的声音。

㉜陨命：即殒命。　　一纪：岁星绕地球一周约十二年，故古称十二年为一纪。

㉝阰：堂下的台阶。

㉞虚室：空室。

㉟东皋：水边向阳高地，也泛指田园和原野。　　兰若：寺院。

㊱蒿莱：野草，杂草。
㊲檀栾：秀美貌，多形容竹。后多用作竹的代称。白居易诗："几声清淅沥，一簇绿檀栾。"
㊳忾郁：忧郁，郁闷。

【今译】

　　我们家同居了一百多年，紧靠着长江上的青山。茂密的桂树，四邻都受到它的荫庇，松涛的声音，带来了天宇的凉爽。前人兄弟郭穆，共同开设了一所学塾，弦歌诵读之声相闻，学塾里的学生满满的。春天，花开了，花间置酒，芳草如茵，暖洋洋的，举酒言欢，分韵赋诗，直到尽欢为止。

　　我拖着竹杖浩然而歌，天空有明月为伴。只是年岁大了，昔日的勤快也倦怠下来，这才把心思用在园圃里。爱惜那多年的古梅，让它繁茂；把行将被砍伐的孤松保存下来。窗下的梅花映着东山上的新月，池畔的孤松摇曳，如同起舞的潜蛟。

　　亭前静坐，松下闲行，对着学子们的课业，听小孙儿们朗朗的诵书声。梳着丫髻的小童，还有助我行走的竹杖，或前或后，香炉茶灶，到处都跟着。落花在地上像金黄的粟粒；削掉丛生的荆棘和多余的枝子，果儿才能圆实。雨过品茶，才会懂得茶的妙处；天光破晓，又盼来一天竹报平安。有朋友造访，着实令人高兴，打开陈年的旧酿招待客人。遇见一个可与交谈的人，不知不觉地一直说到天亮。智慧卓越的人，总能预先洞察情势，世事刚逞乱象，就趋避了！可我一连遭受寇盗和饥荒，故乡的田园也都委弃在战乱之中了。可怜小孩子也跟着逃生，经历了九死一生才算回来了！看着庭中没有被毁的树木，叹息这人世的变化。我在祖先的坟旁构筑了房舍，万念俱灰，唯有整天对着书本，白天掩上门出去，夜里敞着门也没什么可怕！谁料想会有盗匪无端光顾，稀里糊涂地竟遭遇了祸事！他们为了怕被认出，竟然杀害了我的大儿子。

　　为了躲避仇杀，我不敢回家，到处都是险恶，阴谋害人不肯住手，于是我逃到渡口的集市。山林涧谷就在眼里，也能看到那儿一早一晚的炊烟。想我已经很久没有祭祀祖先了，想要回去又不敢。还是等老天殄灭那些强盗时，我再回去吧！

　　我回来了，在西田筑了房舍。我还时时拖着竹杖到旧日的学馆，循着废弃的旧址。松树、桂树都伐作了薪柴，犬豕践踏着，使那里更为荒秽不堪！忽然听见有诵经的声音从墙里传出。这原来就是我的园圃和旧居，我儿子就

哀故园赋

是在这儿丧命的,之后才把这宅子施舍给庙里的僧人。现在已经有十二年了,我就是从门前经过也没有勇气进去看看。听着竹叶轻轻地拂着纸窗,想起那喜人的清阴而伤心饮泣。经过前人行走坐卧过的地方,那些旧有的事物,还有什么侥幸地留下来?登上荒废的台阶,那空屋子连门都没有了。看着那庙宇,也只剩下满院蓬蒿。穿过田间,那使人欣悦的竹林,如今也都不见了。我伏在墓前放声痛哭:使我背井离乡的究竟是谁呢?我心里有恨,可是不能说啊!长时间地在心里郁积着,能上哪儿去发泄呢!

清人辞赋选释

吃　赋

施闰章

　　玄晏先生咀茹百家①，尚友曩哲②，穷论殚思，倦而假寐③，若有见焉。董仲舒④、贾谊⑤、刘向⑥、马迁⑦、扬雄⑧、司马相如⑨、班固⑩、张衡⑪，不谋斯集。坐定，田骈⑫、慎到之徒⑬，披帷直入，不俟咨度⑭，发难逞辩，谈天炙毂⑮，飙驰云起。玄晏先生耳不周聆，口不给应。于是董贾诸贤，谈言解纷；班张接袂，寓辞托讽。相如、扬雄矫首卷舌，褒如塞听⑯。玄晏先生听然曰⑰："诸君子皆不世出之英⑱，文辩之士也，两先生独墨墨⑲，岂不足君所耶？窃闻两先生口吃，沉默好著书，多博丽之辞，盍请为吃赋？"马扬避席⑳，固辞交让。扬举手属马曰："公，雄之先进也，夫何辞？"相如始受简含毫㉑，有顷而赋曰㉒："物无郁而不宣，人无嚄而不言。伊辩呐之殊分，亶天授之自然㉓。或发声若洪钟，或大笑如苍蝇；或举舌如悬河，或出口如不胜。乃有非喑非哑，药石罔治㉔；产非鸠舌㉕，言近侏儒㉖；掀唇顿颊，叠韵重词。语未吐而颜赪㉗，声欲急而逾迟；骇中断而不续，且语竟而终疑。诵诗则宫徵失谐㉘，论事则宾从匿笑。讵三缄之是规㉙，将郁伊而莫告㉚。已而宾退体闲，散带开襟；图书在列，清飙在林；抽我秘册，操我素琴；沉吟朗咏，山高水深；牙、期倾耳㉛，夔、旷停音㉜。尔乃包罗万象，采撷万汇；作为词赋，笔雕楮绘㉝。气凌云而若飞，才扢天而不匮㉞。言欢而雪谷华敷，叙悲而春林霜悴。托讽谏于君王，时比物以连类。不俟淳于之滑稽㉟，何假东方之游戏㊱。且鲁恭苦吃㊲，位列汉藩；李广呐口㊳，战称飞将㊴；韩非说难以悟秦㊵，周昌强谏于骑项㊶。此皆留声史册者也，夫何嗛嗛以吃怏怏㊷？"

　　扬子云曰："美哉！其犹未既也㊸。子不见夫枋榆斥鷃㊹，肆饮啄以从容；黄鹂百舌，独坐闭乎樊笼。信如簧之阶厉㊺，哀尚口之必穷㊻。惩邦家之倾覆，唯佞幸之是庸㊼。吾固知百鸟之喷喷，不如孤凤之喁喁㊽。且夫风假物以成籁，天垂象而无声；雷出蛰而偶震，水潭静而滩鸣。所积者深厚，所发者难名。试因謇而缓言㊾，善藏其短；苟难辩而守嘿，用寡厥尤。艰寒暄于猝遇，或工人座之应酬；涩言辞于客座，或详奏对以如流。多言生垢，维口启羞。行将谢辩士，讨遗编；驰情象表㊿、邈思物先[51]；挥斥坚白[52]，草吾太

— 10 —

玄㉝。千言波委㉞，仪、秦结气㉟；单辞抉奥，羲、孔比肩㊱。俾言立而行远，冀书成以有待。镂金石以写心，曾啸歌之不废。嗟韩、周之二美㊷，犹逡巡于吾辈。彼窃笑而旁讥，埒虫声与鸟喙㊸。愍郦生之何辜㊹，横就烹于游说。又何羡乎啬夫之喋喋便给哉㊺?"

广川子曰㊻："两先生之言盛矣，而未免乎夸也。夫吐辞成经，多寡咸宜；吉人罕躁㊼，语默以时。吃固非病，夸亦奚施？"乃歌曰："谗夫张兮贝锦怨㊽，箴扣舌兮白圭善㊾，天与默兮守吾中，宁自安夫拙謇。"时坐客皆太息而罢，玄晏先生矍然寤㊿，喟然叹曰："伟哉！江都言约而富[66]。"起而削牍[67]，书为《吃赋》。

【注释】

①玄晏先生：晋人皇甫谧，居贫，躬自稼穑，带经而农，遂博综百家，以著述为务，自号玄晏先生。　　咀茹：钻研。

②尚友：上与古人为友。

③假寐：打盹。

④董仲舒：汉广川人，少治春秋，下帷讲授，三年不窥园，为汉代醇儒。

⑤贾谊：汉洛阳人，文帝召为博士，拜梁王太傅。梁王堕马死，谊亦郁郁而终，有《新书》传世。

⑥刘向：汉人，积思经术，曾校书天禄阁。著有《新序》《说苑》等。

⑦马迁：即司马迁。汉人，为太史令，著《史记》以传世。

⑧扬雄：汉成都人，为人口吃不能剧谈。好为深湛之思，著有《太玄》《法言》等。

⑨司马相如：汉成都人，过临邛，以琴心挑卓王孙寡女文君，与俱归成都。所著《子虚》《上林》诸赋，脍炙人口，千古传诵。

⑩班固：后汉人，明帝时为郎，典校秘书，续父所为《汉书》，积思二十余年始成。

⑪张衡：后汉人，善属文。累迁太史令，制作浑天仪、候风地动仪，并著有《周易训诂》等。

⑫田骈：战国时齐人，著有《田子》。

⑬慎到：战国时赵人，著有《慎子》。

⑭咨度：商酌。

⑮炙毂：毂烘热后流油，润滑车轴。比喻言语流畅。

⑯褎如：笑貌。

清人辞赋选释

⑰听然：笑貌。
⑱不世出：谓非世间所常有。《淮南子·泰族训》："夫欲治之主，不世出。"
⑲墨墨：默默。
⑳避席：离座。
㉑简：古代用以写字的竹片。
㉒有顷：一会儿。
㉓亶：仅，只。
㉔药石：泛指药物。
㉕鴂舌：本指伯劳的啼鸣，此喻语言难懂。
㉖侏僸：形容方言、少数民族或外国的语言怪异，难以理解。
㉗赪：红。
㉘宫徵：泛指声调。
㉙三缄：三缄其口的略语。指语言谨慎，少说或不说话。
㉚郁伊：抑郁不舒貌。
㉛牙、期：指古代音乐家伯牙和钟子期。
㉜夔、旷：古代音乐家。夔为虞舜时期的乐官；旷为春秋时晋国的宫廷乐师。
㉝楮：纸。
㉞掞天：光芒照天。
㉟淳于：指淳于髡，战国齐人，滑稽善辩。
㊱东方：指东方朔，汉武帝时人，善诙谐滑稽。
㊲鲁恭：后汉人，官至司徒。
㊳李广：汉成纪人。《史记》说："广讷口，少言。"武帝时为北平太守，猿臂善射，匈奴畏之，号飞将军。
㊴飞将：指李广。
㊵韩非：战国韩人，为人口吃，喜刑名、法律诸学。著有《韩非子》。
㊶周昌：汉人，从刘邦入关破秦，封汾阴侯。为人敢直言，口吃，高祖欲废太子，昌怒曰："臣期期以为不可。"
㊷嗛嗛：不满足貌。
㊸既：尽也。
㊹枋榆：枋树和榆树，比喻狭小的天地。　　斥鷃：小鸟。
㊺阶厉：导致祸害。

㊻尚口：徒尚口说。

㊼庸：用。

㊽喤喤：谓声之和也。

㊾謇：口吃。

㊿象表：征象。

㊴物先：事物之本原。

㊵坚白：形容志节坚贞，不可动摇。

㊶太玄：即扬雄所著的《太玄经》。

㊷波委：如水波聚积，形容众多。

㊸仪、秦：即张仪、苏秦，皆为战国时的游说之士。

㊹羲、孔：指羲皇与孔子。

㊺韩、周：指韩非、周昌。

㊻埒：等同，比并。

㊼郦生：即郦食其，汉初游说之士，后说齐，为齐所烹。

㊽喑夫：小臣。

㊾广川子：指董仲舒。

㊿吉人：善良之人。《易·系辞》："吉人之辞寡，躁人之辞多。"

㊴贝锦：诬陷他人，罗织成罪的谗言。

㊵扣舌：不说话或不发声。

㊶矍然：惊悟。

㊷江都：武帝时，董仲舒曾任江都相，此指代董仲舒。

㊸牍：古代写字用的木板。

【今译】

玄晏先生钻研百家学说，与古代哲人为友，竭尽心思，推求钻研昔贤之论，忽感倦乏，便和衣打起盹来。恍如看见董仲舒、贾谊、刘向、司马迁、扬雄、司马相如、班固、张衡，没有约定，全聚集到一块儿了。刚刚坐定，田骈、慎到这伙人，掀开门帘就进来了。他们不等商量妥帖，便争相发难，话语流畅又风趣，气氛一下子热烈起来。玄晏先生的耳朵也听不周全，嘴也应对不暇，于是董仲舒、贾谊这些贤士，纷纷出头排解争端；班固、张衡也接着话茬，在话语中含着规讽。司马相如、扬雄则昂着头，只管笑而不置一词，好像完全没有听见一样。玄晏先生笑着说："诸君都是世间罕见的杰出人物，能文善辩；可是二位却默默无言，是不满意他们所说的话吗？我听说二

清人辞赋选释

位先生口吃,沉默寡言而喜好著述。而且知识渊博,辞采华丽,何不请二位作一篇《吃赋》!"司马相如、扬雄离席而起,一再推辞,相互推让。扬雄举手嘱托司马相如说:"您,是我的前辈,就不要推辞了!"司马相如这才接过简片,执笔深思,一会儿工夫就写道:"物,没有繁茂美盛而不外显,人,也没有总闭着嘴而不说话的。能言善辩或木讷寡言,都是自然的禀赋,有的笑起来声若洪钟,有的笑起来声如蝇蚋,有的说来口若悬河,有的说来却力不从心。还有的既不是喑哑,药物也治它不了,虽然不是伯劳的聒噪,但是语言怪异,难以理解。张嘴纵腮,类似叠韵,词汇重复。话还没说脸已憋红,越想快说而越迟钝。半中间停下来不能继续,虽然说完了还是觉得有些疑问。如果诵诗则五音失调,说事则随从人员都在暗地发笑。为什么说话不谨慎一点,心情不舒就不要表明。不久,客人散了,这才感到闲适。于是解开衣带,敞开衣襟,书卷列在面前,清风来自林间。拿起我珍藏的书,抚响我的素琴。深深思索,朗朗而吟青山弥高,绿水遥深,伯牙、子期倾耳而听,夔和师旷也停下了他们的乐音。于是,你用了成千上万的词汇,极尽包罗万象的功力,精雕细绘,创作出了你的辞赋。那具有凌云欲飞的气势,才力光芒照天而不竭。说到高兴处,茫茫雪谷都绽放了花蕾,说到悲伤处,春天的树木也为飞霜所憔悴。讽喻君王,是用了比物连类的方法,不用等淳于髡的滑稽,也无须靠东方朔的游戏。鲁恭口吃,位列汉代名臣;李广口吃,战时人称飞将。韩非的《说难》使秦皇赞赏,周昌敢进谏于骑在他脖子上的汉王。这都是在历史上明白记载着的,为什么还为自己的口吃而惆怅呢!"

扬雄说:"好!但是还没有说尽。你没看见枋榆间的小鸟吗,它们尽情地饮啄,是那样沉静,镇定。而黄鹂和白舌呢,却被关在笼子里。它们因为巧舌如簧而导致了灾祸。而那些遭遇亡国的邦家,就是因为他们任用了以谗言取媚的佞臣。我固然知道百鸟啁啾,都有它们各自的声音,却怎的也比不上凤凰的鸣声。风,因为有物凭借,才能发出声响。自然而成的万象,却没有声音。雷为了让蛰伏者活动才发出震响,深水静默而浅滩喧响。积蓄得深,所表现的就难于名状。因为口吃说话迟缓,却能遮藏自己的短处;如果难于辩解明白,就默默无言,也自有它的好处。猝然相遇,难于表达寒暄之意,却能做到尽力应酬;在大庭广众中寡言少语,却能在奏议之时对答如流。多说话容易出毛病,由于多嘴而导致羞辱。真应该感谢这些能言之士,研讨他们的遗文;透过事物的表象,遥思它们的本原,舒展我的忠贞,草写我的太玄经。万语千言,像聚集的水波,使苏秦、张仪气结难言;片言剖析奥秘,可与羲皇、孔子媲美。书成之日,即可见著书立说而垂之久远的意义。金石

吃 赋

铿锵，表达我的心声，放歌不辍，寄托人生啸傲。可叹那韩非、周昌，还在我辈面前谦逊。那些在一边偷偷讥讪的人，就像虫鸣、鸟叫！可惜郦生，他有什么罪？硬是为了游说被下了油锅！还有什么值得羡慕他们口舌便利的呢？"

董仲舒说："两位先生说得很好，但未免有夸大之嫌。说话成为准则，多少都可以。善良的人很少浮躁，说话审时度势。口吃不是病，夸大它又为了什么？"于是作歌道："逸人嚣张啊，诬陷他人罗织罪名，以不说为箴诫啊，守住自身的洁清。天给我的沉默一定要坚守，即便口拙言艰我也心甘意宁。"这时，在座的客人都叹息着不说话了。玄晏先生猛然惊醒了，深深地叹息着说："卓越啊！董仲舒的话言简意赅。"于是起来削制简片，书之为《吃赋》。

反恨赋

尤侗

　　试登高堂，金石丝簧①，旨酒既设②，宝剑既张。仆乃揖古圣，坐先王③，美人君子，左右侍旁。咏歌书史，击节未央④。有如屈原被放⑤，怀沙欲死⑥。楚王忽寤⑦，车骑迎止。冠帻兰台⑧，旌盖江沚⑨。宋玉珥笔⑩，景差布纸⑪；笑鼓枻之渔翁⑫，谢申申之婴妏⑬。若夫荆卿行刺⑭，直入秦宫，左手把其袖，右手揕其胸⑮，咸阳喋血⑯，函谷销烽⑰。呼三韩与齐楚⑱，朝天子于京东。重和歌而击筑⑲，快易水之寒风⑳。至如李陵降北㉑，拔剑登台，遂平朔漠㉒，凯唱而回。入报天子，赐爵行杯㉓。出史公于蚕室㉔，悬君侯于槁街㉕，大将军方斯下矣，万户侯何足道哉㉖。若乃武侯出师㉗，秋风五丈，星斗乍明，旌旗增壮。驱戎马于邺中㉙，横舳舻于江上㉚，遂馘懿而擒权㉛，睹汉京之重创。息铜鼓于茅庐㉜，卧纶巾于玉帐。更如岳侯报国㉝，誓复中原。书生蛾伏㉞，太子狼奔㉟。六陵洒扫㊱，二圣还辕㊲。诛贼臣于偃月㊳，答后土于皇天㊴。又如信国勤王㊵，仰天泣血，奔走江淮㊶，号召吴越㊷，迎少主于崖山㊸，新高宗之宫阙。千秋万岁，衣冠文物，别有夜郎仙人㊹，长沙才子㊺，宣室再召㊻，沉香更倚㊼。明妃返于昭阳㊽，班姬拜为彤史㊾。宋玉之美，得塈巫山㊿，子建之才㉛，重婚洛水㉜。莫不窈窕佩环，辉煌金紫，风云生色，花鸟送喜。人生如此，其可已矣！噫嘻，天地循环，无往不复。杲日其雨㊼，沧海如陆。苦乐相倚，吉凶互伏，得鹿岂便为真㊼，失马安知非福㊼。秋何气而悲伤，途何穷而恸哭㊼？唤奈何于清歌，观不平于棋局。当我生而多恨，何暇代古人以蹙蹙哉！

【注释】

①丝簧：弦管乐器。

②旨酒：美酒。

③先王：指历代君王。

④未央：未尽，无已。

⑤屈原：战国楚臣，为怀王放逐，自沉于汨罗江。

反恨赋

⑥怀沙：屈原于自沉前，作《怀沙》以抒愤。

⑦楚王：指楚怀王。

⑧兰台：战国楚台名。故址在今湖北省钟祥市东。

⑨沚：水中小块陆地。

⑩珥笔：谓侍从之臣插笔于冠侧以备记事。

⑪景差：战国楚辞赋家。

⑫鼓枻：摇动船桨。

⑬申申：重复地，一再地。　媭：屈原的姐姐。

⑭荆卿：即荆轲。战国时卫人，曾受命为燕太子丹刺秦王。

⑮揕：刺。

⑯咸阳：地名，在今陕西省西安市长安区东。

⑰函谷：关名，在今河南省灵宝境内。

⑱"呼三韩"句：泛指战国七雄的齐、楚、韩等。

⑲筑：古代弦乐器名。

⑳易水：水名。在河北省西部。荆轲入秦行刺秦王，燕太子丹饯别于此。

㉑李陵：汉将，武帝时拜骑都尉。后出征匈奴，兵败无援，乃降敌。

㉒朔漠：北方沙漠地带。

㉓赐爵：赐予爵位。

㉔史公：指司马迁。　蚕室：古代执行宫刑及受宫刑者所居之狱室。

㉕槁街：汉时长安街名。《汉书·陈汤传》："斩郅支首及名王以下，宜悬头槁街蛮夷邸间，以示万里。"丘迟《与陈伯之书》："部落携离，酋豪猜贰，方当系颈蛮邸，悬首槁街。"

㉖万户侯：食邑万户之侯。

㉗武侯：指蜀汉名臣诸葛亮。

㉘五丈：即五丈原，古地名。在今陕西省岐山县南。诸葛亮六出祁山曾在此驻军。

㉙邺中：地名，在今河南省临漳县西。

㉚舳舻：极言船多，前后相衔，千里不绝。

㉛懿：指司马懿。　权：指孙权。

㉜铜鼓：指军中号令进军的乐器。

㉝岳侯：指南宋名将岳飞。

㉞蛾伏：俯身伏地，表示顺从。

㉟狼奔：形容仓皇逃窜。

㊱六陵：指永思、永阜、永崇、永茂、永穆、永绍六陵，是宋高宗、孝宗、光宗、宁宗、理宗、度宗的陵墓，在今浙江省绍兴市东之宝山。

㊲二圣：指为金人俘虏的宋徽宗、宋钦宗。

㊳偃月：偃月刀。

㊴后土、皇天：谓天神地祇。

㊵信国：指宋末名臣文天祥。

㊶江淮：指长江与淮河之间的地区。

㊷吴越：春秋时吴越故地，即今之江浙一带。

㊸厓山：山名。在广东新会县南大海中。

㊹夜郎：汉时我国西南地区古国名。在今贵州省西北及四川、云南部分地区。

㊺长沙才子：指汉贾谊。

㊻宣室：汉未央宫前殿正室，汉文帝曾在此召见过贾谊。

㊼沉香：唐宫中亭名。唐玄宗与杨贵妃曾命李白于此作诗。

㊽明妃：指王昭君。

㊾班姬：指班昭。　彤史：宫中女官，掌记宫帷起居等事。

㊿壻：做女婿。

㉛子建：曹植的字。

㉜洛水：古水名。即今河南省洛河。

㉝杲：日初出貌。

㉞得鹿：比喻取得天下。

㉟失马：塞翁失马，焉知非福。喻祸福之互为倚伏。

㊱"途何穷"句：《晋书·阮籍传》："时率意独驾，不由径路，车迹所穷，辄痛哭而返。"

【今译】

请君登彼高堂，听金玉合鸣般的丝竹音响，摆上美酒佳肴，看那蹁跹的剑舞。我呢，就拜揖古代的圣贤，请历代的先王高坐，让君子和美女在左右陪侍，于是吟唱青史，不停地击着节拍。

恍如屈原的被放逐，想要怀沙寻死，楚王忽然醒悟过来，派了车骑去迎接他。只见他带着切云之高冠，佩陆离之长剑，旌旗飘飘，遮盖了整个楚江。宋玉、景差在一边笔墨侍候，笑煞摇着船桨的渔翁，多谢萦怀关切的婴姊。

至如荆轲行刺，他直闯秦王的宫廷，左手抓住了秦王的衣袖，右手执匕

反恨赋

直刺其胸。咸阳城的英雄溅血,使函谷熄灭了战火,让韩、齐、楚的人,快来朝见天子!重新和歌击筑,痛快于此易水之朔北,高唱凯歌归来。向皇帝报捷,赐官行!

至于汉将李陵,最终还是拔剑登台,扫平朔北,高唱凯歌归来。向皇帝报捷,赐官受赏。而且使司马迁免受官刑,倒是把那该死的君侯悬首槁街!大将军在他之后,那万户侯更是不在话下!

至于诸葛亮出师北伐,五丈原上秋风萧瑟;忽见星斗骤亮,旌旗猎猎生威。且看蜀军长驱中原,战舰漫江,于是诛杀司马懿,活捉孙仲谋。使人们看到大汉京都的重新开创。让国师在玉帐中小憩,再也不用敲击进军的铜鼓!

更或如岳武穆精忠报国,发誓收复中原,在谗臣怕死,太子出逃之际,迎二圣还朝,祭扫列宗陵墓,诛贼臣于偃月刀下,以答天地神祇。

又如文天祥辛苦勤王,奔走江淮,号召吴越志士,迎戴少主于厓山,中兴宋家王室。

千秋万世,这些衣冠人物!那长流夜郎的谪仙,失意长沙的才子,他们终于又得到宣室再召,沉香亭再赋诗词的机会。明妃重新回到汉宫,失宠的班姬又拜为掌记起居的女官。以宋玉的丰姿,竟然做了巫山的女婿;以曹植的高才,终于和洛妃重续前缘。都是娇美贤淑,环佩铿锵,金紫辉煌。风云为他们增添了光彩,花鸟也为他们鸣唱出喜庆之音,人生能够如此,可以说得过去了!

噫!自然循环,没有去不复来的道理。晴天之后会下雨,茫茫沧海,有朝一日会变成陆地。苦与乐相互依倚,吉与凶互相倚傍。得到天下未必就能长久,塞翁失马又怎知不是好的兆头!秋又有什么值得悲伤?穷途末路又为什么必得恸哭!在清歌声里唤奈何,在棋局里看不平,我这一生有很多遗憾,哪还有工夫替古人去心情不适呢!

清人辞赋选释

霜 赋

王夫之

庚子山身羁关陇①，神驰江介②，长夜修徂③，荒然忘寐④，起倚轩楹⑤，孤心流睐⑥。于是晓风息，山明晖，初日未耀，零霜尚飞，怅然闵默⑦，情逐霏微⑧。客有讯之者曰："子其能为此长言之乎？"对曰："何为其不然也。如仆者，际暄和之令景⑨，揽芳草之芊眠⑩，犹移欢以作苑，将挈物以问天⑪，奚待此哉！而后戞变羽之危弦也⑫。夫化有所不可知⑬，情有所不可期。贸迁荣悴⑭，曷其有涯。而当之者适与相遘⑮，感之者潜与相移。然则履霜之刺⑯，未谐贞感⑰，繁霜之怨⑱，独有余悲。测清雰于邂逅⑲，端有竢于孤羁⑳。昔者峰云乍平，商风渐展㉑，柳带垂黄㉒，荷衣坠茜㉓，玄禽犹飞㉔，蜻蚋已怨㉕，旷辽宵以涵空㉖，涤虚清于遥甸。先以凉飙，申以玉露㉗，方珠颗之停匀㉘，栖劲枝而圆素㉙。已怆意于苍蒹㉚，缅追怀夫芳树。胡玉琲之不坚㉛，遽趋新而舍故。腾灵液之方升㉜，早不谋其抟聚㉝。气母袭之于希微㉞，金轮碾之而容豫㉟。尔乃裴回夭袅㊱，依违萧散㊲，似止仍留，将合复判。倚嬺冶之娥孀㊳，聊夷犹于霄半㊴。蹇遗影而薄游㊵，匪霄光之可辨。于时明河坠，斜月横，遥天一碧，霞绮收英。雁含凄以暗度，叶低坠而无声。忘知者之为谁，独旖旎而回萦㊶。宕幽情之蠲洁㊷，羌不炫夫瑶琼㊸。爰就苔衣㊹，或依木杪。岂蓄意以将迎，聊栖迟而来绍㊺。眷井干于桐阴，集征蓬于江表㊻。长汀曼引以弥漫㊼，碧瓦平铺而危峭。迨于明星已烂，微风不兴，迢遥万顷，极望晶莹。倒青旻而涵素㊽，漾浮采而莫扃。皑容淡而愈远，凛气禽以如蒸。荣衰草以留艳，惜浅水之孤澄。欺浓华之积雪㊾，悯戌削之曾冰㊿。于是长天益迥，烟水增寒。柏已凋而余紫㊶，枫欲脱而弥丹。沙广衍以无际，芦孤飞而不还。良闃寂以森瑟㊷，极百昌之摧残㊸。眺玉峰于俄顷㊹，终销谢以无端。泣幽妻于故帷㊺，怨迁客于乡关㊻。畴有恩而可醉㊼，畴有梦而能安。当斯时也，仆将何以为心哉！墟烟微幂㊽，坠月初沉。光滢滢而眩目㊾，寒恻恻以栖襟㊿。送南飞之惊鹊㊶，怀溽浦之青林㊷。形长留而罔托，魂犹在而莫任。"

客有为之歌曰："秋风徂兮三冬归㊸，履轻霜兮授寒衣㊹。悯江关之已远㊺，聊淫裔而莫违㊻。"予申歌之曰："零露泠兮飞霜驶，荡纤弱兮散清泚㊼。

— 20 —

霜 赋

互天涯兮凄以迷，怊不识寒威之奚止⑱?"于时四座缄愁⑲，相倚长谣。负白日之不暄，念苍松之且凋⑳。历千秋而寓愁兮，曾不如晨霜之易消。

【注释】

①庾子山：北周庾信的字。庾信本为梁臣，奉命出使西魏而滞留长安。后北周代魏，信仕周，位至开府仪同三司。　关陇：指关中和甘肃东部一带地区。

②江介：江左。

③修阻：长夜漫漫，道途阻隔。

④芃然：孤单貌。

⑤轩楹：堂前的廊柱。

⑥瞭：察视。

⑦闵默：忧郁不语。

⑧霏微：飘洒。

⑨际：犹遇也。

⑩揽：通"览"。　芊眠：草木蔓延丛生貌。

⑪挈：执也。

⑫危弦：急弦。

⑬化：造化。

⑭贸迁：变更，改换。

⑮遘：遇也。

⑯履霜：脚踏霜地，喻寒冬将至。

⑰贞感：坚贞不移之情。

⑱繁霜：浓霜。

⑲雰：霜。

⑳竢：等待。

㉑商风：秋风。

㉒柳带：柳条。因其细长如带，故称。

㉓茜：绛红色。

㉔玄禽：燕子。

㉕蜻蛚：即蟋蟀。

㉖辽窅：广阔深远貌。

㉗申：再也。　玉露：秋露。

㉘珠颗：颗状物的美称，如水珠。

㉙圆素：洁白圆润。

㉚苍蒹：苍老的蒹葭。

㉛玉琲：玉珠。

㉜灵液：此指寒气。《五经通义》云："寒气凝以为霜，从地升也。"

㉝抟聚：集聚。

㉞气母：元气之本原。　　希微：虚无微茫。

㉟金轮：太阳。　　容豫：从容闲适貌。

㊱裴回：即徘徊。　　夭袅：摇曳多姿貌。

㊲依违：迟疑。　　萧散：萧条。

㊳孅冶：纤细而美艳。　　娥嬿：姿态美好貌。

㊴夷犹：从容自得。

㊵蹇：凝滞，留滞。

㊶旖旎：温存柔媚。

㊷皭洁：明洁。

㊸瑶琼：美玉，喻指冰雪。

㊹苔衣：泛指苔藓。

㊺栖迟：滞留。　　绍：接续。

㊻征蓬：漂蓬。　　江表：江岸上。

㊼曼引：接连不断。

㊽青旻：青天。

㊾欺：胜过。

㊿戌削：高耸特立貌。

㉛"柏已凋"句：《明一统志》："汉中府凤县有紫柏山。"

㉜阒寂：静寂。

㉝百昌：指各种生物。

㉞玉峰：积雪的山峰。

㉟故帷：蔽旧的帷帐。

㊱迁客：遭贬斥、放逐的人。

㊲畴：谁。　　醳：通"释"。

㊳幂：覆盖。

㊴浧浧：流动貌。

㊵恻恻：寒冷貌。

(61)“南飞”句：取曹操“月明星稀，乌鹊南飞”诗意。
(62)涔浦：在湖北省公安县。屈原《九歌·湘君》：“望涔阳兮极浦。”
(63)三冬：指冬天。
(64)授：接受。
(65)江关：指江南。
(66)淫裔：行进貌。
(67)清泚：清澈。
(68)怊：惆怅。
(69)缄愍：收敛。
(70)念：哀怜。

【今译】

庾信奉使，羁留秦中，心却总是惦着江左的故园。长夜漫漫，道途阻隔，孤单单地难于入睡。于是起来，倚着堂前的廊柱，在冥冥中用心灵在审视。

晨风住了，山峦显现出明洁的光辉；太阳还没有出来，细碎的霜屑还在飞。他惆怅地没有话说，忧郁的心情，随着那飘洒的霜花远去了。有人问他：“你能为这秋霜作篇长文吗?”他回答说：“有什么不能的呢！像我这种人，就是在温暖的时日，看着茂盛的花草，都会移易欢情而心生幽怨，会以那些无生之物去询问苍天；哪里会等到秋日飞霜之后，才去奏响急促的琴弦呢！

造化这东西，是有其不可知的一面，情也有它不可预期的地方。繁华变憔悴，这类事无休无止，哪会有个边际！面对着呢就是相遇，有感于斯呢，心情也会变动。可是，脚踏霜地的刺痛，和忠贞的意念是那么不相协调；难怪对浓霜有那么深的悲怨了！要想在邂逅中去探访清霜，确实需要在孤寂的羁留中去体验了。

那时候，山顶上的云气刚刚消散，秋风渐渐兴起，柳树垂挂着变黄的叶子，荷花也消退了残红。燕子还在飞来飞去，蟋蟀已经显示出它的怨声。深远的天空，广袤的大地，像水洗一般明洁。先是冷风，接着是秋露，那露珠儿晶莹得像一颗颗珠子，挂在枝叶之上。蒹葭苍苍，令人感到悲怆，不由得想起春天的花树了！为什么那玉珠也脆弱了，也变得趋新舍旧了？寒气飞升了，也没有什么办法再使它们聚集起来。元气使它们变得虚无渺茫！太阳的金轮驶过，它好像还在徘徊犹豫。它徘徊着，迟疑着，显得那么凄凉！像要停留下来，将要汇合又分开。凭依美好而纤细的身姿，在长空中飘荡。滞留着的影子，不是微茫的夜光可分辨。银河已坠，斜月横空，长天一色，云霞

清人辞赋选释

也都收敛起它们的姿容。旅雁悄然飞过长空,木叶飘落而无声无息。已经忘了谁是知音,温存地还在萦回,留恋。明洁的情怀,不像美玉那样招摇炫耀!或是就着苔藓,或是倚着树梢,不是有意迎合,只不过是在滞留着,接续着罢了。眷恋着天井中梧桐的荫翳,攒集着江岸上淹滞的漂蓬。弥漫着,连接着那遥远的汀洲,碧瓦上覆盖着薄霜,使得楼台愈发显得高寒险峭。于时,夜星灼烁,微风不来,远望万顷空间,是那样晶莹!江水映着青天的倒影,在水面上光彩摇荡,无休无止。淡淡的霜华洁白而又遥远,寒冽的气息越来越旺盛!草木的花尚想留住艳色,唯惜浅水一湾,已到了木落崖枯的时候。它胜过浓华的积雪,使高耸的层冰也相形见绌!于是,天越发显得高远,烟水也增添了寒意。柏叶已经凋零,只剩下紫艳的果实;枫叶要落了,却越发显得红艳。沙洲广袤无际,芦花飞逝,一去不还!顷刻间,望着积雪的山色,是那样的萧森、宁静;各种生物,残败凋谢,终于在无端中消歇了它们的生意!

妻子在旧的帷帐中饮泣;迁客在远离乡关的地方悲伤。谁能来施恩赦宥?谁又能安然入梦?那时候,我的心情如何是可想而知的。墟落间晚烟浓密,月亮已经西沉,霜华流动而刺目,寒气浸透了衣襟,把乌鹊都惊飞了,于是我想起溎浦的青青林木了!我这身子固然还在,可有什么依托?我的灵知还在,可又能有什么作为呢?"

有人为此歌道:"秋风阻隔啊冬日始归,踏着清霜啊接取寒衣,可怜江南已越来越远,走吧,不要违误了公家的程期。"我接着又唱道:"零露汚聚霜花飞,清霜散落啊草木萎。漫漫天涯凄复迷,不知何时啊息寒威!"

这时候,四座敛容,相与长歌。白日啊没有丝毫暖意,可怜那苍松也要凋零!千秋万载寄寓愁思,真不如那晨霜容易消失!

看弈轩赋

陈维崧

若夫北垞静深①，南荣蹇嵼②，逶迤皂荚之桥③，窈窕辛夷之馆④。藤梢碍帽以谁扶？橘刺牵衣而莫剪⑤。庐同诸葛⑥，门前之桑已猗猗⑦；家类王阳⑧，墙外之枣何纂纂⑨。花名蠲忿以枝长⑩，竹号扫愁而节短⑪。何况宅区前后，街距东西。东方小妇⑫，孺仲贤妻⑬。壁带则银釭不异⑭，门楣则画戟偏齐⑮。多子之石榴对结，相思之娇鸟双栖⑯。杨子幼种豆之余⑰，缶筝互响⑱；陶渊明采菊之暇⑲，枣栗纷携。爰有韩家阿买⑳，李氏衮师㉑。或挽须而问，或绕膝而嬉。胶东则五色之锦笺竞擘㉒，醴陵则一枝之花管分题㉓。洵可怀也，于胥乐兮㉔。

既乃眺长洲之鹿苑㉕，惆怅绝多，张廷尉之雀罗㉖，感怆不少。田单之功名何在㉗？无意游齐；廉颇之慷慨犹存㉘，还思用赵。燕丹往矣㉙，卖渐离为宋子家奴㉚；卓氏依然㉛，杂司马于成都佣保㉜。鬼哀韩愈之穷㉝，天夺柳州之巧㉞。矧复三湘浪骇㉟，六诏烟迷㊱，田园烽火，乡关鼓鼙㊲。嗟巢幕而为燕㊳，叹触藩其类羝㊴。杜老则堂无鹅鸭㊵，于陵则井有螬蛴㊶。于是歁然寡欢㊷，悄然不怿。爰葺斯轩，聊云看弈。然而寂寂虚堂，寥寥短几，既无坐隐之宾㊸，复鲜手谈之器㊹。潜窥而不见烂柯㊺，窃听而谁闻落子？几同庄叟之寓言㊻，莫测醉翁之微意㊼。呜呼噫嘻，我知其旨。世一龙而一蛇㊽，运或流而或峙㊾。彼赌宣城之太守者㊿，公岂其人；看棋局于长安者[52]，古宁无是耶！先生不应，欠伸而起[53]。亟命传觞，颓然醉矣。

【注释】

①垞：土丘。
②荣：屋檐两端翘起的部分，即飞檐。　蹇嵼：也作"蹇产"，诘曲也。
③皂荚：一种落叶乔木，其果可去污。
④窈窕：幽深、深远貌。　辛夷：花名。一名木笔，较玉兰树小，可与玉兰并植。

⑤橘刺：橘树高丈许，枝多刺，生于茎间。

⑥诸葛：指三国时蜀汉名相诸葛亮。

⑦桑已猗猗：《三国志·蜀志·诸葛亮传》："亮自表后主曰：'成都有桑八百株，薄田十五顷，子弟衣食，自有余饶。'"　猗猗：美盛貌。

⑧王阳：即汉人王吉。《前汉书·王吉传》："始吉少时学问居长安，东家有大枣树，垂吉庭中。吉妇取枣以啖吉，吉后知之，乃去妇。东家闻而欲伐其树，邻里共止之。因固请吉令还妇。里中为之语曰：'东家有树，王阳妇去；东家枣完，去妇复还。'"

⑨纂纂：果实密集貌。

⑩蠲忿：指合欢花。《崔豹古今注》："欲蠲人之忿，则赠之青棠。青棠一名合懽，合懽则忘忿。"

⑪扫愁：苏东坡以酒为"扫愁帚"，此处借以指竹。

⑫东方小妇：汉东方朔娶少妇于长安。

⑬孺仲：后汉王霸的字。

⑭壁带：壁上的横木，露出如带状。

⑮门楣：门第。　画戟：官署中用作仪仗的一种兵器。

⑯相思之娇鸟：指比翼鸟鹣鹣。

⑰杨子幼：汉人杨恽的字。

⑱缶：瓦质的打击乐器。　筝：竹制的拨弦乐器。

⑲陶渊明：东晋诗人，又名潜。

⑳枣栗：陶渊明《责子》诗云："通子垂九龄，但觅梨与枣。"

㉑韩家阿买：韩愈有侄子叫阿买。其《醉赠张秘书》云："阿买不识字，颇知书八分。诗成使之写，亦足张吾军。"

㉒李氏衮师：李商隐的儿子叫衮师。《娇儿诗》云："衮师我娇儿，美秀乃无匹。"

㉓胶东：今山东胶县东部。　锦笺：五色彩纸。　擘：分配。

㉔醴陵：指南朝梁诗人江淹。因江淹官至金紫光禄大夫，封醴陵侯，故以代焉。

㉕于胥：观察。

㉖长洲：苑名，在江苏省吴县（已撤销）。　鹿苑：养鹿的园林。

㉗廷尉雀罗：《史记·汲郑列传》："始翟公为廷尉，宾客阗门；及废，门外可设雀罗。"喻门庭冷落，可张罗捕雀。

㉘田单：战国时齐人，曾驱火牛破燕，以功封安平君。

㉙廉颇：战国赵良将，获罪亡魏。后赵屡困于秦兵，欲复用颇，为人谗以年老未用。

㉚燕丹：指燕太子丹。

㉛渐离：战国魏人，姓高，善击筑。荆轲刺秦未果，秦灭燕，渐离变姓名，匿于宋子家中。

㉜卓氏：指卓文君之父卓王孙。

㉝司马：指司马相如。　　佣保：雇工。

㉞韩愈：唐代文学家。韩愈之穷，指他写的《送穷文》。

㉟柳州：唐代文学家柳宗元，因曾任柳州刺史，故称柳柳州。柳州之巧，指他写作的《乞巧文》。

㊱三湘：泛指洞庭南北，湘江流域。

㊲六诏：唐时，西南少数民族称王为诏，其始有六王：蒙舍、蒙巂、越析、浪穹、邆睒、施浪，在今云南、四川西南。唐末，蒙舍并五诏，遂总称南诏。

㊳乡关：故乡。

㊴巢幕之燕：燕巢于幕、鱼游于鼎，喻处境之危。

㊵触藩之羝：《易·大壮》：“羝羊触藩，不能退，不能遂。”喻进退两难。

㊶杜老：指唐代诗人杜甫。

㊷于陵：战国齐人陈仲子居于陵，后人因以为氏。　　螬蛴：即蛴螬，害虫。

㊸尠：同“鲜”，少也。

㊹坐隐：指下围棋。

㊺手谈：下围棋。

㊻烂柯：任昉《述异记》云：“晋王质入山采樵，见二童对弈。童子与质一物如枣核，食之不饥。局终，童子指示曰：‘汝柯柄烂矣。’质归乡里，已及百岁。”

㊼庄叟：指庄子。

㊽醉翁：指宋人欧阳修。

㊾龙、蛇：喻时隐时现，变化难测。

㊿流、峙：流动和静立。

(51)赌宣城：《宋书·羊玄保传》：“为黄门侍郎，善弈棋。太祖与赌郡戏，胜，以补宣城太守。”

㊾"看棋局"句：谓观望政局变化。杜甫《秋兴·四》云："闻道长安似弈棋，百年世事不胜悲。"

㊿欠伸：打哈欠，伸懒腰。

【今译】

北边是静谧深远的山丘，南面则是蜿蜒曲折的屋檐。皂荚树下，掩映着回环的小桥；朵朵辛夷，盛开在幽深的花坞。藤条的枝梢常常挂住帽子，用不着扶正；橘树枝上的刺儿时而划着衣裳，也无须修剪。居室如同诸葛亮的茅庐，门前的桑树枝繁叶茂；家居有如王吉，墙外的枣树结满累累的果实。长长的枝叶，花名叫蠲忿，可以让人忘忧；短短的竹枝，扎成帚可以扫除烦恼。何况住宅前后，东街西坊，有像东方朔所娶的美女；有像王霸一般贤惠的妻室。壁带上的银钉并无异样，门前有排列整齐的画戟。长着果实的石榴，双宿双栖的相思鸟。有像杨恽种田归来弄响的瓦缶秦筝；有像陶潜在采菊之暇，看着孩子们争拾枣栗。更有像韩愈的侄儿，李商隐的儿子，有的扯着胡子问话，有的在身前身后嬉戏。争着分配胶东盛产的五色锦笺，像江淹一样，用生花的妙笔分题咏赋。看着这些，真让人久久难忘，让人从内心里感到快乐。

既而眺望长洲的鹿苑，却多了一些惆怅，如同昔日的权势丧失，门可罗雀，也平添了无限的苍凉。田单昔日的功名哪里去了，我无意游齐；廉颇的豪气犹存，还想报效于赵国。燕太子丹死了，高渐离做了宋子的家奴；卓王孙倨傲如初，使司马相如屈身于佣工之伍。鬼也为韩愈的《送穷文》悲哀；老天也为柳宗元的《乞巧文》而心神动摇。况复三湘之地风浪险恶，云南边境烟遮雾罩。田园中烽火频传，从家乡传来了杀伐的鼓声。可叹燕巢于幕，处境毕竟艰危，羊触藩篱，连进退都失去了依据。杜甫逃难顾不上鹅鸭，陈仲子也只能找到生虫的野果。

一点生趣也没有，心中不怿，便修葺了这间屋子，给它取名叫作"看弈"。然而屋子里空落落地，只有几张短几，既无下棋的客人，又没有下棋用的器具。也不见昔时偷看下棋的王质，听不见着棋落子的声音。

这几乎就像庄子的寓言，猜不透主人的深意。呜呼噫嘻，我知道他的想法：龙与蛇的行藏是时隐时显，变化莫测，就像运命畅通与滞涩一样！他不是下棋赌官的人！他只是一个冷眼看时局变化的旁观者。这在古代也是有的！

他不吱声了，打了个呵欠，伸了伸懒腰，就急忙让仆人拿酒来，于是他颓然就醉了。

陋巷赋

屈大均

　　某大夫馆予于万家洲①。所居陋巷，有客过而叹曰："噫嘻，是主人之过也。夫其为巷也，二尺许而阳沟半之。予行扶墙而左顾，足缩缩如有循②，前趾茹而后趾始吐也③。"予曰："虽然，子不闻夫太华乎④？吾尝自莎萝坪至于千尺之峡⑤，百尺之峡矣⑥。上穿阴井⑦，下蹋飞桥⑧，横度则崖磨吾鼻⑨，直度则石束吾腰⑩，汗濡梯之滑滑，魂与绠之摇摇⑪。云欲沉而号呼白帝⑫，风将起而匍匐青霄⑬。今别太华，六七年于兹矣，而蹑兹陋巷⑭，尝若夫苍龙之岭背⑮，与落雁之峰椒也⑯。"客曰："然则，子盍去之？"予曰："否，否。吾闻之，人能碎千金之璧⑰，而不能失声于破釜。惟兹陋巷，予以为太华之门户焉。两壁相夹，中裁容人⑱，垣属其耳⑲，仄行逡逡⑳，从罅中视，一缕天痕，下临绝壑，膏溜难循，则千尺峡、百尺峡之所同也。古苔阴湿，断砌参差㉑，旁有深渠，黑水弥弥㉒，东家之米泔肉沈㉓，西舍之洗红弃脂，壅而难疏㉔，肥垢成糜㉕。吾一不慎，没胫以缁㉖，则陋巷之所独也。夫祸患尝生于所忽，而戒慎必始于至微㉗。孰使我朝出则兢兢㉘，暮归则战战㉙，如深渊薄冰之矜持者㉚，非此陋巷也耶？予有裳衣，予母所治；予有履舄㉛，予友所贻。一武获疨㉜，百武难医。载浣载曝，为日迟迟。惟兹陋巷，实予之师。子如我即㉝，小心翼翼。匪如微尘，可以拂拭。舍子之车，屏子之役㉞。左拨网丝，右搴门席㉟。如上冰凌，如行剑脊。中有一人，癯然山泽㊱。谈道为欢，以永今夕。"客曰："嘻，有是哉！子其子渊之徒也已㊲。"予欲避而起曰："是何敢居㊳？"然窃有志焉。欲学孔子，先学颜子㊴，欲学颜子，从陋巷始㊵。

【注释】

　　①大夫：周代国君之下有卿、大夫、士三等；各等中又分上中下三级，后因以大夫为任官职者之称。　　馆：就馆、教私塾。　　万家洲：疑为万家租，地名，在今广东东莞。

　　②缩缩：畏缩貌。杜牧《李甘》："森森明庭士，缩缩循墙鼠。"

　　③茹：相牵引貌。　　吐：出也。

④太华：即华山。以其西邻少华山，故称太华。

⑤千尺峡：即千尺㠉，系在峭壁悬崖上开凿出的景观。屈大均有《历千尺峡百尺峡诸崄至岳顶》诗。

⑥百尺峡：华山景观之一，为登华山北峰云台峰必经的险道之一。

⑦阴阴井：背阳之井。

⑧蹋：践也，俗作"踏"，蹋飞桥，指登落雁峰时，脚踏悬空的木橼。

⑨崖磨：登苍龙岭时，须经擦耳崖，游人必须面壁挽索，贴身探足而进。

⑩石束吾腰：指穿井而下，极言其险。

⑪纽：大索。

⑫白帝：华山景观之一，在华山南峰，其上之金天宫，亦称白帝祠。

⑬青霄：天空。

⑭蹑：登也。

⑮苍龙岭：古称搦岭或夹岭，在华山腰。

⑯落雁峰：又名南峰，为华山最高峰。

⑰璧：美玉。

⑱裁：通"才"，仅仅也。

⑲垣：短墙。

⑳逡逡：退让、恭顺貌。

㉑断砌：破损的阶砌。

㉒弥弥：水盛大貌。

㉓米沘肉沈：淘米水和肉汤子。

㉔壅：塞也。

㉕糜：粥。

㉖缁：染黑。

㉗戒慎：警惕、谨慎。

㉘兢兢：戒慎貌。

㉙战战：恐惧貌。

㉚矜持：竭力保持庄重。

㉛履舄：鞋子。

㉜武：同"步"。 疢：病也。

㉝即：用如动词，可作"就"字解。

㉞屏：屏退。

㉟搴：掀开。

㊱癯然：消瘦貌。

㊲子渊：孔子学生颜回的字。

㊳何敢居：犹"怎么敢当"之意。
㊴颜子：指颜回。

【今译】

某官请我在万家洲教私塾。住在一条狭窄的巷子里。有友人过访，感叹地说："咳，这是主人的过错！作为一条巷子，两尺多宽，还有一半让阳沟占了。我扶墙而行，侧头而视，两只脚畏缩地顺墙而行，前脚刚刚跨出，后脚就紧紧跟上。"

我说："虽然如此，你没听说过太华山吗？我就曾从莎萝坪经过千尺峡、百尺峡，穿过背阴儿的暗洞，脚下踩着悬空的木椽子；崖壁有时会碰着鼻子，好像山石紧紧地束住腰肢，汗水涔涔，把石梯浸得滑滑的，那攀山的绳索抖颤着，我觉着魂灵也跟它一起在摇摇抖颤！云儿直压下来，我扯破喉咙祈求祠中的白帝；山风急劲，简直像匍匐在青天之上了！如今别开太华山已经有六七年了，可踏进这条小巷子，又好像昔时登上苍龙岭，攀登落雁峰一样！"

友人说："可你为什么不离开这儿呢？"

我说："不，不！我听说人能击碎价值千金的璧玉，可不能让破铁锅失去声音。这条狭窄的小巷，我以为它就像太华山的门户一样。两边墙壁相夹，中间刚好能走人，还有短墙，只能侧着身子，小心翼翼地行进。从缝隙中窥看，只见一线天光，下边就是绝壑！油滑难行，那岂不是和千尺峡、百尺峡一样吗！阴湿的青苔，破损的阶砌，旁边是淌着污水的深沟。东邻的淘米泔水残肉汁，西舍泼出的剩脂残红，把水沟塞得满满的，滞碍不通，致使污垢成了黏稠的粥状物。一不小心，就会掉进沟里，弄脏了衣服，这就是此巷独有的特点！大凡灾祸就出在你忽视的地方，而加小心也必须在细小处着眼！是谁让我早晨出去诚惶诚恐？谁使我晚上回来心怀戒惧；就像踩在薄冰之上，还要保持庄重的样子？不都是这条小巷所赐给的吗！我有衣服，是我母亲做的；我有鞋子，是朋友送的。一步走错，百步难挽回呀！洗洗涮涮，茅檐曝背；阳光温暖，光线充足，这条小巷子，真可说是我的老师呢！你如到我这来，一定要加一百个小心，不像一点儿灰尘，可以拂去。你先暂时舍弃车子，也不用带仆从，左手拨开蛛网，右手撩开门帘。如同走在冰凌之上，如同走在剑刃之上。屋里，有一位消瘦的像久居山泽的老人，可以和你谈心论道，以消遣这漫长的时光！"

友人说："啊，是这样啊！你原来是颜回一样的人哪！"

我想避开这些赞许，站起来回话说："这怎么敢当呢！我私下确有这种想法：想学孔子，就一定要先学颜子；想学颜子，就一定要从'居陋巷，人不堪其忧，回也不改其乐'开始。"

清人辞赋选释

秋雪赋

吴兆骞

　　吴生既窜①，旅于龙山之下②。戚兮无惊③，悄兮多暇。抱孤迹于寒郊，眷羁心于秋野。于是青要已届④，素商未阑⑤。熊坏西蛰⑥，雁厉南翰⑦。玄冰溓而夜结⑧，玉露皓而朝泫⑨。尔乃眇欢绪，怆忧端，倚拂庐以凄目⑩，对服匿而流叹⑪。忆江皋之余暖，怨边候之早寒。俄而九关欲暗⑫，千里无色，鱼云断山⑬，雁沙鸣碛⑭。天瀿瀿以将低⑮，日晻暧而如没⑯。叠埃霭于遥空⑰，积风威于广隰⑱。霙瞥屑而稍飞⑲，雪翻飚而遥集。匝穷阴之窈郁⑳，起严气之氛氲㉑。乍连山以转雾，忽萦空以凭云㉒。始婳娟以构雷㉓，遂杂沓而横氛㉔。混玉门兮并色㉕，覆金河兮莫分㉖。于是遥峰失紫，衰林掩黛㉗。日冷金支㉘，云收罗带。杀虫响于阴崖㉙，冻波文于玄濑㉚。薄凉驾兮增寒㉛，入迅商兮振籁㉜。凄兮瑟瑟㉝，奕兮霏霏㉞。入帐凝华，误鹤关之曙启㉟；停林结蕊，疑莺朔之春归㊱。绵烟壑以含缟㊲，合云海而通晖。迷征马之野牧，惨寒雕之夕飞。悲青桂之爽节㊳，歌黄竹之哀辞㊴。既乃烛龙将暝㊵，城乌渐息，山返樵歌，林归猎客。霾依夕而弥严㊶，雾横天而转急㊷。压土锉兮沉烟㊸，洒毡墙兮缘隙。飞六出而未成，翻三袭而争积㊹。助红树之秋声，韬绛河之夜色㊺。望已断兮还连，谓将开兮忽及。未睨柱而玉残㊻，似卷绡而珠泣㊼。冒莲衣兮坠红，点芦花兮偕白。碛何远而非银，台何高而无璧？萧条兮堑户㊽，烂熳兮凝阶。金茄寒而叶脆，铁衣照而鳞开。逐边风兮响萧瑟，鉴汉月兮光徘徊。叶乱声而竞下，雁孤影而遥来。眇平原之旷莽㊾，惟积雪之崔嵬。若乃氛昏半收，夜景遥廓。风敛天霄㊿，云澄海塄㈤¹。月抱晕以东垂，河含星而西落。荒鸡喔兮伺晨㈤²，霜禽嚓兮警漠。凛凄霭之凝严，镜澄晖之昭灼㈤³。山千叠兮少人民，野万里兮无城郭。气憭慄兮侵衣㈤⁴，色晃朗兮盈幕㈤⁵。樽琉璃而不欢㈤⁶，揽褐衾而怨薄。笛吐哀以独吹，泪承睫以双落。乡梦远兮空归，边心愤兮交作。候已昧于秋冬㈤⁷，心何分于苦乐！抚秋朔之如斯，知天施之未博。彼夫南国王孙之墅，西京戚里之家㈤⁸，梧承檐以稍下，菊罗砌而初华。幕曾轩以楚组㈤⁹，代纤绤以吴纱⁽⁶⁰⁾。爱秋飙之送爽，怜秋夜之方赊㈥¹。绮罗纷兮乐未已，箫鼓喧兮月欲斜。岂知江接乌龙㈥²，城遥玄菟㈥³，飞雪嵯峨㈥⁴，曾冰回

— 32 —

秋雪赋

洒⑥,迁客之辛勤,塞垣之寒苦哉!悲来如何?摧心自多,援筚揽调,为秋雪之歌。歌曰:"边风起兮朔雪飞,雁违寒兮度欲稀⑥⑥。关山远兮谁与归?心怀乡兮空自知。龙沙雪色秋如此⑥⑦,肠断高楼旧寄衣⑥⑧。"

【注释】

①吴生:作者自谓。 既窜:被流放之后。本赋作者吴兆骞,于清顺治十四年,因科场事,被流放于宁古塔(今黑龙江省宁安市)。二十余年后,始为友人纳资赎回。

②旅:寄居。 龙山:地名,在今黑龙江宁安、穆棱间之老爷岭东南。

③戚:忧愁、悲伤。 惊:欢乐。

④青要:主霜雪的女神。即青腰。

⑤素商:秋天。古以商音配秋,故名秋为素商。

⑥坏:同"培",用土涂抹缝隙。

⑦厉:奋。

⑧溓:薄冰。

⑨沔:多也。

⑩拂庐:帐幕。

⑪服匿:盛酒器。

⑫九关:即"九边",本谓明代设在北方的九个边防重镇,后谓边境的泛称。

⑬鱼云:乌云。

⑭碛:沙滩。

⑮瀁漾:广大貌。

⑯晻暧:昏暗貌。

⑰瞀:昏暗,看不清。

⑱广㵎:广阔的平原。

⑲瞥屑:从眼前闪过。

⑳窈:幽深。

㉑氤氲:弥漫。

㉒萦空:萦绕在天空。

㉓嫚娟:回曲。 构霤:雪积在屋檐上。

㉔杂沓:杂乱。

㉕玉门:关名。为古时通西域要道,又称玉关。文中借用以泛指北地

清人辞赋选释

关隘。

㉖金河：水名，又名黑河。在内蒙古自治区中部，其水映石如金，故名。

㉗掩黛：隐藏起绿色。

㉘金支：乐器上的黄金饰品。唐人杜甫《渼陂行》云："湘妃汉女出歌舞，金支翠旗光有无。"

㉙阴崖：阴暗的山崖。

㉚玄濑：黑色的湍流。

㉛凉驾：秋气，秋风。

㉜迅商：急促的秋风。

㉝瑟瑟：颤抖。

㉞奕：杂乱地。　　霏霏：纷纷降落。

㉟鹤关：仙境。

㊱鸾朔：仙境。

㊲烟壑：烟雾笼罩的山谷。

㊳青桂：指月亮。

㊴黄竹：《穆天子传》："日中大寒，北风雨雪。天子作《黄竹诗》三章，以哀人民。"

㊵烛龙：太阳神。

㊶霾：浑浊的雾气。

㊷雾：雾气。

㊸土锉：盆地、低谷。

㊹三袭：重叠的高山。

㊺绛河：银河。

㊻睨柱：斜视着柱子。《史记·蔺相如传》："相如持其璧睨柱，欲以击柱。"

㊼珠泣：《述异记》："南海中有鲛人室，水居如鱼，不废机织，其眼能泣，泣则出珠。"

㊽墐户：谓涂闭其户。

㊾烂熳：同"烂漫"。　　旷莽：旷远渺茫。

㊿霄：天空。

51 海垓：海边。

52 荒鸡：天将晓时之鸡乱鸣也。

53 昭灼：光明。

�554憭慄：凄怆。

(55)晃朗：光明貌。

(56)樽：盛酒器。

(57)昧：隐晦，不明显。

(58)西京：泛指中原一带的城市。

(59)轩：飘动。　楚组：楚地织的系帷幕的带子。

(60)纤绤：质地单薄的葛布。

(61)方赊：正长。

(62)乌龙：指黑龙江。

(63)玄菟：古郡名，约有今辽宁东部一带地方。

(64)嵯峨：陡峻。

(65)沍：冻结。

(66)违：背离。

(67)龙沙：指塞外之地

(68)高楼：指家中的妻子。

【今译】

　　被流放了的吴生，寄居在龙山之下。只有悲伤，绝无欢乐。只在孤寂中打发时间。早寒的郊原，踯躅着一个孤单的身影；无边的秋野，飘荡着一缕思乡的心绪。这时候，秋天还没有结束，主管霜雪的女神就来了。熊儿忙着修整冬眠的窟穴，雁儿奋力地振翅南飞。夜里，北风把水面冻成了冰；早晨，大地上到处都是晶莹的露水珠儿。没有欢乐的心绪，为忧愁的事情而悲伤。靠着帐篷凄然望远；对着盛酒的服匿而流泪叹息。想起故园，江皋暖气宜人，由不得不怨恨这边的早寒了！不久，果然变了天：九边之地，天色昏暗，游动的乌云遮断了连亘的山峰，沙滩上传来了大雁的叫声。无边的天宇好像一下子变矮了，太阳也昏暗无光，天空满是沙尘，在广漠的原野上，风儿越发显示出它的声威，雪珠闪过，雪花翻飞，好像从远处向这里汇聚。阴沉沉的气势包围着，寒气开始弥漫。开始就像连绵的山罩着薄雾，接着便是乌云萦绕着天空。开初，雪旋转着积在屋檐上，随后便杂乱地飘洒起来。大雪覆盖了整个边塞，连这一带的关河都分不清了！于是，远山因为降雪而失去了原来的紫色；凋零的林木，也掩藏起原来的绿色。太阳凄冷，像金支收敛起璀璨的光华；阴云凝结，像罗带失去了飘逸的美态。阴暗的山崖，草虫停止了吟唱；北地的湍流，水波开始凝冻。接近这秋风，就会感到寒冷，迅疾的秋

清人辞赋选释

风使万籁发出声响。雪花颤抖着，散乱地飞落，落在帐幕上闪着白光，还误以为是仙境里的天光破晓；落在树上的雪，结成白花，让人怀疑是春天到了！连绵的山谷，在白雪之中，与天空的云海辉映。野牧的马儿也迷失了归途，向晚十分，雕鸟仍在飞翔。悲伤的月色也显得暗淡，于是唱起哀伤的《黄竹诗》。天色昏暗，太阳就要落山，乌鸦也回巢静息下来。樵夫唱着山歌回家，丛林里归来了猎人。云雾到傍晚更加凝重，很快地漫天散开。沉沉的烟雾覆盖着低谷，雪沿着毡墙的缝隙飘进来。雪在山野中飞舞，谁会认为那是祥瑞？一层一层地竟成了重叠的高山！它助长了树木的秋意，遮住了银河的光色。看看好像要停下来，却又纷纷扬扬地下个不住。像蔺相如虽未睨柱，可玉璧已经碎了；像南海鲛人手挽鲛绡，哭出了无数明珠。雪覆盖着莲花凋谢了的残红，雪飘入芦花丛却与芦花同样洁白。沙滩上的白雪，似银非银；高台上的积雪，似璧非璧。泥涂的柴门萧条冷落，雪凝冻在阶砌之上却显得光华璀璨！因为天气寒冷，胡笳声也变得清脆；战士的铁甲在雪光映照下，像闪烁着的鱼鳞。塞外的风声萧瑟，雪地平平如镜，反射着徘徊的月光。木叶簌簌，争先恐后地飞落，孤单的雁影从远处飞来。看空旷渺茫的平原，唯有秋雪堆积如山。昏暗的云雾慢慢地消散了，夜景显得遥远又空阔。天空的风停了，海边的雾散了，月亮带着光环在东方悬挂着，银河群星向西转落。等待晨光的鸡乱叫起来，在寒霜中的禽鸟，嘹亮的警夜叫声传遍了沙漠。凄清的晨雾凝结成了严霜。月儿光辉澄澈，洁白明朗，土地广阔而人烟稀少，一望无际，连个城郭的影儿都没有。寒光照着帐幕，凄怆的气氛侵衣生凉。樽盛薄酒，引不起欢乐之情；手扶粗布被子，叹怨它的单薄。独自吹起笛儿吐露幽怨，泪珠儿顺着眼角双双垂落。故乡遥远，空有归梦难圆，不由得苦闷心情交织。这里的气候，秋天和冬天没什么区别，心又怎么能区分苦乐？秋天的开头就是这样，老天对人世的安排真是太不公平了！那南国公子哥儿们的别业，那西京贵族们居住的地方，屋檐前是枝繁叶茂的梧桐，阶砌下是刚开的菊花。帐幕飘动着楚地的带子，葛布代替着吴地的轻纱。爱那秋风的送爽，秋夜的方长。绮罗轻扬，歌舞还没停歇，萧鼓齐鸣，月儿已经西斜。哪里知道这儿靠近黑龙江，可以远看玄菟郡。陡峻的高山上落着雪，冰层冻结，被放逐的人在边境地区，真是受尽了凄凉之苦。悲从中来又能怎样，不过伤心罢了！拿起筊来沿着旧调，作秋雪之歌。歌儿唱道："边风起啊朔雪飞，大雁离开北方全飞走了，关山遥远，和谁同归故乡？怀念家乡的苦情只有自己知道。塞外之地，风光如此，检视妻子往日寄来的衣物，禁不住悲从中来而肝肠寸断了！"

古历亭赋

蒲松龄

亭以地名①，物因人见。何人何代，迹肇创于华阳②？几世几年，名永齐于水面。凭轩四望，俯瞰长渠；顺水一航，直通高殿③。茏茏树色，近环薜荔之墙④；泛泛溪津⑤，遥接芙蓉之苑⑥。入眶清泠，狎鸥与野鹭兼飞；聒耳哜嘈⑦，禽语共蝉声相乱。金梭织锦，唼呷蒲藻之乡⑧；桂楫张筵，容与芦荻之岸⑨。兼葭挹露⑩，翠生波而将流；荷芰连天⑪，香随风而不断。蝶迷春草，疑谢氏之池塘⑫；竹荫花斋，类王家之庭院⑬。旧题始于老杜⑭，新亭结于盛唐⑮。方其盛也，南有峼山、北渚⑯，西有环碧、水香⑰。沉璧浮珠，佳人拾翠之浦⑱；乘轩载妓，名贤醉白之堂⑲。石季伦方来⑳，闻笙歌之满路；羊侍中所到㉑，见灯烛之成行。坐上之素帢青衫㉒，莺从燕认；槛外之篮舆蜡履㉓，月并花荒。京兆蹇驴㉔，过冲行盖㉕；章台骏马㉖，嘶立垂杨。少陵之什连篇㉗，尚留吉光于艺苑㉘；泰和之词五韵㉙，犹统墨气于云庄㉚。夫何濠濮之沦涟㉛，依然鱼鸟；蓬莱之清浅㉜，业已沧桑。摩诘之辋臼无存㉝，叔夜之山庐近古㉞。邈矣北海太守㉟，谁操风雅之权？幸也泺水才人㊱，起任湖山之主。珠帘画栋，复历下之奇观㊲，茗碗诗瓢㊳，寻天宝之旧绪㊴。此亭之一兴也，迄今又百年矣。夕阳红湿，招凉叶于明沙；秋径微茫，渺寒萤于败堵。飘摇欲尽，凄凉半亩蓬蒿；风景不殊，寂寞一蓑烟雨。苍苔遍隰，绣地为文；绿荇分钗，抽茎作股。望桃源而去㊵，再返棹已无人家；自天台而还㊶，旋回头竟属邱莽㊷。乃有营州国士㊸，适司鹾政于齐门㊹；陇右洪支㊺，又继骚踪于湖渚。苏舜钦年年鬻纸㊻，为买沧浪㊼；谢灵运夜夜呼门㊽，长燃火炬。而乃瓦盆再见㊾，恍悟前身；舍宇重临，还同旧谱。先后辉映，事亦奇矣！又有神明连帅㊿，纲纪群侯(51)，政简刑清，扬春和于光霁(52)；鸣琴掞藻(53)，写襟抱于弦讴。散馥乎八宝毫端，则庾开府(54)、鲍参军(55)，起凤腾蛟，拟杜圣(56)、李仙之瑰玮(57)；蹁履兮五花馆内(58)，则支道人(59)、温处士(60)，升堂入室，尽潘江陆海之风流(61)。劝乡校以文章，即野叟黄童，亦与常公之宴(62)；搴缇帷而过从(63)，或笔床钓具，辄偕秦望之游(64)。诗垒千秋，尤喜恢复；鸾笺五色(65)，用助添修。惊倒影之楼台，忽开紫府(66)；羡迎熏之牖户，仍傍仙舟。城上鹤归(67)，未觉人

清人辞赋选释

民之异;雪中鸿杳⑥,幸有指爪之留。人相助而弥彰,迹以传而益久。乡名曾起于漆吏⑥⁹,命曰无何;亭子如建于后山,讶为顿有。从此鸳鸯水暖,长开君子之花⑦⁰;幰节门高⑦¹,复种先生之柳⑦²。地如滕阁⑦³,佁佩玉而鸣銮;人比兰亭⑦⁴,更流觞而泛酒⑦⁵。梁园胜会⑦⁶,即席千言;金谷豪吟⑦⁷,约章三斗⑦⁸。尘器热客,聊解危厉之熏;勃窣文心⑧⁰,共放霹雳之手⑧¹。霞蔚云兴之际,发遥望层城之遐思;菱陂茭沼之傍,眠倒著接䍦之狂友⑧²。噫嘻!于今百年来,再衰再盛,恰逢白雪之宗⑧³;焉知千载下,复废复兴,不有青莲之后哉⑧⁴!

【注释】

①亭以地名:亭在济南大明湖畔,因历山而得名。

②华阳:亭名,在今河南省新郑市东南。

③高殿:高大之殿。

④薜荔:植物,缘木而生的香草。

⑤泛泛:水波流动。

⑥芙蓉:荷花。

⑦哜嘈:形容声音嘈杂。

⑧唼呷:鱼鸟吃食声。

⑨容与:从容舒适貌。

⑩蒹葭:水草。 挹:汲取。

⑪荷芰:指荷叶和菱叶。

⑫"谢氏之池塘"句:指谢灵运因梦见从弟惠连,文思俊发,得"池塘生春草"句。

⑬"王家之庭院"句:指王徽之爱竹,于其居遍种绿竹,曰:"何可一日无此君耶!"

⑭老杜:指唐代大诗人杜甫。

⑮盛唐:指开元至大历间,为唐诗的全盛时期。

⑯崿山:即鹊山。崿山亭在历城县崿山湖上。 北渚:即北渚亭,在历城县,曾巩、郝经,皆有诗题咏。

⑰环碧:环碧园。 水香:北直隶隆庆府有水香园。

⑱拾翠:指妇女游春。

⑲醉白:指唐代大诗人李白。

⑳石季伦:晋人石崇的字。

㉑羊侍中:即羊侃,六朝时梁人,卒赠侍中军师将军。

㉒帕：帽也。

㉓篮舆：古代供人乘坐的交通工具，类后世的轿子。　　蜡屐：涂蜡的木屐。

㉔京兆：京兆尹。唐诗人贾岛因觅诗句而唐突京兆尹。

㉕行盖：车篷。

㉖章台：汉长安之街名。

㉗少陵：唐杜甫常以杜陵表示其祖籍郡望，自号少陵野老，世称杜少陵。

㉘吉光：比喻残存的艺术珍品。

㉙泰和：唐人李邕的字。

㉚云庄：庄舍远在云间。李邕《登历下古城员外孙新亭》有："太山雄地理，巨壑眇云庄。"

㉛濠濮：庄子与惠施游于濠梁之上，见鲦鱼出游从容，辩论是否知鱼之乐。后遂以表示纵情山水，逍遥游乐。

㉜蓬莱：古代传说中的海上仙山。

㉝摩诘：唐诗人王维的字。

㉞叔夜：三国魏嵇康的字。

㉟北海太守：指李邕。以官终北海太守，世称李北海。

㊱泺水：水名，源出历城县西北。

㊲历下：亭名，又名客亭，在历城县大明湖西。

㊳诗瓢：置放诗稿的器具。《唐诗纪事》："唐球，方外士也。为诗燃稿成圆，纳入大瓢中。后卧病，投于江曰：'斯文苟不沉没，得者方知吾苦心尔。'"

㊴天宝：唐玄宗李隆基的年号。

㊵桃源：为晋人陶渊明虚构的理想世界。后用以比喻世外仙境或避世隐居之地。

㊶天台：山名，在浙江省境内。《绍兴府志》载：刘晨、阮肇入天台山采药，遇仙，被留半年。求归，则已阅七世矣。

㊷邱莽：丘墟林莽。

㊸营州：地名，古十二州之一。

㊹醝政：盐务。

㊺陇右：泛指陇山以西之地。　　洪支：亦作"洪枝"，指帝族的支派。

㊻苏舜钦：宋诗人，字子美，自号沧浪翁。　　鬻纸：苏舜钦监进奏院时，在秋季赛神日，按旧例卖去官府废纸宴客，受仇家谗议，被罢官。

㊼沧浪：苏舜钦被罢官后，于苏州筑沧浪亭。

㊽"谢灵运"句：《宋书·谢灵运传》："灵运以疾东归，而游娱宴集，以夜续昼。"

㊾瓦盆：《庄子·至乐》："庄子妻死，惠子吊之，庄子则方箕踞鼓盆而歌……"

㊿连帅：汉时，以连帅为太守之称。

(51)纲纪：治理，管理。

(52)春和：春日和暖。　光霁：即光风霁月的缩语。

(53)拨：铺张。

(54)庾开府：即北周文学家庾信。因其官至开府仪同三司，世称庾开府。

(55)鲍参军：即六朝宋文学家鲍照，因其曾为临海王参军，世称鲍参军。

(56)杜圣：指诗圣杜甫。

(57)李仙：指诗仙李白。

(58)蹢：踩、踏。　五花馆：古时荆南城中待客之馆。

(59)支道人：晋人支遁，字道林。善草隶，好畜马。或谓非道人所为。遁曰："贫道爱其神骏。"

(60)温处士：佚名。唐僖宗时人，能画鹭鸶，郑谷曾以四韵诗换之。

(61)潘江陆海：潘岳、陆机皆擅诗文，人誉为"潘江陆海"。

(62)常公：指唐人常衮。衮建中初为福建观察使，始闻人未知学。衮为设乡校，使作为文章，亲加教导，自是文风始盛。

(63)缇帷：橘红色的帐幕。

(64)秦望：山名，在江苏省江阴西南。秦始皇常登此山四望，因得名。

(65)鸾笺：彩笺。

(66)紫府：道教称仙人所居。

(67)"城上鹤归"句：传说汉人丁令威学仙，化鹤归来，落城门华表柱上。有少年欲射之，乃歌"去家千年今始归，城郭如故人民非"，徘徊飞去。

(68)"雪中鸿杳"句：苏轼《和子由渑池怀旧》："人生别处知何似，应似飞鸿踏雪泥。泥上偶然留指爪，鸿飞那复计东西。"

(69)漆吏：即漆园吏，指庄子。

(70)君子花：指荷花。《群芳谱》："万窍玲珑，亭亭物表，出淤泥而不染，花中之君子也。"

(71)櫨节：斗拱、横梁。

(72)先生：指晋陶渊明。

(73)滕阁：指滕王阁。

㉔兰亭：指会稽之兰亭。
㉕流觞泛酒：王羲之等会于兰亭，列坐清流边，杯中盛酒，使其顺流而下。杯停在谁面前谁就得饮酒，此所谓曲水流觞。
㉖梁园胜会：指梁孝王在梁园召集文坛名流宴集，吟诗作赋事。
㉗金谷：晋人石崇的别墅，在洛阳附近金谷涧中。
㉘约章三斗：元康六年，石崇与客送王诩回长安，在金谷涧送行，游宴赋诗，或不能者，罚酒三斗。
㉙危厉：惊惧不安。
㉚勃窣：形容才华横溢，文采缤纷。
㉛霹雳手：人有敏才，号霹雳手。
㉜倒著接䍦：晋人山简嗜酒，饮辄醉，醉后常倒戴头巾骑在马上，醉态可掬。接䍦：古时的一种头巾。
㉝白雪：喻指高雅的诗词。
㉞青莲：唐诗人李白之别号。

【今译】

　　此亭因历城而得名，物也因人而显。是谁在什么时候，开创了华阳亭一般的建制？又是在什么年月，使它的名字和这流水得以永存？倚着窗子四下里观望，俯首观看长长的渠水。顺水而行，可达远处的殿堂。青葱的树色，近处环绕着长满薜荔的墙垣；溪流里的水流着，远远地连接着荷花盛开的园囿。进入视野的显得那么清和凉爽，嬉戏的鸥鸟和鹭鸶在飞；一片嘈杂震耳的鸣声，是各色的鸟儿和鸣蝉在聒噪。金鱼儿像织布梭子一样，在荇藻间发出吃食的声音；在船儿上摆着酒筵，徜徉在长满芦荻的岸边，显得那样自由自在。水草儿汲取着露水，那碧绿的叶儿像要随波流去；荷叶和菱芡的叶连着远天，香味儿随风不断。蝴蝶在绿草丛中流连，怀疑这是谢氏的池塘吗？竹叶的荫翳遮着花房，倒真像是王家的庭院。旧时的诗题是从杜甫开始，新亭的建设是在盛唐年间。它正兴盛的时候，南有崌山亭、北渚亭，西有环碧园、水香园。月亮映在水里，像沉在水中的璧玉；星光璀璨，就像漂在水上的珍珠，这是美女游春的水滨。乘着车子，载着歌伎，更有名贤李白醉酒的店堂。依稀石崇之来，听满街的笙歌；仿佛羊侃到处，排成行的灯火。座中的白帽青衫，有莺莺燕燕陪侍；栏杆外的游客乘着篮舆，穿着蜡屐，连这花容和月色都忽略了。诗人骑着蹇驴，冲撞了京兆尹的仪仗；章台街上，朝士的骏马伫立在垂杨树下昂首嘶风。杜甫的许多诗篇，给艺苑留下了珍品；李

清人辞赋选释

邕的五韵诗，那墨气和神韵，好像还萦绕在那个遥远的云庄。为什么濠濮的水波间还是那鱼和鸟；蓬莱岛的浅水已经历过沧桑之变！王维的茶铛药臼没有了，嵇康的山居也成了古迹。没有了北海太守李邕，谁还能来权衡风雅？幸而有洓水的才人，做了这湖山的新主，珠帘画栋，恢复了历下亭的奇观，茶碗诗瓢，重温天宝年间的诗情。这亭子的复兴，到现今又有一百多年了。

那带着水气的夕阳，呼唤着沙洲上的树叶；迷茫的小径，有隐隐的寒萤在败堵间出没。飘摇欲尽了，那半亩方圆的蒿草；风光依旧，还是那一蓑凄凉的烟雨。苍苔湿漉漉地，给大地绣上花纹；碧绿的荇藻抽茎作股，如同女人戴的钗子。掉转船头，望着桃花源的方向寻去，哪里还有人家！从天台山归来，回头看竟是无尽的山丘和林莽。适有营州的国土，到齐门来司理盐务；陇右的帝裔，在湖畔追步诗人的事业。苏舜钦年年卖官署的废纸，为买地建沧浪亭；谢灵运游娱宴集，夜以继日，火炬长燃。仿佛看见了庄子的瓦盆，记起前世的浮沉。故地重游，依稀是旧日的规模。前后照映，确可称为奇事！而且还有贤太守，管理僚佐，做到政简刑清，使春和之气发扬在光风霁月之中，抚琴曲，作诗文，在高雅的弦歌中抒发怀抱。那笔端散发着翰墨的芳香：庾开府、鲍参军，像飞翔的彩凤，像腾跃的蛟龙，可比诗仙、诗圣的壮丽；踱步在五花馆中，那支道人、温处士，升堂入室，已尽现陆机、潘岳的文采风流。鼓励乡人为学，无论老少，都受到常公的教益；卷起帐幕，携着纸笔和钓具，就一齐去游秦望山。这千年来的诗人营垒，尤其让人欣喜它的恢复；五色的彩笺，用以增添它的修饰。水中倒影的楼台，真如仙境；迎着风儿的窗子，正靠着仙人乘坐的舟楫。城头上的仙鹤归来，不觉得人民有什么变化；雪地上鸿飞已远，幸有指爪留下痕迹。人因为相助，才能德行彰显，事由于传颂，才能绵延久长。乡名曾因漆吏而起，竟然就叫作无何；亭子倘建在后山，人们定会惊讶它的忽然出现。从此，鸳鸯戏耍在温暖的水波之中，荷花在水塘盛开。在高高的斗拱横梁前边，种上靖节先生的柳树。此地真如滕王高阁，有铿锵的佩玉，作响的銮铃；人就如同兰亭贤士，集会修禊，曲水流觞。梁园的胜（盛）会，即席成文；金谷园吟咏，不能者罚酒三斗。使红尘中的过客，稍解惊惧不安；才思敏捷之士，共展文采横溢。云蒸霞蔚，生发遥望高城的感喟；在满是菱芡的陂塘边上，睡着倒戴着头巾的山公。呵呵！经历了百年岁月，几盛几衰，才遇见这阳春白雪的宗裔；又怎会知道，千秋之后，废了再兴，不会有诗仙的后来人呢！

吏部厅藤花赋

查慎行

  原夫物有菀枯①，因人而重；材无坚脆，得地斯荣。红药翻阶②，紫薇榜亭③，亦有柔木④，敷于广庭。尔乃擢秀芳辰⑤，托根清署⑥，虽掩冉而葳蕤⑦，终缠绵而附丽⑧。虬潜蠖屈⑨，难求十丈之伸；蚓结蛇蟠，聊借一枝之寄。于斯时也，首夏清和⑩，火正司南⑪。日旽旽以窥牖⑫，风微微以入檐。茎似疏而还密，叶将放而犹纤。不断秋香兮⑬，蜂须斜触；初施紫粉兮，蝶翅轻沾。其为地也，窈窈阁□⑭，沉沉门钥⑮。晓烟深锁乎墙隅，昼漏□稀乎院落；颓颜酣酒而妩媚⑯，长袖临风而绰约⑰。披帷拂幔兮⑱，整整邪邪⑲；绾绶垂绅兮⑳，累累若若㉑。其为木，则非丛非苞㉒，非灌非乔㉓，阿那冶叶㉔，荏苒倡条㉕。比丝萝之善附㉖，俄缘木而抽梢。其为色，则在皓非白，在朱非赤，俪绿妃红㉗，实维间色㉘。荆花无连理之枝㉙，含笑乏凌霄之质㉚。然且保拥肿㉛，阅流光，饫土膏㉜，承天浆㉝。薪樵不加采㉞，斧斤不能伤㉟。岂非重前贤之手泽㊱，比遗爱于甘棠㊲？于是厅以花名，案因香设。阴成步障之庭㊳，影动衔杯之席。禽声宛宛㊴，似传好音；花气欣欣㊵，如有德色㊶。才人因之以赋咏，志士抚之而叹息。莫不俯仰景光，流连昕夕㊷。彼弱植之敷荣㊸，尚邀欢于顾惜，何况新甫之柏㊹，徂徕之松㊺？海滨若木㊻，峄阳孤桐㊼，方将蔽厚地，摩苍穹㊽，星占营室㊾，象取栋隆㊿。梓人增其顾盼㊿，匠石快其遭逢㊿。有不乘时致用而假手成功者乎？

【注释】

①菀枯：荣枯。
②红药：红芍药花。
③紫薇：花名，一名百日红。其花红紫之外，有白者，曰银薇；又有紫带蓝色者，曰翠薇。   榜：同"傍"，依傍也。
④柔木：柔韧之木，指藤条类植物。
⑤擢秀芳辰：指春天，草木萌生，欣欣向荣。
⑥清署：清要的官署。

清人辞赋选释

⑦掩冉：披靡，偃倒。　　葳蕤：草木繁茂，枝叶纷披貌。

⑧附丽：附着，依附。

⑨虬：龙子有角，俗称虬龙。　　蠖：即尺蠖。

⑩首夏：孟夏，即农历四月。　　清和：天气清明和暖。农历四月俗称清和。谢灵运《游赤石进帆海》："首夏犹清和。"句意本此。

⑪火正：掌火之官。掌祭火星，行火政。

⑫昽昽：不甚分明貌。

⑬秾香：浓香。

⑭窈窈：晦暗不明。

⑮门钥：门锁。

⑯赪颜：脸色变红。

⑰绰约：风姿柔美貌。

⑱披帷拂幔：比喻紫藤纷披像帷幔垂拂。

⑲邪邪：同"斜斜"。

⑳绾：盘结。　　绶：古时用以系印纽的丝带。　　绅：古代士大夫束在外衣上的带子。

㉑若若：长而低垂貌。

㉒苞：丛生的植物。

㉓灌：灌木。木丛生者为灌。一般植株矮小，枝干丛生，如紫荆、木槿之类。　　乔：乔木。一般主干高大，分枝繁盛，如松、榆之类。

㉔阿那：同"婀娜"。

㉖丝萝：菟丝和女萝等蔓生植物，缠绕于草木，不易分开。

㉗俪绿妃红：与红绿相匹配。

㉘间色：杂色。

㉙荆花：紫荆花。

㉚含笑：花名，初夏开，香气浓郁。　　凌霄：花名，蔓生，必附于木之南枝之上。

㉛拥肿：指花朵簇拥团附。

㉜饫：饱食。　　土膏：土壤之肥力。

㉝天浆：雨露。

㉞薪樲：柴。

㉟斧斤：斧头。

㊱手泽：谓先人所遗器物及手迹。

吏部厅藤花赋

㊲甘棠：《史记·燕召公世家》："召公巡行乡邑，有棠树，决狱政事其下，自侯伯至庶人各得其所，无失职者。召公卒，而民人思召公之政，怀棠树不敢伐，歌咏之，作《甘棠》之诗。"

㊳步障：用来遮挡风尘或遮拦内外之屏幕。

㊴宛宛：婉转。

㊵欣欣：欢喜自得貌。

㊶德色：自以为于人有恩而形诸颜色。

㊷昕夕：早晚。

㊸敷荣：开花。

㊹新甫：山名。今名宫山，亦名小泰山。在今山东省新泰市西北。

㊺徂徕：山名。在今山东省泰安县东南。

㊻若木：长于日落处的一种神木。

㊼峄阳：峄山的南坡。峄山，在今山东省邹县东南。

㊽摩：迫近。

㊾占：推断吉凶。　营室：星宿名。此指营造居室。

㊿栋隆：屋梁高大厚实。

㉛梓人：木匠。

㉜匠石：泛指工匠。

【今译】

原来植物这东西，有繁荣昌盛的，也有贫瘠枯萎的，都是因为受人的重视与否而使然的！作为材，不管它的质地坚实或脆弱，只要得到适宜生长的地方，就一定能够繁茂昌盛。红芍药花在阶砌间迎风摇曳，紫薇花在亭边开放。也有藤条之属，陈布在宽敞的庭院中。这紫藤花，就在春天开始欣欣向荣，种植在官署的庭院里，虽然枝叶繁茂，终归还是纠缠着依附在别的树干之上。它盘曲着，像夭矫的虬龙，像待伸的尺蠖，但却难于达到十丈；它像蚯蚓，像蛇似地盘结，只不过是借一个生长的环境罢了！这时候，正是初夏天气，天气清明和暖，火正之官，正在行使发扬明辉的权力。曚昽的太阳光射进窗子，风儿轻轻地从屋檐下经过。

紫藤的茎好像稀稀拉拉，其实是挺茂密的。叶子刚刚抽出，还带着又尖又细的模样。香味浓郁，引得蜜蜂用须子斜斜地去触动；嫩蕊刚刚缀上花粉，就招来了蝴蝶的光顾。这地方，馆阁幽深，门锁沉沉。早晨，烟雾遮住了院墙，声音停息下来。紫藤花好像喝多了酒，脸色红扑扑地显得美好又可爱，

清人辞赋选释

又像拖在长袖在风中摇曳,越发显得风姿柔美。它像正正斜斜地垂拂着的帷幔;缠绕着,又像飘拂着的累累低垂的绶带。作为树,它不是丛生的灌木,也不是枝干高大的乔木。婀娜而妖冶的身姿,柔弱的枝条,就像善于攀附的丝萝,不过是缘着树干抽放自己的叶子罢了!作为颜色,它说白不白,说红不红,与红绿相匹配,其实是杂色。紫荆花长不出连理枝,含笑花也缺乏凌霄花的气质。然而它却能保有它的花团簇拥,在流光飞逝之中,饱享土壤的肥力,承受上天的雨露。没有人采它作柴烧,是以斧斤不伤。难道是尊重前人的遗爱,而把这种爱护比拟于《甘棠》之爱吗?于是,这吏部厅就因了这藤花而得名,几案也是为花香而陈设。树荫成了遮挡风尘的屏障,花的倩影在衔杯品茗的几案上摇动。鸟声婉转,好像优美的乐音;花儿露出了怡然自得的神色。文人因而吟咏赋诗,志士面对此花则增发感喟。他们都为眼前的风物默想沉思,流连竟日夕了!

这弱木的开花,尚能让人们顾惜,何况那新甫山的柏树,徂徕山的松树,海边的神木,峄山的梧桐。它们的气势将要覆盖厚土,迫近苍穹了!人们占星推断,营造居室,相取高大厚实的栋梁之材,木匠不断地相度,为它们的遭逢而称快!

乘时致用,何须假手成功者的援引呢!

五色蝴蝶赋

纳兰性德

　　夫惟昆虫之羽化兮①,俨离俗而登仙。矧彩翼之有斐兮,备文章之自然。伊蝴蝶之微物兮,久托兴于囊篇②。陋唐人短赋之未工兮,余因感徼外之有五色者③,乃为之抽茧绪于毫端④。肆考载籍所载⑤,则产自丹青之树⑥,流观博物之编,则生于橘柚之园。腻软纤腰,若荆艳临风而婵婉⑦;参差舞翼,似阳阿长袖之翩翻⑧。尔其啄芳尘于蕊里⑨,饮玉露于花间,弱比收香之么凤⑩,清同緊叶之寒蝉。柳院儿童,解惜轻须除细网;兰闺窈窕,最怜新粉扑齐纨⑪。双飞款款,并戏娟娟⑫。所由荡子之妻见悠扬而兴惋,怀春之女对夹拍而含酸者也⑬。又尝旁搜尔雅之书⑭,汎览方舆之记⑮,曾闻栖香鹤蔓者则帷帐牵情⑯,绚彩罗浮者则车轮比翅⑰。既小大之形殊,亦元黄之色异⑱。说者谓南方朱鸟之乡⑲,位属离明之地⑳。故其山川卉木,悉炫菁华;鸟兽虫鱼,咸彰绮丽。囊余奉使出塞,吉日脂车㉑,晓背阳乌而轫辘㉒,霄瞻元武而驰驱㉓。经途万里之远,径陟大荒之隅㉔。讵知绝漠固阴之薮㉕,太蒙冱寒之区㉖,葱菁乔陵㉗,匪乘春而燠若㉘;迤逦深谷,不吹律而阳舒㉙。其中乃有同心并蒂之葩含英而禽艳㉚;四照九衢之葶吐秀而扶疏㉛。遥而睇之,疑百阵文禽之翔集,迫而观之,乃识千群锦蝶之翩飞。尔时忽觌斯蝶,目夺志丧。玩其藻绩非常㉜,斑斓诡状㉝。几为延伫而流连㉞,几为凝神而仿像㉟。或元如阆风之鹤㊱;或赤若炎洲之雀㊲;或黄如金衣公子㊳;或缟若雪衣慧女㊴;或彪炳如长离之羽㊵;或错落如孔爵之尾㊶;或黑若隃麋之墨㊷;或黝若秋蠊之翼㊸;或青如木难之珍㊹;或红如守宫之殷㊺;或绿若雉头之氅㊻;或晁如鹦鹉之背。或赪似珊瑚;或纹成玳瑁;或缥碧如八蚕之绵㊼;或绀翠若螺子之黛㊽;或蔚若天台建霞㊾;或鲜如蟏蛸垂华㊿;或褐若伊蒲之色㊑;或绛比鸡人之帻㊒;或炯炯如银睛;或辉辉若金星㊓;或紫似河庭之贝㊔;或蓝同琼岛之瑛㊕;或烂熳若析支氍毹㊖;或璀灿如大秦琉璃㊗。于斯宜信宇宙之广大,造化之绸缪,地何生而非美,物何处而无尤!假有绘于紫茸云气之帐者,必谓赵后香魂之变化㊘,若有绣于冰绡雾縠之裙者,必非汉宫赤凤所能留㊙。是岂止唐家芍药阑前仅有玉屑金麸之熠熠㊚;南氏桂椒厨内但诧离红胜白之翛翛而已哉㊛!意

— 47 —

清人辞赋选释

惟是域也，远接昆仑之丘，遥连星宿之海[62]。元圃群玉之恒储[63]；碧水九芝之常茇[64]；女床鸾鸟之攸栖[65]；丹穴凤凰之是萃[66]。故为珍族所诞生，而有此文蝑之可爱者欤[67]！爰是遂命从者麾箑，仆夫张罗，剪取组羽[68]，全生修柯。曜灵时未匿[69]，停骖聊复歌。歌曰："翩翩者蝶，飏彩幽墟[70]，与蜂为侣，作凤之车，偷得嫦娥月华帔，裁为蛾女五云裙，诗人遇物能成赋，那羡滕王蛱蝶图[71]。"歌毕就枕，倦游华胥[72]，不觉梦为蝴蝶而栩栩[73]，寤同庄叟而蘧蘧也[74]！噫，异矣！

【注释】

① 羽化：指昆虫蛹化为成虫的过程。
② 囊篇：前人的名篇佳句。
③ 徼外：塞外、边外。
④ 抽茧绪：抽引蚕丝。此指整理思绪，写作文章。
⑤ 载籍：书籍、典籍。
⑥ 丹青树：《北户录》："一木树五彩，初谓丹青之树，因命僮仆采之。顷获一枝，尚缀软蝶，凡二十余个。有翠绀缕者、金眼者、丁香眼者、紫斑眼黑花者、黄白者、绯脉者、大如蝙蝠者、小如榆荚者。愚因登岸视，乃知木叶化焉。"
⑦ 荆艳：楚地歌舞。　　婵娟：姿态柔美的样子。
⑧ 阳阿：古之名倡阳阿善舞，后因以称舞名。
⑨ 芳尘：花瓣。
⑩ 么凤：鸟名，又称桐花凤，羽毛五色。
⑪ 齐纨：齐地出产的白细绢。
⑫ 娟娟：飘动。
⑬ 怀春之女：谓少女思慕异性。
⑭ 尔雅：最早解释词义的书。
⑮ 方舆：地方政事。
⑯ 鹤蔓：《北户录》："鹤子草，蔓生也，其花麹尘，色浅紫，蒂叶如柳而短，当夏开花，南人云是媚草。"
⑰ 罗浮：山名，在广东省东江北岸。旧志云："罗浮山有蝴蝶洞，在云峰岩下，古木丛生，四时出彩蝶。"
⑱ 元黄：指天和地的颜色，元为天，黄为地。
⑲ 朱鸟：南方之神。南方赤帝，神名赤熛怒，精名朱鸟。

五色蝴蝶赋

⑳离明：指日光。
㉑脂车：油涂车轴，以利运转。此指驾车出行。
㉒阳乌：传说中太阳里的三足乌，因以借指太阳。　　轸辘：形容车轮转动声。
㉓元武：即玄武，古神话中北方之神。
㉔大荒：极远之地。
㉕固阴：严冬寒气凝结。
㉖太蒙：西方边远之地。
㉗葱菁：青翠而茂盛。
㉘燠若：温暖。
㉙吹律：吹奏律管。律为阳声，故传说可使地暖。
㉚翕艳：光色盛貌。
㉛四照：光彩照耀四方。　　九衢：繁华的街市。
㉜藻缋：错杂华丽的色彩。
㉝斑斓：色彩错杂灿烂。
㉞延伫：久立，徘徊。
㉟仿像：隐约貌。
㊱阆风：即阆风巅，在昆仑之上。
㊲炎洲：泛指南方炎热地区。
㊳金衣公子：《开元天宝遗事》："明皇于禁苑中见黄莺，常呼之为金衣公子。"
㊴雪衣慧女：《明皇杂录》："开元中，岭南献白鹦鹉，养之宫中，岁久，颇聪慧，洞晓人言，上及贵妃皆呼为雪衣娘。"
㊵彪炳：文采焕发貌。　　长离之羽：即凤凰，古代传说中的神鸟。
㊶孔雀：即孔雀。
㊷隃糜：隃糜以产墨著称，后借指墨或墨迹。
㊸螓：蝉的一种。
㊹木难：宝珠名，亦作"莫难"。
㊺守宫：旧说将饲以朱砂的壁虎捣烂，点于女子肢体以防不贞，曰守宫。
㊻毦：鸟兽的细毛。
㊼八蚕：指一年八熟之蚕。
㊽螺子：古代妇女用来画眉的一种青黑色矿物颜料。
㊾天台：山名，在浙江天台县北。

— 49 —

(50)螮蝀：虹的别名。

(51)蒲：水草，夏日开矛形茶褐色之花。

(52)鸡人：宫廷中专管更漏之人。

(53)辉辉：光耀貌。

(54)河庭之贝：河伯所居，以紫贝作阙。

(55)琼岛：传说中山人的居所。　　瑛：玉的光彩。

(56)烂熳：同“烂漫”。　　析支：古代西戎族名，又称鲜支、赐支、河曲羌。

(57)璀灿：同“璀璨”。　　大秦：古代中国史书对罗马帝国的称呼。

(58)赵后：汉成帝后赵飞燕。

(59)赤凤：汉成帝后赵飞燕所通之宫奴。

(60)玉屑金麸：玉的碎末和金砂。

(61)南氏：古国名。　　离红脍白：分其赤白。离：割也。脍：细切肉也。

(62)星宿海：地名，在青海省，古人以之为黄河的发源地。

(63)元圃：昆仑山顶的神仙居处。

(64)九芝：甘泉宫内产芝，九茎连叶，后泛指灵指草。　　茷：草叶茂盛貌。

(65)女床：山名。山有鸟，其状如翟而有五彩纹，名曰鸾鸟。

(66)丹穴：《山海经·南山经》：“丹穴之山，有鸟焉，其状如鸡，五采而文，名曰凤皇。”

(67)文蝑：虫名，螽斯也。

(68)剪：扑打。

(69)曜灵：太阳。

(70)幽墟：边远之地。

(71)滕王蛱蝶图：画名。唐李元婴画，元婴为高祖子，封滕王。

(72)华胥：梦境之代称。

(73)栩栩：欢喜自得的样子。

(74)蘧蘧：悠然自得的样子。

【今译】

那昆虫的变化，真如同离开尘世，进入了神仙的世界。那五彩的翅膀带着文采，具有文章的美妙和自然。蝴蝶这么个小东西，很早以前就有写它的文章了。可惜唐人的短赋看不出有什么功力来！我有感于边远地方有五色蝴

五色蝴蝶赋

蝶的事实，于是整理思绪，想用笔把它们描写下来。于是我查考典籍，浏览有关博物的记载，原来它产自南国的丹青树上，橘柚园里。它那细软的腰肢，就像楚地歌舞姿态柔美。款款地舞着翅膀，像古代名倡阳阿的长袖翩翩。它在花蕊里啄食花瓣，饮着花萼间的露水，就像鸟里的桐花凤，像树叶遮蔽下的寒蝉。庭院里的顽童，尚晓得爱惜它们，而扔下自制的网具；闺房中的女子，也怜惜它们，怕蝶儿把新粉扑溅在纨素之上。它们款款双飞，娟娟戏耍，游子的妻室，见此悠扬的神态，顿生惋惜之情；怀春的少女，面对蝴蝶自在地翔飞追逐而感到痛苦。我又旁征博引地翻阅字书和方志的有关记载，据说岭外有鹤子草，能增添帷帐的情趣；罗浮山的蝴蝶，翅膀大得像车轮。它们既有大小不同的形状，又有各种不同的颜色。有人说朱鸟是南方之神，其位在日光之地，所以那儿的山川花木，全都炫耀自己的美艳；鸟兽虫鱼，也竞相展示自己的丽质。

昔时我奉使出塞，择吉而往。早晨，阳光照耀着征车，夜里还继续往北进发。经过万里长途，直到大荒极远之地。岂知那绝漠边陲，严冬苦寒之地，山峦青翠，竟然不用等到天气祥和；绵延的山谷，不用吹奏律管，也能感到地气在变暖。其中的并蒂花光色旺盛；光彩四射的花萼也已争妍吐秀，枝叶纷披了。离老远看去，还以为是美丽的鸟儿在翔集，走近了，才知道是成百上千的彩蝶在翻飞。那时候，我看着这些光彩夺目的蝴蝶，几至丧失心志。我观赏着形状怪异，花纹美妙的蝴蝶，几至为它徘徊不舍，凝聚心神去为它摹像。它黑的就像阆风之巅的仙鹤；红的就像炎洲的雀；黄的就像禁苑中的黄莺；白的就像宫中的白鹦鹉。或辉耀，就像神鸟凤凰的羽毛；或参差错落，就像孔雀尾上的毛羽；或黑的就像隃麋出产的墨；或青的就像秋蝉的翅膀；或青翠的就像木难珠；或殷红的就像守宫；或绿的就像雉鸟头上的细毛；或像鹦鹉多彩的脊背；红的就像珊瑚；纹彩就像玟瑰；或是天青的颜色，就像一年八熟的蚕；或青的就像画眉用的颜料；或像天台山上的彩霞；或像虹霓下垂的光华；或褐的就像蒲草的花；或红的就像鸡人的绛帻；或晶亮如银睛；或光耀如金星；或紫如河中之貝；或蓝如琼岛之玉；或如析支出产的毛毯；或光华璀璨如大秦国出产的琉璃。我越发相信天地之大，造物主的缜密。地上生的什么不美？哪里的物产没有最优异的？假如有画着紫茸云气的幔帐，还以为是汉宫赵后香魂所变化；若有绣着冰绡雾毂的罗裙，又岂是汉宫奴赤凤所能留得下的！这岂止是唐家芍药园前仅有的金玉般的光华熠熠？南氏厨中分割红白的五色错杂呢！

这个地区，远接昆仑山，近连黄河源，群玉山玄圃永存，碧水灵芝长茂。

清人辞赋选释

女床山有鸾鸟久居，丹穴山有凤凰翔止。所以说珍禽所生之地，才会有这样可爱的小虫吧！于是，我让仆从们挥扇张网，捕捉几只，但不许伤害树木。

此时，太阳还没落山，我停下坐骑作歌曰："翩翩的蝴蝶啊，在边远之区飞舞，和蜂儿为伴啊，为凤鸟儿作车。窃得嫦娥的月光披风，裁成它们五色的裙裾。诗人即物命题，挥毫作赋，还羡慕什么滕王的《蛱蝶图》吗？"歌完就寝，进入梦乡，不觉梦见自己变成了欢喜自如的蝴蝶，醒来时就像庄子一样的悠然自得。噫，真让人惊异啊！

七夕赋

方 苞

　　岁云秋矣,夜如何其?天澄澄其若拭①,漏隐隐以方移。试一望兮长河之韬映②,若有人兮永夜而因依③。彼其躔分两度,天各一方。会稀别远,意满情长。欲渡河兮羌无梁④,空鸣机兮不成章⑤。叩角余哀⑥,停梭积恨⑦,四序遄以平分⑧,寸心抚而不定。悲冬夜之幽沉⑨,迷春朝之霁润。睹夏日之方长,盼秋期而难近。尔乃商声淅沥⑩,素景澄鲜⑪。重轮碾而寻地,破镜飞而上天⑫。汉影弥洁,宵光转丽。翼联乌鹊之群⑬,桥现长虹之势。逝将渡兮水中央,若已需兮云之际。于是蹁纤步以轻扬⑭,搴羽裳而潜泳⑮。玉佩露融⑯,罗纨冰净⑰,摘华星以为珰⑱,对明蟾而若镜⑲。笙竽则天籁纤徐,帷幔则彩云掩映。素娥仿佛以行媒㉑,青女飘摇而来媵㉒。古欢更结㉓,离绪重陈,望迢迢而愈远,情脉脉而难亲㉔。幸宿离之不忒㉕,际光景之常新。允惟兹夕,乐过千春。况复严更警逝㉖,流光迅驱,别当久远,来不须臾。念云端之重阻,眷天路之无期㉗。莫不愿秋夜之如岁,怅秋情之如丝。乃有绣阁名姝㉘,璇宫丽女㉙,徙倚阶除㉚,骈罗椒糈㉛,闲耽时物之新㉜,巧乞天工之与。爱秋华之临空㉝,快冷风之送暑。婉转芳夜之歌,密昵长生之语。惜光景之常流,恐欢娱之无处㉞。况乃家辞南汉㉟,戍絷幽都㊱,望沙场之凄寂,忆庭草之深芜。方捣衣而身倦,乍缄书而意孤㊲。望星河之乍转,惊日月之相疏。值天上之佳期,触人间之别怨。立清庭以无聊,痛河梁之永限。肠胶辖以为轷㊳,意氤氲而若霰㊴。激长歌以心摧,展清商而调变㊵。歌曰:"乐莫乐兮相与㊶,悲莫悲兮新别离。今夕兮不再,晨光兮已晞㊷。"重曰:"秋夜良兮秋河皎,度秋风兮长不老。茍一岁兮一相过㊸,胜人生兮百岁多。"

【注释】

①澄澄:清澈明洁貌。
②韬映:掩映。状星河之若隐若现。
③因依:倚傍,依托。
④梁:桥梁。

⑤鸣机：开动机杼，谓织布。

⑥叩角：敲击牛角。

⑦停梭：停止织作。

⑧四序：指春夏秋冬四季。　　逴：远貌，远远地。

⑨幽沉：阴沉。

⑩商声：秋声。　　淅沥：象声词，形容雨声或树叶脱落之声。宋欧阳修《秋声赋》："异哉，初淅沥以潇飒，忽奔腾而砰湃。"

⑪素景：月影。

⑫破镜：残月。

⑬"翼联乌鹊"句：神话传说：农历七月初七之夜，乌鹊填天河成桥，以渡牛郎织女相会。

⑭蹸：踩、踏。

⑮搴：提起。　　羽裳：羽衣。　　潜：涉水。

⑯玉佩：古人佩挂的玉制饰品。

⑰罗纨：泛指精美的丝织品。

⑱华星：明星。　　珥：古代妇女的耳饰。

⑲明蟾：古神话传说谓月中有蟾蜍，后因以"明蟾"为月的代称。

⑳笙竽：乐器，笙和竽，因形制相类，故常联用。　　天籁：自然界的声响，如风声、水声……

㉑素娥：嫦娥的别称。

㉒青女：传说中掌管霜雪的女神。　　媵：送也。

㉓古欢：往日的欢爱或情谊。

㉔脉脉：有默默地用眼睛表达情意之意。

㉕宿离：《吕氏春秋·孟春》："乃命太史，守典奉法，司天日月星辰之行，宿离不忒，毋失经纪，以初为常。"宿，指太阳所在的位置；离，指月亮所经过的地方。　　忒：差错。

㉖严更：警夜行的更鼓。

㉗天路：天上的路。　　无期：无穷尽。

㉘绣阁：犹绣房。女子的居室，装饰华丽如绣，故称。　　名姝：著名的美女。

㉙璇宫：传说中的仙人居所。

㉚阶除：庭阶也。

㉛骈罗：骈比罗列。　　椒糈：以椒香拌粳米制成的祭神食物。

㉜耽：迷恋。

㉝秋华：秋花。

㉞无处：无常。

㉟南汉：五代十国之一，有今广东全省及广西南部福建省南隅地。

㊱絷：拘置，引申为羁绊。　　幽都：指北方之地。

㊲缄：书简。

㊳胶辀：交错纷乱貌。

㊴氛氲：比喻心绪缭乱。

㊵清商：古代五音之一，其调凄清悲凉。

㊶相与：彼此相交接也。

㊷晞：拂晓，天明。

㊸荪：香草。

【今译】

　　时间到了秋天，这秋夜现在到了什么时候？天空清澈明洁，像拂拭过的一样。隐隐的漏声催着时光的推移。望着夜空中掩映的长河，好像是漫漫长夜里人们的依托。牛女二星在天上运行，不料却分成两处，天各一方。相见时少，别离时多，虽然情意绵长，却没有桥梁可通，徒然地开动着织机，却织得不成章法。牛郎敲着牛角，心中盛满着忧伤；织女停下机杼，心中的哀怨越积越多，无法排遣！春夏秋冬远远地走过去了，可这方寸之心却总也平复不下。可恨冬夜的阴沉；沉迷于春天的晴朗，万物充满生机。对着这悠长的夏日，盼着秋天却难于临近。淅淅沥沥的秋声，清澄鲜明的月影，像重轮碾过大地，像残月升上中天，银河的光影是那样明洁，使得夜空变得越发美丽。那乌鹊成群地连接着翅膀，编成彩虹一样的桥梁，它们在星云之间，确是非常重要！牛郎织女就要渡河相会了。于是，他们踏着小步，衣袂轻扬，提着羽衣，涉水而渡了。露水沾湿了玉佩，她身上的罗纨是那样的明洁。用明星作耳饰，对着明镜般的月亮。纤徐的天籁之声，像吹奏起竽笙；彩云掩映，就如同遮起了帷幔。是嫦娥来做媒吗？是青女来送嫁吗？旧时的欢情重新缔结，离别的思绪从头诉说。隔河相望，路远迢迢；脉脉含情，却又难以亲近。万幸日月不会差错，才有这一年一度的光景常新。今天晚上，欢乐超越了百代千秋，无奈更鼓频催，时间迅疾驰过，分别的时间是漫长的，而聚首却是须臾之间的事。云汉重重阻隔，回视天路茫茫，无穷无尽。

　　都想让这天晚上漫长如年，惆怅于难解的情丝。这时有闺房中的淑女，

清人辞赋选释

宫廷的丽人，在庭阶间徙倚徘徊，罗列着祭神的供品，迷恋于时物的新奇，向天乞求赐给巧艺。喜秋花之绽放，凉风的送爽，这委婉的秋夜离歌，这密语着的仙家情话，可惜时光如流，只恐这欢娱也是无常的呢！何况还有离家远在南汉的人；卫戍在北方边鄙之地的人。望着凄凉寂静的沙场，遥想故园中庭草的荒芜。更有捣衣身倦的思妇，写下寄远的信函，表达孤单寂寞的心情。望长空星河已转，才感到离别之久；正值天上的佳期，才触动人间的别怨，在清冷的空庭中伫立，百无聊赖，也为天上银汉长隔而伤痛！肝肠百转，交错纷乱，繁乱得就像飘落的霜霰。怀着伤痛长歌，清商变位，再也唱不出那温婉的歌了！歌曰："快乐啊莫过两情相悦，悲伤莫过于又一次别离。今夕过去不复来，东方已现出晨曦。"重曰："秋夜好啊秋河皎洁，经历秋光啊常不老；香草一年还一度繁荣，胜过人生百年的岁月！"

曼陀罗赋

全祖望

盖尝邂逅丰台之花径①,有客赠予以曼陀罗之英②,骈叶外包③,有藉者袭④,捧心内美⑤,用晦而明⑥。萧晨半开以迎曙色⑦,薄暮暝合以听霄征⑧。有缟其蕊⑨,有碧其茎⑩。一枝挺挺⑪,其上亭亭⑫。予不识也,问曰:"请举其略。"

客曰:"是盖登之帝座皇华之录⑬,为北斗使者星槎之手拎⑭。又如苍颉书成之所雨⑮,为佛王说法而降精⑯。布以牵牛之种⑰,洒以天女之灵⑱。握节者爱其骈葩之古⑲,拄杖者疑闻落叶之零⑳。今夫阆苑之松花盈石㉑,祇林之金粟满籯㉒。玉洞则仙麻不老㉓,慈云则紫竹常青㉔。各有树艺㉕,未克合并㉖。曷若兹花,释老均称㉗。斯其所以矜贵而莫京与㉘?"

予曰:"否否。夫异说之荒唐,无稽弗听;空花之诞谩㉙,非予所馨。彼山茄之佳植㉚,底安锡以二氏之名㉛。信斯言也,固宜其为恶客而见憎。吾独怜其酝膏实而醴具芳心㉜,载之《酒经》㉝。笑而采者,令人笑口之绰约㉞;舞而摘者,令人舞腰之娉婷㉟。半酣而动,有引必应。樊素见之而颐解㊱,小蛮遇之而神倾㊲。当是时二豪在侧,如蜾蠃之与螟蛉㊳。"

客曰:"善哉,夫子之言乃如见夫花之情也。"

【注释】

①丰台:地名,在今河北省宛平县境内。　　花径:花间小路。
②曼陀罗:《本草》:"曼陀罗花,一名风茄儿,一名山茄子。春生夏长,独茎直上,高四五尺,生不旁引。绿茎碧叶,八月开白花。状如牵牛花而大,攒花中折,骈叶外包,而朝开夜合……"
③骈叶:花叶对生。
④藉:以物衬垫。　　袭:重重,重叠。
⑤捧心:相传西施有心痛病,经常捧心而颦。邻女效之,反增其丑。
⑥用晦:隐藏才能,不使外露。
⑦萧晨:凄清的秋晨。

⑧霄征：夜行。

⑨缟其蕊：指其开白花。

⑩碧茎：指绿茎碧叶。

⑪挺挺：正直貌。

⑫亭亭：独立貌。

⑬皇华：皇帝的使臣。

⑭"北斗"句：道家北斗有陀罗使者，手执此花，故后人因以为名。

⑮苍颉：即仓颉，黄帝史官，始造文字。《淮南子·本经训》："昔者仓颉作书而天雨粟，鬼夜哭。"

⑯"佛王"句：法华经言佛说法时，天雨曼陀罗花。　降精：降花也。

⑰牵牛之种：谓其状如牵牛。

⑱天女之灵：谓仙人的灵雨。

⑲握节者：指使者。

⑳拄杖：指扶持节杖。　疑：以为。

㉑阆苑：仙人所居。　松花：松树的花，别名松黄，可酿酒。

㉒祇林：即祇园。印度佛教圣地之一，后用为佛寺代称。

㉓玉洞：指仙道或隐者的住所。白居易《送仙翁诗》："晴眺五老峰，玉洞多神仙。"　仙麻：泛指仙家草木。

㉔慈云：佛教语，比喻慈悲心怀如云之广被众生。

㉕树艺：种植、栽培的技艺。

㉖克：堪也。

㉗释老：释迦与老子，即佛老也。

㉘京：比。

㉙空花：佛教语，指隐现于病目者视觉中的繁花和虚影，喻妄想。诞谩：荒诞不实。

㉚山茄：曼陀罗的别名。

㉛锡：赐也。　二氏：指佛老。

㉜醴：甜酒。　芳心：隆情厚意。

㉝酒经：书名，叙录古来之制酒法。《唐书·王绩传》："王绩追述焦革酒法为经，又采杜康仪狄以来善酒者为谱。"

㉞绰约：柔婉，美好貌。

㉟娉婷：姿态美好貌。

㊱樊素：《云溪友议》："居易有妓，樊素善歌，小蛮善舞。尝为诗曰：

'樱桃樊素口，杨柳小蛮腰。'"

㊲小蛮：注同上。

㊳螺蠃：蜂之一种，俗称土蜂。常捕螟蛉置巢中，产卵后封其穴，幼虫孵出，即食所捕之螟蛉。　螟蛉：桑虫也。《诗·小雅·小宛》："螟蛉有子，螺蠃负之。"

【今译】

在丰台花间小路上的一次不期而遇，有人送给我一枝曼陀罗花。那互生的叶子包在外边，一层一层地衬垫着，就好像捧心皱眉的西子，掩藏不住她内在的美丽；隐藏不露，越能显示出她的卓然不群。在凄清的秋晨，曼陀罗迎着曙光渐渐地绽开了花蕾，到傍晚时候，它又悄悄地合上，去聆听那夜行者的声音。它有着白的花，绿的茎，直挺挺地亭亭而立。我不认识它是什么花，就说道："请给我做一简单的介绍吧！"

我友说："它是登过帝座的皇华使者，是道家北斗陀罗使者手持的花！就像史官仓颉制作成文字，天为降粟；佛王说法，天降曼陀罗花一样。散播开牵牛一样的种子，洒下天女的灵雨。奉使者爱那骈生花朵的古色古香，拄着节杖，错以为是花叶也在零落。如今，仙居的松花已盖满了山石；佛寺里的金粟也盛满了筐箩；洞府中花草不老；慈云广被而仙竹常青。它们都各有自己种植、栽培的方法，不能同样对待。哪像这曼陀罗，佛、老两家都称道它，这岂不就是它高贵而又无与伦比的原因吗？"

我连说："不，不对！异端邪说，无聊又荒唐，不值得一听！虚无的假象，更不值得我去赞赏！那不过是我们所说的山茄子，为什么要赐给它佛、老二氏的名义？这是实话，因而可以确认它是不被人喜欢的恶客！可我唯独珍惜它能酿制膏实而入酒，这份隆情厚意，可以记入《酒经》了。笑而采撷啊，令人笑容柔婉；舞着采摘啊，愈显舞姿的娇媚。在半醉半酣中舞动，凡有牵引，必然回应，连樊素见了也会掩口而笑，小蛮见了也会心动神倾。当时还有两位豪客在旁边，就像土蜂和桑虫。"

我友说："好！你这番话，真好像看见了花的内心一样！"

清人辞赋选释

韩昌黎佛骨表赋

张汝霖

　　白简千秋①，丹心万古，是圣人徒②，为唐室辅。君迎佛骨以祈年③，臣进表文以御侮④。居然铁笔，日月可以争光；漫说金身⑤，草木与之同腐。昔昌黎伯之仕唐也⑥，恶异端而力排⑦，扶正学于将坠⑧。天骨卓其开张⑨，风骨骞而隽异⑩。非香山结杜之愚⑪；非萧瑀出家之伪⑫。原圣门之道，著书不数荀卿⑬；受宣室之厘⑭，持论常嗤贾谊⑮。况其时山东耆定⑯，淮西就绥⑰，宏王纲以再振⑱，耀天戈而一麾⑲。地不许创立寺观，人不许度为僧尼⑳。合万国以来同，译鞮寄象㉑；得四灵以为畜，麟凤龙龟。奈何以佛为灵，为骨所赚，御楼观而来自凤翔；大内入而喧传鱼梵㉒。敕诸寺以供养㉓，佛劫涅槃㉔；令群僧以递迎，佛经礼忏㉖。佞佛有主㉗，顿成一国之狂；辟佛无人㉘，谁献千秋之鉴㉙。公气如虹，元精贯中㉚，表诚惶而诚恐，佛是色而是空。身而存亦仅容其朝觐㉛，骨已朽奚事用其推崇！历观古帝王，必不祈祥而祈福；倾动愚夫妇，将何教孝而教忠？硬语横盘，牟尼胆寒㉜。谓宜投诸水火，无须供以旃檀㉝。市骏而漫夸真赏㉞，更弩而孰破疑团㉟。百姓何知，十百群焚顶烧指㊱；小臣无状㊲，一千言沥胆披肝。是其抗论批鳞㊳，陈情泣血，一则以崇圣之功，一则以尽臣之节。无如英主迷心，翻怒谏臣鼓舌。征人于鬼㊴，孤忠谪万里之潮㊵；变夏为夷，大错铸六州之铁㊶。然而是表也，正道扶持，邪言攘斥，无惭奏议之臣，共仰文章之伯。佛何足事？应嗤梁武之舍身㊷；骨岂能灵，乃异姬宗之掩骼㊸。同朝而碌碌依违㊹，抗疏而铮铮建白㊺。斯亦可谓针害身之膏肓㊻，进苦口之药石者矣㊼。

【注释】

①白简：古时弹劾官员的奏章。
②圣人徒：多指传孔子之道者。
③佛骨：即佛舍利。相传为释迦牟尼遗体火化后结成的珠状物。
祈年：祈祷丰年。
④御侮：抵御外来的侮辱。

— 60 —

⑤金身：装金的佛像。

⑥昌黎：唐人韩愈的别称。　伯：对以文章或道义而闻名于世，并足以做他人表率者的尊称。

⑦异端：凡自居正统的人或组织，对异己的观点、学说或教义称之为异端。

⑧正学：谓合于正道的学说。

⑨天骨：伟岸的骨骼。杜甫《天育骠图歌》云："矫矫龙性含变化，卓立天骨森开张。"

⑩风骨：刚正的气概。　隽异：谓才德超卓。

⑪香山结社：唐人白居易致仕后，研读道家学说，醉心佛道，与香山僧如满结香火社，自号香山居士。

⑫萧瑀：《旧唐书·萧瑀传》："好释氏，常修梵行，每与沙门难及苦空，必诣微旨。"

⑬荀卿：即荀况。战国赵人，著《荀子》三十二篇，学者尊之，称为荀卿。

⑭宣室：指汉代未央宫中之宣室殿。　受厘：受神之福。

⑮贾谊：汉文帝博士。《史记·屈原贾生列传》："贾生征见，孝文帝方受厘，坐宣室。上因感鬼神事，而问鬼神之本。贾生因具道所以然之状。至夜半，文帝前席。"

⑯耆定：平定。

⑰绥：平抚安定。

⑱王纲：天子的纲纪。

⑲天戈：帝王的军队。韩愈《潮州刺史谢之表》："天戈所麾，无不从顺。"　一麾：有发令调遣意。

⑳度：剃度。

㉑译鞮寄象：翻译人员。《礼记·王制》："五方之民，言语不通，嗜欲不同。达其志，通其欲，东方曰寄，南方曰象，西方曰狄鞮，北方曰译。"

㉒凤翔：地名，在今陕西省境内。韩愈在《论佛骨表》中曾直书"迎佛骨于凤翔"的事实。

㉓鱼梵：指敲木鱼和诵经念佛声。

㉔敕：自上命下，特指皇帝诏令。

㉕涅槃：佛教语。意为"灭""寂灭""圆寂"。

㉖礼忏：佛教语。谓礼拜佛菩萨，诵念经文，以忏悔所造之罪恶。

㉗佞佛：迷信佛教。
㉘辟：驳斥。
㉙千秋鉴：历史的镜子。开元间，唐玄宗生日，百官多献珍异，唯张九龄进《千秋金鉴录》，具陈古今废兴之事，帝赏异之。
㉚元精：天地的精气。
㉛朝觐：诸侯谒见天子，春曰朝，秋曰觐。
㉜牟尼：即释迦牟尼。佛教始祖。
㉝旃檀：檀香，此指用檀香木刻的佛像。
㉞市骏：《战国策·燕策》："……马已死，买其首五百金反以报君。君大怒曰：'所求者生马，安事死马而捐五百金？'涓人对曰：'死马且买之五百金，况生马乎？天下必以王为能市马，马今至矣。'于是不能期年，千里马至者三。"
㉟骛：追求、追逐。
㊱焚顶烧指：焚灼头顶，烧去一个手指，用肉体来供养佛的愚昧行为。
㊲无状：行为失检。
㊳批鳞：谓敢于直言犯上。
㊴征：惩也。
㊵潮：州名，在广东省境内。
㊶"大错铸六州之铁"句：《资治通鉴·唐昭宗天祐三年》："全忠留魏半岁，罗绍威供亿，所杀牛羊豕近七十万，资粮称是，所赂遗又近百万；比去，蓄积为之一空。绍威虽去其逼，而魏兵自是衰弱。绍威悔之，谓人曰：'合六州四十三县铁，不能为此错也。'"
㊷梁武舍身：《梁书·武帝纪》："帝晚溺信佛道，凡三舍身。"
㊸掩骼：周室设官蜡氏，掌掩骼埋胔。
㊹依违：依顺。
㊺抗疏：向皇帝上书直言。
㊻膏肓：称病之难治者。《左传·成公十年》："疾不可为也，在肓之上，膏之下，攻之不可，达之不及，药不至焉，不可为也。"
㊼药石：泛指药物。

【今译】

千古犹存进谏的表文，不灭的丹心。是孔圣人的门徒，是唐王朝的辅弼之臣。皇帝恭迎佛舍利以祈求福祉；臣子进谏上表以抵御外来的侮辱。真是

韩昌黎佛骨表赋

铮铮铁笔，文章可以和日月争光；说什么佛饰金装，终将与草木一同朽腐！

昔时韩愈在唐室做官，痛恶那些异端邪说而全力予以排斥，扶持正统学说，在日渐衰落的时候。他风骨伟岸，才德超卓，认为白居易香山结社是愚钝，萧瑀出家是虚伪。遵循圣人之道，著书立书毫不逊于荀卿；宣室受厘，对贾谊的应对也每嗤其不足。何况当时天下太平，山东、淮西皆已平定，皇室的纲纪正应该得到发扬和振兴。天子调遣军队，发布诏令：各地不许建立寺庙，人不允许剃度为僧为尼。各国翻译人员前来修好；许多灵禽异兽得以畜养。为什么要以佛为灵，为骨殖所蒙骗？登楼观看从凤翔迎来的佛骨，皇宫之内到处都是诵经念佛之声。还命令各寺庙供养圆寂的佛骨，递相迎奉，拜佛诵经，以忏悔所造的罪恶。迷信佛教有皇上带头，顿时间全国拜佛成风；驳斥迷信的没有人，谁能献上一副历史的明镜！韩公秉如虹之气，天地的元精直贯其中。诚惶诚恐地上表奏闻，力陈佛为色空的道理。身存而仅容谒见尚可，为什么骨殖已朽还要推崇？历观古代帝王没有祈祥祈福的；今使愚夫愚妇受蛊，还怎么去教以忠孝之道！这些话刚直峭劲，让释迦牟尼感到惶恐。他认为应该把它扔到水里、火里，无须再香火供奉！莫说千金市骏是出于真正的赏识，而别有追求，谁又能解得此中奥秘？百姓无知，成百上千地焚灼头顶，烧去手指：臣下行为有失检点，在千言的表文中，尽表自己的真诚。他的直言犯上，泣血陈情，一方面表示尊崇圣道的功绩，一方面尽了臣子的本分。无奈皇帝意乱神迷，竟迁怒于臣下的多嘴多舌。惩罚他几至做鬼域之人，最终被贬到万里之外的潮州。用六州之铁铸成了大错，使华夏变为夷狄。然而这道表章，扶持正道，排斥邪说，无愧于奏议之臣的本分，使后世共仰文章宗伯的风范。佛有什么值得事奉的？可笑梁武帝三次舍身为僧；骨殖又怎么能有灵应？这和周官掩骼埋胔根本是两回事。同朝之人，碌碌依顺，而他上书直言，表达自己的见解。这可以说是为治害人的病症，而进献的苦口之药吧！

坐观垂钓赋

袁枚

　　子才子息志尘鞅①，栖神玄妙②。迥谢轩冕③，日事渔钓。过其友庄先生而傲之曰④："子亦知夫钓之乐乎？当子之狶膏棘轴而遨荡于康衢也⑤；吾则琅玕三尺⑥，冰蚕一丝⑦，驰波跳沫，与水为嬉。当子之仆速相从⑧，跦庄鞠忌⑨，参笱府而不得舒也⑩；吾乃投亚九饭⑪，祝一鲋鱼⑫，伸眉肆肘，天不能拘。思子之乐，乐不我如。胡不易子之所事，而娱吾之所娱？"
　　庄先生曰："不然。吾闻好泅者溺，好猎者惊；当局者误，旁观者清。故五彩之藻衮⑬，服之者不见，而见之者耀焉。五音之笙箫⑭，吹之者不闻，而闻之者妙焉。当夫霜竹浮阴，风梧散叶，夕照千里，碧云一色；水荡影以鳞鳞，鱼浮空而戢戢⑮。乃命童子，坐危石，俯深流，投丑扇以为饵⑯，削焦铜以为钩⑰；或沉或浮，载泳载游。余不持一线，但瞪双眸。试操纵之有道，任贪廉之自求。彼得吾不喜，彼失吾不忧。抒澹观于物外⑱，何筌蹄之足谋⑲？于是神如东王公之鲤⑳，大如任公子之鳌㉑，年如姜尚父之老㉒，台如严子陵之高㉓；入吾目兮，不过一瞬；当吾坐兮，不过终朝㉔。钓鲤鱼而无羡乎尼父㉕，会大都而奚夸夫鱼刀㉖！子但知垂钓之乐，而乌知吾坐观垂钓之逍遥？"
　　子才子于是嗒然意失㉗，捆然神爽㉘。结苇蜡芦㉙，投绳释网。叩舷而歌曰㉚："巧人之巧，坐而息兮；拙人之拙，垂竿立兮。吾欲作书与魴鲤，慎出入兮；展如之人㉛，大巧而有愚色兮。"

【注释】

　　①子才子：袁枚字子才，子才子，袁枚自谓也。息志犹息心，谓不再想望也。　　尘鞅：世俗事务的束缚。
　　②玄妙：形容事理深奥微妙，难以捉摸。
　　③"迥谢"句：迥：远，遥远。轩冕：指仕宦生涯。句意为远离仕宦生涯。
　　④庄先生：袁枚的朋友庄念农，据袁枚《庄念农遗稿序》言，其"仅官太守，中年而殂。"有遗诗二卷。

⑤猄膏：猪的脂肪。　　棘轴：以棘木作的车轴。　　《史记》："猄膏棘轴，所以为滑也。"

⑥琅玕：形容竹之青翠，此指钓竿。

⑦冰蚕：冰蚕所吐的丝，此指丝纶。

⑧仆速：平庸。

⑨跮庄鞠忌：屈身弯腰。

⑩衙府：犹府衙，官署也。

⑪亚九饭：亚：次也。九：九饭。见《仪礼·士虞礼》："尸饭，播余于篚。三饭。佐食举干。尸受振祭，哜之，食于篚，又三饭。举胳祭如初，佐食举鱼，腊食于篚，又三饭。举肩祭如初。"此指祭余之饭。

⑫"祝一鲋"句：祝：祷告。鲋：即鲫鱼。《说苑·复恩》："以奁饭与鲋鱼，其祝曰：'下田洿邪，得谷百车；蟹堁者宜禾。'臣笑其所以祠者少，而所求者多。"

⑬藻裵：文饰华丽的衣服。

⑭五音：泛指各种音乐。

⑮戢戢：密集貌。

⑯丑扇：蝇的别名。

⑰"削焦铜"句：削：用同"操"。焦铜：即铜焦，古代炊器，下有三足，附长柄，多用于温羹。骆宾王《荡子从军赋》云："铁骑朝常警，铜焦夜不鸣。"

⑱澹观：恬淡的情操。

⑲筌蹄：指达到目的之手段或工具。

⑳东王公：神话中仙人名。

㉑任公子：古代传说中善捕鱼的人。《庄子·外物》："任公子为大钩巨缁，五十犗以为饵，蹲乎会稽，投竿东海，旦旦而钓，期年不得鱼。已而大鱼食之，牵巨钩，𨱻没而下，骛扬而奋鬐，白波若山，海水震荡，声侔鬼神，惮赫千里。任公子得若鱼，离而腊之，自制河以东，苍梧以北，莫不厌若鱼者。"

㉒姜尚父：即吕尚，佐周灭商功臣。未仕时，曾为磻溪钓叟。

㉓严子陵：即严光，东汉余姚人。少与光武同游学，及光武即位，光变名姓，隐居不见。帝思其贤，物色得之，除谏议大夫，不就归。隐富春山，耕钓以终。

㉔终朝：一整天。

㉕尼父：孔子。

㉖鱼刀：剖鱼用的刀子。

清人辞赋选释

㉗嗒然：神情沮丧。

㉘挏：威武。

㉙蠟芦：同"躐纱"，绩麻，王褒《僮约》："穿臼缚帚，裁盂凿斗，浚渠缚落，锄园斫陌。杜艚埤地，刻木为架，屈竹作杷，削治鹿卢，出入不得骑马载车，踑坐大哦，下床振头，捶钩刈刍，结苇躐纱……"

㉚叩舷：敲击船舷，以为歌咏的节拍。

㉛展如：真诚。

【今译】

　　子才子远离仕宦生涯，再不去想那些纠缠人的世俗事务，天天以渔钓为营生，慰藉以探讨难以捉摸的事理。有一次拜访他的朋友庄先生，子才子不无自负地说："你也知道钓鱼的乐趣吗？当你乘车游逛在通衢大道上的时候，我正用一根三尺长的竹竿，一线钓丝，在波浪间与水相戏。当你平庸地跟着人家后边，屈身弯腰，违心地参谒官府时，我正依次地投下祭余的饭食，拿着一条小鲫鱼，祈祷得到更多的收获！我挥臂而钓，开颜而笑，老天也管不着！想想你的乐趣，可有一点比得上我？为什么不改变一下你干的事儿，像我一样那该有多快活！"

　　庄先生说："不然，我听说淹死会水的，受惊的是打猎的。什么事都是临事者糊涂，旁观者看得清楚。所以说五彩纹饰的礼服，穿的人自己看不见，只是看见的人觉得光彩耀人；音乐中的笙管笛箫，吹奏的人听不见，而欣赏的人却感到美妙。当青竹上着上新霜，风儿吹落了梧叶，夕阳千里残红，水天一色澄碧。水面上荡漾着粼粼的光波，鱼儿密集，像在虚空中浮游。于是让小童坐在岸边的高石之上，俯看下面的水流。投下一些蝇虫作饵，操起铜焦当鱼钩，一任它在水里游泳沉浮。我不用钓鱼的丝线，只睁大着两只眼睛，检试操和纵的道理，任贪得也好、约取也好，得了我不见得就喜，失了我也没有什么可忧的！恬淡的情操超然于物外，还哪里需要弄什么手段！所以像东王公的巨鲤、任公子的大鳌、姜吕尚的老年垂钓、严子陵的高高钓台，看在我的眼里，不过是一瞬之间。我坐在那儿，至多不过一整天而已。钓鱼用不着羡慕孔子，在大城市相会，还夸什么剖鱼的小刀儿！你只知道钓鱼的乐趣，却怎么知道我坐观垂钓的逍遥自在？"

　　子才子于是神情沮丧，忽然似有所悟，觉得神清气爽起来。于是他扔下绳索和渔网，一边整理着麻缕，编结芦苇，一边敲着船舷唱道："巧人的巧在于坐息神游，笨人之拙在于垂竿立江洲。我想给鱼儿捎个话：'要加小心啊！那些诚实真挚的人，他们总是内含机心而外若愚拙的呀！'"

春水绿波赋

纪 昀

　　春回南浦①，冻解东风。流澌拍岸②，远水连空。千迭微波，映韶光而骀宕③，一痕新绿，浮暖溜以沖融④。涨细浪于桃花，红英乍落；幂生烟于芳草⑤，碧色相同。当其流云乍破，宿雾微横，雁奴惊晓⑥，鸠妇呼晴⑦。白舫青帘⑧，柔橹数声船过；红衫乌笠⑨，画桥几度人行⑩。菡萏半垂⑪，漾日华而欲动；玻璃一片，隔树影而偏明。至于雨湿蘅皋⑫，雾垂芳汜⑬，漠漠轻飘⑭，蒙蒙未已⑮。排来雁齿⑯，烟迷九曲长桥；染出鸭头⑰，岸涨三篙新水。分数行之云树，淡墨初匀；映几处之楼台，揉蓝相似⑱。别有习习柔飔⑲，层层软浪，镜面新磨，靴文细漾⑳。一池吹皱，依稀碧縠玲珑㉑；六幅拖来㉒，仿佛青罗飘宕。洛神欲拾㉓，迷翠羽于洲中，湘女出游㉔，蹙鱼鳞于水上。若乃暝色衔山，夕阳低岸。归鸟相呼，残霞欲涣。一湾柳色，遥垂官渡低迷㉕；千里枫林，不尽清流森漫㉖。关山何处㉗，凄然游子之一方；烟水无涯，渺矣劳人之三叹㉘。尤其赠芍药而情深㉙，怅杨花而目断者也。

　　嗟乎！春流瑟瑟㉚，春草离离㉛。河梁录别㉜，灞岸相思㉝。怀远人于长道，照孤影于清漪㉞。伊徘徊而不见，羌独立而何为。乃为歌曰："幽渚多芳芷㉟，长天杳碧云。一雁可怜横极浦㊱，双鱼莫惜寄回文㊲。"又歌曰："掠波双燕子，浴浪两鸳鸯。春思今如许，春情那可忘。一水谁云难得渡，七襄何事不成章㊳。渺江流之无极，与远梦而俱长。"

【注释】

①南浦：泛指面南的水边。
②流澌：江河解冻时流动的浮冰。
③骀宕：舒缓起伏，荡漾。
④沖融：水深广貌。
⑤幂：浓密。
⑥雁奴：雁群夜宿沙渚，大者安居于中，其小者围外司警，以备狐与人之来捕，谓之雁奴。

⑦鸠妇：指雌鸠。
⑧白舫：白色的画船。《桃花扇·拒媒》："再休想白舫青帘载酒樽。"
⑨乌笠：指绅士、美人。《桃花扇·闹榭》："丝竹隐闻，载将来一队乌帽红裙，天然风韵。"
⑩画桥：雕饰华丽的桥梁。
⑪菡萏：荷花。
⑫蘅皋：长有香草的沼泽。
⑬沚：水中的小块陆地。
⑭漠漠：迷蒙貌。
⑮蒙蒙：迷茫貌。
⑯雁齿：状物骈列如雁行。
⑰鸭头：鸭头色绿，形容水色。
⑱揉蓝：浸揉蓝草做成的染料。诗文中用以指湛蓝色。
⑲飔：凉风。
⑳靴文：靴皮的花纹，形容细波微浪。苏轼《游金山寺》："微风万顷靴纹细。"
㉑碧縠：绉纱似的皱纹。
㉒六幅：指罗裙。李群玉《同郑相并歌姬小饮戏赠》："裙拖六幅湘江水，鬓耸巫山一段云。"
㉓洛神：传说中的洛水女神，即宓妃。
㉔湘女：指湘娥，湘水之神。
㉕官渡：官设的渡口。
㉖淼漫：水流广远貌。
㉗关山：关隘山岭。
㉘劳人：忧伤的人。
㉙赠勺药：崔豹《古今注》："牛亨问曰：'将离别相赠以芍药者何？'答曰：'芍药一名可离，故将别以赠之。'"
㉚瑟瑟：指碧绿色。白居易诗："一道残阳铺水中，半江瑟瑟半江红。"
㉛离离：茂盛貌。
㉜河梁：桥梁。
㉝灞岸：灞水之岸。
㉞清漪：谓水澄清，其波如锦纹。
㉟芷：香草。

㊱极浦：远浦。

㊲回文：本指一种回环往复的文体，此指书信。　　双鱼：指书信。

㊳七襄：指织女星。《诗·小雅·大东》："跂彼织女，终日七襄，虽则七襄，不成报章。"一说："七襄，织文之数也。"诗意谓望彼织女，终日织文至七襄至多，终不成报我之文章也。

【今译】

东风解冻，南浦春回，刚刚融解的流冰撞击着堤岸。远处，但见天水相连，层层水光，映照着荡漾的春光。这一道绿水，带来了无边的春意。新涨的微微细浪，漂着刚谢过的桃花；碧绿的芳草和漫漫的烟雾都融为一片了。天亮了，云开雾敛，惊起了沙洲上的宿雁，雌鸠不停地叫着，呼唤着一天的晴空。白色的画船，淡青色的竹帘，几响轻柔的橹声，船儿从水上驶过。红衫皂帽，画桥上又开始有人往人来。荷花半垂着头，在明丽的日光下欲动非动；水波就像一片玻璃，虽然有树影挡着，还是那么晶莹、明亮。

至于细雨淋湿了沼泽中长满的香草，烟雾弥漫了芳洲，那雨轻轻地飘洒着，没有停止的意思；烟笼罩着九曲长桥上的阶梯，春水浸染着像鸭头一般的绿色。几行云树，就像画师轻敷的淡墨，蓝湛湛地，映着远处的楼台。另有习习的柔风，层层的细浪，像新磨的镜子，像靴文一样荡漾着的微波。被风吹皱了的一池春水，依稀就是碧绿的縠纱，仿佛是舞姬拖着的六幅罗裙在飘荡。连洛神都想捡拾，以为是飘落在沙洲上的翠羽；湘女出游，微风荡出水上的鳞波。

若乃暮色来临，红日落山，归鸟群呼，残霞欲散，一湾垂柳，老远地低垂着，遮住了渡口。千里枫林，掩映着浩渺不尽的江流。关山何处？远在天边的游子，渺无际涯的烟水，像忧伤者发出的频频叹息。尤其是那寄托深情的临别相赠的芍药，和望不尽的飘飘荡荡的柳絮杨花。

春草繁茂，春水绿波。河桥铭记着别情，灞水也难忘相思，怀念远人在漫漫无尽的征途。清流湛湛，映照着一个孤单的身影，徘徊着，看不见归人，一个人站在这儿又有何用！于是他唱道："幽静的洲渚上啊有许多香草，万里长空却看不见一丝碧云。一只孤雁飞过远方的极浦，寄上一篇回文诗，表达不尽的思念之情。"接着又唱道："在水上飞掠而过的一双燕子，在水中戏浴着的两只鸳鸯，春情就是这样，怎么能忘得了呢！谁说一水阻隔就难于渡过？凭着织女的巧手，为什么就织不成美丽的篇章！渺渺江流，无穷无尽，就像我飞赴远方的梦境一样悠长。"

清人辞赋选释

仁寿镜赋

蒋士铨

　　日月所照，天下归仁①；虚静有容，寰中皆寿②。鉴万物以至明，纳群生于在宥③。圣天子以礼义为器④，器则求新；以虚诚鉴人，人维求旧。光天由盛德以弥昭⑤，心镜惟至人为能守⑥。奚烦淬润⑦，奉三无者自著光精⑧；不待磨揩，抱四规者本无尘垢⑨。体荀悦《申鉴》之义⑩，惟顺惟贤；玩周王践祚之铭⑪，见前虑后。张九龄千秋呈录⑫，胜于沮渠贡来⑬；高季辅金背承恩⑭，何取箕山铸就⑮！故器车泽马⑯，其出也各应其麻⑰；宝瓮璇图⑱，其现也实当其候。人官纪瑞⑲，休征散见于神区⑳；物曲膺祥㉑，古事可稽于灵岫㉒。盖本烛照之无疲㉓，斯验圆灵之不谬㉔。

　　维唐蜀都㉕，有镜呈露。绝壁开时，一轮悬处。烟岚半拂㉖，似香雾之轻蒙；苔绣交萦㉗，俨菱花之回互㉘。玲珑石骨，未须巧匠之刓㉙；皎洁金精㉚，不等玄冥之铸㉛。文成迭篆，日中之王字双钩㉜；体并连珠㉝，江底之雁行斜驻㉞。契乐山之旨㉟，仁原似山之静；诵如山之诗㊱，寿乃同山之固。峰前负局㊲，误他高士来磨；岩畔司夋，自有五丁长护㊴。他如浯溪与绩溪齐名㊵，儴溪并浔阳共著㊶。临安现王者仪容㊷，武担表山精墟墓㊸。宫亭之一枚顿失㊹，宁教鸾鸟窥来；安陆之三段平分㊻，未许山鸡舞去。周穆王白石雪月交辉㊽，宋文帝青州池波飞注㊾。虽皆石镜奇观，未入唐家掌故㊿。宜乎天宝之祯祥㉛，为彼蜀人所乐赋也。

　　盖缘质本坚贞，体尤莹净。悬诸殿陛㉜，何殊写体之铜㉝；影出文章，不啻透光之镜㉞。异方诸之在泽㉟，非夷则之出阱㊱。宋广平果看相字㊲，石定能言；沈寺丞倘着绯袍㊳，地当有庆。入仙铜之传㊴，方社重开；拟凤洲之文㊵，新妆谁靓？卮如盖也㊶，匣已无台㊷；刀可屈兮㊸，舞难加柄㊹。盖物来自照，用之者精；视远惟明，成之者性。比摩崖之壁㊺，其中点画天成；笑没字之碑㊻，何处光华辉映。其器可方于无我，其义可通于为政。明则无不诚矣，神应故妙；虚而可无蔽焉，主一为敬㊼。此轩、羲佩之而有容㊽，尧、舜握之而各正㊾。岂非充实而有光辉之谓大，大而化之谓圣也哉？

　　懿彼容成寿光㊿，皆为镜神；飞精匿影㊷，各为镜珍。胚胎于金之三品㊸，

— 70 —

流传为镜之绝伦。或辟邪于山谷,或祷雨于水滨。或烛寝于孟蜀[73],或照胆于强秦[74]。或化鹊而翔孤羽[75],或剖鲤而隐双鳞[76]。是不过物之异者,示神奇于谲幻;岂足方地之灵者,占祥瑞于嶙峋[77]。我皇上登民于寿,育物以仁。丽离照于重明[78]。万方不夜;抚五辰而有耀[79],一世皆春。敬观玉烛光中[80],寿星端朗于寿域;如在华胥国里[81],仁恩遍赐于仁人。

【注释】

①归仁:归附仁道之政。《孟子·离娄》:"民之归仁也,犹水之就下,兽之去垤也。"

②寰中:天下。

③群生:一切生物。　宥:祐也。

④礼义:礼法、道义。

⑤光天:晴明的天空。

⑥心镜:佛教语,清净之心。谓心能烛照万象,犹如明镜。　至人:指道德修养高超的人。

⑦淬润:磨炼和润泽。

⑧三无:佛教语,谓无空、无相、无作。　光精:光辉清澈。

⑨四规:《抱朴子》:"或问:'知将来吉凶为有道乎?'答曰:'用明镜九寸自照,有所思,存七日则见神仙,知千里外事也。'明镜或用一,或用二,谓之四规镜。"

⑩荀悦:后汉人,献帝时侍中,为时政移曹氏,谋无所用,乃作《申鉴》。其"杂言"篇说:"君子有三鉴,世人镜鉴,前惟顺,人惟贤,镜惟明。"

⑪周王:指周武王姬发。　践祚:即帝位。《大戴礼·武王践祚》:"鉴之铭曰:'见尔前,虑尔后。'"

⑫张九龄:唐玄宗开元间拜中书令。值玄宗生日,百官多献珍异,唯九龄进《千秋金鉴录》,具陈前古废兴之事,帝赏异之。

⑬沮渠:《拾遗记》:周灵王时,沮渠国贡火齐珠,广三尺六寸,暗中视之如昼,向镜语,则镜中影应声而答。

⑭高季辅:《旧唐书·高季辅传》:"凡所铨叙,时称允当。大宗赏赐金背镜一面以表其清鉴焉。"

⑮箕山:《山堂肆考》:"轩辕黄帝与西王母会于箕山,以青铜铸十二镜,随月用之。"

⑯器车：祥瑞之物。《白虎通》："山出器车，泽出神鼎。"　　泽马：瑞马也。《昭明文选·三月三日曲水诗序》："泽马来，器车出。"

⑰庥：荫庇。

⑱宝瓮：舜迁宝瓮于零陵之上，秦始皇通汨罗之流，从长沙至零陵，得赤玉瓮，可容八斗，在舜庙之堂前，不知年月。至汉东方朔识之，乃作《宝瓮铭》。　　璇图：亦作"璿图"，指国家的版图，引申为国运。

⑲人官：职官名。《礼记·礼器》："天时有生也，地利有宜也，人官有能也，物曲有利也。"

⑳休征：吉祥的征兆。　　神区：神奇深幽的地方。

㉑物曲：物的性能。　　膺：抱持也。

㉒灵岫：指仙山的峰峦。

㉓烛照：明察，洞悉。

㉔圆灵：天也。

㉕蜀都：古蜀国都成都，即今四川省成都市。

㉖烟岚：山中蒸润的云气。

㉗苔绣：苔迹与文绣。

㉘菱花：镜子。　　回互：回环交错。

㉙刓：剖开。

㉚金精：黄金之精。

㉛玄冥：即元冥。《异闻集》："唐天宝中，有老人自称姓龙名护，须眉皓白，衣白衣。有小童衣黑衣，呼为元冥，至镜所谓镜匠吕辉曰：'老人解造镜，为汝铸之，庶惬帝意。'遂令元冥入炉所，扃户三日，户开，吕辉等搜觅，已失龙护及元冥所在。"

㉜日中王字：《望气经》："汉文帝时，日中有王字。"　　双钩：摹写的一种方法，摹出四周，构成空心笔画的字体。

㉝连珠：一种文体。其体不指说事情，借譬喻委婉表达。

㉞雁行斜驻：《埤雅》："雁行斜步侧身。"

㉟契：领悟。　　乐山：《论语·雍也》："智者乐水，仁者乐山。智者动，仁者静。"

㊱如山之诗：《诗·小雅·天保》："如山如阜，如冈如陵。"

㊲负局：负局先生，语似燕代间人，因磨镜辄问主人得无有疾，有疾者则出紫药丸与之即愈。

㊳高士：志行高洁的人。

㊴五丁：扬雄《蜀王本纪》："天为蜀王生五丁力士，能献山。秦王献美女与蜀王，蜀王遣五丁迎女。见一大蛇入山穴中，五丁并引蛇，山崩，秦王女皆上山化为石。"

㊵浯溪：水名，在湖南祁阳西南。　绩溪：县名，属安徽省。

㊶儴溪：《酉阳杂俎》："儴溪古岸石窟有方镜，径丈余，照人五脏。"

㊷临安：地名。《吴兴郡记》云："临安县东五里有石镜山，东有石镜一，径二尺四寸，清亮具见人形状。钱镠幼时照之，衣冠俨然王者。"

㊸武担：《蜀王本纪》："武都丈夫化为女，颜色美好，盖山精也。蜀王娶以为天人，无几物故。蜀王于武都担土，于成都葬之，号曰武担，以石作镜一枚表其墓。"

㊹宫亭：《幽明录》："宫亭湖边，傍山门有石数枚，形圆若镜，明可鉴人，谓之石镜。后有人以火燎一枚，至不复光明，人眼亦失明。"

㊺"鸾鸟"句：范泰《鸾鸟诗叙》云："罽宾王得鸾鸟，甚爱之，欲其鸣而不得。夫人曰：'闻鸟得类而后鸣，何不悬镜以照之。'王从其言，鸾鸟睹影而鸣，一奋而绝。"

㊻"安陆"句：《麈史》云："安陆石岩村，耕夫得一镜，光明莹然，不为土所蚀。视之，可见十余里外草木人物。三人者互欲得之，遂破三段，犹照数里。"

㊼"山鸡"句：《异苑》："山鸡爱其毛羽，映水则舞。魏武时南方献之，公子苍舒令置大镜其前。鸡鉴形而舞不知止，遂乏死。"

㊽"周穆王"句：《拾遗记》："周穆王时，有如石之镜，此石色白如月，照面如雪，谓之月镜。"

㊾"宋文帝"句：《白孔六帖》：宋文帝时，青州城南远望，见地中如水有影，谓之地镜。

㊿掌故：故事。

㉑天宝：唐玄宗年号。

㉒殿陛：殿阶。

㉓"写体"句：陆机与弟云书曰："仁寿殿前有大方铜镜，高五尺余，广三尺二寸，暗著庭中，向之便写人形体。"

㉔透光镜：沈括《梦溪笔谈》云："世有透光镜，背有铭文二十字。以镜承日光，铭文皆透在屋壁上，了了分明。"

㉕方诸：镜之别名。《尚书洪范五行传》曰："夫握方诸之镜，处深泽之下。"

(56)“夷则”句：《博异志》载：“天宝中陈仲弓居洛阳清化里，有大井常溺人。一日，有敬元颖请谒，饰铅粉，衣绯绿衣曰：‘此井有毒龙，请命匠淘之。’入井获古铜镜，夜见元颖谢曰：‘某本师旷所铸十二镜中第七者，贞观中为许敬宗所堕。其背有科斗书云：维晋新公二年七月七日午时首阳山白龙潭铸。于鼻题云夷则之镜。”

(57)“宋广平”句：宋广平未第时，览镜影成相字，因此自负相业。

(58)“沈寺丞”句：《梦溪笔谈》：嘉祐中，有吴僧持一宝鉴，斋戒照之，见前途吉凶。沈括伯兄为京寺丞，衣绿往照之，鉴不甚分明，仿佛见人衣绯而坐。不数月，覃恩赐绯袍。

(59)“仙铜”句：《清异录》：王希默唯以对镜为娱，收古今善镜，典衣偿无难色。与蓄异镜者间日会饮，出镜传玩，乡人目为镜社。又集载，凡言镜者成二十卷，号《仙铜传》。

(60)凤洲：明人王世贞的号。世贞倡复古运动，主张“文必秦汉，诗必盛唐”。反对标新立异，掌文坛二十年，名噪天下。

(61)卮盖：《淮南子·人间训》：“宫人得戟，则以刈葵，盲者得镜，则以盖卮。”卮：酒器。

(62)“匣已无台”句：《酉阳杂俎》：“元和末，海陵夏侯乙庭前生百合花，大于常数倍，异之。因发其下，得甓匣十三重，各匣一镜，第七者光不蚀，照日光环一丈，其余规铜而已。”

(63)刀可屈兮：《神仙传》：“河东孙博，能引镜为刀，属刀为镜。”

(64)舞柄：汉武帝时，舞人所执镜有柄。

(65)摩崖：刻有诗文或佛像的石壁。

(66)没字碑：没有镌刻文字的碑石。此指泰山玉皇顶庙前的无字巨碑。

(67)主一：专心，无杂念。《二程粹言》：“主一之谓敬。”

(68)轩、羲：轩辕与伏羲，皆古帝名。

(69)尧、舜：唐尧与虞舜，皆古帝名。

(70)容成：唐司空图作《容成侯传》，以镜为容成侯。　　寿光：《古镜记》称镜为寿光先生。

(71)飞精：《龙城录》：“长安任仲宣家有宝鉴，谓之飞精。”

(72)金三品：指金、银、铜。《书·禹贡》：“厥贡惟金三品。”

(73)烛寝：孟蜀时，军校得一古镜，模阔尺余，光照室寝，不施灯烛。

(74)照胆：《西京杂记》：“秦始皇有方镜，照见心胆。”

(75)化鹊：《神异经》：“昔有夫妇，将别破镜，人执半以为信。后妻忽与人通。镜化鹊飞至夫前。"

㊻剖鲤：《三水小牍》：唐元稹登黄鹤楼，望江滨有光，就视得一鲤，剖其腹，得古镜如钱。

㊼嶙峋：形容突兀、高耸的山峰。

㊽离照：比喻帝王的明察。

㊾五辰：四时。古代谓五星分主四时：木主春，火主夏，金主秋，水主冬，土分属四时。

㊿玉烛：谓四时之气和畅，形容太平盛世。

㊁华胥国：《列子·黄帝》："昼寝，而梦游于华胥氏之国。……其国无帅长，自然而已；其民无嗜欲，自然而已……"后用以指理想的安乐和平之境。

【今译】

日月的光辉普照，天下都归附于仁道之政。宁静而有所包容，使世人皆可长寿。它的光亮可以鉴照大千世界，使一切生物得到护祐。圣明的君主行使礼义的善道。而且是前无往古的全新之道。以真诚待人，恒久如是。晴朗的天空，由于盛德才越发明亮，清净的心地，唯有高尚的人才能秉持。用不着磨炼和润泽，崇信"三无"就能光辉清澈；也用不着磨洗揩拭，胸怀"四规"，原本就不会产生尘垢。领会荀悦《申鉴》的精义，就是惟顺惟贤；赏鉴周武王登基的铭文，讲的是有见于前，才能虑及于后。唐人张九龄呈《千秋金鉴录》，胜过沮渠国的进贡；高季辅受太宗金背镜的赏赐，还用取箕山之铜去铸造吗？所以说一应祥瑞的出现，都应有它们的荫护；宝瓮、璇图的出现，也不过是适逢其会罢了。人官记载的祥瑞，都散见于一些神奇幽深的地方。事物禀赋吉祥，往古之事可以借仙山岩岫考索。通过尽心的考察，一定会证实苍天不会谬误。

唐时在古蜀国的都城，有镜子出现过。在崖壁裂开的地方，一轮石镜悬在那儿。云气轻拂，好像蒙着一层香雾；薜苔与文绣萦绕着，就像回环交错的菱花宝镜。日中双钩的王字，俨然是重叠的篆书，水里映的雁影，便如骈俪的连珠。领悟乐山的宗旨，原来仁就像山峦一般的恬静；诵读"如山如阜"的诗句，愿寿命像山冈一样稳固。在山前背着匣子，几至误了高人磨拭；在崖畔侍理妆奁，有五丁神长相护佑。其他的还有浯溪和绩溪的齐名，儴溪和浔阳同样著称。在临安，镜子里竟然出现了王者的容仪，在武担山，更立石镜为山精旌表坟墓。官亭湖边，有一枚镜子突然丢失，还怎么使鸾鸟来窥视？安陆小村把明镜破而为三，不许山鸡对之翔舞。周穆王的石镜晶莹如月，洁

清人辞赋选释

白如雪；而宋文帝在青州，却见望池涵影，水波飞注。虽然，这都是石镜的奇观，没能全被记入唐代的故实，是以，天宝年间的祥瑞，蜀地之人特别地乐于称道呢。

　　就因为它质地坚贞，形体莹洁，挂在殿阶之上，无异于照人形体的铜镜；透影成文，绝不差于传闻中的透光之镜。它有别于泽薮中的方诸，也不是出于井中的夷则。宋广平果真看到镜中的相字，那石镜定会说话；沈寿丞倘或穿上红袍，土地也当对他称庆。因为有镜社之开，才会有进入《仙铜传》的文章；仿效凤洲的文章，谁还敢标新立异！酒杯已加了盖覆，石匣已失了镜台，刀可以使之弯曲，舞却难于加柄！大凡物能自照，是因为它的精诚；望远必须眼明，是由于它的本性。好比山壁上镌刻的诗文佛像，那一点一画如同天造地设般自然；可笑那无字的石碑，是何处的光华把它辉映？作为器具，它本就虚怀无我；作为义理，它可使我领悟为政。明达诚挚，其神应自然妙契；虚空无隐，专心无他方为敬。轩辕、伏羲佩之而有所包容，唐尧、虞舜秉持之而各成其正。这难道不是充实而有光辉之谓大，大而又能化之才称为圣的吗！

　　赞赏容成和寿光，那些镜中的神灵；飞精匿影，那些镜中的珍品。从金银铜中孕育胚胎，流传下来，使之成为镜中无与伦比的奇珍。有的能在山谷中辟邪；有的能在水边祈雨；有的能照彻孟蜀的寝室；有的能在强秦照人心胆；有的或化作乌鹊而孤飞；有的或剖鱼而得镜。这都不过是物之奇异者，显示它的神奇谲幻罢了！怎么能用它去比照地方的灵应，在突兀的山岩前求证祥瑞呢？我皇上使民进入长寿之境，以仁德之心教化万物。帝王的明察，使万方不夜，阳光普照，四季皆春。怀着虔敬的心情，看这太平盛世，长寿的星光照耀着长寿的国土，如同在华胥国里，仁德的恩泽遍赐给仁德之人。

御试石韫玉赋

钱大昕

伊荆山之奇珍①，韬光华于岩隙。外皎若以腾辉②，内温如以含泽③。纪瑶琨于禹贡④，质可配乎精镠⑤。征缫藉于周官⑥，礼必先以束帛⑦。怀宝五都之市⑧，玄璐白珩⑨；程才六瑞之司⑩，黄琮苍璧⑪。飘来琼佩，犹含石气之青；捧出瑛盘⑫，若带岩间之赤。追琢效玉人之技⑬，共知价重乎连城；菁华标地产之奇，讵识秀钟乎盘石？尔其连冈峢岉⑭，弥望孱颜⑮。磊磊岩端，似繁星之密布；离离岭上⑯，点翠黛而回环⑰。因天施而地生⑱，发奇光于硗埆⑲，况沐日而浴月，炼秀采于顽坚。碧磴延缘，似有蓝田之种⑳；丹梯杳㴩㉑，浑如群玉之山㉒。铿尔有声，似瑶草琪花之罗生其侧㉓；介如不易㉔，俨珊瑚碧树之错列其间。乃有磻溪之侣㉕，搜瑰异于坚珉㉖；和氏之伦㉗，拭瑶华于尘坋㉘。一拳独秀㉙，疑玉树之森森；五色遥含，辨青肪以隐隐㉚。乍认白虹之气，顿教磊落增明；未开翠壁之缄，早识文章独韫。含章在我㉛，匪一夕与一朝；待价何心㉜，犹若远而若近。则见夫浮光的皪㉝，丽质陆离㉞；方太璞尚完之始㉟，在良工未琢之时。石骨崚嶒㊱，如映浮筠之色㊲；峰头荦确㊳，将成委粟之姿㊴。圭角未分㊵，酝酿全滋乎土脉㊶；光芒不掩，刻雕奚假乎人为？譬碕岸之怀珠㊷，波光互映；类精金之在矿，沙际堪披㊸。于焉瑞彩遥腾，晶光上烛㊹。经工人之手，璧合环联；入贾客之囊㊺，悬黎结绿㊻。剖璠玙于璞内㊼，温润无双；探琬琰于云根㊽，传观不足。异采溢于座右㊾，他时什袭交珍㊿；宝气蕴于空山，此日千岩增缛㉛。彼夫词藻之凌云，何殊县圃之积玉㊼？稽士衡之高文㊽，洵斯言之足录。我皇上璇玑在握㊾，玉烛同辉㊿，瑾瑜毕升于魏阙㊱，蒲谷齐列于金扉㊲。遂使被褐怀玉者席珍以聘㊳，守真抱璞者接踵咸归㊴。负珊琏之良材㊵。既辟门而登玉府㊶；挟瑤玖之陋质㊷，亦稽首而进彤闱㊸。宜乎嘉应咸臻㊹，远致昆田之瑞；游河纪绩㊺，上追刻玉之徽也哉㊻！

【注释】

①荆山：山名，在湖北省南漳县西。相传楚人卞和得玉于此。

— 77 —

清人辞赋选释

②皎若：洁白。

③温如：柔和。

④瑶琨：皆为美玉名。《书·禹贡》："厥贡惟金三品，瑶、琨、筱簜。"

⑤镠：精金。

⑥缫藉：玉的衬垫物。　　周官：《周礼》的篇名。

⑦束帛：古代聘问的礼物。

⑧五都：《尹文子》："魏田父有耕于野者，得宝玉径尺，弗知其玉也。以告邻人，邻人阴欲图之，谓之曰：'此怪石也，畜之弗利其家！'田父归，置于庑下。其夜玉明光照一室。田父大怖，复以告邻人。曰：'此怪之征，遄弃殃可消。'于是遽而弃于远野。邻人无何盗之，以献魏王。魏王召玉工相之。玉工望之再拜而立：'敢贺王得天下之宝，臣未尝见。'王问其价，玉工曰：'此无价以当之，五城之都，仅可一观。'魏王立赐献玉者千金，长食上大夫禄。"

⑨玄璐：黑色的宝玉。《潜确类书》谓："玉有五色，白黄碧俱贵。白色如酥者最贵。餐色油然及有雪花者，皆次之。黄贵色如粟者谓之甘黄，焦黄者次之。碧色青如蓝，黑者为上……"　　白珩：泛指佩玉。白珩与上句玄璐对。《潜确类书》："鲁玉璠玙，楚玉曰珵，曰珩。"

⑩程才：呈现才能。　　六瑞：古代用玉作为朝聘信物，分六种：即镇圭、桓圭、信圭、躬圭、谷璧、蒲璧，称为六瑞。

⑪黄琮苍璧：《周礼·周官》："以玉作六器以礼天地四方。以苍璧礼天；以黄琮礼地；以青珪礼东方；以赤璋礼南方；以白琥礼西方；以元璜礼北方。"

⑫瑛：美玉。

⑬玉人：雕琢玉器的工人。

⑭嶓岇：高峻貌。

⑮屭颜：同"巉岩"，高峻貌。

⑯离离：罗列貌。

⑰翠黛：黑绿色。

⑱天施：谓天所施设。《易·益》："天施地生，其益无方。"

⑲硗埆：土地瘠薄。

⑳蓝田：县名，在陕西省，以产美玉闻名。

㉑杳霭：幽深貌。

㉒群玉：神话传说中的仙山。

— 78 —

㉓瑶草琪花：仙境中的花草。

㉔介：别也。

㉕磻溪：在陕西省宝鸡市东南，姜尚未遇时曾垂钓于此。

㉖珉：似玉的美石。

㉗和氏：指战国时楚人卞和。

㉘尘坌：灰尘污染。

㉙一拳：一拳石，指体积之小。白行简《石韫玉赋》："傥见采于一拳，庶无虞于再刖。"

㉚肪：魏文帝《与钟大理书》："窃见玉书，称美玉白如截肪。"

㉛含章：含美于内。

㉜待价：等待善价。

㉝的皪：光亮，鲜明貌。

㉞陆离：光彩斑斓绚丽。

㉟太璞：即大璞。

㊱崚嶒：高峻，重叠貌。

㊲浮筠：玉的彩色。

㊳荦确：石多貌。

㊴委粟：山名，在今山东临朐东北，孤阜秀立，形若委粟。

㊵圭角：圭的棱角，犹言锋芒。

㊶土脉：泛指土壤。

㊷碕岸：曲折的河岸。

㊸沙披：淘去泥沙。

㊹烛：照射。

㊺贾客：商人。

㊻悬黎结绿：《战国策》："周有砥，宋有结绿，梁有悬黎，楚有和璞。此四宝者，天下名器，独不足以厚国家乎！"

㊼璠玙：鲁之宝玉。《逸论语》："孔子曰：'美哉璠玙，远而望之，焕若也；近而视之，瑟若也。'"并见前注⑨。

㊽琬琰：泛指美玉。　　云根：山高处。

㊾座右：古人常把所珍视的文、书、字、画置于座右。

㊿什袭：把物品重重叠叠地包裹起来，引申为郑重珍藏。

㉛缛：藻饰。

㉜县圃：传说中的神仙居处，在昆仑山顶。

㉝士衡：晋代文学家陆机的字。

�554璇玑：帝位、权柄。

�555玉烛：谓四时之气和畅，形容太平盛世。

�556瑾瑜：美玉名，此指美德贤才。　　魏阙：指朝廷。

�557蒲谷：蒲璧和谷璧。并见前注⑩。

�558被褐怀玉：身穿粗布衣服，怀中藏着宝玉。　　席珍：陈述善道。

�559守真抱璞：有才而能保持本性者。

�560瑚琏：宗庙礼器，此喻治国安邦之才。

�561玉府：官府名，泛指宝藏之库。

�562瓀玟：似玉之石。

�563彤闱：朱漆之宫门，借指朝廷。

�564嘉应：祥瑞。

�565游河：西伯将出猎，卜之曰所获霸王之辅。于是西伯猎，果遇太公于渭之阳。

�566刻玉：姜尚钓于磻溪，得玉璜。刻曰："姬受命，吕佐之，报在齐。"

【今译】

那荆山的珍宝啊，在山岩的缝隙中隐藏着自己的光芒。它的外表莹洁，像腾起的光华；它的内里温软柔和饱含着润泽。在《禹贡》里就记载过瑶和琨那些美玉的名字；它的质地可以比得上精金。在《周官》里证明过玉的衬垫，和束帛一起成为征聘的礼物。像价值五座城池才得一顾的白珩玄璐；像呈现才能在六器中的苍璧黄琮。那琼佩上还带着蒙蒙青气；那盛着美玉的托盘还带有山岩上的红光。雕琢它，人们这才知道它确是价值连城的宝物！大凡精英之物，都带有产地的特点；可谁会知道这美秀却聚集在普通的山石上！山冈高峻，满眼是无尽的巉岩；山石磊磊，像天空密布的繁星；山峰罗列，回环着翠绿的颜色。因为天的施设，是以在这瘠薄的土地上，生发出奇异的光泽；何况它还沐浴着日月的光华，在艰苦的环境里磨炼着自己呢！山间石磴延缘，好像有蓝田的玉种；仙梯深远，好像传说中的群玉仙山。铿然有声，像有仙境的瑶草琪花生长在侧畔，很难分辨，就像有珊瑚碧树错杂地排列其间。磻溪钓叟，在坚珉中寻找启示；卞和之辈，拂拭玉光在污染的灰尘之中。像一拳独秀的山石，隐隐地含着五色；疑是森森的玉树，且细辨它如肪般的光洁。刚识得白虹的气象，顿时让磊落的山石增色；虽未开辟缄默的翠璧，已经知道它独自蕴藏的美质。我自包含美质，非是一朝一夕之功；待价何为？

御试石韫玉赋

远也好近也好，此心相同。看见了，光彩鲜明，斑斓绚丽。当玉在璞中，良工还没进行雕琢之时，重叠的山石，好像映现着美玉的色彩；多石的山岩，孤阜秀立，形如委粟。锋芒未露，如琼浆滋润着土壤；光芒难掩，雕镂还用假手人为吗？波光辉映，像曲岸孕育了珍珠；像精金在矿，淘沙可见。于是，在那里有彩气远远升腾，明光上射。经过人工之手，才得以璧合环联。要是到了商贾之手，就成了奇货可居的宝物！剖出美玉在璞中，它的温润，天下无双；探求琬琰在高山，争先传观，才知道它的高贵。光彩在座右流溢，他日自会受到重视；宝气凝聚在空山，也令山峦增光生色！那美好的气势，凌云的文藻，也不亚于仙境积聚的宝玉。查考陆机的文章，他的话确实值得记录。我皇机衡在握，四时祥和，太平盛世。贤才能在朝廷中得到重用，人尽其才，这就使有才干的平民能怀才待聘，接踵来归。身负治国安邦才能的人，进入到官廷、官府，稍有才能者，也得到相应的任用。祥瑞都出现了，远至昆冈的玉石，还有西伯出游渭河，以及追忆起太公在玉璜上得到的启示。

茑萝赋

张梦喈

　　薄植挺生①，繁丛独异。不孤立以敷荣②，每依物而呈媚。攀缘直上，纷如薜荔之缠③；缭绕四垂，绵若葛藟之施④。临风旖旎⑤，一树含青；怯雨泠瀼⑥，半林沐翠。非受气之有殊⑦，幸托身之得地⑧。厥惟茑萝⑨，葱蒨紫纤⑩，讵藉土膏之养⑪，仍资木德之扶⑫。吐叶缤纷，姿形沃若⑬，连枝蚴蟉⑭，情类友于⑮。刷翠亭亭⑯，欲占荼蘼之影⑰；摇阴郁郁⑱，轻笼苔藓之须。施者维何？曰柏曰松。藉乔柯以覆庇，抽纤叶以蒙茸⑲。夜月初来，轻阴不定，晓烟乍冒⑳，黛色逾浓。岁晚不凋，暂假青葱之致；春和并茂㉑，弥增绿缛之容㉒。若夫夕照初横，空山凝碧，挹万缕之飘扬㉓，揽千丝之络绎。望伊人兮不见，触绪绵绵；思彼美其云遥，含情脉脉。聊骋步于山阿，还凝眸于松柏。弱卉得时，寸茎蒙荫。周遮方密，不愁微霰之侵㉔；寄托偏高，耐受凉蟾之浸㉕。或帀树而成围㉖，或环枝有似纱㉗；或依疏翠以交攒㉘；或共寒涛而长吟；或迷离远薄暮霭犹含；或摇曳早暾阳和共饮㉙。惟逸趣之无穷，遂化工之难禁。彼夫荇牵翠带㉚，棘蔓青丝㉜，蘼芜萦径㉝，菉葹绕墀㉞，虽迎晴而蕃衍㉟，终委地以离披。孰若倚樛桥而弄影㊱，布幪房以成帷㊲。葩星星其吐艳，蔓冉冉以交垂㊳，擢寸干以相依，纷敷至是；幸一枝之可借，秀逸如兹。于是览景情移，寻芳意怿㊴，嘉驸丽之攸宜㊵，悟扶持之有益。蓬生麻而自直㊶，非出性天㊷；藤压架以阴成，端资引掖㊸。惟缠绕于林端，遂婆娑于径僻。抚飘摇之逸致，难假双毫；喻绵结之幽情，还披三百㊹。乃为之歌曰："何仙姿之袅娜兮㊺，飏柔丝而谁擘㊻？倚松柏之森森兮㊼，翠痕日积。偕游丝以悠扬兮，织春光于无迹。伊相附而交妍兮，中情结而难释㊽。恍唐棣之偏反兮㊾，违所思于咫尺。"

【注释】

①薄植：根基薄弱。
②敷荣：开花。
③薜荔：蔓生植物，缘木而生。

④葛藟：藤本植物，又称千岁藟。

⑤旖旎：多盛美好貌。

⑥竛竮：孤单貌。

⑦受气：禀受自然之气。

⑧得地：得到适宜生长的土壤。

⑨茑萝：又名寄生。草本植物，茎细长，卷络他物而上升。

⑩葱蒨：草木青翠茂盛貌。　　萦纡：盘旋环绕。

⑪土膏：沃土。

⑫木德：谓上天生育草木之德。

⑬沃若：润泽貌。

⑭蚴蟉：树木盘曲纠结貌。

⑮友于：兄弟。

⑯亭亭：直立貌。

⑰荼蘼：花木名，夏季开白花。

⑱郁郁：茂盛貌。

⑲蒙茸：葱茏。

⑳冒：缠绕。

㉑春和：春日和暖。

㉒缛：繁密。

㉓挹：引。

㉔霰：小雪珠。

㉕凉蟾：指秋月。

㉖匝：环绕。

㉗绔：系衣襟的带子。

㉘攒：簇聚。

㉙暾：日初出貌。　　阳和：春天的祥和。

㉚化工：大自然的巧妙。

㉛荇带：荇菜在水中牵引如带。袁桷《鼙杜湖》："鼙杜湖中新水清，风牵荇带引帆行。"

㉜"棘蔓青丝"句：见杜甫《巳上人茅斋》："江莲摇白羽，天棘蔓青丝。"此指天棘，其苗蔓生，好缠竹木上。

㉝蘼芜：草名，芎䓖的苗，叶有香气。

㉞蔜荋：草名，一名王刍。生草坡或阴湿地。

㉟蕃衍：同"繁衍"，滋生繁殖。

㊱樛桥：高大盘曲的树木。

㊲冪屚：分布、覆盖貌。

㊳冉冉：柔弱下垂貌。

㊴怿：喜悦。

㊵攸：所。

㊶"蓬生麻"句：《荀子·劝学》："蓬生麻中，不扶自直。白沙在涅，与之俱黑。"后用以喻环境对人的影响。

㊷性天：天性。

㊸引掖：引导扶持。

㊹三百：指《诗经》。

㊺袅娜：细长柔美貌。

㊻擘：剖裂、分开。

㊼森森：高耸貌。

㊽释：解开。

㊾唐棣：植物名，一呼扶栘。

【今译】

它生长着，根基虽然薄弱，在繁茂的花木中，却又显得不同寻常。它不靠自己开花繁茂，往往是依着别的物事来显示自己的媚态。它向上攀缘着，就像缠绕着的薜荔，四下垂拂，绵软得就像葛藟。在风中摇曳，树木蕴含着青翠的颜色，它却孤零零地显得那样地惧怯风雨。并不是因为它禀受自然之气有什么特殊之处，主要是因为它得到适宜生长的土壤。茑萝这种寄生植物，盘旋环绕，茂盛青葱。不是靠沃土的滋养，而是靠着上天化育万物的恩泽。它绽放着缤纷的叶片，是那么柔润，枝干勾连盘曲，就像兄弟一样。它耸立着，那绿意仿佛要让荼蘼花失色，它的绿荫，遮住了青青的苔藓。让它繁茂伸展的是谁？是柏树，是松树。凭借着高大枝干的庇护，它抽出蒙茸的细叶。夜月初升，轻阴不定；晓烟缠绕，它的颜色愈益凝重。岁暮不凋，暂借大树的葱茏；在和暖的春天，同荣并茂，愈益增加它繁茂葱翠的容仪。至如夕阳西下，空山凝聚着碧色，引千丝万缕的游丝，飘扬络绎。望所思啊不得见，触动绵绵思绪；想念她啊却又路途悠远，唯有此脉脉的情意。凝眸注视着松柏，姑且在山间驰骋延展。柔弱的花草得到际遇，得到了庇护。被遮蔽得十分严密，不怕霜雪的侵袭；托身高处，受得住秋月的浸润。或围着树而成环；

茑萝赋

或缠着枝干而像衣带；或依着稀疏的叶子交互簇聚；或应和着松涛之声而同声歌吟；或远近迷离犹含朦胧的暮色；或在初日的光照下共享春天的祥和。这种潇洒的情趣无穷无尽，大自然的巧妙谁又能加以禁抑？那衣带一样萦牵的荇藻，蔓结青丝的天棘，蘪芜缠着小径，菉葹绕着阶墀，虽然它们迎着晴和的天气生长，最终是要离散而萎靡在地上！哪里比得上它倚着虬枝弄影，分布得如同绵密的帷帐。小花吐艳，枝蔓下垂，短枝依倚，繁茂如此，一枝得借，可称秀美。于是览景神游，快意寻芳。可喜它攀附得恰到好处，领悟扶持的好处。蓬生麻中，不扶自直，不是本性使然；架上的青藤成荫，是靠的引导扶持。它缠绕在林中，在僻径间纷披。收敛摇荡的情思，真个是彩笔难描；比喻这纠结的绵绵心绪，还得说《诗经》里的篇章。于是为它作歌道："为什么她的姿容柔美啊？扬起柔丝谁来分擘？倚着高高的松柏啊，青翠之痕日积月累。和游丝一同悠扬啊，织出春光无形无迹。它相攀附而交互妍丽啊，其中的情结难以说清。就像唐棣的摇动啊，违背所思，它和棠棣本来就不是一回事！"

清人辞赋选释

鹤处鸡群赋

毕 沅

　　忆嵇绍于洛中①，动高名于晋室②。譬辽海之仙姿③，负芝田之藻质④。未挟鹓鹤之族⑤，远怏青云；岂偕鸥鹭之行⑥，甘分丹秫。晴矅养翮⑦，偶依曲径三三⑧，凡鸟惭形⑨，惊听鸣声一一。惟兹侪俗⑩，曷共浮沉⑪。志乏孤骞⑫，敢望九皋而相和⑬？质非绝俗⑭，难攀万里以追寻。何鸡栖而于桀⑮？偏有鹤而在林。皎洁则高于巽羽⑯，嘹亮则别于翰音⑰。岂能体幻双头⑱，得媲辉光于頳首⑲；纵使性夸五德⑳，亦殊清迥之明心㉑。乃思昆圃而回翔㉒，指蓬壶而修阻㉓。元裳超断尾之流㉔，玉翅耀穿篱之侣㉕。仡看峰临紫盖㉖，即事飞冲；翩疑药舐淮南㉗，相与轩举。轻堪登木，忽辞村落之呼；寒说当年，聊杂书窗之语㉙。俨若圆吭弄影，俯视花冠；矫如修趾离尘，健摧金距㉚。徒观其昂藏韬ич㉛，凌厉待时。警露何心㉜，辄乱司晨于晦雨；梳翎有意，将疑索斗于康逵㉝。曾学舞于吴都㉞，原异望之似木㉟；忆乘轩于卫国㊱，岂同自惭其牺㊲。倘龙跃而凤翔，凿垣似隘；终雕搏而鹖荐㊳，处桀辞卑。具不凡之标格㊴，可自辨其雄雌。谁颉顽而并翼㊵，仅喋喋而垂绥㊷。吾儒蓄精锐于草茅，兆羽仪于韦带㊸。挺身而无羁鞯之縻㊸，引颈而得风云之会㊹。羞逐田文之客㊺，不出咸关㊻；岂怀阳里之居㊼，随迁丰沛㊽。佳其作伴，是宜北阙之清华㊾；季女不孤㊿，莫笑南山之蔚荟〔51〕。视彼凫群逐队，昏夜胶胶〔52〕，奚如凤阙衔书，朝阳翙翙〔53〕。因知品以瑰奇而特出，材以俊杰而先登〔54〕。托迹或邻于庶类，凌空迥出于冈陵。若遇浮邱〔55〕，识千龄而胎化〔56〕；得从支遁〔57〕，长六翮以神腾〔58〕。较之驯扰阶墀，庾翼之禽自爱〔59〕；与夫竞分觜爪，羊沟之技徒矜〔60〕。是犹燕雀之量黄鹄〔61〕，而蜩鸴之笑大鹏〔62〕。

【注释】

①嵇绍：晋人，嵇康之子，字延祖。《世说新语·容止》载："有人语王戎曰：'嵇延祖卓卓如野鹤之在鸡群。'答曰：'君未见其父耳。'"

②高名：威名。　晋室：晋王朝。

③辽海仙姿：陶潜《搜神后记》："丁令威，本辽东人，学道于灵虚山，

— 86 —

后化鹤归辽，集城门华表柱。时有少年，举弓欲射之，鹤乃飞，徘徊空中而言曰：'有鸟有鸟丁令威，去家千年今始归，城郭如故人民非，何不学仙冢垒垒。'遂高上冲天。"

④芝田：传说中仙人种植灵芝的地方。

⑤鹓鹤：鹓和鹤。鹓：传说中与鸾凤同类的鸟。

⑥鸥：鸭。

⑦樊：篱笆。

⑧曲径三三：宋人杨万里于东园辟九径，分植不同花木，名曰三三径。

⑨凡鸟：普通的鸟。

⑩侪俗：投合于世俗。

⑪浮沉：随波逐流。

⑫孤骞：单人独骑。

⑬九皋：曲折深远的沼泽。

⑭绝俗：弃绝尘俗。

⑮㯕：同"桀"，鸡栖息的木桩。

⑯巽羽：指鸡。

⑰翰音：《礼记·曲礼》："凡祭宗庙之礼……羊曰柔毛，鸡曰翰音。"后因以"翰音"为鸡的代称。

⑱双头：《集异志》："汉太初，氐国贡双头鸡。"

⑲赪：同"赪"。　赪首：指丹顶鹤。

⑳五德：《韩诗外传》谓鸡："首戴冠者文也，足傅距者武也；敌在前敢斗勇也；得食相告仁也；守夜不失时信也。"

㉑明心：即明心见性，佛家语，谓摒弃一切世俗杂念。

㉒昆圃：指仙家园圃。钱惟演《昭灵仙迹》："仙驭时随青鸟去，定陪昆圃宴群英。"

㉓蓬壶：古代传说中的海上仙山。

㉔断尾：《左传·昭公二十二年》："宾孟适郊，见雄鸡自断其尾。问之侍者，曰：'自惮其牺也。'"

㉕穿篱：《东坡志林》："僧谓酒为般若汤，鱼为水梭花，鸡为钻篱菜。"

㉖紫盖：衡山三峰，一名紫盖，常有白鹤回翔其上。

㉗"淮南"句：谓汉淮南王刘安，得道升天，所余仙药，鸡犬食之，并随王升天。

㉘相与：共同，一道。　轩举：高飞。

87

㉙书窗：《幽明录》载："宋处宗尝买得一长鸣鸡，爱养甚至，恒着笼窗间。鸡遂作人语，与处宗谈论，处宗遂大进益。"

㉚金距：《左传·昭公二十五年》："季、郈之鸡斗，季氏介其鸡，郈氏为之金距。"

㉛昂藏：器宇轩昂。　　韬迹：隐藏踪迹。

㉜警露：相传鹤性机警。至八月白露降，流于草上，滴滴有声，因即高鸣相警，移徙宿处，虑有变害。

㉝康逵：康庄大道。

㉞"学舞于吴都"句：《吴越春秋》载：吴王阖闾女死，阖闾痛之，葬于郡西阊门外，舞白鹤于吴市中，令万民随观，遂使与鹤俱入墓门，因塞之以殉葬。

㉟似木：指鸡的木讷。语出《庄子·达生》："望之似木鸡矣。"

㊱"乘轩"句：《左传·闵公二年》载："冬十二月，狄人伐卫。卫懿公好鹤，鹤有乘轩者。将战，国人受甲者皆曰：'使鹤。鹤实有禄位，余焉能哉！'"

㊲"自惮其牺"句：见前㉔注。

㊳鹗荐：犹言推荐。《后汉书·文苑传》："祢衡少有才辩，孔融疏荐之曰：'鸷鸟累百，不如一鹗。使衡立朝，必有可观。'"

㊴标格：犹规范、楷模。

㊵颉颃：鸟飞上下貌。

㊶喋喋：鱼和鸟鹅鸭吃食声。　　垂绥：蝉喙。唐虞世南《蝉》诗云："垂绥饮清露，流响出疏桐。"

㊷韦带：古代平民或未仕者所系的无饰的皮带。喻指贫贱之人。

㊸羁靮：束缚。

㊹风云会：君臣际会。

㊺田文：战国齐人，号孟尝君，好养士，门下食客常数千人。

㊻咸关：指函谷关。孟尝君尝入秦，秦昭王欲杀之，赖其客有能为鸡鸣狗盗者，始得逃脱。

㊼阳里：即中阳里，为汉高祖故乡。

㊽丰沛：汉高祖，沛之丰邑人，居中阳里。即位后，复其民，后人因为帝王之故乡为丰沛。

㊾清华：显贵。

㊿季女：玉簪花，一名白鹤仙，一名季女。

— 88 —

(51)蔚荟：云气弥漫貌。《诗·曹风·候人》："荟兮蔚兮，南山朝隮。"

(52)胶胶：鸡鸣声。《诗·郑风·风雨》："风雨潇潇，鸡鸣胶胶。"

(53)翙翙：鸟飞声。《诗·大雅·卷阿》："凤凰于飞，翙翙其羽。"

(54)先登：先于众人而登，喻超群出众的人才。

(55)浮邱：古代传说中的仙人。

(56)胎化：胎生。鲍昭《舞鹤赋》："散幽经以验物，伟胎化之仙禽。"

(57)支遁：晋陈留人，字道林。好鹤，时有遗其双鹤者，翅长欲飞。林意惜之，乃铩其翮。鹤不能复飞，如有懊丧之意。林曰："既有凌霄之姿，何肯为人作耳目近玩？"乃复养其翮，使飞去。

(58)六翮：谓鸟类双翅中的正羽，用以指鸟的双翼。

(59)庾翼：《晋书》："虞翼书少与王右军齐名。右军后进，庾犹不分，在荆州与都下人云：'小儿辈贱家鸡，爱野雉，皆爱逸少书，须吾还当比之。'"

(60)羊沟：古代斗鸡之所。

(61)量：测度。　　黄鹄：大鸟名。黄鹄之飞，一举千里。

(62)蜩鸴：蝉和鸴鸠。

【今译】

想起昔时嵇绍在洛阳，盛名震动了西晋王室，如同辽海仙人的风姿，秉持着仙界的品藻。虽然没有带领鹓鹤之辈，快意青云，高飞远翥，却也不肯和鹅鸭之流去争夺食物。在阳光照射的篱笆旁，修整自己的翅羽。它偶尔来到这分植花木的九径，致使凡鸟相形见绌，一个个惊奇地听它那卓绝的叫声。如果它能投合世俗，为什么不和它共同游乐呢？可惜没有它那种孤高的志向，焉敢去深远的沼泽去和它相伴！不是弃绝尘俗的材料，自然不能攀附它去万里追随。

为什么鸡就一定要栖息在木桩上，偏偏鹤就能在林中翔止？鹤的羽毛光洁，比鸡强；它的声音嘹亮，也比鸡强！怎么能变成两个脑袋，那就可以和丹顶鹤媲美争辉了！徒然具有可以夸耀的五德，却不见得能有清高的心地！向往远隔的仙山，想在仙家园圃里飞翔。玄色的毛羽自高于那怕作牺牲的断尾雄鸡，洁白的羽翼，夺目的光彩，使那钻篱的鸡儿黯然失色。它伫立着，看着紫盖山，作势冲空，还以为它是吃了淮南王留下的仙药，和淮南王一道去飞升天国呢！它轻盈地可以登上树枝，忽然间就辞去了村落间的呼唤；不禁想起贫寒的学子，在书窗下与鸡儿共语的故事。它昂然而立，舒展歌喉，俯视着羽冠美丽的群鸡。矫然独立，超尘脱俗，连鸡儿强健的身姿、锐利的

清人辞赋选释

金距也比不上它！它器宇轩昂，却又深藏不露，是在等待着时机呀！它遇见秋露降落，就高声鸣叫以示警，打乱了鸡儿风雨司晨的步调；它梳啄自己的羽毛，还以为它要在通衢上邀人相斗呢！它曾在吴都学舞，原本就和呆若枯株的鸡儿不同。忆在卫国乘轩车，绝不同于自怕牺牲的断尾之鸡。倘或能够像龙一样腾飞，像凤一样翔舞，这鸡桀就似乎太过于狭小了！终于它像雕鸟之搏击长风，而受到重视，最后离开卑小的鸡桀。它本来就具有不同凡俗的丰标，雄飞雌伏，人们自可品鉴它的高下。谁能和它齐飞？只能伸着嘴巴和它争食！

吾等儒士在草野之中养精蓄锐，预示今时贫贱未必他日不被重用。

你看那鹤儿，它挺起腰肢，再也不会受到束缚。伸长颈项长鸣，而得到风云际会。所以，它羞于效仿孟尝君的食客，不出秦王的函谷关；也不想跟着汉帝，随迁于丰沛故郡。这样的高才，自应成为帝阙的显赫，不要笑南山的云气弥漫，白鹤仙花再也不会孤零零地开放了。看那些成队的鹅鸭，夜里嘎嘎地叫个不停，哪比得上在凤阙衔书，在阳光下振羽呢？是以知道：品格以瑰玮奇特显示，才干以出众超群而先登。鹤儿寄托形迹在群小之中，等到凌空飞翔，才看出它的高出尘表！若是遇见浮邱子，或许能认出这千岁的仙禽；跟着爱鹤的支遁，才能养齐羽翼而再返蓝天。比那些驯顺的扰扰于阶墀的，就像虞翼所爱的小鸡，只能等争斗时才能分出觜爪的高下，有什么值得夸耀的！这就像燕雀的测度黄鹄、蝉和莺鸠的哂笑大鹏一样！

引光奴赋

毕光祖

有阳氏者，少居杭城，名引光，人知而用之，虽下僚仆隶弗辞也[1]，故以奴为名。其系出秦大夫后[2]，支甚繁衍。不尽知名，独引光奴有异禀[3]，骨瘦而神清。日者推算其干支[4]，惜其少年金刃，劫杀过重，性刚直而弗能平。然乘以火运，业必有成。引光奴闻其言，遂负大志[5]。尝出游遇异人[6]，顾谓光奴曰："子头锐面削，形状甚异，俟火色上腾时，所志必遂。"乃出药少许傅之[7]，作醍醐灌顶之戏[8]。且诫之曰："善藏乃锋，勿轻试也！"时国王阳燧者，与其邻方诸相毒[9]。诸能得太阳之精，燧引太阳抗之，大相抵触。诸之臣有云起氏者，能作法蔽太阳。燧火受辱忿甚，遍征四方之士。于是柳氏、檀氏、艾氏、柞氏，各蒙赏录[10]。然皆无随时应变之方，力有余而才不足。或有言引光奴者，乃具束帛聘之[11]，恩礼甚笃[12]。引光进曰："王者之先，秉火德以受代。今乃应火运，铩其羽翼，碎其首领，未敢自爱。臣之族人，自古赤松见史籍所记载。臣尝得火攻之术，一转瞬之间，敌当大退。愿王试之，而命臣为前队。"燧火信任之，首召庭燎氏为前茅[13]，军容赳赳[14]，使其将雁足氏居左，九华氏居右。既成列，引光自搏战，不胜而走。诸卒军返之，乃引首触山，霹雳一声，天地豁然如剖。于是庭燎氏、雁足氏、九华氏俱发，气焰不可当，敌遂大负，穷追至覆釜之界，尽焚其所有。功既成，引光得受上赏。或潛之于燧曰[15]："是不啻一割之利耳[16]，其锋亦尽于此，王欲以大任之，恐不足恃！"燧惑其说，适引光奴入见，燧觉其面目颓然，不复振起，遂弃之！引光叹曰："功成者退，四时之理，矧吾以一隙之时，既扬起威，不废何俟！"乃退游于蓬蒿间，或传其火化去，其说亦近是。赞曰：燧人之佐，烛照庶物[17]，头角所抵，遂扬飙欻[18]。芒锋既顿，蒿莱偏屈，遗憾何曾，韬光惜不[19]。

【注释】

①下僚：职位低微的官吏。　　仆隶：奴仆。
②秦大夫：指松树。《史记·秦始皇本纪》："上泰山，立石，封，祠祀。

下，风雨暴至，休于树下，因封其树为五大夫。"

③异禀：非凡的天资。

④日者：古时以占候卜筮为业的人。

⑤负：抱有。

⑥异人：不寻常的人。

⑦傅：涂擦。

⑧醍醐灌顶：佛教以醍醐灌人之顶，喻以智慧灌输于人，使人彻悟。

⑨毒：怨恨，憎恨。

⑩赏录：赏识录用。

⑪束帛：捆为一束的五匹帛。古代用为聘问、馈赠的礼物。

⑫恩礼：旧谓尊上对下的礼遇。

⑬前茅：古代行军时的前哨斥候。

⑭赳赳：威武雄健貌。

⑮谮：谗言。

⑯不啻：不过，只有。　　一割：本指切割一次，后即用为行使一次或负责一次之词。《后汉书·班超传》："昔魏绛列国大夫，尚能和辑诸戎，况臣奉大汉之威，而无铅刀一割之用乎？"

⑰庶物：众物，万物。

⑱飙欻：迅疾貌。

⑲韬光：收敛光芒。

【今译】

　　有阳氏其人，从小住在杭州，名叫引光。人们知道他的才能而用他，即便是做一个微不足道的小官甚或奴仆，他也不推辞，是以人们又在他名字的后边，缀了一个奴字。他的宗族本为始皇封赐的大夫，支裔繁茂，没办法一一道出他们的名字。只有引光奴，他有非凡的天资，骨骼清癯却神朗气清。有术士给他推算干支，生辰八字，可惜他自幼劫杀太重，更加秉性刚直而难于平抑！然则运交火字，事业一定有成。引光奴听了这一番话，遂抱负大志，有一次出游，遇见一位非同寻常的人，对他说："你尖头瘦脸，形状异于常人。等到火色上升的时候，一定能够实现自己的志愿。"于是那个异人拿出少许药物，像醍醐灌顶一般地涂在他头上，而且告诫他说："一定要善于隐藏自己的锋芒，不要轻易地去尝试。"当时的国王阳燧，和邻国的方诸结下仇怨。方诸能得到太阳的真精，燧引领太阳去抵抗，战斗很激烈。方诸有个叫云起

引光奴赋

氏的臣子，能以法术遮住太阳。燧火受辱很为气愤，于是征召四方人才，柳氏、檀氏、艾氏、柞氏，都受到赏识和任用。可是他们都没有应变的方略，力有余而才不足。有人提到了引光奴，于是备了聘礼去请他，对他真是恩礼有加。引光奴对王说："王的先人秉承火德得到王位，如今正应火运，就该摧毁敌人的爪牙，粉碎敌人的首领，不敢自惜。我的族人赤松，在史书中早有记载。我曾学得火攻之术，转眼之间便可令敌人溃退。还请王允准，让我作为前队。"燧火相信他，首先命令庭燎氏为前军哨探。军容威武雄壮，大将军雁足氏为左翼，九华氏为右翼。引光列队率先与敌战，不胜而退，诸军爷随之后退。引光就用头向山上撞去，但闻霹雳一声，天地豁然分开。于是庭燎氏、雁足氏、九华氏，大军齐发，势不可挡。敌人大败，一直追到覆釜边界，一把火把敌军的所有烧得精光。大功既成，引光奴当受大赏。有人进谗说："这不过是一次偶然的胜利，他的锋芒不过如此，要委以大任，恐怕是不足为恃啊！"燧火被这种说法所惑，拿不定主意。正值引光奴觐见，燧火觉得他的容颜灰败，不再有振作的样子，就没有任用他。引光奴叹息地说："成功了就该退下来，这是四时的道理。何况我以短暂之时的扬威，不废你还等什么？"于是退游于草野，或有人说他已经火化而去了，这种说法也差不多。赞曰："燧人的辅臣，烛照万物，头角所触，其焰遂速。锋芒既息，草野中委屈，有什么遗憾的，谁让你精光外露！"

山雨欲来风满楼赋

陈 震

层岚翠失，夕照红殷。乱峰万叠，杰构三间。铁马而檐端送响[1]，林鸦而树杪惊还。最宜习习清风[2]，迎来北牖；为想潇潇暮雨[3]，卷入西山。昔许浑之登咸阳东楼也[4]，倚槛神移，凭栏目睹。薄暝衔窗，群峰当户。天光云影，黯黯帘丁[5]；岫色林容，沉沉亭午[6]。正登临以有兴，相看排闼之山[7]；岂买饮以无名，待赏卷帘之雨。雨滞秋凉，风清暑溽[8]。檐铁锵金[9]，帘钩戛玉。龙吼兮潭空，猿啼兮路曲。有人披宋玉之襟[10]，相约剪义山之烛[11]。如此山疑泼墨[12]，到处云低；宛然雪酿飞花，晚来天欲。于时潜蛟起舞，宿鸟惊回。天惨惨以无色[13]，云郁郁以不开[14]。庭院之凉痕微晕，潇湘之诗思频催[15]。袅袅随风[16]，问何处鲸钟送到[17]？匆匆避雨，看几人蜡屐归来[18]。乱云影里，万木声中，凉生衣袂，响戛帘栊。归鸦拍拍而无语，竣乌阴阴而在空[19]。报道山中，樵斧阁半肩之雨；惊看楼外，酒旗摇一角之风。但见天暗如昏，云迷不散。楼台而爽气迎来，山路而浮岚拥断。失一碧之芙蓉，撼万家之林馆[20]。记昨夜连床话雨，丛竹窗鸣；看尔时卷幔当风，狂花屋漏[21]。既而碎点如流，空山送秋，奔泉洞口，滴溜檐头。十丈之软红尽洗，千峰之活翠如浮。润物无声，赏雨把一樽之酒；凭高纵目，看山登百尺之楼。

【注释】

①铁马：即檐马，也叫风铃。悬于檐下，风起则铮铮有声。

②习习：微风和煦。

③潇潇：风雨急骤貌。

④许浑：唐代诗人。　咸阳：地名，在今陕西西安市长安区东之渭城故城。

⑤帘丁：丁字形的卷帘。

⑥亭午：正午。

⑦排闼：推开门。

⑧暑溽：指盛夏时的潮湿闷热。

⑨檐铁：檐饰。

⑩宋玉：战国楚辞赋家。

⑪义山：唐代诗人李商隐的字。

⑫泼墨：中国画的一种技法。

⑬惨惨：昏暗貌。

⑭郁郁：幽暗貌。

⑮潇湘：此特指宋迪《潇湘夜雨》的画境。

⑯袅袅：形容声音婉转悠扬。

⑰鲸钟：古代的大钟，钟纽为蒲牢状，钟杵为鲸鱼形，故称。

⑱蜡屐：涂蜡的木屐。

⑲踆乌：古代传说有三足乌居于日中，后因以"踆乌"借指太阳。

阴阴：幽暗貌。

⑳林馆：林园馆宇。

㉑狂花：盛开的花。

【今译】

夕阳殷红如血，层层的烟雾遮住了青翠的山色。重叠的峰峦中，屹立着几间楼阁。屋檐上传送着风铃儿的响声。丛林中的栖鸦惊叫着飞回。最好是敞开北窗，迎进习习的轻风，是以想起那卷入西山的潇潇暮雨了。昔时，许浑登上咸阳城东楼，凭着楼栏，神思飞越。群山迎门，暝色入窗，云浓天暗，丁字帘里，光线昏沉。那山岫、那丛林，在正午时分就一片昏暗了。正是登临望远、兴致方浓的时候，看那迎门而立的群山；非是无由买醉，不就是等着欣赏着卷帘的风雨吗？雨迟迟地不下，风却带来了丝丝凉意，一下子把盛夏的湿热消减了不少。铁制的风铃儿叮咚作响，玉制的帘钩敲击有声。像深水里苍龙的怒吼，像路畔猿猴的啼鸣。有人效仿楚人宋玉披襟临风；有人学李义山相约友人联床话雨。云层低低地飞掠，像要酝酿着一场大雪。此时，蛟龙起舞，宿鸟归巢，天色昏暗，云层越积越厚。凉意在庭院中扩散，诗思也在这山雨将临时萌动。远远地随风飘来钟声，为了躲避即将来临的山雨，人们穿着游山的木屐匆促归来。在乱糟糟的云影里，在风摇万木的声响中，衣袂生凉，风儿不停地晃动着帘栊。归鸦纷纷地拍动翅膀归来，荫翳中的太阳还没有落山。樵夫的斧柯上带着风雨，告知山里的情形；看楼外有一角酒

清人辞赋选释

旗，还在风中摇晃。昏天黑地，迷漫的云气不散，楼台迎来凉爽，山路被雨雾遮断。风摇撼着林园馆宇，荷花也失去了颜色。记得昨天夜里，联床话雨，竹丛在窗外喧响，那会儿帷帐当风，花瓣也随着飞进，像漏下一地红雨。既而细碎的雨点儿，檐头的滴溜，就像流水一样倾注。空山送来秋意，洞口下泻的雨水，犹如奔淌的泉流。红花被雨洗过更加鲜艳，山的青翠之色像在水上浮动。润物无声，在赏雨中把酒；凭高望远，看山自宜登楼。

霜信赋

吴省兰

蝉叶声干，禽华节暮①。候威屑之将霏②，延商英以待吐③。从谁问卜，得气之先④，若有遗音，知时之务。避丹鹑之轩翥⑤，未定迟迟；逐房驷以遄臻⑥，飞偏故故⑦。此秋光渐老，既占大火之西流⑧；而霜信初逢⑨，特验微禽于南度也。以彼鸲鹋殊文⑩，赤苍异色，独禀质于金天⑪，乃攸居于泽国⑫。匪聚族于湘南⑬，却为仪于河北⑭。赋形也小，顺风倘遇其毛⑮；俟色也微⑯，入云不垂其翼。狎冥冥于紫落⑰，阅到炎凉；何肃肃于金焦⑱，报将消息。时也寻素娥之踪迹⑲，探青女之行藏⑳，眇微波于碧汉㉑，隔芳讯于红墙㉒。浥云表之飞甘㉓，正沍柏翠㉔；访水湄之积素㉕，未上葭苍。夹岸芙蓉，花繁争拒，绕篱荣菊，枝傲能当。寂寂黄昏，窥千门而灯暗；沉沉乌巷㉖，听万杵以砧凉。标来旗认重阳㉗，登高怕雨；算到钟鸣九耳㉘，协律宜霜。夫何百工思歇㉚，一羽俄传。刷缟翎而绝幕㉛，振练翩而驰烟㉜。懔懔有怀㉝，久缄天末；雍雍相语㉞，迤递风前。漫教黄橘知封㉟，不嫌漏洩；为报丹林好染，聊解遒宣㊲。谁解开函，猜红梨之迥得㊳；何劳执讯㊴，料紫枣之高悬㊵。明日遂行，会诧柳桥添絮；诘朝相见，还惊荻渚飞绵。尔乃不断衡阳㊶，长辞朔碛㊷，启霜路以斯征，导霜舆而于役㊸。霜华不孕㊹，万里神交。霜实有敦㊺，千厓势隔。孰分行而寄远，沙篆鸟文㊻；将证实于书空㊼，板桥人迹。槲岘经一绳奄过㊽，斑斑忽换紫青；芦洲随八字排来㊾，点点已成飞白。由是陨肃烟塍，降严虹栈㊿，疑闻角吹以雰雰㊾，若感琴操而缦缦㊽。数声破晓，传情原为随阳㊴；一气横秋，切响直同乘间㊵。沟何能画，全萎蓼浦之芳；关不容讥㊶，历饱莲峰之瓣㊷。借作三春之玩，爱叶停车；不关万顷之飞，清音在涧。甜问嵊山之味㊸，几时曾使青鸟㊹；闲吟工部之诗㊺，此信乃归白雁㊻。彼夫鹳鸣测雨㊼，雉响闻雷㊽，晨光鹍报㊾，暮色鸦催。各有先机之智㊿，无贻凡鸟之诮。孰若兹慎占冰雪，映示寒来。溯云逵之迭荡㊾，临月地而徘徊。叫近清都㊿，鸳瓦新粘玉粉；翔回漏院，鹓裘薄点珠埃。又何必方录元霜㊸，侈仙宗之秘品；歌登朱雁㊹，炫乐府之新裁也哉！

清人辞赋选释

【注释】

①禽华：菊的别名。
②威屑：霜的别称。　　霏：飘落。
③商英：指秋花。
④得气：谓适合节气、时令。
⑤丹鹑：鹑鸟，赤褐色，秋南来，春北去。
⑥房驷：星宿名，即房宿。
⑦故故：屡屡，常常。
⑧大火：星宿名。大火西流，谓向西而下，主暑退将寒之候也。
⑨霜信：《梦溪笔谈》谓："北方有白雁，似雁而小，色白，秋深则来。白雁至则霜降，河北人谓之霜信。"
⑩鸦鸹：即雁。
⑪金天：秋天。
⑫泽国：水乡。
⑬湘南：地名，故城在今湖南湘潭县境。
⑭仪：来。　　河北：泛指黄河以北地区。
⑮顺风：《淮南子·修务训》："夫雁顺风，以爱气力；衔芦而翔，以备矰弋。"
⑯侔色：齐等，相当。
⑰冥冥：高远貌。　　紫落：《渊鉴类涵》谓："紫落、碧落，皆天也。"
⑱肃肃：鸟羽振动声。《诗·小雅·鸿雁》："鸿雁于飞，肃肃其羽。"
金焦：即金山和焦山，均在江苏境内。
⑲素娥：嫦娥的别称。
⑳青女：司霜的女神。
㉑碧汉：银河。
㉒芳讯：指花开的消息。
㉓浥：湿、润湿。　　飞甘：指飞霜。
㉔泞：露多貌。
㉕积素：积雪。
㉖乌巷：乌衣巷的省称。
㉗标：山峰。
㉘九耳：《山海经·中山经》："丰山有钟九耳，是知霜鸣。"

㉙协律：调和音乐律吕，使之和谐。

㉚百工：《礼记·月令》："霜始降，则百工休。"

㉛绝幕：横渡沙漠。

㉜驰烟：谓疾驰如烟。

㉝懔懔：寒冷貌。

㉞雍雍：鸟和鸣声。

㉟"黄橘"句：《史记·货殖列传》谓："蜀汉江陵千树橘，其人与千户侯等。"

㊱丹林：红叶之林。

㊲迥宣：远扬。

㊳迥：远。杜甫《谒玄元皇帝庙》："翠柏深留景，红梨迥得霜。"

㊴执讯：古代掌通讯的官吏。

㊵紫枣：《拾遗记》：信都献仲思枣，长四寸，紫色，细文，核肥有味。

㊶衡阳：县名，在湖南省南部。

㊷朔碛：犹朔漠，指北地的沙漠。

㊸于役：行役。

㊹霜华：霜。

㊺霜实：经霜的果实。　　敦：厚实。

㊻沙篆：沙石呈现的篆书似的条纹。

㊼书空：雁在空中成列而飞，其形如字，故称。

㊽槲岘：长满槲树的山。　　一绳：犹一行。黄景仁《清平乐·河间晓发》："茅檐土锉，著个凄凉我，替戾声催装上驮，冷雁一绳先过。"

㊾斑斑：色彩鲜明貌。

㊿八字：亦泛指雁行如字。

㉛虹栈：拱曲高悬的栈道。

㉜霎霎：飘落貌。

㉝缦缦：迂缓回旋貌。

㉞随阳：指雁，候鸟依季节而定行止，故称。

㉟切响：重浊之音。　　乘间：利用机会。

㊱"关不"句：《礼记·王制》："市廛而不税，关讥而不征。"

㊲莲峰：指华山。

㊳嵊山：《拾遗记》："穆王至大骑之谷，西王母进嵊州甘露甜雪。"

㊴青乌：鸟名，即乌鸦，借指太阳。

清人辞赋选释

⑥工部：指代杜甫。杜甫流寓成都，成都尹严武表为工部员外郎，故称甫为杜工部。

⑥白雁：即报霜的白雁。杜甫《九日五首》云："殊方日落玄猿哭，故国霜前白雁来。"

⑥鹳鸣：《本草》："鹳仰天鸣，号必有雨。"

⑥雉响：《洪范·五行传》："正月雷微而雉雊，雷气通也。"

⑥鹍报：鹍旦，求旦之鸟也。龚自珍《尊隐》："夜之漫漫，鹍旦不鸣。"

⑥先机：预先洞知细微之明。

⑥云逵：距离遥远。　　泱荡：空旷无际。

⑥清都：神话传说中天帝居住的宫阙。

⑥元霜：即玄霜，传说中的一种仙药。

⑥朱雁：赤色之雁，古代以为瑞鸟。

【今译】

蝉儿叫着，干枯的木叶正在脱落，已是菊花盛开的暮秋时节，眼看就要落霜了，晚开的秋花还期待着它的花期，等着流芳吐艳。还用得着去跟谁占算吗，到了节气它就来了！因为知道自己现时的使命，才匆匆地留下它的叫声吧！它迟迟疑疑地躲开那高飞的鹳鸟，屡屡跟着房星的车驾行进。秋深了，既已预测到大火西流，暑气将退，又在这南飞的白雁身上得到了验证。它和鸿雁的斑纹、毛色不同，但天赋异质也显露在秋天，也在水乡中栖止。它不在湘南聚族而居，而是来自河北。它形体不大，可以看见它顺风飞翔的毛羽，但一般的鸟儿比不上它，因为它能高飞入云。倘或它在高远的天空，看到世上的炎凉，它何不振动羽翼，为金山、焦山传个信儿，此时却去探寻素娥和青女的踪迹。看那潺潺的微波，"本来银汉是红墙"，它阻隔着，听不到一点儿音讯。云中的霜屑飞飘，沾湿了苍松翠柏，水边的积雪，还没有盖上蒹葭。两岸的木芙蓉，花繁叶茂，争相抵御着秋霜。绕着竹篱的菊花，正表现着不畏寒霜的风采。

寂寞的黄昏，看着暗淡的灯光，那死沉沉的小巷，传出凄凉的砧杵声音。重九登高，山上飘着彩旗，冶游尽兴，最怕的是遇见风雨；想那丰山的九钟之鸣，协音和律，正是在这秋日飞霜的时刻。为什么白雁一过，工匠都停下了工作？白雁们整理着洁白的羽毛，横越沙漠，振动着翅膀，像云烟一般的快捷。在此秋凉时节，怀念远人，却总是盼不来远方的音信。只有鸟儿和鸣的声音，在风前传递。

霜信赋

　　就算秋橘知道自己的身价，这消息还怕漏泄吗？为了昭显枫林的易于着色，秋霜的远扬是可以理解的。谁知道打开封缄去猜测红梨来自远方；用不着通信的差官，也能测度出紫枣儿高悬在树上。明天上路，会为了板桥上的飞絮感到讶异：一清早儿，打哪儿来的芦花？雁儿辞别了北方的沙漠，不停地向衡阳飞去。它们跟着霜神的车架，沿着布满霜花的路途前进。霜花不结子，靠的是万里神交；经霜的果实繁茂，却又有重峦阻隔。沙石上的书篆鸟文。谁能把它分行寄远？板桥上的人迹却和长空的雁字相映。长满槲树的山峦，一行大雁飞过，它们的影子也好像忽而变青；苇滩上雁字排开，就好像飞起片片芦花。它们整肃地落在暮霭中的田塍，降落在弯曲如虹的栈道上。好像听见飘落的角声，又好像听见迂缓回旋的琴曲。几声重浊的鸣声，划破晨光，原来是随阳之鸟，横过秋原，它们也懂得利用时机呢！

　　蓼浦的晚芳都已枯萎了，这沟壑还有什么必要摹画？用不着留心，让它们饱览莲峰去吧！爱惜枫林红叶，停车坐赏，无妨把它当作三春的风光；清音在涧谷中萦回，却不是因为这无边的落叶。为问嵰山的甜雪，什么时候派青鸟来？吟诵着杜甫的诗句，这信儿却是白雁带来的。鹳鸟叫了，就知道风雨将临；雊雉声声，则知雷将发声。鹖旦叫了，就知道天将破晓；鸦鸟归巢，就知道暮色将临。这些都是能预先知道的，不会让凡鸟儿取笑！谁像它对冰雪是那样敏感，警示人们寒天的来临，看遥远而空旷的天际，在月光下徘徊鸣叫。它的叫声，邻近天帝的宫阙，那瓦上好像铺着一层玉粉。它飞翔着，在漏声迢递的院宇，鹔鹴裘上闪烁着珍珠的光彩。何必还记录长生不老的玄霜，骄矜于仙界的灵丹妙药；歌咏朱雁篇章，以炫耀乐府的新诗吗？

清人辞赋选释

老渔赋

吴锡麟

　　西山深处，厥有渔夫，须眉半落，姓氏全无。终身草莽[1]，极目江湖。不知秦汉年号，自称烟波钓徒[2]。三尺短篷，随风自转；一声长笛，与月同孤。斯人也，盖将寄情野鹤，涸迹溪鸥，念古今如逝水，置天地于浮沤[3]。世事消磨白发，生涯分付扁舟[4]。呼我为翁，不离河上；倩谁作妇，同老矶头[5]。点破客星[6]，前席难求夫天子[7]；醒来春梦[8]，后车不载以诸侯[9]。是何淡泊[10]，罔顾蹉跎[11]。指烟霞而求矢，订泉石以靡他[12]。得度平安之岁月，何愁险恶之风波[13]。手挽千寻丝网，身披一领草蓑。立秋风于黄叶声中，身长似鹭；炊夜火于白杨影里，背曲如驼。君不见淡烟横，微雨湿；隔水呼，班荆集[14]。衣残五月重裘，戴破十年旧笠。卖鱼唤去，逢人常作伛偻；沽酒归来，对客不知拱揖[15]。意将抱明月以长终，借寒潭而自给。夫是以泛宅有舟，浮家无屋[16]，所汲者清湘[17]，所然者楚竹[18]，谁堪携手与之偕？自觉离人立于独。松下倘询童子，非采药以难寻；田边若遇丈人，应杀鸡而留宿。归与唱晚，任他青箬雨风斜[19]；欸乃歌残[20]，藏我白头山水绿。此盖枕流之趣弥深，漱石之思独妙[21]。诗书无待于畋渔[22]，邱壑自供其游钓。春泥两屐，宿雾横波，秋水一竿，斜阳返照。妻孥则舵尾团居[23]；兄弟则滩头戏笑。愿为楚泽之闲吟[24]，不作苏门之长啸[25]。看坛边杏树[26]，婆娑犹似生初；问源里桃花[27]，恍惚已忘年少。回忆柳塘送暖，荻浦迎寒，蛾眉女弱[28]，犊鼻儿单[29]。几度披星戴月，频年露宿风餐。无复同心，终守渭滨之节[30]；有谁知己，共谈濠上之观[31]？真可谓孑然寡处，浩然咏叹！淮阴侯所不能同调[32]，而鸱夷子所莫与追欢者矣[33]！彼不知者，以为雄心未去，壮志难降，虚慕巢由之隐遁[34]，妄希怀葛之敦庞[35]。迹纵超尘而不偶[36]，才非绝世以无双。信斯言也，必将舍其纶饵[37]，弃尔蓬窗，胡为乎满地兼葭，垂老而犹依大泽[38]；连天雨雪，冒寒而独钓空江[39]？

【注释】

①草莽：草野，民间。

②烟波钓徒：唐人张志和隐居江湖，自称烟波钓徒。

③浮沤：水上的浮泡，此指世事变幻无常。

④生涯：指恃以营生的事业。

⑤矶：水边石滩或突出的岩石。

⑥客星：汉严子陵与光武帝共卧，足置帝腹上，太史奏客星犯帝座。

⑦前席：指汉孝文帝召见贾谊求教事。《史记·贾生传》："上因感鬼神事而问鬼神之本，贾生因具道所以然之状，至夜半，文帝前席。"

⑧春梦：春日嗜眠，梦境易失，故谓陈迹易杳者曰春梦。

⑨后车：指从者所乘之车。《孟子·滕文公》："彭更问曰：'后车数十乘，从者数百人，以传食于诸侯，不亦泰乎？'"

⑩淡泊：无为寡欲。

⑪蹉跎：失时。

⑫泉石：山水之胜，多以泉石并称。

⑬风波：纷扰、变端。

⑭班荆：布荆于地。世谓朋友相遇于路，共言故旧之情曰班荆道故。

⑮拱揖：拱手揖之。

⑯泛宅、浮家：皆指舟居。《唐书·张志和传》："愿为浮家泛宅，往来苕霅间。"

⑰清湘：指湘江之水。唐柳宗元《渔翁》："渔翁夜傍西岩宿，晓汲清湘燃楚竹。"

⑱然：同"燃"。

⑲青箬：青竹皮。

⑳欸乃：摇橹声。

㉑枕流、漱石：指隐士的情志高洁。

㉒畋渔：渔猎。

㉓妻孥：谓妻与子。

㉔楚泽：楚地的沼泽。楚地，指今湖南、湖北一带。

㉕苏门之长啸：《晋书·阮籍传》："籍尝于苏门山遇孙登，与商略终古，及栖神导气之术，登皆不应，因长啸而退。"

㉖坛边杏树：《庄子·渔父》："孔子游缁帷之林，休坐杏坛之上，弟子读书，弦歌鼓琴。"

㉗源里桃花：指陶潜《桃花源记》描述的环境。

㉘蛾眉：喻女人。

清人辞赋选释

㉙犊鼻：指犊鼻裈，即围裙。
㉚渭滨：渭水之滨。此特指吕尚尝垂钓于渭水之滨，人称渭滨渔父。
㉛濠上：《庄子·秋水》："庄子与惠子游于濠梁之上，庄子曰：'鲦鱼出游从容，是鱼乐也。'惠子曰：'子非鱼，安知鱼之乐！'庄子曰：'子非我，安知我不知鱼之乐？'"
㉜淮阴侯：汉韩信的封号。
㉝鸱夷子：春秋越谋臣范蠡之自号。
㉞巢由：尧时的高士巢父和许由。
㉟怀葛：追怀葛天氏之治。葛天氏，上古帝王，其治不言而信，不化而行。
㊱不偶：不遇。
㊲纶饵：指钓具。
㊳大泽：广大的湖泊。
㊴独钓：此取柳宗元《江雪》："孤舟蓑笠翁，独钓寒江雪"诗意。

【今译】

在西山的深处，有一个老渔夫，不知道他叫什么名字。他老态龙钟，胡须、眉毛几乎都掉光了。成年在草野里劳碌，满眼都是江河湖水；不知道什么是先秦后汉的年号，自称是烟波钓徒。一张小小的篷帆，随着不定的飘风，长年在江河上漂荡转悠。一支竹笛，在月下吹弄，显得是那样的孤独。

他这人哪，原来是寄情意在闲云野鹤中间，混形迹在浅水凫鸥之内的那种人，那些古往今来如同江河逝水一般的世事，全没放在他的心上！他把那些都当成自生自灭的水上浮沤了。他在纷繁的世事中消磨自己的岁月，把生计全维系在那条小船之上了。

在河上遇见了，都称呼一声老人家，可谁是我同老江乡的渔妇呢？那容忍客星犯帝座的、夜半前席求教的皇帝们，哪还会有啊！就好像那春梦醒来，还干什么要去做那跟在后车上转食于诸侯的食客？无为寡欲，还在乎什么失去机遇？发誓在烟霞泉石中徜徉，绝不会再有别的念头。能过上太太平平的日子，江湖上的风浪就算再险恶，那又算得了什么！

他手提着长长的渔网，身上披着一袭草结的蓑衣，在秋风瑟瑟、黄叶飘萧的河上，像一只伫立船头的白鹭；在白杨树下，弓着身子，开始一天的晚炊。

你不见吗，那淡淡的烟雾；那溟濛的细雨，一旦遇见，隔着河就打招呼，

老渔赋

铺些柴草在地上叙话。五月天，还穿着那身破旧的羊皮袄；一顶用了十几年的旧斗笠还戴在头上。嘴里吆喝着卖鱼，遇见人弓着个身子；沽酒归来，也不讲什么繁文缛节。他是想凭借着一湾河水自给自足，像苏子所说抱明月以长终的吧！他靠着小船浮家泛宅，汲取的是清清的湘江水，燃烧的是荆楚大地的茅竹，谁理解他？难怪他会觉得被世界所遗弃，而独立苍茫了。

倘若问那松树下的小孩，他会告诉你他并没有去山中采药；而在田边遇见长者，肯定会设酒杀鸡作食，晚上兴许就住在那儿了。

一天劳碌完毕，他唱着渔歌，哪里还会在乎什么细雨斜风；在橹声中，在青山绿水中间，还有着这位满头白发的老渔翁！他有隐者的高远情思，渔猎营生，有溪壑足供索取，哪里还需要什么诗书！

春天，河岸上横亘着蒙蒙的宿雾，木屐上沾着雨润的春泥；秋天，河上有返照的夕阳金光闪烁。妻子儿女在船尾围坐，小兄弟们在河滩上戏谑。只愿在这荆楚的大泽中讴吟闲适的歌诗，不做那惊世骇俗的苏门长啸！

那讲坛边的杏树，枝叶婆娑，如同刚刚栽植；询问桃花源里的情事，似乎已忘了自己的年纪！想起春天那阵儿，低垂着细柳的池塘，春风送暖；而秋天，生长着芦苇的江浦，又迎来渐冷的秋风。女儿家还没有长成，男孩也瑟缩衣单。多少次披星戴月，长年露宿风餐，没有志同道合者可与言笑，也不能改变渭滨垂钓的节操。没有知己和自己谈论濠上观鱼的乐趣，孤独，寂寞，又怎能不让人喟然长叹！古人韩信怎么样？也不是他的同调，而范蠡也不是他追步效仿的人物。不知道的还以为他雄心犹在，壮志尚存，表面上是羡慕许由、巢父的隐士生涯，而实质是希望葛天氏之治世！外表是超尘不群，内心说不定是在鄙夷那些举世无双的人物呢？如果真是如此的话，他一定会舍去他的钓具，放弃他的渔船；为什么还在这满地蒹葭的大泽里厮混，在漫天的风雪中，冒着严寒在空荡荡的江上垂钓呢？

清人辞赋选释

过旧居赋

洪亮吉

县南中河桥之侧①，洪子有旧居焉②，盖居之者三世矣。后主者以直贱转贸他族，乃更徙焉，岁癸巳十一月也③。室有楼，上下各四楹④。楼后有池，宽可十步，霖潦既集⑤，亦生蛙鱼。池侧柔桑一株，桃实数树。一箔之蚕⑥，春足于食；三尺之童，秋足于果。侲侲焉⑦，广广焉⑧，不自知其室之陋也。然而夏水甫盛，则萍藻带于周庐；秋霖乍淫，则莓苔生于阴牖⑩。出户之栋，鼯鼺与室鼠竞驰⑪；颓邻之垣，枯株于薜荔交翳⑫。室既荒陋，器亦敝败。其木之刓而曲者⑬，太夫人之织具也⑭，其甄之方而折者⑮，予童时之吟几也。

过之者色不怡，居之者乐自若。盖始生焉，少长焉，及授室焉⑯，生子焉，历二十八寒暑乃徙。前岁复过之，则平池积淤，半已作道。邻人以桑翳其室，斧其东枝，余者随堕岸而踣⑰。周堤而视，则枯条朽蔓，无有存者，而墙之雊北如昔也⑱。复窥其室，则败釜折几，无有留者，而栋之欲落未葺也。里媪巷妪，集者数辈，则尚述太夫人之德不忘，因感而为之赋曰：

惟吾祖之令德兮⑲，冀乐土之是盘⑳。遵过庭之雅训兮㉑，就婚媾于江干㉒。遘家屯于癸甲兮㉓，乃巢毁而不完。驻征楫而陆处兮㉔，爱构造之无端㉕。借大地之尺咫兮㉖，规周天以为垣㉗。逮予躬而三世兮㉘，尚营葺之未安。询东邻之所业兮，云曲簿而织筐㉙。沸晨吹于西舍兮，职吹箫而给丧㉚。连栌橡于后巷兮㉛，闻永昼之锻声。井泉清而倚户兮，喧朝夕之百锽㉜。纷吾庐之众响兮，每夜起而彷徨，牖虚明而入月兮㉝，瓦离披而漏霜㉞。鸣虫集于吟案兮，鼯鼠经其颓梁。羌吾居之何陋兮，实先世之此藏㉟。桃离离而秋实兮㊱，藤宛宛而春垂㊲。风盈扉而自阖兮，雨颓墙而不围。水东西而十步兮，桑南北以数枝。每炎暑之蒸酷兮，披后户之凉飔。居陶陶而自适兮㊳，虽屡空而不辞。昔先人之食力兮，乃终岁而在行也。暨慈亲之厉节兮㊴，勤日昃而不遑也㊵。奉甘糗于尊章兮㊶，爰夜纺而晓绖也㊷。惟邻左之责言兮，泪汍汍而辍响也㊸。嚣声惭而自化兮，薄俗久而益贞㊹。训邻姬以妇道兮，舍姁集而倾听。追行之于数纪兮㊺，消闺室之竞声。忆邹舍之东迁兮㊻，非垂教于三徙㊼。

— 106 —

念琴书之去此兮,亦岂炫乎仁里㊽。惟居庐之易主兮,情纷悒而靡喜㊾。犬周巡而不辍兮,鹊悲鸣而四起。非俦类之是恋兮,情亦眷于鸣吠。遗缣巾于里媪兮㊿,挂别篋于户里。环车轮而远送兮,盼百步而不已。别遥遥而六载兮,乃屡过乎里门㉛。池涓涓而已竭兮㉜,桑猗猗而靡存㉝。纤蛇出于毁窭兮㉞,宿莽抽其故萌㉟。伊兹楼之虚敞兮㊱,乃久处而习魂。纷一岁之百梦兮,每九十而是贲㊲。荷邻柯之曲荫兮,感檐日之奇温。思吾亲之居此兮,亦抚子而抱孙。业去此而适彼兮,遂违泰而履屯㊳。岁月盈虚,人生与俱。前负米而养志㊴,兹衔戚而昼居。虽爱居而爱处㊵,孰倚门而倚闾。昔居庳而亦乐㊶,今室广而增歔。悟卅年而成世㊷,实一世而此居。既性与境而皆异,吾又何乐此一世之余?

【注释】

①中河桥:桥名。作者生于常州中河桥东南之兴隆里。

②洪子:作者洪亮吉自谓。

③癸巳:指乾隆三十八年。

④楹:量词。房屋一间称一楹。

⑤霖潦:雨后的积水。

⑥箔:养蚕用的筛子或席子。

⑦倡倡:无思虑貌。

⑧广广:空虚貌。

⑨带:环绕。

⑩阴牖:背阴儿的窗户。

⑪鼪鼯:黄鼬和鼯鼠。此泛指鼠类。

⑫交翳:遮蔽。

⑬刓:磨损,残缺。

⑭太夫人:汉制,列侯之母称太夫人。后世官吏之母,不论存殁,亦称太夫人。

⑮甎:同"砖"。

⑯授室:娶妻。

⑰踣:毁坏。

⑱犙:犹当,正当着。

⑲令德:美德。

⑳乐土:安乐的地方。　盘:隐居。

㉑过庭：指承受父训。
㉒婚媾：嫁娶。
㉓屯：《广雅·释诂》："屯，难也。"　　癸甲：是癸巳、甲午的缩写。
㉔陆处：居处陆上。
㉕构造：结成，制造。
㉖尺咫：即咫尺，喻极近的距离。
㉗周天：整个天地间。
㉘予躬：自身，此系作者自谓。
㉙曲簿：蚕箔，饲蚕的器具。
㉚给丧：替人作丧事。《史记·周勃世家》："勃以织簿曲为生，常为人吹箫给丧事。"
㉛栌椽：斗拱和木椽。
㉜铛：用以烧煮饭食的锅子。
㉝虚明：清澈明亮。
㉞离披：衰残貌。
㉟藏：善，喜爱。
㊱离离：盛多貌。
㊲宛宛：细弱貌。
㊳陶陶：和乐貌。
㊴厉节：激励节操。
㊵日昃：太阳偏西。　　不遑：不敢偷安闲。
㊶甘糗：甜粥。　　尊章：舅姑。
㊷经：经线。
㊸汍汍：泪急流貌。
㊹薄俗：轻薄的习俗。　　贞：正道。
㊺数纪：数年
㊻邹舍：指孟子的家。孟子为邹人，故称。
㊼垂教：垂训。　　三徙：指孟母三迁。
㊽仁里：仁者居住的地方。
㊾恺：不怿。
㊿缣巾：双丝细绢制作的头巾。
51里门：闾里的门。古代同里的人家聚居一处，设有里门。
52涓涓：细水。

(53)猗猗：美盛貌。

(54)窦：洞穴。

(55)宿莽：经冬不死的草。

(56)虚敞：空旷宽敞。

(57)贲：《吕氏春去·一行》："孔子卜得贲。孔子曰：'不吉。'子贡曰：'夫贲亦好矣，何谓不吉乎？'孔子曰：'白而白，黑而黑，夫贲又何好乎？'"

(58)泰：指《易·泰》卦象通泰。

(59)负米：谓外出求取俸禄钱财以孝养父母。

(60)虽：句首助词，无义。　　爰居：迁居。

(61)庳：低下。

(62)卅年成世：《说文》："三十年为一世。"

【今译】

县城南的中河桥畔，有洪子亮吉的故居，洪家在那儿已经住了三代。后来房主以所赁价低而转手他人，洪家才搬了家，那是癸巳年的十一月份。那居室有楼，上下各有四间屋。楼后边有个池塘，宽窄约有十步，雨后积水，也滋生蛙鱼之属。池塘边有一株桑树，还有几株桃树。饲一箔子蚕，桑叶足可供春蚕食用；三尺顽童，秋天也能有桃实可吃。无思无虑，知足常乐，不以为这居室有什么简陋之处。可是，到夏天，还没等雨水大作，萍藻之类的水草就长满了房前屋后；秋天刚开始连雨，霉苔就在房阴处滋生了。从户内伸出的屋梁，老鼠在上边争相驰逐。邻家的倾圮墙垣，有枯枝和薜荔交相遮蔽。居室是简陋的，用具也亦残损。太夫人用的织具已经残缺，我儿时诵书的几案已经损坏。经过此宅的人都感到不快，可居住在这儿的人却安乐自如。那是因为我生在这里，长在这里，又在这儿娶妻生子，一直住了二十八年才搬走的缘故。前年我又经过此处，用池塘淤积得有一半已经成了路径，邻家用桑树给住屋遮阴，砍倒了东边的树，其余的就随着崩塌的池岸而匍倒了。围着池塘转了转，干枯的藤条枝蔓，已经不复存在，可是朝着北面的墙垣还在。又看了看屋里，破损的锅子，残损的几案，都没有了，而将要坍塌的屋梁也还没有修葺。有几位里巷中的老妪，聚在一起，还在念念不忘地讲说着我母亲的好处。因而有感于中，乃作赋曰：

使家室得以于乐土燕居，是由于吾祖的善行；遵从父训，在江干完成婚嫁。在癸巳、甲午年间，连遭困厄，安乐的家室一朝受到损毁。停驻征帆，还得在陆上谋求安置。借得方寸之地，却没有办法完成构建家室的心愿，就

清人辞赋选释

　　以自然作为墙垣吧！到我这已经是第三代了，还没能营造成一处安定的居室。若问东邻做什么营生吗？是编织养蚕的箔、席，还有竹筐之类。西邻是从早晨起就练习笙箫，专门替人作丧事。椽子、斗拱连着的后巷，整天是打铁的声音。挨着门旁的水井，从早到晚响着各家各户的锅勺之声。这些响声扰攘着我的居室，使我常常深夜彷徨无计。从窗外射进清澈明亮的月光，残破的屋瓦漏进霜寒。秋虫在吟诵书文的几案上聚集，鼪鼠在颓朽的屋梁上来来往往。我的居室多么敝陋啊？但它却是先人所喜爱的地方。桃树到秋天结满了果实；藤条在春天垂着柔弱的蔓儿。风过处门扉自开自阖，雨水浸渍以致墙倾垣颓。东西有十步长的水塘，南北有几株桑树。每到炎热的酷暑，就敞开后门迎候沁凉的风。随心适意，和乐而居，虽屡有困乏而依然如故。从前，先人自食其力，成年在身体力行，更加慈母的激励节操，从早到晚勤作不停。供奉甜粥给翁姑，早晨整理经纬，夜里勤于纺织。为了左邻右舍的责怨，无言的泪水潸然而落。嚣乱的气焰在自惭自愧中有了变化，轻薄的习俗日久也会改成正道。对邻家女的开导，连老妪也凑过来倾听。这样躬行几年，闺房中再也听不到争吵之声。想起孟母的迁居，并不是为了给后人留下什么训诫！想想此番携着琴书离去，还有什么值得在仁者居住之地炫耀！因为居室换了主人，心情不怿罢了。犬儿不停地转转，鹊鸟悲鸣着四散飞起，不是我舍不得它们，而是这些鸣吠之辈还知道眷恋之情。留下绢制的头巾给邻舍老妪，手书的箴规还挂在屋里，人们围着车子送行，走出百步还顾盼着不肯回去。

　　别开六年，几次经过里门，细水涓涓的池塘已经干涸，柔美的桑树也不复存在。蛇从破穴中出没，到处是萌生的宿草。那宽敞的房舍，我在那儿住久了，连魂梦儿也习惯了！一年纵有上百次梦境，往往有九十次不吉。多承邻家的树荫回护；有感于茅檐下曝日的温暖。回忆我母亲在这时，也曾经抱抚子孙呢！现今已经离开此地，离开通泰而走向艰虞。岁月如流，人生也如此。从前负米养亲保持不慕荣利的志向，然而白天待在家里，还是心含悲戚。变迁了住处，还有谁倚闾倚门？从前居室低下也有乐趣，如今居室宽敞，倒增添了感慨叹息。三十年就是一世，那我就是在这儿住了一辈子。既然心性和环境都有所变异，我这一世所余之身又有什么可乐的呢！

老农赋

吴锡麒

为士不解读书，为商不能居货①，为樵夫则岩岫云深②，为渔子则江湖浪大。四民非可兼营③，十亩由来惯作。西山日暮，老将至而不知；南亩春回，田未耕而必课④。是以托身原隰⑤，寄迹沟塍⑥。泥涂弗辱，袯襫为荣⑦。休管星移与物换，但知水耨而火耕⑧。农本在田，自勤稼穑，老虽于野，偏识阴晴。一年不欠官租，便是眼前之乐；四季能安家食，遑希身后之名⑨。第见梅风之信未来⑩，谷雨之期已近⑪。菖叶碧而生香⑫，杏花红而有晕⑬。农事将兴，老人亦奋，妇懒频催，儿闲辄愠。驱虽有犊，应赤脚以相随；耕岂无奴，置苍头于不问⑭。已而桑柘阴浓⑮，蒲葵秀吐⑯，白鹭一拳，青蛙两部⑰。桔槔声里作班头⑱，蓑笠影中排队伍。率丁男而早出⑲，带火耕田；充甲长以先行⑳，焚香祷雨。此则较春野为尤忙，比夏畦而更苦者矣！迨至沙飞断雁，草咽寒虫，金秔滴露㉑，玉粒披风。庆其年之大有㉒，喜畎亩之将终㉓。筑场圃手挥妇子㉔，载篝车指点儿童㉕。一顶黄冠㉖，乡里争推尊丈客；数茎白发，田头先作主人翁。况逢冬景之清闲，更胜秋光之皎好。索绹纵复宜勤㉗，播谷还应太早。问野蔬则瓮有旧醅㉘，娱春酒则厨多新造。霜天煨芋㉙，孙喜分甘㉚；雪夜烹鸡，妻知慰老。任犬眠之已熟，柴门紧杜篱根；使牛背有余温，土窟深堆稻草。凡兹妙景，都在芳田㉛。老而弥笃，穷且益坚。春岂徒一百五日㉜？非不知四十九年㉝！宅芒芒之殷土㉞，游荡荡之尧天㉟。纵教菽粟陈红㊱，双足不离陇上；安得须眉皓白，一生未到衙前。非然者朝游楚泽㊲，暮宿秦关㊳，以云衢为可涉㊴，以鸟道为可攀㊵。而卒也面黝而黑㊶，头白而斑。空受风尘之困顿，未蒙轩冕之荣颁㊷。是何如蒸黍炊藜，安其业于菑畲之末㊸，犁云锄雨，终吾身于畎亩之间哉！

【注释】

①居货：积货售卖。
②岩岫：峰峦。戴叔伦《听霜钟》云："仿佛烟岚隔，依稀岩岫重。"
③四民：旧称士、农、工、商为四民。叶适《留耕堂记》云："四民百

艺，朝营暮逐；各竞其力，各私其求。"

④课：交纳赋税。

⑤原隰：广平低湿之地。

⑥沟塍：沟渠和田埂。

⑦被襫：蓑衣之类的防雨衣。

⑧耨：小手锄。

⑨遑：何，怎能。

⑩梅信：二十四番花信风，自小寒之日起，每五日为一信，第一信即为梅信。

⑪谷雨：二十四节气之一。谷雨前后，我国大部分地区降雨量比前增加，有利作物生长。

⑫菖：即菖蒲，一种水草。

⑬晕：花苞四周色泽模糊的部分。

⑭苍头：此指上了年岁的老人。

⑮桑柘：桑木与柘木。《礼记·月令》："季春之月，命野虞无伐桑柘，鸣鸠拂其羽，戴胜降于桑。"

⑯蒲葵：植物名。形如棕榈，叶大，可作蓑笠及扇属。

⑰鹭：《本草纲目》云："鹭林栖水食，群飞成序，洁白如雪，颈细而长，脚高善翘……" 青蛙两部：《南齐书》载：孔稚珪门庭之内，草莱不剪，南有山池，春日蛙鸣。或问之欲为陈蕃乎？答曰我以此当两部鼓吹。

⑱桔槔：汲水农具。 班头：小头领。

⑲丁男：成年男子。

⑳甲长：古以数十家为一甲，所置治理者之称。

㉑金秔：成熟的粳稻。

㉒大有：丰收。储光羲《观竞渡》云："能令秋大有，鼓吹远想催。"

㉓畎亩：田地。下曰畎，高曰亩。亩，垄地。

㉔场圃：农家收打作物的场地。

㉕筹车：水车。

㉖黄冠：草制之冠。

㉗索绹：制绳索。

㉘旧醅：陈酒。

㉙芋：泛指薯类植物。

㉚分甘：分享甜美食物。

㉛芳田：泛指田野。唐太宗《咏雨》云："和风吹绿野，梅雨洒芳田。"

㉜"春岂徒"句：自冬至后至寒食，凡一百五日。宋人徐俯有句云："一百五日寒食雨，二十四番花信风。"

㉝"非不知"句：春秋时，卫人蘧伯玉，年五十而知四十九年之非。

㉞芒芒：辽远貌。　殷土：殷商的土地。

㉟荡荡：广大貌。　尧天：唐尧之天。

㊱陈红：指陈年的谷类。《史记·平准书》："太仓之粟，陈陈相因，充溢露积于外，至腐败不可食。"

㊲楚泽：楚地的泽薮，此泛指楚地。

㊳秦关：秦地的关塞，亦泛指秦地。

㊴云衢：云路，犹言仕途。

㊵鸟道：险峻狭窄的山路。

㊶黝：青黑。

㊷轩冕：指官位爵禄。

㊸菑畲：开荒耕作。此代指农事。

【今译】

做士大夫而不会读书，做商人又不懂得积聚货物。当樵子又怕路远山高；当渔夫又畏惧风波险恶。士、农、工、商不能一身兼做，可十亩薄田却种顺了手。如同太阳落山一样，老年悄然来临还浑然不觉，大地春回，不等撒下种子，先把该交纳的赋税准备好。

托身在这广袤的大地之上，寄托行迹在沟渠和田埂之间，在雨里泥巴里作息并不感到耻辱，披着蓑衣，还自认为光彩在身！不管它物换星移，就知道在田间耕种。农家的根本就是农田，自宜勤劳耕作；老时虽居乡野，偏识风雨阴晴。一年下来，不欠官租，这就是眼前的快乐；四季不愁衣食，还希求什么身后的名声？

虽然梅信风还没到，可农时已经快到谷雨。绿森森的菖蒲发出清香，杏花也泛起淡淡的红色。就要开始农忙了，老年人也倍加勤快，频频也督促妇女下田，看见小儿偷闲也要生气。牛儿在前边犁田，人们赤着脚跟在后面；仆人也跟来下地，可上了年纪的就无须烦劳他们了。

接下来的时日就是桑繁叶茂，绿荫四垂了，蒲葵也吐露秀色。白鹭跷着脚爪，在水中鹄立；青蛙聒噪，可以当作是两部鼓吹。在汲水的桔槔声里，做一个小小的领班，排列在头戴簔笠的人中间。领着成年男子早早下地，手

清人辞赋选释

里拿着火把；充当里甲带头人，焚烧香烛，祈求着风调雨顺。这时候比春天还忙，比夏天在菜地里还要苦！等到沙地上飞过断续的归雁，草丛里传来秋虫的悲鸣，露水滴上成熟的稻谷，晶莹如玉的谷粒在秋风中摇曳，五谷丰登，一年的农事就要结束了！于是指挥着家人修筑场圃，装运水车，一顶箬笠，乡里人都尊称为老丈，多了几根白发，田间地头，倒先作起指挥操作的主人了。何况清闲的冬日，比秋光还要惬意。编缕打绳固然要勤快，可播种还是要不违农时，早早动手为好。霜冻的天气，锅子里煨好山芋，孙儿们为了分得甜食而欢喜。雪夜，釜里炖着鸡汤，山妻亦知慰劳长者。任它狗儿酣睡吧，柴门已经关紧；土窟里堆满了稻草，为了不让牛儿寒冷。凡是这些美好的情事，都发生在这秀美的农村田野！老了，体格倒更健壮；虽说困穷，倒越发地坚强。春光岂止一百五日？并非刚刚开始知道从前的过失！在辽阔的土地上安家，在广大的天宇中神游，纵教粟米陈腐，也不能离开土地呀！上哪里能做到须眉皓白，一辈子没去过官府！如果不是这样，而是朝游楚地，暮宿秦关，以为仕途可以一帆风顺，以为险路可以轻易攀缘。在奔波中消磨得面目青黑，两鬓斑白，空受风尘之劳顿，未得官禄之荣耀。这哪里比得上烧茅柴，蒸黍米，安其业在农事之中；在风雨中耕耘作息，终老吾身在田亩之间呢！

络纬赋

黄　钺

雾敛山椒①，灯荧篱落，冷咽蛩螀②，栖惊乌鹊。爱良夜之悠悠。盼明河之漠漠③。霜砧捣月，如击节而乍抑乍扬④，秋纬吟风，似治茧而忽分忽络⑤。原夫络纬之名⑥，谐声是谓⑦。愁如天假之鸣，悲哉秋之为气⑧。乍宛转以初调，渐缠绵而如沸。纺车轧轧，藉萤火而焚膏⑨，网户萧萧⑩，借蛛丝而作纬。尔其空闺惊梦，懒妇添愁⑪，偏趁离人之耳，难谐歌女之喉。絮罢清尊⑫，断续支机之石⑬，丝来小雨，悠扬倚笛之楼。淡月疏星，半在三更以后；谈风说露，刚逢七夕之秋。若乃荒寒山馆，寂寞云溪，石苔路滑，茅屋门低。和山池之花蛤⑭，答柱础之莎鸡⑮。非索绚于冬夜⑯，异会绩于深闺。夜如何其，灯炧而草根犹续⑰；云胡不已，梦回而砌下还啼。是以恋瓜花而式食⑱，抱秋叶而长吟。暗搁咏怀之笔，潜停刺绣之针。机声徒费于终宵，织难成练⑲；情绪已传于画阁，笼不须金⑳。斯时翠筱云深㉑，绿萝烟冷，风榭宵凉㉒，水亭荷净㉓。枝间声曳，有类蝉鸣；露下音繁，几如鹤警㉔。豆棚瓜架，写别怨于西风；夏末秋初，诉相思于金井㉕。于是徘徊曲径，徙倚朱栏，欲眠未得，竟睡难安。看斗杓之渐转㉖，听漏箭之将阑㉗。昔我劳劳㉘，每闻声而惜别；今汝聒聒㉙，更触绪于无端。爰抽毫而进牍，聊抒写以追欢㉚。

【注释】

①山椒：山顶。
②蛩螀：蟋蟀和寒蝉。
③明河：银河。　漠漠：寂静无声貌。
④击节：用手敲击着迎和节拍。
⑤治茧：抽理蚕丝。
⑥络纬：虫名，即莎鸡，又名纺织娘。
⑦谐声：声韵谐和。
⑧气：节令，气候。
⑨焚膏：点燃灯烛。

⑩网户：刻有网状花纹的门窗。

⑪懒妇：蟋蟀的别名。

⑫清尊：亦作清樽、酒器，亦借指清酒。

⑬支机石：传说为天上织女用以支撑布机的石头。

⑭花蛤：或称文蛤，一种软体动物。

⑮柱础：承柱的础石。　　莎鸡：即络纬。

⑯索绹：制绳索。

⑰灯灺：灯烛熄灭。

⑱"恋瓜花"句：《尔雅·注》："瓜中黄甲小虫，喜食瓜叶，故曰守瓜。"

⑲练：泛指丝织品。

⑳"笼不须金"句：《天宝遗事》："秋时，妃妾以小金笼闭蟋蟀，置枕畔，夜听其声，民家皆效之。"

㉑翠筱：绿色细竹。

㉒风榭：指台榭。

㉓水亭：临水的亭子。

㉔鹤警：谓鹤性机警。《艺文类聚》引《风土记》云："鸣鹤戒露，此鸟性警，至八月白露降，流于草上，滴滴有声，因即高鸣相警。"

㉕金井：井栏上有雕饰的井。一般用以指宫廷园林里的井。

㉖斗杓：即斗柄。

㉗漏箭：漏壶的部件，上刻时辰度数，随水浮沉以计时。借指光阴。

㉘劳劳：忧愁，伤感。

㉙聒聒：喧扰。

㉚追欢：追寻乐趣。

【今译】

　　山顶的雾气越聚越浓，篱落间透出微弱的灯光。因为天冷吧，蟋蟀和寒蝉的声音也显得哽咽、滞涩，栖宿的乌鹊也不时地呀呀惊呼。珍惜这悠悠的长夜，仰望无语的银河，阵阵寒意，有抑有扬，如同击打着节拍；莎鸡在秋风中吟唱，有分有合，就像抽理蚕丝一样。原来络纬的名字，就是取它的音韵和谐。愁来之际，就像老天让它悲鸣一样。可悲啊，秋天这个时候！那虫儿的声音，开始迂徐宛转，渐次地缠缠绵绵，直至鸣声鼎沸。纺车儿还在轧轧地响，借萤火的微光，点燃起灯烛，门窗凋敞，一任它蛛儿在那破处补缀吧！闺房里的人，被秋虫的鸣声惊起，无端地增添了愁思。偏偏地它就那般

络纬赋

投合离人的心意，连歌女的声音都觉得难以调谐入耳。拾掇完祭奠的酒器，听着支机石下断续的鸣声，像细雨一般，远处楼头传过来悠扬的笛韵。月光惨淡，星斗稀疏，深宵之时，谈说风露，正值七夕乞巧的时候。

在这荒寒的山馆，白云悠悠，溪水淙淙，石径上苔湿路滑，农家舍屋矮门低。柱脚下的莎鸡，应和着山池的花蛤，不是在冬夜搓制绳索，也不是一起在闺房里织作。夜到了什么时候，灯烛熄灭了再续上几茎灯草，为什么还不停？一梦醒来，还听见它们在啼叫。抱着秋叶长鸣，是像守瓜一样留恋着瓜花等着进食吧！搁下手中抒怀的笔，停下手中刺绣的针，织机的声音白白地叫了一夜，也没织成绢帛。可情绪已经传到画阁之中，难不成还要像官里的妃子那样，给它们做个小金笼！

这时候，竹林雾重，烟锁绿萝，夜深了，台榭风寒；临水的亭子间荷花已谢，枝头有声摇曳，像蝉蜩在叫；在露下声音繁密，像白鹤高飞示警。豆棚瓜架，抒发离别的哀怨在秋风之中；夏尽秋来，倾诉相思之情在金井之畔。在曲径上徘徊，在朱栏间徙倚，要睡不成，强睡难安。斗杓已经转过，时间也已过去，从前愁烦，听见虫声而伤别；现今你不停地聒噪，更加引起我的无端愁绪。且让我援笔伸笺，抒写成文，姑且以之作为一种乐趣吧！

春华秋实赋

孙星衍

　　有才望之昭彰①，与行能之贞确②。比硕果之秋成，想繁荣之春擢。忆世家之乔木③，树莫如人；问艺圃之深根④，殖其犹学⑤。则有河间誉重⑥，邺下才储⑦，备家丞之妙选⑧，感庶子之陈书⑨。有斐成章，似吴公之知贾谊⑩；其材我取，拟得意之荐相如⑪。藩邸方开⑫，雅才宜重，藉典籍之菑畬⑬，治砚田以溉种⑭。芳菲而忽称风柔⑮，甲坼而适因霜动⑯。采荣华而勿弃，恐过时萎；独雕饰以奥辞，为知己用。华灼灼以如霞⑰，实累累以承露。回黄转绿，九秋则不让三春⑱；撷秀搴芳，百获则终资一树。本人力之栽培，亦化工之宣布⑲。尔乃六艺枝条⑳，九经根干㉑，词华方振，似大块之敷施㉒；昭质难亏㉓，比加箴之璀璨㉔。文多而或奉揄扬㉕，木强而或难把玩㉖。吹嘘先及㉗，扶持宜加，既收罗其厚实，亦兼采其韶华㉘。使积薪兮莫叹㉙，宁颂橘兮兴嗟㉚。一岁阳回，笑千年之蟠木㉛；万头树美㉜，异八月之枯槎㉝。方令四时不忒㉞，万宝咸登㉟，上量才以器使㊱，下作贡以筐承㊲。非种必锄，既蓬麻之自直㊳；逾淮宁化㊴，讵枳橘之殊称㊵。士有桃李无言，栋梁负质，良方郑国之三㊶，才陋建安之七㊷。谁争不朽㊸，薄秋菊与春兰；若有来游，待桐花与竹实㊹。

【注释】

①才望：才能与声望。
②行能：品行与才能。　贞确：坚定。
③忆：臆度。　乔木：高大的树木。
④问：探讨。
⑤殖：种植。
⑥河间：汉河间献王刘德，从民得善书，必为好写与之。留其珍本，加金帛赐以招之。由是四方不远千里，多奉以奏献王。
⑦邺下才：指邺中七子：孔融、陈琳、王粲、徐干、阮瑀、应玚、刘桢，亦称建安七子。

— 118 —

⑧家丞：官名，主管家事。

⑨庶子：周代司马属官，掌诸侯、卿大夫之庶子的教养等事。

⑩吴公：汉贾谊，年十八以能诵诗书属文称于郡中。河南守吴公闻其秀才召置门下，甚幸爱。

⑪得意：即杨得意，为汉官廷狗监。上读《子虚赋》而善之，曰："朕独不得与此人同时哉！"得意曰："臣邑人司马相如自言为此赋。"上惊，乃诏问相如。

⑫藩邸：藩王之宅第。

⑬菑畲：耕耘。

⑭砚田：以田喻砚，言恃文字以维持生计。

⑮芳菲：花草盛美。

⑯甲坼：谓草木发芽时外皮裂开。

⑰灼灼：鲜明貌。

⑱九秋：秋天。　　三春：春天三个月。

⑲化工：自然形成的工巧。

⑳六艺：古代教育学生的六种科目：即礼、乐、射、御、书、数。

㉑九经：九部儒家经典。《汉书·艺文志》谓："《易》《书》《诗》《礼》《乐》《春秋》《论语》《孝经》《小学》。"

㉒大块：大自然。

㉓昭质：明洁的品质。

㉔加笾：谓礼遇厚于常时。　　璀璨：光彩绚丽。

㉕揄扬：称引，赞扬。

㉖木强：质直刚强。　　把玩：赏玩。

㉗吹嘘：奖掖，汲引。

㉘韶华：美好的年华。

㉙积薪：喻选用人才后来居上。

㉚颂橘：赞颂橘的高贵品格，以表现自己的人格和个性。

㉛蟠木：指盘曲而难以为器的树木。

㉜万头：指橘树。周庾信《咏怀》："竹林千户封，甘橘万头奴。"

㉝八月槎：古代传说海通天河，海边年年八月有浮槎来去，从不失期。

㉞不忒：不出差错。《易·豫卦》："天地以顺动，故日月不过，而四时不忒。"

㉟万宝：各种作物的果实。《庄子·庚桑楚》："春气发而百草生，正得秋而万宝成。"

㊱器使：量才使用。

㊲承：犹奉也。

㊳蓬麻：蓬与麻。王充《论衡》："蓬生麻间，不扶自直；白沙入缁，不练自黑。"

㊴逾淮：《周礼·考工记》："橘逾淮而化为枳。"

㊵枳：枳木如橘而小，也称臭橘，味酸苦不能食。

㊶方：比拟。　郑国之三：春秋时代郑国的三个名臣。《左传·僖公三年》："郑有叔詹、堵叔、师叔三良为政，未可间也。"

㊷建安七：见注⑦。

㊸争：计较。

㊹桐花：梧桐树的花。　竹实：竹子所结的籽实，形如小麦，也称竹米。

【今译】

有昭彰的才能和声望，有坚定的品行和才干，如同春天抽芽吐蕊的花草，堪比秋日累累成熟的硕果。臆度那世家的高树，树不如人；探讨艺圃所以能叶茂根深，为学岂不就像这种植一样！河间王的名声，邺下七子的才具，家丞的精选可称完备，感戴庶子的准备书文，安排教习。鉴识美文，就像吴公了解贾谊；其才可取，如同杨得意的推荐司马相如。藩王重视高才雅士，开门纳贤。凭借典籍的耕耘，在砚田里耕种灌溉，春花春草美艳茂盛，是因为春风的和畅；种子和果实的成熟，是因为到了秋成的季节。采撷花枝不要轻易放弃，花期短暂，时过即萎；精雕细琢，时来必当有用。桃花灼灼像朝霞，果实累累带露珠。由绿变黄，秋天固然不逊色于春天，采撷折取秀美的花枝，百次获取，终有成功的时候。本来是由于人力的栽培，也是自然工巧的广布。九经成就了枝干，六艺成为枝叶，文采辞藻，如同自然的布设，昭显的资质难于掩盖，光华璀璨，礼遇自宜超常。文章多了，有的或被称引、赞扬，但刚强质直却是难于赏玩的。奖掖汲引，加以扶持，既收其厚重坚实，也取其年轻有为。选用人才，不要有积薪之叹，毋宁颂扬橘树的高洁，以表个人的襟怀。一年春回，可笑千年盘曲而无用的树木，柑橘树美，就像从不失期的浮槎，令人惊异。而今，四时更替不出差错，各种作物的果实都获得收成。朝廷量才以用人，士子焉能不尽心奉献？不是播了种的就必须锄，要懂得蓬生麻中、不扶自直的道理；过了淮地就要变化，岂是枳和橘的称谓变了！士有以栋梁之材自负，如桃李之无言。其德如郑国的三位良臣，其才自是胜过建安七子。谁计较不朽？迹近春兰和秋菊；若有郊游，亦必为努力耕耘，始获丰收之辈。

— 120 —

赤壁赋

阮 元

丁丑之春①，余从邺下移节武昌②。复以简兵之行③，溯襄、郧、彝陵④，操舟师下荆州⑤，乘风东归，过所谓赤壁者⑥，慨然叹曰：

余所经之地，古皆篡窃于曹公⑦，维彼乱世，实生奸雄，揽兹陈迹⑧，不知感慨之何从也。斯壁也，抗洞庭之北⑨，据监利之东⑩，众山凝碧，绝壁留红，春江晓开，残月落弓。戈船偃旗⑪，军埃静烽⑫，天下治平，舟楫尽通，东吴西蜀⑬，往来憧憧⑭。溯建安之挟令⑮，出南郡以兴戎⑯，攘江陵之军实⑰，秣北马于渚宫⑱。舍彼精骑，泛此艨艟⑲，波涛之性不习，樯橹之用未工。斯不待吴廷研案⑳，已先决其无功。况夫公瑾用智㉑，孔明效忠㉒，公覆赞助㉓，载获蒙冲㉔。进夏口以西拒㉕，当乌林而砺锋；凭沙羡以自守㉗，射连舰而进攻㉘。破江天之寒色，纵一炬以横空，起鸣雷于万鼓，扇巽女于残冬㉙，付舳舻于嘻出㉚，化猿鹤与沙虫。几于林乌焚巢，雀台坠铜，折鼎一足，当涂路穷。笑江波而回指，乃仅免于华容㉛。余固曰：非赤壁而亦败，矧天假以东风！今余出荆门㉜，回郢中㉝，顺江水以安流，乘长风之飒飒㉞，揔孟甄而挍武㉟，修堤防而劝农㊱。拟苏子于黄州㊲，乃情地之不同。勿徒伤于古人之故垒㊳，惟穆然于江上之青峰。

【注释】

①丁丑：指清嘉庆二十二年（1817）。

②邺：旧县名，故城在今河南省临漳县西。　　移节：旧称大吏转任或改换驻地。

③简兵：选兵。

④襄：县名，在湖北省北部。即今之襄阳市襄州区。　　郧：县名，在湖北西北，汉江北岸。　　彝陵：古县名，在今湖北省宜昌市东南。

⑤舟师：水军。　　荆州，古九州之一，治所在今江陵县。

⑥赤壁：在湖北省蒲圻县西北的长江南岸。建安十三年，孙权、刘备联军，在此用火攻，大破曹军战船，火光冲天，崖壁皆红，由此而得名。

⑦曹公：指曹操。

清人辞赋选释

⑧揽：同"览"。

⑨抗：耸立。　　洞庭：为我国第二大湖，在湖南省北部，素有"鱼米之乡"之誉。

⑩监利：县名。在湖北省南部。

⑪戈船：战船。

⑫军堠：烽火台。

⑬东吴：指三国时的孙吴政权。　　西蜀：指三国时以刘备为代表的蜀汉政权。

⑭憧憧：往来不定貌。

⑮建安：汉末献帝刘协的年号。　　挟令：指曹操挟天子以令诸侯事。

⑯南郡：郡名，治所在郢，后迁江陵。

⑰江陵：县名，在湖北省中部。　　军实：指军中的器械粮饷等。

⑱秣马：饲马。　　渚宫：春秋时楚成王所建，为楚的别宫，在今湖北江陵城内。

⑲艨艟：古代战船。

⑳吴廷斫案：建安十三年，曹操率大兵南下。东吴朝野震动，众说纷纭，吴主孙权拔剑断案，以示抗敌决心。

㉑公瑾：东吴水军统帅周瑜的字。

㉒孔明：三国时蜀汉军师诸葛亮的字。

㉓公覆：东吴将军黄盖的字。

㉔载荻蒙冲：载了芦苇的战船。此指黄盖献诈降计，以船载芦荻等引火物，乘风纵火，直捣曹营事。

㉕夏口：地名，又称沔口、汉口、鲁口。

㉖乌林：古地名。即今湖北洪湖市东北，长江北岸的邬林矶。　　砺锋：磨利兵器。

㉗沙羡：古县名。治所在今湖北武昌西金口。

㉘连舰：指曹军不惯乘船，受此颠簸，多生疾病，操乃造连环钉，锁住船只，上架阔板，是谓连舰。

㉙巽女：《易·说卦》："其象为木，为风，为长女，卑顺容人之象，于方位表东南。"

㉚舳舻：指前后首尾相接的船。　　嘻出：号啕之声。

㉛华容：古县名，在今湖北省潜江县西南。

㉜荆门：县名，在湖北省中部。

㉝郢中：在湖北省江陵。

— 122 —

赤壁赋

㉞飒飒：风声。

㉟揔：同"总"，统领。　　盂甄：指两翼操习演武的阵势。　　挍：同"校"，较也。

㊱劝农：劝农。

㊲苏子：指宋人苏轼。　　黄州：地名，在湖北省东部。

㊳故垒：古代的堡垒，旧堡垒。

【今译】

丁丑年的春天，我从河南的邺下调任武昌，又因为征选精兵，逆襄阳、郧县、彝陵上行，带领水师奔荆州。乘风东归之际，经过所谓的赤壁，不禁慨然兴叹：

我所经过的地方，古时候正是被曹操窃据之地。在那样动乱的时代，确实为奸雄滋生创造了机会。看着这些旧日的痕迹，真不知道这感慨是从何而起的了！

这赤壁啊，耸立的洞庭的北边，占据在监利县的东边，远处山峦滴翠，而这险峻的山崖，至今还留有昔日烧过的痕迹。我的船荡开江上的晓烟，一钩残月，映在江水里，像天上落下的弯弓。战船上偃息了旌旗，烽火台静静的没有烽烟，天下安定，交通便利，东吴和西蜀，往来不绝。回想从前，曹操挟天子以令诸侯，从南郡出发大举兴兵，想抢夺江陵的军械粮饷，在江陵城中的诸官饲马。他舍弃精锐的骑兵，却在长江上出动战船。他们不熟悉水性，不会使用舟楫。不用等吴主斫案下抗敌的决心，已经注定了他失败的命运。何况还有周瑜用智，诸葛效力，黄盖协助，用战船满载芦荻呢！南军在夏口列开西拒强敌的阵势，对乌林誓师，凭沙羡以守御，对连接在一起的北军战船展开进攻。江上的寒气也变了，一片烈焰腾空，鼓声像响起震天动地的雷鸣，这残冬天气居然会有东南风大作，使得这些战船上发出号啕的哭声。数十万人马，这就变成禽鸟和虫豸了！几乎连树上的鸟巢都烧了，像烧塌了铜雀台，如同鼎折了一只脚。真是穷途末路，那曹阿瞒回看江流还在心中窃笑，在华容道上只不过仅以身免罢了！

我以为：即便不是在赤壁被烧，他也注定要失败。何况天又假以东风！我现今出荆门，回郢中，乘浩浩江风，顺江而行。统率左右操习演武，修筑堤防以劝农。想比昔时在黄州的苏轼，只是情与地不同罢了。不要为古人这些遗迹而伤感了，且看在江上穆然矗立的山峰吧！

— 123 —

清人辞赋选释

野茉莉花赋

凌廷堪

　　若夫荒圃间旷，疏花乱开，当门夹径，依草荫苔。既裛露而宛转①，复向风而徘徊。根虽托于浅土，色不染乎纤埃。届时知发，无籍栽培②。于是就石罅而丛生③，傍墙阴而成列。杂芜蔓而不羞④，蕴芳馨而长洁。盼之子兮未来⑤，遗所思兮谁折。女不以荆钗损容⑥，士不以缊袍屈节⑦。抱朴养恬⑧，葆真守拙⑨。是花也，敛必以晨，开必以晚。较木槿而或殊⑩，与合昏而相反⑪。尔其哺时新浴⑫，藤床茗盌。微飔乍来⑬，凉生香满。又若暮炊方熟，荷粗人返⑭，饷妇插鬓⑮，行歌缓缓⑯。是以江东谓之洗澡⑰，淮南呼为晚饭⑱。至于剥彼蓓蕾⑲，仿佛朱铅⑳。是曰粉花，美人所怜，如探老蚌㉑，既匀且圆。是曰珠花，宜缀翠钿㉒。聊揣摩其近似㉓，遂嘉名之屡膺㉔。盖陆玑之所未载㉕，亦嵇含之所未登㉖。嗟折衷之无定㉗，讵简册之有征㉘。若夫拟诸茉莉㉙，略罄形容。齐楚燕赵㉚，称谓多同。曰野者，取其意之萧远㉛；曰紫者，取其色之鲜秾㉜。观其绚以黄绿，间以白红。非一紫之能概，洵野趣之可风㉝。爰有幽人㉞，澹焉而至㉟。采彼群言，别其同异。侍儿小名之录㊱，才士登科之记㊲。许氏月旦之评㊳，刘君人物之志㊴。后有辞家，于焉征事㊵。或是或非，宁嫌位置。况夫微物无争㊶，应候敷荣㊷。有香有色，乃其性成。毁之不损，誉之不惊。但扶疏而自得㊸，初何羡乎虚声。彼夫梅有蜡梅㊹，菊有蓝菊㊺。貌虽类而实非，乃依草而附木。应马应牛，奚荣奚辱？岂必袭间色之称㊻，而避乔野之目哉㊼！

【注释】

①裛：通"浥"。沾湿。

②籍：指关于栽培方面的文字记载。

③罅：缝隙。

④芜蔓：荒芜。

⑤之子：这个人。

⑥荆钗：以荆枝当鬓钗，为贫家女子的装束。

⑦缊袍：以乱麻衬于其中的袍子。
⑧抱朴养恬：持守本性的纯真，涵养恬淡的志趣。
⑨葆真守拙：保持真纯，安于守拙。
⑩木槿：植物名，夏秋开花，或白或红，朝荣夕陨，其嫩叶可代茶。
⑪合昏：植物名，即合欢。夏季开淡红色花，至晚则合，俗称夜合花。
⑫晡时：傍晚。
⑬飕：凉风。
⑭耡：同"锄"。
⑮饷妇：指送饭食的农妇。
⑯行歌：边行走边歌唱。
⑰江东：自汉至隋，称自安徽、芜湖以下的长江南岸地区。
⑱淮南：大致为今江苏、安徽两省长江以北，淮河以南的地方。
⑲蓓蕾：含苞未放的花。
⑳朱铅：胭脂铅粉。
㉑老蚌：语本"老蚌生珠"。孔融《与韦甫休书》："不意双珠近出老蚌，甚珍贵之。"
㉒翠钿：用翠玉制成的首饰。
㉓揣摩：谓探求比附，以期得其真相而与之合也。
㉔嘉名：好名声。　膺：获得。
㉕陆玑：三国吴，吴郡人，字元恪，吴太子中庶子，乌程令。著有《毛诗草木虫鱼疏》。
㉖嵇含：晋人，自号亳丘子。永兴中，官襄城太守，著有《南方草木状》。
㉗折衷：同"折中"。取正也。
㉘简册：书籍。　征：验证。
㉙茉莉：花名，一名抹利，多生于南方暖地。叶似茶而微大，初蕊如珠，每至暮始放，香气浓郁，清丽可人。
㉚齐楚燕赵：周王朝分封的四个诸侯国。
㉛萧远：潇洒远逸。
㉜鲜秾：鲜艳浓重。
㉝风：显扬，表彰。
㉞幽人：高隐之士。
㉟澹：安静。

㊱小名录：书名，唐陆龟蒙撰，是一部记载古人小名的书。

㊲登科记：科举及第进士之记录。唐称进士登科记，宋称进士小录。

㊳许氏月旦评：《后汉书·许劭传》："初，劭与靖俱有高名，好共考论乡党人物。每月辄更其品题，故汝南俗有月旦评焉。"后称品评人物为月旦评。

㊴刘君人物志：三国魏刘邵撰《人物志》三卷，对人的品格、才能，进行阐述和分析。

㊵征事：征引故事。

㊶微物：指野茉莉。

㊷应候敷荣：顺应节令开花。

㊸扶疏：繁茂状。

㊹蜡梅：梅的一种。范成大《梅谱》说："本非梅类，以其与梅同时，香又相近，色酷似蜜脾，故名蜡梅。"

㊺蓝菊：产自南浙。秋日开花，似单叶菊，但叶尖长，边如锯齿，不与菊同。

㊻袭：掩也，藏也。

㊼乔野：山野。　　目：看法。

【今译】

荒凉的园圃显得异常空旷，几株稀疏的野茉莉在其中错乱地开着。冲着园圃的门，野草和苔藓夹着一条小径。它们沾着清凉的露水，在风里宛转、徘徊；它们的根虽然扎在浅土层里，颜色可没被尘埃所污染。到时候就绽放，要说培植吗，也没有相应的记载。它们在石峰中丛杂地萌生着，傍着墙根，居然也长得成行成列。它们混杂在荒芜的丛草之中也不以为耻，芳香凝聚，姿质明洁。它在盼着什么人吗？可是没有人来，空留下你的思慕，又有谁来折取？女子不因荆钗布裙而有损她的容貌，士人也不因粗麻布衣就改变情操。持守纯真的本性，涵养恬淡的志趣，安于守拙，不求名利。这野茉莉，到早晨必然收敛，必得等到晚上才开。它和木槿花的早开晚合不一样；与合欢花的夜合正好相反！到了傍晚，洗浴之后，坐在藤床上品着香茶，凉风送爽，真是满院生香；又或晚炊已熟，地里农夫荷锄归来，送饭的农妇鬓边插着花，一边走一边唱着歌。江南人叫洗澡，淮南人叫晚饭。

剥开野茉莉的花蕾，就仿佛是化妆用的胭脂铅粉，所以叫它珠花，是最为妇女喜爱的。又像破蚌取珠，又匀称又圆润的珍珠，所以它又叫珠花，真该把它镶嵌在首饰之上呢！只需对这些近似点加以探求比附，它美好的名声

野茉莉花赋

就会不断地得到传扬。

原来在陆玑的著作里没有记载，嵇含的书里也没有著录。可笑不下了公正的评说，又怎能在书本上得到验证呢！若是把它比作茉莉，还可大致地加以形容。齐楚燕赵一带，称谓都近似。说它野，是因为它的潇洒；说它紫，是取它颜色的鲜艳浓重。看它在橙黄碧绿之中，杂以红白，岂是一种紫色可以概括得了的，真是山野之花，也值得显扬和表彰啊！于是有高隐之士，安静地收集众人的说法，分析它们的异同，什么小名录、登科记；许劭的月旦评，刘劭的人物志。嗣后还有文辞专家，征引故事，或对或错，谁还计较它的什么位置！何况这与世无争的微物，应节令而开放，有香有色，乃是它的生性决定的。诋毁它也不觉得有何伤害；称誉它也无所谓震惊，只管迎风招展，又为什么要羡慕那虚假的名声呢？那梅呢，有蜡梅，菊也有蓝菊，它们在外貌上虽然相似，但本质实有区别。它们不过是依草附木的异种而已！是马也好，是牛也好，有什么荣耀？又有什么耻辱？为什么必得掩藏其杂色的称谓，以躲避人们对这乡野之花的看法呢！

清人辞赋选释

孟母三迁赋

夏柔嘉

　　缅仉母之贤声①，匹公仪而适孟②。谨训子于方孩，乃玉成夫亚圣③。受断机之内诲，学戒无荒④；问宰豕于东家，教必以正⑤。何暇伯禽三挞，观乔梓以知方⑥；俨同周室三迁，卜岐丰而笃庆⑦。始也舍近墦间，儿嬉垄右⑧；朝闻蒿里之歌，暮效楸宫之守⑨。无丧而戚，本殊孺慕之丹忱⑩；有喜而忧，戏作干号于黄口⑪。培堘何来拱柏，捧土成时⑫；狂谣适类琴张，临丧唱后⑬。倪令少成若性，童子何知；所幸安而能迁，小人有母。违之而敢惮劬劳，舍此而别营户牖⑭。庶几闲有家而悔亡，考有子而无咎⑮。继也宅偏近市，习或成贪；逞彼童慧，学彼街谈。漫夸掷果论钱，人惟与块⑯；试效携壶沽酒，筴惯停骖⑰。罔水行舟，学估客而船牵舍北；提筐逐队，唱红腔而花卖村南⑱。小人近利，久住何堪？以族偕行，匪必苦器而苦隘⑲；卜邻务吉，何妨至再而至三。卒也黉宫在望，槐市分廛⑳。冬夏修其羽籥，春秋俟尔豆笾㉑。得其所哉，此真可以居子矣！学犹殖也，不见异物而迁焉㉒。于是童心日化，习礼无愆。户有弦歌，匪必从游于言偃㉓；少习俎豆，俨然奉教于文宣㉔。此所以昔买肉而啖之，常视母诳㉕；今择仁而处也，为道屡迁。懿贤母之播迁，实启昆之垂裕㉖。敢违乡土，仍不越乎邹封㉗；借得邻车，载无多之家具。舍曾三徙，非关避微虎之兵㉘；儿叹孤雏，忍弗选迁莺之树㉙。宜乎接至圣之薪传，蒙子思之礼遇㉚。异日宫师式训，尚严君子入户之文㉛；即今胎教嗣徽，请续太任思齐之赋㉜。

【注释】

①仉母：孟子之母，仉姓。教导孟子成为大儒，世称孟母。
②公仪：孟子的父亲名激，字公宜。"仪"，宜也。《诗·小雅·角弓》："如食宜饫。"陆德明释文："宜，本作仪。"
③亚圣：元至顺元年封孟轲为邹国亚圣公。明嘉靖九年，除去封爵，称为亚圣，后遂为孟子专称，意为仅次于所谓至圣的孔子。
④断机：断织。相传孟轲少时，废学归家，孟母方织，因引刀断其织曰：

— 128 —

"子之废学，犹吾断斯织也。"轲因勤学自奋，终成大儒。

⑤问宰豕：《韩诗外传》："孟子少时，东家杀豚，孟子问其母曰：'东家杀豚何为？'母曰：'欲啖汝。'其母自悔失言。曰：'吾怀妊是子，席不正不坐，割不正不食，胎教之也。今适有知而欺之，是教之不信也。'乃买东家豚肉以食之，明不欺也。"

⑥"伯禽三挞"句：伯禽，康叔见周公，三见而三笞。乃见商子而问。商子曰："南山之阳有木名乔。"二子往观，见乔实高高然而上，反以告商子。商子曰："乔者，父道也。南山之阴有木名梓。"二子复往观，见梓实晋晋然而俯。反以告商子。商子曰："梓者，子道也。"句意指教子之道。

⑦"周室三迁"句：周文王都丰、武王都镐，周公相成王，以丰、镐偏处西方，方贡不均，乃营洛邑。成王即洛邑，建明堂，朝诸侯……

⑧墦：坟墓。

⑨蒿里之歌：送葬时唱的挽歌。

⑩孺慕：对父母的哀悼、悼念。

⑪干号：无泪而大声哭喊。

⑫培塿：小土丘。

⑬琴张：人名。《左传·昭公二十年》："琴张闻宗鲁死，将往吊之。"

⑭户牖：门窗。指代居室。

⑮"闲有家"句：《易·家人》："闲有家，悔亡。"刘向《说苑·杂言》："故曰君子不可不严也；小人不可不闲也。"闲，防止。 悔亡：祸害消除。

⑯块：土块。

⑰筱骖：竹马。

⑱红腔：卖花声。

⑲嚣隘：狭窄。《左传·昭公三年》："景公欲更晏子之宅，曰：'子之宅近市，湫隘嚣尘，不可以居。'"

⑳黉宫：学校。 槐市：指市场。

㉑羽籥：古代的舞具和乐器。 豆笾：祭器。木制的叫豆，竹制的叫笾。

㉒学殖：《左传·昭公十八年》："夫学，殖也；不殖将落。"杜预注："殖，生长也；言学之进德，如农之殖苗。"

㉓言偃：孔子的学生，字子游。

㉔文宣：指孔子。唐玄宗开元二十七年封孔子为文宣王。

㉕母谊：见注⑤"问宰豕"条。

㉖垂裕：留下的教导。

㉗邹封：《说文》："邹，鲁县，古邾娄国，帝颛顼之后所封。"

㉘微虎：春秋时，鲁有大夫微虎。

㉙迁莺：仕途上进。

㉚薪传：喻学问技艺世代相传。　子思：孔子孙，名伋，继孔子之传，作子思二十三篇。

㉛君子入户：《韩诗外传》："孟子妻独居，踞。孟子入户视之，白其母曰：'妇无礼，请去之。'母曰：'何也？'曰：'踞。'其母曰：'何知之？'孟子曰：'我亲见之。'母曰：'乃汝无礼也，非妇无礼。'《礼》不云乎'将入门，问孰存。将上堂，声必扬。将入户，视必下。不掩人不备也。今汝往燕私之处，入户不有声，令人踞而视之，是汝之无礼也，非妇无礼也。'于是孟子自责，不敢去妇。"

㉜太任：周文王之母，王季之妻，任姓。《列女传》："太任之性，端一诚庄，惟德之行。及其有娠，目不视恶色，耳不听淫声，口不出敖言，能以胎教，溲于豕牢而生文王。文王生而明圣，太任教之，以一而识百，君子谓太任为能胎教。"思齐：《诗·大雅·思齐》："思齐太任，文王之母。"毛传："齐，庄也。"郑玄笺："常思庄敬者，太任也，乃为文王之母。"后因以"思齐"赞美母教及内助之词。

【今译】

　　遥想孟母仉氏的贤德风范，许配给孟公宜嫁进孟家。在孟子还小的时候就对他勤加教诲，终于使他成为一代亚圣。为了不让孟子嬉游成性，在家里用断织对孟子进行切责。回答孟子关于东邻杀猪的问话，言出必行，做到教育的方法必须纯正。用不着像伯禽、康叔那样，经过三次鞭答，观看了乔梓才知道做人子的道理；就像周王室三次迁都一样，最后才能达到民安国庆。开始的时候，家居邻近墓地，孩子们常在那左近玩耍。早晨听见人们送葬唱的挽歌，晚上就学着在坟旁守丧。家里本没有丧事，哪会有哀悼的心情？模仿本为嬉闹，有声无泪地干号，竟出自一些黄口小儿之口。小丘上，没有合抱的柏树，便捧土堆积；跟在办丧事送灵的队伍后边，也跟着大声号啕，就像卫国的琴张一样。假令小时候真的养成这种习性，那也怪不得无知的孩子。万幸有良母洞察利弊，做到适时搬迁。离开那地方，不怕辛劳；到另一处，再筹建一个新家！这样或可做到有所防范，消除祸患，对孩子勤加管束，使他不发生舛错。接下来，新家偏偏靠近市场，习以为常，自然会增长贪欲。

孟母三迁赋

再加上童心灵慧，学些个街谈巷议，夸诩着作买作卖，取果讨价，以块土当银两；提壶沽酒，拿竹竿作马骑。充估客旱地行舟，学卖花红腔唱遍。小人逐利，这地方久住无益，择类而归，不必为居室狭窄而苦恼。为了有个好去处，受点累，搬几次家又算什么！终于看见学校了，市场和民居终于分开了。冬天、夏天，人们整修舞具和乐器，春天，秋天，又忙着陈列祭器。这回可真找对了地方，可以放心地住下去了！学习如同种植，没有外物的侵扰，就会长得更好。于是，那童稚的心灵，被新事物所感化，学习礼法，从无违误。家里有弦歌之声，不必定要向孔门弟子子游去学习，少时学习待客和祭祀的礼法。如同受教于昔时的至圣先师。这就是从前买肉给他吃，还以为母亲是在骗他；今日择邻而处，道理就蕴含在这几次迁徙之中。孟母三迁，令人赞叹，那实在是对后世子孙的最好的教诲！不敢背井离乡，离开邹地，借得邻家板车，拉着那本就不多的家具。三次迁徙，不是为了躲避微虎，一个孤儿，能不让他走上进的道路？他能够接续至圣先师的道德学问，还多亏了子思的成全。将来，学校的师长讲说礼法规则的时候，也许更加重视"君子入户"时的礼节；今天，想起胎教的美誉，请允许我续写赞美太任的赋文。

清人辞赋选释

邹忌窥镜赋

叶兰生

　　事贵能察，人勿自欺，一览而妍媸即辨①，群言之诚伪难知。舒丹悃兮谏讽②，握青铜而细窥。观我观人，真面目斯可见矣；相蒙相蔽，诸侯王尚其鉴之。齐臣有邹忌者③，形貌清妍，威仪端正④。修躯夸八尺有奇⑤，朝服极一身之盛。犹复作态凝眸，拂尘对镜。例昔墙东之宋⑥，当两美以无差⑦，方今城北之徐⑧，果二难其孰竞⑨？为问闺中雅伴，座上嘉宾，试相较以谁胜，乃单词之各陈⑩。佥不谓渠诚悦目⑪，君更宜人。一则云姣甚子都⑫，我良人清标似玉⑬；一则云贤于彼美，子大夫蔼抱如春⑭。然而分有亲疏，情参真幻，及觌面以相形⑮，觉谀词之多谩⑯。既瞻芝采而增惭，爰举菱花而复睇⑰。誉人者谄，虽众口其何凭；清夜以思，即一端用谏。盖以私我者动人怜，畏我者令公喜；笑尔客其何为？求在我而已矣！局外人讵足信乎？天下事大都类此，有如斯镜，美丑而容我自知；岂可为君，左右而惟人所以！于是入朝见威王曰："吾王简出深居，言言自如⑱，臣妾歌恩于宫寝⑲，颛蒙颂德于乡间⑳。未免虚名相奉，实过难袪㉑。愿大君之目常明，俾臣进谏㉒；借小人之事为鉴，诏客陈书㉓。"数语堂堂，贤于表章，君能朝燕赵韩魏㉔，臣实敷心腹肾肠㉕。用以荣镜四海，洞窥八荒㉖。窗前之宝匣开时，如逢故我；殿上之纶言赍出㉗，载佑惟王。乃知善悟者皆从内省来㉘，求治者勿为外物蔽㉙。斯镜也，别溚神明㉚，斯窥也，特饶眼慧。美恶攸分，主臣同契。听其言也，用能战胜于朝廷；对此方诸㉛，岂必自矜其昳丽㉜！

【注释】

①妍媸：美丑。
②丹悃：忠诚的心。
③邹忌：战国时齐人，齐威王时任齐相。
④威仪：庄重的仪容举止。
⑤修：长，此指身长。　八尺：相当于今之五尺六寸。
⑥墙东之宋：指宋玉。宋玉《登徒子好色赋》谓："玉为人体貌闲丽。"

— 132 —

⑦两美：指邹忌与宋玉。
⑧城北之徐：即文中的徐公。《十二国史》作"徐君平"。
⑨二难：难分高低。
⑩单词：极简短的言辞。
⑪佥：都。
⑫子都：古代美男子名。《孟子·告子》："至于子都，天下莫不知其姣也。"
⑬标：格调，风度。
⑭蔼：和善可亲。
⑮觌面：当面，见面。　相形：相互比较，对照。
⑯谀词：谄媚，奉承话。　谩：随便。
⑰菱花：镜子。　眮：窥视。
⑱言言：威严。
⑲臣妾：泛指统治者所役使的民众和藩属。
⑳颛蒙：愚昧。
㉑祛：消除。
㉒俾：使。
㉓"诏客陈书"句：指齐威王听邹忌谏后，乃下令："群臣吏民，能面刺寡人之过者，受上赏；上书谏寡人者，受中赏；能谤议于市朝，闻寡人之耳者，受下赏。"
㉔朝：使……来朝。
㉕敷：陈也。
㉖八荒：八方荒远之地。
㉗纶言：帝王诏令的代称。《礼·缁衣》："王言如丝，其出如纶。" 贲：发抒显露。《荀子·尧问》："忠诚盛于内，贲于外，形于四海。"
㉘内省：内心反省自己的思想、言行，检查有无过失。
㉙外物：指外界的人和事物。
㉚濬：开通。
㉛方诸：鉴镜之属，世称方诸。
㉜昳丽：潇洒漂亮。

【今译】

凡事贵在明辨、详察；人也不能自己欺骗自己。妍媸丑俊，一看就能分

133

清人辞赋选释

辨清楚，至于众人所说，是真是假，一时很难辨别清楚。舒展忠心是为了谏讽，对着铜镜要细看个究竟。看看自己，再看看别人，真正的容貌才能看清；互相蒙蔽，诸侯和君主们还须细加鉴察。齐国有个叫邹忌的臣子，文雅俊美，举止庄重，长身玉立，八尺有余，穿上朝服更显得神采奕奕。他踌躇着拂去镜子上的灰尘，严肃地端详自己，如果比昔时的宋玉，还称得上是两个美男子；可比起城北的徐公来，可真是有些难分高低了！为此，我问起闺房中的伴侣，以及常来做客的朋友，试图让他们客观地比较一下我和徐公究竟谁美。于是他们都用简洁的语言，表达了他们的见解。他们都不说徐公长得漂亮；却都说我长得顺眼！有的说我比得过古代的美男子子都，风度翩翩，格调高雅；有的说我比徐公俊美，待人和善可亲，温暖如春。可是，情分有亲有疏，还应该参悟他们话中的真伪。等见到了徐公，一加对比，才知道他们说的都是假话！既然我看到了芝草的风采，心里到增添了不少羞愧。于是，我又拿起镜子窥视。说好的都是谄媚，即便是众口一词，又算得上什么凭证！直到深夜还睡不着，我想，正可以用这件事去对君王进谏呢！原来偏爱我的是为了博得怜爱；怕我的是为了让我高兴！那么客人又是为何呢？不过是为了求我而已！那么局外之人，还有什么可以凭信的呢！天下事都是这样，就像这镜子，美也好，丑也好，能让我自己知道；做君主的，怎么能让别人随意摆布！于是，邹忌入朝见威王说："君王你深居简出，威严自若。奴婢们在官闱中歌功颂德，愚民百姓颂德在闾里乡野。免不了虚名奉承，真正的缺欠倒没有消除。愿君王保持明亮的双眸，使臣子得以进谏；假借小人琐事为鉴，让君王颁诏，广纳臣民进谏之书。"堂堂正正的谏言，胜过表章，君王能令燕赵韩魏来朝，臣子实在是竭尽了忠心啊！用它来鉴烛四海，洞察八荒，窗前宝匣敞开着，如同看见了真实的我，殿上诏令发出，定会给国家带来福祉。于是，我知道善于参悟的人，都是从内心省悟得来；求治的人，是因为不受外物的蒙蔽。这镜子通启神明，看它一眼，就能使你眼目清明。君臣同心，丑俊自分。听其言，则能使国家百事顺遂；对着镜鉴，还用夸什么潇洒漂亮吗？

隆中高卧赋

叶兰生

　　三国名流，一椽孤寄，养晦全真①，寤歌独寐。非矫俗以鸣高②，且待时而藏器。雰雺世上③，廓清之绩何期④？偃仰隆中⑤，旋转之机有自。俟他日鞠躬尽瘁⑥，拜表陈师。任今番抱膝长吟⑦，赋诗见志。时当国步多艰，寇氛竞起，漫山驰白马之军⑧，拔地结苍鹅之垒⑨。几度沉吟，一回徙倚，未展匡时大略⑩，虎变难占⑪；暂希遁世高风，龙潜窃比⑫。业谁草创，空储北伐之谋；臣本布衣，聊隐南阳之里⑬。半榻琴书，啸歌自如。门闲松鹤，伴结樵渔。运阸危而待翊⑭，愿霖雨而犹虚⑮。鼎峙三分，早决先机于掌握，目空一世，尽酣清梦于蘧庐⑯。蕴将长策沈几，襟怀若此；抛却纶巾羽扇，泉石相於⑰。是盖以河北浸昌⑱，江东无算，系刘而祚合长延⑲，存汉而绪宜载缵⑳。而乃轮未蒲征㉑，材仍樗散㉒；卧到龙身蜿蜒㉓，冈影云迷；高披鹤氅裲裆㉔，桑阴昼暖。有谁同调，曾传采药之庞㉕；何日登庸，得媲射钩之管㉗。其中嵩镇南环，沔流东控㉘，丛蚕岭而烟深㉙，接鹿门而月送㉚。一庐容天地之宽，八阵郁龙蛇之众㉛。洵是地灵人杰，隐硕士于岩阿㉜；何殊渭钓莘耕㉝，见古人于伯仲。笑几辈汉称渴睡㉞，只解鼾齁㉟；问何人驾柱蓬茅，者番倥偬㊱。三顾殷勤，一朝腾踔㊲。竟邀特达之知㊳，讵厌诚求之数㊴。珠不沉渊，玉将离璞。尺蠖而伸从草泽㊵。身许驰驱；木牛而挽得军粮，谋资帷幄。岂是黄粱入梦，交欢尽鱼水之情；卒教青史书勋，相悦作君臣之乐。今试缅宇宙之大名，想山川之间气㊶，指挥则不数萧曹㊷，仇敌则未忘吴魏。奈何人夜星沉㊸，中原鼎沸，然而溯遗踪于襄左㊹，人尽低回；仰古柏于祠前，阴垂荟蔚㊺。何止烟霞一枕，独高名士之风流；即令俎豆千秋㊻，尚想英姿之沈毅。

【注释】

①养晦：隐居匿迹。　　全真：保全天性。

②矫俗：矫正世俗。

③雰雺：昏暗污浊之气，喻乱世。

④廓清：澄清，肃清。

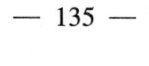

⑤隆中：山名。在原湖北省襄阳县西，临汉水，汉末，诸葛亮隐居于此。

⑥鞠躬尽瘁：诸葛亮《后出师表》："臣鞠躬尽瘁，死而后已。"意谓恭敬谨慎，竭尽心力。

⑦抱膝：以手抱膝而坐。

⑧白马之军：指叛乱之军。《南史·贼臣传·侯景》："先是大同中童谣曰：'青丝白马寿阳来。'景涡阳之败，求锦朝廷，所给青布，皆用为袍，采色尚青。景乘白马，青丝为辔，欲以应谣。"后称贼臣侯景为"白马小儿"。

⑨苍鹅之垒：军阵。《左传·昭公二十一年》："丙戌，与华氏战于赭丘。郑翩愿为鹳，其御愿为鹅。"

⑩匡时：匡正时世，挽救时局。

⑪虎变：喻非常之人出处行动变化莫测。

⑫龙潜：龙藏伏地。《南海记》："龙川县傅罗为东乡啬夫，有龙潜于川，后负啬夫升天。"

⑬南阳：地名。《三国志·蜀志·诸葛亮传》："臣本布衣，躬耕于南阳……"

⑭阽危：临近危险。　　待翊：等待辅佐和护卫。

⑮霖雨：比喻济世泽民。范仲淹《和太傅邓公归游武当寄》："此日神仙丁令鹤，几年霖雨武侯龙。"

⑯蘧庐：传舍。

⑰相於：相厚，相亲近。

⑱浸昌：逐渐昌盛。

⑲系刘：刘汉世系。

⑳缵：继承。

㉑蒲征：以蒲车去征聘隐士。

㉒樗散：樗木材劣，多被闲置。比喻投闲置散，不为世用。

㉓蜿蜒：屈曲延伸的样子。

㉔襤襀：离披散乱的样子。

㉕采药之庞：指后汉隐士庞德公。

㉖登庸：选拔任用。

㉗射钩之管：《左传·僖公二十四年》："齐桓公置射钩而使管仲相。"

㉘沔流：水名，古汉水的别称。

㉙丛蚕：借指蜀地。

㉚鹿门：地名。在原湖北省襄阳县。

㉛八阵：古代用兵的一种阵法。《三国志·蜀志·诸葛亮传》："推演兵法，作八阵图。"

㉜岩阿：山的曲折之处。

㉝渭钓莘耕：指姜尚钓于渭水之滨，伊尹耕于有莘之野。

㉞渴睡汉：宋吕蒙正未第时，胡旦遇之甚薄。客有誉吕曰："吕君工为诗，宜少加礼。"胡问诗之警句，客举一篇，其卒章曰："挑尽寒灯梦不成。"胡笑曰："乃是一渴睡汉耳。"后吕蒙正中状元，使人告胡曰："渴睡汉状元及第矣。"

㉟齁齁：熟睡时打呼噜的声音。

㊱倥偬：事情纷繁迫促。

㊲腾踔：腾达。

㊳特达：特殊知遇。

㊴数：礼数。

㊵尺蠖：尺蠖蛾之幼虫，体柔软细长，屈伸而行。因常用为先屈后伸之喻。

㊶间气：旧谓英雄伟人，上应星象，禀天地特殊之气，间世而出，故称。

㊷萧曹：汉初功臣萧何、曹参。杜甫《咏怀古迹五首》："伯仲之间见伊吕，指挥若定失萧曹。"

㊸星沉：指诸葛亮疾卒于军。

㊹溯：追溯，推求。

㊺荟蔚：草木茂盛的样子。

㊻俎豆：祭祀，奉祀。

【今译】

三国时代的杰出人物，寄身在一幢小茅屋里，隐居匿迹，保全天性，醒时或歌或吟，倦来独自入梦。他并不是为了矫正世俗而自命清高，只是等待时机而隐藏自己的才具罢了！遭逢乱世，澄清天下的伟业何时能实现？俯仰隆中，自有旋转乾坤的能力！等将来为国尽心，上表兴师，鞠躬尽瘁，今日才抱膝吟诗以明志。

时逢国家艰难之秋，乱寇蜂起，漫山飞驰着叛乱之军，地上到处都是战阵。多少次的低回不已，多少次的徘徊何依，匡正时世，挽救时局的抱负还没有施展，变化还难于占定，暂求隐居，敢比那潜居深水的神龙！

什么人草创的这片事业，空有北伐的雄心和谋略！我本是一介布衣，暂

清人辞赋选释

时在南阳隐居，床上堆满琴书，抚琴啸歌，不受拘束，居停有青松白鹤，出门有山野樵渔。

国运临近危亡，等待有人去辅佐护卫，实现济世泽民的愿望还没有落实。早就明察了天下三分的格局，在这传舍也似的宇宙中小憩，根本没把俗物放在眼里！心里蕴藏玄奥之机，长足之策，襟怀必超俗若是；舍弃头上纶巾，手中羽扇，寄情于造化，自会共山水相亲。

河北逐渐兴旺起来，江东也没有什么成算。合该是刘汉国祚得以延长，传统得以继承！可是蒲车还没有到门征聘，材犹闲置。卧龙冈上云雾迷蒙，身披鹤氅在桑园踱步。有谁堪与志趣相投？传说有采药的庞公；他日选拔任用，敢比当年射钩的管仲。

嵩山在南，洺水东流，蚕丛蜀地尽烟雾溟蒙；草庐幽栖有明月与共。一茅屋可包容天地；八阵图聚万千兵众。真是人杰地灵，在曲折的深山里，居然藏着这样品德高尚、学问渊博的人。无异于姜尚垂钓于渭水之滨，伊尹耕于有莘之野。他和这些古人就在伯仲之间，堪笑那些眼俗之人，还以为他是睡汉在打呼噜，说梦话呢！

是谁屈尊茅庐，来去促迫？三次殷勤探问，一朝得意腾达，竟然得到特殊的赏识，又怎能拂违这虔诚求益的礼数！明珠不沉于深水，璧玉终将脱璞而出，如尺蠖之伸于草泽，寸心早许于驱驰；木牛能运载粮草，谋划乃成自军中。不是黄粱梦境。终令青史记载功勋，君臣之交，相知相悦，乃如鱼水之深情。

宇宙中的大人物，那都是禀赋天地之灵气的！诸葛亮指挥军旅，绝数不上萧何和曹参；铭记国仇，哪敢忘孙吴曹魏！无奈将星陨落军中，国中的形势益发不可收拾了！

追怀古迹于襄阳，瞻仰古柏于丞相祠前，浓郁繁茂，令人无限低回！这不仅是一枕烟霞和一介高士的风流儒雅，更重要的是通过千秋祭祀，让人追怀他那沉着刚毅的风采和品德。

数点梅花赋

孙尔准

尔其岁晏山空，风高树秃，日隐遥峰，冰胶古渎①。霰惨惨以将飞，云漫漫而成族。落雁阵之几行，绘江天之一幅。则有旅客孤吟，高人罢读。大庾荒村②，杜陵老屋③。散步逍遥，忽闻清馥。见的皪之疏梅④，映横斜于修竹。开颜笑乍，出手寒初。苺青千古，华淡香疏。招灵风于小圃⑤，扫明月于吾庐。记爇龙涎之鼎⑥，自携鸭嘴之锄。遂使榽枫关而守鹤⑦，渡灞水而骑驴⑧。人日寄相思之句⑨，陇头传隔岁之书⑩。尔乃偃罗浮之半树⑪，分射的之一枝⑫。逗东风而惊早，盼北岭而恨迟⑬。芳心雀啅⑭，素艳禽窥⑮。见绿毛之倒挂⑯，悟乌足其未知⑰。乡愁乱处，戍角吹时。忆故园其开未？向绮窗而问之。雪里前村，已经携酒；空中几点，恰好填词。于是琴泛能清，笛吹不落，健步初移，巡檐试索。虽教绽五瓣于含章⑱，映九光于平乐⑲，认禹庙之高梁⑳，敞扬州之官阁㉑。亦复帐选梦而黛孤㉒，柯摇诗而玉削。似天半之冷雹疏疏，似空际之晨星作作㉓。似珊枝之海月清圆。似蛟背之明珠缀错㉔。似七七咒取之花㉕，似九九消寒之萼㉖。比寿阳之浓睡㉗，妆额匀敷；拟姑射之薄游㉘，冰肌绰约。至若堂名玉照㉙，亭是红罗㉚，盆战金于汝水㉛，瓶采玉于洮河㉜。苔枝偃蹇㉝，绮石陂陀㉞。红稀的的㉟，白小瑳瑳㊱。又如庾信屏风之木㊲，徐熙挂月之柯㊳。貌折枝而杀粉㊴，写横帧而研螺㊵。雪岭墨池，春看长在；冰圈玉晕，蕊亦无多。便令画舸相逢㊶，度箫声于姜、范㊷；何似熏炉静对㊸，拨灰里之阴、何㊹？由是曲谱银簧，诗哦冰箸，驿使未来，故人先去，縶小葩而可数，帽屋曾妨；出高格以谁摹，窗棂欲曙。试访竹舍与茅篱，何羡金堂与玉署㊺。扇清芬之幽谷，花不须繁；拈孤蕾于枯条，春还知处。客有召广平而作赋㊻，联水部以题襟㊼。验墙根之宿卉，记砌外之疏林。道左则倚策相赏，江边则拏棹遐寻。香缘近而频嗅，枝以短而称簪。因之悟发生于冻互㊽，参消息于阳阴。子未生仁，先占百花之首；图如含薏㊾，悬知太极之心㊿。

【注释】

①渎：大川。

清人辞赋选释

②大庾：五岭之一，又称梅岭。《白孔六帖》谓："大庾岭上梅花，南枝已落，北枝方开。"

③杜陵：地名。在今陕西省西安市东南。

④的皪：光亮，鲜明。

⑤灵风：春风，东风。

⑥爇：焚烧。　龙涎：香名。

⑦楗枳：关门的木栓。

⑧灞水：水名。渭河支流，在陕西省中部，为关中八川之一。

⑨"人日寄相思"句：唐高适《人日寄杜二》云："人日题诗寄草堂，遥怜故人思故乡。柳条弄色不忍见，梅花满枝堪断肠。"

⑩陇头书：南朝宋陆凯与范晔友善，自江南寄梅花一枝与长安范晔，兼赠诗曰："折梅逢驿使，寄与陇头人。江南无所有，聊赠一枝春。"

⑪罗浮：山名。在广东东江北岸。

⑫射的：山名。在会稽南十五里。

⑬"北岭恨迟"句：指大庾岭北花开偏迟事。

⑭哱：聒噪。苏轼诗："寒雀喧喧冻不飞，绕林空哱未开枝。"

⑮"素艳"句：唐齐己《早梅》："风送幽香出，禽窥素艳来。"

⑯绿毛倒挂：鸟名。苏轼《梅花词》云："海仙时遣探芳丛，倒挂绿毛幺凤。"

⑰乌足：草名。《庄子·至乐》："陵舄得郁栖为乌足。"此指万物生于造化，又复归于自然。

⑱含章：宫殿名。

⑲九光平乐：《常朝录》："元稹为翰林承旨，朝退行至廊下，时初日映九英梅，隙光射稹，有气勃勃然。百僚望之曰：'岂肠胃文章映日可见乎？'"

⑳"禹庙高梁"句：《四明图经》："大梅山顶有大梅木，伐为会稽禹庙之梁。张僧繇画龙于其上，夜或风雨，飞入镜湖与龙斗。后人见梁上水淋漓而萍藻满焉，始骇异之。"

㉑"扬州官阁"句：何逊为扬州法曹，廨舍有梅树一株，时吟咏其下。后居洛思梅，请再往，从之。抵扬，花方盛开。

㉒"帐选梦"句：辛弃疾词："纸帐梅花归梦觉。"又周之翰《爇梅文》："纸帐夜长，犹作寻香之梦；筠窗月淡，尚疑弄影之时。"

㉓作作：形容光芒四射。

㉔蛟珠：即"鲛珠"。

㉕七七：唐代道士殷天祥，自号七七。能酌水为酒，削木为脯，指船即往，呼鸟自坠，唾鱼即活，撮土画地，状山川形势，折茅聚蚊，变以为人物。苏轼《吉祥寺》云："安得道人殷七七，不论时节遣花开。"

㉖"九九消寒"句：《帝京景物略》："日冬至，画素梅一枝，为瓣八十有一，日染一瓣，瓣尽而九九出，曰九九消寒图。"

㉗寿阳：《宋书》："武帝女寿阳公主卧含章殿檐下，梅花落额上，成五出花，拂之不去，号梅花妆。"

㉘姑射：《庄子·逍遥游》："藐姑射之山，有神人居焉，肌肤若冰雪，绰约若处子。"

㉙玉照：张镃《梅品序》："东植千叶缃梅，西植红梅，各一二十章，前为轩楹，如堂之数。花时居宿其中，环洁辉映，夜如对月，因名曰玉照。"

㉚红罗：《古今诗话》："李后主于宫中作红罗亭，四面栽红梅，作艳曲歌之。"

㉛戗金：在器物图案上嵌金。　　汝水：古水名，源出河南鲁山县大盂山。

㉜洮河：古水名，在江淮之间。

㉝偃蹇：众盛貌。

㉞陂陀：倾斜不平貌。

㉟的的：光明，鲜亮。

㊱瑳瑳：鲜明，洁白。

㊲庾信：北朝周文学家，善诗赋。其《咏屏风》云："今朝梅树下，定有咏花人。"

㊳徐熙：南唐江宁人，善画花竹树木草虫之类，花果犹佳。后主绝爱重之，宫中挂设之具，皆熙所作，谓之铺殿花，又曰装堂花。

㊴貌：描绘人物而肖其状曰貌。杜甫《奉先刘少府新画山水障歌》："小儿心孔开，貌得山僧及童子。"　　折枝：花卉画法之一，不画全株，只画连枝折下的部分。　　杀粉：犹调治颜色。

㊵研螺：研墨。

㊶画舸：装饰华美的船。

㊷姜、范：指宋人姜夔、范成大。二人并擅音律。辛亥之冬，姜载雪访石湖，授简索句，作《暗香》《疏影》二曲，石湖命妓隶习之。

㊸熏炉：用以熏香和取暖的炉。

㊹阴、何：指南朝诗人阴铿、何逊。作者于字面的对称中转义，意为在

清人辞赋选释

围炉消寒中打发时光。

㊺金堂玉署：指华百宏伟的殿堂和官署。

㊻广平：唐人宋璟的别称。

㊼水部：何逊曾为水部郎，故以水部代指何逊。　题襟：抒怀。

㊽冻冱：冻结。

㊾薏：植物名，即薏苡。

㊿太极：天地始生之时也。《朱子语类》谓："总天地万物之理，便是太极。"

【今译】

　　正是岁末的时候，风声肃肃，木叶尽脱，山上已经是光秃秃的了。一抹斜阳落下遥远的山峦，寒冰凝结了古老的江河，霰雪就要降落，迷蒙的云雾越聚越浓。几行归雁在远处落下，恰像一幅江天暮景图。

　　这时候有一位旅人，孤零零地在低声吟哦。大庾岭下的荒村，那破敝的老屋，隐居的高士放下书卷，徜徉漫步，忽然嗅见清香的气味，有光彩鲜明的几树梅花，横横斜斜地在修竹之间，像开颜而笑一样。天气还很冷，那在莓苔中间的青苍树干，花容清淡，香气似有似无。在小园中招来习习的春风，枝条轻抚着草庐外的明月。燃起龙涎香，拿上鸭嘴锄，让老鹤留守着柴门，骑上蹇驴，跨过灞水。时逢人日，想起远地的朋友，遥寄一枝梅花，以表思念之情。

　　你这罗浮山的梅树啊，可是会稽射的山的分枝吗？你在东风中吐蕊，让人惊诧春来何早！可是大庾岭的北坡，却久盼不见梅花消息，让人遗憾！那寒雀儿绕着空枝聒噪，灵禽时时地窥看着梅花的消息，你不见那倒挂的绿毛么凤吗？它哪会从乌足身上悟出自然化育的道理呢！

　　边城的戍角呜呜，羁旅的乡思历乱，想起古人那"来日绮窗前，寒梅着花未"的诗句了。携着酒榼，信步前村，点点雪花，助我填词雅兴。于是琴音流转，能助长梅的清幽；玉笛频吹，却吹不落梅花半片。迈着轻健的步履，像杜甫一样巡檐找寻笑开的花朵。

　　虽然有含章殿绽放的五瓣梅，平乐官日光映射的九英梅；辨识禹庙中用梅木承担的梁栋，敞开扬州的官阁，也会感到纸帐梅花梦孤山远，铁干轻摇而玉蕊飘落。就像从半天空降下的疏落落的冰丸，就像庚星光芒四射。又像珊瑚枝上挂着的圆圆的海月，又像鲛人背上光彩错落的珍珠。像道士殷七七作法幻化的花，又像九九消寒涂抹的花瓣。好比寿阳公主在檐下倦卧，梅花

数点梅花赋

落在额头,成了匀称的装束;又好比游姑射之神山,见仙子的肌肤胜雪。至于堂叫玉照,亭唤红罗,汝水有嵌金的盆盎,洮河有采玉的瓶钵。苔枝繁盛,绮石不平,红的鲜明,白的光亮。就像庾信吟咏屏风的梅木,就像徐熙画的挂月的枝柯。描摹折枝,须调治颜色;书写横幅,只消研墨。这雪岭、墨池,留住了春光;就像寒冰冷玉的圈、晕,根本无须许多花朵!就算画船相遇,让姜夔、范石湖品箫度曲,哪比得上对着火炉,在消寒中打发光阴!

笙簧奏曲,杯酒赋诗,驿使还没来,故人倒先走了。枝头绽开的小花寥寥可数,几曾碰到我的高屋帽。显示高超的格调,谁又能摹画得来,不觉间天已亮了!

你尽可去走访那些竹篱茅舍,他们并不羡慕玉堂金马。有清香的空气在山间流动,花并不须多呢!拈一朵小花在枯枝之上,春天归来,自然知道自己的去处。有人请宋璟作赋,请何逊吟诗。看视墙根的旧柯,犹记得山涧外的疏林。有时在路边倚策赏花,有时在江边操舟寻访。香因为就在近旁,自然可得嗅取;枝以短才可以作簪,因此我领会了:为什么它生在冻结之时,我也明白了阴阳相生的道理。就像这梅花,子虽然没有长成,就先占取了百花之首,它那如薏苡一般的花蕾,在枝头悬垂着,以是我得知天地、元气的深广内涵了。

清人辞赋选释

一览众山小赋

汪 棠

　　浣花翁富有篇章①，尤精格律②。圣语无双③，天才第一。诗含绝世之姿，赋擅摩空之笔④。高凌汉魏⑤，岂四杰所能攀⑥？上薄风骚⑦，讵六朝之可匹⑧！虽亦兼收并纳⑨，浑将万象包罗；要之造极登峰⑩，不羡诸家撰述。尔其鲁甸遄征⑪，齐郊放览⑫，爰因望岳之诗⑬，用志超群之感。以为复嶂烟浓，层峦霭淡，邱壑萧萧，林泉黮黮⑭，窈窕幽闲，玲珑崭嵌⑮，任我流连，恣人延揽⑯。凡在山言乎产，标艮止以不迁⑰，固皆大谓之庞⑱，峙坤仪而莫撼⑲。独有日观之巅⑳，天门之洞㉑。路接龙虬㉒，啸腾鸾凤。双眸月朗，两脚云送，若霜隼之脱鞲㉓，若醯鸡之出瓮㉔。身俄陟乎烟霄，胸早吞乎云梦㉕。推到一时之概，想四十有八盘之何其高㉖，睥睨一切之思㉗，知五千三百山之难为众㉘。但见如筹卓立㉙，似髻低弯，轻浮黛影，乱簇烟斑。无论远山宜秋，近山宜春，都成累块；纵是华山如立㉚，嵩山如卧㉛，不任孤攀。昔也作嵯峨之势㉜，今也归培塿之班㉝。此一如观水气之空濛，断推沧海；望云光之缥缈㉞，须让巫山也㉟。所贵谢迹尘中，耸身物表㊱，眼底纷纷，胸间了了㊲。问域内其谁参？信天下之亦小。目穷何处，其体立而精神生；云起有时，所托高而眸子瞭。盖惟取法乎上，故余不观；况夫远视惟明，岂寻之愈杳？虽使云卧八极㊳，那辨苍茫；便教魂现三山㊴，无边缘绕。于是象外移情，行边启悟㊵，凡为神倾。一同目遇㊶，回念吹台慷慨㊷，吊古何心？未逢西岳崚嶒㊸，登高已赋。取为压卷之篇㊹，传作惊人之句。遂令录之者翡翠含毫㊺；诵之者蔷薇沉露㊻。莫不吟少陵之诗㊼，而切泰山之慕㊽。

【注释】

①浣花翁：指杜甫。因杜宅位于浣花溪畔，故名。
②格律：诗词曲赋等关于字数、句数、平仄、押韵等方面的格式和规律。
③圣：指杜甫。后世尊杜甫为诗圣。
④摩空：摩天，高及于天。
⑤凌：超越。

— 144 —

⑥四杰：初唐诗人王勃、杨炯、卢照邻、骆宾王合称四杰。

⑦薄：接近。

⑧讵：岂。

⑨兼收：吸纳诸家之长。

⑩造极：达到完美境界。

⑪遄征：急行，迅速赶路。

⑫齐郊：齐，原为春秋时国名，在今山东省泰山之北。

⑬望岳：指杜甫的《望岳》诗。

⑭邱壑：同"丘壑"。　黢黢：黑，昏暗。

⑮崭嵌：险峻不平。

⑯延揽：招致。

⑰艮止：止息。《易·说卦》："艮，山也。"高亨注："艮为山，山是静止不动之物，故艮为止。"

⑱庞：大。

⑲坤仪：大地。

⑳日观：泰山顶西岩为仙人石闾，东岩为介丘，西南岩为日观。

㉑天门：泰山峰名。《山东通志》："泰山，周回一百六十里，屈曲盘道百余，迳南天门、东西三天门，至绝顶。"

㉒龙虬：拳曲貌。

㉓隼：小鹰。　脱鞲：鹰脱离臂衣，多指不受拘束。

㉔醯鸡：古人以为是酒、醋上的白霉变成。

㉕云梦：古泽薮名，包括洞庭湖在内。

㉖四十八盘：《泰山记》谓："盘道屈曲而上，凡五十余盘。"

㉗睥睨：斜视，有傲慢之意。

㉘五千三百山：《管子》云："天下名山五千三百七十。"

㉙箦：簟子。

㉚华山：山名，在陕西省境内，为五岳中的西岳。

㉛嵩山：山名，在河南省境内，为五岳中的南岳。

㉜嵯峨：山势高峻貌。

㉝培塿：小土堆。

㉞缥缈：高远隐约的样子。

㉟巫山：山名，在四川、湖北两省边境，北与大巴山相连，形如巫字，故名。

㊱物表：物外，世俗之外。
㊲了了：明白，清楚。
㊳八极：八方边远之地。
㊴三山：传说中的海上三神山：方壶、蓬壶、瀛壶。
㊵行边：巡视边疆。
㊶目遇：目睹，亲眼所见。
㊷吹台：古台名。在今河南省境内。
㊸崚嶒：山势雄奇险峻。
㊹压卷之篇：最好的篇章。
㊺翡翠：《玉台新咏·序》："琉璃砚匣，终日随身；翡翠笔床，无时离手。"
㊻蔷薇沉露：《云仙杂记》："柳宗元得韩愈所寄诗，先以蔷薇露灌手，然后发读。"
㊼少陵（野老）：杜甫的号。
㊽切：急切，迫切。

【今译】

　　杜子美有很多诗篇，尤其是精通格律。可说是诗艺无双，天才第一！他的诗有绝代的风神，有高及于天的造诣。他的诗超过汉魏诗人，初唐四杰怎能与之攀比？他的诗追步国风、楚骚，岂是六朝诗人所可比！虽然他也讲兼收并蓄，却将宇宙万象浑然囊括，不是盲目艳羡诸家的撰述，是以达到了诗艺的完美境界。

　　诗人在齐鲁大地上漫游。以其写作的《望岳》之诗，表述他超群绝代的襟怀。层层叠叠的山峦，烟霭迷蒙，溪壑中风声萧萧，烟雾里林泉暗淡。美好中寄寓着悠闲；岩壑优美又透着险峻，这美景任我流连，任人观览。凡在山者讲山的产生万物，《易经》说艮就是止，是以山不会轻易移动。而泰山是那么高大，矗立在大地上，谁也不用想把它撼动。日观峰、天门洞，山路屈曲盘绕，势若虬龙，山风呼啸，如腾飞的鸾凤。登高望远，双眼有如朗月之明；一番攀缘，脚下有云雾相拥。就像鹰隼离开了臂衣，螗螓飞出了酒瓮，看见了宽广的天地。身在烟霞之上，胸中好像能盛下整个云梦。推算那泰山的大略，盘道屈曲而上，四十八盘何其之高！傲视群伦，天下五千三百山难为其众。但见像玉簪一样卓然挺立的，似发髻一般低弯的，轻轻地浮着一层黛色，一丛丛、一簇簇地，斑斑驳驳地夹杂在烟雾中间。无论是远山的清淡

一览众山小赋

如秋，近处的浓艳如春，都成了一堆堆多余的土块！纵然有耸立的华山、踞卧的嵩山，游人也不会只去那里登攀了！从前，你们也可算山势高峻吧，如今你们也只好算作小土堆之类喽！这就好像只看空蒙水气，难知沧海一样，要看缥缈的云气，还得让巫山占先！

可贵的是它谢踪迹于红尘之中，耸身于物外之境，眼底俗物纷纷，胸次浑然通晓。问世上谁能明白？信夫，天下太小了。极目远望，身躯耸立，神采飞扬；荡胸的云气，站得高，看得自然就远！所以说取法乎上，其余可以不看。何况看得远要靠好眼睛，有了好眼睛，难道还能越寻越渺吗？即使驱云雾于八方边远之地，也难于窥测泰山的广阔无边；便教神灵在三山中现身，这无边无际地又怎么能环绕过来呢！

于是，移情于物外，启悟于漫游，凡是为心所倾倒、向往的，一并收罗眼底，回想昔时登吹台激昂慷慨，吊古何为？没遇见险峻雄奇的西岳，便已写就了登高望远的诗文。用它来作为集中最好的篇章，传诵下惊人的诗句。遂使寻诗的人笔不离身，诵诗的人频频用香水洁乎！谁不因为读了杜甫的诗章，而热衷于对泰山的仰慕呢！

清人辞赋选释

蚊市赋

钱之鼎

若夫炎曦正永，歊赫方张①。阶罗蚁国，户列蜂房。何斯蚊之貌小，爰作市于昏黄。积少成多，飚去而千重并集；呼朋引类，飞来则一阵方长。尔其附热争能，趋腥最爱，道本营求，心存暗昧。宵行欲避夫初阳，晏息莫休于向晦②。既扰扰兮成行③，亦薨薨兮作队④。如往而复，潜施成痏之针⑤；适从何来，竞逞迎人之喙。则有起自堂檐，来从阶砌，前者方滋，后者又继。宛生交易之谋，咸作贸迁之计⑥。若询始至，昏烟渐暝之时；翻讶将归，晓日初升之际。欣有肆之可居⑦，谓为民兮何细？羌上下而求索，讵倦烦而苦辛。溷微踪于草野⑧，驰丑类于风尘。设以碧绡错认闺闱乍列⑨；羞从丹鸟⑩，还疑灯火方陈。盖惟血之求，谋先己口；而如雷之聚，害及人身。其随声而交和也，若巧言以相欺。其伺影而独趋也，若心计之暗斗。其悠扬而远引也，若前路之肇牵⑪，其扰攘而近投也，若趁墟之求售⑫。拖芒有似乎持筹⑬，嗜肉浑疑乎致富。其欲逐逐⑭，皆存虎视之情；为利孳孳⑮，不断鸡鸣之候。已是逐当炎处，脂膏转刺夫清寒⑯，倘教成何日中，面目应羞夫白昼。胥排矮屋，亦占华堂，元驹服驾⑰，青鹪储粮⑱。恣溪壑之衷，数丛曲沼；工龙断之术⑲，一簇高冈。岂经营巧致其钻研，嗜来庄叟⑳；恍争竞肆行夫吆喝，惊起欧阳㉑。沾泥沙而杂沓㉒，叹霜雪之消亡。彼夫蝇市则向晓先闻，鲛市则随时可化㉓。蚕市则春仲方兴㉔，鱼市则秋深未罢。究非形必深藏，利惟巧射㉕，如流水之通行，欲负山而无力㉖。三家店外㉗，犹占地以争嚣；一哄街头，类凭空而说价。奔逐则不辞劳瘁㉘，在流金烁火之天㉙；嘤鸣则别有应求㉚，当匝雾蒙烟之夜。客有摊书室小，伏案灯昏，萝窗露湿，纻帐风翻㉛。而且频挥有扇，欲脱无裈㉜。枇杷壳脱㉝，艾叶烟温。呻咽入杜甫之心㉞，满床儿女；咀呷赴坡公之幕㉟，半榻琴樽㊱。功怜刺绣，术愧倚门，弦高非偶㊲，猗顿休论㊳。看纷纭而作市，转凄怆而伤魂。待诘朝将据迹以寻，偏惊善匿；倘来夕复挟群而过，枉用相存。

【注释】

①歊赫：炽热、热气。

— 148 —

②晏息：休息。　　向晦：天将黑。
③扰扰：纷乱。
④薨薨：众虫齐飞之声。
⑤疻：针刺创痕。
⑥贸迁：贩运买卖。
⑦肆：店铺、市集。
⑧溷：混。
⑨闺闱：内室。
⑩丹鸟：《大戴礼》："夏小正八月，丹鸟羞白鸟。"丹鸟者，萤也。亦名丹良。
⑪肇牵：牵引。
⑫趁墟：赶集。钱易《南部新书》："端州南，三日一市，谓之趁墟。"
⑬芒：芒刺、锋刀。　　持筹：手持算筹。
⑭逐逐：急于得利貌。
⑮孳孳：一心一意。
⑯脂膏：油脂。转喻血汗、血肉。
⑰元驹：蚂蚁。苏鹗《苏氏演义》："河内人并河而居，见人马数千万，皆如黍米，游动往来，从旦至暮。家人以火烛之，人皆是蚊蚋，马皆是蚁。"
⑱青鹢：水鸟名。《岭表录异》："蚊母鸟形如青鹢，于池塘捕鱼而食，每叫一声，则口有蚊蚋飞出。"
⑲龙断：本指独立的高地，引申为独占其利。
⑳嘈：亦作"噆"，咬、叮。《庄子·天运》："蚊虻噆肤，则通昔不寐矣。"
㉑欧阳：指宋人欧阳修。欧阳修作有憎蚊诗。常云："予作憎蝇赋，蝇可憎矣，尤不堪蚊子自远吆喝来咬人也。"
㉒杂沓：纷杂繁多貌。
㉓鲛市：即"海市"。
㉔蚕市：蜀地旧俗，每年春时，州城及属县循环一十五处有蚕市，买卖蚕具，兼及花木、果品、药材杂物，并供人游乐。
㉕射：逐取，谋求。
㉖负山：喻力不胜任。《庄子·应帝王》："其于治天下也，犹涉海凿河，而使蚊负山也。"
㉗三家店：村镇小店。

149

㉘奔逐：奔走。
㉙流金：指高温可以熔化金石。
㉚嘤鸣：鸟和鸣声。
㉛纻帐：纻麻帐。
㉜"欲脱"句：《汉书·东方朔传》："郭舍人曰愿问朔一事，朔得臣愿榜百，朔穷臣当赐帛。曰客从东方，歌讴且行，不从门入，踰我垣墙，游戏中庭，上入殿堂，击之桓桓，死者穰穰，格斗而死，主人被创，是何物也？朔曰长喙细身，昼亡夜存，嗜肉恶烟，为掌指所抐，臣朔愚戇，名之曰蚊。舍人辞穷，当复脱裈。"
㉝枇杷：《岭南博物志》："岭表有树如冬青，实如枇杷，熟即坼裂，虻子群飞，唯存皮壳，土人谓之蚊子树。"
㉞杜甫：唐代诗人，后世誉为诗圣。
㉟咀呷：吸饮、品味。　　苏公：指宋人苏轼。
㊱琴樽：为文士生活悠闲用具。
㊲弦高：春秋时郑国商人。
㊳猗顿：战国大富商。

【今译】

炎阳似火，日长如年，热气肆虐，阶砌是蚂蚁的天下，门窗列着蜂儿的窝巢。为什么这小小的蚊蚋，总在昏黑的时候聚集，积少成多，它们吆喝着，呼朋引类，千重万重，飞扬而来，竟如同列成的阵势。它们趋炎附势，追逐膻腥，钻营是它的道，暗昧藏在心中。夜间活动是为了躲避阳光；所以休息从来不在黑夜。它们成群结队地飞着，吆喝着，好像走了。却又飞回来，偷偷地施行着它们的针刺；它们从哪儿来？竞相向人们显示它们的利喙！它们在屋檐下飞起，在阶砌下出来，前面的刚刚露面，后面的又接踵而至。就好像商贾的谋划，都在运用贸易的手段。若问它们什么时候开始来，当然是在黄昏烟息之后，倒是令人讶异，它们竟然在晓日升起之时归去。它们欣然于有市集可以栖止，作为传说中的黎民，它们未免太过于藐小！它们上上下下地寻找着，难道不怕烦琐和辛苦？它们这些丑类，在草野之间混迹，在风尘之中驰逐。设置碧绡的蚊帐，错认作是后妃的内室；流萤食蚊蚋，还以为是刚刚陈列的灯火。原来它们只求吸血，满足自己的口腹。聚如雷鸣，危害人身，它们随声附和，如同巧言行诈；它们等待着人影经过便独自追袭，如同暗斗心计；它们远远地飞走，好像前边有人牵引；它们乱纷纷地就近投止，

蚊市赋

好像赶集以求兜售。它们拖着一支利刺,好像拿着计算的筹码;它们酷嗜肉食,还以为它们是小人乍富。它们急于得利,一副虎视眈眈的样子;一心一意地追逐,不到鸡叫天明绝不肯罢休。它们在炎热之处追逐,却也不放过清寒者的脂膏。假使它们能在白天取得成功,丑恶的嘴脸难道不感到羞愧!它们相随地进占矮小的茅屋,也进占富赡华丽的厅堂。玄驹驾着车,青鹳储备着食粮。滋生在曲沼之中,难填无穷欲壑;聚集在高冈之上,惯于独得其利。难道因为它经营之巧才叮咬了庄子?恍惚是它们的大声吆喝惊起了欧阳。它们闹嚷嚷地身上沾满了泥土,可叹霜雪来时,它们的生命就要消亡。

那蝇市是早晨开张;鲛市则随时可以幻化;蚕市仲春时才开始兴旺;鱼市就是到了深秋也还在进行。它终究不懂得:藏形必深、逐利务巧。行如流水般自然,结果必然是如同负山,力有所不能及了!在村镇小店之外,还占着地界争吵;在街头乱哄,好像还在漫天要价。它们奔波追逐不计劳累,在流金烁火的热天,嘤嘤地鸣叫必然另有所求。当烟蒙雾罩的夜晚,有人在斗室里摊书,伏在案上,灯火昏昏,露水沾湿了爬满茑萝的窗子,风儿吹动着麻布的帷帐,不断地挥动着扇子,燥热已经使他无衣可脱了。枇杷树的壳儿已经坼裂,艾叶的烟正在袅袅散开。痛苦的呻吟,杜甫关念着床上那些不谙世事的儿女;应邀去赴苏轼的约会,且悠闲地饮酒抚琴。可惜那功夫,那心术,真个是愧对家乡父老!古人弦高不是同侪,猗顿也无须论及,看那纷纷纭纭的作买作卖,转而教人凄怆伤神!到明天循迹追寻,吃惊于它的善于藏匿;如果它明天晚间还成群地来扰人,还留着它干什么!

清人辞赋选释

造物无尽藏赋

吴廷琛

　　昔苏子之游于赤壁也①,朱曦由白②,太岁在壬③。快横江而击楫④,悄对客以整襟⑤。物换星移⑥,怀古而都成陈迹⑦;风清月白,临流而独惬幽寻⑧。谓夫迹寄蜉游⑨,微同虮虱⑩,回回洪覆⑪,知造化之无穷⑫;扰扰终身⑬,谅取求之难必。孰与夫江上风来⑭,山头月出。天凉而序正当秋,人定而时方过戌⑮。凭空吹万⑯,遍尘界而盈千,对影成三⑰,问寒潭兮本一。白袷轻吹⑱,微风到时。孰破浪而乘者,共披襟以当之⑲。轶尘壒以徐来⑳,同余澹荡㉑;惬清泠而欣赏,不汝瑕疵。念谁为之出纳㉒,羌莫辨其雄雌㉓。至于长烟一洗,皓魄当头,湛十分之圆相,浸千里之长流。歌舞谁家,灯影夺无边之景;江山终古,天涯共此夜之秋。但有盈而有缺,岂或与而或求。信乎造物之无尽藏也㉔!浑丰歉于往来,泯异同于始卒㉕。达观则有色都空,现在则乘虚是实。欣于所遇,上下察而皆存;惠我无私,左右逢而鲜失。幻作须弥之界㉖,已觉多多;遣开顷刻之花,何烦七七㉗?况乎嘉贶无涯㉘,生机不歇。水有本而长流,花逢春而自发。寻常可测其端倪㉙,领取不同于恍惚。吾无隐尔,普佳趣而与同;天何言哉,转鸿钧而不竭㉚。遂使舞雩童冠㉛,共披曾点之风㉜;试看幕府宾僚㉝,共赏庾公之月㉞。是知不息者化机㉟,难齐者世味㊱。贱身外之浮云㊲,得寰中之清气。人皆是主,重游而美景依然;买岂论钱,即境而赏心无既㊳。何必羡仙侣之遨游,感吾生而歔欷㊴。要必心与天游,目空理障㊵。凭妙悟以自深,识元功之相饷㊶。风移凉燠㊷,调和亦间于晨昏;月有虚盈,光景讵愆于弦望㊸。旨哉玉局之言㊹,此日新富有之圣人,所以莫穷其涯量。

【注释】

　　①苏子:指宋人苏轼。　　赤壁:指黄冈赤壁。苏轼于元丰二年被贬为黄州团练副使,曾作有《前赤壁赋》。

　　②朱曦:太阳。　　由白:由白道远行。

　　③太岁:古代天文学中假设的岁星。　　在壬:壬为天干序数的第九位,在五行属水,位在北。

④快：快意。　　击楫：鼓棹。

⑤整襟：整衣。

⑥物换星移：谓景物变更，岁月消逝，世事变异。

⑦陈迹：旧迹，遗迹。

⑧幽寻：探寻幽胜之景。

⑨蜉游：虫名。幼虫生活于水中，生存期极短。比喻微小的生命。

⑩虮虱：喻卑贱或微小。

⑪回回：广大貌。　　洪覆：指天。古人认为天道广大，无不覆被，故称。

⑫造化：自然。

⑬扰扰：纷乱貌。

⑭孰与：哪如。

⑮人定：夜深人静时。

⑯吹万：谓风吹万窍，发出各种音响。

⑰"对影成三"句：取李白《月下独酌》："举杯邀明月，对影成三人。"

⑱白袷：白色单衣。

⑲披襟：敞开衣襟。

⑳轶尘壒：超尘出俗。

㉑澹荡：放达。

㉒出纳：出入。

㉓雄雌：高低。

㉔无尽藏：佛教语。谓佛德广大无边，作用于万物，无穷无尽。泛指事物之取用无穷者。

㉕始卒：开始与终结。

㉖须弥界：佛教传说中以须弥山为中心的小世界。

㉗七七：即殿七七，为唐道士，能以术遣开不时之花。

㉘嘉贶：厚赐。

㉙端倪：头绪。

㉚鸿钧：天。

㉛舞雩：《论语·先进》："浴乎沂，风乎舞雩，咏而归。"此指乐道遂志。

㉜曾点：孔子的学生。孔子非常赞赏曾点"浴乎沂，风乎舞雩，咏而归"的主张。

㉝幕府：泛指军政大吏的府署。

㉞庾公：指晋庾亮。《晋书·庾亮传》："亮在武昌，诸佐吏殷浩之徒，乘秋夜往共登南楼。亮至，将起避，亮徐曰：'诸君少住，老子于此兴复不浅！'便据胡床谈咏。"

㉟化机：变化的枢机。

㊱世味：社会人情。

㊲"身外浮云"句：语本《论语·述而》："不义而富且贵，于我如浮云。"谓不看重身外之物。

㊳无既：无穷，不尽。

㊴歔欷：同"嘘唏"，叹息。

㊵理障：佛教语。谓由邪见等理惑障碍真知、真见。

㊶元功：玄功。　饷：赐予。

㊷凉燠：冷热。

㊸弦望：农历每月的初七、初八、二十二、二十三为弦；十五或十六、十七为望。

㊹玉局：苏轼曾为玉局观提举，后人遂以玉局称苏轼。

【今译】

昔时苏东坡游览赤壁时，太阳由白道运行，岁星在北。他愉快地中流击楫，静静地对客整衣。

景物更换了，世事变迁了，追怀古人的遗迹。在这风清月朗之夜，在江流中寻幽探胜，还是感到非常惬意。人生就如同水上的蜉蝣，微小得如同虮虱，在广大的天宇之上，认识到大自然的无穷无尽。人们整天纷烦扰攘，任意索取，可想而知其很难达到目的。哪像这江上的清风，山头的明月？天气凉了，时序正当秋日，夜深人静，时间已过了戌时，风吹万窍，遍及大千世界，对影成三，问寒潭之水，月亮确实只有一个。风吹着白色的单衫，谁乘风破浪，和我一起披襟临风，超尘出俗，淡然游乐，满意地欣赏着这没有瑕疵的清冷月光？是谁使它出出入入，让人分辨不出它们的高低上下！至如江上长烟净洗，明月当头，圆圆的月影，浸印在长流之中。谁家的歌舞翩跹，幢幢灯影，来分享这无边的景色？江山终古如斯，远在天涯，也可共赏今夕的秋色。月有盈亏，又哪里能随心所欲？确实如此。大自然的取用不尽，就像来来往往的丰稔和荒歉，同也好，不同也好，都在这些无尽的起始和终结之中。达观的人，以色为空，而现今是乘虚御实，高兴于所能看到的，上上

造物无尽藏赋

下下地察看都是真实的存在；无私地赐给我，左右逢源而没有差失。幻作须弥的小世界也好，已经觉得受益很多；让它开出顷刻的花，哪还用什么殷七七！何况厚赐无边，生机不息，水有本源而长流不竭，花遇春光而自萌自荣。寻常事可以预测其端绪，而领略真谛却容不得含糊。让佳趣共同领略吧，我没有隐藏什么；天有何言？只是运转着而毫不停止。遂让舞雩归来的学子们，共同领悟曾点的主张；且看幕府中的僚佐，不是和庾亮一起赏月的吗？是以知道：不停息的是大自然的运转，难求一致的是世道人心。身外之物如浮云，不要把它看得太重，这样才能领悟天地间的清气。人皆可以为主，重游旧地而美景依然；这不是凭钱可以买到的，就眼前景物即可赏心娱目的情怀。又何必欣羡仙侣之游，叹吾生而伤感呢？要做到心与天游，无须理会情理的滞碍，凭妙语而自达深邃，知道这是玄功对你的赐予。风变换着冷暖，它无早无晚地匀调着；月亮缺了又圆，这事儿也不能归咎于弦望！苏公的话很对，广泛获有万物，日日不断增新，所以没办法估测他的涯量。

清人辞赋选释

扁舟赋

徐 谦

　　舟泛平湖，天开画图。身小刳木①，帆低剪蒲。风驯篙健，雨打船孤。疾比掠波之燕，轻同戏水之凫。羌中流而容与②，疑出入于有无③。若乃芳草渡头，白蘋溪侧④，时止时行，倏南倏北。橹蒂如飞⑤，靴纹欲织⑥。琉璃浸万顷波光⑦，杨柳添两堤春色。蜻蜓贴水有声，舴艋迎流无力⑧。晓风拂拂，暖涨粼粼。榜人解缆⑨，钓子投纶⑩。波平十里五里，客受三人两人⑪。水森森而萦碧⑫，浪花花而荡春。孤篷流水，一棹斜阳，数鸥白处，几树红旁。天低日暮，岸阔波长。到处莎湾荻港⑬，满船水色山光。夕霭苍茫，波浪掩映，船快于梭，月明似镜。数声渔笛吹残⑭，一道鹭群飞并。迎风讶鹢首之轻⑮，蘸水喜鸭头之净⑯。莫不独往独来，永朝永夕。软浪轻翻，微波戏拍，舫浅削瓜⑰，湖宽泛宅⑱。樯帆游镜里之天，篷笠坐船中之客。春水半江兮远浦平，棹歌一阕兮长天碧⑲。歌曰："云水烟波客⑳，米家书画船㉑。风月自今古㉒，吾意殊浩然㉓。虽云浪迹如萍梗㉔，一叶也堪济大川㉕。"

【注释】

　　①刳木：剖凿木头，用以作船。《易·系辞》："刳目为舟，剡木为楫，舟楫之利，以济不通，致远以利天下。"

　　②容与：从容舒适貌。

　　③有无：指青山重重，迷迷蒙蒙，时隐时现，若有若无。王维《汉江临泛》云："江流天地外，山色有无中。"

　　④白蘋：亦作"白苹"，水中浮草。

　　⑤橹蒂：指双橹齐施，形如并蒂。

　　⑥靴纹：靴皮的花纹，形容细波微浪。苏轼《游金山寺》云："微风万顷靴纹细。"

　　⑦琉璃：喻晶莹碧透之物。

　　⑧舴艋：小船。

　　⑨榜人：船夫，舟子。唐吴筠《舟中夜行》云："榜人识江路。"

— 156 —

⑩钓子：指钓鱼人。
⑪"客受"句：杜甫《南邻》云："秋水才深四五尺，野航恰受两三人。"
⑫淼淼：水势浩大貌。
⑬莎：莎草。　荻：与芦同类，生长于水边。
⑭渔笛：渔人的笛声。
⑮鹢首：船头。古代画鹢鸟于船头，故称。
⑯鸭头：鸭头色绿，以形容水色。
⑰削瓜：指瓜皮船。《王濬集》云："瓜皮船本图以仓卒用之耳，宁可以深入敌境耶！"
⑱泛宅：以船为家。
⑲棹歌：行船时所唱的歌。
⑳烟波客：指泛舟江湖之人。
㉑书画船：北宋书画家米芾，常乘船载书画游览江湖。
㉒风月：清风明月，泛指美好景色。
㉓浩然：谓心浩然而有远志。《孟子·公孙丑》："夫出昼，而王不予追也，予然后浩然有归志。"
㉔萍梗：浮萍断梗，喻人行止无定。
㉕济：渡河。

【今译】

　　小船在湖上浮游，湖光山色，形成了天然的图画。小小的木船儿，船帆就像矮矮的江蒲。风儿称心，竹篙稳健，小雨淅淅地打着孤零零的小船；船儿驶行迅捷，就像在湖面掠水而飞的燕子，轻得就像戏水的凫鸥。船在中流从容舒缓，它是从哪儿来？是在青旷溟蒙的"山色有无中"出来的吗？在那绿草茵茵的渡口，在那白蘋摇曳的小溪旁，它有时停有时行，忽南忽北，双橹如飞，湖面上荡起纤细的波纹，好像要织成美丽的图案。波光明亮，像置身于琉璃世界；杨柳依依，更增添了两岸的春意。像蜻蜓一样贴水飞行，小船儿迎着水流，显得那样娇柔无力。晨风轻轻地吹拂，水儿清澈地流淌，船夫解开缆绳，渔翁投下丝纶。水势平稳，五里十里过去了，小船上只乘着两三个人，汤汤流水，凝聚着两岸绿色，浪花儿摇荡着春天。一叶帆篷随流水，一棹斜阳画外归，白鸥数处，红花几树，两岸空阔水流长，日落云低天已暮。在苍茫的落日余光之下，在波光浪影的掩映之中，小船快如飞梭；到处都是

清人辞赋选释

莎草、芦荻，月亮像一面明镜，几声归去的渔笛，越来越远。白鹭迎风飞翔，是讶异这船儿的轻灵吗？它轻轻地蘸水而飞，是喜爱这鸭头一般的绿水吗？

小船啊，独往独来，朝夕如是，在微波中轻浪中浮游。小船浅浅的就像一片瓜儿，在水上以船为家，一片帆篷在水中，船里乘坐着客旅，有如浮萍在明镜之中。远浦平沙，半江春水，一段船歌，唱得天长水碧。歌曰："在云水中游览烟波的客人啊，如同米芾载着书画的船；风月如斯，自古茫然。我的心意啊浩然有归志，虽说萍踪浪迹无定止，一叶小舟啊也能渡过大河川！"

板桥赋

黄安涛

地非孔道①,水非大江。偶有人迹,曾无石矼②。赋卬须于匏叶③,寄所思于兰茝④。望盈盈兮彼岸⑤,赖小小之徒杠⑥。尔其绿藏草渚,红绕花源,十里五里之遥,三家两家之村。岩回港绝,涧复泉奔。架石穿云,跨危梁而欲断;攀藤觅路,问老树其何存。爰有桥焉,利彼行者,长异绳缅⑦,坚殊铁冶。侈岂夸银,质还类瓦。胜乘舆之济人⑧,等渡船之横野。取材伊何?厥维板是。似枇平铺⑨,如闑特峙。碾谢车轮,踏胜履齿⑩。栏扶断竹,斜欹落絮之风;椿借枯杨,低趁浮花之水。至其隔岸绵延,临流妥帖。题柱无烦⑪,容刀仅可⑫。设细栅而长开,拥寒沙而不堕。是处晓行霜重,茅店鸡声⑬;那时夜泊悲生,枫江渔火⑭。更有舍南舍北,溪西溪东,鸠携野叟⑮,牛驱牧童。村路之遥遥毕达,山溪之曲曲相通。秋水明边,浪说填河之鹊⑯;夕阳影里,犹疑饮涧之虹⑰。乃若灞岸词客⑱,苕溪钓徒⑲,骑驴觅句⑳,入市行沽。或孤吟而彳亍㉑,或命侣而歌呼㉒。任他折柳攀条㉓,何知别恨;即此水边林下,那信穷途。然则是桥也,别饶画意,兼绘诗情。惠政以之利涉㉔,周道因而砥平㉕。纵复蹑云层,鞭石沧海㉖,犹且眷佳景于跬步㉗,贞素履于平生㉘。宛在水中,长寄一邱之想㉙,始于足下,敢夸万里之行。

【注释】

①孔道:大道,通道。
②石矼:石桥。
③卬:我。 匏叶:葫芦叶。《诗·邶风·匏有苦叶》:"匏有苦叶,济有深涉。……人涉卬否,卬须我友。"
④兰茝:幽兰香草。黄庭坚《送彦孚主簿》:"临分何以赠,要我赋兰茝。"
⑤盈盈:水清澈貌。
⑥徒杠:可供徒步行走的小桥。
⑦缅:粗绳索。
⑧乘舆:泛指车马。

— 159 —

清人辞赋选释

⑨枻：船。

⑩胜：经得住。

⑪题柱：汉司马相如初离蜀赴长安，曾于成都城北升仙桥题句于桥柱，曰："不乘赤车驷马，不过汝下也！"

⑫容刀：指能容纳小船。《诗·卫风·河广》："谁谓河广，曾不容刀。"

⑬茅店：简陋的旅舍。

⑭枫江：植有枫树之江。

⑮鸠：鸠杖。此指拐杖。

⑯填河之鹊：《风俗通》佚文："织女七夕当渡河，使鹊为桥。"

⑰饮涧之虹：《笔谈》："虹尝下涧饮，两头皆垂涧中。"张正见诗云："镜似临峰月，流如饮涧虹。"

⑱灞：水名，渭河支流。在陕西省中部，为关中八川之一。

⑲苕溪：水名，出浙江天目山，注入太湖。

⑳骑驴觅句：《李长吉小传》："恒从小奚奴，骑距驴，背一古破锦囊，遇有所得，即书投囊中。"

㉑彳亍：走走停停貌。

㉒命侣：呼唤友伴。

㉓折柳：折取柳枝。《三辅黄图》："灞桥在长安东，跨水作桥。汉人送客至此桥折柳赠别。"

㉔惠政：德政。

㉕周道：大路。　砥：平坦。

㉖鞭石：秦始皇欲造一石桥过海观日出，时有神人相助，鞭石入海。

㉗跬步：指极近的距离。

㉘素履：《易·履》："素履往，无咎。"比喻人以朴素坦白之态度行事，此自无咎。

㉙一邱：一座小山。

【今译】

这地方不是大道，这河水也不是大江。偶尔有人经过，却没有石桥。吟诵《匏有苦叶》的诗章，寄所思于幽兰香草。望着河水清澈的对岸，全靠这供徒步行走的小桥呢。绿草在洲渚间，红花绕着水源，十里五里的路程，三家两户的村舍，山崖尽了，港汊也到了头，重重的溪谷，奔泻的流泉。石梁在云气中隐现。攀着野藤寻找路径，那些老树还有吗？于是看见了桥，它便

板桥赋

利行人，和那既粗又长的绳索不同，也没有铁的坚固。它不夸耀金光银灿的外表，质朴得如同农家常用的瓦器。它比以车马而渡要好，几乎就像河面上横陈着渡船。它是用什么材料做的？就是这些木板嘛！如同河面上平铺船板，又像高高耸立的门楣。它容不得车轮的辗轧，却经得住木屐的踩踏。栏杆是竹子的，桥桩是杨木的，在落絮的风中，在浮花的水面，妥妥当当地临河而立，一直到绵延的对岸。

文人的题柱大可不必，它仅能容得小船儿经过。设置一道长时开启的栅栏，尽管有寒沙壅塞，它也丝毫无损。在这儿起早赶路，风重霜浓，鸡声茅店；那时入夜停船，望着枫江上的星星渔火，由不得心生愁惨。更有舍南舍北，溪西溪东，老翁拄着竹杖，牧童驱赶着耕牛，村路虽远，却可以从容到达；山溪虽曲，却终会曲径相通。秋水澄明，说什么乌鹊填河的神话，夕阳影里，难道还疑是饮涧的长虹！像那灞水岸边的诗人，骑驴觅句，走走停停的孤独行吟；像那苕溪的渔父，入市沽酒，呼朋唤友，酣饮歌呼。还管它什么攀折柳枝，他们知道什么叫离愁别恨？在这林下水滨，谁信什么穷途末路呢？

可是这桥啊，别有画意和诗情。德政用它可以利民，大路因此可以平坦如砥。纵然能驾云飞过山峦，鞭石以观沧海又怎么样？还是珍视这近处的美景、珍视"素履往，无咎"的生平，就像在水里，常寄托山的意念，万里之行，还要从足下起始。

清人辞赋选释

吴季子挂剑赋

顾元熙

　　繄古之君子，立心必诚，致行必果①，在久要而不忘，岂前盟之相左②。纵责约已无他人，而食言仍知不可。曾经一诺，俾死者可以复生③；倘吝千金，即斯人何以谅我④！昔季子之出游也⑤，携莲锷⑥，佩霜锋，辞吴都而奉使，向徐土以遥临⑦。触徐君之癖好⑧，对吴客而情深⑨。方顾盼于腰间，连环月吐；遂摩挲于掌上⑩，一匣风吟。虽未明言，其欲已为逐逐⑪；慨然暗许，尔时相印心心。价藐兼金⑫，情豪投纻⑬，以彼邂逅而受兹，胡弗提携而赠汝？盖以吴钩锦带⑭，藉光上国之游⑮；原非越锷霜锋，尚靳取怀而予⑯。有如此剑，生平之知己无忘；曾几何时，日月之寝驰如许⑰！人事难知，幽明路歧⑱，追还辕而止止⑲，已新冢之累累。方思拂拭鹈膏⑳，为君起舞；岂料凄凉薤露㉑，弃我如遗。公不予求，盖毋夺人所好也；吾已予诺，夫岂其至今违之？公何往乎，剑犹在此！泣数行兮汍澜㉒，抚一树兮徙倚。解时而素练光浮㉓，挂处而凉飙声起。未殉大王之葬，孤此雄风；藉明公子之忱，皎如秋水。盖全一面之交者以是终，而慰九原之望者又以是始㉔。时也烟霾蒿里㉕，苔闷泉宫㉖，纵横狐兔，零落梧枫。闪三尺之芒寒，鬼灯昼碧㉗；点七星之影乱，磷火宵红。神其鉴诸，幸未失同楚履㉘；灵之来也，依然遗似轩弓㉙。怅故人兮不见，指明月以长终。是则言有践而弗违，志有伸而无屈，托高义兮苍茫，抒予怀兮盘郁㉚，腾为虎气，山中之群魅应惊；借作鱼肠㉛，地下之不祥能被㉜。任尔化龙飞去，此别何如？怜余控马狐还，怀归岂不？客有穿云蜡屐㉝，冒雨提壶，登高台兮凭览，问遗迹兮模糊。秋坟阒寂㉞，宿草荒芜㉟，恨古人吾未见，谁其丹青之弗渝㊱。

【注释】

①致行：致力实行。
②相左：相违、相反。
③俾：使。

④斯人：此人。指徐国国君。

⑤季子：即吴公子季札。春秋时吴王寿梦之季子，封于延陵，故又称延陵季子。

⑥莲锷：锋利的宝剑。唐齐己《古剑歌》："今人不要强硎磨，莲锷星文未曾没。"

⑦徐土：徐国之领地，在今安徽泗县以北。

⑧徐君：徐国的国君。

⑨吴客：吴国的客人。此指吴季子。

⑩摩挲：抚摸。

⑪逐逐：急欲得利貌。

⑫兼金：价值倍于常金的金子。

⑬投纻：投，赠也。《左传·襄公二十九年》：（吴公子季札）聘于郑，见子产，与之缟带。子产献纻衣焉。谓子产曰："郑之执政侈，难将至矣，政必及之。子为政，慎之以礼，不然，郑国将败。"注：吴贵缟，郑贵纻，故各献己所贵。

⑭吴钩：古剑也，此泛指利剑。

⑮上国：春秋时称中原诸侯国为上国，系与吴楚诸国相对而言。

⑯靳：吝。

⑰寖驰：逐渐消逝。

⑱幽明：生与死，阴间和阳世。

⑲还辕：回车。　止止：停止。

⑳鹈膏：即鹈鹕膏，脂膏名。《尔雅注》："鹈鹕，似凫而小，膏中莹刀剑。"

㉑薤露：古代的挽歌。

㉒汍澜：泪急流貌。

㉓素练：白色绢帛。

㉔九原：墓地。

㉕蒿里：泛指墓地。

㉖泉宫：墓室。

㉗鬼灯：鬼形的灯。唐人甘子布《光赋》云："亦有鬼灯焰吐，兰缸彩发，烟夺银烛，辉凌练月。"

㉘楚屦：粗糙的草鞋。

清人辞赋选释

㉙轩弓：车弓，轩车的伞盖。

㉚盘郁：郁结。

㉛鱼肠：古宝剑名。《吴越春秋》："使专诸置鱼肠剑炙鱼中进之。"

㉜祓：除灾去邪。

㉝客：指作者自己。　蜡屐：涂蜡的木鞋。

㉞阒寂：静寂。

㉟宿草：借指坟墓。

㊱丹青：丹青色艳而不易泯灭，故以比喻始终不渝。

【今译】

　　古时的君子，建树心志，必求其诚信，凡事尽力而为，务求有所成就。对于旧交的不忘，不违背从前的友谊，即使已经没有人约束期望，还知道不能言而无信。既知一诺千金，能使死者再生，还吝惜此千金器物，就是徐君也不会谅我！

　　昔时，佩带宝剑，离开吴都去执行使命，远远地来到了徐国。偏巧徐君有爱剑的癖好，对这位吴国的客人尤显深情。徐君的目光看着季子腰间的宝剑，那剑环如同刚刚升起的月亮。徐君抚摸着那佩剑，三尺剑匣，冷峻生风。徐君虽然没明说，想得到它的心情却是很急切的。吴公子暗地里已经应许，那时好像彼此会心。价值再贵重，也不以为然。慷慨有如郑国子产赠纻的豪爽之情。如其他在偶然之中接受，为什么不郑重其事地赠给他？只因为佩着宝剑，能为中原出使增光，并不是舍不得给他。就像这把剑，平生的知己不能忘怀，才几天工夫，日月飞逝。人世上的事难于预料，转眼之间就生死殊途了！等到回车停辔的时候，只看见累累新坟。还想在剑上涂上鹈鹕膏，为徐君起舞；哪料想凄凉的挽歌，徐君竟自弃我而去了！徐公没有明求，是为了不夺人所好；我已暗中许诺，今天又怎么能违背呢？徐公上哪儿去了？剑还在这儿，我的眼泪急遽地流下，抚摸着坟前的树木徘徊不已，解下佩剑，系剑的素带上闪着银光；挂剑的地方，有凉风轻轻掠过。没能陪徐君之葬，只剩下利剑的雄风，借以表明公子的心意，明洁如同秋水。成就一面之交当以此为终，安慰泉下之望又当以此为始。此时，晚烟遮没了坟墓，藓苔遮掩了墓室，社狐野兔，纵横驰逐，枫梧凋零。剑的寒光，如同鬼灯的荧荧碧色；点点星光历乱，是夜里荒坟间的磷火在闪烁。神明可鉴，所幸没有弃如敝屣；魂灵来了，好像他还留在轩车之上。惆怅啊，故人见不到，唯有徒望明月而

— 164 —

吴季子挂剑赋

已！实践诺言，不能违背，心志必须达成，不能有所委曲。寄托高尚的情谊，抒发郁结的胸怀，剑气腾空，山中的魑魅都要惊惧，倘用鱼肠，泉下的不祥也会被驱除。任你化龙飞去，今番分手到哪里去？我孤零零地策马而归，你难道不想归来一聚吗？

有人穿着涂蜡的木鞋，冒着细雨，提着壶浆，登上高台览眺，探问这些模糊了的古迹。秋坟静寂，宿草荒芜，遗憾我见不到古人，谁能做到如丹青不灭，始终不渝呢！

清人辞赋选释

人情以为田赋

陶 澍

　　情根心而有则[1]，田播谷以堪珍。田必治而壤斯称沃，情必理而德乃维新[2]。非种务锄，人道实通于地道；嘉禾是植[3]，教民无异于养民。惟天子操育物之权[4]，滋惟树德[5]；知庶汇在含生之内[6]，治本因人。溯夫天赋维命[7]，人得以生。体之充焉为气，意之蓄也曰情。性本如禾，蕴真精而独美；仁原似谷，培嘉种而长荣。灌德水之清冷[8]，自见生机活泼；拓灵台之虚朗[9]，依然绣壤纵横[10]。降则有恒[11]，秀禀五行而可撷[12]；发能中节，地方一寸而堪耕。是以圣人观民志之有方，知人心之相似。凛越畔之堪虞[13]，念敷菑之有以[14]。习俗以五方而异[15]，譬赤坟黑壤之殊形[16]；识知合万姓而同，喻稌暖黍寒之一理[17]。风以熏而雨以沐，百昌咸协于滋培[18]；南曰亩而西曰畴[19]，一德何分于疆里？其修礼也[20]，所以示深耕之则；其陈义也[21]，所以揭播种之规。其讲学也，所以酌耘耨之法[22]；其本仁也，所以参收获之宜。螟螣是防[23]，故法制有所不废；荑稗必去[24]，斯精明可以有为。得其理而勃然，讵假茅蒲之用[25]？至其时而熟矣，无须保介之咨[26]。是则渊乎性也，窈尔心田。芸芸者虽殊其质[27]，浩浩者共乐其天[28]。树谷本如树人，百获之经营有在；望君况如望岁，八方之爱敬斯传。必类情以咸宜，无讥舍业[29]；乃防情而罔忒[30]，用庆丰年。具吾身之内而有余，原不因粮而告籴；遵先王之法而弗过，何烦破度而开阡？方今圣天子豫泽酦敷[31]，丰功茂布。重农则亩计东南，膏物则恩流雨露。因斯民之利而利，共瞻立我之规；合天下之情为情，不比芸人之务[32]。事先正德，综夏史以抒谟[33]；政在养民，理周官而转赋[34]。人为奥也[35]，洵比户之可封[36]；帝曰都哉[37]，卜康年之用祚[38]。

【注释】

①则：规律，法则。
②维新：乃始更新。
③嘉禾：泛指生长茁壮的禾稻。
④育物：指培养和教育。

— 166 —

⑤树德：立德，施行德政。
⑥庶汇：庶类，万类。　　含生：一切有生命者。
⑦维：以。
⑧德水：黄河的别称。
⑨灵台：心。
⑩绣壤：指田间的土埂和水沟。因其交错如文绣，故称。
⑪降：指平抑心气。
⑫五行：水火木金土，我国古代称构成各种物质的五种元素。
⑬越畔：越界。《左传·襄公二十五年》："行无越思，如农之有畔，其过鲜矣。"
⑭敷菑：耕种。
⑮五方：中国和四夷。
⑯坟壤：肥沃的土壤。
⑰稴：稻。《伪越外纪》："稻一年再熟，田地气暖故也。"　　黍：一名秬，北人呼为黄米。《农桑通诀》云："北地远处，惟黍可生。"
⑱百昌：指各种生物。
⑲南亩：南坡向阳，利于作物生长，古人田地多向南开辟，故称。西畴：西边的田畴，泛指田地。
⑳修礼：实行礼教。
㉑陈义：陈说道理。
㉒耘耨：耕耘。
㉓螟螣：两种食苗的害虫。
㉔蓈稗：两种草名，似禾，实比谷小，亦可食。
㉕茅蒲：斗笠，一种挡雨遮阳用的笠帽。
㉖保介：古时立于车右，披甲执兵，担任侍卫的武士。　　咨：此，这。
㉗芸芸：众多貌。
㉘浩浩：广大无际貌。
㉙舍业：停止学习。
㉚周忒：不出差错。
㉛豫：豫虑在先。　　酞：浓厚。
㉜芸人：读书求仕进者。
㉝谟：谋略。抒谟就是表达谋略。
㉞周官：此指周代设置的地官司徒所辖各职。
㉟"人为奥也"句：奥为主事之人。《礼记·礼运》："人情以为田，故

清人辞赋选释

人以为奥也。"

㊱比户：家家户户。　　封：赏赐。

㊲都：美好。

㊳卜：推断，预料。

【今译】

　　情生于心，而且有它的规律，地可以种谷而受到人们的重视。田地必须整治才能达到肥沃，情必合于理德行才能常新。不是播种了就一定是耘锄，做人和种地的道理都有相通之处；种植良苗，教导民众就是为了养育万民。天子掌管培养和教育的权柄，尽力地建树美德；知道万类皆为生命，是以治理也做到因人而异。想那大自然赋给万物生命，人才得以生存，形体的充实是因为气，意念的积聚是谓情。性情就像禾苗，含蕴纯真的精气可称为美；仁德就像稻谷，培育出良种才能长时茂盛。给它灌溉清凉的河水，自然能看见它活泼的生机；开拓他宽广澄明的内心，依然就是文绣纵横的田亩。能长时间做到心气平抑，如同良苗秉自然之气生长，其秀美可以摘取；生长能合于时，即便地处狭小也可供耕耘。是以圣人体察民情便有所比较，知道人的思想相似。都怕逾越界限而招致祸患，这便是尽心耕作的原因所在。习俗因为地域的不同而有所差异，就像红土、黑土形状的不同；识见和万众相同，就像稻喜暖、黍喜寒的情理一样。有和风细雨的恩泽，正合于各种作物的栽培。南边的地叫南亩，西边的地叫西畴，德行所及，那还会分什么疆域的远近？修习礼法，就如同显示深耕的规则；陈说道理，就如同揭示播种的法规和程序。讲书论文，是在体味耕耘的方法；从仁德出发，是参详收获之所宜。要防备各种害虫，所以法制不能废除；杂草必除，嘉禾良苗才能有所作为。有了这种理解，必然会蓬勃生长，哪还用得着挡雨遮阳的斗笠？到时候它就成熟了，无须靠这些卫士。人的性情、心地深沉，众多之人虽然资质不同，却在这广大的天宇下共享其乐。种谷就像育人，须经过上百次的收获和经营。仰望圣君，就像盼望着好年成，爱戴和敬畏到处在传播。情之相类相宜，于是消除了舍业的讥诮；庆祝丰年，亦须防范不要出现差错。自身有余，原本不是因为粮食而去告籴；遵守先王法则而不逾越，哪还用去另辟蹊径！如今圣君预虑在先，恩泽广布，实行重农政策，就如同雨露的润泽万物。以百姓的利益为利益，都看到我朝的规范；合天下之情而为情，不比读书人之所务。综观史书之谋划，凡事都是先做到正德；收缴赋税要合情合理，政令之本在于养民。人是治理的主要对象，家家户户确实应该得到赏赐。好啊，君王说："为了百姓，企盼丰年，为国家祈福吧！"

江枫渔火赋

孙炳荣

  长板霜严[1]，横江潮歇[2]。雾重难消，烟疏欲没。坐凉夜兮无聊，滞孤篷兮未发。沙滩十里，飞枫叶于秋波；灯火三更，系渔舟于林樾[3]。网散纶收之际，几点零星，鸦栖树秃之间，半天落月。当夫日薄山村，秋深水郭[4]，渔罢钓而旋归，舟缘溪而浅泊，悬罾斜晒[5]，丹林之返照遥收[6]；倚爨新炊[7]，红树之轻烟远掠。恰是晚风笛弄，邀月情长；最怜饱饭蓑眠[8]，打篷叶落。未几夜沉古渡[9]，星落平湖，叫残旅雁[10]，宿稳双凫[11]。风露则一天萧瑟[12]，云山则四面模糊[13]。指点秋檠[14]，夜寂江乡之泊；苍茫远火[15]，凉惊客枕之孤。映红焰于中流，浑似珠衔老蚌；射清辉于两岸，还看树起惊乌。钓人居畔[16]，雁齿桥西[17]，几多暗淡，大半凄迷[18]。压寒云之半艇，横落木于前溪。怜他永夜眠迟，挑灯独对；定有悲秋思起，落叶新题。二月花如，树树燕脂猩血[19]；五更人定[20]，声声鹤唳猿啼。参横斗转[21]，露白葭苍[22]。矶危浪静[23]，棹短流长。冷到吴江[24]，怅触烟波之客；风翻蜀锦[25]，飘零云水之乡[26]。却教长夜如年，竟夕伴渔舟之火；准拟严寒破晓[28]，明朝寻人迹之霜。得不情怅宵深[29]，感增梦短。空看夜色朦胧，愀听寒风萧散[30]。不是车停日晚，石径云深；凄于舟宿潭烟，湘江桥断[31]。跳鱼吹浪，刚逢渡口灯燃。飞雁冲烟，始识江头秋满。则有张公者[32]，淹宦游而落寞[33]，经水驿而留连[34]。抚离怀兮夜夜，慨秋景于年年。城外寒山[35]，敲彻万峰钟磬；吴中旅客[36]，停来半夜江船。却看灯影怜人，照耀于寒衾孤枕；安得渔翁招我，勾留于秋水长天[37]。

【注释】

①长板：指板桥。
②横江：横陈江上。
③林樾：林木。
④水郭：傍水的城郭或依郭的河水。
⑤罾：用木棍或竹竿作支架的方形渔网。
⑥丹林：红叶之林。

⑦爨：烧火煮饭。

⑧"饱饭蓑眠"句：此取宋人《答钟弱翁》："归来饱饭黄昏后，不脱蓑衣卧月明。"

⑨沉：降落。

⑩旅雁：南飞或北归的雁。

⑪凫：野鸭。

⑫萧瑟：冷落、凋零貌。

⑬云山：云和山。

⑭荧：此指灯火。

⑮苍茫：模糊不清貌。

⑯钓人：钓鱼人，指渔人。

⑰雁齿：桥有雁齿，比喻桥的台阶。

⑱凄迷：凄凉迷茫。

⑲燕脂：同"胭脂"，泛指红色。　猩血：猩猩之血，借指鲜红色。

⑳人定：夜深人静时。

㉑参横：参星横斜，指夜深。

㉒葭：芦苇。

㉓矼：石桥、石级。

㉔吴江：县名，属江苏省。

㉕怅触：感触。

㉖蜀锦：产于四川的彩锦。

㉗云水：云和水。

㉘准拟：料想，打算。

㉙得不：能不，岂不。

㉚愀：忧戚。　萧散：萧条，凄凉。

㉛湘江：水名，源出广西，流入湖南，为湖南省最大之河流。

㉜张公：指唐人张继。至德元年避地江左，游越、杭、苏、润等地。以《枫桥夜泊》一诗留名于世。

㉝宦游：旧谓外出求官或做官。

㉞水驿：水上驿路。

㉟寒山：地名，在江苏省吴县（已撤销）西。

㊱吴中：江苏吴县（已撤销）一带，亦泛指吴地。

㊲勾留：逗留、停留。

江枫渔火赋

【今译】

　　板桥上露重霜凝，横亘而来的喧嚣江潮已经停息。雾气越来越重，淡淡的晚烟像要被吞没一般。在清冷的秋夜里枯坐无聊，滞留的船还没有走。长长的沙滩，秋江上枫叶开始飘落；深宵灯火，那渔船就系在靠岸的林木之上，收拾钓具归来，几点零零星星的渔火；寒鸦在秃枝上栖宿，正是残月将落的时候。当落日降临山村，秋意充满了这依傍村郭的河水。渔人归来，小船沿着浅浅的溪水停泊，网具歪歪斜斜地晾晒着。枫林中洒落的夕照余晖，正渐渐地消失。在灶前升火煮饭，枫树上的轻烟远远地飘走了，正好在晚风中吹几声笛韵，迎接明月的来临。只可惜饱饭后枕着蓑衣酣睡，朦胧地听着落叶敲打船篷的声音。霎时间渡口夜色已深，湖水中倒映着点点疏星。旅雁鸣叫着越飞越远，岸边的野鸭睡得正香。西风凉露，天与地呈现出一派肃杀的气象，四面的云和山，已经模模糊糊地看不清楚。指点着夜泊江乡的渔火，在远处闪闪烁烁，惊扰着孤独的客子难于入睡。流水中映射着渔火，就像老蚌衔着珍珠，灯火映射着，岸边时有栖鸟惊起。渔舍旁，小船西，暗淡地给人一种凄凉而迷离的感觉。小船上是低压的浓云，溪水上纷飞着落叶。可怜他长夜无眠，对着孤灯，一定是悲秋的情思，使他在构想着什么落叶的诗题吧！枫树就像二月的花，像胭脂一般的红润，像猩血一般的殷红。夜深人静，听一声声鹤唳猿啼。斗转星移，秋露莹洁，岸边是苍茫芦苇。石桥耸立，流水无声，孤舟短棹流水长。秋凉到了吴江，有感于在烟波中奔忙的客子，风吹着他们的蜀锦衣，飘零在此云水凄迷的地方。长夜如年，整夜伴着船上的灯火，测度着明朝天亮时的严寒，定能看见霜地上人行的踪迹。深夜怅然，能不生发诸多感慨！旅途中的梦也是短的，徒然看着朦胧的月色，忧戚地听着凄凉的风声。日晚停车，不是为了看白云石径，船泊在烟水之间，意念中的湘江，一时难于到达。鱼儿跳起，正是渡口上灯火燃起的时候，雁阵冲破寒凉的烟雾，江上秋意已深，有张公者，他淹滞于外出求官，感到很寂寞。经过水上驿路，流连着，慨叹着年年是这样的秋光，夜夜是无尽的离愁。城外的寒山，敲响着钟磬；吴地的旅人，停留在船上。灯影也像似怜悯这孤单的旅人，正照着他的寒衾孤枕。如果能有渔人来招呼他，在这秋水长天中逗留，那他该多高兴呢！

清人辞赋选释

古碑赋

柯万源

　　数椽荒草之亭，六代斜阳之馆①。考集古之遗编②，研撰碑之细款。石欹侧兮沙埋，字模糊兮尘满。牧童敲火，摩挲则鸟迹微亏③；过客停舟，模搨则龟趺欲断④。尔其刻珉著绩⑤，濡笔橘词，看兽碣之高竖⑥，冀鸿文之永垂⑦。一朝剥落，百尺倾欹，秋老苔荒，莫问磨崖之迹⑧；年深雨渍，渐同没字之碑⑨。则有诗联梓泽⑩，序写兰亭⑪，墨钩损本，土没残铭，石经燎而俱赤，栏映波而不青。筑室何年，剩有前朝之记述；嵌岩如昔⑫，惊看故宅之飘零。若夫金雁晨翔⑬，玉鱼宵跃⑭，飞白题名⑮，书丹记爵⑯，泪欲堕而思羊⑰，德无惭而称郭⑱。访虾蟆之旧迹⑲，久蚀青芜；偃松柏之凉阴，谁标碧落⑳？别有粉剥仙坛㉑，尘昏佛座，壤础狐蹲，危檐鸽涴。寺无主而谁摹？塔有铭而早破，妄思荐福㉒，空存劫火之遗㉓；欲语韩陵㉔，只惜樵人之卧。碑文漶而难读㉕，碑版颓而尚留㉖。地图之所偶缺，书苑之所未收，但见藤缠废垒，磷走荒邱，威扬妖魅。石篆紫青，总不离乎秦汉，土花晕紫㉗，已几阅乎春秋。客有晴登屿嵝㉘，远访崆峒㉙，乍行歌于道上，或曳杖于山中。句爱青崖，四言可仿㉚；词题黄绢，八字偏工㉛，能不慨乎峨峨之赑屃㉜，而溯夫古人之风。

【注释】

①六代：指先后建都于建康（今南京）的吴、东晋、宋、齐、梁、陈。
②集古：搜集古物。
③鸟迹：《淮南子·说山训》："见鸟迹而知著书。"故以"鸟迹"喻书法。
④龟趺：刻作龟形的碑座。
⑤珉：似玉之石。刻珉，犹刻石也。
⑥兽碣：兽形之碣。《水经·泗水注》："有碑铭三所，兽碣具存。"
⑦鸿文：大作。
⑧磨崖：碑名。勒于浯溪崖石之"中兴颂碑"也。《墨池编》云："唐元结作中兴颂，颜真卿书，勒于浯溪崖石。"

— 172 —

古碑赋

⑨没字碑：没有镌刻文字的碑石。指泰山玉皇顶庙前无字的巨碑，传为秦始皇时立，宋赵鼎臣《游山录》云："摩挲始皇巨碑久之。碑高数丈，石莹然如玉而表里通洞无文字铭识，俗号没字碑。"

⑩梓泽：晋人石崇别墅金谷园的别称。《广志》："石崇别业名金谷园。崇尝宴客各赋诗，或不成者，罚酒三斗。亦名梓泽园。"

⑪兰亭：晋王羲之于永和九年三月三日，同谢安等四十一人会于会稽山阴之兰亭，修祓禊之礼。羲之作序，世称兰亭序。

⑫嵌岩：山洞。

⑬金雁：金铸的雁，帝王的陪葬物。《汉书·刘向传》："秦始皇帝葬于骊山之阿，下锢三泉，上崇山坟。其高五十余丈，周回五里有余。石椁为游馆，人膏为灯烛，水银为江海，黄金为凫雁。珍宝之藏，机械之变，棺椁之丽，宫馆之盛，不可胜原。又多杀宫人，生埋工匠计以万数。天下苦其役而反之，骊山之作未成，而周章百万之师至其下矣！项籍燔其宫室营宇，往昔咸见发掘……"

⑭玉鱼：《西京杂记》："昆明池刻玉石为鱼，每至雷雨，鱼常鸣吼，鬐尾俱动。"

⑮飞白：汉字书体的一种，笔画露白，似枯笔所写。赵明诚《金石录》："太宗幸晋祠，立碑制文，亲书于石，其额为飞白书。"

⑯书丹：以朱书于石上曰书丹。后称书墓铭之属曰书丹。

⑰思羊：《晋书·羊祜传》："襄阳百姓于岘山祜平生游憩之所，建碑立庙，岁时飨祭焉，望其碑者，莫不流涕，杜预因名为堕泪碑。"

⑱称郭：《后汉书·郭泰传》："郭泰卒，同志共刻石立碑，蔡邕为文。既而谓涿郡卢植曰：'吾为碑铭多矣！皆有惭德。唯郭有道无愧色耳！'"

⑲虾蟆：《尚书序》："蝌蚪文字。"我国古代的一种文字，以头粗尾细似蝌蚪而得名。《尔雅翼》："蝌蚪，蝦蟆子也。"

⑳碧落：绛州有碑，篆千余字。李阳冰爱之。其中有碧落二字，谓之碧落碑。

㉑仙坛：指唐颜真卿楷书碑文《有唐抚州南城县麻姑山仙坛记》。

㉒荐福：彭乘《墨客挥犀》："范仲淹守饶州，有书生上谒，自言饥寒。时盛称荐福碑值千钱。范为打千本，纸墨已具，一夕雷轰，语曰：'有客打碑来荐福，无人骑鹤上扬州。'"

㉓劫火：佛家语。《仁王经》："劫火洞然，大千俱坏。"

㉔韩陵：张鷟《朝野佥载》："梁庾信从南朝初至北方，文士多轻之。信

清人辞赋选释

将《枯树赋》以示之，于后无敢言者。时温子昇作《韩陵山寺碑》，信读而写其本。南人问信曰：'北方文字何如？'信曰：'惟有韩陵一片石堪共语。薛道衡、卢思道，少解把笔，自余驴鸣狗吠，聒耳而已！'"

㉕漶：不可分辨貌。

㉖碑版：碑志之属。

㉗土花：苔藓。

㉘岣嵝：衡山主峰，相传禹得金简玉书于此。

㉙崆峒：任昉《述异记》："崆峒山有尧碑禹碣，皆籀文。"

㉚四言：指张说《华岳碑》："巍巍太华，柱天直上，青崖白谷，仰见仙掌。"

㉛八字：指曹操于曹娥碑上所见的"黄绢幼妇外孙齑臼"八个字。

㉜赑屃：俗传龙生九子，其一曰赑屃，形似龟，好负重，今石碑下龟趺是也。

【今译】

几所野草芊绵的荒亭，夕阳的光照下，几处经历过六代豪华的馆舍；考究古人的遗物，撰写的碑文款识。石碑歪歪斜斜地，被尘土遮盖，字迹模糊。更有牧儿的敲击，摩挲中明显地感到了字迹的损毁。停船的过客，在石碑上棰榻，连碑座都损坏了！人们刻石，彰显前人的事迹，运笔为文；刻着兽形的碑碣矗立着，可望大作得以永垂！可是一旦剥蚀损毁，碑倾碣倒，还能有什么印迹呢？时光流逝，藓苔侵蚀，还哪里去寻访那刻在山崖上的旧迹？何况还有无情风雨，迟早也会变成无字的碑石。从联诗想到石崇的梓泽；从写序想到羲之的兰亭，如今都因为岁月流逝而不复往日的风光了，就像这笔迹被损毁了的古碑，铭文被尘封了的碣石。岩石被火烧红，栏槛映水难看。是什么时候修筑的居室，还留有前朝的记述，岩穴依旧，故居破败，却令人惊诧！至若早晨有金铸的凫雁在翔飞；夜晚有玉鱼在腾跃；用飞白体题写名字；用丹书记录官爵；见碑堕泪，想起羊祜；行无惭德，只有郭泰。寻觅长时间为藓苔所遮蚀的蝌蚪文字，青松覆盖，飒飒生凉，又是谁慧眼独识碧落碑的文字？还有麻姑山的仙坛恐已金粉剥落，佛座已经积满了灰尘。狐鼠盘踞在废址，野鸽污染着高檐。寺庙无主，谁还来摹写这些碑文，塔有铭文，也早已残缺不全了！还在遐想荐福碑的故实，如今却只剩下劫后的余灰；欲与韩陵碑共语，却又被山樵扫了兴致！碑文漶漫难辨，可碑石虽破还留在那儿，地图上偶有缺失，而书苑又没有收集，只见枯藤缠绕在荒弃的土地，鬼火在

— 174 —

古碑赋

乱坟中飞舞。灵怪借以张扬气焰；耕牛用以磨砺双角，石上的篆文，颜色青虚虚的，大抵是秦汉时所为。苔藓浸润着紫色，谁知道它阅历了多少春秋！有人登上衡山主峰，还有人远访崆峒，拖着竹杖，在山道上行歌。爱"青崖白谷，仰见仙掌"的四言诗句，和那"黄绢幼妇外孙齑臼"八个字的惊人魅力！怎能不对着威严的碑座生发感慨，而追怀古人的风范呢！

清人辞赋选释

前秋虫赋

杨 荣

月白一窗，灯青半壁。山寺沉钟，江楼歇笛，兀坐幽寥，万缘冥寂。何吟虫之惨凄，感余怀而悲戚。唧唧啾啾，露碎烟流。回千里梦，起万古愁。始焉切切私语，其细已甚，若嫠妇酸呻①，更阑未寝。既乃众响激扬，声震屋瓦。乍若穷途痛器，泪下如泻。有时叱咤嗟呀，脱叶惊斜；又若白头戍卒，日落吹笳。有时或疾或徐，忽悲忽壮；又若白杨萧萧，秋坟鬼唱。加以檐竹鸣雨，井梧送凉，雁惊残角，乌啼早霜。极喧嘈之盈耳，弥辗转于中肠。况复孤馆宵寒②，空庭人杳；秦筝罢弹③，赵瑟已渺④。形烟邑而无色⑤，心怆恍而易恼⑥。于是仆本恨人，愀然愁积。匪浊酒之可消，岂艳歌之能释⑦。剪残炬而哀吟，触离情于畴昔。谁慰我之幽忧，思佳客以永夕⑧。

【注释】

①切切私语：同"窃窃私语"。 嫠妇：寡妇。
②孤馆：孤寂的客舍。
③秦筝：古秦地的一种弦乐器，似瑟，传为秦将蒙恬所造。
④赵瑟：这种乐器战国时流行于赵，故称。
⑤烟邑：枯萎。《楚辞·九辩》："叶烟邑而无色兮，枝烦挐而交横。"
⑥怆恍：失意的样子。
⑦艳歌：艳情诗歌。
⑧佳客：嘉宾。

【今译】

窗外月光如水，室内孤灯如豆。山寺的钟声早就停歇，江楼上的横笛也没有了声息。独坐无聊，好像是在无边的昏暗和寂寞里一样。是什么虫儿叫得这般凄惶？它引发了我的伤感和悲戚！唧唧啾啾，这鸣声在此零露潜滋，烟雾轻移的时候，使得我好梦难成，勾起了我无边的愁绪。那鸣声开始时就像悄悄话，既轻且弱，就像寡妇酸心的嗟伤，更深不寐。一会儿工夫，鸣叫

前秋虫赋

的虫儿多起来,甚至连屋宇都被震动了!有时像穷途的悲哭,泪流如泻;有时又嗟讶兴叹,落叶惊飞。如同白头老兵,在黄昏时吹起悲笳,或疾或徐,一会儿呜咽悲伤,一会儿又悲壮激昂。又如白杨萧萧,伴着秋坟鬼唱。更兼檐竹摇曳,如秋雨声声;井梧飘萧,陡增凉意。归雁闻角声而心惊;栖乌感飞霜而夜起。喧嘈之声,使人辗转反侧,难于入睡。何况孤寂的客舍衾枕生寒,空庭阒寂呢!秦筝赵瑟早就停息了,一切是那样枯寂,我的心由于失意而烦恼不已!我本来就多愁善感,一旦愁烦起来,不是几杯浊酒就可消弭得了的,也不是几段艳歌俚曲所能化解。剪掉烛花,在这漫长的夜里,触动往昔之离情,想起平生挚友,越发地难于入睡了。

后秋虫赋

杨 榮

　　客曰："天之赋物也，近春者乐，近秋者哀，吾子中宵惆怅，独处徘徊，猝聆蛩语，忧从中来，亦曾念羁人思妇，当之而意夺心摧乎？故感秋一致，事有万绪，借如陇阴迁谪①，夜郎放弃②，越乡关兮万里，断亲朋之一字。此时水驿停舟，山邮歇骑，愁云积林，冷月在地。答嘶马而增悲，逐啼猿而进泪，复有掖庭秋早③，永巷夜深④；盼羊车而杳杳⑤，闭鸾禁以沉沉⑥，此时玉宇如洗，金罍罢斟⑦，神伤永漏⑧，梦怯孤衾，咽咽续长门之赋⑨，乌乌和团扇之吟⑩。若乃负羽穷边，屯军古迹，初征马邑之兵⑪，远赴龙堆之役⑫。此时危旌风翻，败垒烟积。九塞沙黄⑬，三城草白⑭。啁啾生氋帐之寒⑮，昏黑泣战场之魄。又若东吴信妇，南鄢义妻⑯，怜半空之断雁，畏中夜之荒鸡⑰。此时星斗影没，砧杵韵凄，流黄停织⑱，尺素慵题⑲，触长悲于塞北，惊短梦于辽西⑳。别有烈士暮年，青蛾老去㉑，怨溢浦之茶商㉒，攀金城之柳树㉓，抚髀肉兮已消㉔，慨婵娟兮久误。亦复感物兴怀，含酸欲诉，是皆境值艰辛，身为孤孽㉕，饮恨声吞，惊呼中热㉖。宜乎感四壁之哀吟，刺寸心而凄咽。今吾与子栖迟衡门㉗，徜徉茅屋，时何怨乎三秋㉘，悲何盈乎百斛？红颜兮易老，白日兮太速㉙。且秉烛以嬉游㉚，奚暇为微虫而蹙蹙！"客言未终，瞿然改容㉛："听子德音，吾知所从，哀而不伤，请赓国风之草虫㉜。"

【注释】

①陇阴：即陇西，今甘肃一带。江淹《恨赋》云："迁客海上，流戍陇阴。"
②夜郎：在今贵州省西北，及云南、四川两省的部分地区。
③掖庭：宫中旁舍，嫔妃居住的地方。
④永巷：宫中的长巷。
⑤羊车：宫中用羊牵引的小车。《晋书·后妃传》："晋武帝常乘羊车，恣其所之。"后常以羊车降临喻宫人得宠。
⑥鸾禁：犹宫禁。

⑦金罍：饰金的大型酒器。

⑧永漏：漫长的时间，此指长夜。

⑨长门：汉宫名。汉司马相如《长门赋》序："孝武皇帝陈皇后时得幸，颇妒，别在长门宫，愁闷悲思。闻蜀郡成都司马相如天下工为文，奉黄金百斤，为相如、文君取酒，因于解悲愁之辞。而相如为文以悟主上，陈皇后复得亲幸。"后以长门借指失宠女子居住的冷清宫院。

⑩团扇：指汉班婕妤所作《怨歌行》，因诗中有"新裂齐纨素，鲜洁如霜雪。裁为合欢扇，团团似明月"等诗句，故名。钟嵘《诗品》谓："团扇短章，词旨清捷，怨深文绮。"

⑪马邑：地名。在今山西省境内，桑干河北岸。

⑫龙堆：即白龙堆，为古西域沙丘名。

⑬九塞：古代的九要塞。《淮南子·地形训》："何谓九塞？曰太汾、渑阨、荆阮、方城、殽阪、井陉、令疵、句注、居庸。"

⑭三城：三城邑。《战国策·秦策》："三国且去，吾以三城从之。"杜甫《西山诗》："辛苦三城戍，长防万里秋。"

⑮毳帐：游牧民族所居的毡帐。

⑯"信妇……义妻"句：旧称节义之妇。王勃《采莲赋》："南鄢义妻，东吴信妇，结褵整佩，承筐奉帚。"

⑰荒鸡：指三更前啼叫的鸡，旧以其鸣为恶声，主不祥。

⑱流黄：褐黄色的物品，特指绢。

⑲尺素：指书信。

⑳辽西：指辽河以西地区，在今辽宁省西部。

㉑青蛾：青黛画的眉毛，借指少女、美人。

㉒溢浦：即溢水。茶商：白居易《琵琶行》："商人重利轻别离，前月浮梁买茶去。"

㉓金城：京城，指长安。

㉔髀肉：大腿上的赘肉，亦为"髀肉复生"的缩写。是自叹壮志未酬、虚度光阴之辞。

㉕孤孽：孤臣孽子的缩写。指不容于当政者但又心怀忠诚的人。

㉖惊呼中热：杜甫《赠卫八处士》："访旧半为鬼，惊呼热中肠。"

㉗衡门：简陋的房舍。

㉘三秋：指秋季的第三个月。

㉙白日速：指光阴流逝。杜甫《乾元中寓居同谷县作歌七首》："仰视皇

天白日迟。"

㉚秉烛：指持烛夜游。李白《春夜宴从弟桃花园序》："古人秉烛夜游，良有以也。"

㉛矍然：惊视貌。

㉜草虫：指《诗·唐风·蟋蟀》。

【今译】

我的朋友说："造化之生育万物，大抵是逢春则生机勃发，到秋就萧条肃杀，生意索然了。你一个人在深夜里徘徊惆怅，忽然听见秋虫的鸣声，不禁忧从中来。你可能是想起那些漂泊在外的旅人，深宵不寐的思妇了！他们听闻此秋虫的鸣声，意为所乱，心为所伤。所谓遇秋生感，是人人都有的心情，但千头万绪，愁思的内容可不尽相同。

可怜那流戍陇阴的人，那长流夜郎的人，离开家乡万里，得不到亲人的片言只语。此时，在驿站停下舟船，歇下坐骑。长林间积满了愁惨的烟雾，大地上是一片清冷的月光。对着那嘶鸣的马儿，生发出无限悲伤，听着那空谷的猿啼，落下思乡之泪。

再有那秋到宫廷，到了那长夜漫漫的永巷，嫔妃们盼着临幸的羊车却杳无踪影。只有宫禁深深，月光如洗。停下手里的酒杯，在长长无尽的漏声中伤心欲绝，连在衾枕上寻梦的勇气都没有了。只好哽咽着续写那悲怨伤情的长门之赋，和吟着班婕妤的怨歌了。

至若背负羽箭，戍守边疆，驻军古垒的人；征调到西域龙堆去的马邑士兵。劲风卷动着旌旗，乱烟郁积在旧垒，边城绝塞，白草黄沙，唧啾的虫声，越发增添了毡帐的凄寒，好像战场上的英灵在昏夜中哭泣。

又好像古代的节义女子，哀怜长空中失群的孤雁，怕听闻那非时而鸣的荒鸡。疏星渐隐，一声声砧杵显得孤寂又凄凉，停下织绢的机杼，可连封信儿也懒得去写！

塞北、辽西，频惊幽梦，使人生悲！

更有那垂老的烈士，迟暮的美人；怨那溢浦的茶商，攀折京城的柳枝，重利寡情，轻言离别！在倥偬的戎马生涯中髀肉已消，为此也耽误了闺中待守的思妇！感物伤怀，这些都是遭遇了境遇的艰辛！身为孤臣孽子，即便有满腹酸辛，也只能咽恨吞声，惊呼时中肠如沸了！这应该就是有感于四壁虫吟，刺痛内心而呜咽伤心的原因吧！

而今，我和你漂泊失意，在这简陋的房舍里徘徊，不用埋怨这时序，也

— 180 —

后秋虫赋

用不着存储下无尽的闲愁,青春易老,且点燃起烛火,尽情去游乐吧!为什么要为这小虫子而不快呢?"

我朋友的话还没说完,我惊愕地看着他说:"听你这番良言,我知道该怎么办了,悲伤但不要过分!让我来和写一篇关于秋虫的篇章吧!"

清人辞赋选释

寒雁赋

汪元爵

　　时也风凄渚荻，露湿湄葭①。垒辞旅燕，树噪归鸦。送寒声兮极浦②，落雁阵兮平沙。霜清九月之天，凉生木叶；秋冷半江之影，梦压芦花。方其衡阳日暮③，湘浦烟暝④，海关信杳，楚岸程经⑤。恼秋容之惨淡，撩别绪之忪惺⑥。小阵惊回，乌桕丹枫之岸⑦，残声递彻，白蘋红蓼之汀⑧。苍茫万里⑨，历乱千行⑩。塞云压黑，江月凝黄，风沙摵摵⑪，烟草荒荒⑫。遥山远水，旧雨新霜，蛩寒蝶瘦之辰⑬，几多萧瑟；鹤唳鹃啼之夕，如许凄凉。则有楚国骚人⑭，梁园赋客⑮，江草愁工⑯，陇云恨积。秋风四壁，蜡泪摇红，寒月一声，鬓丝妒白。搅三更之断梦，纸阁芦帘；凄十里之孤砧，荒烟断碛⑰。至若千里从军，三年薄宦⑱，雪里征衫，云封曲栈⑲，枯匏一叶⑳，身轻塞上之鸿；系帛千丝㉑，目断云中之雁。算间关之去去㉒，乡国程遥；怅飘泊以年年，江湖岁晏㉓。又若玉关远徙，金屋幽居，兰釭炧后㉔，竹簟凉初。枕畔听残，掩沉沉之鸾镜㉕；楼头望断，愁渺渺兮鱼书㉖。畴将锦字传情㉗，空闺恨减；莫信金钱浪卜㉘，绝塞音疏。况复怀人灞上㉙，送客城隈㉚，停云赠句㉛，落月流杯。和鹤琴而韵苦，戞鸳柱而声哀。两字加餐，稻粱情熟㉜；一番望远，云水归来㉝。寄别恨于天南，莼江秋老㉞，诉离情于蓟北㉟，榆岭春回㊱。

【注释】

①湄：岸边，水与草相接的地方。
②极浦：远浦。
③衡阳：地名，在今湖南省。
④湘浦：湘水之滨。
⑤"楚岸程经"句：指雁飞过的途程。
⑥忪惺：苏醒。
⑦乌桕：植物名。乌喜食其籽，因以名之。
⑧红蓼：红色的蓼草，多生水边。
⑨苍茫：旷远迷茫的样子。

— 182 —

⑩历乱：纷乱，参差貌。
⑪搣搣：形容风声。
⑫荒荒：暗淡的样子。
⑬螿：蝉类昆虫。
⑭楚国骚人：指屈原。
⑮梁园：即梁苑。西汉梁孝王营筑的东苑，又称兔园。
⑯工：饰也。
⑰碛：沙漠。
⑱薄宦：谓仕宦不通显。
⑲曲栈：曲折的栈道。
⑳匏：葫芦的一种，即瓠。
㉑系帛：《汉书·苏武传》："教使者谓单于言，天子射上林中，得雁，足有系帛书，言武等在某大泽中。"
㉒间关：崎岖辗转，状道途之艰险。
㉓岁晏：岁暮。
㉔兰釭：用兰膏所燃之灯。 灺：指烛火熄灭。
㉕鸾镜：鸾鸟雌雄相守，离则悲鸣。如使其睹镜中之影，其悲尤哀，后用以喻人之失偶者。
㉖鱼书：信札。
㉗畴：同"筹"，筹划。 锦字：指锦字书。前秦窦滔妻苏氏，字若兰，善属文。滔被徙流沙，苏氏思之，织锦为回文旋图诗以赠。后多用指妻子给丈夫的表达思念之情的书信。
㉘金钱卜：旧时以钱币占卜吉凶祸福的方法。
㉙灞上：水名。
㉚城隈：城角。
㉛停云赠句：指陶潜思念亲友之诗。
㉜稻粱：谷物的总称。
㉝云水：云和水。黄滔《雁》："洞庭云水潇湘雨。"
㉞莼：水菜，一名锦带，又名马蹄草，生水中。
㉟蓟北：战国时燕地，在今河北省一带。
㊱榆岭：当指榆林塞。《辽史·太祖纪》："六月辛巳至榆岭。"

清人辞赋选释

【今译】

　　凄劲的西风吹着洲渚上的芦苇；银白的秋露打湿了水边的蒹葭；燕子辞别旧巢飞走；丛林里喧噪着晚归的乌鸦。遥远的江浦那边，归雁歇脚降落在无垠的平沙之上，远远地传来它们的鸣声。暮秋九月，正是飞霜天气，木叶萧萧，频生凉意。江水里涵映着衰飒的秋景，雁儿正在芦花丛中做着它们的归乡之梦吧！

　　衡阳大地已经日暮黄昏，湘水岸边也已晚烟冥冥，没有海关方面的音信，却看见归雁沿着楚江飞行。秋天的风光惨淡让人着恼，特别是它还撩拨起人们的别恨离愁。

　　在长满乌桕、丹枫的岸边，有小股雁群飞过，它们飞过长满白蘋、红蓼的沙洲，远远的鸣叫声还清晰可辨。

　　旷远迷茫的旅程，迤逦参差的行旅。见过多少黑重如山的塞云、惨淡凝黄的江月，风声肃肃，木叶飘萧，远山远水，一场凉雨，一场新霜。秋虫鸣叫，彩蝶潜踪的日子；长空鹤唳，子规啼血的夜分，多少萧瑟，多少凄凉！

　　想起那楚国的骚人、梁国的文士，那愁苦织成了无边无际的江草，堆就了黑沉凝重的陇云。风生四壁，蜡泪摇红，雁过长天，月映白发。风儿摇撼着纸糊的窗棂，苇编的帘子，搅醒了深宵的梦。还有那暗淡的晚烟，无尽的沙漠，以及远处凄凉的砧杵之声。

　　更有那些远戍边关的人，那些宦海漂泊的人，他们在风雪中裹紧着征衫，在宛曲的云气缭绕的栈道上艰难地行进。苦啊！苦得就像葫芦的苦叶子；东飘西荡就好像长空中奔波不停的旅雁。崎岖辗转，家乡是那么遥远，在漂泊中，年复一年。

　　远徙边关的人去后，留下一个人金屋索居，烟灯熄后，衾枕生凉。放下鸾镜，怕看自己孤单的形影；凭栏伫望，盼不来渺渺鱼书，想写封信，减少些自己相思的苦恨；一遍遍用金钱占卜良人的归期，还是杳无音信。

　　何况在灞上思念远人，城隅送别，在别宴上擎着杯，看霭霭停云，纤纤落月，骊歌凄苦，琴韵怅然，一弦一柱，引人生哀，但愿努力加餐，保重身体。每一次望远，都期盼你能与云水一同归来！

　　把离愁别恨寄到天南，家乡的江蓠想已到了秋老的时候；我在蓟北向你表述思念之情，盼望着榆岭的春天早日回来。

每看儿戏忆青春赋

黄金台

历历春秋①,光阴若流。爱渠黄口②,叹我白头。伤今日之龙钟③,睹髫龄而可悦④。想曩时之鹘突⑤,抚岁月兮难留。所以作骄儿之诗者有李⑥,而传赠儿之什者惟刘⑦。尔其两鬓萧疏⑧,余生偃仰⑨,龙头则往昔曾称⑩;马齿则今番屡长⑪。辛盘共献⑫,会列耆英⑬。亥字观书⑭,福尊乡党⑮。所愧飞黄力倦⑯,只可扶鸠⑰;何期惨绿年轻⑱,又看舞象⑲。则见夫儿之戏也;垂髫任性⑳,总角怡情㉑。相优相狎,谁弟谁兄?喝道画堂㉒,竞联队伍;排衙朱阁㉓,俨作公卿㉔。傍篱而窥雀舞;伏砌而听蛩鸣㉕。骑竹马而争趋,憨容可掬;放纸鸢而直上㉖,巧样初成。因回忆夫青春时也,亦尝蜡凤寻欢㉗,跳狮作戏;红绢裁旗,碧笺涂字㉘。胸挂镜兮晶莹,耳悬珠兮明媚㉙。匿窗则往往曲肩㉚,遮路则时时联臂。犹记指云出岫㉛,绮岁多顽;曾经呼月为盘,髫年无忌。夫何白发萧条,苍颜蹭蹬㉜。藏钩斗草㉝,早觉忘怀;摘果攀花,凭谁持赠。乃祝哽祝噎㉞,方自叹夫暮年;而佩觿佩韘㉟,更群饶夫逸兴。谅后辈亦如前辈,几队同行;知今吾犹是故吾,一身独剩。此近耄期㊱,彼欣幼稚。捉柳花而逞娇,感桑榆而下泪㊲。年几何矣,童心一任闲游;老将至焉,龇齿不堪重志㊳。休道寿逾周甲㊴,事阅万千;还欣老尚添丁㊵,儿成一二。盖惟弱龄无碍嬉游,少日不妨轻佻㊶。或临池而招鱼,或升树而觅鸟。剧蛟窠而填蜂穴㊷,四处匆忙;破蛛网而坏蝶衣㊸,一群围绕。尔真跻跻㊹,方恣意于优闲;我已茫茫㊺,偏系情于幼小。然而童蒙宜养㊻,玩戏休贪。杨宝救雀之年㊼,仁慈早著;褚陶吟鸥之岁㊽,文史俱谙。少即称师,曾闻荀爽㊾;童能号圣,亦有张堪㊿。漫云若辈何知,后日亦成老子;莫谓先生高兴,幼时亦属痴男。

【注释】

①历历:清晰。春秋:光阴;岁月。
②黄口:指幼儿。
③龙钟:衰老,行动不便。

④髫龄：幼年。

⑤曩时：往日，以前。鹘突：不明事理。

⑥李：指唐代诗人李商隐。

⑦刘：指唐代诗人刘长卿。

⑧萧疏：稀疏，稀少。张可久《折桂令·读史有感》云："白发萧疏，青灯寂寞。"

⑨偃仰：生活安适。

⑩龙头：杰出人物的首领。

⑪马齿：马齿随年而增，故以马齿喻人的年龄。

⑫辛盘：旧俗农历正月初一，用葱韭等五种味道辛辣的菜蔬，置盘中供食，取迎新之意。

⑬耆英：年高德硕者。

⑭亥字：谓文字因形似致讹也。《孔子家语》："卜商……尝返卫，见读史志者，云：晋师伐秦，三豕渡河。子夏曰：'非也，己亥耳！'读史志者问诸晋史，果曰己亥。"

⑮乡党：同乡，乡亲。

⑯飞黄：传说中神马名，又名乘黄。

⑰扶鸠：《续汉礼仪志》："仲秋之月，县道皆案户比民，年始七十者，授之以玉杖，铺之糜粥。八十九十礼有加，赐玉杖，长九尺，端以鸠为饰。鸠者不噎之鸟也。欲老人不噎，所以爱民也。"

⑱惨绿：浅绿色。惨绿年轻：指风华正茂的青年时期。

⑲舞象：学象舞。《礼记·内则》："十有三年，学乐，诵诗，舞勺；成童，舞象。"

⑳垂髫：古时儿童不束发，头发下垂，故称儿童或童年为垂髫。

㉑总角：古时儿童束发为两结，向上分开，形状如角，故称总角。

㉒喝道：封建时代官员出行，衙役在前边吆喝开路，令行人回避，谓之喝道。

㉓排衙：旧时主官升座，衙署陈设仪仗，僚属依次参谒，分立两旁，谓之排衙。

㉔公卿：泛指高官。

㉕蛩：蟋蟀。

㉖纸鸢：风筝。

㉗蜡凤：用蜡烛油捏成的凤凰。

㉘碧笺：精美的笺纸。唐代诗人路德延《小儿诗》云："旗小裁红绢，书幽截碧笺。"

㉙"耳悬珠"句：见《小儿诗》："锡镜与胸挂，银珠对耳悬。"

㉚匿窗：钻窗藏躲。此指捉迷藏之类的游戏。《小儿诗》云："匿窗眉乍曲，遮路臂相连。"

㉛岫：峰峦。陶潜《归去来兮辞》云："云无心以出岫，鸟倦飞而知还。"

㉜苍颜：容颜苍老。　蹭蹬：困顿，失意。

㉝藏钩：汉昭帝母钩弋夫人少时拳手，武帝展其手，得一钩，后人乃作藏钩之戏。　斗草：古代游戏。竞采花草，比赛多寡优劣，常于端午行之。

㉞"祝哽祝噎"句：指古代养老之礼。老人进食不畅，故置人于前后祝之，使不哽噎。

㉟韘觿：骨制的扳指和锥子，此指佩在身上的饰物。

㊱耄期：暮年，衰老之年。

㊲桑榆：比喻晚年，垂老之年。

㊳龀齿：小儿换牙，此指幼儿。

㊴周甲：干支六十次循环为一甲子，此指六十年。

㊵添丁：生子。

㊶轻佻：不稳重。

㊷劂：挖掘。

㊸蝶衣：蝶翅。

㊹骄骄：骄纵貌。

㊺茫茫：老眼昏花，模糊不清。

㊻童蒙：知识未开的儿童。　养：涵养。

㊼杨宝：后汉人。九岁时，见一黄雀为鸱鸮所伤，宝取归置箱中，饲黄花百余日，毛羽成，乃放飞去。

㊽褚陶：晋人。聪颖好学，年十三，作鸥鸟、水碓二赋，见者奇之。

㊾荀爽：后汉人，年十二，通《春秋》《论语》。

㊿张堪：后汉人，少时被誉为圣童。

【今译】

清清楚楚的日子，像流水一般地流过去了。爱怜那些孩子，是感叹自己老了吗？老态龙钟，行动不便，固然让人伤感，可看着那些孩子，依然抑制不住喜悦的心情。想起从前的不明事理，抚念光阴飞逝而又留它不住，所以

清人辞赋选释

李商隐和刘长卿,才有写给儿辈的诗流传下来。

至如鬓发虽然稀疏,余生却也悠然闲适。若说杰出,从前却也称得上;若论年龄,倒真是马齿频增,空度岁月。每年都和一些老人聚在一起,用辛盘迎春。虽说眼神不好,常常读错了字,可在乡里还是受到尊敬。惭愧呀,我已经消失了神马飞黄的力量,只能拄着拐杖,不承想又和年轻人一起,观看儿童的象舞了!

我看见孩子们的游戏,他们垂着短发,梳着发髻,尽情地由着性儿玩乐,互相戏谑,还哪里分得清谁是哥哥,谁是弟弟!他们在堂屋里装扮官员出行,竟然有仪仗在前导引;他们在阁子上排衙,依次参见,简直就成了公卿大夫。他们在竹篱旁,偷偷地窥看鸟雀;他们伏身在阶砌上,聆听蟋蟀的叫声;他们胯下拖着竹竿,争先奔跑;他们做成乖巧的样式,把风筝送上天空。他们那傻乎乎的样子是那样的率真!

因此,我想起自己的少年时光,也曾经把烛泪捏成凤凰,跳狮子舞游戏;把红绢裁成小旗,往精美的碧笺上乱画!胸前挂着小镜,耳朵上挂着珠饰。缩肩曲背钻窗户,牵着手臂遮路径。还记得指着远山飞出的白云,把天空的明月比作盘子。少年人多顽皮,小孩子更是百无禁忌!

为什么白发飘萧,老而失意!藏钩斗草的游戏,早就忘了,折花摘果,又有谁去互相持赠?进食不畅,须人前后祝喧,正慨叹于自己到了暮年;可是佩戴上扳指、骨锥这类小饰物,又唤起我繁多的兴致,想来这后辈也和前辈一样,成群结队地嬉戏着,就那么走过来了!我也知道:现今的我便是从前的我,剩下这一副衰老的身躯。我已到了衰老之年,他们却正是幼稚无忧的时候,捕捉着飞舞的柳絮,显示他们的娇憨;我却有感于暮年而落下眼泪。多大年纪了,还一任童心飞越!老就要来临了,童年时的事已经不堪想起。不要说寿过花甲,世事经历了万千,还喜老年添丁进口,孩子们也有一两个长成立事了!

只有幼年时嬉游无拘无束,少年时便有些轻佻也不妨事,或是到水池里捉鱼,或是爬树捕鸟,挖掘蚂蚁洞,填塞蜜蜂窝,弄坏蜘蛛网,折下蝴蝶翅膀,一群围聚,四处忙活。他们骄纵着,正在随心所欲地悠闲嬉闹;我已是老眼昏花,什么都看不太清了!可我偏偏牵挂那些孩子!

应该培植孩子们的涵养,玩耍戏谑不要太贪恋!杨宝救黄雀,仁慈之心见于少年;褚陶吟鸥,文史知识俱娴熟于胸。荀爽少年堪为人师;张堪幼时人称圣童。不要说他们年幼无知,总有一天也会成为老子;莫说我兴致高雅,小时候也是一个傻小子呢!

寒蝶赋

甘 煦

偎烟趁暖,怯雨栖丛。乍合乍离之际,如醒如醉之中。眷芳草兮褪碧,惜落花兮流经红。颤轻须而黯黯,支弱魄以匆匆。讶飞蝶之何自,怜御寒之莫同。犹忆云蒸画槛,日煦雕栏。一生花活,三月春残,繁相逢兮栩栩①,翩其来兮珊珊②。六铢舞袖寨风软③,一扇香罗扑雪团④。亦复翠柳长亭,芳兰小圃,搴箔初迎⑤,隔墙竞赴。方展翅兮蹁跹⑥,忽翻身兮眷顾⑦。杏苑低迷舞燕天⑧,蘅塘缓逐听莺路⑨。胡乃关河岁晚⑩,风露宵零,花飘芦白,叶落枫青,魂销野径,秋冷闲庭。芳踪垂寂寞,瘦骨剩伶俜⑪。鹤唳凄同警,蛩啼恼独听⑫。欲驻还徐,将翔复侧,态袅袅兮难胜⑬,意恹恹兮若即⑭。仙人之衣袂牵愁⑮,帝子之画图减饰⑯。金谷繁华阅儿时⑰,可怜粉黛无颜色⑱。香迷画里,梦断天涯⑲,曲坞霜冷,空阶月斜。订花宫之素约,盼故苑之芳华⑳。伫红回兮庭幕,认绿满兮窗纱,舞东风兮依旧,渺春思兮谁家。

【注释】

①栩栩:徐徐,微动貌。

②珊珊:缓缓移动貌。

③六铢:佛经称忉利天衣重六铢,谓其轻而薄,借指妇女所着的轻薄的纱衣。

④香罗:绫罗的美称。

⑤搴箔:掀开帘子。

⑥蹁跹:旋转的舞姿。

⑦眷顾:垂爱,关注。

⑧杏苑:即杏园,为唐代进士及第赐宴之所。

⑨蘅塘:长着香草的水塘。

⑩关河:关山河川。

⑪伶俜:孤单貌。

⑫蛩:蟋蟀。

⑬袅袅：轻盈纤美貌。
⑭恹恹：精神萎靡貌。
⑮仙人衣袂：罗浮山有蝴蝶洞，古木丛生，四时出彩蝶，世传为葛仙翁遗衣所化。
⑯帝子画图：滕王元婴工画蛱蝶。
⑰金谷：指晋人石崇修筑的金谷园。
⑱粉黛：指美女。
⑲花官：仙界。
⑳故苑：旧苑。

【今译】

　　在晴暖的日子，蝴蝶儿在烟霭中飞来飞去，进进出出。阴雨天气，它们就栖止在茂密的花草丛中。刚要合上翅膀落下，却又忽然飞起；好像是在一种如醉如痴的状态之中。芳草已经褪去了鲜艳的绿意，它们还留恋着不肯飞去；花儿已经褪尽了残红，它们还在惋惜。它们颤动着纤细的须子，显得黯然销魂。勉强地支撑着纤弱的身躯，匆匆来去。这蝴蝶儿是从哪儿来的，可怜它们没有一点儿御寒的办法。

　　回想暑热之时，画槛旁散发着热气，烈日照着雕花的栏杆，它的一生恋着阳春三月，活跃在鲜花丛中。乍见它的时候，它轻轻地飞舞着，缓缓地移动着，像美人在暖风中穿着薄薄的纱衣，轻轻地挥动罗扇，捕捉白色的蝴蝶。也有的在长亭的绿柳之下，花圃里盛开着兰花。掀开竹帘，便见它们迎面而来，连墙垣也挡它不住。它们展翅起舞，返身回首，表示出无限的垂爱和关注。杏花园里，燕子穿梭般地飞来飞去，长着香草的水塘，它们缓缓地在听莺啼鸣的路上追逐。

　　谁知转瞬之间就岁之将暮了，夜里寒风冷露突降，芦荻飞着白色的芦花。枫叶落了，只剩下青青的树干。蝴蝶儿无精打采地在村野的路上，在秋冷霜寒的庭院，显得怎般寂寞，给人一种形销骨立之感。凄楚的仙鹤唳声，引起它们的惊惧；蟋蟀的鸣声，偏偏又叫个不停。想要停下来，又慢慢地飞起；想要飞起，又侧着膀儿落下。它轻盈的体态像力有不胜，精神委顿还留恋着不肯飞去。仙子的长袖翩翩牵动着愁思；帝子的《蛱蝶图》也失去了光泽。华美的金谷园，能有几日风光？可惜美人也愁容惨戚了！画里好像还留有余香，可是魂梦儿已经飞往遥远的天涯。村坞落了秋霜，阶前残月将落，约定仙界再会吧。盼着昔时园囿中茂美的春花，伫望着红花，在庭院中再次绽开，识取那满窗的绿荫，还在骀荡的春风中起舞。是谁在寄托这杳渺的春思呢？

落花赋

吴振棫

芳事成尘①，流光激电。寂寞兮大堤，飘萧兮深院。迷绮缬于铜铺②，散琼蕤于绣甸③。镜写影而霞消④，麝遗芬而露溅⑤。美人绝代，吊坠粉于危楼；寒食今年，系新愁于娇燕。尔其云母开屏⑥，郁金构屋⑦。屈戌重重⑧，阑干六六⑨。春泥如油，春尘似曲。绿依上阶之苔，翠依连畦之竹。妙有千名，艳非一族。既而颤雨香寒，飘云蹙锦。断赤珊兮万重，碎红珠兮十斛。偏逢送客之时，易惹伤春之目。冒游丝以低飐，蛮尾频捎⑩；糁砥道而平铺⑪，马蹄轻蹴。于是桥斜絮落，岸暖萍齐。桐被轻阴而晻霭⑫，莲浮新叶而东西。惜良辰之晼晚⑬，极烟景之暄萋⑭。社南社北，前溪后溪，彩幡空设，玉洞全迷⑮。申僮约以分明⑯，休教扫径；证禅心于解脱⑰，也怕沾泥。芳菲菲兮路曲⑱，人悄悄兮昼长。无端流水，何处斜阳。时黏帽屋⑲，忽打琴床⑳。缀檐牙而不定㉑，卷帘额而犹飐㉒。金谷园空㉓，已了千场之醉；玉楼人去㉔，还留半面之妆㉕。赋荡子之飘零㉖，几回别恨；叹仙根之堕落㉗，一曲山香㉘。方其敷紫艳，发红荣，千丛竞选，四照偏明㉙，争不嚼怜蕊嫩㉚，折喜枝横。槛以移春为号㉛，径以采香得名㉜。而乃看残细马㉝，唱尽流莺。指戏蝶于平芜，孤红犹恋；剩栖蝉之高树，一碧无情。难驻韶颜，算天上神仙之劫；最牵愁绪，是夜来风雨之声。则有褰裳琼墼，步屐瑶园。箫暖卖饧之市㉞，帘低贳酒之村㉟。惜落英之未已，揽宿艳之初繁。盈盈有泪㊱，脉脉无言㊲。遽歇秾华，大有虞兮之恨㊳；只留香土㊴，欲招楚些之魂㊵。记此地重来，杜牧则寻春较晚㊶；劝空枝休折，秋娘则度曲新翻。况块独兮长门㊷，又凄清兮绮户。散逐珠埃，揉残锦缕。如调面泽，应传靧雪之方㊸；欲斗腰身，巧作回风之舞。尊前则寄怨蘼芜㊹，帘外则言愁鹦鹉。年年芳恨，争看紫玉成烟；处处微吟，剩得绿荫如雨。若夫粉态全消，宝薰尚酽㊻，任茵溷以何心㊼，谢铅华而若厌㊽。结邀头之会㊾，后约迢迢，倾婪尾之卮㊿，残春滟滟㉛。绝似吹将玉笛，五月生愁；即使护以金铃，十分已欠。此所以观空者悟人间色相之非㉜，而揽胜者赏水面文章之艳也。

【注释】

① 芳事：犹花事，即关于花的情事。
② 绮缬：五彩缤纷。　　铜铺：铜饰的铺首。
③ 琼蕤：玉花。比指像玉一般的花。
④ 写影：投下影子。
⑤ 遗芬：余香。
⑥ 云母：矿石母，有多种彩色，可用作饰物。
⑦ 郁金屋：女子芳香高雅的居室。
⑧ 屈戌：门窗、屏风的环纽、搭扣。
⑨ 六六：概数。宋人杨万里《雨霁看东园桃李行溪上进退格》："行穿六六三三径，来往红红白白间。"
⑩ 蚕尾：指女子头发末梢上卷的发型。
⑪ 糁：散落。　　砥道：平坦的道路。
⑫ 晻霭：阴暗。
⑬ 畹晚：谓时令不居。
⑭ 暄萋：暖和又茂盛。
⑮ 玉洞：洞府。引申为隐居之地。
⑯ 僮约：对奴仆的约束规定。
⑰ 禅心：清静寂定的心境。
⑱ 菲菲：花落貌。
⑲ 帽屋：《晋书·舆服志》："江左时野人已著帽，但顶圆耳。后乃高其屋云。"陆游《夜行至平羌憩大悲院》："微霜结衰茸，落叶拂帽屋。"
⑳ 琴床：置琴之台。
㉑ 檐牙：檐际翘出的一种建筑装饰。
㉒ 帘额：帘子的上端。
㉓ 金谷园：晋人石崇于金谷涧中筑园，称金谷园。
㉔ 玉楼：华丽的楼。
㉕ 半面妆：南朝梁元帝妃子徐昭佩，因姿容不美受元帝冷遇。徐妃亦因帝眇一目，每知帝将至，必仅饰半面以待之，帝见则大怒而出。李商隐《南朝》诗云："休夸此地分天下，只得徐妃半面妆。"
㉖ 荡子：指离家远出、羁旅忘返的男子。
㉗ 仙根：指有灵异的根。

㉘山香：古曲名，即《舞山香》。《羯鼓录》载："汝阳王琎，常戴砑光帽打曲，上自摘红槿花一朵，置于帽上笪处。二物皆极滑，久之方安。遂奏《舞山香》一曲而花不堕落。"元人朱德润《落花》云："却忆当时砑光帽，山香一曲泪沾巾。"

㉙四照：光华照耀四方。

㉚嚼蕊：沈周《竹堂寺探梅》："满身毛骨沁冰影，嚼蕊含香各搜句。"古人喜嚼花蕊，杨万里《初秋戏作山居杂兴》："甑头云子喜尝新，红嚼桃花白嚼银。"尤以菊梅为甚。

㉛移春：唐杨国忠所制的活动花槛。《开元天宝遗事》："杨国忠子弟每春至之时，求名花异木，植于槛中，以板为底，以木为轮，使人牵之自转，所至之处槛在目前，而便即欢赏，目之为移春槛。"

㉜采香：古迹名。在江苏省苏州市西南灵岩山前。范成大《吴郡志》："采香径，在香山之傍小溪也。吴王种香于香山，使美人泛舟于溪以采香。"

㉝细马：良马、骏马。

㉞卖饧：卖糖。

㉟贳酒：买酒。

㊱盈盈：晶莹貌。

㊲脉脉：谓藏在内心的思想感情。

㊳虞兮：指楚项羽之美人虞姬。

㊴香土：土地之美称。

㊵楚些：指招魂歌。

㊶杜牧：晚唐诗人。

㊷秋娘：指杜秋娘。金陵人，年十五为李锜妾。其所作《金缕衣》云："花开堪折直须折，莫待无花空折枝。"

㊸块独：孤独。　　长门：汉宫名。孝武帝陈皇后失宠，曾别居于此。

㊹靧雪：洗脸。

㊺蘼芜：草名，叶有香气。

㊻酽：浓。

㊼茵溷：茵席和粪溷。

㊽铅华：脂粉。

㊾遨头会：宋代成都正月至四月浣花，太守出游，仕女纵观，称遨头会。

㊿婪尾：末尾。宴饮时酒巡至末称婪尾。

(51)滟滟：水盈溢貌。李群玉《长沙陪裴大夫夜宴》："泠泠玉漏初三滴，

清人辞赋选释

滟滟金觥已半酡。"

㊼色相：佛教语。谓万物的形貌。

【今译】

  时光真快，就像划过长空的闪电，艳丽的春花，转眼间就成了飞散的轻尘。无声无息的长堤，花片飘萧的院宇，落英缤纷，使人分不出那是铜饰的铺首；花蕊散落，把草地装点得如同锦绣一般。镜中的花影，已经失去了红霞般的光彩，残留着余香的花瓣，被露水溅得湿漉漉的。美人在楼上为坠落的残花伤悼；今年的寒食，那穿梭的燕子好像也牵系着新愁无限。至如那美人居住的芳香高雅的郁金堂，装饰着云母的帷帐敞开着。一重重环扣，一道道栏杆，油汪汪的泥土，散发出醉人的芳香。新绿连着阶砌上的苔藓，和一畦畦青葱的翠竹。尽管它们有成千上万的美名芳香美艳，却并非出于一族，接下来便是花儿在风雨中抖颤零落，愁损美丽的容颜，就好像砍断了珊瑚树，碎成无数红珠。偏遇上送客的时候，容易引起伤春之情，像游丝一般地挂在发髻上，散落在路上被马蹄轻轻践踏。拱桥旁柳絮飘扬，河水边萍草浮荡，梧桐散落清阴，刚刚露出的莲叶在水上摇曳。可叹良辰不再，美景难留，只有辜负这阳春烟景了！社南社北，溪前溪后，枉自设置了许多旗幡，也已难辨隐者的居处了。

  《憧约》上写得明明白白，用不着去打扫花径；即便印证禅心的超脱，也恐沾染泥淖呢！曲径上落花芳菲，人们悄然地在消磨永日。无来由的流水，还有那无处不在的斜阳，花儿落在帽子上，落在琴台上，摇摇摆摆地点缀在檐牙上，卷起帘子，它们还在飞扬。金谷园已经空了，那里结束过上千次的酒宴；玉楼人去，还留有半面红装，几回离别的恨怨，写游子飘零的凄苦；奏一阕《山香》古曲，慨叹灵根的失落。当它刚刚着上紫色，绽放红花的时候，真是千芳竞艳，光照四方。人们怎能不含一枚花瓣，折一段花枝呢？活动花槛得到移春的雅号，花径也有因采香而得名。而乃看够了骏马，唱尽了流莺。平野间戏蝶翩翩，还留恋着未谢的红花；只剩那栖蝉的高树，和一片无情的绿叶。美好的容貌难长久，算得天上神仙也难逃此劫；最惹人愁思的，还是那夜来的风雨之声。还有提着衣襟，在散满落花的溪壑。园林中漫步，箫声飘荡在卖糖市集的上空，买酒去酒帘低拂的村落。但惜花还没有落尽，还能想象出花儿初时繁艳的情景。泪水晶莹，无语含情。骤然停止了浓艳，真有虞兮的恨怨，只留下带有余香的泥土，待唱一曲招魂之歌。记得此地重来，诗人杜牧寻春已晚；劝君勿折空枝，杜秋娘又翻新了她的曲词。何况孤

落花赋

独的长门怨女，华丽凄清的绮户，像珠子样洒落在地上，像揉搓零乱的锦丝绣缕。想调理好容颜，就应传习盥洗之法；想比身姿，须作得回风之舞。酒宴之上借蘼芜寄托幽怨，疏帘外还有鹦鹉学话闲愁。看着凋谢的红红白白的花瓣，是年年花事的遗憾！处处低吟，剩下的只有这浓浓的绿荫了。若此芳容失色，余香犹在，它落在茵席上、涸厕中，为什么？好像卸去残妆的美人，感到疲倦。结邀头之会吗，来日尚且遥远；且尽这最后满斟的酒卮送此残春吧！就像江城玉笛，奏出五月飞花，使人生愁；就算有护花的金铃，对于凋谢的它们又有何用呢？这可能就是达观者能够悟透人间色相皆空，而览胜者却在欣赏"落花水面皆文章"的缘故吧！

清人辞赋选释

蛰虫启户赋

严保庸

  天辟机缄①,物通呼吸。试灯之令节才过②,扑蝶之芳朝将及③。仓庚百啭④,鹂馆遥传⑤。紫乙双飞⑥,鰕帘乍入⑦。剩有漏天之雨⑧,二月养花⑨;忽闻奋地之雷,一声惊蛰。原夫虫之有户也,绸缪基命⑩,结构弥工,预切避寒之计,先勤作室之功。窟中之缭曲偏多,十分深邃;洞口之空虚绝小,一窍玲珑。相彼穴居,彻土纵殊于飞鸟⑪,得其安宅⑫,藏身莫巧于蛰虫。于是风霜渐急,冰雪加严。始则其坏户也⑬,细细通明而尚留其隙;继则其墐户也⑭,重重封固而莫启其缄。塞向而寒飙不入⑮,附涂而湿土频衔。谁见其万户齐开,阳卜天心之复⑯;千门尽辟,亨占物品之咸⑰。然而屈久必伸,静极斯动,金蛇掣去⑱,照彻千层;玉虎鸣余⑲,惊开百孔。钻来而篱脚微穿,缺处而墙阴露空。正不独梦回槐郡⑳,垤开蝼蚁之封㉑;春到桃源,衙放蜜蜂之桶。阶净风阴,房空雨洗,谢曳尾于泥中㉒,鄙跳梁于井底㉓。倘藉草根拓室,恍倚荆扉;若逢花瓣当门,宛开华邸。岂因鸡唱,迎晓日而中分㉔;如听钟声,敞东风而洞启。则见或出前庭,或游后圃,或飞杨柳之津,或舞桃花之坞。游行自在,身看此日之轻;踊跃直前,首异曩时之俯。翻笑秋风蟋蟀,只解处堂㉕;更嗤零雨蠨蛸㉖,徒传在户㉗。彼夫塞回暖律,阳鸟梳翎㉘。池解寒冰,潜鱼鼓翅。春风而獭祭初逢㉙,微雨而鸠声新试。要皆得气之先㉚,乘时而始㉛。究未若豁然开朗,潜参阖辟之机,倏而昭苏㉜,深得行藏之意㉝。我皇上大化涵濡㉞,太和洋溢㉟,豳风绘就㊱,关心促织之鸣;月令颁来,念切催耕之出。是以万物含春㊲,群才茂实。今日鸡窗励志㊳,敢辞屈蠖之时㊴;何年鹏路腾身㊵,待试雕龙之笔㊶。

【注释】

  ①机缄:机关开闭,亦指气数。
  ②试灯:旧俗正月十五日元宵夜晚张灯,以祈丰稔。未到元宵而张灯预赏谓之试灯。
  ③扑蝶芳朝:指扑蝶会。《成都志》:"二月十五为花朝,为扑蝶会。"

— 196 —

④仓庚：同"鸧鹒"，即黄鹂。
⑤鹒馆：指鸧鹒栖止处。明王廷相诗云："浴兰注温泉，缘磴求鹒馆。"
⑥紫乙：紫燕。
⑦鰕帘：制作精细的竹帘。
⑧漏天：谓如天泄漏，喻多雨。
⑨养花：指暮春牡丹开花时节。
⑩绸缪：指事前做好准备工作。基命：起始。
⑪彻土：取土。
⑫安宅：安居，安所。
⑬坏户：《礼记·月令》："蛰虫坏户。"谓用土封闭罅隙。
⑭墐户：涂塞门窗孔隙。
⑮塞向：封闭北向的门户。
⑯阳卜：占卜时用三枚钱掷之，有字的一面为阳，背面为阴。
⑰亨占：万物亨通畅达。
⑱金蛇：电光。
⑲玉虎鸣：雷鸣声。《鸡跖集》："河图谓雷声曰玉虎鸣。"
⑳"梦回"句：唐李公佐《南柯太守传》载，淳于棼饮酒古槐树下，梦入槐安国。槐安国王招其为驸马，任南柯太守三十年，享尽荣华富贵。醒后见槐下有一蚁穴，南枝有一小穴，即梦中之南柯郡和槐安国。后因以喻人生如梦，得失无常。
㉑垤：蚁冢。蚁作窝时，堆在洞口周匝的浮土。
㉒"曳尾"句：葛洪《抱朴子·博喻》："故灵龟宁曳尾于涂中，而不愿巾笥之宝；泽雉乐十步之啄，以违鸡鹜之祸。"喻显身扬名而遭毁，不如贫贱全身之逍遥快活。
㉓跳梁：跳跃。
㉔中分：半分。《史记·项羽纪》："中分天下。"
㉕处堂：进入居室。喻居安而忘危。
㉖蟏蛸：一种蜘蛛，通称蟢子。
㉗在户：《诗·豳风·东山》："伊威在室，蟏蛸在户。"
㉘阳鸟：《尔雅》："雁，阳鸟也。"鸿雁，九月而南，正月而北。此鸟南北，与日进退，故称阳鸟。
㉙獭祭：《礼记·月令》："孟春之月，东风解冻，蛰虫始振，鱼上冰，獭祭鱼，鸿雁来。"

㉚得气：谓适节气。

㉛乘时：乘机，趁势。

㉜昭苏：苏醒，恢复生机。《礼记·乐记》："蛰虫昭苏。"

㉝行藏：指出处或行止。

㉞大化：宇宙，大自然化育万物。涵濡：滋润，沉浸。

㉟太和：天地间的冲和之气。

㊱豳风：《诗经》中十五国风之一，为国风中最早的作品，产生地区在今陕西彬县一带。

㊲含春：含着春色。

㊳鸡窗：指书斋。罗隐《题袁溪张逸人所居》："鸡窗夜静开书卷。"

㊴屈蠖：指屈身的尺蠖，喻委屈不得志。

㊵鹏路：鹏飞之路，比喻仕宦之途。

㊶雕龙：指长于文辞。

【今译】

　　大自然开启了封闭的枢机，蛰伏的万物又开始通畅地呼吸了。元宵节前试灯的节令刚过，二月十五花朝的扑蝶会又要到了。黄莺千回百转地啼鸣，远远地从它们栖止的地方传来。紫燕双双飞舞，穿过制作精巧的竹帘，二月多雨，正是养花天气，忽闻震地的雷声，一切蛰居的生物都复苏了。原来那虫儿营造居室，事先就做过周密的准备，所以构筑得都十分工巧。它预先就考虑到御寒的办法，在窟穴中修筑许多弯曲，而且又十分深邃。洞口既细又小，小小的门户，乖巧玲珑。看它的巢穴，取土营造虽然不同于飞鸟，但它的居室安定，其工巧是无与伦比的！风霜越来越冷了，冰雪更加剧了严寒。开始它用土封闭缝隙的时候，细细的还留些儿透光的空隙，接下来堵塞门窗，一重一重地加固，就不再开启了。它封住了北向的门户，使冷风不能进入，它还把湿土涂在窟穴的壁上。

　　有谁见过万户齐开，卜算出天意的复归？有谁见过千门尽辟。万物都亨通畅达？这就如同盘屈久了，一定要伸展，安静久了，一定要活动的道理一样。金蛇一般的电光掣动，照彻了层层的封缄；雷声响过，孔穴中的蛰虫都被惊醒了。

　　钻出来了，从那微穿的篱笆脚下，从那土墙残缺的空隙。蚂蚁推开洞口的封垤，这不仅是昔人的槐安梦醒吧！春到仙源，桃花盛开，成群的蜜蜂飞出了蜂巢。风儿净扫了阶砌，雨儿淋洗了空巢。宁愿在泥中曳尾，也不愿在

蛰虫启户赋

井底跳跃。倘若能凭借草根营筑居室，就如同身倚柴门；若遇着花瓣当门，几乎就像新开了豪华的府邸。岂因鸡声一唱，迎来晓日而中分昼夜；如同听到钟声，在春风中敞开门户。于是，你便可以看到有的出没在前庭，有的嬉游在后园，有的飞翔在杨柳渡头，有的舞蹈在桃花盛开的村坞。它们自由自在的嬉游，身躯是那样的轻盈，看它们那跃动的劲头，一个个昂着头，和昔时俯首蛰居的样子真是迥然不同。堪笑秋风中的蟋蟀，只知在堂屋里叫；更可笑雨里的蜘蛛，空传说它在门楣上结网。

这时候塞上也吹起和暖的律管，鸿雁之属也在梳洗自己的羽毛，池塘里的冰凌正在消融，沉潜的鱼儿也在振鳍游动。正是春风獭祭之时，在细雨蒙蒙中，斑鸠在鸣叫，它们都适时而动，趁势而起。但总不如豁然开朗，参悟了开阖的玄机；忽然明白"用之则行，舍之则藏"的深邃哲理。我主圣明，所以大自然化育万物，天地祥和。绘成了豳风图，关心秋虫的鸣叫；节令的次序，都关系着农民的耕作。是以万物含春，才会丰茂结实。今日寒窗励志，不敢辞尺蠖之屈，什么时候宦途得意，再施展雕龙的妙笔。

清人辞赋选释

元鸟归赋

金长福

　　来往花天①，差池画栋②，离绪彷徨，乡心倥偬③，感时言别，序历暄寒④，结伴于飞，谊均伯仲⑤。红襟一捻⑥，久辞京洛之尘⑦；玉剪双飞，又结乡关之梦。方元鸟之始至也⑧，春泥路滑，社鼓声稠⑨，杏林日丽，香海云流。贺厦必违夫戊巳⑩，来程不缓于庚邮⑪。寻故巢而宛在，访旧垒以长留。情也钟于宾主，时何间于春秋！小住为佳，每春恋于玉京冢上⑫，此间可乐，长回翔于朱雀桥头⑬。岂知炎凉遍阅，风景潜移，针楼月冷⑭，扣砌霜滋⑮。禽华鹰色⑯，槲叶辞枝⑰。燕乃离琐闼⑱，别帘帷，去花树，过云湄⑲，绾采缕之双丝⑳，系归心而莫去。掷金钗之三寸㉑，询归路以何之？盖其性喜近高门，爱栖名阀㉒，絮语呢喃，羽仪秀发㉓，同警露之皋禽㉔，避抟风之俊鹘㉕。声随冻雀，庶相顾而无猜；影逐征鸿，恒代飞而未歇。乌衣长别㉖，寒光冲浅淡之霜；墨沼斜飞㉗，夜色带朦胧之月，其状则集衡匪重㉘，巢幕堪怜㉙，元霜半染㉚，石墨新研㉛。映缁衣而下上㉜，共鸦背以回旋。入书幌而阽糜乍浣㉝，对花坪而点漆争妍。浴日则知其守黑㉞，窥书几误于草玄㉟。掠来天际乌云，纤翎点点；映去美人鬓发㊱，瘦影翩翩。是谓施生之鸟㊲，难禁料峭之天㊳。及其归也，振羽空中，流音尘表，冷日惊秋，寒云破晓。花休忆乎将离㊴，名几侪于吉了㊵。来睇者此是鹡鸰㊶，投怀者今为蛰鸟㊷。江南江北，惆怅偏多；秋雨秋风，勾留不少。此亦如捐余团扇，憾商妇之凄清；唱罢刀环㊸，续离音之缥缈。看尔暂辞海国，应怜尘梦惺忪㊹，倘其飞近天河，犹见瑶光缭绕。前游未远，旧境全非，离巢赋别，啸侣言归㊺。梳翎紫塞㊻，息影金微㊼，逐驿路之归帆，半篙寒浪；附天涯之归骑，一桁斜晖㊽。遥随黑蝶翩跹，征途梦短；为问皂衣绛绶㊾，故国音违。怅此时秋夜灯残，带九月清霜而径去；盼明岁春城花满，傍六朝旧苑以高飞㊿。

【注释】

　　①花天：谓花之多也。赵翼《稚存谓古来牡丹诗少有作正面文字者戏成四首索和》："轻寒轻暖几番过，酿出花天散曼陀。"

— 200 —

②画栋：用彩绘装饰的栋梁。唐王勃《滕王阁序》："画栋朝飞南浦云。"
③倥偬：事情纷繁迫促。
④暄寒：犹寒暑。
⑤伯仲：兄弟。长曰伯，次曰仲。
⑥红襟：指紫燕。俗名含胡儿，今称赤腰燕，因腰和下背作橙赤色而名。唐人丁仙芝《余杭醉歌赠吴山人》："晓幕红襟燕，春城白项乌。"即指此。
⑦京洛：洛阳的别称。
⑧元鸟：《琅嬛记》："周穆王迎意而子居灵卑之官，访以至道。后欲以为司徒，意而子愀然不悦，奋身化作元鸟，飞入云中。"《帝京岁时纪胜》云："元鸟至，则高堂画栋衔泥结草以居。"
⑨社鼓：旧时社日祭神所鸣奏的鼓乐。
⑩戊巳：《博物志》："燕戊巳日不衔泥涂巢，此非才智，自然得之。"
⑪庚邮：更迭递送之驿邮也。
⑫玉京冢：唐李公佐《燕女坟记》："宋末有女姚玉京，室有双燕，一为鸷鸟所获，其一孤，不离庭户，每集玉京之臂。玉京死，燕来窥室，周回累夕。姚氏语坟在南郊，可往。燕至坟所，悲鸣而绝。"
⑬朱雀桥：六朝古都建康南城门朱雀门外的浮桥。东晋时王导、谢安等豪门多在其附近。
⑭针楼：《舆地志》："齐武起曾城观，七月七日宫人登之穿针，世谓穿针楼。"后以指妇女所居之楼。
⑮扣砌：以玉饰砌也。
⑯禽华：菊花的别名。　　麃色：变色。
⑰槲：木名。温庭筠《商山早行》："槲叶落山路，枳花明驿墙。"
⑱琐闼：镂刻连锁图案的宫中小门。
⑲云湄：云际，云表。
⑳绾采缕：卫敬瑜妻王氏寡，所住户有燕巢，常双来去后忽孤飞。女乃以缕系燕足。后此燕来犹带采缕。女因为诗曰："昔年无偶去，今春犹独归。故人恩既重，不忍复双飞。"
㉑掷金钗：《续异记》："孙氏妻黄氏，忽见一童子在前，以钗掷之，跃入云去。夜闻户外歌曰：'昔填夏家冢，荤泥头欲秃。今寄黄氏居，非意伤我目。'寻觅巢中，得一白燕，其左目伤。"
㉒名阀：名门望族。
㉓羽仪：犹翼翅。
㉔皋禽：仙鹤的别称。

㉕抟风：乘风而上。　　俊鹘：巨鹘。

㉖乌衣：《渊鉴类涵》引刘斧《摭遗》云："王谢金陵人，航海遇风，抵一州，其王以女妻之。女曰：'此乌衣国也。'后谢思归，王命取飞云车送之。至家，见梁上双燕呢喃，乃悟所止燕子国也。"

㉗墨沼：犹墨池。范成大《鹿鸣宴》云："墨沼不忧经覆瓿，琴台重有赋凌云。"

㉘集衡：《九章算术》："五雀六燕，飞集于衡，适平。一雀一燕，飞而易处，则雀重而燕轻。"

㉙巢幕：筑巢于帷幕之上，喻处境危险。

㉚元霜：犹玄霜，厚霜也。元人萨都剌《九日》："浙江水落玄霜下，吴地秋深白雁高。"

㉛石墨：矿物名。俗称黑铅，又名画眉石。

㉜缁衣：黑色的衣服。

㉝隃糜：隃糜以产墨著称，因借以指墨和墨迹。

㉞守黑：谓安于暗昧，保持玄寂。

㉟草玄：指书写《太玄》经。

㊱鬒发：谓美丽的黑发。

㊲施生：谓生育万物也。

㊳料峭：形容微寒，亦形容风力寒冷。

㊴将离：芍药花的别称。

㊵吉了：鸟名，即秦吉了。似鹦鹉，善效人言。

㊶鹎鶋：燕子的别名。

㊷投怀：《开元天宝遗事》："张说母梦玉燕自东飞投怀中，已而有孕生说。"

㊸刀环：还、环同音，古人以此作为还归的隐语。

㊹惺忪：清醒，醒悟。

㊺啸侣：招呼同伴。

㊻紫塞：北方边塞。

㊼金微：山名，即今之阿尔泰山。

㊽一析：犹一行、一列。

㊾䘒䘺：衣服摩擦声。

㊿六朝：三国吴、东晋、宋、齐、梁、陈，相继都于建康（今南京），史称六朝。

元鸟归赋

【今译】

　　往来在花的世界，差池在画梁之间。离绪萦绕，徘徊无计；思乡之情，纷繁迫切。寒来暑往，分别在即，将像兄弟一样，结伴飞去了。紫燕红襟，已经久别了洛阳；双飞的玉剪，又牵挂起乡园之梦了。记得燕子刚来的时候，春泥雨润，社鼓声频。美艳的杏树映着日光，繁茂的花海上飘着流云。燕子筑巢不在戊巳之日，它行踪快捷，绝不次于更迭运送的驿邮。寻找去年的窠巢，依然还在。宾主钟情，并不因时间的流逝而有所隔阂。来此小住，还长时眷恋着姚女玉京的坟墓，此地确有可乐的地方，可以常到朱雀桥上回翔。岂知它已经阅尽了人间的冷暖，风光悄悄地换了：月冷香闺，霜生玉砌，菊花变色，槲叶辞枝。燕子离开宫闱，离开了托身的帘帷，离开亭台花榭，飞入云际。结系采缕，系住它的归心而不要离去；投掷金钗，还关念它要回到哪里去吗？燕子的心性喜接近高堂华屋，爱栖止于名门宅第。你听它呢呢喃喃的絮语，秀丽潇洒的容仪。它也像仙鹤一样，对时序非常敏感；它还小心翼翼地躲避着乘风直上的巨鹏。它的声音，随着寒天的冻雀，相互看视着而无所疑猜；它的影子，追随长空飞过的大雁而奋飞不息。冲开淡淡的新霜，永别了乌衣国土；斜掠过文士的墨池，趁着夜空中朦胧的月色。燕子，集在衡器上，它的重量还不如麻雀；栖止在帷幕间，处境危险，其实堪怜。它像半染着新霜，像新研的石墨，映照着它的黑衣，上上下下地飞；和乌鸦一起回旋。因进入书帷而沾上了墨迹，在花坪之中，它黑亮的颜色好像在和花草争妍。在日光的映射下，才知它珍惜自己的色泽。窥看书文，几至误了主人草写《太玄》。像掠过天际的乌云，原是它们的身影；映照美人的青丝，益显其身影的瘦小伶俜。这化育万物中的小鸟啊，它禁不住寒凉的天气，到它回去的时候了，它振动着翅膀，留下飞行的声音。清冷的太阳，也震惊于秋日的到来。早晨，天空布满了云翳，不要想那芍药花吧，还有那几近于秦吉了的名声。看，它就是昔时愤而高飞的鹧鸪，是投进张母怀中东飞的玉燕，现在竟然也成为蛰居之鸟了吗？江南江北，多的是惆怅之情；秋雨秋风，偏又逗留不去。就像搁置的团扇，怜念着商妇的凄凉；唱罢刀环的曲子，用以接续缥缈的离音。看你暂时地离开海国，应该怜惜清醒了的红尘之梦。倘若能飞临天河，还可见缭绕的星光。前事不远，旧貌全非。离开窠巢，招呼着同伴儿归去了。在北方的紫塞，它梳着自己的羽毛，金微山下，已经消失了它的踪影。追随着驿路上的归帆，长篙破浪；跟着天涯的归客，趁着一抹斜阳的余晖。远远地随着翩跹的黑蝶，征途上连梦也是短的；为问黑衣的摩擦，故国之声已经久违了。怅然，此刻秋夜灯残，带着九月的浓霜径直飞去，盼明年春城花茂，再来这六朝古都的苑囿飞翔吧！

清人辞赋选释

励志赋

王振声

昔张茂先绍厥前型①，砭兹后学②。谓致功之始基，必立志之能确。瞻泰山之气象③，愿学孟之醇④；睹礼器而彷徨⑤，勿苦孔之卓⑥。日居月诸⑦，环流太虚⑧，曷不停运，人胡逸居⑨？莫诿于天之所限⑩，常耻夫人之不如。息我尘鞅⑪，耕我经畲⑫。誓不为轻薄游，贻讥画虎⑬；誓不为挎蒲戏⑭，下等牧猪⑮。君不见自止者如篑之亏⑯，有为者如井之掘⑰。匪徒愿彼膏粱，亦岂艳兹簪绂⑲。要知列为三才⑳，何以灵于万物？敢附子云之好学㉑，硙诸错诸㉒；请从宣圣之勤思㉓，食不寝不㉔。即令瓶少粟储，家徒壁立；莱甑萧条㉕，阮囊羞涩㉖。佣马磨而心伤㉗，卧牛衣而泪湿㉘。然而燕雀安知，龙蛇欲蛰，何害一编牢落㉙，抱膝长吟；最怜半晌蹉跎，噬脐莫及㉛。且夫水积水而常流，时阅时而不留。勿谓才之既竭，勿谓命之不犹㉜。目营四海，心注千秋，嗤彼题桥热中人㉝，志希富贵；羡他投笔飞将军㉞，志立勋猷。而况万卷骈罗，百城高拥㉟，马帐经传㊱，虎皮教奉㊲。苟绍承乎遗绪㊳，髦士攸宜㊴；倘陨越以贻羞㊵，小人则恐。泛学海以寻源，望修途而举踵，董仲舒之重帷深下㊶，乃尔专精；桑维翰之磨铁期穿㊷，是何神勇！雅操弥坚，服膺弗失。文拟雕龙㊸，精堪贯虱㊹。人皆务乎华，我独崇乎实。见说愚公之积悃㊺，且可移山；讵同仲氏之勇行㊻，偏难入室㊼。方今家尊孔孟，朝列皋夔㊽，士孰不谨取舍，慎威仪，裕修能之美，端拜献之资。夫道若大路然，盖虽不能至，心向往之。

【注释】

①张茂先：晋人张华的字。　　绍厥前型：继承前人的优良传统。
②砭兹后学：救治后学的愚妄、失误。
③泰山：山名，在山东省东部，古称东岳，为五岳之首。
④孟：指孟子。
⑤礼器：祭器。
⑥孔：指孔子。
⑦日居月诸：指岁月流逝。

励志赋

⑧太虚：天，天空。

⑨逸居：安居。

⑩诿：推托，推诿。

⑪尘鞅：世俗事务的束缚。

⑫经畬：在经书里耕耘。畬：翻耕土地，使成熟田。

⑬画虎：喻无所成。

⑭摴蒲：古代博戏。

⑮牧猪：赌徒。

⑯篑之亏：为山九仞，功亏一篑。喻半途而废。篑：盛土的竹筐。

⑰井之掘：《孟子·尽心》："有为者，譬若掘井。"

⑱膏粱：借指富贵人家及其后嗣。

⑲簪绂：冠簪和缨带，古代官员服饰。

⑳三才：天、地、人。

㉑子云：汉人扬雄的字。扬雄，蜀郡成都人，博览群书，尤好辞赋。

㉒硍错：磨治。扬雄《法言》："夫有刀者硍诸，有玉者错诸。不硍不错焉攸用？"

㉓宣圣：指孔子。汉孝平帝元始元年，封孔子后为褒成侯，追谥孔子为褒成宣尼公。此后，历代王朝皆尊孔子为圣人，诗文中多称为宣圣。

㉔"食不寝不"句：《论语·学而》："君子食无求饱，居无求安，敏于事而慎于言，就有道而正焉，可谓好学也已。"

㉕莱甑：即莱芜甑。汉代范冉，生活清贫，但穷居自若。当时有民谣曰："甑中生尘范史云，釜中生鱼范莱芜。"

㉖阮囊：晋阮孚持一皂囊，游会稽，客问："囊中何物？"阮曰："但有一钱看囊，空恐羞涩。"后因以之为手头拮据，身无钱财之典。

㉗马磨：用马拉磨，谓辛苦劳作。

㉘牛衣：喻贫寒，亦指贫寒之士。

㉙牢落：沉寂，无聊。

㉚抱膝：以手抱膝而坐，有所思貌。

㉛噬脐：自啮腹脐，喻后悔莫及。

㉜不犹：不若。

㉝题桥：汉司马相如初离蜀赴长安，于成都北升仙桥题句云："不乘赤车驷马，不过汝下也。"

㉞投笔：指弃文从武。

㉟百城：指丰富的藏书。《魏书·李谧传》："丈夫拥书万卷，何假南面百城。"

㊱"马帐经传"句：《后汉书·马融传》："融才高博洽，为世通儒。常坐高堂，施绛纱帐，前授生徒，后列女乐。"

㊲虎皮：讲席的代称。《宋史·张载传》："尝坐虎皮讲《易》京师，听者甚众。"

㊳遗绪：前人留下的功业。

㊴髦士：英俊之士。

㊵陨越：失职。

㊶董仲舒：西汉思想家，经学大师。景帝时为博士，下帷读书，三年不窥园。

㊷桑维翰：后晋河南人，初举进士，主司恶其姓，被黜。或劝改业，乃铸铁砚示人曰："砚穿则改业！"卒成进士。

㊸雕龙：喻善于修饰文辞。

㊹贯虱：纪昌学射于飞卫，三年后，射贯虱心而悬不绝。此极言用功之专精。

㊺悃：至诚。

㊻仲氏：指孔子学生仲由，字子路，性爽直勇敢。

㊼入室：学识的深湛。《论语·先进》："由也升堂矣，未入于室也。"

㊽皋夔：皋为虞舜刑官，夔为乐官。后常借指贤臣。

【今译】

昔时，张华继承先人的传统，救治后学的愚妄和失误，以为达到目的的基础，必须要有坚定的志向。看到泰山的景象，就想学孟子的精纯；看到孔庙中的车服礼器，也不以孔子的卓绝为苦。太阳和月亮在太空中不停地运转，岁月如流啊！人为什么要偷闲安居？不要推托是上天的约束，应该为自己的不争气而感到羞耻。

应该息绝世俗事务的牵缠，在经书里奋力耕耘。发誓不去做无益的活动，以免招致一事无成的讥讽；发誓不参与赌博游戏，决不自甘堕落去和赌徒为伍！

你没看见吗，自我颓放就如同为山九仞而功亏一篑；而有所作为的人，则如平地掘井，努力不辍，终有所成！不希望成为富家子弟；也不羡慕佩戴簪绂的朝官，作为三才之一的人，为什么能成为万物的灵长？

— 206 —

励志赋

　　愿学扬雄的好学，对自己尽心地磨治；愿随孔夫子废寝忘食地去勤学苦思。即使家中无隔宿之粮，穷得只剩四面墙；甑釜生尘，口袋里没有分文钱。辛苦劳作，家境贫寒，然而，燕雀怎么会理解龙蛇的蛰居？一编沉寂，抱膝长吟，又有什么不好？最遗憾的是时光流逝，到头来后悔莫及！况且，水是因其积聚而流淌；时间是因其经历而不留。不要说才力有竭，不要说命运不济。看看普天之下，千古以还，堪笑司马题桥，热衷于大富大贵；可羡班超投笔，立志为国家建功！何况万卷罗列，书城自拥，马融坐帷帐传经；张载踞虎皮讲易。继承前人的功业，是才俊之士所宜为倘或失职而留下笑柄，将为平民百姓所惋惜，在学海中泛舟寻源，瞻望长路从容举步。董仲舒下帷苦读，是以学业专精；桑维翰铁砚磨穿，是何等精神和毅力！高尚的情操愈益坚定，尊重这种选择不要动摇！

　　为文精雕细作，用心之专精，可比纪昌飞矢贯虱！人都趋于外表的华美，我独尊重内在的坚实。就说愚公吧，他凭着自己的至诚，还可以移走大山；那像子路那样勇武绝伦，偏还没能达到登堂入室的程度。如今家尊孔孟，朝列贤臣。读书的士子怎能不从严取舍，审慎地注意自己的举止言行，使自己具备丰富的美德和端严的资质。

　　道，就像人走的路，虽然一时还没能到达，心可是向往着的呀！

春江花月夜赋

朱 兰

江光横练,江水铺银,花明两岸,月满重轮。花层层兮凝皓魄[1],月皎皎兮拥香尘[2]。耀画景于三更,真觉天开不夜;烂繁英于万树,须知到处皆春。春花艳月,春月盈江,月照花兮叠叠,花印月兮双双。一丸之月侵琉璃,还认珠悬贝阙[3];万种之花围绮縠[4],无非锦簇渔舡。碧涨增明,花外之月升柳岸;红桡乍到[5],月中之花绕篷窗。江喧静夜,月媚群花,月飞片璧,花缀余霞。但见花团,难辨江边竹径;好凭月照,细探花里人家。如来泛月之舟,惟听隔花箫鼓;谁唱赏花之曲,频弹弄月琵琶。挂晶球于玉壶冰鉴之中[6],江月无际,列锦障于雪浪银涛之外,花树交加。春景溶溶[7],江流活活[8],花色逾增,花芳倍发。最爱月凝香雪,周围赑屃之宫[9];如将花撩仙桥,可入蟾蜍之窟[10]。岂是琼楼月姊[11],来探螭岛之花[12];仍疑玉府花神[13],下步龙宫之月[14]。一水疑春,千金此夜,夜色空明,春痕蕴藉[15]。夜如无月,孰增锦绣之光;春若无花,亦负嫦娥之驾[16]。惟是花因月灿,月痕与花色争妍;月以花香,花气共月辉交射。好指花间月影,正临鹤渚鸳汀[17];尤怜月下花阴,恰远渔庄蟹舍[18]。迨夫月渐移霄,花将滴露,孰戴月而寻芳,孰披花而直渡?片帆挂月,花丛之岛屿堪寻;一艇穿花,月府之神仙可遇。因忆花魂月魄,不离云水之乡;还思月地花天,自近蓬壶之路[19]。但愿花常灿熳,尽成阆苑之奇英[20];尤期月永团圞[21],不作春江之别赋。

【注释】

① 皓魄:明月。
② 香尘:芳香之尘。唐寅诗:"池塘春涨碧溶溶,醉卧香尘浅草中。"
③ 贝阙:以紫贝为饰的官阙。
④ 绮縠:绫绸绉纱类的丝织品。
⑤ 桡:船桨。
⑥ 玉壶:喻明月。
⑦ 溶溶:和暖。

春江花月夜赋

⑧活活：水流貌。
⑨赑屃：龙子，好负重，今碑下趺是也，此指龙。
⑩蟾蜍：传说月中有蟾蜍，借指月亮。
⑪琼楼：指月宫中的楼台殿阁。
⑫螭：无角龙。
⑬玉府：仙宫，仙府。
⑭龙宫：龙王的官殿。
⑮蕴藉：含蓄而不显露。
⑯嫦娥：神话中的月宫女神。
⑰鹤渚：鹤栖息的洲渚。
⑱渔庄蟹舍：皆指渔家。
⑲蓬壶：即蓬莱。古传说中的海上仙山。
⑳阆苑：阆风之苑，传说中仙人的住处。
㉑团圞：月圆貌。

【今译】

　　江水像一条横亘着的带子，平铺着一层银光。江水两岸，繁花明艳，长空中悬着一轮满月。一层层的鲜花留住了月亮，明朗的月光簇拥着香尘。已是深夜了，月光照耀得风光如画，好像不是在夜里；烂漫的万树繁花，要知道这到处都是春色，春光。春花在月光下愈显得艳丽，满江都是春月的辉光。月照着花儿重重叠叠，花映着月影成对成双。一轮明月照澈这琉璃般的世界，还以为是明珠悬在贝阙之上；上万种的花儿围成美丽的织品，无非是为了衬托渔舟夜航。水涨增明，花丛外的月亮从柳岸后边升起，红色的船桨划过来，像花儿围着船窗。江流之声在静夜中喧响，月光使百花更加娇媚。月亮像飞起来的璧玉，花儿像带着落日的霞光。到处是花，难以找到江边的竹径，只好借着月光，去访寻花里的人家了。好像来泛月景的小船，只听见隔着花丛传来的箫鼓，是何人唱着赏花的曲子，还弹着玩月的琵琶？像挂着水晶球在玉壶冰镜之中，江水无际，月光无际。花树重重，像排列着如锦的屏障在浪涛之外。春光和暖，江流滚滚，花色愈加浓艳，花香加倍生发。最爱那月光凝住如雪的香花，四周就是龙子的官殿；把花儿搭上仙桥，可以到达月宫。不是月宫的仙子来探寻螭岛之花；却像仙宫的司花女神进入龙宫之月。一水疑春，千金此夜，夜色空明，春痕含蓄。夜如果没有月亮，谁能增添这锦样的光华？春天要没有花，也辜负了月宫嫦娥的仙驾。因为这，花才为月而灿

— 209 —

清人辞赋选释

烂，月光才与花色争妍；月因为花香，花香才和月光交相辉映。花间的月影，正照在鹤渚鸳汀之上，尤为让人怜爱这月下的花荫，恰恰地远在渔家。等月渐西沉，花儿滴露，还有谁戴着月色来寻花？还有谁披着花枝直往渔家？帆儿挂着月光，花中的小岛一定能找到。小船穿过花丛，一定会遇见月宫的神仙。想起那花的精灵，月的素魄，离不开这云水之乡，还想那月地花天，自然会走进蓬莱仙境。但愿花常烂漫，成为仙境的奇花；还期望着月亮长此团圆，也免得再在这春江之上写作离别的辞赋了！

禽言赋

胡光莹

　　碧树烟消，山花乱飘，林风散暖，鸟语含娇，弄晴兮唤侣①，求友兮迁乔②。诉芳心于坞外，发幽韵于山椒③。携来白酒双柑④，宛叙唱酬之乐；多谢黄鹂三请，敢辞道路之遥。时则丝袅垂杨，笋抽新竹，巧胜调簧⑤，音非啄木。只为春风和暖，脱布袴以争呼⑥；猜他画阁呢喃，约飞花而共蹴。想交愁共坐，急难索乎解人⑦；岂别有遐心⑧，音不传于空谷？尔乃秧歌欲起⑨，田水似揩，深心如诉，逸韵转佳⑩。名将意会，义与声谐。惜春泥之滑滑，呼布谷以喈喈⑪。快割麦而插禾⑫，声传比屋⑬；好提壶而买醉⑭，唤醒吾侪。则有家住青山，庐环美荫，花解语而魂销，鸟能言而心沁⑮。叙罢几番情话，散去芳枝；非徒一纸诏书⑯，衔来丹禁⑰。数知交于一百八个⑱，算尔情深；验风信于二十四番⑲，和予长吟。亦或关山跋涉，旅馆栖迟⑳，晓风拂处，夜雨闻时。听远道之哥哥，行不得也㉑；触余情之脉脉，归去来兮㉒。羡汝阿公阿婆㉓，宛得家人之乐；任他呼晴呼雨㉔，常牵游子之思。至若客远途长，妾惊梦绕，念结万里之人，心羡双飞之鸟。鹃啼莫解㉕，何曾催得人归；雁信难通，不觉又逢春杪㉖。岂或萍踪落拓㉗，此信天翁㉘；谁传闺思迢遥，倩秦吉了㉙。几处松阴，谁家竹院，虽方朔之能知㉚，岂冶长之独恋㉛。音流淡月，居然吐属风生㉜；舌老黄莺，恍惚文章笔变。他日幽林反舌㉝，守口偏能；此番绿树遮阴，解围谁擅？推之絮语曾传夫燕，巧言亦和夫鹦㉞。灯火夜窗，鸡能谈道㉟；藻萍香水，鸭自呼名㊱。莫不舌调雅曲，耳送新声。争似绿叶丛中，花如生苦㊲；听到春山深处，坐定班荆㊳。

【注释】

①弄晴：乘晴外出游乐。

②迁乔：谓鸟从低处迁往高处。《诗·小雅·伐木》："出自幽谷，迁于乔木。"

③山椒：山顶。

④白酒双柑：《云仙杂记》："戴颙春携双柑、斗酒，人问何之，曰：'往

听鹏声。'"

⑤调簧：调弄舌头，指鸟的啼鸣。

⑥脱布袴：《本草纲目》："布谷名多，皆各因其声似而呼之。如俗呼阿公阿婆、割麦插禾、脱却布袴之类。"

⑦解人：通晓理趣的人。

⑧遐心：与人疏远之心。《诗·小雅·白驹》："毋金玉尔音，而有遐心。"

⑨秧歌：插秧时在田间唱的劳动歌曲。

⑩逸韵：美妙动听的乐声。

⑪喈喈：禽鸟鸣声。

⑫割麦插禾：见前注⑥。

⑬比屋：家家户户。

⑭提壶：鸟名，亦称提壶芦、提葫芦，即鹈鹕。

⑮沁：浸。

⑯诏书：皇帝颁发的命令。

⑰丹禁：帝王所住的紫禁城。

⑱一百八个：陈造《布谷吟序》："人以布谷为催耕，其声曰'脱了没袴'，淮农传其言云'郭嫂打婆'，浙人解云'一百八个'，皆以意测之。"

⑲二十四番：即花信风。自小寒至谷雨，凡四月，共八个节气，一百二十天。每五天一候，计二十四候，每候应以一种花的信风。

⑳栖迟：滞留。

㉑行不得也：模拟鹧鸪的鸣声，用以表示行路的艰难。《本草纲目》："鹧鸪性畏霜露，早晚稀出，夜栖以木叶蔽身，多对啼，今俗谓其鸣曰：'行不得也哥哥。'"

㉒归去来兮：本为陶潜之文题，此指杜鹃鸟的啼声"不如归去"。

㉓阿公阿婆：见前注⑥。

㉔呼晴呼雨：俗谓斑鸠呼啼能降雨。

㉕鹃：指杜鹃。鸣声凄厉，能动旅人归思。春暮即鸣，田家候之，以兴农事。

㉖春杪：春尽。

㉗落拓：失意。

㉘信天翁：鸟名，善飞能泳，食水生动物，亦称信天公。

㉙秦吉了：鸟名，也称了哥，能效人言笑。因产于秦中，故名。

㉚方朔：指东方朔。

㉛冶长：即公冶长，孔子弟子。旧称其通鸟语。

㉜吐属：谈吐。

㉝反舌：鸟名，即百舌。立春后则鸣之不已，能为诸鸟之音，最悦人耳。

㉞鹦：指鹦鹉。

㉟鸡谈：《幽冥录》："宋处宗买一长鸣鸡，爱养甚至。栖笼置窗间，鸡后作人语，与处宗谈论，极有玄致。"

㊱鸭自呼名：《禽经》："鸭鸣呷呷，其名自呼。"

㊲苦：开也。

㊳班荆：谓朋友相遇，铺荆于地，共坐谈心。

【今译】

　　笼罩着绿树的雾气消散了，五颜六色的山花纷纷飘落。丛林中吹过拂面不寒的暖风，到处都是鸟儿娇媚的鸣声。趁着晴好天光，招呼伙伴，从低谷迁往高处，以便寻求佳侣。在村坞之外诉说着芳心；在山上啼鸣发出清幽的音韵。古人拿着双柑斗酒，就像在叙说朋侪唱酬的欢乐，有劳黄莺儿好声相邀，难道还会计较道途的近远吗？这时候正是杨柳垂拂柔条，竹林抽萌新笋的季节。鸟儿们调弄着如簧的巧舌，却不像啄木鸟那咚咚啄木的声音。春风和暖，它们争着招呼"脱却布裤"；而画阁中呢呢喃喃的燕子，却在邀约飞花，相互追逐。是闲愁郁积，找不到解人？还是另有闲情，不想让声音在空寂的山谷中传送？水若明镜，水田里响起插秧的歌声；鸟儿们用美妙动听的声音，向人们倾诉它们的深心。它们的名儿与意念相合，深深的含义，和它们的鸣声又非常谐和。雨水润湿着春泥，布谷鸟鸣叫着相呼相唤：快些割麦插禾，那鸣声传遍了东邻西舍。提壶鸟叫着，让人们提壶买酒，把人们唤醒。何况家在山乡，居室环绕着绿荫，好花解语，令人陶醉；鸟似能言，使人心情浸润。它们说完了几多情话，在枝头飞散，可不是为了从帝都捎来的皇命。"一百八个"，历数好友，算你情谊最深；二十四番，验彼信风，应和我曼声长吟。而或千里跋涉，客舍滞留，晓风拂过的地方，夜雨闻听的时刻。听远远的鹧鸪叫着"行不得也哥哥"，顿时触动我思乡之情，想起古人的归去来兮！欣羡它们"阿公，阿婆"地叫着，它们好像也懂得人们的乐趣；任它们在风里雨里地叫着，牵动着游子的乡情。至于人在远地，途远程遥；妻惊魂梦，情系远人，那是合情合理的事！心里羡慕那双宿双飞的鸟儿，杜鹃的叫声令人不解："不如归去"，它究竟劝得几人早日回归？鸿雁捎信难以达到，

清人辞赋选释

不知不觉又到了春尽之时。似此萍踪失意,就像痴立水边的信天翁;谁能传递闺中思妇的心曲?还是求那善解人意的"吉了"吧。那几处松荫之下,是谁家的竹篱院墙?尽管东方朔多识多知,怎比得上公冶长的擅长鸟语?鸣声在淡淡的月光下传来,居然风流高雅;莺声已老,恍如变化的文章。他时,深林中的百舌,倘能缄守自己的金口,此时绿树遮阴,谁还能破此沉寂?算来絮语的功夫当推燕子;巧语玲珑还得说是鹦鹉;夜窗灯下鸡能论道谈玄;春水岸边,鸭知自呼其名。它们都是凭着自己的舌头,弄雅歌,唱新声,怎及那在绿叶丛中开的花儿那般自然?老朋友相遇,在春山深处,班荆席地,听着幽幽的鸟鸣。

鸟求友声赋

劳崇光

晓风亭院，落日山梁，万里云树，一片宫商①。玉吐珠含之韵，莺歌燕语之场。闻其声焉，岂知音之可索？相彼鸟矣，犹啸侣以偕臧②。载飞载鸣，自庆迁乔而出谷③；或群或友，将求合志而同方④。当夫笾豆筵开⑤，管弦声起，燕衎追随⑥，雁行萃止⑦。爰歌伐木之诗⑧，用著盍簪之美⑨。恍鹿苹之载咏⑩，宴乐嘉宾；比凫藻以胪欢⑪，趋跄髦士⑫。伊人不远，同心而结契非虚⑬；有鸟知鸣，入耳而兴怀有以。夫其烟景暄妍⑭。风光明媚，慧舌徐翻，歌喉小试。提壶买锐⑮，调花底之笙簧；载酒携柑⑯，得诗肠之鼓吹⑰。似因时而喜变，谁假之鸣？不知名而自呼，各从其类。尔乃唤遍平林，啼来曲坞，岂素性之通灵，俨分曹而别任⑱。应媒则朝雉谐声⑲，速舅则昏鸦接羽⑳。鸿宾燕客㉑，既同调以堪寻；鹭序鸥盟㉒，亦淡交而可取。各有苔芩之契㉓，款洽情亲；定符郊野之占，蹁跹影聚㉔。一倡一和，自西自东，相呼旧雨㉕，并坐清风。兰言可订㉖，絮语偏工。乐意相关，红雨绿荫之里；流音互答，斜阳古道之中。巢林共托于一枝㉗，班荆略似㉘；吐绶自成于五色㉙，赠纻还同㉚。耦俱无猜㉛，多之为贵。说丽泽而依稀㉜，计他山而仿佛㉝。似曾相识，共嘉丰满于羽毛；可与同群，未许差池于臭味。处处嘲朝啾夜㉞，如论聚散浮踪；年年唤雨呼晴，似语寒温天气。士有鹏溟奋迅㉟，鸾掖回翔㊱，仪鸿羽刷㊲，荐鹗声扬㊳。惟友生之可念，以相得而益彰。凭将雁信遥通，关山系帛㊴；听到鸡鸣不已㊵，风雨连床。所以琼琚有报㊶，车笠无忘㊷。贤才托咏于关雎㊸，流连莫尽；宴饮兴歌于振鹭㊹，酬酢还相也㊺。我圣朝群工交警，庶职咸修，鸮林化俗㊻，凤阁分猷㊼。鸣鹤而縻好爵㊽，委雁而进嘉谋㊾。鸠雉纪官㊿，尽和声以鸣盛；鸳鸾在列(51)，皆宣化而承流(52)。咏翙翙之凤凰(53)，多士则一心共济；美交交之桑扈(54)，一人则万福来求(55)。

【注释】

①宫商：泛指音乐、乐曲。

②啸侣：呼叫同类，召唤伙伴。

清人辞赋选释

③迁乔：谓鸟从低处迁于高处。语出《诗·小雅·伐木》："出自幽谷，迁于乔木。"

④同方：志向相同。

⑤笾豆：古代祭祀时用的两种礼器。

⑥燕衎：宴饮行乐。

⑦萃止：聚集。

⑧伐木：《诗经》的篇目。

⑨盍簪：指朋友聚会。

⑩鹿苹：《诗·小雅·鹿鸣》："呦呦鹿鸣，食野之苹。"此指宴嘉宾时所用的乐歌。

⑪凫藻：凫戏于水藻，比喻欢悦。　胪欢：歌呼欢腾。

⑫髦士：英俊之士。

⑬结契：谓结交相得。

⑭暄妍：天气暖和，景色明媚。

⑮提壶：即提壶芦，鸟名。　买锇：鸟名，一名子规、杜鹃。

⑯携柑：《云仙杂记》："戴颙春携双柑、斗酒，人问何之，曰：'往听鹂声。'"

⑰诗肠：诗思，诗情。

⑱分曹：分科。

⑲应媒：猎人用雉媒诱捕野雉，雉鸟不知，犹和声而鸣。黄庭坚《大雷口阻风》："鹿鸣犹念群，雉媒竟卖友。"

⑳速舅：指鸦舅，鸟名。似鸦而小，能逐鸦，鸦见辄避之。

㉑鸿宾：指宴请宾客。

㉒鹭序：白鹭群飞有序，用以喻朝官的班次。　鸥盟：谓与鸥鸟为友，以喻隐退。

㉓苔芩：指志同道合的朋友。

㉔蹁跹：即翩跹，旋转的舞姿。

㉕旧雨：老朋友。

㉖兰言：情投意合之言。《易·系辞》："二人同心，其利断金；同心之言，其臭如兰。"

㉗巢林：《庄子·逍遥游》："鹪鹩巢于深林，不过一枝。"比喻安分，不贪。

㉘班荆：谓朋友相遇，铺荆于地，共叙情怀。

— 216 —

㉙吐绶：《述异记》："吐绶鸟身大如鹳，五色，出巴东山中。"

㉚赠纻：《左传·襄公二十九年》："聘于郑，见子产，如旧相识，与之缟带。子产献纻衣焉。"后用为友朋交谊之典。

㉛耦俱：《左传·僖公九年》："送往事居，耦俱无猜。"后以耦俱指相处融洽。

㉜丽泽：谓两个沼泽相连。《易·兑》："丽泽兑，君子以朋友讲习。"朱熹谓："两泽相丽，互相滋益，朋友讲习，其象如此。"

㉝他山：指可供借鉴的外力。

㉞啁：鸟鸣。　　咬：鸟夜鸣。

㉟鹏溟：泛指大海。

㊱鸾掖：宫殿边门，借指宫殿。

㊲仪鸿：《易·渐》："鸿见于陆，其羽可用为仪。"

㊳荐鹗：指推荐贤士。金曹之谦《送王仲通》："古来燕赵多豪杰，定有飞书荐鹗人。"

㊴系帛：汉苏武出使匈奴被扣留。汉求释苏武，匈奴谎称苏武已死。使者告诉单于，说汉天子射猎上林，得鸿雁，雁足系有帛书，言苏武在某泽中。匈奴不得已释苏武归汉。

㊵鸡鸣：《诗·郑风·风雨》："风雨凄凄，鸡鸣喈喈。"

㊶琼琚：精美的玉佩。

㊷车笠：谓贵贱贫富不能移易的友谊。

㊸关雎：鸟名也。《诗·周南》篇目之一。

㊹振鹭：《诗·周颂·振鹭》："振鹭于飞，于彼西雝。"后以此指操行纯洁之人。

㊺酬酢：指诗文唱和。

㊻鸮林：《诗·鲁颂·泮水》："翩彼飞鸮，集于泮林。食我桑椹，怀我好音。"

㊼猷：功业，功绩。

㊽好爵：美好的官位。

㊾委雁：即送雁。

㊿纪官：少皞氏用鸟名纪官名。

(51)鸳鸾：比喻朝官同僚。

(52)宣化：传布君命，教化百姓。

(53)翙翙：鸟飞声。

(54)交交：鸟鸣声。《诗·秦风·黄鸟》："交交黄鸟，止于棘。"桑扈：鸟名，即青雀。

(55)一人：古代称天子为一人。

【今译】

在晨风吹拂着的庭院里，在落日衔山了的冈峦上，无边的烟云树木，到处都是乐音。有含珠吐玉般的音韵，有燕语莺歌的场地，听着那鸟儿的鸣声，难道竟是可以寻访的知音吗？那些鸟儿，如同呼叫偕行的伙伴，它们飞着，叫着，好像自己在庆祝乔迁出谷；它们或成群，或结伴，好像在寻求志同道合的朋友。

当祭祀的筵宴开始，响起管弦之声的时候，友朋集聚，宴饮行乐。接下来吟咏《伐木》的诗篇，用以表达朋友聚会的快慰；恍似吟着"食野之苹"的章句，以使与宴的嘉宾同乐。心情愉悦，歌呼欢腾，英俊之士，步趋中节。伊人近在眼前，同心交好，好鸟适时而鸣，使人生发出无限情思！当此天气晴和，风光明媚的日子，鸟儿弄着如簧的巧舌，小试着自己的歌喉。什么提壶，什么买铯，在花丛中调弄自己的笙簧，携着美酒双柑，去赏听那诗情的鼓吹。谁使它因时变化的鸣啭？不知其名，却自己在呼叫，于是，都跟着自己的同类，招呼着自己的名字。在树林中，在村坞里，它们到处在啼叫着难道是它们生来就这样聪慧，俨然懂得分科专任吗？早上，它们应和着雉媒的鸣声，向晚，鸦舅追逐着归鸦。宴请宾客，都是志同道合之流；或出仕，或隐居都珍视平淡之交的可贵。相得相亲，各自都有志同道合的朋友；蹁跹起舞，也完全符合人们在郊野上的口头吟作。有唱有和，从西边，从东边，它们呼唤着老朋友，来清风中并坐。情投意合的话语，可与相约；喁喁细语，却偏偏那么工巧！鸣叫的声音，切合音律，在零落的红雨、浓密的绿荫之中；流畅的音韵，在惨淡的夕阳照射的古道之上，互应互答。鸟巢寄托在林木之上，就像铺在地上的班荆；吐绶鸟自成五色，就像友人相赠的纻衣。相处亲密无猜，其情弥足珍贵。朋友相交，就像毗连着的两个水泽，互相滋益；就像他山之石，可供借鉴、助力一样。如同夙昔相识，互相赞誉着羽毛的丰满。可以和睦相处，趣味投合，不容有所猜疑。它们到处地鸣叫，从早到晚，好像在论说着人生聚散的萍踪；它们年年月月，唤雨呼晴，好像在诉说着天气的寒温。有的人像鹏鸟在海上奋飞，出入宫廷，推荐贤士，就官任职。只有朋友间相互顾念，相互助益，才更能显示出各自的长处。任凭关山阻隔，路途遥远，也难阻雁系的帛书；听喈喈不断的鸡鸣，想起那兄弟般的风雨对床的情谊。报之以美玉,以示友情之深,贫贱不移。贤才托《关雎》以寄意,寸心言说不尽;宴席间吟《振鹭》以兴怀,借以酬酢唱和。我朝中的臣僚、百工,尽职尽责,交相警示。如同鸦食于桑林,而报我以好音。朝廷册功纪勋,采纳嘉言,加官晋爵。少皞氏用鸟名纪官名,以其和声表述国家的昌盛;朝官同到,都在传布君命,教化百姓。咏凤鸟的飞翔,众多的士子同心共济;交交桑扈的鸣声,赞美着君主贤明,自会有万民的祈祐。

清人辞赋选释

海上看羊十九年赋

林昌彝

苏子卿羁身异域①，困迹边城。羊裘非隐②，海市遥惊③。明驼孤去④，朔雁凄声。三百群麛来几度？十九年如此浮生。岂真海可乘桴⑤，聊同鲁叟⑥；不是羊堪叱石，幻学初平⑦。方其奉使于单于也⑧，单车适虏，一骑辞家。风鸣瀚海⑨，雪作边花。只期骍牡骁征⑩，暂听胡笳塞笛；岂料乌头马角⑪，长留白草黄沙。窖海自甘⑫，牧羊徒激。数声夕下，残照一鞭。几阵晨驱，凄阴四壁。孤烟大漠，惊长夜之漫漫；衰草轮台⑬，感客心之戚戚。但觉冰天雪窖⑭，矢志无他；不知玉兔金乌⑮，年华几历。麛肱则鞭不借秦⑯，啮雪而节惟操汉⑰。海中岁月，大半迷离；海外星霜⑱，几经更换。重圆则镜影肠回⑲，吉语则刀环梦断⑳。合重耳出亡之岁㉑，依然刍牧生涯；符鲁昭即位之年㉒，只觉萍踪历乱㉓。夫其画角音悲㉔，穹庐帐卷㉕，窜鼠惊啼，饥鹰疾展。海潮上下，一任浮沉；羊角纵横，凭依舒卷。亥步难穷之地㉖，乡信谁通；丁年作客之嗟㉗，羁愁莫遣。浮云奄忽㉘，故人则三载绸缪㉙；蹊路徘徊㉚，天上则双丸跳转㉛。俄而上林射雁㉜，绝塞飞鸿，鱼书巧寄㉝，羝乳诚通㉞。胡妇燕支㉟，泪渍天山之雪㊱；于靬服匿㊲，寒飘广漠之风。争迓龙钟之叟，共迎鹤发之翁。蹈海则此心犹昔㊳，饮羊而于彼何功。溯天汉之春辰㊴，回首则河梁发咏㊵；当始元之甲子㊶，还家而霜鬓飞蓬。斯殆善持臣节，故能生入玉门㊷。纪功而赐钱恩重，策勋而属国班尊㊸。远道艰难，羊肠路险；异乡风景，海水澜翻。不须麟阁图形㊹，可识忠臣之遗像；安用燕然泐石㊺，始昭利器之盘根。

【注释】

①苏子卿：汉人苏武的字。汉武帝天汉初出使匈奴，羁留十九年始归，封典属国，宣帝时赐爵关内侯，图形麒麟阁。

②羊裘：汉严光少有高名，与刘秀同游学，后刘秀即帝位，光变名隐身，披羊裘钓泽中。后因以"羊裘"指隐者或隐居生活。

③海市：蜃气。使大气因光折射而形成的反映地面物体的形象。

— 220 —

④明驼：善走的骆驼。

⑤乘桴：乘坐竹木小筏。《论语·公冶长》："道不行，乘桴浮于海。"

⑥鲁叟：指孔子。

⑦初平：汉人，黄初平，年十五牧羊，遇道士至金华山石室中四十余年。其兄初起寻至山中问羊何在，曰近在山东。初起往，但见白石而还。初平与俱行。乃叱曰羊起，白石悉变为羊。

⑧单于：汉时，匈奴称其君长曰单于。

⑨瀚海：地名，即今呼伦湖、贝尔湖，或谓即今之贝加尔湖。

⑩骍牡：泛指马。　骁征：跋涉，奔走。

⑪乌头马角：秦王囚燕太子丹，丹求归，秦王曰："乌头白，马生角时当放归。"

⑫窜：放逐。

⑬轮台：汉时，西域小国。

⑭雪窖：指酷寒和酷寒的地区。

⑮玉兔金乌：月亮和太阳。泛指时光。

⑯麾肱：挥臂。《诗·小雅·无羊》："挥之以肱，毕来以升。"　秦鞭：清胡天游《石牛寨诗》："安得秦鞭起觳觫，短衣归种汶阳田。"此盖泛指秦地所产之鞭。

⑰汉节：汉天子所授予的符节。

⑱星霜：星辰一年一周转，霜每年遇寒而降，因以星霜指年岁。

⑲重圆：重新团圆。明马銮《玉昌公主》："玉颜顿减郎休怪，镜里团圆亦有痕。"

⑳刀环：环、还同音，后因以刀环为"还归"的隐语。

㉑重耳：春秋时，重耳受母弟害，在外十九年。　刍牧：割草放牧。

㉒鲁昭：公元前542年六月，鲁襄公卒。子裯立，是为昭公，年十九而有童心。

㉓历乱：纷乱，杂乱。

㉔画角：古管乐器，传自西羌。

㉕穹庐：毡帐。即今所谓蒙古包。

㉖亥步：禹臣竖亥善走，后称健行为"亥步"。

㉗丁年：成年。此指苏武出使时。唐温庭筠《苏武庙》云："回日楼台非甲帐，去时冠剑是丁年。"

㉘奄忽：疾速。古诗《与苏武诗》："仰视浮云驰，奄忽互相逾。"

清人辞赋选释

㉙三载：《与苏武诗三首》："嘉会难再遇，三载为千秋。"　　绸缪：情意殷切。

㉚蹊路：狭路。

㉛双丸：指日月。元朱德润《题陈直卿一碧万顷》诗云："日月双丸吐，江山万古愁。"

㉜上林射雁：《汉书·苏武传》："昭帝初年，匈奴与汉和亲，汉求武等，匈奴诡言武死。后汉复使至匈奴，常惠请其守者与俱，得夜见汉使，具自陈道。教使者谓单于，言天子射上林中，得雁，足有系帛书，言武等在某泽中。使者大喜。如惠语以让单于。单于视左右而惊，谢汉使曰：'武等实在'。"

㉝鱼书：书信。

㉞羝乳：单于幽武置大窖中，绝不饮食，天雨雪，武卧啮雪与毡毛并咽之，数日不死。匈奴以为神，乃徙武北海上无人处，使牧羝，羝乳乃得归。

㉟燕支：泛指胭脂。

㊱天山：亚洲中部大山，横贯新疆维吾尔自治区中部，一直延伸到中亚细亚。

㊲于靬：单于之弟，弋射海上，武能网纺缴，檠弓弩，于靬王爱之，给其衣食三岁余。王病，赐武马畜服匿穹庐。　　服匿：即毡帐。

㊳蹈海：喻涉险。

㊴天汉：汉武帝之年号。

㊵河梁发咏：指苏武于天汉元年奉命出使，李陵于河梁送别赋诗之事。

㊶始元：汉昭帝之年号。

㊷玉门：古关名，在今甘肃敦煌西北之小方盘城。

㊸属国：即典属国，官名，掌管少数民族事务。苏武归汉后，被策勋封为典属国。

㊹麟阁：《汉书·苏武传》："甘露三年，单于始入朝。上思股肱之美，乃图画其人于麒麟阁，法其形貌，署其官爵姓名，凡十一人。"

㊺燕然：古山名。东汉窦宪破北匈奴，登燕然山刻石纪功。　　泐石：即勒石。

【今译】

苏武滞留异国，受困厄在边远的地区，他不是反披羊裘的超然隐者，遥观蜃楼海市自感动魄惊心。看着孤零零的驼队远去，听着长空雁过凄凉的叫声。多少时间才能放牧成这三百群羊啊？他是用了十九年的时光！难道真能

— 222 —

海上看羊十九年赋

像孔子说的那样"道不行,乘桴浮于海"而一走了之吗?并不是效仿求仙的初平,就能把石头变成羊群的呀!

当他奉命出使匈奴之时,辞别了自己的亲人,一乘单车,远赴虏廷。风在瀚海之上怒号,白雪竟成了边地的花卉。只盼马儿尽力地快跑。入耳的尽是塞上胡笳的曲调。哪会想到有乌头马角的欺人之言,于是他被放逐于北海,长留在黄沙白草的异国了!他在刍牧生涯中,自激自励。声声胡笳,鞭梢上晃动着落日的余光;晨驱羊群,四壁间还凝聚着凄冷的寒阴。大漠上孤烟直上,漫漫长夜使人惊;瑟瑟枯草绕轮台。客子之心增悲戚。冰天雪野尽管寒冷,可是誓愿决不动摇;谁管它月亮出来太阳落,又过去了几多年月!挥臂叱羊,哪里还要用什么秦鞭?饮雪吞毡,秉持的唯有汉节。瀚海中的岁月,多半已经模糊不清;瀚海之外的令节,不知道又更换了几次。重圆的希望多少次使人荡气回肠,象征归去的刀环,连做梦都梦不到它!十九年放牧生涯。正应了重耳流亡的年头,鲁昭公即位也正是这个岁数。可是他呢,踪迹几如漂萍,依然纷繁错杂,理不出个头绪。

画角传送着悲音,劲风摇撼着毡帐,饥鹰搏击迅猛,野鼠逃窜惊叫。海潮起落,任它去升降沉浮;旋风纵横,一任它自由驰骤。

即便有禹臣竖亥善走的技能,也难到达这无边无际的地方,乡音又怎能寄达?丁壮之年奉使,羁留异国,乡愁又怎能打发?仰视浮云飞越,三载故旧之情殷切,在狭路上徘徊,但见天上的日月如飞起落。转瞬间便有天子上林射雁,得到雁足寄书的消息。真的实现了羝羊生乳的神话。胡妇的胭脂和泪落在雪上,于靬王赏赐的毡帐,还在大漠上经受着寒冷的朔风。

回来了,人们争相迎接他,一个龙钟老叟,鹤发衰翁,可他的心还和从前蹈险时一样。吞毡饮雪,真的说起来又何功之有?回想武帝天汉元年春天,好友与他河梁送别赋诗;而今始元年间归来,两鬓已经飞霜了。

苏武善守臣子的节操,是以能活着回来重进玉门关。为了表彰他的功劳,圣上赐他金帛,官封典属国,也称得上是恩深义重,尊崇有加。想想那些远道的艰难,异域的风光,瀚海的波澜,不用麒麟阁上的图形,人们也可认得忠臣的遗像,哪里还用在燕然山刻石纪功为他奠基呢!

清人辞赋选释

子在川上曰赋

吴嘉宾

繄圣念之常周①,通化机而靡滞②。既乐水兮神怡③,复在川兮感系。匪浮海兮由从④,匪浴沂兮点契⑤。匪濯缨之咏沧浪⑥,匪荷蒉之歌揭厉⑦。睹混混之常流⑧,望滔滔之无际。念与古其不殊,后与前其均逝。岂独立以兴怀,慨阅人而成世⑨。且夫气运转于调鸿⑩,光阴迅于奔马⑪。维天水之相生⑫,历昼夜而不舍。堂坳或狎而玩之⑬,岛屿亦侈其远者⑭。洗耳而身世可忘⑮,皱面而形骸俱假⑯。遏其流则断港绝潢⑰,探其奥而火燃水冶⑱。此庸众之见如兹,而仲尼之称何也⑲?不知情有触于同归之致,理有会于大造之初⑳。至诚悠久而时出㉑,易道变动而不居㉒。终必有始,盈极则虚。若枢在户,若辖在车㉓。若云龙而风虎㉔,若飞鸢而跃鱼㉕。寓万物而各得,任一气之所如㉖。无尽者是之取尔㉗,有心哉若或起予㉘。俯斯川也,动何活泼,静何逶迤。其来也何自?其去也何之?或原或委㉙,匪疾匪迟。无一间之偶息,亦万古兮在斯。是故前者未始引;后者未始随;留者未始著;运者未始移;造者未始益;化者未始亏。盖道之自然者若此,而圣之不息也无为㉚。彼夫观濮涉虚无之想㉛,乘槎纪汗漫之游㉜。或临渊而羡,或向若而趋;或怀人而一水;或避世于五湖㉝。何若问津于江汉之野㉞,讲道于洙泗之区㉟。即水滨所见及,亦天命之乐夫。况宸居之灵沼㊱,萃丽景于仙壶㊲。知至人之观化,与前圣其同符。

【注释】

①繄:句首虚词,无义。

②化机:变化的枢机。

③乐水:《论语·雍也》:"知者乐水。"是说智者通达物理,周流不滞,故乐水。

④"浮海"句:《论语·公冶长》:"子曰:'道不行,乘桴浮于海,从我者,其由与!'"

⑤浴沂:《论语·先进》:"浴乎沂,风乎舞雩,咏而归。夫子喟然叹曰:

'吾与点也。'" 点：就是曾晳，是曾参的父亲。

⑥濯缨：《楚辞·渔父》："沧浪之水清兮，可以濯吾缨；沧浪之水浊兮，可以濯吾足。"

⑦荷蒉：挑着草筐。 揭厉：谓涉水时水浅就提衣而涉；水深时则和衣而过。

⑧混混：滚滚。

⑨阅人：会合众人。

⑩气运：节候的流转变化。

⑪奔马：奔跑之马，喻迅速。

⑫"天水"句：形容水天相接，无穷无尽的气象。

⑬堂坳：低洼之处。

⑭侈：不狎，不接近。

⑮洗耳：尧欲让天下与许由，许由认为受了污渎，乃去河边洗耳。

⑯"皱面"句：皱面攒眉，神态不快的样子。《高士传·巢父》："尧之让许由也，由以告巢父，巢父曰：'汝何不隐汝形，藏汝光？若，非吾友也。'击其膺而下之。由怅然不自得。"

⑰潢：港汊。

⑱"火燃水冶"：指人对水的奥秘所进行的探索。

⑲仲尼：孔子的字。

⑳大造：大自然。

㉑至诚：极其真挚诚恳的心意。 时出：谓得其时而出。

㉒易道：易于引导。道，同"导"。 不居：不停留。

㉓盈：满。 虚：空。

㉔辖：车轴两端的金属键，用以挡住车轮，使不脱落。

㉕云龙风虎：语本《易·乾》："云从龙，风从虎。"后世多以之比喻君臣际遇。

㉖鸢飞鱼跃：喻万物各得其所。

㉘无尽：无尽藏。泛指事物之取用无尽者。

㉙起予：《论语·八佾》："子曰：'起予者，商也。'"后因用为启发自己之意。

㉚原委：指水的发源和归宿。

㉛无为：顺应自然。

㉜观濮：《庄子·秋水》："庄子钓于濮水，楚王使大夫二人往先焉，曰：

清人辞赋选释

'愿以境内累矣！'庄子持竿不顾，曰：'吾闻楚有神龟，死已三千岁矣，王巾笥而藏之庙堂之上。此龟者，宁其死为留骨而贵乎？宁其生而曳尾于涂中乎？'二大夫曰：'宁生而曳尾涂中。'"

㉝乘槎：乘坐竹、木筏。传说天河与海通，有人居海渚者，年年八月见有浮槎来去不失期，遂立飞阁于查上，乘槎浮海而至天河，遇织女、牵牛。

㉞五湖：春秋末，越大夫范蠡功成身退，乘轻舟隐于五湖。

㉟问津：询问渡口。《论语·微子》："长沮、桀溺耦而耕，孔子过之，使子路问津焉。"

㊱洙泗：洙水和泗水。古时二水自山东泗水县合流，至曲阜北又分为二水。

㊲宸居：帝居。此指帝位，借指帝王。

㊳仙壶：指海上三神山。一曰方壶，二曰蓬壶，三曰瀛壶。

【今译】

圣人的思虑总是周详而细密的。他通晓变化的枢机而无所滞碍。既有通达物理，周流不滞的智者之愉悦，也有在大河之滨见逝水东流而引发的感喟！

这感喟并不是为了乘桴浮于海只有子路同行；并不是因为"浴乎沂"的愉悦只和曾点达到默契；并不是为了洗濯冠缨而想起那咏唱沧浪清浊的渔父；也不是为了背筐隐者那套涉水的高论。看着那一望无际、滚滚东流的逝水，今天和往古并无不同之处，后面的也好，前边的也罢，总归是一样地流逝，这岂止是独立河边而萌生的感喟？而是为了"夫川，阅水而成川；人，阅人而成世"啊！况且，自然的流转就像长空的旅雁；光阴的流逝，就像平野飞驰的骏马一般呢！

水天相接，无穷无尽，它们生生不已，昼夜不停地奔流。低洼处，人们就接近它，和它狎戏；而险远之处，便谁也不去和它们接近了。许由洗耳，仿佛连自己的身世都忘了，然而他皱面攒眉，满面的不快，在高士的眼中依然是做作！

阻住它的流水，港汊就会干涸；探寻它的奥秘，世人用尽智谋。火燃水冶，普通人的见解是这样。那么，孔夫子又是怎么说的呢？

人们不知道情有触及殊途同归的缘故，理有符合自然原始的地方，有了至诚的性情，良政便会适时而出，就像水的易于引导而无所停留。

有络结就一定有起始，有盈满则一定有虚空。就像门户的轴；就像车上的键；就像云跟着龙，风随着虎；就像鸢在飞翔，鱼在跃动。万物寄寓各有

子在川上曰赋

所得，混沌之气随意所之。无尽藏的事物取用不尽，有心者自会从中得到启发。低头看看这河水吧，它流动着，为什么那么活泼？它蜿蜒地行进着，为什么那么平静？它从哪儿来？又到哪里去？源头也好，归处也好，它就这么不紧不慢地流，无有片刻休息，千秋万代，就这么流！在前边的并不见有谁牵引，在后而后面的也不是有意跟随，滞流的也不是就此打住，运行更不是变动。造化对于它们并没有亏和盈！原来，道的自然演化就是这样，所以圣者也不会停息他的顺应自然。

在濮水观钓想起古人的虚无之想；乘着木筏曾记下漫无边际的历程。有人临渊羡鱼，有人趋之如鹜；有怀人者为了一水的阻隔而空相遥望；有避世者功成身退而隐入烟水迷茫的五湖。这些都不如在江汉之野询问渡口的人，他在洙、泗地区讲学，就水边的所见，阐述地"乐夫天命"的思想境界。何况帝王的恩泽，远及于荟萃美景的蓬壶仙岛。他更知道圣者的观化，和古圣先哲都是相同的呢！

清人辞赋选释

清白吏子孙赋

孔继镕

　　汉华阴杨宝者①，有仁慈誉，以惠爱称。获灵雀之神异②，得贻燕之祥征③。洁白如环，笑童子殷殷致语；澄清似水，愿君家世世相承。故子也以廉吏名，畏四知而夜辞金镒④；孙也有大臣节，去三惑而法守准绳⑤。及乎伯起以清白起家也⑥。少而岐嶷，长益魁奇。粹白之心可鉴，洁清之志堪师。当年绛帐谈经⑦，三鳣瑞兆⑧；他日黄堂作宰⑨，五马荣施⑩。励忠贞于曰白曰坚，笑磨不磷涅不⑪；矢志操于独清独醒，岂歠其酾铺其⑫？当其为东莱太守也，布衣而永矢廉明，疏食而知民甘苦。敢肥豢养于一身？敢竭脂膏于万户！赢清风之两袖，是又焉贪？盟白水于一心，可以无取。廉清自许，同载石之归吴⑬；坦白为怀，此著鞭之有祖⑭。乃客有进而谋曰："今者世尚经营，物珍阿堵⑮。清浊之颠倒可知，白黑之混淆难数。君不闻邓家富贵⑯，穷台榭之功；君不闻董氏豪华⑰，满珊瑚之聚。君不闻郭阴外戚⑱，鼎食钟鸣；君不闻冯耿世家⑲，琳廊玉宇。倘使贪添子舍，名传饮马以徒夸⑳；荫失孙枝，节效悬鱼而何补㉑？所以孙谋贻厥，留宦橐之余资；何须世德作求，咏诗篇于下武㉒？"伯起乃笑而对曰："聚敛是求者，愚民之事业也；锱铢必较者，市侩之图维也㉓；非义而求者，乞人不屑也；惟利是图者，货殖所为也。子不见昔之享豪富，善陵欺，玷官戒，割民脂，以为一身所积，累世可遗，岂知白璧留瑕，看家业再传而堕；不若清流自矢，使芳名百世之垂。如欲为子孙计也，则于公种德㉔，高大门阁；韦氏传经㉕，流遗书库。疏广不使盈余，奉世独传礼度。马援垂戒㉖，一纸可抵珍奇；桓氏读书㉗，六世克延儒素。盖子孙贤，则富益损其聪明；子孙愚，则性必流于纨袴。则曷不冰清自许，继吾父佳梦之征；则曷不玉白为环，报我君施恩之裕。况乎牧亿万民而非轻，为二千石而出守。怀沙者莫之他求㉘，抱璞者自励其有㉙。策鸡廉而自守㉚，蓬头怀王霸之儿㉛；看鹤俸之分颁㉜，椎髻想梁鸿之妇㉝。浏其清矣，幸无忝尔祖之谋；不曰白乎，以我从大夫之后㉞。"然当其时樊丰继起㉟，阎显承恩，王圣筑宫而尚侈㊱，刘护袭爵而称尊㊲。乃震也仅以清泉行励，白日心存，受将军耿宝之诬㊳，亭外之夕阳减色；从嬖幸伯荣之谮㊴，墓前之大鸟鸣冤㊵。故辞旧吏

— 228 —

清白吏子孙赋

之钱㊶，信是传家之肖子㊷，试看侍中之对㊸，犹称强项之后昆㊹。

【注释】

①杨宝：东汉名臣杨震之父。

②灵雀：杨宝九岁时，曾救护过一只受伤的黄雀。后来那黄雀变作一个黄衣童子，衔白环四枚为谢。并称："令君子孙洁白，位登三台，当如此环。"

③贻燕：燕、安，这里是说使子孙安逸。

④四知：《后汉书·杨震传》："道经昌邑，故所举荆州茂才王密为昌邑令，谒见，至夜怀金十斤以遗震。震曰：'故人知君，君不知故人，何也？'密曰：'暮夜无知者！'震曰：'天知，神知，我知，子知，何谓无知！'密愧而出。"

⑤三惑：指酒、色、财。

⑥伯起：后汉杨震字伯起。

⑦绛帐：《后汉书·马融传》："坐高堂，施绛纱帐，前授生徒，后列女乐。"后因以"绛帐"为师门，讲席之敬称。

⑧三鳣：杨震读书时，有鹳雀衔三鳣鱼飞集讲堂前，人谓蛇鳣为卿大夫之象，后震果位至太尉。事见《后汉书·杨震传》。

⑨黄堂：古代太守衙的正堂，也引申为太守。

⑩五马：汉时太守乘坐的车用五匹马，因借指太守的车驾。

⑪磨涅：语出《论语》："不曰坚乎？磨而不磷。不曰白乎？涅而不缁。"后因以比喻经受的考验、折磨。

⑫歠餔：语出《楚辞·渔父》："世人皆浊，何不淈其泥而扬其波？众人皆醉，何不餔其糟而歠其醨？"此喻随世沉浮。

⑬载石：汉末，陆绩为郁林太守，罢归少行装，舟轻难以渡海，因取巨石镇之。至吴，弃石于娄门之野。后称之为"廉石"。

⑭著鞭：《晋书·刘琨传》："吾枕戈待旦，志枭逆虏，常恐祖生先吾著鞭。"

⑮阿堵：指钱。

⑯邓家：指汉邓通，受文帝宠，赐蜀严道铜山，得自铸钱，由是大富。

⑰董氏：指董贤，受汉哀帝之宠，诏为贤起大第，土木之工，穷极技巧，柱槛衣以绨锦，下至贤家僮仆皆受上赐。及武库禁兵，上方珍宝，其选物上弟尽在董氏。

⑱郭阴外戚：指汉光武帝后郭圣通，弟郭况为大鸿胪，帝数幸其家，赏

— 229 —

赐丰盛，京师号况家为"金穴"。

⑲冯耿世家：汉冯异一家公侯。冯异为节侯，子彰嗣。彰弟䜣为析乡侯；彰卒，子普嗣。普子晨为平乡侯。而耿氏自中兴后，迄建安来，尚公主三人，大将军九人，卿十三人，列侯十九人，中郎将护羌校尉及刺史二千石数百人。

⑳饮马：安陵道者项仲仙，饮马渭水，每投三钱。后用以为清介、不妄取的典故。

㉑悬鱼：《后汉书·羊续传》："府丞尝献其生鱼，续受而悬于庭。丞后又进之，续乃出前所悬者以杜其意。"

㉒下武：谓有圣德，能继先王之业。

㉓图维：谋划。

㉔于公：汉人，为县狱吏，善决狱，郡中为之立生祠。

㉕韦氏：指汉彭城人韦孟。孟习鲁诗，其后历传五世至韦贤，皆为邹鲁大儒。

㉖马援：《后汉书·马援传》："援谓黄门郎梁松、窦固曰：'凡人为贵，当使可贱。如卿等欲，不可复贱，居高坚自持，勉思鄙言。'松后果以贵满致灾，固亦几不免。"此指马援的先见。

㉗桓氏：后汉桓荣，建武中授太子经。其后桓郁、桓焉、桓典、桓鸾、桓晔，父子兄弟，代作帝师。

㉘怀沙：借指屈原。

㉙抱璞：楚人卞和，为玉无人识，抱璞而泣。

㉚鸡廉：小廉。

㉛王霸：后汉高士，为儿曹蓬发历齿，未知礼则而自愧。其妻劝曰："君少修清节，不顾荣禄，今子伯之贵，孰与君之高？奈何忘宿志，而惭儿女子乎！"

㉜鹤俸：官俸。

㉝梁鸿：后汉隐士。

㉞大夫：指三闾大夫屈原。

㉟樊丰：中常侍，与王圣等共谮杨震。

㊱王圣：汉安帝的乳母。

㊲刘护：汉故朝阳侯。

㊳耿宝：帝舅，大鸿胪。

㊴伯荣：安帝乳母王圣的儿子。

㊵大鸟：《后汉书·杨震传》载："有大鸟高丈余，集震丧前，俯仰悲鸣，

泪下沾地，葬毕乃飞去。郡以状上。"

㊶辞旧吏之钱：杨震的儿子杨秉，有故吏赍钱百万遗之，闭门不受。

㊷肖子：与其父一样的儿子。

㊸侍中：指杨震曾孙杨奇。灵帝时为侍中，帝尝问奇说："我比桓帝怎样？"回答说："陛下之于桓帝，亦犹虞舜比德唐尧！"帝不悦曰："卿强项，真杨震子孙！"

㊹后昆：子孙。

【今译】

汉时华阴地方有个叫杨宝的人，以仁慈惠爱著称乡里。曾经获得过灵雀的神异，使子孙安逸的征兆；那童子含笑致语说："祝愿君家的子孙洁白如环，清澄似水，世世代代延续相承。"所以他的儿子以为官清廉著称。以四知为戒，暮夜里却人金币；他的孙子也有大臣的节操，遵纪守法，屏弃酒色财的诱惑。杨震在清白的家境中成长，少时即聪敏有志，成年时更为突出。纯洁的心地如同镜子；清正的心志值得学习。当年在学堂里学习的时候，就有雀衔鳝鱼的佳兆；其后当了太守，乘坐着五马的车驾，可谓荣耀！他勉励自己要成为忠贞的人，白不可染，坚不可磨！他发誓要做个头脑清醒的人，不能随世俗而浮沉！当他做东莱太守的时候，深知老百姓的疾苦，疏食布衣，发誓要做个清廉的官吏，哪里还敢去刮剥老百姓来养肥自己！得到的是两袖清风，对宿志信守不移。他以清廉自励，就像当年载石归吴的陆绩；心怀坦荡，可比相互激励的祖逖和刘琨。

有客进言说："当今的社会，都崇尚经营之道，重视金钱，清和浊颠倒易位；白与黑混淆难辨。你没听说邓通家的豪富？他的楼台水榭，极尽奢华；你没听说董贤家的豪华？上方珍宝，多在其家，你没听说郭皇后的亲门近枝，吃饭都鸣钟列鼎？你没听说冯、耿氏族，都世代为侯，府第豪华？假若你就落得个穷字，就算你有饮马投钱的操守，又有什么值得夸口？如果不能使子孙得到福荫，你即便有羊续悬鱼的节操，又有什么好处？所以为子孙谋划，积攒些宦囊的金钱，完全用不着苦心追求德誉，去继承什么先王的功业！"

杨震笑着回答说："追求聚敛钱财的，是愚钝者干的事；分文都计较的，是市井小人的谋划；追求不义之财，连乞丐都会看不起；只要有利可图就往前钻的，那是商人的行为！你没看见从前那些享尽富贵，玷污官箴，搜刮民脂民膏的人吗？他们以为靠自己的积贮，几辈子都用不完。哪里知道，洁白的美玉留下瑕疵，眼看着家业损毁在传人的手里！倒不如发誓做个清正廉明的人，使好名声留传百世。如果要为子孙后代谋划，那么汉代的于公积德于民，使子孙发达兴旺；韦孟传经，一直流传到后世。粗疏不求有余，处世唯遵礼法。汉时马援的告诫，话虽不多，但弥足珍贵；桓荣读书，其后代六为帝王之师。子孙要是贤惠，富足就会减损他的聪明；子孙要是愚钝，他们必然会成为浮浪子弟。那么为何不以清白自励，继承我父亲佳梦的征兆；何不以白玉为怀，报答国君的恩惠！何况我管辖万民、责任很重，领取国家二百石禄米，哪里敢疏于职守？昔时屈原忠谏，绝不是为了自身；卞和抱璞痛哭，是相信其中必有。鸡廉虽小，而甘心自守，昔时王霸不顾荣名，不以子女的蓬头粗服为耻。领取朝廷颁发的俸禄，不由使我想起那用荆钗绾发的梁鸿的妻室。深湛而清澄的水呀，你不要愧对乃祖的意愿啊！不是说清纯洁白吗，我愿追随在三闾大夫之后！"

可是，当时樊丰、王圣，修建府第，备极豪奢，刘护袭爵，受尽尊崇。而杨震也只不过是心地光明，以清廉自励而已！后来受大将军耿宝的诬陷，在夕阳亭服药而死，连西沉的红日也显得光彩暗淡了。还有王圣儿子进的谗言，杨震死了，他的坟前竟有大鸟哀鸣，好像在诉说他的冤抑！杨震的儿子能辞谢故吏的赠金，确实是杨家的好后代。他的曾孙杨奇回答皇帝的问话，刚直不阿，真不愧为强项令的后人。

高渐离击筑赋

黄士珣

　　风萧萧兮易水寒①,壮士一去兮不复还。宋如意闻声而和②,高渐离击筑其间③。一座同倾,妙技久传于燕市④,双眸尚炯,哀音岂绝于秦关⑤!在昔产嬴政威凌⑥,燕丹恨匿⑦,逆鳞而鞠武慵批⑧;匕首而荆卿怒拭⑨。督亢装图⑩,舞阳并力⑪。白衣送往⑫,催腾车马之音;绿酒呼来⑬,惨变风云之色。渐离于是出匣中之雅奏⑭,为席上之清娱⑮。慷慨一击,泪下酒徒,阶泉乱落,环佩争趋。范亚父紫电挥来⑯,撞开玉斗;王处仲青珊舞到⑰,敲破金壶。猗猗靡靡⑱,初声变徵,如孤燕之辞巢,与离鸿之唤子。风卷沙飞,悲添秋土,孰若我代云蓟树之间⑲,筑声凄耳,铮铮铍铍⑳,羽调旋通。如鹍鸡之叫旦㉑,更雕鹗之呼风㉒。拔剑抗节,起舞心雄。未若我祖帐征尘之侧㉓,筑韵穿空,莫不酣嬉淋漓,亦悲亦壮。目裂眦以无言㉔,发冲冠而相向㉕。汝往哉,此别何年?君去也,余音犹抗!誓不入渑池会上㉖,偕赵瑟同赓㉗;誓不入绣岭宫中㉘,与秦筝迭唱㉙。乃自铜柱误中㉚,金台遂倾㉛。故鼎而埋深荒棘,神州而凋尽琼英。天惊石破韵如在,酒座琴歌空复情。孰与杯衔,重结屠沽之旧侣㉜;徒教技痒,闲评瓮缶之余声㉝。既而传食相招㉞,摩挲旧物,一击而辽海风悲㉟,再击而燕山云郁㊱。思寻马角之仇㊲,用代龙文之刺㊳。然则斯筑也,方将与博浪之椎相后先㊴,而迄今犹太息痛恨于中秦之不。

【注释】

①易水:水名,在河北省西部,源出易县境,流入拒马河。

②宋如意:战国人,荆轲之友。燕太子丹遣荆轲刺秦王,祖道于易水上。荆轲起为歌,高渐离击筑,宋如意和之,为壮声,士发皆冲冠;为哀声,士皆流涕。

③高渐离:战国燕人,善击筑,与荆轲友善。轲刺秦不遂,死后渐离得幸于始皇,乃置铅筑中,扑始皇,不中被杀。

④燕市:战国时燕之都城。

⑤秦关:指秦地关塞。

⑥嬴政：秦始皇。

⑦燕丹：战国燕王喜子，质于秦，亡归。见秦且灭六国，兵临易水，乃使荆轲刺秦。

⑧逆鳞：喻犯人主或强权之怒。　鞠武：战国齐人，太子丹之太傅。欲拒秦无策，乃介太子见田光，光因荐荆轲。

⑨荆卿：即荆轲。战国齐人，徙于卫，卫人谓之庆卿。之燕，燕人谓之荆卿。好读书击剑，爱燕之狗屠及善击筑者高渐离，日与饮燕市。燕太子丹客之，欲令劫秦王，反诸侯侵地。轲请樊于期首及督亢地图以行。既至，以匕首揕秦王，不中，被杀。

⑩督亢：古地名，战国燕的膏腴之地。

⑪舞阳：秦舞阳，战国燕勇士。荆轲入秦，以为副。

⑫白衣：古代平民服。

⑬绿酒：美酒。

⑭雅奏：对他人演奏的敬称。

⑮清娱：清雅欢娱。

⑯范亚父：范增使项羽起兵成霸业，羽尊其为亚父。　紫电：古宝剑名。

⑰王处仲：晋人王敦的字。

⑱猗猗靡靡：随声飘拂貌。

⑲代：代郡，有今河北、山西等部分地区。代云：代地的云。江淹《恨赋》："陇雁少飞，代云寡色。"　蓟：蓟州。战国时燕地。

⑳铮铮钑钑：形容乐器演奏声。

㉑鹍鸡叫旦：鹍鸡在清晨时争着啼叫。《楚辞·大招》："鹍鸿群晨，杂鹙鸽只。"

㉒雕鹗：雕与鹗，皆为猛禽。

㉓祖帐：古代送人远行，在郊外路旁为饯别而设的帷帐。

㉔裂眦：谓因发怒而眼睛睁得极大，眼眶几乎要裂开。

㉕冲冠：谓头发上指把帽子冲起，形容极为愤怒。

㉖渑池会：蔺相如从赵惠文王与秦昭王会于渑池。

㉗"偕赵瑟"句：指在渑池会上，秦昭王逼赵惠文王鼓瑟；蔺相如立请秦昭王击缶事。

㉘绣岭宫：华清宫。《唐书·地理志》："陕州陕石县有绣岭宫。"

㉙秦筝：古秦地的一种弦乐器，似瑟。

㉚铜柱误中：《史记·刺客列传》："荆轲废，乃引其匕首以擿秦王，不

中，中铜柱。"

㉛金台：指古燕都。

㉜屠沽：宰牲和卖酒。

㉝瓮缶：击节拍的乐器。《史记·李斯传》："今弃击瓮叩缶而就郑卫。"

㉞传食：谓止息于诸侯客馆而受其饮食。

㉟辽海：渤海辽东湾。

㊱燕山：指蓟县东南直至海滨的燕山山脉。

㊲马角：太子丹质秦时，秦王遇之无礼。欲求归，秦王谬言曰："令乌白头，马生角，乃可许耳。"

㊳龙文：古宝剑名。　　刾：击、砍。

㊴博浪：地名，即博浪沙，在今河南省阳武县东南。张良曾使力士狙击秦始皇于此。

【今译】

风声萧萧啊易水清又寒，壮士此去啊不再回还！宋如意和着这歌声，高渐离击着筑。在座的人都佩服高渐离享誉已久的击技，他的双眸精光四射，谁曾想这哀音竟会在秦地断绝呢！昔时秦始皇威逼胁迫，太子丹忍气吞声。要想违忤他，连鞠武都束手无策。直到荆轲怒拭匕首，函装督亢地图，由秦舞阳陪同入秦。送行的人穿着白衣，催促着车马出发。饮下杯中美酒，惨淡淡地，连风云也为之变色。高渐离于是击筑，强作席上的欢颜。筑声慷慨激昂，酒徒皆潸然泪下。像乱落的流泉，像争趋的环佩，仿佛范增挥剑撞开玉斗，恍如王敦的如意敲残垂壶。筑声飘荡，羽调转徵，如同孤燕离开窠巢，如同离雁召唤幼仔。风卷沙飞，秋野上显得愈益悲凉。谁能像我于蓟、代之间演奏的凄厉筑声，那铮铮钪钪的羽调，像鹍鸡的呼唤天明；像猛禽的呼唤风云。坚守节操，剑以明志也好；翩跹起舞，豪气干云也好，何如我在送行的帷帐中，凌空而起的筑声。使人们酒酣尽兴，亦壮亦悲，睁大着眼睛，无言相视，怒发上冲冠。

你走了，此番一别，何年再见？你走了，余音依然高亢，誓不进渑池会上，去和赵瑟同奏；誓不入绣岭宫中，与秦筝协奏，乃自误中铜柱，燕国遂致倾覆，钟鼎埋在荆棘野草之中，精英人物都凋零殆尽。石破天惊，声音如在，饮酒抚琴，情何以堪！谁还能来此举杯，重新结纳旧日的屠沽伙伴，徒然令人技痒，闲说瓮缶的故事。既而传食客馆，摩挲旧物。昔时一击而辽海生悲，再击而燕山云黑。想循着乌头马角的旧仇，用它来代替龙文宝剑的击砍。这筑和博浪的铁锤相后先，到现在还叹息着当时竟然没有击中！

清人辞赋选释

浣花草堂赋

麟 魁

　　览胜迹于成都，缅高贤之旧圃。地近接乎鸡坊①，波远连乎犀浦②。年年秋月春风，处处幽兰芳杜③。依严武于锦官城里④，悬榻朱门⑤；访赞公于西枝村边⑥，结邻净土⑦。茂林修竹，其间别有洞天⑧；高阁层台，此地遂名千古。客告余曰：有浣花溪焉⑨，此司马之所遗赀⑩。而少陵之所建宇也⑪。其堂则几费经营，乃瞻焜耀⑫。碧洗云窗⑬，青排月峤⑭，松小花稀⑮，竹新笋峭。乞百株之秾艳，栽桃而不惮心烦；移十亩之清阴，觅桤而谁从目笑⑯。岂徒茅宇，喜传碗于韦班⑰；不减兰亭⑱，仿流觞于逸少⑲。时则圆荷半沼，细麦千塍。人来东阁⑳，花胜武陵㉑。摘园蔬以娱客，涉溪水而寻僧。稚子敲针，迟钓纶于孤艇；老妻画纸，伴棋影于寒灯。家酿携来，喜高使君之戾止㉒；野梅折去，笑王侍御之频仍㉓。亦足以任啸傲㉔，供攀登，阅桑榆之暮景，乐终老而无称㉕。无何而烽火尘惊，山河路断。震西蜀之甲兵㉖，扰东屯之池馆㉗。嗟燕语兮巢空，叹乌飞兮幕散。三年而匪易室成，七月而未遑席暖㉘。玉垒之云忽变㉙，旅梦频惊；锦江之水空流㉚。诗肠莫浣。离别情多，欢娱日短，遂令树残风雨，庭老莺花㉛，乡心此地，明月谁家。去青城而路杳㉜，瞰旧院而情奢。忆寒棕之零落，咏古柏之槎枒㉝。病橘千头，问几经乎霜雪？枯楠百尺，悲空度于岁华。纵有斯堂，常系诗人之思；不知何日，重停处士之车㉞。然而书寄郑公㉟，路通蜀道，雪山之兵马才收㊱，锦里之逢迎又早㊲。荆扉漫欷，客自何来，芜径重开，童犹未扫。亦有书签药裹㊳，蛛网尘封；但看石镜琴台㊴，鹃啼树老。领生前之乐趣，无非流水行云；紫去后之相思，半是斜阳芳草。此瀼西重与徘徊㊵，而工部独伤潦倒者也！迄今幽人迹往，古壁苔荒，疏钟远寺，枯柳寒塘，野店山桥，漫谓留题于过客㊶，竹寒沙碧，空闻流水于沧浪。固不独抱爱国之深情，半世曾吟杜老；且试思卜居之逸致，千秋尚有草堂。

【注释】

　　①鸡坊：指碧鸡坊，在成都市内。

— 236 —

②犀浦：旧县名，属成都府。

③芳杜：即杜衡，一名杜若，香草名。

④严武：唐人，字季鹰，为剑南节度使，封郑国公。　　锦官城：故址在今成都南。成都旧有大城、少城。少城古为掌织锦官员之官署，故称锦官城。

⑤悬榻：《后汉书·徐稚传》："蕃在郡不接宾客，唯稚来特设一榻，去则悬之。"后以喻礼待贤士。

⑥赞公：原京中大云寺主持，因与房琯有旧，被谪秦州安置。　　西枝村：在秦州东柯谷西。时杜甫在秦，曾邀赞公同往西枝村，寻找隐居之地。

⑦净土：佛教语。谓佛所居住的无尘世污染的清净世界。

⑧洞天：道教称神仙的居处，意谓洞中别有天地。

⑨浣花溪：一名濯锦江，又名百花潭，在成都西郊。

⑩司马：指杜甫表弟王十五司马。杜甫有《王十五司马弟出郭相访，遗营草堂赀》诗以记其事。　　遗赀：送钱资助。赀，同"资"。

⑪少陵（野老）：杜甫的号。

⑫焜耀：光辉，辉煌。

⑬云窗：高楼之窗。

⑭峤：陡峭的山峰。

⑮松花：松树之花，亦名松黄。

⑯梎：梎树。　　目笑：目视而窃笑。

⑰传碗：指杜甫向人索求瓷碗。　　韦班：指涪江尉韦班。

⑱兰亭：在浙江会稽郡山阴县。

⑲逸少：东晋王羲之的字。

⑳东阁：指东亭。故址在今四川崇州市东。

㉑武陵：在今湖南常德市境内。

㉒高使君：指高适。　　戾止：来到。

㉓王侍御：即王抡。杜甫有《王十七侍御抡许携酒至草堂，奉寄此诗便请邀高三十五使君同到》诗："绣衣屡许携家酝，皂盖能忘折野梅。"以记其事。

㉔啸傲：形容放旷，不受拘束。

㉕无称：无法测度。

㉗东屯：位于白盐山北，赤甲山、白帝城东。大历二年秋，杜甫由瀼西移居东屯。

㉘七月：杜甫于宝应元年七月，送严武入京。

㉙玉垒：即玉垒山，在四川理县东南，多作成都的代称。

㉚锦江：岷江分支之一，在今四川成都平原。传说蜀人织锦濯其中则锦色鲜艳，濯于他水则暗淡，故称。

㉛莺花：泛指春日景色。

㉜青城：青城山，在今都江堰市西南，相传东汉张道陵修道于此。道教称第五洞天。

㉝槎枒：树木枝杈歧出貌。

㉞处士：本谓有才德而不仕者，此指杜甫。

㉟郑公：指严武。广德元年封武为郑国公，故称。

㊱"雪山之兵马"句：指成都的战事平定。

㊲锦里：成都的别名。

㊳药裹：药囊。

㊴石镜：《华阳国志》载：蜀都有一丈夫，化为美女，蜀王纳为妃，寻死去。蜀王派五丁担土为冢，在墓门前立一石镜，坟即武担山。杜甫于上元二年作《石镜》诗。　　琴台：在浣花溪北，相传为司马相如和卓文君卖酒处。

㊵瀼西：地名。故址在今四川奉节县城内。大历元年，杜甫在夔州曾寓居于此。

㊶诩：夸耀。

【今译】

游览成都的名胜古迹，想起昔贤旧时的园圃。那地方邻碧鸡坊，溪流远远地和犀浦连接。年年的秋月春风，处处的幽兰香草。在锦官城里，有礼贤下士的故友严武接济；在秦州与赞公寻访西枝村，曾打算结邻在承平的净土。茂密的树林，修长的茅竹，那地方真是别有天地；高高的楼阁，层层的亭台，此地真的就千古留名了。

有人告诉我说：这里有浣花溪，当年王司马送钱资助，杜甫才在这儿建起了房舍。这幢草堂费了多少经营的苦心，才看到它今日的辉煌啊！长空如洗，月亮从排列着的青蒙蒙的山峰后面升上来，照着高楼上的窗子。小松树上缀着稀疏的松花，新竹下冒出尖尖的笋芽。东乞西讨，求来上百株树栽，为了种植这些桃树，杜老一点儿也不怕麻烦。为了成就十亩方圆的绿荫，寻找桤树栽子，还怕有人背地里偷笑吗？这岂止是茅屋草舍。幸有韦少府班送来了大邑瓷碗，如同当年王羲之的曲水流觞，丝毫也不逊色于会稽兰亭之会

浣花草堂赋

呢！这时池塘里的荷花已有半数开放，田塍间麦浪起伏，人是来自东阁，花妍胜过武陵。摘下圃中的蔬菜招待客人；涉过溪水去造访寺庙的高僧。小孩子敲针作钩，在小船上慢腾腾地垂钓；老妻画纸为棋盘，在灯下相伴相依。携来自家的酿酒，欣喜使君高适来到；王侍御频来造访，难道只是为了折几枝野梅？这些都足以使杜老不受拘束，随意攀寻，桑榆晚景，颐养天年，这种愉悦的心境是无法测度的。孰料霎时便烽火连天，道路隔绝，令人震惊的西蜀兵变，即便躲到夔州的东屯也频受惊扰。可叹燕去堂空，幕僚也如乌鹊一般飞得不见踪影。自上元元年起经营这片草堂，至宝应元年七月，这期间，他匆匆来去，没得到片刻的安定。玉垒山风云突变，使客中的杜甫连番遭受惊扰。锦江的水照旧东流，却难以浣洗诗人的创痛。欢愉的时日太短，离别之情苦多，以致树木为风雨所摧残，庭院中春光自老，在此地牵绕着思乡的情怀，明月又照得几家团聚？去青城仙境道途杳渺；看诗人旧院思绪万千。想那零落的棕树，诗人咏过的古柏。枝头累累的病橘，经历过几多风雪？高大枯瘦的柟树，悲凄凄空度华年。纵有这草堂，常系着诗人的挂牵，却不知何日何时，才得见诗人重返。然而有信寄达郑公，说蜀道已然畅通。雪山兵戈既息，再不会有战事发生，草堂今日重来，锦城老早喜相迎。轻叩柴门，为问客从何来？荒秽的园径，童儿还没有清扫。屋里的书签和药囊，已经被蛛网缠封。但看传闻中的石镜，浣花溪北的琴台，子规啼彻，树老空山。领悟生前的乐趣，直如行云流水；牵挂去后的思念，多半在斜阳芳草之中。这就是诗人在瀼西徘徊，独自伤心漂流潦倒的原因吧！

　　如今昔贤的事迹已成过去，只剩下古寺荒苔，寒塘边的枯柳和疏落落的钟声。野店山桥，夸什么过客留题；白沙翠竹，空闻水声在他隐居的地方。他吟咏了半生，固然不止是因为他抱着爱国的深情，就想想他卜居的脱俗意态，千秋之后也还有草堂。

清人辞赋选释

四时读书乐赋

王敬熙

　　芸香砚北①，蕉叶窗东，静观自得，佳兴谁同？听书声之不辍，知乐意之无穷。宛如学足三余②，功勤董子③；好比神通万卷，诗咏髯翁④。昔翁秀卿之读书也⑤，青箱饱学⑥，黄卷耽吟⑦，丁年励志⑧，午夜功深⑨。书借荆州⑩，如珍尺璧⑪，书披兰室⑫，为惜分阴。门闭深山，四季之烟云供养；窗环修竹，四围之风月萧森⑬。时则春日舒长⑭，和风雅致⑮，展卷移情⑯，开篇遐思。几多朋友，枝头则好鸟争鸣；大块文章⑰，水面则落花如意。此处恍游福地⑱，情味有三⑲；时人不识予心，愁怀无四⑳。春夏相移，清和最宜㉑，一番朗诵，几度思维。书帙则雅怀独赏㉒，书斋则幽趣谁知㉓？昼永吟残，蝉声在树，夜深烬落㉔，萤影飞帷。乐披玉轴千行㉕，雨过恍加点处；乐抚瑶琴一曲，风来好奏薰时。俄而一叶秋风㉖，乾坤始肃。爱此凉飙，漱余清馥。既悦目而赏心，亦撑肠而挂腹㉗。鸣听蟋蟀，白绽豆花，信寄雁鸿，黄开篱菊。壮书怀于尔室，时不再来；寻乐事于吾庐，其曰可读。读真不厌，乐也何如？关心秋晚，屈指冬初。悟流光之一矢，欣积卷于五车㉘。坐对韦编㉙，灯摇蓬壁，高歌夜半，雪压茅庐。活火茶烹㉚，倪许自得其乐；寒梅花著㉛，何妨还读我书。迄今寻绎诗篇㉜，雅怀著作。想乐境于萧斋㉝，撷书香于芸阁㉞。时而先生曳杖，风度翩翩；时而童子焚香，天怀落落㉟。当日狂吟老屋，自有藏书；有人归咏春风㊱，云何不乐！

【注释】

①芸香：香草名，可护书驱虫。
②三余：即三种空闲时间：冬者岁之余，夜者日之余，阴雨者时之余也。
③董子：指主张"三余"读书的三国时人董遇。
④髯翁：宋人苏轼美须髯，或称苏髯、髯翁。
⑤翁秀卿：宋末时人翁森的字，有《四时读书乐》诗。
⑥青箱：青箱学，指传家的史学。宋人苏舜钦《黎生下第还乡》："无废青箱学，穷愁古亦然。"

— 240 —

⑦黄卷：书籍。古人写书用纸，以黄檗汁染之防蠹，故称书为黄卷。
⑧丁年：男子成丁之年，泛指壮年。
⑨午夜：半夜。
⑩"书借荆州"句：陆游《到严十五晦朔郡酿不佳求于都下既不时至欲借书读之而寓公多秘不肯出无以度日殊悯悯也》云："名酒过于求赵璧，异书浑似借荆州。"盖言借书之难也。
⑪尺璧：直径一尺的璧玉，言其珍贵。
⑫兰室：芳香高雅的居室。
⑬萧森：草木茂密。
⑭舒长：久长。
⑮和风：温和的风，此指春风。　　雅致：高雅的意趣。
⑯移情：变易情志。
⑰大块：大自然。
⑱福地：指神仙居住之地。
⑲情味：犹情趣。刘劭《人物志》："故其刚柔明畅贞固之征，著乎形容，见乎声色，发乎情味，各如其象。"
⑳无四：指四无妄：耳无妄听，目无妄顾，口无妄言，心无妄虑。
㉑清和：天气清明和暖。
㉒书帙：泛指书籍。
㉓幽趣：幽雅的趣味。
㉔烬：灯花。
㉕玉轴：指珍美的图书字画。
㉖一叶秋：即一叶落而知天下秋。
㉗撑肠拄腹：腹中饱满，喻容受很多。
㉘五车：形容读书多，学问渊博。
㉙韦编：古代用竹简书写，用皮绳编缀称"韦编"。
㉚活火：有焰的火。
㉛花著：即著花，长出花蕾或花朵。
㉜寻绎：解析。
㉝萧斋：书斋。
㉞芸阁：书斋也，亦称芸窗。
㉟天怀：出自天性的心怀。　　落落：清澈。
㊱归咏春风：《论语·先进》："浴乎沂，风乎舞雩，咏而归。"盖指乐道

清人辞赋选释

遂志之意。

【今译】

　　笔砚旁陈放着能驱虫护字的芸香，书窗外是绿意盎然的芭蕉，静观万物，自得其乐，美好的兴致，又有谁能来同享？听朗朗不辍的读书之声，便会知道读书的无穷乐趣。就如同利用三余读书的董遇，又好像神融万卷的苏轼髯翁。从前翁森读书，真可谓是秉承家传的学业，专心于读书吟咏。丁年立志，每天学至深夜。借得好书，如同珠宝一般珍贵。在书房中展卷研读，珍惜分分秒秒的时光。闭户山间，有四季的烟云可供陶冶；窗外环绕着修竹，茂密的草木，还有清风明月。时值舒缓悠长的春天，和风带着高雅的意趣，展开书卷，却变易情志，浮想联翩：多少朋友，枝头的鸟儿在鸣叫；水面上漂着落花，好像充满了情意，这大自然就是最好的文章，到此处就像游览琅嬛仙境，使人生发出着乎形、见乎色、发乎情的意趣。可惜时人不解我的心意，不知道我已进入无妄听、无妄顾、无妄言、无妄虑的四无之境。春夏相交，清和的天气最是宜人，朗诵一段诗文，再经过几番涵咏。书籍任由我独自赏鉴，这书斋中的乐趣又有谁能知道？夏日如年，暂息诵读，蝉噪嘶风，吟声在树。夜深烬落，有萤火虫在帷帐间飞舞。披览书画，好像洒落了沁凉的微雨；抚一曲瑶琴，好像掠过解愠的熏风。转瞬间秋风落叶，天地萧然。独爱这凉风，给人带来清爽，既能使人赏心悦目，亦能使人胸襟宽广。听篱落间蟋蟀声声，豆花正开；长空归雁掠过，园菊正黄。在你这书房中抒发壮怀，可叹时光不再；在我的书室里寻找乐趣，不就是读书吗？读书不令人生厌，这该是怎样的快乐！暮秋已逝，转瞬就是冬天，于是感悟到流光如箭。只快慰的是积聚了许多书籍。坐对着竹书，灯影在墙壁间摇晃，高歌夜半，雪压茅屋。地炉上烧着茶炊。俾可让你自得其乐。寒梅已经着花，不妨还是读我的书。到而今解悟昔贤诗篇，怀想先哲著作，撷取书香，追寻乐趣，就在这书斋之中。先生有时曳着杖藜，风度翩翩；小童有时焚香，心无旁骛，情怀是怎般清澈！当时在旧宅中狂吟，自有藏书：有人归来咏"舞雩春风"，为什么不乐呢？

廉石赋

潘遵祁

陆公纪一麾风峻①,五马霜严②,磊磊而高怀独具,棱棱而介节同瞻③。忽忆莼鲈④,检轻装而欲去;并无琴鹤⑤,扫宦迹而休淹。只半生两袖清风,何嫌贫傲?看千古一拳贞石⑥,能使顽廉。盖其典郁林之郡也⑦,襆被除官⑧,饮冰励志⑨。开燕寝而凝香⑩,绾虎符而视事⑪。门堪罗雀⑫,官方则置水同清⑬;庭有悬鱼⑭,政绩则镌碑可记⑮。笑随身兮无具,偏来宝玉之乡;问砺齿以何时⑯,且作风尘之吏。既而组解林中⑰,辕攀道左⑱。千里归途,一寒故我。指苍茫之瘴海,雾湿征衣;望缥缈之吴山⑲,风催单舸。为想银涛雪浪,片帆之飞渡如何。只余木枕布衾,三担之装来乍可。萧条旅客,怅惘篙师⑳。公乃沉吟小立,踯躅移时㉑,眼底飞来,讶一峰之突兀;船头载去,记五岭之迷离㉒。底须照彻泉宫㉓,网珊瑚而自有;堪笑归来番舶,装薏苡而何为㉔?压得囊轻,助将帆驶,块垒何妨㉕,嵚崎可喜㉖。带岭头之黛色,藓草萦青;晕舵尾之潮痕,苔花染紫。从兹逝矣,烟霞之癖依然;不曰坚乎㉗?舟楫之材借此。荒徼还家㉘,故园访宅,卸却行装,留将拱璧㉙。笑长物图书伴少,剩此云根㉚;道前宵风雨声多,陨来星魄。已阅沧桑几度,尚摩挲可见其人㉛;试看砥柱中流㉜,问磊落谁如此石?睹兹旧迹,企彼高贤。岂选钱之足拟㉝,真抱璞之能全㉞。纵教东海持归,高风孰并?除是西陵拾得㉟,佳话同传。只今雾结烟霏,对罗浮之咫尺㊱;为忆风吹浪打,踰粤峤之三千㊲。我圣朝民颂棠甘㊳,吏安檗苦,扬仁来赠扇之人㊴,操行慕还珠之浦㊵。却奇琛于南海,物产徒夸;咏片玉于东吴,官箴可补㊶。好留清白,陆天随故里犹存㊷;请拜崚嶒,况太守崇祠并古㊸。

【注释】

①陆公纪:三国时,吴人陆绩的字。　一麾:一面旌麾,旧时作为出为外任的代称。

②五马:太守的代称。

③棱棱:威严方正的样子。　介节:耿介的操守。

④莼鲈：莼菜和鲈鱼。

⑤琴鹤：《稗史》："赵清献入蜀，独以一琴一鹤自随，其清致可知。"

⑥贞石：坚石。亦作碑石的美称。

⑦郁林郡：在今广西桂平市西。

⑧襆被：用包袱裹束衣被，意为整理行装。　　除官：授官。

⑨饮冰：谓清苦廉洁。

⑩燕寝：卧室。

⑪绾：系结。　　虎符：古代帝王授予臣下兵权和调发军队的信物，为虎形。

⑫罗雀：形容门庭寂静或冷落。

⑬置水：《后汉书·庞参传》："参为汉阳太守。郡人任棠有奇节，隐居教授。参先到候之，棠不交言，但以薤一大本，水一盂，置户屏前，自抱儿孙，伏于户下。主簿白以为倨。参曰：'彼欲晓太守耳！水者欲吾清。拔大本薤者，欲吾击强宗。抱儿当户，欲吾开门恤孤也。'自是抑强扶弱，果以惠政得民。"

⑭悬鱼：后汉羊续悬鱼以谢绝馈赠，后以"悬鱼"喻指为官清廉。

⑮镌碑：在石上刻文记功。

⑯砺齿：刷牙去垢，表示清高。

⑰组解：犹"解组"，解绶。

⑱辕攀：犹"攀辕"，《后汉书·侯霸传》："更始元年，遣使征霸。百姓老弱相携号哭，遮使者车，或当道而卧，皆曰：'愿乞侯君复留期年。'"后遂以为挽留良吏之典。

⑲吴山：指三国时吴地的山。

⑳篙师：撑船的熟手。

㉑踯躅：徘徊。

㉒五岭：大庾、越城、骑田、萌渚、都庞五岭的总称，位于江西、湖南、广东、广西四省（区）之间。

㉓底须：何须，何必。　　泉宫：水府。

㉔薏苡：植物名，籽粒可供食用、酿酒和制药。

㉕块垒：泛指堆积之物。

㉖嵚崎：险峻，不平。

㉗坚：稳也。

㉘荒徼：荒远的边域。

廉石赋

㉙拱璧：最珍贵的东西。

㉚云根：山石。

㉛摩挲：模糊。

㉜砥柱：又称砥柱山，当黄河中流，以山在激流矗立如故，故名。

㉝选钱：后汉刘宠拜会稽太守，人送百钱，宠仅选一大钱受之。

㉞抱璞：指保持本色，不为利禄所惑。

㉟西陵：江革任会稽郡丞，人安吏畏。及还，舟船轻敝，革乃取西陵石以实之。

㊱罗浮：山名，在广东省东江北岸。

㊲粤峤：指五岭以南地区。

㊳棠甘：即《诗·召南·甘棠》，为怀念召伯德政而作。

㊴扬仁：宣扬仁德。谢安赏袁宏机敏，自吏部郎出为东阳郡，乃祖于冶亭。执手将别，取一扇赠之。宏答曰："当奉扬仁风，慰彼黎庶。"

㊵还珠：《后汉书·孟尝传》："先时宰守并多贪秽，逐渐徙于交阯郡界。尝到官，革易前弊，未逾岁，去珠复还。"后以"还珠"形容为官清廉。

㊶官箴：为官的规谏、告诫。

㊷陆天随：即唐人陆龟蒙，为远祖陆绩后裔。《唐书·陆龟蒙传》："陆氏在姑孰，其门有巨石，远祖绩者事吴，为郁林太守，罢归无装，舟轻不可越海，取石为重，人称其廉。"

㊸况太守：指明代苏州知府况钟。他为人刚正廉洁，民奉之如神明，称况青天。

【今译】

陆绩出任太守，吏风清峻，凛若冰霜。光明坦荡的襟怀，耿介端严的操守，那是人人都能看得到的。忽然想起故乡的莼菜和鲈鱼，便拾掇行装准备归去了。他并没有琴鹤相随，除掉为官的痕迹，再也不要迟延了！

半生贫穷、高傲，换取两袖清风，只有那留下来的坚石，能警醒世人弃贪腐而倡清廉！

原来他出为广西郁林郡守时，发誓要做一个清官、好官，只带着一卷简单的行李上任。

至今，进入他的卧室，犹感昔时凝聚的幽香；他当年身结虎符，临庭视事，而府邸之前则门可罗雀，为官如同置水一般的洁清；悬鱼却馈的故事，在碑文中留下佳话。

清人辞赋选释

　　堪笑他身无长物，偏偏来比盛产珍宝的地方！原来他的清白，就是从这风尘小吏做起的！他解任的时候，老百姓攀着车辕，不让他走。他回去了，在千里归途之上，他还是刚上任时那副贫寒模样。广阔无边的烟瘴，濡湿了他的衣衫；遥望缥缈的故园，舟船即将出发了。在那银涛雪浪之中，小小的风帆怎么飞渡呢？就这几件木枕、布衾凑成的三担包裹，怎么能行呢？这么贫寒的旅客，让篙师都感到发愁。陆公站在那里沉思了老半天，忽然看见一片像山一样的石头，装到船上去，还可帮助记起那模糊难辨的五岭呢！何必要到水府去网珊瑚为己有？可是那些归船载着薏苡，难道还想招致载着金珠财宝的谤议吗？哪像这石头，既能解囊轻之困，又能助帆船行驶，不好看又何妨，它险峻的外貌还真有点让人喜欢！

　　石头上还带着岭头苔藓的颜色，舵尾不停地摆动，连苔花也变紫了。从此，它就回不去了，但谁又能改变它耽于烟霞的洁癖呢？此番行船的平稳，全是靠了它的帮助呀！

　　从荒远的边地回来，回到旧时的宅院，卸下行装，把它留下来当作最珍贵的东西。可笑自己除了书没有什么长物，就只剩下这片山石。那还是前天晚上在风雨中从空中掉下来的呢！

　　已经过了许多年，还恍惚如见其人。且看河水中的砥柱山，嵌崎磊落谁能比得？看到他的事迹，仰慕他的贤德，他的清廉，选钱的刘宠是不能比拟的，就因为他保持本色，不为利禄所惑。即便有人从东海捎回些同样的石头，可高风亮节却难于对比，除非后人江革用西陵石的故事，可与之同样作为佳话而流传。

　　如今，那雾重烟浓的地方，罗浮山仿佛还近在咫尺；使我忆起昔时在风吹浪打中，跨越岭南的往事。我朝如今民颂《甘棠》惠政，官吏安于艰苦，想宣扬仁风，便有赠扇之人，官吏的操守，都仰慕孟尝珠还合浦的故事。

　　陆公辞彼南海的奇珍，物产丰饶又能怎样？这种纯洁如玉的美德，可以补作为官的规谏和告诫。他留下了清白，后人陆龟蒙的家里到现在还留着那块郁林石；瞻拜高贤，只有况太守的祠宇可以和他同垂千古。

郑监门绘流民图赋

潘遵祁

密骑飞章①，哀鸿待命②，摹写穷愁，挽回苛政。迓膏泽于崇朝③，搔疮痍于兆姓④。敢拟千秋进录⑤，相业推张⑥；非夸三绝多才⑦，画师称郑⑧。昔郑介夫之监安上门也⑨，退居卑秩⑩，常畏民嵒⑪。值光州之报最⑫；辞检讨之清衔⑬。咫尺天颜⑭，未伸悃愊⑮；涓埃臣志⑯，岂避顽谗。问国储红粟陈因⑰，谁屯其泽？叹民困青苗新法⑱，若立之监。维时纪纲迭改⑲，科敛弥繁，凄凉比户⑳，辽绝重闉㉑。莫召和甘于苍昊㉒，都忘疾苦于黎元㉔。凭谁代愬民劳㉕，书陈午陛㉖；顾我长甘吏隐㉗，迹寄晨门㉘。第见荒歉频仍，灾祲未艾㉙，赤地相连㉚，苍生无赖。风沙则千里遥望，雨泽则九霄莫匄㉜。料得深严螭禁㉝，难闻琐尾之嗟㉞。除非刻画鸠形㉟，尽入添毫之绘。爰乃苦心点染㊱，极意抚钩，状辛酸之滋味，抱子惠之殷忧㊲。仓皇里舍，寂寞田畴，偏教黧黑残骸，描摹欲活；不信丹青妙手，惨淡生愁。雁泽堪伤㊳，阿堵之神情毕肖；鹅溪尽湿㊵，穷檐之泪点交流。望阙逡巡，丹忱未伸㊶。驰皇驿以入告㊷，假银台而上陈㊸。捧椠而情期援手，草章而遑顾批鳞㊹！念几辈之鹑衣㊺，谁营广厦㊻？凭一枝之兔管，欲挽阳春。错疑银汉屏开，写蕴隆于下士㊼；何异石壕诗苦㊽，闻幽咽于穷民㊾。遂使宸衷感动㊿，黼座吁嗟㊼，一人敢谏，百姓其苏。养羸弱而暂宽徭役㊽，恤饥寒而立罢征输㊾。顿令乐土同游，贪消硕鼠；谁识孤忠独马，念切饥乌。可知一纸披肝㊿，自有回天之力；岂似千门示掌㊽，徒夸画地之图㊾。是宜眷注优隆㊿，事权委付㊽，何为乎捧日徒殷㊾，冲烟远戍㊿。朝端共肆訑诽，民隐更谁呼吁㊿！惟我皇上，德广辰居㊽，恩周亥步㊾。轸偏灾于水旱㊿，菜色时廑㊽；敷闿泽于郊圻㊾，葵心景附。共仰图陈无逸㊿，不忘万姓之胝胼㊽；还看民庆有年，早裕千仓之租赋。

【注释】

①飞章：有急事而急切奏请者谓飞章。
②哀鸿：比喻流离失所的灾民。
③膏泽：比喻恩惠。《孟子·离娄》："谏行言听，膏泽于下民。" 崇

清人辞赋选释

朝：喻时间短促。
④疮痍：喻人民疾苦。搔疮痍者，解人民之疾苦也。
⑤千秋：贵人的诞辰。唐玄宗的寿日曰千秋节。　　进录：张九龄为中书令时，天长节百僚上寿，多献珍异。唯九龄进金镜录五卷，言上古兴废之道，上赏异之。
⑥张：指张九龄。
⑦三绝：《唐书·郑虔传》："尝自写其诗并画以献，常大署其尾曰：'郑虔三绝。'"
⑧画师：指郑虔。杜甫《送郑十八贬台州司户》："郑公樗散鬓成丝，酒后常称老画师。"
⑨郑介夫：即郑侠。　　监门：守门的小吏。
⑩卑秩：卑微的官职。　　秩：官职。
⑪民嚣：民心不齐。
⑫光州：地名，今河南省潢川县。
⑬检讨：官名，掌修国史，位次编修。
⑭天颜：天子的容颜。
⑮悃愊：至诚。柳宗元《吊屈原文》："矧先生之悃愊兮，滔大故而不二。"
⑯涓埃：细流与微尘，比喻微小。杜甫《野望》："惟将迟暮供多病，未有涓埃答圣朝。"
⑰红粟：储藏过久而变成红色的陈米。
⑱青苗法：宋王安石的新法之一。
⑲纪纲：法度。
⑳科敛：科派。苏洵《重远》："方今赋取日重，科敛日烦。"
㉑比户：家家户户。
㉒重闉：重重宫门。
㉓和甘：指风调雨顺。
㉔黎元：即黎民。
㉕愬：诉说。
㉖午陛：此指午朝的阶陛。
㉗吏隐：指隐于吏。大抵职务不烦巨，地位不重要，故得称吏隐。
㉘晨门：掌早晚开闭门者。
㉙灾祲：灾异。
㉚赤地：指遭受严重旱灾、虫灾后，庄稼颗粒无收的景象。

㉛无赖：无所依靠。

㉜匄：求也。

㉝螭禁：犹宫禁。

㉞琐尾：指颠沛困顿中的人。

㉟鸠形：指人的饥疲瘠瘦之状。

㊱点染：点笔染翰，指绘画。

㊲子惠：视若己子而惠爱之。　　殷忧：忧伤。

㊳雁泽：泛指泽薮。此谓郑监门于泽薮间，描摹流民之情状。

㊴阿堵：犹言这、这个。

㊵鹅溪：地名。其地产绢，唐时以为贡品，宋人书画尤重之。

㊶丹忱：赤诚的心。

㊷皇驿：皇路也。

㊸银台：即银台司，官署名。掌受天下奏状案牍，抄录其目进御。发付勾检，纠其违失而督其淹缓。

㊹批鳞：谓敢于直言犯上。

㊺鹑衣：衣服破旧褴褛。

㊻广厦：高大的房屋。此取杜甫“安得广厦千万间，大庇天下寒士俱欢颜”诗意。

㊼写：同“泻”。　　蕴隆：暑气郁结而热气重重。

㊽石壕：指杜甫诗《石壕吏》。

㊾幽咽：低沉、轻微的哭泣声。杜甫《石壕吏》有“夜久语声绝，如闻泣幽咽”之句。

㊿宸衷：天子的心意。

(51)黼座：帝座。

(52)徭役：古代官家要平民承担的无偿劳动。

(53)征输：征收赋税输入官府。

(54)披肝：表示以真诚相见。

(55)示掌：犹置诸于掌。

(56)“画地成图”句：《晋书·张华传》：“华强记默识，四海之内，若指诸掌。武帝尝问汉宫室制度及建章千门万户，华应对如流，听者忘倦，画地成图，左右瞩目。”

(57)眷注：垂爱关注。

(58)委付：交付，托付。

(59)捧日：喻忠心辅佐帝王。

(60)远戍：指郑监门以上书言事，被贬英州。

(61)民隐：民众的痛苦。

(62)辰居：即“宸居”，帝王的居处。

(63)亥步：《山海经·海外东经》：“帝命竖亥步自东极，至于西极。”比喻其广远。

(64)疹：痛也。

(65)菜色：饥饿的颜色。

(66)闿泽：和乐。

(67)无逸：不贪于安乐。

(68)胝胼：手掌脚底因长期劳动摩擦而生的茧子。

【今译】

飞马紧急奏报，受灾之民亟待解救。摹写出他们困穷愁苦的情状，以求改变苛政，泽及下民。在短时间内，如能得到朝廷的恩惠，就能解救万民的疾苦啊！他比得过贺寿时进《金镜录》的军相张九龄；他也不是自炫如同有三绝之才的画师郑虔！昔时郑侠监管安上门，退居卑微的职守，还经常担心百姓的愤懑和不平。他在光州任职时，奏报尽心竭力。为求用世，他辞去了检讨的官职。皇上离着很近，却没能表达自己的至诚。忠心微小得如同潺潺细流，纤纤微尘，怕什么谗言！为问国库中储存的陈年米谷，是谁囤积了它们？可叹老百姓为青苗法所困，就像面前矗立着监牢，朝廷的法度屡屡更改，科派的名目越来越繁多。家家户户，日子凄凉，离着朝廷又那么远，等不来苍天的风调雨顺了！把老百姓的疾苦都忘了！谁能把老百姓的苦呈报给皇上知道！寄身于早晚看门的工作，也甘于这种吏隐的生活。可是这次第而来的荒歉，接连发生的灾异，庄稼颗粒无收，人们没了依靠，到处都是风沙，连一滴雨都没有！可以想见禁苑森严，难以听见流离颠沛者的悲伤，除非把他们饥疲瘠瘦的形状，都画在绢素之上。于是他苦心点染，极力勾勒，描写辛酸之情味，怀着视民如子的忧伤，把匆遽逃亡的乡里，空旷寥落的田原，死者青黑的骸骨，描摹得如同真的一样。真不可凭信，这妙手绘就的丹青，竟然让人生出愁惨的情思！他在泽薮中摹画，神情毕肖；那鹅溪的绢素上，湿漉漉地，是墨迹还是泪痕？徘徊着望着帝阙，念寸心未得表白，所以飞马驰进皇路，借银台司上奏。捧着表章，期望得到支持；草写本章，也顾不得直言犯上了！想想那些衣衫褴褛的流民，谁能为他们营造万间广厦？凭手中一

郑监门绘流民图赋

只秃笔，能挽回天意吗？错以为敞开了天门却把暑热倾泻给人们。听着穷民低沉的哭声，何异于石壕的凄苦歌吟！天子真被感动了，他在帝座上发出了叹息。因为他一个人敢于进谏，使百姓的苦难得以缓解：让羸弱者休养生息，暂缓他们的赋役；怜悯他们的饥寒，立即罢免他们的赋税！顿时间，好像进入了乐土，贪吃的硕鼠也不见了。谁知道呢，他的忠心，正是为了这些饥寒的老百姓。他的一纸奏章，披肝沥胆，竟产生了回天之力！他并没用古人应对如流，画地成图的博洽。这些事应该受到特殊关注，交付人员办理！为什么辅佐皇室的忠心，却要受到充军远戍的惩处？他在朝中受到众人的诋毁，还有谁敢为百姓的危难说话？只有我皇帝施布恩德，泽及广远，痛天降水旱之灾，使百姓蒙受饥寒之苦；使郊野饶足和乐，民心方能如葵向日。瞻仰绘图的陈情，勿贪安乐，勿忘民劳，才可望丰收，国库中也才会有丰足的储备！

黄叶赋

吴昌寿

橙圃之侧,菊篱之旁,萧萧瑟瑟①,莽莽苍苍②。无风亦落,有叶皆黄。尔乃几队寒鸦,数围古堞③,塞草低迷④,陇云浓压⑤。缀蜜来蜂,窥香去蝶,梧未落而先凋,槐不花而惟叶。凉月一林,秋风满箑⑥,日薄无色,风吹有声。半因蠹蚀,未尽霜倾。傍柴关而惨淡⑦,映酒斾以分明⑧。柳毵毵其欲悴⑨,葵灼灼兮无情⑩。终夜婆娑⑪,秋老奈何。四周碧减,三径黄多。浓薰晚橘,浅村残荷。啼莺凄不语,寒鹊懒辞窠。怅绿荫兮杳复杳,悲枯树兮歌复歌。若夫龛老瞿昙⑫,碑残幼妇⑬,江南梦断之时,日暮僧归之后。时则处处苍苔,村村乌桕⑭,迷离侵犊背之阳,暗淡映鹅儿之酒⑮。又如野店烟荒,离亭路屈⑯,寒雨纤纤,飘风弗弗⑰,怅展蜡之空涂⑱,感囊金之已讫⑲。亦复遣此谁能?尔思岂不!对落叶而流连,抚秋光而抑郁。客乃起而为之辞,辞曰:"黄叶黄叶兮色何衰?佳人佳人兮心何悲?一朝瘦损西风里,昔日青青难再期。"

【注释】

①萧萧瑟瑟:凋零,冷落。宋玉《九辩》:"悲哉,秋之为气也,萧瑟兮,草木摇落而变衰。"

②莽莽苍苍:无边无际。

③古堞:古城墙。

④低迷:模糊不清。

⑤陇云:即陇上之云。陶弘景《答梁高祖》诗云:"山中何所有?陇上多白云。"

⑥箑:扇子。

⑦柴关:柴门。

⑧酒斾:酒幌。

⑨毵毵:垂拂纷披貌。

⑩灼灼:鲜明貌。

⑪婆娑：衰息貌。《晋书·殷仲文传》："府中有老槐树，顾之良久而叹曰：'此树婆娑，无复生意。'"

⑫龛：供奉佛像的小阁子。　　瞿昙：即佛教创始人释迦牟尼。

⑬"碑残"句：《世说新语·捷悟》："魏武尝过曹娥碑下，杨修从。碑背上见题作'黄绢幼妇，外孙齑臼'八字，魏武谓修曰：'解不？'……修曰：'黄绢，色丝也，于字为绝。幼妇，少女也，于字为妙。外孙，女子也，于字为好。齑臼，受辛也，于字为辞。所谓绝妙好辞也。'"

⑭乌桕：树名，实如胡麻子。《本草纲目》谓"乌喜食其子，因以名之。"

⑮鹅儿酒：汉州有鹅黄酒。杜甫《舟前小鹅儿》云："鹅儿黄似酒。"

⑯离亭：驿亭。古代建于离城稍远的道旁供人歇息的亭子。

⑰弗弗：疾也。《诗·小雅·蓼莪》："飘风弗弗。"

⑱展蜡：涂木屐的蜡。

⑲讫：穷尽。

【今译】

在橙子园的边上，在盛开着秋菊的篱笆近旁，景象萧条，显得空旷而寥落。那树上的叶子都枯黄了，就是没有风摇动，它自己也要飘落的。

一群一群的乌鸦，几重古老的城堞，无边无际的边塞，野草低迷；穷老边荒的陇上，阴云浓重。秋花上还有采蜜的蜂儿，可偷窥的蝴蝶已经飞走了。梧桐叶还没飘落，已经凋败不堪；槐花已落，只剩下还没落尽的叶子。月光清冷，照着丛林；扇上的风，也满带秋意了。皇天薄日无光，萧萧秋风作响，那叶儿有多半已被虫儿蛀损，余下的也为霜露所凋零了。倚着柴门，看着这惨淡的秋光：一角红红的酒幌儿，却和那金黄的叶儿相映成趣。纷披柔条的柳树，也要憔悴了，可葵花却光泽艳丽，对此惨淡秋光，好像无动于衷！秋光已老，树叶生意已尽，这是谁都奈何不得的。周遭绿意减退，小径上到处是被风卷落的黄叶。浓浓的黄色，连橘柚都受了它的感染，和枯萎的荷叶互为衬托。黄莺哀伤地啼鸣，尽管它不会说话，鸟雀儿也开始留恋自己温暖的窝了。

惆怅啊，夏日的绿荫已渺；悲树木的枯萎，唱一曲心中的哀歌。龛中佛老，天晚上空见寺僧归来；江南之梦难寻，徒见断碑上销蚀的字迹。到处都是苍苔，到处都是乌桕树，迷茫茫地，就像洒在牛背上的阳光，就像杯里盛着鹅黄之酒！

清人辞赋选释

袅袅荒烟,山间野店,在曲折的离亭路侧,细细的秋雨,迅疾的秋风,怅然,囊中的金钱用尽,木屐之蜡空涂,已无力再续游踪!谁能排遣这种抑郁的心情?又怎能不去想它!

对着落叶徘徊,对着秋光抑郁,于是起来写道:"黄叶啊黄叶,你的颜色何其衰颓;佳人啊佳人,你的心又为什么悲哀?一旦在秋风中愁损了身体,昔日的青春难道还能再来!"

学如为山赋

朱 梓

　　将欲穷道之巅①，仰圣之卓，胸聚三坟②，气凌五岳③，则必冬夏诗书④，春秋礼乐⑤。日积月累，警蛾术之时⑥；继长增高，鉴鸟飞之数。惟逊敏怀于兹⑦，念终始典于学⑧。乃能由小成以历乎大成，启后觉而进乎先觉。独不见夫为山者乎⑨？功惟专致，力不留余。予手拮据⑩，未甘逸豫⑪，乃心踊跃，罔敢纡徐⑫。一篑无亏，召伯之训言足式⑬；双峰忽徙⑭，愚公之志愿非虚⑮。云堆青而压担，土攒翠而挥锄。于是层峦壁立，叠嶂屏舒，巍巍乎登高一览，笑众山之不如。维彼学者，宜鉴在兹，克勤克敏，有守有为。欲成功者必坚其志；善立业者务植其规⑯，勿畏艰阻；勿惑他歧⑰；勿安颓惰；勿涉游移⑱；勿自画而功止于半⑲；勿自封而见域于卑⑳；勿徒等丘陵之贤而莫臻其极㉑；勿仅守拘墟之意而终坏其基㉒。则见夫学之不辞劳瘁者，如为山之不避艰险也；学之不惮曲折者，如为山之不厌回环也；学之出类拔萃者，如为山之卓绝尘寰也；学之尽人合天者㉓，如为山之高插云间也。诞登道岸㉔，直达贤关㉕，功以进而益上，仰弥高而欲攀㉖。庶几哉学圣而必至于圣者，乃如学山而必至于山。使其委靡自安，嬉游莫振，终岁蹉跎，私怀顾徇㉗。固无由仰企乎圣道之高，上窥乎天德之峻也㉘；即有时志气激昂，精神奋迅，亦思指月路以联镳㉙，向云程而发轫㉚。而乃半途忽弃，踯躅不前㉛，中道思回，逡巡不进㉜，此或作而或辍者，恐亦如为山之终亏于九仞㉝。夫乃叹志不笃者㉞，不足以有为；功不坚者，不足以自恃；气不锐者，不足以图厥成㉟；心不恒者，不足以保厥始。必也勃然而兴，蹶然而起㊱，兀兀不遑㊲，孜孜不已㊳。当更上一层，必欲穷千里。学无尽境，须有初而克有终；学在专功，乃可进而不可止。果能惮精以赴，竭力是求，几经刻苦，无少淹留㊴，历一程又至一程，登极高处；积一境又增一境，立最上头。是知精于勤而荒于嬉，悉由自主；进则成而退则败，匪系人谋。故孔圣垂训诫，励功修，而以为学之取譬于为山也，厥道有由。读是言也，亶其然乎㊵。盖深勉夫勤修之辈，亦致警乎浮惰之徒。卓卓者造极登峰㊶，独置身于绝顶；卑卑者怀安贪逸㊷，仅驻足于中途。士也跂怀圣域㊸，翘首云衢㊹，日进无疆，幸高山之可仰；自强不息，当实学之是图⑮。固不必师友之助,将伯之呼⑯。而惟期层累日上者,自反其责于在吾⑰。

【注释】

①道:中国哲学的重要范畴。指宇宙万物的本原、本体。道的本义是路,引申为道理,即事物的规律。

②三坟:传说中我国最古的书籍。

③五岳:我国五大名山:东岳泰山、南岳衡山、西岳华山、北岳恒山、中岳嵩山的总称。

④诗书:《礼记·王制》:"顺先王诗书礼乐以造士,春秋教以礼乐,冬夏教以诗书。"

⑤礼乐:见前注④。

⑥蛾术:《礼记·学记》:"蛾子时术之。"意为蚂蚁时时衔土,也能造成土堆。

⑦逊敏:谦虚奋勉。

⑧"典于学"句:《尚书·说命》:"念终始典于学。"意为念始念终,常在于学。

⑨为山:用土堆山。

⑩拮据:劳苦操作。

⑪逸豫:安乐。

⑫纡徐:从容宽舒。

⑬召伯:即召公。周文王庶子名奭,食采于召。武王灭纣,封于北燕。召公之训言:指召公劝谏武王的话:"夙夜罔或不勤,不矜细行,终累不德。为山九仞,功亏一篑。"(见《尚书·旅獒》)

⑭双峰:指愚公门前的太行、王屋两座大山。

⑮愚公:指古代寓言中的人物北山愚公。

⑯植:树立,建立。

⑰他歧:指岔道、歧路。

⑱游移:迟疑不决。

⑲自画:自己限制自己。

⑳自封:固执己见,墨守成规。

㉑等:等同。   臻:达到。

㉒拘墟:比喻孤处一隅,见闻狭隘。

㉓合天:合于自然。

㉔诞登：登上。　　道岸：彻悟的境界。

㉕贤关：谓学行之所取径也。

㉖仰弥高：语出《论语·子罕》："仰之弥高，钻之弥坚。"意谓景仰老师的学问，越钻研越觉得艰深。

㉗顾徇：眷顾、曲从。

㉘天德：天的德性。董仲舒《春秋繁露》："天德施，地德化，人德义。"

㉙月路：月亮运行的轨道。唐骆宾王《上齐州张司马启》："重规运镜，湛月路以流清；茂趾退铺，架云门而擢秀。"　　联镳：同进。

㉚云程：云路也，喻升腾之意。　　发轫：出发，起程。贺人入学曰云程发轫。

㉛踟蹰：徘徊不进貌。

㉜逡巡：延迟不进。

㉝亏于九仞：为山九仞，功亏一篑的略语。喻功败垂成。

㉞笃：专一。

㉟厥：代词，他。

㊱蹶然：疾起貌。

㊲兀兀：勤勉貌。韩愈《进学解》："焚膏油以继晷，恒兀兀以穷年。"

㊳孜孜：勤勉不怠。

㊴淹留：谓虚度光阴。

㊵亶：诚，信。

㊶卓卓：特立，高超出众。

㊷卑卑：平庸，微不足道。

㊸跂怀：向往。

㊹云衢：云中的路。

㊺实学：切实有用的学问。

㊻将伯：《诗·小雅·正月》："将伯助予。"后因以称别人对自己的帮助或向人求助。

㊼自反：反躬自问。

【今译】

仰慕圣人胸罗万卷，气超山岳的卓绝，打算深入研究圣道的极致，就必须刻苦研读。春秋学礼、乐，冬夏读诗、书，日积月累，如同蚂蚁衔土成堆，给人们提供了警示；不断提高，如同鸟飞不倦，给予人们以鉴诫。常怀着谦虚奋勉，始终不忘学习，才能从小的成就达到大的成功，使后觉者灵智开启，

清人辞赋选释

而达到先知先觉的境界，你没看见用土堆山吗？必须专心致志，不留余力，劳苦操作，不图安逸，争先恐后，不敢稍有放松。不要功亏一篑，召伯的教诲可以视作准则；搬走两座大山，愚公的愿望果然不是空想。肩上青云压担，山头力作挥锄，于是，壁立的山岩，如屏的冈峦，登上巍巍的顶峰，会感到众山的渺小。作为一介学子，应该从这儿得到启迪和借鉴：要勤劳奋勉，有所遵循，有所作为。想要取得成功，必须坚定自己的志向；要成就事业，必须建树自己的规范。不要怕艰难险阻，不要为歧路分心，不要安于疏懒，不要迟疑不决。不要自己限制自己而半途作废；不要固执己见而停留于卑狭之地；不要等同于丘陵之贤而难达圣道的极致；不要守着孤处一隅的意念而毁坏了自己的根基。那些为学而不辞劳苦的人，就像为山的不避艰险；为学而不怕曲折的人，就像为山的不怕回环；为学而能出类拔萃的人，就像山峰的超绝尘寰；为学而能尽人力而合于自然的人，就像巍巍的山峰直入云间。登上彻悟的境界，寻到进入圣域的途径。学业以进才能日臻高境，仰慕圣贤之高，才能有登攀之心。也许吧，学习圣贤必期达到圣贤的高度，就像学山而必须到达山的顶峰一样。倘使他颓唐懒散，迷恋嬉游而不思振作，成天虚度光阴。这种人，自然难于达到圣道的高处，见识崇高伟大的无德。即便有精神奋迅，志气昂扬之时，也想循着月路云程进发。但半途弃置，徘徊不前，不思前行，却想着中途返回。这种或做或停的行为，恐怕也像为山九仞、功亏一篑一样。于是叹惜意志不专的人，肯定不会有所作为；用功不坚决的人，自己都不会有信心；志气不旺盛的人，不能期望他会获得成功；没有持久的意志，不能始终如一，必须是勃然而兴，忽然而起，勤勉无暇，专心一意。欲穷千里之目，必当再上层楼。学无止境，必须有始有终；学有专功，只能前进不能或止。果真能尽心竭力地去做，去追求，经历几多刻苦，绝无少许蹉跎，必然是经过一程又一程，到达极高之处；必然是积一境界又增加一境，立于最高之境。是以知道业精于勤荒于嬉，全靠自己；进就成功退即失败，不是由于别人的谋划。所以孔子训诫后人，要真诚地鞭策自己。他认为学就像积土为山，这道理是有根由的。读昔贤之言，确乎如此！原来圣人勉励勤学之人，也是在警示那些浮华怠惰之徒。卓然超群者登峰造极，置身于绝顶之高；平庸的人只图安逸，唯有半路上驻足。读书人向往圣界，仰望天衢，像日无际涯，幸有高山可仰。自强不息，要多学有用之学。固不必靠师友之助力和向别人求教，只要层累日进，反躬自问，这责任全在自身！

范文正岳阳楼记赋

胡林翼

文章之伯，山水之邦，清游驻节①，高咏临江。珠帘兮画栋②，雾阁兮云窗。楼南通而北控，记玉夏而金枞③。全收眼底风烟，一层更上；早贮胸中兵甲④，百斛能扛。有岳阳楼者，高撑半壁，雄压重湖。猊跧茀郁⑤，蜃气盘纡⑥。撼波涛而岸蚀，阅岁月而檐芜。太守风流，闲寻旧碣，神工诡秘，载焕新模。扩形势则水天浩渺，寄讴吟则烟墨驰驱。溯乾坤吴楚之诗才⑦，公真健者；具忧乐后先之怀抱，意在斯乎？于是范文正威伸西夏⑧，游历南湘⑨，浥湖涨白⑩，巴浦云黄⑪。直故人之接席⑫，落杰构而称觞⑬。属敷陈于巨笔⑭，延睇赏于长廊⑮。如此江山，天然图画，留连光景，思入苍茫。在秀才时，以天下为己任；有大人者，本经济为词章。徒观夫春色容与⑯，波流澄照，杨柳阴连，芷兰香绕⑰。月渚珪沉⑱，星潭金耀。贾帆贴而如飞⑲，渔篷清悠而成调⑳。仙鸾来羽客之游㉑，野鹤伴高人之啸。又或雨暗千山，风号万窍，凫雁呕哑，鱼龙舞掉。日斜青草之湖㉒，烟锁黄陵之庙㉓。望故里而驰思，阻危滩而绝叫。夷险攸区㉔，悲愉各肖。然此犹览物之常情，未足尽记中之微妙。惟公识超，惟公学正，忧国忧民，希贤希圣。尽其道伊吕何加㉕？竟其功尧舜犹病㉖！偶感触于游观，辄发挥于题咏。繁简觉其情真，长短由其气盛。淳意高文，诩谟定命㉗，漫说长沙才子㉘，贾太傅半属空谈；只应泽畔骚人㉙，屈大夫共征至性㉛。若夫云幌铜疏，邺台奏赋㉜；落水秋水，滕阁传笺㉝。汉上梅花之曲㉞，庾公明月之篇㉟。要皆绮辞组缋㊱，瑰意雕镌㊲。未能免俗，岂曰能贤！兹则神超象外，意在笔先，苍生念切，丹阙情悬㊳。吞云梦者八九㊴，揽气象兮万千。本来胜地风光，轩扬翰藻㊵；为有名臣著作，辉映湖天。圣天子璇枢建极㊶，黼座垂箴㊷，楼接凤凰㊸，辰旐赤羽㊹，观瞻鹒鹍㊺，甲仗黄金㊻。恺泽周而民安作息，文治洽而士快登临。综舆图之风物山川㊼，咸归皇览㊽；分宦辙于江湖廊庙㊾，共凛臣心㊿。

【注释】

①驻节：旧指官员于外执行使命，临时驻在叫驻节。

清人辞赋选释

②画栋：有彩绘装饰的栋梁。
③玉戛金枞：敲击玉片或撞击金属所发出的清脆悦耳之声。
④胸中兵甲：范仲淹守延州，夏兵说他："小范老子，胸中有数万甲兵。"
⑤狖踆：狖狖退步。　　弟郁：山势曲折。
⑥蜃气：一种大气光学现象，古人误以为蜃吐气而成，故名。
⑦乾坤吴楚：唐诗人杜甫之《登岳阳楼》诗，有"吴楚东南坼，乾坤日夜浮"之句。
⑧范文正：范仲淹的谥号。　　西夏：我国古代党项族拓跋氏建大夏王国，宋时称之为西夏。
⑨南湘：湖南。
⑩浥湖：在湖南省岳阳县南，亦曰翁湖。
⑪巴浦：巴陵水边。
⑫接席：表示亲近之意。
⑬称觞：举杯祝酒。
⑭敷陈：铺叙，论列。
⑮睇赏：流盼，赏玩。
⑯容与：从容舒缓。
⑰芷兰：均为香草。
⑱"月渚珪沉"句：指映在水中的秋月。珪月：未圆的秋月。
⑲贾帆：指商船。
⑳渔箎：渔笛。
㉑仙鸾：《说文》："鸾，神鸟之精也。"《豫章记》："鸾冈在西山，洪崖先生乘鸾所憩之处也。"
㉒青草湖：一名巴丘湖，北连洞庭，南接潇湘东纳汨罗之水。
㉓黄陵庙：在湖南省湘阴县北。
㉔夷险：平坦和险阻。
㉕伊吕：古代贤臣伊尹和吕尚的并称。
㉖尧舜：中国古代圣君。
㉗訏谟：远大宏伟的计划。
㉘长沙才子：指西汉文学家贾谊。
㉙贾太傅：贾谊为人谗毁，被贬为长沙王太傅。也称贾长沙、贾太傅。
㉚泽畔骚人：指屈原。屈原作《离骚》，因称屈原或楚辞作者为骚人。
㉛屈大夫：屈原曾任三闾大夫，故称。

— 260 —

㉜云幌：如云的帷幔。　　铜疏：华美的金窗。　　邺台：曹操在邺起冰井、铜雀、金虎三台。

㉝滕阁：即滕王阁。

㉞梅花曲：即梅花落。汉乐府横吹曲名。

㉟庾公：指北周诗人庾信。

㊱组缋：丝织品上的彩色刺绣或绘饰。

㊲雕镌：雕刻。

㊳丹阙：指朝廷。

㊴云梦：古泽薮名。

㊵翰藻：文采，辞藻。

㊶璇枢：星名。北斗第一星为璇，第二星为枢。　　建极：登帝位。

㊷黼座：借指帝王。

㊸凤凰楼：泛指宫内的楼阁。

㊹旆：旌旗之流，随风动摇。

㊺鸤鹊：宫观名。

㊻甲仗：披甲执兵的卫士。

㊼舆图：疆土，土地。

㊽皇览：即皇鉴。指君王的察看。

㊾江湖廊庙：指朝野。范仲淹《岳阳楼记》中有"居庙堂之高，则忧其民；处江湖之远，则忧其君"之句。

【今译】

文坛的宗伯，在山水秀美的乡邦，暂驻旌麾，临江高咏。那珠玉串结的帘栊，那五彩雕绘的梁栋，楼台高耸，宛在云雾之中。楼为南北之要冲，文章有如金玉之和鸣。如其再登上更高的楼层，风烟将尽收眼底；敢于承担重任，因胸中早存贮数万甲兵！

岳阳楼临江高耸，气象雄伟，势盖群湖，兽中之王的狻猊也望而却步，水上的蜃气远在天际盘纡。波涛不停地冲刷，江岸也为之逐渐侵蚀，岁月如流，楼阁的檐庑也日渐朽腐！恰有贤能太守，寻找旧日碑碣，鸠工重建，使此楼焕发新姿。论形势则水天浩渺无际；寄托诗情则尽自翰墨驰骋。追溯杜子美乾坤吴楚之诗，公可称此中健者；具先天下忧乐之怀抱，深意难道不在这里！范文正公威镇西夏，游历湖湘，翁湖水涨，巴浦云飞。为了故人的相亲相近，才促成了这篇佳作，举杯祝酒，宾主尽欢。

清人辞赋选释

　　由于文正公巨笔的铺陈、罗列，才留下了千秋鉴赏，在此楼的廊庑之上。如此江山，天然的画境，使人流连而思入苍茫。公在秀才时，即以天下为己任，有超出于人者，就是这胸中经济，笔底文章。

　　看那春光的从容舒展，水光清澈照人，杨柳阴浓，白芷和兰草散发着浓浓的香气。斜月如珪在洲渚中留下纤影，星光灿灿，在潭水里跃动金光。商船在水上飞驶，自成曲调的渔笛，悠然地在水上飘荡。仙鸟带来羽客的游踪，野鹤伴着隐者的吟啸。

　　又或如千山蒙着雨雾，万窍皆发出鸣声。野鸭与征雁呕哑鸣叫，湖鱼与潜蛟舞跃飞腾。斜阳映照青草湖，烟雾笼罩着黄陵庙。遥望故园而神驰，为险境阻绝而惊叫！这样的艰险和平坦，使人悲，使人喜，真是惟妙惟肖，极尽其妙！

　　然而，这还仅仅是描写览物的心情，未能全部展示这文章的奥妙。文正公见高识远，所学淳美，忧国忧民，追步圣贤，如能尽行他的主张，则伊尹、吕尚也难以超越；想实现他的功业，连尧舜都会感到困难。

　　这还是偶然在游览中的有所感触，在题咏中的发挥，或繁或简，但觉其一片真情；文长文短，充溢着一股大气。真淳的心意，高妙的文章，宽广的襟怀，决定着他的命运。说什么长沙才子？贾谊不过是夸夸其谈，只有行吟泽畔的屈原，和先生的至性相同。至于那如云的帷幔、华美的金窗，建安才人，邺台献赋；落霞孤鹜，秋水长天，滕王阁上，争传锦笺。什么汉上的梅花曲，庾公的明月篇，大抵是绮丽的文辞组绘，用美丽的意念去精雕细琢，未能免除俗气，怎能说好呢！

　　而这文章，神思超越，意在笔先，切念天下苍生，心思悬于魏阙，云梦在其胸中，包揽万千气象，本来是名胜风光的宣扬文字，为有名臣著作，才使这湖山生色了。

　　斗星应运，圣天子践登帝位，垂训于臣民。那宫廷楼观，那黄金甲仗，那旌旗葆羽。帝泽广被，民安作息，文治和洽，快意登临。综山川风物经由我圣君察鉴，然则这江湖廊庙之思，却永远警醒着臣子的心灵。

解忧赋

刘熙载

观达人之乐生兮①,日衎食以安居②。慨忧思之在余兮,独渺渺其焉如③!溯禹皋之奋庸兮④,奏盛绩于唐虞⑤。虽巢许之好遁兮⑥,炳殊行于寰区⑦。眇予生之忽忽兮⑧,倏少壮之易徂⑨。任忼恺而无为兮⑩,岁遒尽以须臾⑪。欲高飞而远至兮,孰假丰羽于前途⑫?或保残以待后兮⑬,虑鲜俦而寡徒。怀百端以审择兮,曾莫定其所趋。綮修能之共务兮⑭,随所尚而不渝。庄周比肩于御寇兮⑮,墨翟并辔于杨朱⑯。孙足刖而论兵兮⑰,韩口吃而著书⑱。彼非尼父之遗则兮⑲,尚百家以驰驱⑳。胡余力之不赡兮㉑,负过隙于白驹㉒。苟美名之可成兮,虽曲艺而何尤㉓!奇轮扁之斫轮兮㉔,神庖丁之解牛㉕。纪昌省其箭括兮㉖,任公引其钓钩㉗。业不择乎贵贱兮,地不分坦道与岑楼㉘。人固不能厌按而无所鸣兮㉙,取愧虫鸟于春秋。时烦郁以热中兮,固勃沸其若汤。苟定静而不汨兮㉚,彻瘖痱以为常。览逝者其如斯兮,勤志业以汲皇㉛。审中心之自得兮,长寂嘿而何伤㉜!幽兰亦云可贵兮,惟空谷而自芳。路逾远而宵征兮㉝,在能继夫糇粮㉞。伯玉知非于五十兮㉟,卫武学戒夫耄荒㊱。鉴不磨而光隐兮,木待灌而郁苍。诚余质之不任兮㊲,或幸免夫忽忘。勉步趋于前哲兮㊳,孰云终古其茫茫㊴。

【注释】

①达人:豁达的人。 乐生:谓以生为乐。《汉书·董仲舒传》:"穷急愁苦而上不救,则民不乐生;民不乐生,尚不避死,安能避罪。"

②衎食:安食。衎:怡然自得。《礼记·檀弓》:"居处、言语、饮食衎尔。"

③焉如:犹何所之也。向秀《思旧赋》:"形神逝其焉如?"

④禹皋:指大禹和皋陶。 奋庸:奋发而有作为。

⑤唐虞:即唐尧和虞舜的并称。

⑥巢许:古代的隐士巢父和许由。

⑦炳:显示。 寰区:天下,人世间。

清人辞赋选释

⑧眇：谛视。　　忽忽：倏忽，犹匆匆。

⑨徂：消逝。

⑩忨愒：贪玩偷安。忨通"玩"。

⑪道尽：迫尽。

⑫假：授予，给予。

⑬保残：即抱残守缺。此指保守和拘执。

⑭修能：谓施展才能。

⑮庄周：战国时思想家，道家代表人物。主张顺应自然，无为而治。
御寇：即列御寇。相传为战国郑人，属道家者流。

⑯墨翟：墨家创始人。主张兼爱，著有《墨子》。　　杨朱：战国卫人，主张为我，拔一毛利天下而不为。

⑰孙：指战国齐人孙膑。

⑱韩：战国韩人，为人口吃而善著书，著有《韩非子》，今存五十五篇。

⑲尼父：孔子的尊称。

⑳百家：指学术上的各种流派。

㉑不赡：不足。

㉒隙：孔也。　　白驹：骏马也。人之处世，俄顷之间，其迫促直如驰骏马之过孔隙，倏忽而已。此言岁月易逝。

㉓曲艺：小技能也。　　尤：病。

㉔轮扁：春秋时，齐国有名的造车工匠。

㉕庖丁：厨师。《庄子·养生主》载：庖丁为文惠君解牛，奏刀騞然，莫不中音。文惠君赞叹其技艺之妙。

㉖纪昌：古之善射者。初学射于飞卫，卫曰："视小如大，视微如著，而后告我。"昌以氂悬虱牖间，南面而望之。浸大，三年如车轮焉。射之，贯虱心而悬不绝。　　箭括：箭末。

㉗任公：即任公子，古代传说中善于捕鱼的人。《庄子·外物》："任公子为大钩巨缁，五十犗以为饵，蹲乎会稽，投竿东海，旦旦而钓，期年不得鱼。已而大鱼食之，牵巨钩，錎没而下，骛扬而奋鬐，白波如山，海水震荡，声侔鬼神，惮赫千里。任公得若鱼，离而腊之，自制河以东，苍梧已北，莫不厌若鱼者。"

㉘岑楼：像山一样的高楼。此与坦道对应而言，泛指高处。

㉙厌按：掩塞。　　鸣：著称。

㉚汩：扰乱。

㉛匆遽：匆遽貌。

㉜寂嘿：沉寂。

㉝宵征：夜行。

㉞糇粮：干粮。

㉟伯玉：春秋卫人蘧瑗的字。 知非：蘧伯玉五十始知四十九年之非。

㊱卫武：春秋卫君，佐周平戎有功，命为公。作《抑》诗以自儆。诗有"借曰未知，亦聿既耄"之句。

㊲不任：不能胜任。

㊳前哲：前贤。

㊴终古：往昔。

【今译】

那生性豁达的人以生为乐，每日平居安食，怡然自得。我慨叹着心中满是愁思一个人前路茫茫，要去往何处？追忆大禹、皋陶，他们奋发有为，为尧舜做出了不可磨灭的功绩。尽管巢父、许由追求隐世遁居，在人世之间显示他们特异的行径。谛视我的一生匆匆而过，少壮的时光就这么轻易地消失了。任意的贪图安逸而无所作为，岁月在顷刻之间流失殆尽。向往着高飞远引，可谁能给我以翅膀？又想保持自己的理念以待后人，唯恐没有志同道合的人。思绪万端须慎重选择，却始终定不下要追求什么！人都要施展自己的才能，应该对所崇尚的坚贞不渝！庄子和列御寇并行，墨翟和杨朱齐驱，孙膑被刖足尚能谈兵，韩非口吃犹可著书。他们没有遵循孔子的规则，还能做到在学术上各成流派！为什么我就力有不足，辜负了匆遽而过的光阴！如果美好的名声可以成就，即便是一些雕虫小技又有什么不可？轮扁斫轮让世人称奇，庖丁解牛被誉为神乎其技！纪昌知晓箭直到箭末，任公子垂钓能善引他的钓钩。事业不必分其贵贱，地也不论是什么平道和高丘。人不能掩塞而无所显扬，以致连春鸟秋虫都不如！心里烦郁，中怀如沸！假如能宁静而不为外物扰乱，安睡如常，看逝者就这样地过去，躬勤于志业的人还是那样的匆忙。中心有所领悟，便寂然无语又有什么不可！幽兰的可贵，是它在空谷中，也自发幽香。道途遥远而夜行，需要有足够的干粮。蘧伯玉五十而知非，卫武公为学戒惕老有废荒。镜子不磨光就藏匿了，树木需要灌溉枝叶才能茂盛！我的资质差恐难以做好想做的事，但或许还不会对前事的忽视或遗忘。勉力追踪前贤的足迹，谁又能说往昔是茫无可辨的呢？

影 赋

刘家谋

　　影之来也何从？其在广莫之野、缥缈之峰乎①？忽分忽合，若淡若浓，心心相印，我我相通。岂风流之自赏，羌谁适以为容？非烟非雾，邈然尺素②。其神已离，因物而付。究莫知其谁何，若适遭夫我故。苟迹象之未忘，谓无端而比附③。尔乃夕阳晚晴，空山远行，中庭露白，残月犹横。似慰藉夫幽独，信造物为有情④。倏二曜其并匿⑤，怨风雨之不明。又如一灯孤照，与形为吊⑥，寒潭水清，相视而笑。有触必呈，匪摹胡肖？惊泉火之已消⑦，独断肠以凝眺。至于镜空不帷⑧，瞭若云披。彼仙仙醉态⑨，杯中自窥。既有来其辄受，岂屡照之可疲。乍毕妆以罢宴，仍匿采而含姿。凡诸幻境，一逝何追。彼夫竹疏藻密，梅瘦菊肥。堂前鹤度，帘外燕归。蝶穿花而衣薄，蜓戏水而翅微。翳无知之小物，尚顾盼而生辉⑩，讵独立以遗世⑪，竟萧然若无依⑫。则有旅馆秋深，寒闺夜永。送雁睇遥，闻蛩梦警。认霜迹于板桥，鉴星光夫金井⑬。宛转自怜，徒增悲哽。矧复十年栖迟⑭，身与世歧，跫然空谷⑮，人来无期。已惊心夫消瘦，忽流照于薄帷。岂周旋之作我，固相习而不疑。亦有翱翔天都⑯，三山蓬壶⑰，御祥风之八景⑱，曳羽服之五铢⑲。澄澄碧海，照见须眉，千秋万岁，仙乎影乎？

【注释】

①广莫：假想的空旷地区。《庄子·逍遥游》："今子有大树，患其无用，何不树之于无何有之乡，广莫之野。"　　缥缈：高远隐约貌。

②尺素：书信。

③比附：以不能相比的东西来勉强相比。

④造物：指创造万物的神。

⑤二曜：日月。

⑥吊：伤也。

⑦泉火：墓穴的灯火。

⑧帷：障也。

影 赋

⑨仙仙：轻盈，飘逸貌。

⑩顾盼：向周围看视。

⑪遗世：超脱尘世。

⑫萧然：空寂。

⑬金井：施有雕栏的井。

⑭栖迟：漂泊失意。

⑮跫然：空无所有貌。

⑯天都：指天空。

⑰三山蓬壶：传说中的海上三神山。

⑱祥风：预兆吉祥的风。　　八景：道教语。谓八彩之景色。

⑲羽服：仙人或道士的衣服。　　五铢：传说古代神仙穿的一种衣服。

【今译】

　　影子啊，它是从哪儿来的？是在广阔空旷的郊野，是在隐隐约约又高又远的山峰？它有时分开，有时合拢，有时淡淡的，有时却又非常凝重，是心与心的相通，是我和我的相逢！不是自己在赏识自己，谁能够恰好地适合它的面容？不是烟，也不是雾，远远地连个信儿也没有。它的神魂已经走了，因物附形，附着在物体之上。究竟不知道它是谁，就好像碰巧遇见了我一样。假如它还没忘了自己的来龙去脉，为什么要做这毫无缘由的比较？在夕阳的残照下，在远行的空山中；中庭滴着秋露，残月横挂夜空，好像在安慰着幽独和孤寂，造物主实在是有情啊！

　　忽然之间，日月都藏起来了，是风雨制造了昏暗。又如同一盏孤灯，与形相对，兀自伤悼；如是潭水清澄，你就会相视而笑。有所触动，必有所反映，不是摹画，为什么如此相肖？墓穴中的灯火已熄，还伤心地在凝神远眺。镜子空明无翳，远远望去，就像淡淡的云。在酒杯里，看见自己的轻盈舞态。既然来了，就接受它好了，屡屡地映照难道不感到疲累？酒阑人散，刚卸下妆，那姿容还蕴藏着光辉。凡是这些幻觉中的境界，一经逝去，难道还能追回？那稀疏的竹林，茂密的水草，丰满的秋菊，瘦劲的寒梅。沼泽上有仙鹤飞过，竹帘外有紫燕回归。穿花的蛱蝶拍动着薄薄的翅膀，戏水的蜻蜓款款地振动双翼。这些无知的小东西，还能够自我顾盼，生发光彩，何况是超脱尘世而独立的影子！可它竟然空旷孤寂而无所依靠。客舍深秋，深闺永夜，望着远去的征鸿，听着惊梦的秋虫。板桥上的微霜，留下行人的踪迹。雕栏金井，反照出天上的星光。自顾自怜，徒然增添悲戚；何况十年漂泊，身与

清人辞赋选释

世而相违。幽寂的山谷空无所有，人也不知道何时再来。流光照着伶俜的瘦影在薄帷之上，令人心碎；不是为了应对我而作态，习以为常，又何疑虑之有！

　　当然，也有飞翔在天空的，在海上神山的，驾着祥风，浏览八彩胜景。穿着神仙的五铢仙衣，照须眉于清澄的碧海之上，千秋万代，它们倒是仙呢，还是影呢？

今月古月赋

江 璧

  玉宇宵沉①，愁深恨深，星河影淡，风露凉侵。月本多情，碧海年年之路；人谁不老？青天夜夜之心②。举头万种相思，愁多欢少；搔首百年如梦③，怨古悲今。如此良宵，可堪华发，影透纱窗，光穿罗袜。飞蟾万古之宫④，顾兔三生之窟⑤。果然有路，银桥驾过诸天⑥；欲问何人，玉斧修成此月⑦？徒观其镜寒似水，轮转如冰，衔山西没，出海东升。亦乌知世界繁华，几番圆缺；人生踪迹，一霎菖腾⑧。回首红颜，问终岁团圞信否⑨？伤心白发，记少年诗酒歌曾。溯夫笙箫汉殿⑩，歌舞秦庭⑪，隋苑则梨花雪白⑫，吴宫则杨柳烟青⑬。未几而草冷苔荒，总归憔悴，水流花落，无限飘零。一般付于沧桑⑭，都入红羊之劫⑮；千古谁人讖脱⑯，空谈白马之经⑰。而是月也，则乃圆鉴空明⑱，清辉炳耀⑲，讶尘梦之都非，羡姮娥之犹少⑳。天上也应离合，似我多愁；人间何苦悲欢，怜君欲笑。尽许万千界里，十分美满装成；可知三五圆时㉑，一样光明普照。盈果谁持？缺果谁补？春风豆蔻谁怜㉒？秋雨桂花谁主？那堪罗远㉓，竟居兜率之宫㉔；何物吴刚㉕，得住广寒之府㉖。若问前身金粟㉗，修待几生；试看不夜琼楼㉘，可怜终古。歌曰："别绪愁兼恨，离怀秋复春，阿谁长不灭？无恙是冰轮。"又歌曰："修到神仙也劫尘，况堪多病百劳身！欲将今夜伤心梦，诉与嫦娥宫里人。"

【注释】

①玉宇：太空。

②"碧海……青天"句：李商隐《嫦娥》诗云："嫦娥应悔偷灵药，碧海青天夜夜心。"语意本此。

③搔首：有所思貌。

④蟾宫：月宫。

⑤顾兔：古代神话传说月中阴精积成兔形，后以为月的别名。

⑥诸天：泛指天界、天空。

⑦玉斧：仙斧，神斧。

⑧瞢腾：形容模模糊糊。

⑨团圞：圆貌。

⑩汉殿：汉代宫殿。

⑪秦庭：秦朝。

⑫隋苑：园名，即上林苑，隋炀帝时所建。

⑬吴宫：指三国时吴主的宫殿。

⑭沧桑：喻世事变化。

⑮红羊劫：指国难。古人以为丙午、丁未是国家发生灾祸的年份。丙丁为火，色红，未属羊，故称。

⑯谶：预兆。

⑰白马经：《清一统志》："汉明帝时，磨腾、竺法兰，初自西域以白马驮经而来，舍于鸿胪寺，遂取寺为名，创置白马寺。"此处泛指经书。

⑱空明：指月光下的清波。

⑲炳耀：照耀。

⑳姮娥：神话中的月宫女神。

㉑三五：指农历十五月圆之夜。

㉒豆蔻：植物名，二三月间开花。

㉓罗远：《逸史》："罗公远为明皇掷杖化银桥至月宫。"

㉔兜率宫：天宫。

㉕吴刚：神话传说中的月宫仙人。

㉖广寒：即广寒宫，月中仙宫。

㉗金粟：即金粟如来。

㉘琼楼：仙宫中的楼台。

【今译】

　　长夜中的天宇，越发显得杳渺深沉。愁情如织，恨意遥深。银河横亘着淡淡的光影，夜风清露，凉意袭人。明月本是多情之物，大海是它年年重复着的路径；人又有谁能长生不老？青天夜夜寄托着相思的苦心。抬起头来，便有无限相思，哀伤繁多欢趣少；萦思百年如梦，有多少遗憾，能不使人怨古伤今？

　　这样美好的夜晚，哪堪我满头银发！月光映着窗纱，映照着薄薄的罗袜。蟾蜍万古的仙宫，玉兔三生的洞穴，真的有路可寻，银桥飞架，直达仙境！是什么人用仙斧修削成这美丽的月亮？让人们看到它那如镜鉴般清澈的影子，

今月古月赋

像冰轮般转动的丰姿！哦，这边月落西山了，可那厢又月出东海了！怎知它世间繁华，不像明月所经历过的圆圆缺缺？人生的行迹，一时间也模模糊糊，让人说不清楚。

回过头去，看那些风华正茂的年轻人，能像这明月一般长此圆貌吗？老年人感时伤逝，依稀还记得少年时痛饮狂歌的往事！想想那些汉殿的笙箫、秦庭的歌舞、隋苑的似雪梨花、吴宫的如烟丝柳，只几许时间，便苔迹荒芜，草野苍凉了。一切的一切，都归结为憔悴，水流花谢，一片凋零。一般都是在沧海桑田的巨变中，经受着家国的灾祸呀！白白地诵念着僧寺中的经文，千古以来，还没见谁能逃过谶语的启示！可是这月亮，却圆圆地悬在夜空，清辉照耀。叹红尘梦境之不如人意，怎能不羡慕仙人的红颜永驻！

天上也应该有离有合，如同我的多愁善感；人间又怕什么悲欢，让人齿冷！大千世界，尽管让美去装点，到三五月圆之夜，还不是一样的光辉普照！那圆满又归何人秉持？那残缺又由谁来补偿？春风中的豆蔻，谁人怜爱？秋雨中的桂花，谁赏妍媸？那罗远凭什么住进仙宫？吴刚又怎的，竟也居住在姮娥仙府？是几世修得的佛缘，如同不夜的玉宇琼楼，让人永生欣羡，爱怜。

歌曰："离别的心情真可说愁恨交织，离别的情怀从秋又到春，谁能永生不灭，唯有万古冰轮。"又歌曰："即便修成仙也会有劫难，何况是多愁多病的凡人？我真想把今夜伤心的梦境，讲给月宫里的仙人听闻。"

清人辞赋选释

岳少保奉诏班师赋

袁度

上将旌旗①，中军鼓角②，阵走风雷，营摧山岳。将军报国，愿乖塞外之勋名③，奸相和戎④，竟起朝中之谣诼⑤。遂使金牌十二⑥，下飞诏于朱仙⑦；顿教铁骑三千，返雄师于河朔⑧。方少保之奉命出师也⑨，旗鼓谁当，韬钤素耀⑩。运筹略于胸中⑪，逞威名于年少。君殆非行伍中辈⑫，张招讨许其英雄⑬。尔真有古良将材，宗留守夸其奇妙⑭。虏将皆望风而北⑮，兔走蛇惊；此军看渡河而东，龙吟虎啸。方期汗马功成⑯，贪狼孽扫⑰，破他五国之城⑱，复我两京之道⑲。诸军痛饮，会看白马请盟⑳；大将长驱，行且黄龙直捣㉑。从此两宫尽返㉒，喜北窖之重开㉓；岂徒半壁偏安㉔，幸南朝之永保㉕。无如天运中衰㉖，人情内壅㉗，权臣酿祸而休兵㉘，壮士投戈而反踵㉙。那料燕云唾手㉚，竟隳十载功名㉛；徒令塞草伤心，空负两河义勇㉜。君无大志，误国毕竟惟和；公是纯臣，闻命敢云不奉？设令藉将臣在外之言㉝，违天子从中之诏。号令肃其指挥，纵横逞其谈笑，关中指日定矣！可奋身专将帅之权；阃外将军制㉞，岂俯首受朝廷之诏。直到削平沙漠，拼教系罪累囚㉟；果能克复神州㊱，亦足告功郊庙㊲。然而跋扈非纯臣之节㊳，抗违忝忠荩之颜㊴。纵令勋垂庙祀㊵，其如名愧朝班㊶。是以旗惟倒卷，弓不重弯，帐不驰驱，约三军之令肃；马前涕泣，任百姓之辕攀。从兹传谕江南，叹此日全师尽解；无复廓清河北㊷，问何时二圣方还㊸。徒令老臣气短，烈士心悲，莫须有之冤谁恤㊹？没来由之泪空垂。风雨千秋，唯遗墓冢，江山一局，只剩残棋。坐令湖上骑驴，有客慕清凉之号㊺；谁更江头立马，无人兴恢复之师。中原其不欲平耶？何天意沮挠似此㊻；其事果谁之咎也，致人心感慨如斯。迄今俯仰残碑，流连大树，思壮志兮难酬，泣忠魂而如诉。结两朝余恨，泪洒东流，痛三字奇冤，心碎南渡。当年密诏，黄金传殿上之牌；此日奸雄，白铁看坟前之铸㊼。读史者能不搔首欷歔㊽，而为之低徊作赋㊾。

【注释】

①上将：主将，统帅。

— 272 —

②中军：古代行军作战分左中右三军，由主将所在的中军发号施令。
鼓角：战鼓和号角。
③勋名：功名。
④和戎：指与别国媾和。
⑤谣诼：造谣毁谤。
⑥金牌：古代凡赦免、军机以及紧急之事用之。《宋史·岳飞传》："桧知飞志锐不可回，乃先请张俊、杨沂中等归，而后言飞孤军不可久留，乞令班师。一日奉十二金牌。飞愤惋泣下，东向再拜曰：'十年之力，废于一旦。'"
⑦朱仙：朱仙镇，地名，在今河南省开封西南。宋绍兴间，岳飞大破金兵于此。
⑧河朔：古代泛指黄河以北地区。
⑨少保：古代官名，为君国辅弼之官。宋岳飞屡破金兵，累官至太尉，又授少保，为河南北诸路招讨使。此处以岳飞的官职名称指代岳飞。
⑩韬钤：古兵书有六韬、玉钤，故以指用兵之法。
⑪筹略：谋略。
⑫行伍：指军队。
⑬张招讨：指河北招讨使张所。《宋史·岳飞传》："飞上书言……陛下乘敌穴未固，亲率六军北渡，则将士作气，中原可复。书闻，以越职夺官。归诣河北招讨使张所，所待以国士。"
⑭宗留守：宋宗泽，二帝北狩，以副元帅从磁州入援，屡战皆捷，徙知开封府，进东京留守。
⑮望风：听到动静。
⑯汗马功：战功。
⑰贪狼：喻指贪婪残暴之人。
⑱五国城：宋徽宗被金兵所俘，囚死于此。
⑲两京：将宋之东京开封与西京河南府。
⑳白马盟：古代用白马为盟誓或祭祀的牺牲。
㉑黄龙：指黄龙府。《宋史·岳飞传》："金将军韩常欲以五万众内附。飞大喜，语其下曰：'直抵黄龙府，与诸军痛饮尔。'"
㉒两宫：指太上皇和皇帝：徽宗赵佶，钦宗赵桓。
㉓北窖：指拘囚二帝处。
㉔半壁：即半壁江山。　　偏安：指封建王朝不能统治全国而苟安于一方。

㉕南朝：相对北宋而言，指南宋小朝廷。

㉖天运：天命。

㉗雍：障蔽，遮盖。

㉘权臣：指掌权而专横之臣。

㉙投戈：放下武器。　返踵：转身。

㉚燕云：泛指河北、山西失地。

㉛隳：毁坏，废弃。

㉜两河：宋称河北、河东地区为两河。

㉝臣在外：《史记·孙子吴起传》："孙子曰：'臣既已受命为将，将在军，君命有所不受。'"

㉞阃外：指京城或朝廷以外。

㉟系罪：被拘禁。

㊱神州：战国驺衍称中国曰赤县神州，后世称中国曰神州。

㊲郊庙：古代天子祭天地与祖先。

㊳跋扈：骄横强暴。　纯臣：忠纯笃实之臣。

㊴忝：有愧于。　忠荩：忠诚。

㊵庙祀：立庙奉祀。

㊶朝班：指群臣朝见天子时按官品分班排列的位次。

㊷廓清：澄清、肃清。

㊸二圣：指为金国所俘的宋徽宗和宋钦宗。

㊹莫须有：《宋史·岳飞传》："狱之将上也，韩世忠不平，诣桧诘其实。桧曰：'飞子云与张宪书虽不明，其事体莫须有。'世忠曰：'莫须有三字何以服天下？'"后用以表示凭空诬陷。

㊺清凉之号：宋韩世忠自号清凉居士。

㊻沮挠：阻挠。

㊼铁铸：岳飞死后，谥武穆，安葬于西湖。后人以白铁铸权奸秦桧夫妻像，于墓前受万人唾骂。

㊽欷歔：叹息、抽咽之声。

㊾低佪：即低回，流连。

【今译】

统帅的旌旗招展，中军的鼓角声声，战阵就像迅风雷霆，摧毁敌营的声势崩山裂石。将军怀报国之志，哪里会看重什么功名利禄？奸相竟然在朝中散布谣言，力主和敌人议和。这才连下十二道金牌，飞马朱仙镇前线，诏令将军回朝。顷刻间，三千铁骑从河朔撤回了。

　　起初岳少保奉命出征的时候，旌旗鼓角，谁能阻挡？岳将军治军严明，深谙谋略，年少时即具威名。并不是在行伍中出身的一介武夫，招讨使张所称赞他为英雄。有古良将的才具，留守使说他卓越雄奇。在他面前金虏皆望风北遁，像草丛吓跑的狐兔虺蛇；大将军率兵东进，真有虎啸龙吟的气势，正期待着成就战功，扫灭金虏，攻下五国城，恢复我两京原来的格局。一定会看到牺盟白马，与诸君痛饮庆功酒的一天；大将军挥师长驱直入，直捣黄龙府，开启幽囚二帝的窨窟，让太上皇和皇帝都重返帝京。怎么能偏安于半壁河山，侥幸于小朝廷的保全！无奈天命使然，中途衰落。再加上人为的欺瞒梗阻，专横之臣力主休兵。于是酿成大祸，致令战士放下武器从前线后退，没想到指日可下的燕云之地，竟然毁坏了十年的经营；徒然让边塞的草木为之伤心，辜负了两河的热血男儿。国君没有志气，让议和耽误了国家大事，将军是忠诚笃实的臣子，接到命令，能不听从吗？假如借口"将在外"的说法，不执行天子的诏令，整肃指挥，纵横言笑，关中的形势指日可定。全力行使将帅的权威，宫廷外由将军指挥，怎么能俯首帖耳地接受朝廷的诏令？直到平定边外，宁肯蒙受罪名；果真能恢复神州，也可以告慰祖宗。然而专横不是忠诚臣子的行为，违抗王命有损于忠臣的形象。纵然能使功勋卓著而享庙祀，还是有愧于臣子的名分。这才卷起旌旗，收起弓矢，传令帐下，三军肃命。老百姓攀着车辕，在马前痛哭流涕。可叹从此传告江南，全师解甲；再没有机会肃清河北的残敌，被扣囚的二帝什么时候才能回来？徒然让老臣气结声咽，壮士心存悲愤。莫须有的冤屈有谁顾念？徒令人流下无端的眼泪。千秋风雨，只留下将军的坟墓。江山就像一局残棋，致使湖上骑驴的客子，怀想起清凉居士；有谁还能江边驻马？没有人再能重整恢复的军队了！中原难道不想平复吗？为什么这般阻挠？这究竟是谁的过错？让人们如此感慨，在古碑前俯仰流连；壮志难酬，仿佛那忠臣的英灵还在向你哭诉！两朝遗恨，泪洒东流；三字奇冤，痛心南渡。当年密传君令，在金殿上连下金牌；今日岳帅坟前，白铁铸造的奸臣受万人唾骂。读史者能不叹息流连而为之作赋吗！

清人辞赋选释

陋轩赋

袁 度

昔明季之时①，有隐君子者②，居于长江之北，邻于大海之西。谢风尘而匿迹，依云水而幽栖。通蒲涛兮萧旷③，指芦岸兮凄迷。瓦古生松，有数椽之老屋；径荒种菜，环一带之清溪。故老告余曰④："此吴野人之故乡也⑤。"门栏曲折，林壑苍茫⑥，尨吠竹篱之畔⑦，燕飞柳岸之旁。雪霁而溪桥梅瘦，云深而石径苔荒。问一生鹤岭神游⑧，清味有同于陆羽⑨；想当日羊裘兴寄⑩，高情不减于严光⑪。其境则僻，其心则超。爱户庭之不出，慨身世之无聊。敞其轩而人静，铭以陋而尘遥。斗室开樽，秋露白一杯味美⑫；柴门临水，海陵红十里香飘⑬。旧恨难诉，新愁转消。惟烟霞兮痼癖⑭，任风雨兮漂摇。由是耽吟咏、祝丰穰⑮、于晨耕、妻夜纺，非佛非仙，独来独往。着三径之芒鞋⑯，打五湖之画桨⑰。望竹园于轩外，素挹清芬；赋梅岭于轩中⑲，独深遐想。军输盐荚⑳，极百态之牢笼㉑；鸡犬桑麻㉒，寄孤怀之淡荡㉓。况复雅结深情，淡忘俗目㉔，羽吉唱酬㉕，豹人往复㉖。来栎下之神交㉗，有渔洋之心服㉘。山堂引去，吟落叶而知名㉚；场圃归来㉛，托衡门而寝宿㉜。贺季真镜湖啸傲㉝，终老幽居；杜少陵同谷悲歌㉞，自安破屋。林木扶疏，荒村结庐㉟，家无儋石㊱，室有藏书。领取田家风味，浑忘世事乘除㊲。此时荜户吟风㊳，溪翁心远；何处石桴旧雨㊴，岳子情摅㊵。谁知大布裁衣㊶，独啸歌而自得㊷；聊藉太虚为室㊸，宽俯仰以何如㊹。今则陋叟不作，轩楹尚留。望海滨而惆怅，来淘上以夷犹㊺。但觉孤云野鹤，流水闲鸥，蒿径幽幽而虫语㊻，柳桥曲曲以虹流。此地有松竹当窗，清风一座；伊人如蒹葭在水㊼，明月孤舟。

【注释】

①明季：明代末年。季：末。

②隐君子：隐士。

③蒲涛：地名。《宋书·虞丘进传》："从高祖征孙恩，戍句章城，被围数十日，无日不战，身被数创，至余姚呵浦，破贼张骠。退至海盐故治及娄县，于蒲涛口与孙恩水战，又被重创，追恩至郁州。"

— 276 —

④故老：前朝遗老。

⑤吴野人：清初诗人吴嘉纪的号。

⑥林壑：山林涧谷。

⑦尨：犬。

⑧鹤岭：岭名，在江西南昌。传说仙人王子乔控鹤所经。

⑨陆羽：唐人，字鸿渐；自号竟陵子、桑苎翁、东岗子，嗜茶，著《茶经》传世。

⑩羊裘：指严光羊裘垂钓。《后汉书·严光传》："后齐国上言，有一男子，披羊裘钓泽中。"

⑪严光：汉隐士，字子陵，隐于富春江。

⑫秋露白：酒名。

⑬海陵：地名，今江苏泰州。

⑭痼癖：难以改掉的积习。

⑮丰穰：丰熟。

⑯三径：本指松菊三小径，以喻隐士所居。

⑰五湖：江南五大湖的总称。　　画桨：有画饰的船桨。

⑱挹：汲取。

⑲梅岭：即大庾岭。在江苏、广东交界处。古时，岭上多植梅，故称。

⑳盐荚：征收盐税的政策法令。

㉑百态：各种形态，此喻各种手段。

㉒桑麻：指农事。

㉓淡荡：散淡，悠闲自在。

㉔俗目：粗俗平庸的眼光。

㉕羽吉：即郝羽吉，清初诗人。久客江都，以鱼盐之业隐于市。念野人贫乏，时出粟周之。

㉖豹人：清初诗人孙枝蔚的字。与吴野人、郝羽吉、汪舟次俱以诗名。著有《溉堂集》。

㉗栎下：清初诗人周亮工，号栎下先生。见野人诗，推为近代第一。

神交：谓心意投合。

㉘渔洋（山人）：清人王士禛的号。

㉙山堂：即平山堂，在今江苏省江都市西北蜀岗上。

㉚"吟落叶"句：学者汪莹批注："韩秋伯孝廉云：'相传此诗作于平山堂渔洋山人座上，至末二句，诸公阁笔矣。'"

㉛场圃：农家种菜蔬或收打作物的地方。

㉜衡门：横木为门，指简陋的房屋。

㉝贺季真：即唐代诗人贺知章。　镜湖：在安徽省芜湖西北，又名鉴湖。唐开元中，秘书监贺知章赐镜湖剡溪一曲，因名贺监湖。　啸傲：放歌长啸，傲然自得。

㉞杜少陵：唐代诗人杜甫曾自号少陵野老，世称杜少陵。　同谷：旧县名，唐置同谷郡，即今之甘肃省成县。　悲歌：指杜甫在同谷衣食无着，陷于困境时作的《乾元中寓居同谷县作歌七首》。

㉟结庐：构筑房舍。

㊱儋石：指少量米粟。

㊲乘除：喻指世事的消长盛衰。

㊳荜户：即蓬门荜户，指穷人之所居。

㊴石桴：指吴野人的老朋友戴胜徵，居于泰州东淘。爱游白岳，以舟载其石归，因号石桴。　旧雨：老朋友。

㊵岳子：戴胜徵的字。　摅：抒发。

㊶大布：麻制粗布。

㊷啸歌：长啸歌吟。

㊸太虚：宇宙。

㊹俯仰：一举一动，引申为立身端正，上对天，下对地，皆能问心无愧。

㊺夷犹：犹豫，迟疑不前。

㊻幽幽：寂静貌。

㊼伊人：指所思之人。　蒹葭：芦苇。

【今译】

明朝末，有一位隐士，住在长江之北，大海的西边，避迹风尘，依傍着云水而隐居。经过萧条空旷的蒲涛口，指认凄寂迷离的芦岸，有几间敝旧的老屋，屋瓦上生出了小树；一湾清溪环抱着，荒芜的小径边种着菜蔬。有老人告诉我说："这是吴野人的故乡啊!"柴门旁竹栏宛曲，远处是迷茫的山林涧谷。小犬在竹篱边叫着；燕子在长满柳树的岸上飞着。雪住了，溪桥旁的梅花刚刚绽放，显得那样清瘦，浓云深处，石径上长满了苔藓。他的一生，真像闲云野鹤，寄性情于山水，如同唐人陆羽一般放旷；想当年披着羊皮裘垂钓，高情逸致，不次于东汉的隐士严光。环境虽然荒僻，心地却坦荡超然。足不出户，感慨于身世的贫穷无依。敞开着房门阒寂无人，所以称其为陋轩，

陋轩赋

它离着尘世确实太远了。在斗室之中,斟上一杯秋露白酒;柴门临水,到处都是海陵的红花飘香。从前的遗憾难以诉说了,新的愁烦也转而消失了!只有这迷恋烟霞的积习,一任它风吹雨打而无所变易。正因如此,他才乐于吟咏,祈求年成丰熟,儿子早晨下地耕作,妻子纺织至夜不息。不是佛也不是仙,独往独来,穿惯了草鞋,在湖水上亲操画桨。看着陋轩外的竹园,汲取清新的香气;在陋轩中赋写梅岭的诗文,独自深思。军令征输,催收盐税,各种手段,名目繁多,形成重重牢笼;鸡鸣犬吠,纷纭农事,寄托着散淡的情怀。何况结纳了高雅不俗的友人,淡忘了世俗的眼光。有郝雨吉唱酬;有孙豹人来往;有栎下先生的心意投合;有渔洋山人的铭记在心,引去山堂,咏落叶诗而知名于时;从场圃归来,在简陋的居室中托身。贺知章当年在镜湖放歌自得,在隐居中终老;杜少陵在同谷沉痛悲歌,自安于破屋。树林繁茂,枝叶纷披,在荒村中构筑房舍。家无储粟,室有藏书,得到的是田家况味,忘掉的是世事兴衰。此刻在陋轩里吟诗,心却飞出了茅舍;去寻找老朋友石桴,一块儿抒发襟抱。有谁会知道,他穿着粗布的衣服,还能长啸歌吟,自得其乐?他以宇宙为家,立身端正,俯仰无愧。

如今,陋叟已经不再撰述了,只不过那几间旧屋还在。望着海滨,心情惆怅;来此东淘,迟疑不前。只是觉得那孤云野鹤,流水闲鸥,蒿草小径,静静地只有秋虫在叫,环曲的小桥像彩虹一般倒挂在流水之上。松竹临窗,清风满座,他好像还在长满芦荻的水边,在洒满月光的孤舟之上。

清人辞赋选释

以鱼羡鸟赋

何栻

　　论养生之有术①，知其雄者守其雌。观造化之无私②，予其角者夺其齿。飞自飞而潜自潜，我为我而尔为尔。不相入者凿枘③，或方或圆；未能化者畛畦④，乃疆乃以。相彼鸟矣，岂思泽国之游⑤；吾其鱼乎，讵慕山梁之止⑥。惟鱼也，双鬐泼刺；而鸟也，六翮舒徐⑦。惟鱼也，千头聚戏；而鸟也，一蹴凌虚⑧。鸟则竹箭飞来，巧避北山之弋；鱼则桃花涨起，潜惊西塞之渔⑨。虽升沉之异致，实秉畀于生初⑩。好音时送绵蛮⑪，可以人而如鸟；乐意偶参濠濮⑫，岂其我不知鱼！因思鱼跃于渊，何羡乎蛇之化雉⑬；况幸鱼潜于渚，何羡乎鼠之为驾⑭。然而习幻者忘真，狃常者思变⑮。有就新去故之谋，存舍己从人之见。意为江湖大矣，何如广莫之宽⑯；游泳悠然，未得扶摇之便⑰。波臣有意⑱，将随遵渚之鸿飞⑲；水族何知，欲趁凌霄之鹗荐⑳。觊营巢之可借，更谁缘木以求㉑；将结网之徒劳，早免临渊而羡。当雄飞不当雌伏，终难化乎痴心；志流水忽志高山，若顿忘其真面。盖由外慕滋纷，内观未了，冀云路之翩跹㉒，厌风波之浩淼㉓。岂鳞虫之属，不及羽虫？或白小之名㉔，未如黄小。鲽比目而鹣比翼㉕，总之佳偶无猜；鹬驱丛而獭驱渊㉖，谁则安居不扰？况复鳐原似鹊㉗，能御火以飞翔；抑闻鹍亦为鹏，更抟风而夭矫㉘。变蛤而雀皆入水㉙，鸟或依鱼；成龙则鲤且升天，鱼胡慕鸟？漆园叟莞尔而笑曰㉚："是未知飞跃之殊能，而渊霄之异路也。入想非想之天，处材不材之数。形而上形而下，岂象罔之能更㉛；有所短有所长，皆鸿钧之是赋㉜。亦犹丙穴㉝，难同鸟鼠之群；何若丁盘㉞，漫作鱼熊之慕。应悔我忘故我，致令隍下之鹿迷㉟；定教吾见真吾，勿使梦中之蝶误㊱。"

【注释】

①养生：修养身心使之长寿。
②造化：大自然。
③凿枘：比喻两者不相投合。
④畛畦：界限。

— 280 —

⑤泽国：水乡。

⑥山梁：山涧上的桥。

⑦六翮：鸟类双翅中的正羽，用指鸟的双翼。

⑧凌虚：升于空际。

⑨西塞：山名，在浙江省湖州市西南。唐人张志和《渔歌子》："西塞山前白鹭飞，桃花流水鳜鱼肥。"

⑩秉畀：给予。

⑪绵蛮：鸟鸣声。

⑫濠濮：即濠濮间想。谓置身闲静之地所生的幽思。

⑬化雉：《埤雅·广要》："晋武库中有野雉，莫知所致。张华曰：'雉侧必有蜕蛇焉。'盖蛇化雉也。"

⑭鼠为驾：《礼记·月令》："桐始华田鼠化为驾。"驾：鹌鹑之类的小鸟。

⑮狃：囿，局限。

⑯广莫：辽阔、广远，指天空。

⑰扶摇：由地面急剧盘旋而上的暴风。

⑱波臣：指水族。

⑲遵渚之鸿：鸿雁循着水中小洲飞翔。《诗·豳风·九罭》："鸿飞遵渚，公归无所。"

⑳鹗荐：谓举荐贤才。

㉑缘木：爬树。

㉒云路：云间，天上。

㉓浩淼：同"浩渺"，水势广阔貌。

㉔白小：银鱼。杜甫《白小》："白小群分命，天然二寸鱼。"

㉕鲽：比目鱼。　鹣：比翼鸟。

㉖鹯：猛禽名，似鹞，羽色青黄，以鸠鸽燕雀为食。

㉗鳛：古代传说中的一种怪鱼。《山海经·北山经》："其状如鹊而十翼，鳞皆在羽端。其音如鹊，可以御火。"

㉘抟：拍击也。　夭矫：纵恣貌。

㉙变蛤：《礼记·月令》："雀入大水为蛤。"

㉚漆园叟：即庄子。　莞尔：微笑貌。

㉛象罔：庄子寓言中的人物，含无心无形迹之意。

㉜鸿钧：指天或大自然。

㉝丙穴：鱼名，泛指嘉鱼。

㉞丁盘：同"饤盘"，盛水果的盘子。

㉟隍下：《列子·周穆王》："郑人有薪于野者，遇骇鹿，御而击之，毙之。恐人之见之也，遽而藏诸隍中，覆之以蕉，不胜其喜。俄而遗其所藏之处，遂以为梦焉。"

㊱蝶误：庄周在《齐物论》中说：自己梦为蝴蝶，梦觉时，不知周之梦为蝴蝶，还是蝴蝶之梦为庄周。

【今译】

说起修养身心的方法，当知雌雄相守。与其锐角而不与利齿，当视作大自然化育万物的无物。飞的只管飞，潜水的只管潜水，我就是我而你就是你。方的和圆的，是不能相合的；就像疆域，不能逾越是因为它的界限！看那鸟儿，它就不想到水里去冶游；我要是鱼儿的话，怎么能想着到河桥上去驻足！那鱼儿，它的鳍在水中灵活地拨水；而鸟儿，它的翅膀却在天空中自由地伸展。那鱼儿，成百上千地集堆嬉戏；而鸟儿呢，脚爪一踏就飞上了天空。鸟儿，它能巧妙地躲开猎人的箭镞；而鱼呢，也会在桃花水涨的时候，深潜入水使渔人惊诧。它们虽然有的在天上飞，有的在水里游，升沉的路数不同，但却都是在有生之初，就赋予了这种本能啊！听吧，时时有鸟悦耳的鸣声，人可以做到和鸟一般的快乐；偶尔参悟了庄子清静无为的境界，谁又能说我不知道鱼的乐趣！因而我想到鱼儿活跃在深水中，它又有什么必要去羡慕蛇的变雉？何况鱼还能沉潜于洲渚，又有什么必要去羡慕田鼠变鴽呢！可是，学幻术者往往忘了真实，局限于常规者该当改变。有追求新事物而摒弃旧习惯的办法，保存舍弃己见追随他人的想法。江湖浩大，哪里比得上辽阔广远的天空？悠然游水，不能获得大鹏搏风的便利。那些水中的族类，有意跟随循渚飞行的大雁，想博得它们的荐引。假如那鸟巢可以借来居住，还会有鱼儿去爬树营求吗？知道织网子也是白费心力，也用不着去临渊而羡了！应当奋发有为而不该屈居下位！这种痴念是难以更改的呀！琴曲的意在高山，又变流水，就好像顷刻之间忘了自己的存在。这都是因为诸多外物滋人羡慕，内心不静所致。想到天上去飞，就讨厌那无边的风浪，是游鱼比不上飞鸟吗？是小白鱼比不上小黄鸟？比目鱼，比翼鸟，它们都是两无嫌猜的佳偶；鹰鹯在林中捕食，水獭在水中寻猎，谁又能够安居而不受惊扰呢？何况鳛这种鱼，长得原本就像鹊，它会飞还不怕火；也听说过鲲化为鹏，在万里长空尽情搏风吧！变成蛤的雀钻到水里去，这不是鸟依于鱼吗？鲤跃龙门而变为龙，鱼又为什么要羡慕鸟？庄子微笑着说道："这是不知飞和跃的性能不同，深水和

以鱼羡鸟赋

遥天的路径不同罢了！到想而又不想的天地，处于材与不材的命运，形的出入，不是象罔所能改变的！有短就有长，这都是大自然的赋予，就像丙穴，注定了不能和鸟鼠同群；哪像丁盘，虽然盛着水果，也可以做着鱼与熊掌的企慕呢！应该懊悔，我忘了原来的我，以致忘了藏在隍下的获鹿；应该看到真正的我，而不要让梦里变的蝴蝶迷惑了自己。"

清人辞赋选释

寒到君边衣到无赋

崔国琚

　　十年孤枕，万里征鞍，尊前怨别，梦里承欢①。即是秋云，恁般漂泊，家如夜月，总少团圞。怜他弱质伶仃②，生憎薄冷③；何况边城萧瑟，分外严寒。离愁眉识，别味灯知，怀君无语，代泪惟诗。把征衣兮远寄，当秋夜兮长时。压成金线丝丝④，丝丝别绪；缝得征袍密密，密密相思。儿女情真，天涯恨新，可人夫婿⑤，远成胡尘⑥，纵然曲唱同袍⑦，焉能御冷？即使恩深狭纩⑧，也只依人。几日裁成，烦汝有灵刀尺⑨；何时递到，替侬代偎郎身。衾封翡翠，被冷鸳鸯，笥催衰白⑩，月上流黄⑪。草草愁缄，可已裁缝熨贴；卿卿久别，几番长短思量。拼教多着征衣，不是香闺软暖；即使能传别恨，空添绝塞凄凉。登楼一望，云树相连，心随塞雁，飞向胡天。谅西风不比东风，早度玉门关外⑫；问书信可随凉信，同来铁马营前。这般绝险山河，愁他驿使；空有多情魂断，送别君身。悲哉寒风有力，寒日无颜，寄寒衣于绝域，却寒气于辽关⑬。马角天生⑭，空劳盼望；羊肠路曲，尽属湾环。此时遥忆君身，几番消瘦；可否能如妾梦，一夜回还。

【注释】

①承欢：迎合人意，求取欢心。
②伶仃：瘦弱。
③生憎：最恨，偏恨。
④压金线：刺绣或缝纫时按压针线。
⑤可人：可爱的人。
⑥胡尘：胡地的尘沙。
⑦同袍：同穿战袍。《诗·秦风·无衣》："岂曰无衣，与子同袍。"
⑧挟纩：披上绵衣。《左传·宣公十二年》："王巡三军，拊而勉之，三军之士皆如挟纩。"喻受人抚慰而感到温暖。
⑨刀尺：裁剪工具。
⑩衰白：谓人老体衰，鬓发疏落花白。

⑪流黄：黄褐色。
⑫玉门关：古关名。
⑬辽关：泛指辽地的关隘。
⑭马角：《燕丹子》："燕太子丹质于秦，秦王遇之无礼。不得意，欲求归。秦王不听，谬言曰：'令乌白头，马生角，乃可许耳。'"后喻不能实现之事。

【今译】

　　跨着战马，万里驱驰，十年来，他孤枕独眠。当年在离筵上，含着无限的幽怨分手，只能在梦中去承受欢情。他就像秋天的云，漂泊不定，一个家就像夜晚的月亮，少有团圆的时候，可怜他瘦弱的身子骨，最怕寒冷，何况边关，秋风萧瑟，格外的寒冷呢！一肚子的离愁，在眉峰上即可看出，别离的滋味，只有那伴我无眠的灯火最清楚。想念他的心情，没有恰切的语言，只有几行代替眼泪的诗句。当此秋夜无眠之际，打点好寒衣给他寄去，一针一线充满了离情别意，寄托着深深的相思之情。儿女之情是真挚的，远在天涯又增添无限新愁。夫婿在边远的地方戍守，纵然唱着"与子同袍"的歌儿，又怎么能抵御寒冷呢？即使受到抚慰，也是依庇于人而已！用了几天时间制成寒衣，亏得那好像带有灵气的刀尺；何时才能寄到，替我温暖郎君的身体。翡翠的妆台积满了灰尘，绣着鸳鸯图案的锦被也显得怎般清冷。胡笳声声，催人增生白发；月上东山，流泻着浑黄的光。草草地写一封表达思念的书信，征衣也已缝制完毕；长时间的分别多少回长吁短叹地思量啊！一定要多穿衣服，那毕竟不是温暖的闺房啊！即使能传达离别的恨怨，还不是徒然增添征人的伤感和凄凉吗？登高楼望远方，眼前的树与远处的云相连接，心儿随着大雁，向远方飞去了。估算着秋风不像春风，能早早地来到玉门关外；问书信能否随着初凉的时序，一同来到军营之前？这般险要的河山，令驿使生愁；空有多情的魂梦，送别到郎的身边。悲啊！寒风劲吹，看不见太阳的光影。寄送寒衣到边塞，使你能在边关防地驱除寒冷。马是不能生角的，白白地盼望回还；羊肠小道，还不都是曲曲弯弯。此时遥想君的身体，一定很消瘦；可否能像我做的梦那样，一夜之间就回来了呢！

清人辞赋选释

古柏赋

范以煦

　　郁郁乎老干轮囷①，贞姿巩固②，黛色参云③，霜皮隐雾④。此日榛苓志志⑤，独有千秋；当年梁栋献猷⑥，记勤三顾⑦。伊精爽兮式凭⑧，俨神灵兮呵护。好并棠甘南国⑨，徽音流召伯之膏⑩；不徒桑植西隅⑪，嘉荫庇成都之树⑫。客告予曰：孔明庙前有古柏焉⑬！雨露维新⑭，烟霞以沐，瞻庙貌之巍峨，抚柯条而敬肃。筹笔驿鸟声阒寂⑮，上将如临⑯；锦官城草色萧森⑰，余声犹馥。至今姓字，高寄疏松；无限低回⑱，流连绵竹。发十围之远籁，风景河山；看一样之托根，哲人乔木⑲。夫当其风云遇合⑳，水石交投，盘根错节，条发英抽，读正议之一篇㉑，贞堪贯石；抚出师之二表㉒，气欲横秋。倘使壮怀竟慰㉓，素志能酬，行且追踪少伯㉔，踵迹留侯㉕。植扶疏以绕屋；娱烟柳以维舟；觅岁寒之伴侣；瞻新甫以嬉游㉖。寻香叶而宿凤鸾，自安所适；凭苦心而祛蚁蝼㉗，克壮其犹㉘。奈何身为形役，事与心歧，五丈秋风㉙，壮图担阁㉚；三分夏荫㉛，伟业差池㉜，锦屏空峙㉝，大厦难支。然而贞心莫改，劲节自持㉞，功并烈昭㉟，既凌寒以挺质；物因人重，亦傲冷以交枝。斗旗萦巫峡之云㊱，虬蟠灵庑㊲；击鼓凉雪山之月，龙轰神祠。谓不能抚摩封植㊳，而想像猷为㊴；宜乎高吟斯寄㊵，嘉植攸陈。爱斑痕之蠹蚀，仰劲骨之鳞皱，经饱风霜，炼雄姿于不朽；绕余烟雾，肖伟绩以常新。瞻古处之衣冠㊶，婆娑其下；寄古怀之景仰，慨慕斯人。而是柏也，光景犹然，根株宛在。昂藏传烈士之躯㊷，蹀躞写将军之慨㊸。太息拾遗身世㊹，浣怜古里之花㊺；苍茫丞相功名㊻，种学闭门之菜㊼？有英雄姿，无猥琐态，阅历荣枯，消除兴废。列石疑排夫八阵㊽，果然名到今称；流风高望于三巴㊾，不愧古之遗爱。迄今遵川蜀之区，访邛崃之驿㊿，缅忠武而驰神，得檐廊之陈迹。合抱环青，周围晕碧，数南阳之岁月㉑，戍鼓谯钟㉒；考西域之栽培，柯铜根石。仿佛鲁壶薛鼓㉓，重烦父老留题；即看坠叶零枝，犹有渔樵爱惜。

【注释】

　　①郁郁：茂盛貌。　　轮囷：高大貌。

— 286 —

②贞姿：坚贞的资质。
③黛色：青黑色。杜甫《古柏行》有"霜皮溜雨四十围，黛色参天二千尺"句。
④霜皮：苍白的树皮。
⑤榛苓：榛木与苓草。《诗·邶风·简兮》："山有榛，隰有苓。"喻指贤者各得其所的盛世。
⑥猷：韬略。
⑦三顾：指汉末刘备三次往隆中访聘诸葛亮事。
⑧式凭：依靠。
⑨"棠甘南国"句：《史记·燕昭王世家》："召公巡行乡邑，有棠树，决狱政事其下，自侯伯至庶人各得其所，无失职者。召公卒，而民人思召公之政，怀棠树不敢伐，作《甘棠》之诗。"
⑩徽音：德音。　　膏：润泽。
⑪"桑植"句：《三国志·蜀志·诸葛亮传》："初，亮自表后主曰：'成都有桑八百株，薄田十五顷，子弟衣食自有余饶。'"
⑫成都：地名。三国时，蜀汉建都于此。
⑬孔明：诸葛亮的字。
⑭维新：谓乃始更新。
⑮筹笔驿：古驿名。在今四川省广元市北八十里。相传诸葛亮出师，曾驻军运筹于此。　　阒寂：静寂，宁静。
⑯上将：主将，统帅。
⑰锦官城：成都旧有大城、少城。少城古为掌织锦官员之官署，故称锦官城。
⑱低回：徘徊，流连。
⑲哲人：智慧卓越的人。
⑳风云遇合：指君臣遇合。
㉑正议：公正的议论。《左传·昭公三年》："吾不可以正议而自与也。"
㉒二表：指诸葛亮统兵出师时上书的表文，即《前出师表》《后出师表》。
㉓壮怀：豪壮的胸怀。
㉔少伯：春秋时越范蠡的字。
㉕留侯：汉张良的封爵。
㉖新甫：山名。《诗·鲁颂·閟宫》："新甫之柏。"

㉗祛：去除。　　蚁蝼：即蝼蚁。杜甫《古柏行》有"苦心岂免容蝼蚁，香叶曾经宿鸾凤"句。

㉘犹：同"猷"，谋略。

㉙五丈：即五丈原。古地名，在今陕西省岐山县南，斜谷口西侧的渭水南岸。公元234年，诸葛亮伐魏，驻军屯田，病逝于此。

㉚担阁：同"耽搁"，延误。

㉛三分：指魏、蜀、吴三分天下。

㉜差池：差错、意外。

㉝锦屏：山名，在今四川省阆中市南。

㉞劲节：坚贞的节操。

㉟昭烈：即昭烈帝，三国时蜀主刘备的谥号。

㊱巫峡：长江三峡之一，因巫山而得名。

㊲灵庑：指神祠的廊屋。

㊳封植：壅土为坟，植树为饰。

㊴猷为：即"为猷"，指所做的功绩。

㊵斯：指祠宇前的古柏。

㊶古处：谓以故旧之道相处。

㊷昂藏：超群出众，气度轩昂。

㊸蹀躞：行进艰难貌。

㊹拾遗：杜甫曾任左拾遗职，此以官职名指代杜甫。

㊺"浣怜古里"句：杜甫流寓成都，营草堂，称浣花草堂。

㊻苍茫：广阔无际。　　丞相：古时辅佐君王的最高行政长官，此指诸葛亮。

㊼"种学闭门"句：《三国志·蜀志·先主传》："备时闭门，将人种芜菁，曹公使人窥门。既去，备谓张飞、关羽曰：'吾岂种菜者乎？曹公必有疑意，不可复留。'"

㊽八阵：诸葛亮在鱼腹浦垒石为八阵图。

㊾三巴：古地名，为巴郡、巴东、巴西的合称。

㊿邛崃：山名。在四川荣经县西。

㉑南阳：古地名。《三国志·蜀志·诸葛亮传》："臣本布衣，躬耕于南阳。"裴松之注引《汉晋春秋》："亮家于南阳之邓县，在襄阳城西二十里，号曰隆中。"

㉒谯钟：城门上瞭望楼的钟。

古柏赋

㊵鲁壶薛鼓：指鲁国和薛国举行投壶礼时敲鼓的节奏。

【今译】

　　高大的树木枝繁叶茂，坚贞的资质根基深固。青黑色的枝叶上接行云，苍白的树皮在雾霭中隐现。如今有榛苓记载着千秋独有的贤者得所的佳话；当年三往隆中访聘，犹记他作为栋梁之材所进献的谋国方略。直爽真诚的依靠，就像有神灵在护佑。美政之声如同召民不忘召伯润泽民心的美德；不只是在西蜀栽桑，而是成就了庇护成都的福荫。有人告诉我说：孔明庙前有古柏树。虽然风霜雨露，沐浴烟霞，却能青翠常新。看这雄伟高大的庙宇，抚摸着柏树的枝干，不由得肃然起敬。筹笔驿安安静静，禽鸟无声，好像主帅亲临；锦官城外碧草青葱茂密，好像还留有他的馨香。如今，他的姓名可与松柏同高；使人心情无限流连，在这无尽的翠竹间徘徊，美丽的风光，壮伟的江山。"霜皮溜雨四十围，黛色参天二千尺"的古柏，发出远播的涛声；一样的觅地，一样的托根，高贤却成为高大的乔木。当他风云际会，君臣遇合的时候，真如投石激水，交响不绝；真如抽条放叶，盘根错节。读着他那公正的言论，出师的表文，真是浑宏苍劲，气贯金石。倘使他实现了抱负，完成了他夙昔的心志，真可以追步范蠡和张良了！栽种下绕屋的树木，淡烟疏柳系轻舟；寻找共度岁寒的伙伴，唯看柏树可资同游。寻觅可宿鸾凤的香叶，自能安于所适；柏树的苦心使蝼蚁生畏，它的志向真是何其壮伟！为什么身为形役，事与志发生了歧异？五丈原的秋风，使实现伟业的计划延误了，三分天下，竟然出现了意外！阆中的锦屏山徒然耸立，大厦将倾，不是独木能支撑得了的！可是坚贞的心志难改，刚劲的节操仍自秉持。他的功绩可与昭烈帝并列，在艰难中显示自己的材质；物因人而重，也是因为它自身具有傲雪凌霜的本质。战斗的旌旗还萦绕着巫峡的风云，盘曲的枝干在祠庙的廊庑间挺立；军鼓声衬着雪山冷月的光辉，如同神祠中的苍龙在吟啸。不能聚土为坟，抚摸封植，只能想象创建的功业；就应该吟咏诗章，表现它的寄托，赞美这所植的嘉木。爱它那剥蚀的斑痕，仰望它那鳞皱的傲骨。饱经风霜，练就它不朽的雄姿；烟缭雾绕，描摹他伟业的万古常新。瞻望那古昔的衣冠，枝叶婆娑其下；慨然地怀念古人，寄托仰慕的情怀。而这柏树，还是那样，根干依旧。超群出众，传达出烈士的风姿；事业行进艰难，深深寄托着将军的感慨。可叹杜拾遗的身世，沉埋于浣花草堂；浩瀚的丞相功绩，岂是学闭门种菜之人？有英雄的姿态，无猥琐的颜容，阅尽荣枯，消磨尽多少兴亡盛衰！那排列的石头，还怀疑是武侯排的八阵，果然至今，威名还有人称颂。

清人辞赋选释

前代流传的风气，至今在三巴还享有厚望，无愧于古人的遗爱。现今循川蜀地区，访邛崃古驿，瞻仰廊庙的旧迹，缅怀昔贤的忠勇，不禁心神向往。合抱的树含着绿意，城楼上的谯钟戍鼓，细数着南阳的时光；考此西域的栽植，真是"柯如青铜根如石"。仿佛是投壶礼上的鼓声，重烦父老讲论昔贤的才干；看此落叶零枝，还有渔人樵子在呵护。

诗史赋

周学濬

杜子美茅屋栖迟①，草堂淹滞②；托兴讴吟，借舒侘傺③。掩颜谢之孤高④，兼庾徐之清丽⑤。献三礼赋⑥，特许鹏升；破万卷书⑦，匪夸獭祭⑧。精细本通乎诗律，名冠三唐⑨；包罗更具夫史才⑩，论垂百世。尔其为诗也，当拾遗之初拜⑪，值至德之相承⑫，身既经乎艰险，心早感乎废兴⑬。言皆有物，事匪无征。寓褒寓贬，可劝可惩。集诸子之大成⑭，圣原不愧⑮；备一朝之故实，史亦堪称⑯。夫以悱恻缠绵，诗言君父⑰，大明宫恩泽曾沾⑱，宣政殿朝仪可睹⑲。喜达行在⑳，路出岐阳㉑，重经昭陵㉒，道由鄠杜㉓。托杜鹃而成咏㉔，旧礼思君；洗兵马而作歌㉕，中兴有主㉖。此如读本纪之篇㉗，而遗文可补。至如文武衣冠㉘，谁能举要？吟成诸将㉙，事慨边陲。赋就八哀㉚，群空廊庙㉛。收河南收蓟北㉜，郭汾阳洵足铭勋㉝；悲青坂悲陈陶㉞，房太尉未能免诮㉟。推之蔡子气豪㊱，花卿年少㊲，比如读列传之文㊳，而辞皆英妙。若夫循彭衙而往返㊴，居函谷而频仍㊵，留花门痛言骄横㊶，塞芦子极写崚赠㊷。沙苑则特详马政㊸，渼陂则用志鱼罾㊹。吏有新安潼关石壕㊺，备言惨酷；别分无家新婚垂老㊻，均足哀矜。此又如纪事纪闻之体例，而名篇可贮于羽陵㊼。宜乎英词传诵，藻采纷披。求友有李邕之助㊽，卜邻慰王翰之思㊾。万古江河，虽仿卢王之格㊿；千秋月旦(51)，何惭班范之规(52)。彼旧书编从刘昫(53)，新书修自宋祁(54)。较浣花之著作(55)，觉辞费而何为！他如诗仙推李生之作(56)，诗虎伟罗邺之辞(57)；诗敌少香山之劲(58)，诗豪识梦得之奇(59)；诗星则襄阳誉重(60)，诗祖则贾岛名垂(61)。讵若此胸中排比，腕底奔驰！略同司马之才(62)，勒成国史；好比获麟之笔(63)，聊继风诗(64)。迄今论有唐诗家，首屈一指；韩愈叹光焰弥长(65)，元稹谓精深莫比(66)。而且骨鲠能言，忠诚永矢。是何转徙沅湘(67)，往来夔梓(68)，岳祠涉旬而饥饿，孱躯几丧耒阳(69)，吹台怀古而慷慨(70)，杰句徒传汴水(71)。许稷契而终虚(72)，无勋猷之可纪，仅得与文艺诸人，齐列名于青史(73)。

【注释】

①杜子美：唐代大诗人杜甫，字子美。其诗浑涵汪洋，千汇万状，忧时

清人辞赋选释

即事,世号诗史。　　栖迟:游息。

②淹滞:谓有才德而居下位者。

③侘傺:失志的样子。

④颜谢:南朝宋颜延之和谢灵运。

⑤庾徐:南北朝时,徐陵与庾信文章绮丽,时称徐庾。

⑥三礼赋:指天宝十年,杜甫所进的《朝献大清宫赋》《朝享太庙赋》《有事于南郊赋》。

⑦破万卷书:杜甫自述其苦学情状,见《奉赠韦左丞丈二十二韵》:"读书破万卷,下笔如有神。"

⑧獭祭:獭性贪食,常捕多鱼而陈之,如陈物而祭,故谓之祭鱼。后以称堆砌故实而成文者为獭祭。

⑨三唐:论唐人诗,多分初盛中晚四期,或有以中唐分属盛晚两期,故谓之三唐。

⑩史才:修史的才干。

⑪拾遗:唐代谏官名。《新唐书·杜甫传》:"至德二年,亡走凤翔,上谒,拜左拾遗。"

⑫至德:唐肃宗李亨年号。

⑬废兴:废顿与兴起。

⑭集大成句:宋人苏轼谓:"子美之诗,退之之文,鲁公之书,皆集大成者也。"

⑮圣原不愧:谓杜甫无愧于"诗圣"的称号。

⑯史亦堪称:指"诗史"的称号,杜甫亦足以当之。

⑰君父:特指天子。

⑱大明宫:唐时宫名。

⑲宣政殿:唐宫殿名。

⑳喜达行在:指杜甫于至德二年从长安亡走凤翔时写的三首诗。　　行在:天子巡幸所在之地。

㉑岐阳:县名。故城在今陕西省扶风县西北。

㉒重经昭陵:指至德二年,杜甫从鄜州复回长安时作的诗。昭陵:唐太宗的陵墓,在陕西省醴川县东北的九嵕山。

㉓鄠杜:指鄠县(今西安市鄠邑区)杜陵。

㉔"托杜鹃"句:指唐明皇迁西内,肃宗不复定省,杜甫乃作《杜鹃行》以伤之。

㉕洗兵马：指杜甫在官军收京后写的题名为《洗兵马》的长诗。

㉖中兴：复兴，指衰后重振。

㉗本纪：中国古代纪传体史书中的帝王传记曰本纪，其例始于司马迁的《史记》。

㉘文武衣冠：文臣武将的衣帽服饰。

㉙诸将：指杜甫的七律组诗《诸将五首》。

㉚八哀：指杜甫为悼念王思礼、李光弼、严武、李进、李邕、苏源明、郑虔、张九龄八人写作的五言古组诗。

㉛廊庙：犹朝廷。

㉜"收河南"句：指杜甫诗《闻官军收河南河北》。

㉝郭汾阳：即郭子仪。因平定安史之乱功居第一，封汾阳王。

㉞"悲青坂"句：至德元年二月，房琯自请讨贼。辛丑，败绩于陈陶斜。癸卯，琯军又败于青坂。杜甫乃作《悲陈陶》《悲青坂》以伤之。

㉟房太尉：即房琯。玄宗时，拜吏部尚书。肃宗立，参决机要，自请讨贼，败还。旋坐事，罢为太子少师，终于刑部尚书。　诮：责备。

㊱蔡子：指蔡希鲁。杜甫有《送蔡希鲁都尉还陇右因寄高三十五书记》诗。

㊲花卿：指唐时蜀中牙将花惊定。

㊳列传：叙列人臣事迹，令可传于后世，故曰列传。

㊴彭衙：地名，故城在今陕西澄城县西北。杜甫避乱时，自白水往鄜州，曾于彭衙留宿。后追忆昔日宾主之情，作《彭衙行》以志其事。

㊵函谷：地名。在今河南灵宝境内。

㊶留花门：花门，指回纥。杜甫《留花门》诗，表达了对借兵弭患的忧虑。

㊷塞芦子：古关隘名。故址在今陕西省志丹县北与靖边县交界处。杜甫作《塞芦子》，以诗代议，表达出他对国事的忧虑。

㊸沙苑：地名，在陕西大荔南之洛、渭间。唐置沙苑监以养马，杜甫有《沙苑行》诗以咏其事。　马政：指官府对官用马匹的牧养、训练、使用和采购等的管理制度。

㊹渼陂：古池名，在今陕西省户县西，受终南山之水，西北流入涝水。杜甫有多首吟咏渼陂之作。

㊺"吏有"句：指杜甫的名篇《新安吏》《潼关吏》《石壕吏》。

㊻"别分"句：指杜甫的名篇《无家别》《新婚别》《垂老别》。

㊼羽陵：古地名。《穆天子传》："天子北征，潜时觞天子于羽陵之上。"

㊽李邕：唐人，玄宗时官北海太守。善书，文名满天下。

㊾王翰：唐晋阳人，少豪健恃才，累官贺部员外郎，出为汝州长史，后徙仙州别驾，坐贬道州司马卒。

㊿卢王：指初唐诗人卢照邻、王勃。

(51)月旦：谓品评人物。

(52)班范：指史学家班固和范晔。

(53)刘昫：五代后晋人，唐庄宗时为翰林学士，曾编著《旧唐书》。

(54)宋祁：宋安陆人，字子京，官龙图阁学士，史馆修撰。与欧阳修同修《新唐书》。

(55)浣花：潭名，又称百花潭，在四川成都西郊，杜甫漂泊西南时，曾营宅寓居于此。

(56)诗仙：唐诗人李白之别称。

(57)诗虎：唐诗人罗邺之称。

(58)香山：唐诗人白居易，晚年号香山居士。

(59)诗豪：白居易以诗自名，尝推许禹锡为诗豪。

(60)襄阳：指唐诗人孟浩然。

(61)贾岛：唐诗人，字阆仙。

(62)司马：指司马迁。

(63)获麟：孔子修《春秋》，绝笔于获麟，此指杜甫诗具有春秋笔力。

(64)"聊继"句：指杜诗继承风诗传统。

(65)韩愈：唐昌黎人，官至吏部侍郎，曾谓李杜文章，光焰万丈。

(66)元稹：唐河南人，与白居易齐名。

(67)沅湘：指沅水和湘水。

(68)夔梓：地名，即夔州，在今四川奉节；梓州，在今四川三台县一带。

(69)耒阳：地名，在湖南省东南部。

(70)吹台：台名，在河南开封东南，俗称禹王台。

(71)汴水：又称汴河，在河南省境内。

(72)稷契：皆为舜臣。

(73)青史：历史。古以竹简纪事曰杀青，故称史册为青史。

【今译】

杜甫在草堂滞留，借吟诗以抒发失志的心情。他的诗使南朝的颜延之、

诗史赋

谢灵运失去颜色，兼具徐陵、庾信清新道丽的特色。当年他献三大礼赋，皇恩特准待诏集贤，真是万里鹏飞，指日可待。他主张读书破万卷，并不是为了显示博学；他精研诗律，名声居有唐之首，更兼有史家的才具，雄论留存百世。他作为诗人，在至德年间初拜拾遗，身经战乱，心系存亡，所为诗皆有事实可征。他的诗寄托褒贬，可资劝谏，使人警醒。人说杜诗是集大成者，名其为诗圣，当之无愧；诗中反映有唐一代的史实，当然可以称他为诗史。他的诗劝君爱国，曲尽规讽。在拾遗任上，他尽心国事，大明宫、宣政殿里，都有他忠于职守的身影。他的《喜达行在》，记他路出岐阳，《重经昭陵》写他奔赴行在时路过鄠县（今西安市鄠邑区）杜陵。《杜鹃行》表达君国之忧，《洗兵马》赞唐室中兴，这些诗就像《史记》的本纪续篇。至若评介朝中文武官员，谁能说得恰如其分？而他写的《诸将》，是有慨于防务的懈弛；《八哀》是有感于忠直之臣的多半零替！唐军收复河南、蓟北，郭子仪功勋卓著；陈陶斜、青坂的败绩，房太尉难辞其咎。至若蔡希鲁、花惊定的粗豪，就如同列传的篇章，写得那样美妙。彭衙、函谷，到处都留下诗人的足迹，《留花门》写回纥的骄横，《塞芦子》写对军国大事的萦心。《沙苑行》写国家的马政；渼陂之诗叙渔隐的风情。三吏三别，都是催人泪下的至文，这些纪事纪闻的体例，都可以藏到羽陵之中。这样的诗文，自宜流传后世，吟诵不休。当时的李邕，愿和他交朋友，王翰想和他处邻居，卢照邻、王勃的格调，尽管有人反感，但江河万古，不废长流，千古评说，自无愧于史家之笔。写新、旧唐书的刘昫、宋祁，比起杜甫来，总觉得他们烦言琐语太多。其他如诗仙李白、诗虎罗邺、白居易、刘禹锡、孟浩然、贾岛等，哪里能比得上他胸中的排比，腕底的奔驰？他可比司马迁著作国史的文才，他可比孔圣人修写春秋的文笔。直到现在，一提起有唐诗人，他还是首屈一指的！韩愈叹他光焰万丈，元稹说他精深莫及，且矢志忠君，直言敢谏。就是这样一个人，为什么辗转于沅、湘，漂泊于夔梓，涉旬绝粮，几乎死在耒阳；当年吹台怀古，美妙的诗句至今还在汴水间流传。他平生自许稷契的愿望终于没能实现，没有功勋可资铭记，只能和文苑人士，在史册上列个名儿罢了。

清人辞赋选释

万物静观皆自得赋

丁绍周

　　程明道望作儒宗①，言崇圣论，有静存动察之功②，具物与民胞之愿③。观空而涤雪思清，得句而凌云笔健。光风霁月④，景寓目以无双⑤；知水仁水⑥，理归怀而有万⑦。不见夫大造弥纶⑧，真机勃郁⑨，枝头之好鸟间关⑩，水面之落花披拂⑪。渊明宅里⑫，松何事而盘桓⑬；茂叔窗前⑭，草何为而芟剃⑮？盖会心不远⑯，有形即见形形⑰；而乐意相关⑱，不物乃能物物⑲。向使万汇徒呈⑳，万缘未屏，难游象外之神㉑，莫识个中之景㉒。水流云在，谁悟闲情；春去秋来，何关妙境。试看万川月印，虚乃生明；即令万籁风喧，动还归静。是惟朋从勿扰㉓，汝止常安㉔，静如太古，静若澄澜。炉香独坐，琴徽罢弹㉕，胸襟益朗，眼界常宽。山梁之雉时哉㉖，无人不自得；濠濮之鱼乐否㉗？当作如是观。自然流露，岂假安排！相看不厌，小住为佳。云影天光，尽入先生杖履；春风沂水㉘，都归狂士襟怀㉙。仰观俯察之余，无机不畅；得意忘言之后，其乐孔皆㉚。且夫妙蕴无穷，化工悉备㉛，其理则无为而为㉜，其形则莫致而致。就令无人领取，虚舟之来往自如㉝；即非与我周旋，大块之文章难秘㉞。岳峙渊渟之象㉟，终古如兹；鸢飞鱼跃之机，其来有自。是以耳得之而成声，目遇之而成色，见知见仁，不贰不息㊱。莫不抉奥窔于静深㊲，捱枢机于静默㊳。心无成竹，当前即可以澄观；手亦拈花㊴，妙谛原由于偶得㊵。是知道以神超，机从境悟，验名理于自然㊶，景前贤而益慕。况枫陛承恩㊷，蓬山学步㊸，时观而弗语，曾披戴记之篇㊹；造物无尽藏，愿效苏公之赋㊺。

【注释】

　　①程明道：宋理学家程颢。　　儒宗：儒者的宗师。泛指为读书人所宗仰的学者。

　　②静存动察：谓宁静地思虑、省察。明黄绾《明道编》："紫阳分戒慎、恐惧为静存；分隐微、慎独为动察。"

　　③物与民胞：意谓世人皆吾同胞，万物俱我同辈。谓泛爱一切人和物。

— 296 —

④光风霁月：雨过天晴时的明净景象。
⑤寓目：犹过目。
⑥知水仁山：意谓聪明人喜爱水，仁德之人喜爱山。
⑦归怀：向往归附。
⑧大造：大自然。　　弥纶：统摄，笼盖。
⑨勃郁：旺盛。
⑩间关：婉转的鸟鸣声。
⑪披拂：飘动。
⑫渊明：晋人陶潜的字。
⑬盘桓：徘徊，流连。
⑭茂叔：宋人周敦颐的字。为理学之开山祖，二程皆其弟子。
⑮芟剃：除草。
⑯会心：领悟、领会。
⑰形形：产生形体的形体。
⑱乐意：快意。
⑲不物：《庄子·庚桑楚》："至礼有不人，至义不物。"此谓不分物我。
物物：指人对物的支配。《庄子·山木》："物物而不物于物，则胡可得而累邪！"
⑳万汇：万类。
㉑象外：犹物外、物象之外。
㉒个中：此中，这当中。
㉓朋从：朋辈。
㉔常安：长久安定。
㉕琴徽：本指琴弦音位的标志，此处代指琴。
㉖"山梁之雉"句：《论语·乡党》："山梁雌雉，时哉时哉！"意为雉识时务，知危而去。
㉗濠濮：《庄子·秋水》："庄子与惠子游于濠梁之上。庄子曰：'鯈鱼出游从容，是鱼乐也。'惠子曰：'子非鱼，安知鱼之乐？'庄子曰：'子非我，安知我不知鱼之乐？'"
㉘"春风沂水"句：语义本《论语·先进》："浴乎沂，风乎舞雩。"意为在沂水中游泳，在舞雩台上乘风凉。
㉙狂士：志向高远、勇于进取之士。
㉚孔皆：普遍。

㉛化工：自然形成的工巧。

㉜无为：道家主张清静虚无，顺应自然，称无为。

㉝虚舟：喻胸怀恬淡旷达。

㉞大块：大自然。

㉟岳峙渊渟：谓如山岳屹立，如渊水停滞。

㊱不贰：专一。

㊲奥窔：指奥妙精微之处。

㊳枢机：事物的关键部分。

㊴拈花：比喻会心，心心相印。

㊵妙谛：精妙的真谛。

㊶名理：名称与道理。

㊷枫陛：朝廷。

㊸蓬山：官署名，秘书省的别称。

㊹戴记之篇：指《礼记》。大戴礼、小戴记皆称戴记。此指小戴记。

㊺苏公：指宋人苏轼。

【今译】

　　程明道先生的声望，使他成为读书人宗仰的学者。他推崇圣人的学说，有宁静地思考、省察的功效；有泛爱万类的抱负。仰视太空，思维如雪一般的清澈；偶有所得，亦能显示出高超的才华。雨过天晴，过目的美景无与伦比；聪明、仁厚，向往的理念何止万千！你没见吗，大自然涵盖着宇宙万物，生机蓬勃。枝头的鸟儿在啼叫，水面上有漂浮的落花。在陶潜的宅院里，他为什么要抚孤松而流连、徘徊？在周敦颐的窗前，他为什么芟除杂草？原来有所领悟：物既有形，即可见形形之体；相关快意：不为物役，斯可为物物之机。假如让万物徒然地摆放在那儿，而心里的万千杂念却没有摒除，这就难以神游物外，也就不会领略这其中的情境。水流过去了，云还停在天空，谁能悟得这份闲情？春天去了，秋天来了，这和美妙的情境又有什么关系？请看那印着月影的大江，因为虚，才有明洁的光辉；即便是让风喧万窍，骚动之后岂不还是宁静！所以，朋友们请勿相扰，你就停止在一种常安的状态。宁静得如同上古，如同澄静的水，坐对炉香，停抚瑶琴，胸襟爽朗，眼界也显得更加宽广。山梁的雉飞走了，真是识时务啊！再说也没有全神贯注而无所得的道理！濠濮之鱼乐还是不乐，就应该这样去认识它。自然流露，用不着凭借人为的安排。相看如不生厌，又何妨停下。天光云影，都在你的杖策

万物静观皆自得赋

和步履中间，习习春风，舞雩沂水，那都是志向高远者的襟怀。仰观俯察，生机是那么旺盛；得意得不能言语，全都领会了这种乐趣。何况这种美妙的蕴蓄无穷无尽，大自然的巧妙尽在眼前。道理就是不为而为，其形则是不求而至。就算是无人领取，恬淡的胸怀也依然来往自如；即便不是与我周旋，大自然的手笔谁又能把它遮盖？端庄凝重的气象，万古如斯；鸟飞鱼跃的生机，那是本该如此！所以耳朵得到的就是声音，眼睛见到的就是颜色。见知也好，见仁也好，都在专心致志，没有不在沉寂中探寻奥妙精微，在静默中掌握枢机的。心无成算，可以静观；手拈花枝，妙悟竟然从偶然中得到，是以得知：道是以神而超越，枢机是在境遇中领悟，检验名理在自然，景仰前贤而愈益仰慕。况且在朝中秉承圣恩，供职秘书省。观而不言，曾披阅过戴氏的遗篇；取用不尽，愿学苏公挥毫作赋。

清人辞赋选释

西湖修禊赋

冯培元

　　日朗风静，山清境幽。水外觞引，林间禊修①。乐春气之初畅，放天怀而暂游②。迹陈古事，人是清流③。斯地也，左视抱流，右向带岭，俯鉴情快，仰察目骋。坐相列而一室咸，形或殊而万流品。若夫少年气盛，古人自期④。叙托永兴之作⑤，文同次山之为⑥。契长老于齐己⑦，喻化人于天随⑧。竹室可寄，兰言遇知⑨。既览古而会矣，又慨今而咏之。至于风生听湍，亭虚托足，每坐林阴，亦临水曲。极文会之清娱⑩，感盛年之丝竹⑪。化宇欣欣⑫，人生录录⑬。虽嵇生浪迹⑭，未异斯怀；犹向长游山⑮，能尝此乐。既而山日将暮，群情畅然，茂竹映地，游丝在天，尽日生倦，当风坐迁。文述游以取管，曲终听而舍弦。春和在在⑯，人合年年。所期每岁一至，有类于乐天九老⑰，而会盛集贤。

【注释】

　　①禊修：即"修禊"。古代习俗，于农历三月三到水边嬉游以消除不祥，叫作修禊。
　　②天怀：出自天性的心怀。
　　③清流：德行高洁而有名望的人。
　　④自期：自己期望，自许。
　　⑤永兴：西晋孝惠帝司马衷的年号，此处指代西晋时期。
　　⑥次山：唐人元结的字。
　　⑦契：投合。　　齐己：唐代诗僧。
　　⑧天随：唐人陆龟蒙，自号天随子。
　　⑨兰言：同心之言。
　　⑩文会：文士饮酒赋诗或切磋学问的聚会。
　　⑪盛年丝竹：《晋书·王羲之传》："谢安尝谓羲之曰：'中年以来，伤于哀乐，与亲友别，辄作数日恶。'羲之曰：'年在桑榆，自然至此，顷正赖丝竹陶写。'"后喻中年人以丝竹陶情排遣哀伤。

⑫化宇：犹化育，生育变化。
⑬录录：同"碌碌"，无为，平庸。
⑭嵇生：指三国魏文学家嵇康。
⑮向长：后汉人，隐居不仕。尝读易至损益卦，叹曰："吾已知富不如贫，贵不如贱，但未知死何如生耳！"后尽情山水，不知所终。
⑯春和：春日和暖。
⑰乐天九老：乐天为唐人白居易的字。九老：白居易曾与胡杲、吉旼、郑据、刘真、卢慎、张浑、狄兼谟、卢贞燕集，人称九老。

【今译】

阳光明丽，四野无风，山色清秀，环境幽美。在曲水边流送着酒卮，在林间修禊嬉游，春光刚刚萌动，让人欣喜舒畅，于是出自天性作短暂的忘形嬉游。古迹陈说着前朝的史实，与游者都是德行高洁的名流。这地方，左边环抱着流水，右边是起伏的冈峦，俯首可鉴，心情愉悦；仰视云天，则目与神驰。人们在室中列坐，形貌殊异，各具风流，有的少年气盛，以古人的襟抱自相期许。落笔依托西晋的风范，为文追步唐人元结之述作。投合道行高超的齐已；比诸随顺天然的龟蒙。竹屋可供休憩，同心的话语期遇相知。既做到观览古昔而有所会心，又感慨于当世而有所讽咏。至于风起而听湍流，虚亭驻足，每次修禊，来此林间、河曲，极尽文会的快乐，自借丝竹来陶情怡趣。大自然的化育，生机无限，而人生碌碌，来去匆匆，虽嵇康的放浪形骸，也不能改变这种情怀；还是何长的寄情山川，能深谙此种乐趣。接下来红日西斜，天光向晚，群情欢畅，竹影映在地上，游丝飘在天空。畅游一天亦已疲倦，于是披襟当风，聊事休息。乐曲停了下来，拿出纸笔写作文章记叙游踪，到处都是和暖的春光，人难道不应该年年如是，期盼着每年来此，就像白居易的九老之会，召集各位贤士，来共同参与修禊盛会！

学然后知不足赋

胡 琨

　　夫人之生世也，无贤愚之异趣①。形质同为天之所生②，性命各为天之所赋③。有自足而侮圣之人④，唯不学而面墙之故⑤。所以《周易》曰"卑以自牧"⑥；《鲁论》曰"虑以下人"⑦。皆言君子求道之忱，鸣谦之素也⑧。夫道之不易学也，成于一贯⑨，散乎万物。大则天地之高深，小则虫鱼之伸屈，非一理之所可穷，非一言之所可讫。四海治安为己任，试可能无？一物不知为己惭，尔其愧不？何乃人之蚩蚩⑩，安于弗思。动谓已臧于言行⑪，无烦深考于书诗⑫。指三王为不足道⑬；藐五帝为不必师⑭。彼岂一毫无歉，万理皆知，譬未见海而谓一苇之可济⑮；未瞻岱而谓一篑之可为⑯。坐井底以观天，安知广大；齐岑楼而论木⑰，焉识高卑？君子惧焉，是究是研。思折中于至圣⑱；希同道于先贤⑲。始知墟拘可陋⑳，墨守皆偏。仰之而愈形其峻，钻之而弥觉其坚。为高愧成夫峗峗㉑，盈科惭及于涓涓㉒。望前修其逮否㉓，叹大道之茫然㉔。仁及颜回㉕，犹叹道体之在前在后㉖；贤如卫赐㉗，未闻夫子之言性言天㉘。今夫学射者之未发也，必期出于人右，及持矢而操弓，然后知难于应手。学歌者之未试也，亦自期于无偶㉙，及音舛而节乖，然后知难于启口。夫岂始易而终难，前知而后否？盖道高而心下，故能若无能；学博而心虚，故有如无有。不然则仲由知过㉚，何竟列七十二子之贤㉛；伯玉知非㉜，奚必待四十九年之后㉝。即使学力深纯，英才卓荦㉞，智如神而信孚㉟，德如天而惠渥㊱。行足则而莫之与京㊲，言可法而莫能相角㊳。然而君子有所不能，圣人有所未学；予有惭德㊴，成汤岂尚未明㊵？予未有知㊶，大禹岂云罔觉㊷！夫固积之久而信其难，造之深而言之确也㊸。而况行不及于中人㊹，识不加于流俗㊺。昧敁器之当平㊻，效饮河之自足㊼。故君子亹亹不遑㊽，兢兢自勖㊾，守口如瓶，守身如玉。噫，世之为士者，诚能三复夫《学记》之斯言㊿，又安有招损亏盈之辱。

【注释】

①异趣：不同的意旨，不同的意趣。

— 302 —

②形质：形体，躯壳。

③性命：生命。

④侮：轻慢。

⑤面墙：闭门独处。

⑥卑以自牧：用谦卑来制约自己。

⑦鲁论：《论语》的汉代传本，相传为鲁人所传。　　下人：居于人后，对人谦让。《易·系辞》："劳而不伐，有功而不德，厚之至也。语以其功下人者也。"孔颖达疏："能以有功卑下于人者也。"

⑧鸣谦：态度谦恭。　　素：根本。

⑨一贯：谓用一种道理贯穷于万事万物。

⑩蚩蚩：无知貌。

⑪臧：善于。

⑫书诗：五经中的《书经》《诗经》，这里代指经书。

⑬三王：传说中的上古三帝，说法不一，多指伏羲、神农、黄帝。

⑭五帝：传说中的上古五帝。多指伏羲、神农、黄帝、唐尧、虞舜。

⑮一苇：一束苇，喻艇之小。

⑯岱：山名，即泰山。　　篑：盛土的竹筐。

⑰岑楼：高楼。语出《孟子·告子》："不揣其本，而齐其末，方寸之木可使高于岑楼。"

⑱折中：取正。用为判断事物的准则。

⑲同道：同一思想，同一原则。

⑳墟拘：《庄子·秋水》："井蛙不可以语于海者，拘于墟也。"后以墟拘喻孤居一隅，见闻不广。

㉑巍巍：高貌。

㉒盈科：水充满坑坎。《孟子·离娄下》："原泉混混，不舍昼夜，盈科而后进，放乎四海。"喻打下坚实基础。　　涓涓：水流微细貌。

㉓前修：前贤。

㉔大道：正道，常理。

㉕颜回：孔子的学生。

㉖道体：道的本体和主旨。

㉗卫赐：孔子的学生。姓端木，名赐，卫国人。

㉘性天：人性和天命。

㉙无偶：无与匹比。

㉚仲由：孔子的学生，即子路。性好勇，喜闻过，事亲孝。

㉛七十二子：《史记·孔子世家》载："弟子盖三千焉，身通六艺者，七十有二人。"

㉜伯玉：蘧伯玉，春秋时卫人。年五十而知四十九年之非。

㉝奚：疑问词，为何。

㉞卓荦：超绝出众。

㉟信乎：使人相信。

㊱惠渥：恩惠，恩泽。

㊲则：法也。　　莫之与京：即无与之比大。京：大。

㊳角：较量，竞争。

㊴惭德：因言行有缺失而内愧于心。《尚书·商·仲虺之诰》："成汤放桀于南巢，惟有惭德。曰：'予恐来世以台为口实。'"

㊵成汤：商代开国之君。夏桀无道，汤伐之，遂有天下，国号商。

㊶予：夏帝名。《史记·夏纪》："帝少康崩，子帝予立。"

㊷大禹：夏代开国之君，以治洪水有功，受舜禅而有天下。　　罔觉：无知。

㊸造：指学业达到一定境界。

㊹中人：中等之人，常人。

㊺流俗：指世间平庸的人。

㊻攲器：古代一种礼器，倾斜易覆，常置于座右以戒满。

㊼饮河：《庄子·逍遥游》："偃鼠饮河，不过满腹。"比喻所需极其有限。

㊽亹亹：勤勉不倦貌。

㊾勖：勉励。

㊿学记：《礼记》中的篇目。

【今译】

　　人生在世，本来没有贤和愚的不同趋向。身体同为天地生养，性命也都是大自然所赋予。有自满自大而看不起圣贤的人，是因为他们闭门独处、不学无知的缘故。所以《周易》上说用谦卑来制约自己，鲁论也说要对人谦让而居于人后。这都是说明君子求道的真诚，是态度谦恭的根本所在。

　　道，是不容易学的！它成在一以贯之，而失于头绪众多。往大里说天高地厚；往小里说鳞介虫豸的屈伸，不是一个理可以说透，也不是片言只语就

学然后知不足赋

能说完。以天下的长治久安为己任，试问可能做到？以一事一物不知为羞耻，至于愧吗？

为什么无知的人，安于自己的不肯思索，动不动还说自己言行无误，用不着对经书深加考究。他们认为三王不值得一提，认为五帝也不足为师。他们难道真是一点缺欠也没有？诸多道理全都通晓！这就像没见过大海，硬说一苇可渡；没见过泰山，硬说一竹筐土即可堆成一样！坐在井底下看天，哪知道什么叫广大？用树杪比高楼，哪会知道什么叫高低？

有识之士唯恐出了差池，才孜孜不倦的研究，想在圣人那里求得判断事物的准则，希望和前辈贤哲取得共识。知道孤居一隅，见闻必然闭塞；固执保守，不思进取，一定出偏差。越是景仰，就越觉得高远；越是钻研，就越觉得艰深。要论高，惭愧啊，还达不到那么高远；论基础呢，也不及涓涓细流的不竭不止。渴望前贤，能达到他们那样的境界吗？是以慨叹大道的浑瀚汪茫，无边无岸。仁德到颜回的境界，尚且觉得大道看似在前，忽然又好像到了后面。贤明如子贡，能理解夫子的文章，却很难理解夫子谈论人性和天命的道理。

如今学射的人，射前总想出人头地，等到拿起弓箭，才知道难以随心应手。学歌的未试之前，也必定以为：没有人能和他相比。及至节拍不合，声音舛错，才知道开口作歌的困难！这岂是开始容易终结难，开初明白而后便不了呢！

原来道高深而心地谦逊，才能做到能也像不能。学识渊博而谦虚，所以有也像没有。不然，子路知道有过失，为什么还列为七十二弟子的贤明？蘧伯玉知非，何必要等到四十九年之后？

即便是学识深厚，才干超群出众，智慧如神，使人服膺；德行如天而恩泽广被，行为可作为法式，没有人可与之相比；说的话可使人效法，没有人可以与之较量！然而君子也有他做不到的，圣人也有他没曾学过的！内心有愧，成汤自己难道不知？夏予无知，他的祖先大禹难道也无知吗？这就是积久之习，伸张必难，学业深邃，话语才能确切的原因。而所为还不如普通人，见识不超过世俗的平庸，不知道敧器应当平稳，居然像偃鼠一样的容易满足！所以君子勤勉自励，说话恭谨，行为检点。噫！世上的读书人，如果能把《学记》多读几遍，又哪里会蒙受"满招损"的羞辱呢？

清人辞赋选释

青灯有味似儿时赋

汪承庆

耿耿寒焰①，醰醰古馨②，抚今追昔，如影随形。情自殷乎续带③，学犹在乎穷经④。味美初回，繙尽蒲编之碧⑤；时能弗失，分来藜杖之青⑥。想夫放翁之秋夜读书也⑦，银釭辉映⑧，墨帐凉凝⑨。一篇兀对⑩，半晌誊腾⑪。怅朱颜之蕉萃⑫，搔白发以鬇鬡⑬。剧怜措大生涯⑭，无多家具；为问先生知己，只剩书灯。荏苒惊心⑮，苍茫回首⑯，短檠长烧⑰，故纸自守⑱。蠹老萤干⑲，乌飞兔走⑳。惟文字之填胸，若旨甘之悦口㉑。风雨晦明之地，与古为徒；膏粱醉饱之中㉒，于我何有？犹忆舞象髫龄㉓，掣鲸逸气㉔，熏炉之炷频添㉕，茶鼎之声乍沸㉖。然糠而东壁时窥㉗，起草而南油浪费㉘。数杵钟残之候，庶几有得于中㉙；三条烛烬之余㉚，谁谓不知其味！今则虚掷驹光㉛，渐加马齿㉜，岁月如流，才华莫恃。犹复寝馈身劳㉝，麻荼眼视㉞，拨尽灰红，挑残穗紫㉟。早觉趣同嚼蜡㊱，往事皆非，何嫌状作龙钟㊲，少年相似。时乎不再，味也能知，青毡在案㊳，青鬓成丝㊴。情殊历历，兴复孜孜㊵。甘苦之怀共喻，酸咸之嗜非私㊶。早储著作于丁年㊷，毫挥虎仆㊸；尚课披吟于午夜㊹，焰剔蛾儿㊺。所由返躬寄慨，览物成诗，策简之居含自永㊻，桑榆之补救奚迟㊼。头颅如许，痼癖在斯㊽。晚景偏佳，蔗境回甘之候㊾；童心犹有，荷衣出揖之时㊿。何如圣朝珊网抡才㊛，玉衡协度㊜，奇杰奋兴，英髦景附㊝。士有探鸿宝而钻研㊞，望鹏程而企慕㊟。行见兰膏照读㊠，不忘继晷之功；从教莲炬分荣㊡，更献凌云之赋。

【注释】

①耿耿：明亮貌。
②醰醰：醇浓，醇厚。
③续带：《唐书》："皇甫无逸为益州长史，尝夜宿人家，遇灯烛尽，主人将续之，无逸抽佩刀断衣带以为灯。"
④穷经：谓极力钻研经籍。
⑤繙：翻阅。　蒲编：《汉书·路温舒传》："父为里监门，使温舒牧

— 306 —

羊。温舒取泽中蒲，截以为牒，编用书写。"后以"编蒲"为苦学的典故。

⑥青藜：《三辅黄图》："刘向于成帝之末，校书天禄阁，专精覃思。夜有老人，著黄衣，植青藜杖，叩阁而进。见向暗中独坐诵书，老父乃吹杖端，烟然，因以见向。"后以"青藜"指夜读照明的灯烛。

⑦放翁：宋代大诗人陆游自号放翁。

⑧银釭：银白色的灯盏、烛台。

⑨墨帐：范文正公多延贤士，胡瑗、孙复之徒昼夜肄业帐中，帐顶如墨，夜分不寝。后公贵，夫人犹收其帐，时以示诸子孙曰："尔父少时勤学灯烟迹也。"

⑩兀对：犹独对。

⑪瞢腾：形容模模糊糊，神志不清。

⑫蕉萃：同"憔悴"，形容枯槁貌。

⑬鬅髻：头发散乱貌。

⑭措大：指贫寒失意的读书人。

⑮荏苒：时间渐渐过去。

⑯苍茫：模糊不清。

⑰短檠：矮灯架。此指小灯。

⑱故纸：指古书旧籍。

⑲蠹：蠹鱼，即蛀书虫。

⑳乌兔：太阳和月亮。

㉑旨甘：甜美。

㉒膏粱：肥美的食物。

㉓舞象：《礼记·内则》："成童，舞象，学射御。"后以指成童之年。

㉔掣鲸：比喻才大气雄。杜甫《戏为六绝句》云："或看翡翠兰苕上，未掣鲸鱼碧海中。"

㉕熏炉：用以熏香和取暖的炉。

㉖鼎：古代炊器。

㉗然糠：南朝宋顾欢烧糠照明，刻苦自学。

㉘南油：泛指灯油。梁简文帝《灯赋》云："南油俱满，西漆争然。"

㉙庶几：或许，也许。

㉚三条烛：唐代考进士，试日可延长至夜间，许烧烛三条。

㉛驹光：指短暂的光阴。

㉜马齿：马的牙齿随年龄而添换，故常以为谦辞，借指自己的年龄。

㉝寝馈：寝食，吃住。

㉞麻查：模糊，迷蒙貌。

㉟穗紫：状若禾秀者，灯花也。刘元第《梦中》诗云：“五色花旗犹照眼，一灯红穗正垂头。”

㊱嚼蜡：喻无味。

㊲龙钟：老态。

㊳青毡：青毡制品。转谓儒素之代词。其累世读书者，或称青毡世家。

㊴青鬓：浓黑的鬓发。

㊵孜孜：勤勉，不懈怠。

㊶酸咸：喻人的不同兴趣和爱好。

㊷丁年：丁壮之年。

㊸虎仆：兽名，毛可为笔。后为笔的代称。

㊹课：从事，致力于。

㊺蛾儿：崔豹《古今注》：“飞蛾善拂灯。一名火化，一名慕光。”

㊻策简：指史册，由竹简编连而成。

㊼桑榆：比喻晚年，垂老之年。

㊽痼癖：积久难治的病。

㊾回甘：回味甜美，谓滋味由涩变甜。

㊿荷衣：传说中用荷叶制成的衣裳。

(51)珊网：捞取珊瑚的铁网，引申谓收罗珍品或人才的措施。

(52)玉衡：古代的测天仪器。

(53)英髦：俊秀杰出的人。

(54)探：探测。　　鸿宝：帝王之位。

(55)鹏程：比喻前程远大。

(56)兰膏：古时用泽兰子炼制的油脂。

(57)莲炬：《唐书》：“令狐绹为翰林承旨，夜对禁中，烛尽，以金莲花烛送还院。”

【今译】

寒灯的青色光焰还亮着，它带着浓厚的古香古趣，抚今追昔，那些往事就像影子一样跟着你。情深方知古人续灯断带，学笃才能明理穷经。如同回思美味，翻阅着那些写满文字的编蒲，不让年华虚度，且赖这青藜燃得的灯烛。

青灯有味似儿时赋

想想古人陆游在秋夜读书的情景吧:一只银白色的灯盏,烛火闪烁着;熏黑了的幔帐里凝聚着冷气,他对着一卷书独自端坐。是什么问题苦恼着他,使他长时间地发呆?用手搔着散乱的头发,叹惜容颜的憔悴。贫寒的读书境遇,家无长物,问起还有谁堪称先生的知己,才知道仅有这一盏书灯了。回首迷茫的往事,光阴慢慢地流走,让人感到惊惧和震动。

小灯还亮着,他枯守着那些古书,箧中书虫已老,囊中萤火早枯,日月如飞;唯有这些文字,填塞在胸中,甜美爽口。在这风雨晦明的境地,做一个像古人一样的人,那些肥美的食物,和我又有什么关系?还记得那学习舞象的童年,想着那碧海掣鲸的豪气。往熏炉里续几把柴,茶炊里的水已经煮沸了。燃着谷糠,引来东邻的窥看;起草文章,一任它灯油多费!远寺鸣响夜钟,这期间应该有所感悟的吧!烧残三条蜡烛的典故,谁说不知其中况味?如今虚掷了流光,年龄也越来越老。光阴如流水一般,即便你再有才,又有什么用?何况还要为生活操劳,直到两眼模糊,视力下降。

拨尽灰烬余温,挑残一灯红穗。早知道读书味同嚼蜡,往事都已做错;又何妨装成老态,少年时还不都是这样!时间不会再来,这况味都能知道。青毡犹在案,两鬓已如丝,虽然情犹在目,心志依然勤勉不懈。甘苦之情人所共知,酸咸之嗜并非为己。少壮之时,挥毫积累著述;暮夜苦读,一任飞蛾在灯前扑跃。反过来自思,倒增添无限感慨。

即事成诗,翻阅史籍,即使晚年向学又怎么能说迟呢?就是这个头脑,就是这份痼疾!晚境渐佳,回味无穷;童心犹在,依稀是穿着荷衣出揖来客的时候。

何如朝廷,用珊网罗取人才,用测天的衡器推测、估算,英杰俊秀之士,皆能如影随形般地追随朝廷。还有潜心探求皇室所需的士子,渴望鹏飞有路。所以才有青灯照读,夜以继日的用功;献写凌云的文章,以期达到分享莲炬照归的殊荣。

风筝赋

龚宝莲

物有鸣凤谐声，飞鸾拟质，疑竹疑丝，非琴非瑟。韵自天成，乐由虚出。不戛击而善鸣，无羽商而协律。繁弦竞奏，拂新燕兮双双；别调偏工①，语春莺兮一一。厥有风筝，悠然绝俗，映日盘旋，随风断续，趁清明之时节，雅操弹冰②；搏霄汉以扶摇③，新声戛玉④。遥指铜乌转处⑤，散碧空管籥之音⑥；伊谁银甲弹来⑦，协紫府琅璈之曲⑧。原其名传稗史⑨，制出巧工，纸裁曲折，楮剪玲珑⑩。以竹为弦，拟鸣鸾之应节⑪；引丝而上，恍俊鹘之摩空⑫。扇廿四候之微和⑬，频占玉铎⑭；会十三弦之细响⑮，遍彻珠宫⑯。当夫晴郊午暖，春日初长，饧箫嘹亮⑰，牧笛悠扬。一时骑竹儿童，金丝斗巧；几处垂杨城郭，彩线飘香。振林木而声飞，穿云裂石；奏阳春而和寡⑱，触徵含商。十里香尘，一天清吹。骀荡协乎风和⑲，激越由乎风利⑳。缓调银字㉑，应教晴牖花飞㉒，细转红腔㉓，果否长廊瓦坠㉔。调向人间听去，按谱难寻；曲从天上传来，绘声无自。乍扬忽抑，欲断仍连，箫引鸾而下上。笙控鹤以蹁跹㉕。浑如空际吟龙，累累珠贯㉖；恰似天中放鸽，个个铃圆。俨鼓瑟之遗音，神乎技矣；若过箫而成韵㉗，善也泠然。彼夫行排雁柱㉘，谱出鹍弦㉙，西音共赏，东苑争传，孰若此清机宛转，逸响沉绵㉚？妙手空空，独递繁音于夜月；余音袅袅㉛，恍闻广乐于钧天㉜。方今上苑风恬㉝，皇州春蔼㉞。鼓橐籥于时雍㉟，谱薰琴而道泰㊱。是以和声鸣盛，鼓吹花间，应律同风，笙歌柳外。五音繁会㊲，协节奏于宫悬㊳；一阕升平，发清声于天籁㊴。

【注释】

①别调：另一种曲调。
②弹冰：弹奏弦乐器。古人以冰蚕之丝制为冰弦，故称。
③扶摇：盘旋而上的暴风。
④戛玉：敲击玉片。形容声音的清脆悦耳。
⑤铜乌：铜制的乌形测风仪器，亦称相风乌。
⑥管籥：泛指乐器和音乐。

风筝赋

⑦银甲：银制的假指甲，套于指上，用以弹筝或琵琶类弦乐器。

⑧紫府：道教称仙人所居。　　琅璈：古玉制乐器。

⑨稗史：别于正史而言。王者欲知闾巷风俗，故立稗官。后因谓记载民间琐细之事者曰稗史。

⑩楮：指纸。

⑪应节：应和节拍。

⑫俊鹘：巨鹘。猛禽，善于袭击其他鸟类，也叫隼。

⑬廿四候：江南自初春至初夏，五日一番风候，凡二十四番，谓之花信风。

⑭占玉铎：《开元天宝遗事》："宫中檐间悬碎玉片，风摇如环佩声，名占风铎。"

⑮十三弦：唐宋时教坊用的筝均为十三根弦，代指筝。

⑯珠宫：指道院或佛寺。

⑰饧箫：卖糖人所吹的箫。

⑱阳春：古歌曲名，是一种比较高雅难学的曲子。

⑲骀荡：舒缓起伏。

⑳激越：高亢清远。

㉑银字：笙笛类管乐器上用银作字，以表示音调的高低。

㉒应教：魏晋以来称应诸王之命而和的诗文。

㉓红腔：卖花声。元谢宗可咏《卖花声》诗云："春光叫遍费千金，紫韵红腔细细吟。"

㉔瓦：古代八音中"土"音的代称。

㉕蹁跹：即翩跹，旋转的舞姿。

㉖珠贯：即贯珠。比喻珠圆玉润的声韵。

㉗过箫：《淮南子·齐俗》："若风之遇箫。"

㉘雁柱：乐器筝上整齐排列的弦柱。

㉙鹍弦：用鹍鸡筋制作的琵琶弦。

㉚逸响：奔放的乐音。

㉛袅袅：摇曳、飘动貌。

㉜广乐钧天：即"钧天广乐"。指天上的音乐、仙乐。

㉝上苑：皇家的园林。

㉞蔼：映照。

㉟橐籥：鼓风的装置，犹风箱。　　时雍：指时世太平。

㊱道泰：政令通泰。

311

㊲五音：泛指各种音乐。

㊳宫悬：古代钟磬等乐器悬于架上，其形制因用乐者身份地位不同而有别。帝王悬挂四面，象征宫室四壁，故名宫悬。

㊴天籁：自然界的声响，如风声、鸟声、流水声。

【今译】

有一种器物，学着飞鸾的样子，学着凤凰的鸣声，不是琴也不是瑟，也不知是什么丝竹乐器。那乐音是从空中传出，音韵是那样自然。不用敲击却善于鸣响，没有乐调却又合于音律。无数丝弦争相演奏，好像飞过一双双燕子，虽说是另一种曲调，却非常工巧，像一一互语的流莺。那风筝，悠然超俗，在晴空里映着日光盘旋，随着风儿发出断续的鸣声。人们趁着清明时节，像弹奏弦乐一样，让风筝扶摇而直上碧空，那声音清脆，就像敲击着玉器。远远地指着那转动着的铜制测风仪，碧空中散落着乐器声。是谁戴着银甲弹拨，弹得就像仙家玉制乐器的声响？原来它的名儿，在稗史上早有记载，制作也非常工巧。用纸巧妙地折叠，细心地剪裁。用竹子作弦，就像鸾鸟的应和拍节；缘着丝线一直向上，就像巨隼飞上高空。次第发起二十四番花信之风，频频地摇动着玉制的占风铃铎；会聚着的鸣筝声音，响遍了道院与佛寺。当天气转暖，春日初长的时候，卖糖人的箫声嘹亮，牧羊儿的笛韵悠扬。一时之间，骑着竹马的小儿，争着比斗用铜丝儿制作的工巧；那些绿杨深处的城郭，彩色的丝线好像还带着香味。声音振动着树木，有穿云裂石的气概，曲高和寡，是因它内蕴宫商。十里芳香的尘土，满天清新的声响。它舒缓起伏，是因为春风和畅；它鸣声高亢清远，是因为有迅风相助。缓缓地调弄着笙管，就像应诸王之命奉和诗文，在晴窗飞花的春日；悠长曼引的卖花声，像廊间飞落的乐音。向人间听去，那音调便是按着谱子也寻觅不到；从天上传来，那曲子即便绘形绘声也无从落手。乍扬复抑，似断还连，箫声引着鸾鸟飞上飞下，竹笙指挥着仙鹤翩跹起舞。好像长空里蛟龙吟啸，珠圆玉润；又好像在天上放飞鸽子，响起串串铃声。好像仙人鼓瑟的声音，可谓神乎其技；又好像风遇箫而成韵，激扬清越，确实很美妙。那些乐器上的弦柱，那些鹍弦上谱出的乐曲，有西方的音乐共同玩赏，在东苑里争相传习。但它却不像这风筝的清和宛转，奔放而绵远。不假他物，在夜月下传递繁音；摇曳不绝，好像是来自天上的仙乐！如今，皇家的园林春风和畅，春意普照大地，鼓风于太平盛世，谱祥和的琴曲以显治道的安泰。所以，音韵和畅，协律同风，一任弦管笙歌，鼓吹在花间柳外。五音纷繁交会，按节律演奏于宫廷；升平的乐曲，清音却发自于天籁之中。

圯上受书赋

陶 然

淮水浪淘①,砀山云簇②。人未龙从③,天将鹿逐④。韩信为渔于城下⑤,方把纶竿;萧何作吏于县中⑥,尚司案牍⑦。为汉帝玉成三杰⑧,谁将兵法流传;任秦皇灰扫六经⑨,别有古书授读。独不见张良之游圯上乎⑩?两岸苍茫,一桥迤逦;曲曲虹腰,棱棱雁齿⑪。忽遇老人直呼孺子⑫。素未谋面,公然颐指⑬。怒其言之鹘突⑭,几欲冲冠;观其貌而龙钟⑮,强为取履。姑降一时之辱,供役夷然⑯。遂留五日之缘⑰,约期会此。所语勿忘,其情未测,彼定有因,此非无识。俟鸡鸣而访诸河滨,讶鹤发之跂于路侧⑱。来何濡滞⑲,两番迭受谯呵⑳;往益恭勤,三度方加颜色。诲乃谆谆,听惟默默。遇主在十年而后,明示机缘;用兵参三代以前,秘传准则。言有书也,汝其受之。试展函而诵,复掩卷而思,势则如何明主客,机则如何审雄雌。养其气而勿妄发,炼其才而勿轻施。志不移乃能任重道,神不扰乃能定危疑。欲窥王佐之模㉑,鹰扬具在㉒;徒逞匹夫之勇,狙击何为㉓?良于是静穆其怀㉔,深沉其量,能屈能伸,可收可放。几番简练㉕,聊同陈箧之苏秦㉖;一旦遭逢,便拟钓璜之吕尚㉗。既折冲于樽俎之旁㉘,复决策于庙堂之上㉙。所学非虚,其猷果壮㉚。玩沐猴于股掌㉛,自来料敌如神;笑功狗皆爪牙㉜,谁实致君于王?人第羡其破秦关,夷楚社,胜算挟持,遗谋倾泻。众才胥听其指麾㉝,真主亦资其陶冶。迨分茅而厚禄先辞㉞,旋辟谷而余年是假㉟。但惜一生碌碌,影过隙驹;肯随诸将嗷嗷㊱,功争汗马。才本权奇㊲,度偏温雅,当时瞻仰,仪容竟等于妇人;后世品评,气象乃侪乎儒者。而抑知攻心决胜,蹴足陈词,经权互应,智勇兼资,嗤郦大夫一言几误㊳,视陈丞相六出尤奇㊴。不是阴符习练㊵,岂能炎运扶持㊶。幸当年沂水闲游㊷,偶临短彴㊸;宜异日谷城奉祀㊹,特建崇祠。盖末路藏弓㊺,虚拟赤松作伴㊻;而平时借箸㊼,实凭黄石为师㊽。迄今披前汉之编,过下邳之里㊾,揽青史而低回,俯碧流而徙倚。鬼神假手,夫岂偶然;豪杰动心,大都如是。谓是秦时隐士,东坡之论古然乎㊿?缅怀泗水英才[51],太白之钦风至矣[52]!

清人辞赋选释

【注释】

①淮水：水名，源出河南省桐柏山。
②砀山：山名，在今安徽省砀山县东南。
③龙从：旧以龙为君相，因以称随从帝王创业。
④鹿逐：即逐鹿，指争夺天下。
⑤韩信：淮阴人，初贫甚，常钓于城下。后被刘邦拜为大将，屡立战功，与张良、萧何并称汉兴三杰。后被告谋反，为吕后所杀。
⑥萧何：沛人，初为沛主吏掾，助高主定天下，以功封酂侯，为汉室开国名相。
⑦案牍：官府的文书。
⑧三杰：指张良、萧何、韩信。
⑨秦皇：秦始皇。
⑩张良：字子房，受太公兵法于圯上老人，后助高祖灭项羽，定天下，被封为留侯。
⑪雁齿：比喻桥的台阶。
⑫孺子：犹"小子""后生"。
⑬颐指：示意。常以形容指挥别人时的傲慢态度。
⑭鹘突：乖迕。
⑮龙钟：年迈、衰老的样子。
⑯夷然：坦然，泰然。
⑰五日之缘：指老人约张良五日后相见，并授以太公兵法事。
⑱跂：踮起脚跟。
⑲濡滞：迟延，迟滞。
⑳谯呵：申斥，喝骂。
㉑王佐：王者的辅佐。佐君成王业的人。
㉒鹰扬：逞威、大展雄才。
㉓狙击：暗中埋伏，伺机袭击。
㉔静穆：冲和恬淡，渊默自守。
㉕简练：淘汰洗练，撮取精要。
㉖苏秦：战国时洛阳人，字季子，习纵横家言，出游数岁，衣敝金尽，憔悴而归，妻不下机，嫂不为炊，父母不子。乃发阴符经读之。术成，说燕赵韩魏齐楚，合纵抗秦，为六国相。

— 314 —

㉗钓璜：垂钓而得玉璜，喻臣得明主。　　吕尚：周，东海人，本姓姜，从其封姓。佐武王灭纣，武王尊之为尚父。

㉘折冲：使敌人战车后退，谓击退敌军。　　樽俎：指宴席。

㉙庙堂：朝廷。

㉚猷：谋略、计划。

㉛沐猴：猕猴。

㉜功狗：喻杀敌立功的人。《史记·萧相国世家》："高帝曰：'夫猎，追杀兽兔者狗也，而发踪指示兽处者人也。今诸君徒能走兽耳，功狗也。至于萧何，发踪指示，功人也。'"

㉝才胥：有才智的人。

㉞分茅：分封王侯。古代封诸侯，用白茅裹着泥土授予被封者，象征授予土地和权力。

㉟辟谷：不食五谷，道家的一种修炼术。

㊱嗷嗷：喧躁。

㊲权奇：奇谲非凡。

㊳郦大夫：高阳人。秦末助刘邦克陈留，封广野君。后在游说齐王田广时被烹。

㊴陈丞相：指陈平，曾为刘邦六次出奇谋。

㊵阴符：古代兵书。

㊶炎运：五行家称以火德而兴的帝业之运，此指刘汉政权。

㊷沂水：古水名，源出山东省沂山。

㊸彴：石桥。

㊹谷城：即谷城山。在山东省东阿县东。《史记·留侯世家》："老父曰：'后十三年孺子见我济北谷城山下，黄石即我矣。'"

㊺藏弓："高鸟尽，良弓藏"，此指要适时退身，勿蹈兔死狗烹的下场。

㊻赤松：古代仙人。为神农时雨师，能入火自烧。

㊼借箸：为人谋划。

㊽黄石：即黄石公，见注㊹。

㊾下邳：古县名，位沂、泗两水交汇处，自古常为淮北战场。

㊿东坡之论：指宋苏轼之《留侯论》。

(51)泗水：古水名。源于山东省泗水县四源并发，故名。

(52)太白之钦风：指唐诗人李白的《经下邳圯桥怀张子房》诗："……我来圯桥上，怀古钦英风。"

清人辞赋选释

【今译】

　　长淮中涛飞浪涌，砀山上风云啸聚，人虽然还没有跟着帝王去创业，可天下已经到了中原逐鹿的时候。

　　韩信还在城下钓鱼，把着手里的丝纶钓竿；萧何还在县里做他的文书小吏，整天忙碌在案牍公文里边，谁为汉皇造就了三个杰出的人才，把用兵的方略流传于世？想不到秦皇焚烧了经书，居然还能有古书流传下来！

　　你没有看见张良在圯桥上信步吗？他看着蜿蜒的河桥，旷莽的大地，忽然碰见一位老人大声地打招呼他。张良想：我与这老人素不相识，他竟然对我如此傲慢，不觉怒火上撞。可又见那老人衰老羸弱的样子，还是勉强地按照他的吩咐，给他取回脱落的鞋子，忍住一时的屈辱，很坦然地给老人当了一回仆役。想不到那老人竟提出：五天后在此见面的约会，还一再嘱咐他不要忘了。谁知道这老人会有什么事，猜度不出来，他一定有原因，张良也意识到这一点。五天后，鸡叫时，张良来到河边，让人惊讶的是那老人早就在那儿等候了；老人责备他来晚了，一连两次受到申诉，张良越发谦恭，第三次才看见那老人和缓的面容。他细心地教诲，张良认真地聆听，那个老人说："十年以后你会遇见明主，嗣后用兵，要参习三代以前的秘传心法；这部书，你就接受了吧！"张良展函而阅，合卷而思，那书里说：剖析形势要分清主客，掌握先机才可判胜负；养息力量不要妄自使用，锻炼才干而不要轻易展布；意志坚定，才能担当重任，心神不受干扰，才能决安危之机。做王者的辅臣，这才是可行的办法，可你虚耗精力，逞匹夫之勇，在博浪沙狙击秦皇有什么用？

　　张良于是静下心来，涵养自己的气量，使之达到能屈能伸、可放可收的程度。经过几番淘洗，保留精要的遴选，如同苏秦五夜发箧；一旦有遇，就可比钓得玉璜的吕尚，既能在宴席间谈笑破敌，亦能在朝廷上从容决策。

　　所学的东西果然不假，其计划、谋略，宏伟壮观，把楚人戏弄于股掌之间，真是料敌如神。堪笑那些在疆场上效力的人，也仅仅是个勇士而已！谁真正做到使君成就王霸之业？人们羡慕他破秦的手段，夷平楚项的基业，挟着必胜的筹划，行使古人的遗谋。众才俊都听从他的指挥，真命君主也受到了他的影响。等到分封受赏，他却推辞说要学道，炼辟谷，于是余年就有了依托。只可惜一生忙碌，光阴如白驹过隙，终不肯随同众人去争论立功受赏这些小事！

　　论才，他本是奇谲非凡的，可气度偏又温文尔雅。当时所见，他的风度

— 316 —

圯上受书赋

就像一位妇人，而后代的评价，他简直就是一个大儒！他知道攻心决胜，所以恭谨地陈说自己的意见：经济与权谋互用，智慧与实力互为作用。可笑郦食其，几乎一言误了汉家的大计！比起陈平的六计，还要出奇！

不是学练阴符经，怎能辅佐刘汉政权？所幸当年沂水漫游，偶然经过石桥，是以应该在谷城山下，兴建祠宇为之奉祀！

高鸟尽，良弓藏，张良编出一套与赤松子做伴云游的假话；他平时使的一些谋略，都是黄石公教给他的！

如今，披阅前汉的史书，经过下邳，看着这些历史遗迹，让人无限低回。鬼神助力，岂是偶然，豪杰动心，大都如此。说是秦时的隐者，苏轼的论说对吗？缅怀泗水先贤，李白的诗篇还是中肯的。

牧童遥指杏花村赋

陶 然

徐州有杏花村者①,姓集朱陈②,图传顾陆③,数十家树影离离④,百卅里林香郁郁⑤。寻芳而春色流连,揽胜而古怀往复⑥。里人于此,劝耕犹话苏髯⑦;童子当年,沽酒曾逢杜牧⑧。牧为小杜,路出古丰⑨,移情南国,景揽东风。偶娱游于花外,思买饮于村中;方愁策马而来,难寻村店;却喜骑牛而过,适遇奚童⑩。童也垂髫⑪,欣然手招,知是归黄之牧⑫,问同隔水之樵。此觅芳醪以润吻⑬,彼吹短笛而横腰。四顾踌躇⑭,但觉花香不断,一番指引,方知村路非遥。不见夫流水声中,夕阳影里,千株万株,十里五里。团团而村是枌榆⑮,灿灿而花非桃李。三春烟雨,尽人画幅之摹;一簇桑麻,视我鞭梢所指。且曰:"是村也,风送香痕,霞翻绮影,虽僻静之区,实繁华之境。当春而紫蝶四飞,破晓而黄鹂三请。残红乱落,路迷洞口之桃⑯;大白狂浮⑰,人醉楼头之杏。杏树横斜,中藏酒家,燕莺有语,鸡犬无哗。隐隐而帘挑一帚,迢迢而路接三叉。侬将扣角而行⑱,长歌食草;客且寻踪而去,小饮看花。"客于是且感且谢,载欣载奔,岸转而几层曲曲,桥通而一水沄沄⑲。果见夫红芳满路,白板开门。青蚨解橐⑳,绿蚁盈樽㉑。方知童竖之言,不欺旅客;幸赖牧刍之问㉒,得到仙村。乞今花事屡新㉓,村墟如故㉔。叱犊兮家家,提壶兮树树㉕。为寻客里之春,来问香中之路。一尊检点,谁招游子以吟诗;七字低徊,辄仰古人而作赋。

【注释】

①徐州杏花村:徐州古丰县朱陈村,有杏花一百二十里。
②朱陈:古村名。苏东坡诗:"我是朱陈旧使君,劝农曾入杏花村。"
③顾陆:指东晋画家顾恺之与南朝宋画家陆探微。
④离离:隐约。
⑤郁郁:香气浓盛的样子。
⑥揽胜:同"览胜",欣赏秀丽的景色。
⑦苏髯:苏轼多须,故称。

⑧杜牧：唐代诗人，世称小杜。

⑨古丰：地名，在今江苏省。

⑩奚童：未成年的男仆。

⑪垂髫：髫，儿童垂下的头发，指儿童或童年。

⑫归荑：指野归的樵采之人。荑：始生之茅。

⑬芳醪：美酒。

⑭踌躇：犹豫，迟疑不决。

⑮枌榆：古丰县有枌榆社，在县东北十五里，以枌榆为社神，故名。

⑯"路迷"句：指陶潜《桃花源记》所述捕鱼人"遂迷不复得路"事。

⑰大白：大酒杯。

⑱扣角：敲击牛角。

⑲沄沄：水流的样子。

⑳青蚨：指铜钱。

㉑绿蚁：本指酒上浮起的绿色泡沫。此指酒。

㉒牧刍：牧畜，此指畜牧者。

㉓花事：关于花的情事。春日百花盛开，故多指游春赏花等事。

㉔村墟：村落。

㉕提壶：鸟名。欧阳修《啼鸟》："独有花上提壶芦，劝我沽酒花前醉。"

【今译】

徐州有个杏花村，村里只有朱、陈两姓人家，还是从名画家顾恺之、陆探微的画上传扬开了这小村的名声。几十户人家，在隐隐约约的树影中显露出来，百多里的路程，到处都是杏花的芳香。胜日寻春，而引发思古的幽情。

在这儿，当地人还频频乐道苏轼劝农的往事；讲说小孩子从前指点杜牧冒雨问路的情形。杜牧就是小杜，他当年路过古丰，把流连江南美景的心情，又换作欣赏苏北风光的雅兴，偶然之间来到这里，但见百里杏花，红灼如火，想找个卖酒的地方。骑着马儿，正在四顾彷徨之际，赶巧遇上骑牛经过的小童，那小童发正垂髫。知道他是晚归的牧竖，就像隔水问樵一样，欣然向他招手。那小童把竹笛插在腰间，经过他一番细心的指点，才知道这段路程并不算远。

那个淙淙流淌的溪水，夕阳返照下，那隐隐约约的树影；小村外密密层层都是白榆树。再就是缀满枝头的花，它们不是桃花、李花，而是一色的杏花。这么好的春光，阳春三月，烟雨溟蒙，尽管濡墨挥毫地去描绘吧！一簇

清人辞赋选释

簇的桑麻，就在那马鞭遥指的地方。那童儿还说："那小村子，风送花香，晚霞映射出一派绮丽的光影，虽说这只是个偏僻的地区，但也着实有些繁华的意味。春天，有蛱蝶四处飞舞；天刚破晓，便有百鸟啼鸣，召唤你来观赏；开谢了的花儿，顺着流水漂走，还以为是流出桃源的落英。举起大杯痛饮吧，为了枝繁叶茂的红杏陶醉吧！那横横竖竖的杏树后边就是酒家，鸟雀声声，鸡犬不惊。你不见那一只酒幌儿，在树丛中迎风飘荡吗？那儿正是三岔口，小店就开在三岔口那儿，我要敲响牛角走了，我唱歌，牛吃草，客人你尽管顺着我指的方向去吧，去一边饮酒，一边赏花吧！"他非常感激那小童儿，兴冲冲地向那酒家奔去。

绕过曲折的溪岸，经过溪水流淌的小桥，果然看见满路边的红花，白生生的门板。他解下钱串，买来润喉的酒浆，才知道小孩并没有打诳语。幸亏这些朴实的牧刍之人，才找到这么一个好去处！

花事不断更新，村落依然如故！家家都有牧竖驱犊；树树都有提葫芦劝人买酒。为了寻找客旅中的春光，来这里探问路径，饮着美酒，查点起来过此地吟诗的过客；他们留下了令人低回不已的诗章，使我无限仰慕，于是写下了这篇小赋！

会试萍始生赋

王闿运

有一佳人之当春兮，蕴遥心于曾澜①。澹融融不自持兮②，又东风之无端③。何浮萍之娟娟兮④，写明漪而带寒⑤。隐文藻与冰蓰兮⑥，若揽秀之可餐⑦。苟余情其信芳兮⑧，岂犹媚此香荪⑨。览生意之菲菲兮⑩，盖漾影而未安。退静理夫化始兮⑪，怅结带以盘桓⑫。夫其轻霜夕零，流澌稍上⑬；涵雁别群⑭，孤鸥辞浪。眇远思而凌波，闷寒泉而增怅⑮。迟荣华于初岁，各含性而相同，极千里而怀春，始临江而一望。彼随流而靡倾⑯，悦芳碧于新涨。微根萌而已孤，惧飘泊而无傍。愧薄弱之易生，敢希惠于和畅。因熙阳之潜通⑰，始寥落其如星。旋引蔓而相牵，虽少蒂而自荣。映水痕而微绿，借远山之余青，萦桂楫而暂开⑱，乃无心而合并。信难进而易退，若将流而更停。把芬苌而见遗⑲，谓琐细之无成。荷太液之余润⑳，尚何叹乎浮生？昔季兰之齐絜㉑，咏南濑而徐步㉒。比清真于芳春，搴不怨此迟莫㉓。生无微而不遂，在始节之自固㉔。傥缘竿而随缙㉕，终见弃于中路。愿容与于平流㉖，任风涛之所遇。浮江海而不沉，游清浊而无忤。岂泛泛以全躯㉗，惟依依以保素㉘。奚自感其飘零，云华年之易度。亮生机之不息㉙，幸怀新以代故。奉甘实于哲王㉚，庶无讥于落瓠㉛。托蕴藻之忠信㉜，岂徒阅夫时序！

【注释】

①遥心：谓心向远方。　　曾澜：即层澜，曾通"层"。

②澹：水波起伏的样子。　　融融：和暖，明媚。

③无端：无奈。

④娟娟：姿态柔美的样子。

⑤写：映照。

⑥文藻：水草。　　蓰：地衣也，同"苔"。

⑦揽秀：采秀，谓观赏秀丽景色。

⑧信：料到。

⑨香荪：香草。

⑩菲菲：形容花草香浓、茂美。

⑪化始：化育之初。

⑫盘桓：徘徊。

⑬流澌：江河解冻时流动的冰块。

⑭涵雁：秋归之雁。杜牧诗："江涵秋影雁初飞。"

⑮冈：阻隔，断绝。

⑯靡倾：随顺着向某一方流动。曹丕《秋胡行》："泛泛绿池，中有浮萍，寄身流波，随风靡倾。"

⑰煦阳：和煦的阳光。

⑱桂楫：泛指船桨。

⑲芬菹：香气浓郁。

⑳太液：古池名。汉太液池在陕西长安。池中起三山，刻金石为鱼龙奇禽异兽之属。

㉑季兰：季女。　齐絜：斋戒。《左传·襄公二十八年》："济泽之阿，行潦之蘋藻，置诸宗室，季兰尸之，敬也。"又《诗·召南·采蘋》："于以采蘋，南涧之滨……谁其尸之，有齐季女。"

㉒南濒：南边的水滨。

㉓迟莫：犹"迟暮"。

㉔自固：自持。

㉕缗：垂钓的丝纶。

㉖容与：从容舒缓。

㉗全躯：保全自己的身体、性命。

㉘保素：保持本原。

㉙亮：料想，相信。

㉚哲王：贤明的君主。

㉛落瓠：大而无用。

㉜蕴藻：水草。

【今译】

有一位佳人对着春光，一颗心已飞向远处那层层的涟漪之间。那水波摇荡着，春光是那样的和暖、明媚，使芳心难以克制；何况春风骀荡，又使人无可奈何呢！浮萍的样子是那样柔美，掩映在略带寒意的水波之间。它在那水草和冰苔之间，时隐时现，真有种秀色可餐的况味。假使我真的料到它的

会试萍始生赋

芬芳，又怎能为区区香草而迷惑！

看着它们在水波中摇荡的身影，芳香而繁茂，显示出盎然的生机。于是，在潜心静默中，思索万物化育的原始，怅然地挽结着衣带徘徊。

向晚来有轻霜飘落，河上流荡着解冻时的冰块。江水中涵映着离群的雁影，孤单的鸥鸟也离开了洲渚。思绪随着水波远去，又为阻绝的寒泉而增添了怅惘。繁茂的节气似乎来得太慢，一切有生命的东西，都在以各自特有的方式，期盼着春天的到来，纵日怀春，就在这临江一望之中了。那萍草随顺着向某一方流动，在芬芳的绿草和新涨的春水之中，好像有非常的欣悦！它那细细的根须，从萌生时起就注定了它的孤单，让人担心它在漂泊中无依无傍。自愧姿质柔弱易于生存，哪里还敢奢求有惠风的温和舒畅！

为了和煦阳光的暗中助力，开始一点一点地生长繁育，随后便引蔓相牵，虽然没有花蕾使自己风光，却也能映着水波，借着远山青翠的光泽，绿莹莹地显示出无限生机。它回旋着，船桨在上边荡开一条水路，随即便又合在一起。它难往前进却易于后退，像在流动而实则停滞。为了撷取芳香而单单地遗漏了它，是因为它太琐碎细小的缘故吧！

它承受过太液池的恩泽荣耀，这一生难道还有什么遗憾？昔时齐女季兰斋戒主祭，咏着《采蘋》之诗，在水滨徐步，就像那纯真朴素的水草，采撷它难道会遗恨为时已晚吗？

生命即便微小，造化也能使它顺遂，重要的在于对操守的保持。倘若顺竿随纶地往上攀缘，最终难免被弃于半路。还是从容舒缓地在平稳的水流中好，任它风涛起伏，全不用畏惧。浮于江海而不沉，管它水清水浊，于自己全无违忤。不是泛泛地保全生命，只是保持自己的本原罢了。

岁月不居，华年易逝，为什么要自叹飘零呢！料想这造化，生机是永远也不会停息的，那就让新生的代替陈旧的好了！奉献甜美的果实给贤明的君主，以免招致大而无用的讥嘲。

托水草以表达忠信的微忱，绝不只是泛观时序啊！

清人辞赋选释

松菊犹存赋

张 预

归去来兮，故国秋兮归兴浓。睠森疏之旧径①，乐偃蹇之孤踪②。卷破茅兮老屋，倚枯藤兮短筇③。觊田园之芜废④，望草木之蒙茸⑤。秀未减于冬岭，淡何厌乎秋容！龙种逾老⑥，蝶魂乍慵。雪干多瘦，霜华未封。络藤瘿兮树阴古⑦，扶槿格兮篱落重⑧。是将餐分骚客之菊⑨，封谢大夫之松⑩。尔乃寄慨就荒，委怀潜伏⑪。快容膝之安居⑫，厌折腰之微禄⑬。枯树子山之园⑭，繁蒿仲蔚之屋⑮。虫栖叶兮径荒，鸟蹋苔兮路熟。谁复咏南窗之扶疏，赏东篱之馥郁⑯。岂知翠盖云喧⑰，琼英露沭⑱，冬心不春，晚节弥馥。感托荫于妻孥⑲，谢灌园之僮仆。粉霏霏兮点衣⑳，花采采兮盈掬㉑。夫何恋乎五斗之饔飧㉒？而遗笑于三径之松菊㉓。犹幸故园无恙，遗植仍留。敲素琴兮子落㉔，拂翠槛兮苗抽。皮溜雨兮苔未蚀，胎孕露兮药可收㉕。鹤语故巢之雪，蝶留归径之秋。物犹如此，人且归休㉖。遂乃盼庭柯以盖偃，漉樽酒兮巾浮㉗。笑赤斧之仙去㉘，招白衣之客游㉙。听秋涛兮尘耳洗，簪冷艳兮霜鬓愁。能弗乐余年之啸傲㉚，悔壮志之夷犹㉛。假使违离乡国，羁绁纷烦㉜，斗升形役㉝，簿领尘昏㉞。愧劲节之高树㉟，负清芬于小园。坐忘日涉之趣，谁信昨非之言！又能不栖鸾腾消㊱，寒蝶烦冤㊲。感漂零乎黛色，羞冷落于花魂。归矣哉，秋好兮芳华未歇，地僻兮车马无喧。云招树杪，霜踏篱根。高宜筑室㊳，疏或移盆㊴。抚苍鳞之蟠屈，撷紫艳之缤翻㊵。嗟物类之犹昔，问故旧以谁存？于是携幼入室，酌酒而作歌曰："紧孤松之轮囷兮㊶，实茑萝之攸附㊷。唧薄宦之累年兮，徒婴情于乡树㊸。矧丛菊之秋发兮，华燿燿兮争吐㊹。过时而不采兮，恐摇落于霜露。幸归计之及今兮，感岁华之将暮。羡枝叶之后凋兮，喜芬芳之久驻。媲李膺之高节兮㊺，怀屈子而遐慕㊻。五柳之树今并种兮，迓先生于归路㊼。儿孙栗里守嘉植兮㊽，将永续夫遂初之赋㊾。"

【注释】

①睠：同"眷"。顾念，依恋。　森疏：树木茂盛扶疏。
②偃蹇：安卧。

③短筇：短杖。
④慨：感叹。
⑤蒙茸：草木茂盛貌。
⑥龙种：指树状盘曲如龙。《广群芳谱》转引《西苑记》："有古松三株，枝干槎牙，形状偃蹇，如龙奋爪拏空，突兀天表。"又《齐云山记》云："元武观后古松数十，夭矫如虬龙，皆数百年物。"
⑦赘：累赘、多余之物。
⑧槿格：用木槿花栽植成的栅栏。
⑨骚客：诗人，文士。
⑩大夫松：《史记·秦始皇本纪》："上泰山……风雨暴至，休于树下。因封其树为五大夫松。"
⑪委怀：寄情。
⑫容膝：形容容身之地的狭小。
⑬折腰：屈身事人。《晋书·陶潜传》："吾不能为五斗米折腰，拳拳事乡里小人耶！"
⑭子山：北周庾信的字。仕周后有《小园赋》《枯树赋》之作，以寄托其乡关之思。
⑮仲蔚：后汉张仲蔚，常居穷素，所处蓬蒿没人，闭门养性，不治荣名。
⑯东篱：陶潜故居之景事。陶潜《饮酒诗》云："采菊东篱下，悠然见南山。"
⑰翠盖：形如翠盖的植物茎叶。
⑱琼英：喻美丽的花。
⑲妻孥：妻子和儿女。
⑳霏霏：飘洒、飞扬貌。
㉑采采：茂盛，众多貌。
㉒饔飧：早饭和晚饭。
㉓三径：泛指归隐者的家园。
㉔素琴：不加装饰的琴。
㉕药可收：谓菊有药用功能。《广群芳谱》转引《埤雅》云："入药久服，令人长生。明目，治头风，安肠胃。去目瞖，除胸中烦热、四肢游气。久服轻身延年。"
㉖归休：辞官退休。
㉗漉酒巾浮：指用布巾漉酒。《南史·陶潜传》："郡将候潜，逢其酒熟，

清人辞赋选释

取头上葛巾漉酒。毕,还复著之。"

㉘赤斧:传说中的仙人。《列仙传》云:"赤斧者,巴戎人也。为碧鸡祠主簿,能作水汞炼丹,与硝石服之……手掌中有赤斧焉。"

㉙白衣客:陶潜九月九日无酒,坐宅边菊丛中,采摘盈把,望见白衣人至,乃王弘送酒,即便就酌。

㉚啸傲:放歌长啸,傲然自得。

㉛夷犹:犹豫,迟疑不前。

㉜羁绁:牵绊。

㉝形役:为形骸所拘束、役使。

㉞簿领:谓官府记事的簿册或文书。

㉟劲节:坚贞的节操。

㊱诮:嘲笑。

㊲烦冤:烦躁愤懑。

㊳高宜筑室:此指对菊的蓄养。《广群芳谱》谓:"种菊之处须在向阳高原,宜阴宜日,风雨可到之所,四傍设篱遮护。"

㊴移盆:此指分秧。

㊵缤翻:纷乱貌。

㊶轮囷:盘曲貌。

㊷茑萝:茑萝与女萝。

㊸婴:绕,围绕。

㊹燿燿:明亮闪光貌。

㊺李膺:桓帝时朝廷日乱,纲纪颓弛,膺独持风裁,以声名自高。

㊻屈子:指屈原。

㊼迓:迎接。

㊽栗里:地名。在今江西省境内,陶潜曾居于此。

㊾遂初:遂其初愿。

【今译】

　　回去吧,故乡的秋天,使归乡的意愿越来越浓。回看那树木繁茂下旧时走过的路径,尽管形影孤单,但能在草庐安居也是人生乐事。风卷着凋敝的茅屋,手持短杖,有感于田园的荒芜、草木的葱茏茂盛。东岭上的青松,犹未减少它们的苍翠;秋天的景象即便有些清淡,也不会使人介意。

　　那龙鳞一般的树干,苍劲瘦硬;蝶儿的翅膀已有些迟钝。但是篱菊盛开,

— 326 —

松菊犹存赋

新霜也封它不住！藤络缠着古木，木槿栽植成栅栏，是想让骚客、诗人分餐秋菊的落英吗？还是要酬谢这素有大夫之称的松树？

寄托啸傲的襟怀躬耕，在韬居中寓托深心。为了有容身之地而快慰，厌弃为了很少的俸禄而向长官折腰打躬！庾子山思念枯树的故园；张仲蔚安于蓬蒿茂密的老屋。虫儿在木叶上栖身，鸟儿在苍苔上蹴踏。小径虽荒，可依然在胸中铭记！现在还有谁去吟咏南窗外树木的繁茂，欣赏东篱下秋菊的清馥？

岂知那些像翠盖一样的枝叶，那些美丽的花朵，它们呼唤着浮云，沐浴着清露，冬心不春，向晚来更加清馨浓郁。真该感念妻儿、童仆的勤劳，细心地回护看视着故园。花粉点点，飘扬着，飞洒着，沾在衣服上；花儿茂盛，采撷者、拣拾者，手里捧得满满的。

有什么可留恋的？那五斗米的俸禄，都让故园的松菊哂笑！万幸，故园完好无恙，留下的花木还在，拨动素琴，有松子从空脱落；轻拂翠色的栏槛，正是篱菊出苗的时候。雨顺着树干流下，苍苔完好无损；菊蕾挂着清露，可作药材而收贮了。白鹤在旧巢中话雪；粉蝶在归路上停留，物犹如此恋旧，还是辞官退休了吧！

我企盼着松树的茂盛，等着用头巾漉酒。可笑赤斧的升仙，哪有我和挚友共饮痛快！听秋林的涛声，久被世尘所污的耳朵也感到清静；簪一朵冷艳的花儿，如霜鬓发助人愁！如此这般，能不为余年的啸傲而快乐吗？真懊悔昔时还为壮志犹豫不决呢！

假使我远离家园，为琐屑的世事牵缠，为升斗之禄而役使，为官府文书忙得头昏脑涨，真要愧对这节操坚贞的高树，辜负这小园中秋菊的清馥了！忘记了日涉成趣的快慰，谁还相信今是昨非的侈谈！又怎能不让鸾鸟哂笑，秋蝶愤怨！在青翠茂盛的松树下，有感于自身的漂泊；在色泽鲜丽的秋菊前，有愧于自己对它们的冷落！

归来了！秋光大好，芳华还没有消歇，地僻而无有车尘。树梢挂着云雾，篱根结着新霜。这些菊啊，高者要为它营筑棚舍，还要进行梳理，移秧分盆。抚摸盘曲的树干，撷取缤纷的花瓣，感叹物类之一如昔时，为问从前故旧还有谁在？于是挽着幼儿入室，一边斟酒一边作歌曰："孤松盘曲啊，有茑萝依附！叹自己为官有年啊，心情始终萦绕着故园的树木。秋菊开放啊，恐后争先，这时不茂啊，恐凋谢于秋霜寒露。幸我及时归来啊，虽然已年根岁晚；喜松柏的后凋啊，清芬永驻。如同李膺的高尚节操，缅怀屈子而遥致思慕。种上五柳树，迎接先生归，有儿孙在乡里守护，才好让先生续写遂初之赋。"

新秋赋

卢 崟

　　凉雨乍歇，明河在空①。玉阶动竹②，金井飘桐③。一天之新爽忽至，三伏之余炎已终。记怀人千尺深潭，桃花春水④；看归路半帆斜日，莼菜秋风⑤。犹忆火伞高张⑥，星丸密布⑦。扇白羽以摇风⑧，杯碧筒而吸露⑨。燕乳依巢，莺残恋树。铜漏之莲花催放，争禁夏日如年；玉关之杨柳歌残⑩，已怨春风不度。旷宇兮遥天，秋怀兮渺然。楼笛吹月，寺钟破烟。满郭之山光露洗，一江之水气云连。落红寻墙外之花，香销倦蝶；浓绿换庭阴之树，凉咽疏蝉。则有萧斋日永⑪，竹院风清。古剑挂壁，残灯依檠⑫。一宵之凉意顿起，十载之幽怀忽生。作赋摩空，拟文江之秋色⑬；读书方夜，吟永叔之秋声⑭。更有远居京洛⑮，久客河汾⑯，陆机之缄札罕寄⑰；潘岳之鬓丝已纷⑱。衣坐萤而夜悄，炉爇鸭以宵薰⑲。叹一年容易秋期，相思落月⑳；感千里溯洄秋水㉑，盼断停云。至若风卷沙碛，霰飞轮台㉒。古驿筰动，荒城角哀。捣衣而砧杵才拭，立马而琵琶忽催。何日刀环㉓，扫阴云而旗偃；连宵刁斗㉔，弯新月以弧开。别有塞北未归，辽西久盼㉕。闲闱之草色青萦，别院之花姿红绽㉖。顾纨扇以将捐㉗，袭罗衣而未惯㉘。忆金殿平明奉帚㉙，颜妒寒鸦；听瑶琴何处挥弦，心随飞雁。莫不抚序工愁㉚，因时感遇。秋思平添，秋情欲诉。然皆寄托于商音㉛，无与化工之妙趣㉜。惟有疏帘清簟㉝，先招一味之凉；从兹玉宇琼楼，幸得九霄之路㉞。

【注释】

①明河：银河。

②玉阶：台阶。

③金井：一般用以指官廷园林的井。

④桃花潭：水潭名。在安徽省泾县西南。唐时，泾川豪士汪伦，闻李白将至，修书迎之，款留数日，李感其意，作《桃花潭》诗，有"桃花潭水深千尺，不及汪伦送我情"之句。

⑤"莼菜秋风"句：《晋书·张翰传》："翰因见秋风起，乃思吴中菰菜、

莼羹、鲈鱼脍，曰：'人生贵得适志，何能羁宦数千里以要名爵乎？'遂命驾归。"

⑥火伞：唐韩愈诗云："赫赫炎官张火伞。"

⑦星丸：指悬垂于枝上的荔枝。五代徐夤有《咏荔枝》云："朱弹星丸灿日光，绿琼枝散小香囊。"

⑧白羽：指羽扇。骆宾王诗云："白羽摇如月，青山断若云。"

⑨碧筒：一种用荷叶制成的饮酒器。

⑩玉关：指玉门关。唐王之涣诗："羌笛何须怨杨柳，春风不度玉门关。"

⑪萧斋：书斋。

⑫檠：灯台、灯架。

⑬文江：唐人黄滔，字文江，工诗文，尤擅律赋。　秋色：指黄滔所作的律赋《秋色赋》。

⑭永叔：宋欧阳修的字。　秋声：指欧阳修作的《秋声赋》。

⑮京洛：洛阳。

⑯河汾：黄河与汾水。

⑰陆机：西晋文学家，字士衡。成都王荐为平原内史，世称陆平原。有《陆士衡集》。　缄札：书信。

⑱潘岳：西晋文学家，字安仁，少以才慧知名，乡邑称为神童。工于诗赋，与陆机齐名。　髩：即"鬓"之俗字。

⑲炉鸭：即鸭形的熏炉。

⑳"相思落月"句：取杜甫《梦李白》"落月满屋梁，犹疑照颜色"诗意。

㉑"溯洄秋水"句：取《诗·秦风·蒹葭》"溯洄从之，道阻且长"诗意。

㉒轮台：古地名，在今新疆境内。

㉓刀环：刀头所着之环。环与还同意，故借为还归之意。

㉔刁斗：古代行军用具，昼为炊器，夜击以警众报时。

㉕辽西：指辽河以西的地区，今辽宁省西部。

㉖别院：正室之外的宅院。

㉗纨扇：细绢制成的团扇。

㉘袭：加穿衣服。

㉙奉帚：拿着笤帚。

㉚序：唐宋乐曲的一种体裁。

㉛商音：秋声。
㉜化工：天工。
㉝簟：供坐卧铺垫用的苇席或竹席。
㉞九霄：高空，天之极高处。

【今译】

带着凉意的秋雨刚刚停下，明朗的银河高挂夜空，秋风轻轻地摇动着玉阶旁的竹子，园中井畔的梧桐开始落叶。清爽的天气忽然降临，伏天的炎热已经结束。看深深的桃花潭水，遥思昔人送别的深情；看归途上夕阳照着帆樯，想起因秋风起而思故乡莼鲈的他乡游宦。想起夏日炎炎，如张火伞，指头悬挂着燿燿生辉的荔枝，摇着白羽扇享着清风，擎着荷叶杯啜饮冰水。乳燕儿依偎在巢里，啼倦的流莺栖息在树丛。莲花洞漏声催，叵耐这夏日如年；玉门关下歌声凄苦，埋怨此关春风难度！空旷遥远的天宇，渺无端绪的秋思。楼上的笛声和着清凉的月色；古寺的晚钟声冲破浓浓的雾霭。城外的山，像被露水洗过，大江的水气和远天的云霭连接。墙外的花谢了，香气消歇，连蝶儿都不来了；夏天的浓绿换成了参天的大树，在秋风里，有寒蝉抽咽。风儿清爽的竹院，悠长夏日的书斋，墙壁上挂着古旧的佩剑，烛架上燃着欲尽的残烛。一夜的秋凉，倒引起十年的苦闷之情。挥笔作赋凌云，敢比黄滔的写作《秋色》；深宵苦读不辍，正在激赏着欧阳修的《秋声》。还要那远居京洛的羁人；久绊河汾的苦旅，陆机的书信难以寄达，潘岳的双鬓已雪染青丝。萤火虫落在衣襟之上，夜色悄然来临；宝鸭炉里，熏香已悄然点燃。叹一年容易秋光，见落月而怀故人，相思之情无限；有感于"溯洄秋水"之诗，极目望着远处那纹丝儿不动的停云。至若风卷着沙碛，霰雪在轮台飞舞，驿站响起悲笳，荒凉的城池连角声也满具凄凉之意。思妇刚刚拭过砧杵，琵琶声却催促着征人上路。何日能扫除阴霾，偃旗还归？夜里，刁斗声声，一弯新月，就像张开的弓！还有在塞北未归的，在辽西久盼的。闺房外的芳草萦带着绿意，他院里花儿还在绽放着红英。纨扇将要舍弃了，加穿衣服还有些不惯；想起那拿着笤帚清扫官院的宫人，她们连带着日影的寒鸦也感到嫉恨！琴声阵阵，是在哪里抚响？心随着征雁飞去了！人又怎能不在这秋天的乐曲中生发愁思，因时感遇呢？秋思平添，秋情向谁诉说？然则，和这天工的旨趣不同，无限情思，都寄托在这无尽的秋声之中了。竹席满带着凉意，从此可以得到神游玉宇琼楼的机遇了。

蓑衣赋

陆润庠

若夫微雨迷离①,轻阴缭乱②,凝薄雾于江心,散余寒于陇畔。蓑飘飘而含影③,恰称身材;衣楚楚而生新④,伊谁手段?云裁百衲⑤,黏飞絮于芦汀;霞补千丝,映垂纶于蓼岸⑥。爰有翠连薜荔⑦,碧斗莓苔⑧,纷披一顷⑨,乱映千堆⑩。等木棉之分种⑪,异葛樛之移栽⑫。为纬为经,曾伴篝灯相续⑬;一丝一缕,非关刀尺量裁⑭。不同裳集芙蓉⑮,缀轻红而制就;却似衣成荷芰⑯,伴浓翠以编来。于是稳随钓艇,远映清渠,冲烟波而淡荡⑰,泛云水以纡徐⑱。一鉴碧塘,却当春暮;半江红树,好趁秋初。野渡晓寒,载满船之风雨;荒村晚景,伴几处之樵渔。至若举趾三春⑲,携犁长夏,当风而拂向芳原,带月而堆来草舍。看白鹭之争飞,指青山之相迓⑳。蒲塘瓜蔓,晒斜照兮无多;麦陇桑畦,趁夕阳之欲下。又若放犊高冈,牧羊平坂,宛似香罗叠雪㉑,雪外飘摇;浑如细葛含风㉒,风前偏反㉓。褵褷着去㉔,拟苔样兮分明;摇曳徐行,向柴门而往返。衬数声之短笛,牛背人归;随一曲之清歌,林间唱晚。尔乃随心组织,竟体轻盈,雅称蕉衫之同袭㉕,何须柳线之交萦。流水桃花,点缀诗人之咏;炎风朔雪,勾留驿路之情㉖。归从红杏村前,连番风雨;卸向绿杨阴里,几日新晴。豆棚轻挂,芒屩同穿㉗,惟半肩之掩映,觉四体之安便㉘。泽畔行吟,惯沾余湿,醉中狂脱,偏称闲眠。笠影常偕,好共溪山入画;橹声相逐,回看江雪漫天。

【注释】

①迷离:模糊不明,难以分辨。
②缭乱:纷乱。
③飘飘:风吹貌。
④楚楚:鲜明貌。
⑤百衲:指僧衣。
⑥垂纶:垂钓。
⑦薜荔:香草。缘木而生。

清人辞赋选释

⑧莓苔：青苔。

⑨纷披：散乱貌。　顷：土地面积单位之一，百亩为顷。唐许浑《元处士自洛归宛陵山居见示詹事相公伉行之什因赠》云："一顷豆花三顷竹，相应抛却钓鱼船。"

⑩千堆：苏轼《山城送客不及步至溪上二首》："今年好风雪，会见麦千堆。"

⑪木棉：落叶乔木，先叶开花，大而红。

⑫葛樛：弯曲的树枝和葛藤。

⑬篝灯：谓置灯于笼中。

⑭刀尺：剪刀和尺。指服装制作。

⑮裳集芙蓉：《三辅黄图》："汉昭帝琳池中，植分枝荷，宫人贵之。每游燕出入，必皆含嚼，或剪以为衣，或折以障日，以为戏弄。"

⑯荷芰：指荷叶和菱叶。

⑰淡荡：迂回缓流貌。

⑱纡徐：从容宽舒貌。

⑲举趾：举足而耕。《诗·豳风·七月》："三之日于耜，四之日举趾。"

⑳迓：相迎。

㉑香罗：绫罗的美称。

㉒葛：多年生草本植物，可制布、衣带等。杜甫《端午日赐衣》云："细葛含风软，香罗叠雪轻。"

㉓偏反：花之摇动也。《论语·子罕》云："唐棣之华，偏其反而。"

㉔襦袯：离披散乱貌。

㉕蕉衫：用麻布缝制的衣衫。

㉖勾留：逗留。

㉗芒屩：草鞋。

㉘四体：四肢。

【今译】

搅乱心绪的微阴，迷迷蒙蒙的细雨，江山凝聚着薄雾，田亩中还飘散着寒气。那鲜亮的恰合身体的蓑衣，是出自谁的手艺？像轻云裁成的僧衣，在长满芦荻的洲渚里，沾着飘飞的柳絮；像千百道霞光织就，映着他的身影在长满水草的岸边垂钓。那翠绿的色泽如同薜荔，不让青苔，在田亩中繁茂，与畦麦相映。如同分植的木棉，可绝不是葛樛的移栽。横的、竖的，用作经

— 332 —

蓑衣赋

纬，伴着灯火，一丝一缕地相续，却不是用刀尺衡量裁剪。它不像宫人采集的芙蓉，连同轻红制成衣裳，却像用菱荷的叶子制成，是伴着浓浓的绿意织成的！于是，它稳稳地随着钓船，远远地映着清清的渠水，冲开迂回缓流的烟波，从容舒缓地泛游于云水之间。那镜子一样的陂塘，只当它春光已老；江岸上红枫瑟瑟，正好是新秋天气。渡口的早晨还笼罩着阴寒，渔人载着满船风雨上路；荒村的晚上，有几个渔夫、樵子结伴归来。至于三春耕作，夏日耕田，在原野上当风披拂，晚上，堆在草舍里，映着朗朗月光。看着那争飞的白鹭，指点那相迎的青山。蒲塘的瓜秧，就着将尽的夕照余光；桑田麦垄，趁着欲下的斜阳。又如在高冈上放牛，在山坡上牧羊，宛如雪花一样的香罗，飘飘摇摇；就像柔风一样的细葛，在风中摇动。穿上纷披的如同苔藓一样鲜亮的蓑衣，悠然漫步向着柴门往还。衬着几声短笛，牧人骑在牛背上归来；随着一曲情歌，林中人唱着暮归之曲。尔乃随心编织，轻盈的可比麻布织作的蕉衫；还哪里用得着柳丝去连缀？桃花流水，点缀着诗人的吟咏，热风冷雪，逗留着旅途的情怀。从红杏村前归来，遇见几番风雨；在绿杨阴下，卸了蓑衣，又遇上几个晴天。豆棚里挂着的蓑衣，和脚上着的草鞋，穿上它们，觉得浑身都舒泰！泽畔行吟，已经习惯了阴天雨湿；酒酣解衣，偏要说是闲中困眠。竹笠随身带着，好同山水同时入画；橹声相催，回头但见江雪漫天飞舞。

清人辞赋选释

憎苍蝇赋

施补华

武儒衡既恶元稹于广坐①，假苍蝇以诋之曰："适从何来，遽集于此？"退而语其门生："凡天下之可憎者如此蝇矣！子其为我赋之。"翌日，其门生乃进一篇曰："緊渺尔之微生，何纷然而群集？戴赤帻而昂藏②，被青袍而煜熠③。凭门户之钻营，竟衣冠之盗袭。托鹰头而高栖④，附骥尾而远及⑤。如下士之卑卑，类谗人之翕翕⑥。宜见鄙于伏连⑦，戒阍人而拒入⑧。始寄生于藩溷⑨，依臭腐以为缘。更牛阑之竞入，与马厩之群穿。道既在乎矢溺，性又嗜乎腥膻。闻酒香而傍席，恋肉味而登筵。沾余沥而乐矣，饮残汁而甘焉。挥之不去，却之仍前，尔之可憎一也。倏还往兮百群，惯飞鸣兮三伏，比摇翅之闹蛾，向窗灯而争扑。旋绕乎香篝之然⑩，聚散乎饭甑之熟⑪。扰清梦于方酣，类恶宾之不速⑫。既啮肌而攒肌，复萦耳而拂目。沾余汗而如香，就微阳而自暴⑬，尔之可憎二也。本蝍蛆之所化⑭，嗟余臭兮难藏。著粪几案之侧，积矢帘栊之旁。连璧遭而失素⑮，兼金点而捐黄⑯。玷开函之书籍，污在桁之衣裳⑰。烧紫沉而莫解⑱，抛绿豆而难防⑲。遇其垢秽，靡不败伤，尔之可憎三也。智最拙于得门，技独长于由窦。循故纸以窥探，觅疏窗之罅漏。舒交足而周行⑳，低锐头而巧就。隔咫尺而难通，绕方寸而自囿。半响不飞，何时能透。忽惊起而营营，又回翔乎衫袖，尔之可憎四也。用为吊客兮，益虞翻之牢愁㉑，幻为童子，泄苻坚之密谋㉒。听姜戎之赋诗兮㉓，比谗谤之交仇。占何宴之入梦㉔，知颠覆之贻忧。是谓不祥之物，而居至下之流。疑古昔纤人残魂剩魄之郁结兮㉕，乃化身千百而触处钻求。故为君子之所鄙，而惟世之龌龊者利觅蝇头。嗟乎哉！一饱欢娱，尔何太恋；终朝纷纭，尔何不倦！我爱蝉高，恶尔构煽㉖；我取蚓廉，薄尔狠贱。秋风萧萧兮暑气微，清霜霏霏兮寒威擅。状瑟缩兮可怜，行钝迟兮失便。出声渐低，藏翼不扇。于斯时也，回思夫朋类相招，黑白屡变㉗，素发麻翁㉘，得不觍然于面也耶！"于是儒衡览之而笑曰："善哉！笔墨所绘，形声可寻。指物虽小，取喻实深。风人比兴，此其嗣音。吾将榜之特室，以为熟客之箴。"

— 334 —

憎苍蝇赋

【注释】

①武儒衡：武元衡从弟。宪宗时官户部尚书，兼知制诰、兵部侍郎，论议劲直，因过于疾恶，终不至大任。　　元稹：河南人。长庆间拜同中书门下平章事。

②昂藏：气宇轩昂。

③煜熠：光明炽盛。

④托鹰头而高栖：《白居易·白孔六帖》："君侧之人，众所畏惧，若投之以权，所谓鹰头之蝇，庙垣之鼠，为害甚也。"

⑤附骥尾而远及：《渊鉴类函》转引汉张敞书曰："苍蝇之飞，不过十步，自托骐骥之尾，乃腾千里之路。"

⑥翕翕：苟合的样子。《后汉书·翟酺传》："朝臣在位，莫肯正议；翕翕訾訾，更相佐附。"

⑦宜见鄙于伏连：《北史·库狄伏连传》："居室患蝇，杖门者曰：'何故听入。'"

⑧阍人：守门人。

⑨藩溷：篱笆和厕所。

⑩香篝：熏笼。　　然，同"燃"。

⑪甗：蒸食炊器。

⑫不速：不速之客略语，谓其不请自来。

⑬暴：晒。

⑭蟋蛆：蟋蟀。此专指蛆虫。

⑮连璧失素：青蝇粪能败物，虽玉不能免。

⑯兼金：价值倍于常金的好金子。

⑰桁：悬挂于横木上。

⑱紫沉：即紫檀。老者色紫，质坚重，入水即沉，可用为香料。

⑲抛绿豆而难防：段成式《酉阳杂俎》："韦皋幕中有客于宴席上，以筹椀中绿豆击蝇，十不失一。"

⑳交足：《埤雅》："蝇好交其前足，有绞绳之象，故蝇之为字从'绳'。"

㉑益虞翻之牢愁：翻放逐南方，自恨犯上获罪，当长没海隅，生无可与语，死以青蝇为吊客。

㉒泄苻坚之密谋：《晋书·苻坚传》："坚亲为赦文……有一大苍蝇入自牖间，鸣声甚大，集于笔端，驱而复来。俄而长安街巷市里人相告曰：'官今大

335

赦。'有司以闻，坚惊谓融、猛曰：'禁中无耳，属之理，事何从泄也？'于是敕外穷推之，咸言：'有一小人，衣黑衣，大呼于市曰：'官今大赦。'……坚叹曰：'其向苍蝇乎？'"

㉓听姜戎之赋诗：《左传·襄公》十四年载：范宣子将执戎子驹支（姜戎氏的国君），戎子驹支就作了《青蝇》诗，范宣子于是向他道歉，显示其不信谗言。

㉔占何晏之入梦：《广五行记》云：何晏梦青蝇数千来集鼻上，以问管辂。辂曰："鼻者天中，青蝇臭恶而集之。位峻者颠，不可不思。"

㉕纤人：小人。

㉖构煽：造谣煽动。

㉗黑白屡变：元顺《蝇赋》："点缁成素，变白为黑。"

㉘素发麻翁：《幽怪录》："毗陵滕庭俊患热病，医不能治。尝之洛调选，暮宿一庄家，主人暂出。庭俊心无聊赖，因叹息曰：'为客多辛苦，日暮无主人。'即有老父须发疏秃，自堂西出拜云：'姓麻名大。'因呼之为麻大。出樽酒盘核，延坐，且联诗。庭俊吟曰：'田文称好客，凡养几多人。如欠冯谖在，还希厕下宾。'麻大曰：'何得相讥！'须臾，闻主人唤庭俊声，馆宇、麻大，一时不见，乃坐厕屋下，傍有大麻蝇而已。庭俊热疾，自此乃顿愈。"

【今译】

武元衡在大庭广众之中，很厌恶元稹，就指着苍蝇呵斥说："它从哪儿来，怎么在此停留！"回来对他的门客说："天下最惹人讨厌的就是这些苍蝇！你为我作一篇赋吧！"第二天，那门客就呈上一篇，赋文说：

"你这么一个小东西，从哪儿成群结队来到这里？戴着红色的头巾，气宇很是轩昂；披着一身青袍，光彩更是鲜艳。凭着钻营门户的本事，竟然盗用起人类的衣冠。借鹰头而窃居高位，攀着马尾而奔驰千里。像那些猥猥琐琐的卑下士子；像那些苟苟且且的进谗小人。自然引起库狄伏连的厌憎，告诫守门人不放你进去。开始，你不过是滋生在茅厕之中，凭借着腐臭的东西攀缘而出，牛栏马圈，进进出出，你的生存之道就是那些粪便，生性又喜欢腥膻的气味。嗅得酒香就围着宴席；贪恋肉味居然登上餐桌。沾到一点残余的汤水，就觉得那样的甜美，那么满足，轰也轰不走，退了又上来，这是你讨人厌的第一点。你忽往忽来，成百成群，三伏天尤其闹得厉害；就像扑灯的蛾子，围着熏笼转悠。饭熟的时候，在炊具上飞来飞去，搅得人睡不好觉，又像那些不请自来的恶客。你不但咬人的肌肤，还在人的耳边嗡嗡，在人的

憎苍蝇赋

眼前乱扑。你嗅臭汗如闻芳香，还在太阳地里晾晒羽翼，这是你讨人厌的第二点。你原本是蛆虫所变，一身残留的臭味难掩难藏，把粪便带到几案之上，留在帘栊旁边。美玉遇见你也会失去它的洁白，兼金遇上你也会减损自己的光泽。你玷污打开着的书籍，弄脏悬挂在横木上的衣服，即便是燃起檀香也无济于事，纵或有抛豆击蝇的本事，也难于防范，如果一旦被你玷污，没有不腐败伤毁的，这是你讨人厌的第三点。你智力短浅，难于得入正途，只能从洞穴中出出进进；在纸窗上窥探，寻找可资出入的漏洞。交互着两只前爪往复行走，低缩着小脑袋向前钻拱；虽然相距不远，你却迟回不进，在方寸大的地方绕走不休。有时半天不动，是在谋算钻营的技能？忽然嗡嗡着群惊而起，钻进衣袖里乱撞不休。这是你讨人厌的第四点。虞翻被贬，把你看作吊客，越发感到忧愁；苻坚的机密被泄露，都说是你变作小儿所致。姜戎氏赋《青蝇》，才使范宣子淡忘了谗言；何晏占梦，方知将有祸事降临。你实在是个不吉祥的东西，注定你要永在卑下的地位。窃疑从前那些小人，魂魄郁郁，才变成苍蝇，到处钻营，所以被人们所看不起。只有世间那些龌龊小人，才像你那样去追求蝇头微利的吧！吁！只是一顿饱饭的快意，你何必这般留恋？终日纷纷攘攘，你怎么也不感到疲倦？我喜爱蝉的高尚纯洁，讨厌你的造谣煽惑；我看重蚯蚓的不贪，看不起你的猥琐。秋风起了，暑气消了，清霜降了，寒气增了，你抖索着何其可怜！行走也迟钝了，失去了往昔的便捷；声音也越来越低，翅膀也呼扇不动了。这时日，回想呼朋唤友，变黑为白的种种本事，连那善于变化的麻大，也要自愧不如吧！"武儒衡看完赋文，说："好！描绘得有形有声，这物虽小，含义深刻；诗人讲求比兴，你这文章可以看作是他们的后继了！我要把它悬挂在厅堂里，让它作为我朋友们的规箴。"

清人辞赋选释

不倒翁赋

黄镜清

不倒翁者①，逸其氏族世系②，溷迹市廛③，人即以不倒为名。身短小，体肥胖，腹大腰圆，艰于步履。白发皤然④，问其年不知也，人又以翁称之。家住函谷关⑤，与楮先生为忘形交⑥。翁为人似倔强而实和易，任人播弄，无喜无怒，从未有特立之操⑦，亦不肯因人以屈伸⑧。北窗高卧，迹近高蹈者流⑨，翁不为也；坦腹晒书⑩，行亦近于狂士⑪，翁又不为也。翁其休休有容⑫，观世俗如棋局，而不屑与之计较也夫！爰为之赋曰：

矍铄哉翁⑬，威武不屈，无臭无声，非仙非佛。形怜老子颓唐，性笑儿童仿佛。试问一生倔强，汝意云何？绝无片刻安闲，尔思岂不？不倒称翁，忝居前辈，臃肿其身，伛偻其背⑭。不甘蠖屈之心⑮，大有龙钟之态⑯。莫怪儿曹唐突，翁惯痴聋；何妨小子揶揄⑰，翁堪忍耐。厥形团栾⑱，心广体胖，头小尖锐，腹大蹒跚⑲。独兀傲而不伏⑳，任侮弄之多端㉑。岂真葵向倾忱㉒，鞠躬尽瘁；未许蒲团趺坐㉓，容膝易安。试问翁年，无言默然，庞眉皓首，白发苍颜。非醉倒兮无力，非潦倒兮堪怜。还同弱水之舟㉔，一推一挽；绝似汉宫之柳㉕，三期三眠。泥捏匀圆，纸糊华赡㉖，儿愿囊倾，要思钱敛。十里五里之街，三家两家之店，俨列衣冠之队㉗，顽质如何？倘登傀儡之场㉘，灵机略欠。俯仰无惭㉙，兀立形槁，可屈可伸，不喜不恼。非绛县之一人㉚，非商山之四皓㉛。敢慕尼山道范㉜，卓尔千秋；还同鲁殿灵光㉝，岿然一老。不物而物，无名亦名，仰跌不惧，倾扑不惊。笑汝涂抹一世，受人欺侮半生。讵同范伯高风㉞，镕金铸就；岂肖嵇康睡态㉟，团沙捏成。

【注释】

①不倒翁：玩具，也叫扳不倒。赵翼《陔余丛考·不倒翁》："儿童嬉戏有不倒翁，纸糊作醉汉状，虚其中而实其底，虽按捺旋转不倒也。"

②逸：亡佚。　氏族：宗族。　世系：家族世代相承的系统。

③市廛：市中店铺。

④皤然：须发斑白貌。

⑤函谷关：关名。在今河南灵宝市。

⑥楮先生：纸的代称。

⑦特立：谓有坚定的志向和节操。

⑧屈伸：进退。

⑨高蹈者：隐士。

⑩晒书：《世说新语》："郝隆七月七日出日中仰卧。人问其故，答曰：'我晒书'。"

⑪狂士：泛指狂放之士。

⑫休休：宽容。

⑬矍铄：形容老人精神健旺。

⑭伛偻：脊梁弯曲，驼背。

⑮蠖屈：以喻人不遇时，屈居下位或退隐。

⑯龙钟：身体衰老，行动不灵便貌。

⑰挪揄：嘲笑，戏弄。

⑱厥：他。

⑲蹒跚：行步缓慢貌。

⑳兀傲：孤傲不羁。

㉑侮弄：戏弄或欺负。

㉒葵倾：葵花向日而倾，因以比喻向往思慕之情。

㉓趺坐：盘腿端坐。

㉔弱水：古人往往认为是水弱不能载舟，因称弱水。

㉕汉宫柳：《三辅故事》："汉苑中有柳状如人形，号曰人柳，一日三眠三起。"

㉖华赡：华美富丽。

㉗衣冠：穿衣戴帽。

㉘傀儡场：演傀儡戏的场所，亦喻指官场。

㉙俯仰：一举一动。比喻立身端正，上对天，下对人，都能问心无愧。

㉚绛县一人：即绛县老人。《左传·襄公三十年》："臣小人也，不知纪年。臣生之岁，正月甲子朔，四百有四十五甲子矣，其季于今三之一也。"后称高寿之人为绛县老人。

㉛商山四皓：秦末东园公、绮里季、夏黄公、甪里先生，避秦乱，隐于商山，年皆八十余，时称商山四皓。

㉜尼山：指孔子。　　道范：敬称他人的容颜风范。

㉝鲁殿灵光：汉建灵光殿，历经战乱而独存。后以"鲁殿灵光"称硕果

仅存的人和事物。

㉞范伯：指春秋时越国的范蠡。《史记·越王勾践世家》："范蠡楚宛三户人也，居楚曰范伯。"勾践曾铸金范蠡像置之座右。

㉟嵇康：《世说新语》："山公云：'嵇叔夜之为人也，岩岩若孤松之独立；其醉也，傀俄若玉山之将崩。'"

【今译】

有不倒翁者，他的家族世系已无从查考。他隐居在市井店铺之中，人们就用不倒去称呼他。他短小的身材，肥胖的躯体，大腹便便，腰肢滚圆，行走困难，胡子头发全白了。问他多大年龄，不知道。所以人们又称他作翁。他家住函谷关，和楮先生为忘形之交。他的为人看似倔强，其实很平易近人的，任凭人们怎样戏弄他，总是不喜不恼。他没有什么坚定的操守，也不肯因人屈伸进退。北窗高卧，像隐居的高士吗？他不是！晾着肚子晒诗书，行为近乎狂放，他也不是！他原来是有容量的人，在他眼里，世俗之事就像下棋，他是不愿意和他们计较罢了。于是为他作赋道：

这老人精神健旺，威武面前不屈服。无声响，无气息，不是仙也不是佛。不要怜念他做出的颓唐模样，他的习性就像百事可乐的孩子。试问：为什么要一生一世的倔强，究竟是怎么打算？没有片刻安闲的时候，难道就不去想想？不倒而称作翁，居然位列前辈。浑身臃肿，弯腰驼背，不甘心屈居人下，却已老态龙钟！不要怪小儿辈冒犯，他已习惯于装痴装聋；后生们存心戏弄，他居然能够忍耐！其长得一副胖胖的外形，真可谓心宽体胖，尖尖的小脑袋，行路缓慢，大腹便便。孤僻高傲，受不得拘束，任你费尽心机的戏弄！该不是他思慕着鞠躬尽瘁的高行，是以不在蒲团上稳坐，从而求得容膝易安的知足吧！试问他的年岁，他默然无语。他眉发斑白，容颜苍老，不是醉倒了没有力气，也不是生活失意让人怜悯。就像水上行船，须用推挽之功；就像汉宫之柳，三起三眠。泥捏得又匀又圆，纸糊得又华美非凡。小孩子愿意掏空钱袋，买来以供玩耍。十里五里的长街，三家两家的店铺，他们衣冠楚楚地摆在那儿，质地究竟怎样？倘使让他们去演戏，那机灵劲肯定不行。但他的一举一动，实实在在，绝无愧怍！他站在那儿，形如槁木，但他可屈可伸，不喜不恼。他不是绛县的高寿之人，也不是昔时的商山四皓。他羡慕孔子的容颜风范，千秋之下犹卓然绝世；他宛若鲁灵光殿，历经劫难而依然留存。非物而确实为物，无名也实则有名。仰跌不惧，扑倒不惊。可笑他涂抹一世，却受人欺辱了半生，即使比不得范蠡镕金铸就的风范，也不能像嵇康醉酒那样烂成一堆泥巴。

春月胜秋月赋

蒋师辙

碧海无尘[1]，晴晖满轮。风光似旧，烟景偏新[2]。当二月艳阳之节，较三秋萧瑟之辰[3]。楼台澄珠斗之华[4]，偏觉光明不夜；花木绚冰壶之彩[5]，更教和熙宜春[6]。犹忆秋草初齐，秋花竞放，萤照夜以光微，雁横空而响绝。吟来玉宇琼楼[7]，望到珠宫贝阙[8]。山河倒映，遍含大地之秋；弦管吹开，竞赏中天之月。非不青山改色，红树生姿，扫烟氛而照远，碾云路而来迟[9]。丹桂香中[10]，开尊亦乐；绛河影里[11]，卷幔偏宜。然而其光虽皎，其气多悲，试思秋夜登舟，诗吟白也[12]；何似春波泛棹，句赠微之[13]。于时杏绽芳林，兰开香国，绘春景之繁华，透春光之消息。迟蝶梦兮无眠[14]，盼蟾华兮未侧[15]。色占二分，宵珍一刻。恰好池塘淡淡，照杨柳以多姿；最宜院落溶溶[16]，映梨花而一色。如此空明[17]，三更二更，红楼笛韵[18]，紫陌箫声[19]。移花影于疏帘，胜秋院桐阴冷落；惊鸟鸣于幽涧[20]，胜秋阶蛩语凄清[21]。不须侈飞盖之游[22]，客怀始畅；弥足快登楼之兴，公喜能令。月逢春而倍好，春见月而可观。既清辉之悦目，亦和气之怡神。不愁露湿瑶阶[23]，气凉似水；且爱云开琼岛[24]，色皎如银。绮席邀时[25]，春谦应留佳客；香车照处[27]，春灯曾送游人。则有高人兴逸[28]，骚客情多[29]，对春园之桃李，忆秋夕之星河。纵教春色恼人，怕暗阑干之影。犹忆秋怀触我，凄吟水调之歌[30]。前番记赤壁游踪[31]，江山木落；此夕话黄州胜事[32]，庭院风和。是知常照古今，无分圆缺。秋与春其代更，春比秋兮迥别。谢公之风景依稀[33]，坡老之词章幽绝[34]。待到潮看秋色，已殊淑景鲜妍[35]；剧怜花发春江，更助芳情怡悦。

【注释】

①碧海：指天空。天色蓝如海，故称。

②烟景：春天的美景。

③三秋：七月称孟秋，八月称仲秋，九月称季秋，合称三秋。

④珠斗：指北斗星。

⑤冰壶：指月亮。

⑥和熙：温暖。

⑦玉宇琼楼：神话中仙人居住的宫殿。

⑧珠宫贝阙：指用紫贝、明珠装饰的龙宫水府。

⑨云路：云间，天上。

⑩丹桂：桂树的一种。《南方草木状》称："叶如柏叶，皮亦者为丹桂。"

⑪绛河：银河。

⑫白也：指唐诗人李白。

⑬微之：唐人元稹的字。

⑭蝶梦：迷离惝恍的梦境。

⑮蟾华：月光。

⑯溶溶：明净洁白貌。

⑰空明：空旷澄澈的天宇。

⑱红楼：犹青楼，妓女的居所。

⑲紫陌：指京师郊野的道路。

⑳"惊鸟鸣"句：取王维《鸟鸣涧》："月出惊山鸟，时鸣春涧中。"

㉑蛩：秋虫，蟋蟀之类的鸣虫。

㉒飞盖：高高的车篷，指车。

㉓瑶阶：玉石的阶砌。

㉔琼岛：传说中的仙岛，仙人的居所。

㉕绮席：盛美的筵席。

㉖讌：饮酒聚会。

㉗香车：用香木制作的车，泛指华美的车。

㉘高人：志行高尚的人。

㉙骚客：诗人，文人。

㉚水调歌：指宋苏轼的《水调歌头》。

㉛"前番"句：指元丰五年秋七月，苏轼第一次游赤壁事。　赤壁：指黄冈赤壁，并不是孙、曹交兵的赤壁。

㉜黄州：地名，故治在湖北省黄冈县（今黄冈市）西北。元丰二年，苏轼曾被贬为黄州团练副使。

㉝谢公：指谢灵运。

㉞坡老：指苏轼。

㉟淑景：美景。

春月胜秋月赋

【今译】

　　晴朗的夜晚，一轮明月洒落着它的银辉，青天明澈，连一丝儿纤尘都没有。风光和往昔一样，春天的美景，给人一种全新的印象。在二月艳阳高照的季节，来比较一下秋天萧瑟的景象。楼台上闪耀着北斗星的亮光，花树上辉映着月亮的光彩。那暖和的气氛，就像白昼一样，非常适合春天。还记得秋天时，秋草刚刚修剪过，秋花争着绽放。萤火虫的微光，在夜空中闪烁；南飞的归雁，那嚓呖的鸣声越飞越远。吟诵着"玉宇琼楼"的诗词，好像看到传说中的水府龙宫。山川倒影，到处都是秋光，弦管声中，人们竞相欣赏着中天的明月。不是青山不改，是枫叶增添姿色。烟霾散尽，银光远射，月轮在云间姗姗来迟。桂树飘香，举酒开樽，也是人间乐事。卷起帷帐，仰视那淡淡的秋河。然而，秋月光虽皎洁，它的气氛却是悲凉的。试想，昔时李白秋夜登舟所赋的伤别之诗，哪如白香山春江泛舟赠给元稹的诗句呢？红杏绽放，兰花盛开，在此描绘出一幅繁华的春景，传递着春来的消息。迟迟无眠，连梦境也无从光顾，盼着月光的来临而不肯就寝，春宵一刻千金价，二分明月在扬州。正好这淡淡的池塘，映照着婀娜多姿的杨柳；最适宜这明净的庭院，洁白的月光照着洁白的梨花。如此澄澈空旷的天宇，是三更天，还是二更？红楼的笛声，紫陌的箫声。月光把花影移上竹帘，这比秋天院宇中冷落落的桐阴要胜强百倍！月初惊山鸟，那鸣声也比那秋阶下寒蛩的凄切叫声要好得多。不用讲车骑的排场，才算冶游骋怀；只要能登临适宜，让你感到高兴。月到春天才更加美好，春天见月才更应观赏。既有清辉令人赏心悦目，更能让人气爽而神清。不用愁那秋凉如水，担心冷露湿了玉阶，且欣赏这仙岛云开，月光如银吧！邀良朋聚会，春宴挽留着嘉宾；乘香车归去，春灯相送着游人。还有潇洒的雅士，多情的诗人，面对桃李盛开的春园，想起秋夜的银河。即便春色惹人，怕淡漠了栏杆上的花影；还记得触动我的秋思，怅然地吟诵起水调歌来。记得前次苏东坡游赤壁，正是木叶脱落的秋季；今夜说起昔时黄州的那些旧事，正值庭院风和的令节。是以知道：月光常照古今，还分什么月圆月缺？秋和春不断地更替，春和秋确有很多大差别。谢灵运的风光依旧，苏东坡的词幽远绝伦。等到秋夜看江潮，已经不同于这鲜妍的春景，是以特别珍惜春江上春花的盛开，更能增添愉悦的美好情怀。

清人辞赋选释

满城风雨近重阳赋

锡　珍

　　老屋秋深，疏窗昼短，觅句方酣，登高尚缓。忽飒飒兮相催，复潇潇兮不断。流年倏过，树脱碧而园空；佳节将逢，花绽黄而径满；爰题新咏，厥有潘生①，苍茫结兴，绵邈含情。未建茱萸之会②，先闻风雨之声。几处楼台，光阴迟暮；万家灯火，景物凄清。爽籁飔飗③，动商音于林馆④；湿云叆叇⑤，送薄暝于山城。犹忆夫萤绕梁苑，蝉鸣汉宫。凉生一味，露碎千丛，瓜果筵开，双星渡汉。管弦声起，一月悬空。曾几时之相赏，已秋信之将终。客想游山，为扫飞花落叶；人当作赋，蓦惊冷雨斜风。然而歌有由兴，景皆可抚，当此枫岸红绸，芦洲白吐。烟幂猿林⑥，霜寒雁浦。东篱载酒，应期栗里之人⑦；南郡登台⑧，岂让彭城之主⑨。屈指龙山顶上⑩，好落帽以延风；遥知太华峰头⑪，早披衣而作雨。对此风光，吟之口吻，何剥啄之声来⑫？忽催租之意忿。遂使罢拂云蓝⑬，停挥金轸⑭，耽延好景，绝句徒传⑮，辜负良辰，幽怀欲愤。不与督邮为礼⑯，羡陶公从此乡归⑰；偏于湫隘营居⑱，叹晏子依然市近⑲。向使唱酬隽雅⑳，临眺从容，长衢蜡屐㉑，短巷抚筇㉒；风叶半肩，萝磴樵归之路；雨蓑一领，芦江渔隐之踪。北郭烟消，笛闻吹牧；西郊日落，锄见携农。夜读寒声，不辨树间蘋末㉓；客逢秋色，几经水复山重。足以描摹诗境，鼓吹诗肠，慰萧斋之寂寞㉔，息俗务之仓皇㉕。何至珠才得句㉖，锦不成章㉗。且期雨就菊开，拼得吟残九月；况是酒斟桑落，何妨庆到重阳。士有帝阙依光㉘，皇衢翔步；瞻瑞气之旁皇，沐祥膏之布濩㉙。岂效题糕自窘㉚，味嚼风霜；还欣赐橘为荣㉛，恩沾雨露。彤廷侍宴㉜，遐思晋傅之通经㉝；幕府张筵㉞，且异唐人之作赋㉟。

【注释】

①潘生：指宋黄冈人潘大临，字邠老，警敏不羁，与弟大观皆以诗名。
②茱萸会：古俗，重阳节佩茱萸，相约登山宴饮，称茱萸会。
③飔飗：风雨声。
④商音：秋声。

⑤叆叇：云盛的样子。

⑥幂：覆盖。

⑦栗里：地名。在今江西省九江市西南，晋陶潜曾居于此。

⑧南郡：郡名。唐改为江陵郡，升为江陵府。　　台：指府西北八岭山之落帽台。

⑨彭城：古地名，即今江苏省徐州。宋武帝在彭城，九日登项王戏马台。

⑩龙山：在安徽省当涂县东南，怪石磊砢，蜿蜒如龙，故名。孟嘉九日登高落帽处。

⑪太华：山名，即华山。在今陕西省华阴市南。

⑫剥啄：叩击，敲打。

⑬云蓝：纸名。唐人段成式在九江时自制。

⑭軫：指弦乐器上转动弦线的轴。《魏书·乐志》："以軫调声。"

⑮绝句：指宋人潘大临咏重阳的诗句。《溪堂集》载：谢无逸问潘大临："近作新诗否？"曰："昨清卧，闻搅林风雨声，遂起题壁曰：'满城风雨近重阳'，忽催租人至，败意，止此一句。"

⑯督邮：官名。汉置，郡的属吏，代表太守督察县乡，宣达政令，兼司狱讼捕亡。

⑰陶公：指晋代隐士陶潜。

⑱湫隘：低下，狭小。

⑲晏子：《晏子春秋》："景公欲更晏子之宅，曰：'子之宅近市湫隘，嚣尘不可以居，请更诸爽垲者。'晏子辞曰：'君之先臣容焉，臣不足以嗣之，于臣侈矣。且小人近市，朝夕得所求，小人之利也。敢烦里旅？'"

⑳向使：假使，假如。

㉑蜡屐：涂蜡的木屐。

㉒筇：竹杖。

㉓树间、蘋末：指风。欧阳修《秋声赋》："四无人声，声在树间。"宋玉《风赋》："风起于青蘋之末。"

㉔萧斋：书斋。

㉕仓皇：亦作"仓惶""仓黄""仓徨""仓遑"。匆忙急迫。

㉖珠才得：《鉴诚录》："白公览诗曰：'四人探骊，吾子先获其珠，所余鳞甲何用？'"

㉗锦不成章：《南史·江淹传》："夜梦一人自称张景阳，谓曰：'前以一匹锦相寄，今可见还。'淹探怀中得数尺与之，此人大恚曰：'那得割截

清人辞赋选释

都尽！'"
㉘帝阙：宫门，禁门。
㉙布濩：遍布，不散。
㉚题糕：刘禹锡作"九日"诗，欲用"糕"字，以五经中无此字，辄不复为。
㉛赐橘：《说宝》："唐太宗于此日在蓬莱殿赐群臣橘。"
㉜彤廷：宫廷。汉代宫廷，因以朱漆涂饰，故称。
㉝晋傅：指谢安。《晋阳秋》："宁康三年，九月九日，上尝讲《孝经》，谢安侍坐，陆纳执读，袁宏执经，王温摘句。"
㉞幕府张筵：指阎都督于滕王阁设宴事。
㉟唐人作赋：指王勃作《滕王阁序》。

【今译】

已经是深秋时分，天越来越短了，诗人在旧居的窗前，苦思着重阳登高的诗句，忽然飒飒秋风，裹挟着秋雨下起来了。

时光过得真快，树叶枯黄了，脱落了，小园里显得特别空旷。正是佳节临近、菊花绽放的时候，有一位姓潘的书生，萌发了诗兴，涌动了诗情，还没来得及去参赴九日登高的盛会，却先聆听到这风雨敲窗的声音。暮色降临，万家灯火，楼台索寞，景物显得异常凄清。风声肃肃，带动一片秋声，雨云厚重，给山城带来了傍晚的昏暝。遥想起梁园的浅沼萤飞，汉宫的蝉鸣高树，一派秋天的凉意。处处是银白的露水，在庭院里陈瓜列果，望星宿横渡银汉。乐声隐隐，一轮朗月悬空，曾几何时的相赏，秋天就又要过去了！

想要到山上去，为了那些飞花，那些落叶；为了登高赴会，饮酒赋诗，想不到竟遇上了冷雨凄风！然而歌吟由兴，景物皆可为凭，在这两岸枫红，汀洲芦白的时候，浓重的烟雾，笼罩着远远的山林，只隐隐听见几声凄厉的猿啼，飞霜渐重，雁落江浦，寒意越来越重了！

东篱备酒，以期陶令重临；登上落帽台，其乐趣也不亚于当年的宋武帝呢！屈指又到了龙山落帽的日子。此刻，太华山上，怕也是雨意阑珊了吧！诗人彷徨着，吟哦着，忽然听到一阵叩击门板的声音，原来是官府派人来催租子。诗人停下了手中的纸笔，也停下了拨动心弦的琴轸，美好的心境，就这样被破坏掉了！可惜那么美妙的诗句，只有一句流传下来！

辜负了辰光，心情郁愤，不向那些主管俗物的官吏折腰，倒真羡慕起陶公的归隐了！晏子安于在狭窄嚣乱的地方居住，不也没有改变自己的操守吗？

— 346 —

满城风雨近重阳赋

  如果一向临眺从容，唱酬典雅，心地平和；长街上漫步潇洒，小巷子里扶杖独行，看山径上归来的樵子，挑着半担茅柴；江上渔翁返棹，远远地就看见他的那一袭蓑衣。炊烟已住，隐隐地听见归牧的竹笛；西山衔日，农夫正荷锄从田间归来。方夜读书，哪管什么风声是来自树间，还是起于青蘋之末！

  多少次的秋光荏苒，多少次的山重水复，这些难道还不足以描摹诗境、鼓动诗心吗？倘能耐得住书斋的寂寞，弃俗事的牵缠，哪至于骊珠才得，便成了一天碎锦而不成章句！

  且等雨停了，黄菊开了，一定尽心吟诵这九月的诗篇。把杯中斟满桑落酒，在这潇潇的风雨声中，不妨尽兴庆贺这重阳佳节吧！

  读书人有的在朝任职，仰依圣主的光辉。在皇城里行走，看见的都是象征吉祥的瑞气，沐浴着广布的润泽。怎么能效仿刘禹锡苦思着秋霜的况味，不敢妄自题糕的窘态？还希望得到赐橘的荣宠，沾得皇家的雨露呢！宫廷中侍宴，想起谢安等人在九日帝前诵经的往事；督府设筵，可真让人佩服王勃即席作赋的功力。

清人辞赋选释

胜固欣然败亦可喜赋

王颂蔚

一枰战伐，两造雌雄①，笑谈自若，芥蒂俱空②。坐视而神闲局外，运奇而心在纮中③。聊复驰驱，效斗争于蛮触④；无容计较，论得失于鸡虫⑤。固宜师老氏寓言⑥，知白还兼守黑⑦；不必夸穰苴兵法⑧，击西乃在声东。方苏长公之游白鹤观也⑨，古松荫密，流水声多，塔铃初悄，步屐想过。何来玉子文楸，数声腽腯⑩；最好石幢花影⑪，一局消磨。自成物外萧闲⑫，谢太傅纵情别墅⑬；早悟局中动静，李邺侯应诏銮坡⑭。罫布方圆⑮，图分主客，猧局纵横⑯，鸿沟界画⑰。阳开阴阖，似武乡八阵之图⑱；批亢捣虚⑲，岂曲逆六奇之策。若使环中悟彻⑳，直合谈元㉑；试从壁上观来㉒，真堪浮白㉓。乃或意见难忘，胸襟不廓，徒患失之撄心㉕，殊及时之行乐。吾恐两贤相厄㉖，未平季路之忮求㉗；一着争先㉘，对耐子云之寂寞㉙。当角艺分明之会，咸思喝采成枭㉚，迨旗靡辙乱之时㉛，徒叹全军化鹤㉜。然此特墨客闲情，山家清玩㉝，固游戏之无常，何输赢之足算。望气而彼军尽墨㉞，果然奋臂一呼；失机而此局全输，何必拊膺三叹㉟。十九道坐收全局㊱，直将夺此汤池㊲，卅三下虽兆杀机㊳，奚自封其京观㊴？指麾自得，俯仰皆宽。匠心默运，信手轻弹，陶写偏工㊵，学孙吴之机变㊶，战争既息，如羊陆之交欢㊷。无妨转败为功㊸，恢复俟诸异日；未必不胜为笑，剌讥来自旁观。以是知忧能伤命，乐贵因时。万事萦心，无非攻取；百年转瞬，焉用嗟咨㊹。成败何足论哉！君子之陶陶最得㊺；胜负亦其常耳，小夫之悻悻奚为㊻？即看区宇兵争㊼，无异寄奴之博㊽；不信生人梦幻㊾，请观樵客之棋㊿。长公乃迥然有会[51]，渺尔兴思，谓郁郁者徒自苦[52]，惟嚣嚣者不求知[53]。淡泊寡营，岂狗之功名奚取[54]？优游卒岁，野狐之伎俩如斯[55]。分明沟水铜池[56]，为忆羊戎之语[57]；位置疏帘清簟，静吟杜甫之诗[58]。

【注释】

①两造：双方。
②芥蒂：鲠碍。喻积在心中的不快。

③纮：网绳。

④蛮触：《庄子·则阳》："有国于蜗之左角者，曰触氏；有国于蜗之右角者，曰蛮氏。时相与争地而战，伏尸数万，逐北，旬有五日而后反。"后以为典，以指为小事而争斗者。

⑤鸡虫：比喻无关紧要的细微得失。杜甫《缚鸡行》云："鸡虫得失无了时，注目寒江倚山阁。"

⑥老氏：指老子。即李耳，为道教创始人。

⑦"知白"句：《老子》："知其白，守其黑，为天下式。"意为：知道什么是光亮，却能够安于暗昧。

⑧穰苴兵法：即《司马法》。《史记·司马穰苴传》："齐威王使大夫追论古者司马兵法，而附穰苴于其中，因号曰司马穰苴兵法。"

⑨苏长公：指苏轼。　白鹤观：苏轼《观棋并序》云："予素不解棋，独游庐山白鹤观。观中人皆阖户昼寝，独闻棋声于古松流水之间，意欣然喜之。"

⑩腷膊：象声词。王安石《戏赠叶致远直讲》："纵横子堕局，腷膊声出堞。"

⑪石幢花影：司空图《句》："棋声花院闭，幡影石坛高。"此取其意。

⑫物外：尘世之外。

⑬谢太傅：指晋人谢安。《晋书·谢安传》："时苻坚率众号百万，次于淮肥，京师震恐。加安征讨大都督。安夷然无惧色，命驾出墅，亲朋毕集，与解元围棋赌墅。"

⑭李邺侯：指李泌。《邺侯外传》："命说试之，为诗赋棋。泌曰：'愿先闻其状。'张说曰：'方如棋局，圆如棋子，动若棋生，静若棋死。'泌乃言曰：'方如行义，圆如用智，动如逞才，静如得意。'玄宗大悦。"

⑮罫：围棋盘上的方格。

⑯猧局：猧，小狗。《酉阳杂俎》："上夏日尝与亲王棋，数枰子将输，贵妃放猧子于座侧。猧子乃上局，局子乱，上大悦。"

⑰鸿沟：秦末，项羽、刘邦约中分天下，以鸿沟为界，西为汉，东为楚。

⑱武乡：指武乡侯诸葛亮。　八阵图：古代用兵的一种阵法。《三国志·蜀志·诸葛亮传》："推演兵法，作八阵图。"

⑲批亢捣虚：谓扼其要害而击其空虚。

⑳曲逆六奇：汉曲逆侯陈平为汉高祖谋划的六种计策。

㉑环中：范围之内，掌握之中。

㉒谈元：即谈玄，谈论哲理。

㉓壁上观：置身事外，坐观成败。《史记·项羽本纪》："诸侯军救钜鹿下者十余壁，莫敢纵兵，及楚击秦，诸将皆从壁上观。"

㉔浮白：满饮罚酒，举杯以告人曰浮白。

㉕撄心：扰乱心神。

㉖相厄：互相困辱，彼此妨碍。《史记·季布栾布列传》："高祖急，顾丁公曰：'两贤岂相厄哉！'"

㉗季路忮求：《论语·子罕》："子曰：'衣敝缊袍，与衣狐貉者立而不耻者，其由也与？不忮不求，何用不臧！'"不忮不求：不嫉妒，不贪求。

㉘争先：围棋术语。《酉阳杂俎·语资》："行公本不解奕，因会燕公宅，观王积薪棋一局，遂与之敌。笑谓燕公曰：'此但争先耳！'"

㉙子云：汉人扬雄的字。《汉书·扬雄传》谓："为人简易佚荡，口吃不能剧谈，默而好深沉之思，清静亡为，少嗜欲，不汲汲于富贵，不戚戚于贫贱，不修廉隅以徼名当世。无担石之储，晏如也。"

㉚喝采成枭：古代博戏，枭为么，得么者胜。

㉛旗靡辙乱：《左传·庄公十年》："吾视其辙乱，望其旗靡，故逐之。"

㉜化鹤：《抱朴子》："周穆王南征，一军尽化，君子为猿为鹤，小人为虫为沙。"此谓其化为异物也。

㉝山家：隐士。

㉞望气：观察气象而预测吉凶。　尽墨：都带着晦气。

㉟拊膺：捶胸。

㊱十九道：指棋局。裴说《咏棋》："十九条平路，言平又险巇。人心无算处，国手有输时。势回流星远，声乾下雹迟。随轩才一局，寒日又西垂。"

㊲汤池：防守严密的城池。

㊳"卅三下"句：《杜阳杂编》载：大中中，日本国王子来朝，上命顾师言待诏与对弈。至三十三下，胜负未决，师言惧辱君命，汗手凝思后始落子，巧解双征，谓之镇神头。日本王子瞪目认负。

㊴京观：古代战争，胜者为炫耀武功，积尸封土其上，谓之京观。

㊵陶写：谓怡悦情性，消愁解闷。

㊶孙吴：指孙武和吴起。战国时皆以善用兵知名，后世多以孙、吴并称。

㊷羊陆：晋羊祜都督荆州诸军事，与吴将陆抗对峙，二人互无疑忌，使命交通，友好往来，为后人所称许。

㊸功：同"攻"。

㊹嗟咨：慨叹。

㊺陶陶：和乐貌。

㊻悻悻：怨恨失意貌。

㊼区宇：天下。

㊽寄奴：南朝宋高祖刘裕的小名。

㊾生人：犹“人生”。

㊿樵客：晋时樵者王质，入山伐木，观棋局未终而斧柯已烂。

(51)迥然：悠然自得貌。

(52)郁郁：忧伤沉闷貌。

(53)嚣嚣：自得无欲貌。

(54)刍狗：古代祭祀时，用草扎成的狗，用后即抛弃。

(55)野狐：《抚掌录》：“弈者多废事失业，故人目棋枰为木野狐。”

(56)“沟水铜池”句：《南史》载：羊玄保为黄门侍郎，喜弈棋。宋文帝亦好弈，一日帝召。玄保曰：“今日上何诏我?”其子戎曰：“金沟清泚，铜池摇飏，既佳风景，当得剧棋。”

(57)羊戎：南朝宋羊玄保之子。

(58)“杜甫之诗”句：指杜甫《七月一日题终明府水楼二首》之“清簟疏帘看弈棋”诗意。

【今译】

双方在一方棋枰之上杀伐征战，较量胜负，说说笑笑，丝毫没有不快。坐看两军对垒而神游棋局之外；一心运奇用智，屈敌于网罗之中。在棋枰上铁骑驰驱，就像在蜗牛角里争斗的蛮触，根本用不着斤斤计较那鸡虫之类的细微得失。应该从老子的寓言中学习：尽管知道什么是光亮，却能安守于暗昧；不必夸耀司马穰苴的用兵之道，无外乎是声东击西而已！当苏轼游览白鹤观时，古松垂覆着浓密的树荫，山间处处可闻潺潺的水声。漫步走来，无风的天气，连塔铃也停止了摆动。哪里来的膈膊的落子声音？在这石幢花影中，正有人在对弈。这种尘世之外的消闲，如同昔时谢安墅中弈棋的心无旁骛；少时便悟得行棋的动静之理，李泌也曾在金殿上奉诏赋诗。棋盘上布成的方圆阵势，图谱上记录着主客双方。猧儿还能窥看着棋局，楚汉的分界已经划定。阴阳开阖，就像诸葛武侯的八阵图；扼其要害，击其空虚，岂是曲逆侯陈平的六奇谋略？倘使彻悟在棋局的范围之内，简直如同谈玄论道；局旁作壁上之观者，真该罚酒一杯！倘或胸襟狭小，意见难以释怀，徒然为失

清人辞赋选释

算而扰乱了心神，有悖于及时行乐的旨趣。吾唯恐两强困辱，不能像子路那样的不贪不求；运子如飞，抢夺先手，面对的却是能耐得寂寞的子云。当角技的形势明朗之际，都想喝彩成枭；等到旗倒辙乱之时，徒然为全军覆没而叹惋。然则这只是文士的闲情，隐者的游戏。固然胜负无常，输赢谁又算得那么清楚！望着云气，已可知他的部伍正走向败亡，果然还在做奋臂一呼的挣扎；失去机会而输掉全局，又何必捶胸叹息！在纵横十九道的棋枰上，坐收全局，真相夺下了固若金汤的城池；三十三着镇神头暗藏杀机，何必要积尸封土，炫耀武功？指挥随心所欲，俯仰天地皆宽，暗中运用机智，如同信手轻弹，怡情悦性，仿效孙吴的随机应变，兵戈既息，就像羊陆的交往言欢。不妨转败为攻，等他日再图恢复，未必不胜就是可笑，这些讥讽都是旁观者所为。因此得知：忧愁能伤生，快乐贵在适时。万事萦绕心头，无非是攻取二字；百年光阴，转瞬即逝，又何须惊讶慨叹！成败有什么值得谈说，君子的和乐心情最好了；胜败乃是常事，小子的怨恨失望又是为的什么？看那疆场上的争斗，就如同刘寄奴狂赌樗蒲；不信人生如梦，你没见樵客王质的山畔观棋吗？苏轼于是悠然自得，有所会意，生发出无限感慨。认为：忧伤者是徒然自寻苦恼，自得者才能寡欲无求。像刍狗一样的功名，争它干什么？悠闲地消磨岁月，不就像这棋局一样吗？"沟水铜池"，想起昔日羊戎的话语；"清簟疏帘"，在静默中，吟诵杜甫观棋的诗篇。

风送滕王阁赋

陈宝琛

万里江天，九秋楼阁，主客风流①，山川盘礴②。将军爱士，雅同牛渚寻诗③，幕府多才，何似龙山命酌④。文坛色壮，座中之健将飞来；飙馆声高，天外之峭帆吹落。昔王子安之舟次马当也⑤，行踪小憩，前路犹赊⑥。扬舲秋爽，倚笛烟斜。中酒频年⑦，旅宿惯依红树；题糕何处⑧，故园双负黄花。何堪亲舍天南，感春晖于远道；那有诗情江上，眺晚景于晴霞。岂知奇逢适觏，良会相需，此方鸣根于彭泽⑨，彼已驻纛于洪都⑩。然而重阳明日，千里修途，纵教一夜移桡⑪，只合傍石矶水浅⑫；未料平明挂带，可能看竹岭山孤。仙乎何来？神与之遇，许以雄飙，导其先路。羡君年少，好宗生破浪之游⑬；佐汝文豪，成王粲登楼之赋⑭。讶一瞬南溟北渤⑮，俨然奋到鲲鹏⑯；看千帆楚尾吴头⑰，犹自争如鸡鹜。时不可失，快哉斯游！指鸾冈而转舵⑱，绕凫渚而停舟。半刺休投⑲，相识是三珠之树⑳；一层更上，此身在百尺之楼。恰当卓午披襟，山气扑帘腰之爽，偶忆昨宵倚枕，江声听篷背之秋。于是振藻抽思，挥毫落纸，逸兴云飞，高情霞绮。集风雨于行间，走风涛于字里。千秋鸿笔，此事推袁㉑；一代龙门，有心御李㉒。疑带飘飘仙气，竟涌成万斛之泉；回看嫋嫋凉飔，又吹皱一江之水。可知才华既富，遇合何常。偶得江山之助，遂流翰墨之芳。何以惊人，留取上头诗句；居然假我，请看大块文章。想相逢亦有前因，才借与扶摇之便㉓；倘到处都洪愿力，问谁无尺寸之长？迄今流连往迹，捃摭遗编㉔，临江酾酒，隔树呼船，感停踪于此地，话遇顺于当年。披来蛱蝶之图㉕，幸夙怀之不减；读到斗鸡之檄㉖，悟器识之宜先。何如东观抡英㉗，著作长陪乎仙禁；更喜南薰解愠㉘，赓歌远媲于中天㉙。

【注释】

①风流：风雅潇洒。
②盘礴：雄伟的样子。
③牛渚寻诗：牛渚，指牛渚矶，地名，在今安徽省马鞍山西南。《晋书·袁宏传》："袁宏有逸才，文章绝美，曾为咏史诗以寄其情怀。谢尚时镇牛渚，

清人辞赋选释

秋夜乘月泛江，会宏在舟中讽咏，声既清越，辞又藻拔。尚驻听久之，遣人往问。答曰：'是袁临汝郎诵诗。'"

④龙山命酌：《晋书·孟嘉传》："九月九日，桓温曾大聚僚佐于龙山。"后遂以之称重阳登高聚会。

⑤王子安：王勃的字。　　马当：山名，在江西省彭泽县东北，北临长江，山形似马，故名。

⑥赊：遥远。

⑦中酒：病酒。

⑧题糕：刘禹锡作《九日诗》，欲用糕字，以五经中无之，辍不复为。

⑨鸣榔：敲击船舷使作声。　　彭泽：指鄱阳湖，在江西省北部。

⑩驻纛：驻旆。　　洪都：即洪州，今江西省南昌市。

⑪桡：船桨。

⑫石矶：《摭言》："勃六岁能文，十三岁侍父宦游江左，道遇老叟坐于矶上，与勃长揖曰：'子非王勃乎？来日重阳，南昌都督命作滕王阁序。子有清才，盍往赋之！子诚往，吾当助清风一席。'勃即登舟，翌日昧爽，已抵南昌。文成，府帅阎公谢勃以五百缣。舟回故地，而叟已先坐石矶矣。"

⑬宗生：即宗悫。《宋书·宗悫传》："悫少时，炳问其志，悫答曰：'愿乘长风破万里浪。'"

⑭王粲：汉山阳高平人，才思敏捷，依刘表，不为重用，乃作《登楼赋》以寄慨。

⑮南溟：南海。　　北渤：渤海。

⑯鲲鹏：古代传说中的大鹏鸟。

⑰楚尾吴头：古豫章一带，位于楚地下游，吴地上游，如首尾相接，故名。

⑱鸾冈：《豫章记》载："洪井西有鸾冈，旧说洪崖先生乘鸾所栖处也。"

⑲刺：名片。

⑳三珠树：对王勔、王勮、王勃兄弟三人的美称。

㉑推袁：桓温推赏袁彦伯。《世说新语》载："桓宣武帝命袁彦伯作《北征赋》，王珣云：'恨少一句，得写字足韵，当佳。'袁即于座攒笔益云：'感不绝于余心，溯流风而独写。'公谓王曰：'当今不得不以此事推袁。'"

㉒御李：东汉李膺有贤名，士大夫被他接见的，身价大大提高，被称作登龙门。后引申为接近贤者。

㉓扶摇：飙风。

㉔捃摭：采集。
㉕蛱蝶图：画名。滕王李元婴所画。
㉖斗鸡檄：王勃为沛王府修撰，时诸王斗鸡，勃戏作《檄英王鸡文》，高宗览而大怒，即日革其职。
㉗东观：东汉洛阳南宫内观名。明帝诏班固等修撰《汉记》于此，书成，名为《东观汉记》。后因以称国史修撰之所。　抡英：选取英才。
㉘南薰：唐宫殿名。
㉙中天：指神仙境界。

【今译】

万里江天，在秋风中耸立着滕王高阁。盛会中的宾客，个个都儒雅风流；在望的山川，浩浩汤汤，峻峭雄奇，真可谓大气磅礴！将军爱重文士，风雅气度，一如谢尚当年在牛渚寻访诗人袁宏；幕僚中才华出众的人比比皆是，就像昔时桓温在龙山命僚佐飞觞涵咏一样。

高阁风生，便真个看见有风帆自天外飞来。文坛的壮观景象，今天筵席上果然得见。

当年王勃的舟船在马当山下，小作停留，前路遥遥。他在秋高气爽时行船，在晚烟中横笛。连年病酒，只在红红的江枫之下歇宿；上哪里去登临题句？看来又要辜负故园的菊花了。亲人远在天南，在这遥远的旅途，益发感到亲恩的难报，哪里还会有丁点儿的诗情，在这洒满晚霞的秋江之上？

谁知道竟然有所奇遇，说佳会在即，须当前往。他刚刚在彭泽叩响船舷，主客却早在洪都驻旆了！明天就是重阳，即使夜不停棹，到天明时分，也只能在石矶浅水边停靠，望着长满丛竹的孤山，在远处耸立罢了。

谁会料到竟然有神人相助，答应助他一帆风顺，为他导航。说欣赏他小小年纪，便有宗生乘长风破万里浪的壮怀，帮助这位文坛豪客，像王粲当年在荆州写出《登楼赋》一样。真叫人惊讶，转瞬之间从北海道南溟，仿佛长空奋飞的鹏鸟，俯瞰征帆历历在目，如同争食的鸡鸭！机会不可错过，这次的游历真叫人痛快！船在洪崖先生休息的地方拐了弯，在野鸭群飞的凫渚停了下来。

也不用通名了，谁还不知道王氏三兄弟呢？只待摄衣而上，他已经出现在滕王阁的百尺高楼之上了。正值午间，秋风轻轻地拂动帘栊，他敞开着衣襟，想起昨夜在酣睡中，耳边那一派秋风击打篷帆的声响。于是乎构思措辞，挥毫落笔，兴致好像长空舒卷的流云，心情如同江面上绚烂的明霞，风雨萃

清人辞赋选释

集于笔端,涛声在字里行间作响!千秋文笔,谁说只有袁彦伯?鱼跃龙门,今日终于亲近贤者!文章好像带着仙气,不然怎会涌出万斛飞泉?俯瞰飒飒江风,真的吹皱一江秋水。

  才华虽富,聚合无常!偶然得到造化的相助,才留下这翰墨的芬芳,文中的诗句惊世骇俗,想不到假我之手,写成这篇文章!相逢是缘分,才得以乘风之便;倘或到处都凭借神仙助力,那谁还没有点儿尺短寸长?今天流连往昔的事迹,采集成编,在江边买醉,隔林树呼船,有感于昔人在此停船,才闲聊起当年遇风的佳话。

  展开蛱蝶图,夙昔情怀不减;重读斗鸡文,才悟得器识的重要。怎能比得上在东观选拔俊才,述作得以长留大内,更有南薰殿上解愠的清风,赓歌和韵,真比得过神仙境界。

小时不识月赋

黄遵宪

碧宇光澄①,青春梦绕,旧事茫茫②,予怀渺渺③。月何分于古今,人犹忆乎少小。举头即见,依然皓魄团团④;总角何知⑤,漫道小时了了⑥。昔李青莲神仙骨格⑦,诗酒生涯,偶琼筵之小坐⑧,向玉宇而翘思。清影堪邀,且喜三人共盏⑨;韶华易逝,那堪两鬓已丝。未知过客光阴,几逢圆月;每望广寒宫阙⑩,便忆儿时。细数前尘⑪,尚能仿佛,灯共人簧⑫,果从母乞。鬓边之玉帽斜欹,膝下之彩衣低拂。骑来竹马,长干之侣欢然⑬;梦入绳床⑭,湘管之花萼不⑮。偶绮阁之春嬉⑯,见玉阶之月色⑰,忽流满地之辉,莫解中情之惑⑱。几时修到,竟如七宝妆成⑲;何处飞来,不用一钱买得⑳。只昨夜高擎珠箔㉑,偶而招邀;似春风吹入罗帏,未曾相识㉒。何半钩兮弯环,复一轮兮出没。羌珠斗之光凝,更星潢之艳发㉓。相逢倍觉依依㉔,怪事辄呼咄咄。倘使层梯取得,愿登百尺之台;只应香饼分来㉕,误指中秋之月。问天不语,愈极模糊,屡低头而思起,奈欲呼而名无。阿姊聪明,搴帘学拜;群儿三五,捉影相娱。几从华屋秋澄㉖,凝眸谛视;每见银河夜转,拍手欢呼。如此心情,犹能揣度,曾圆缺之几回,已容颜之非昨。恐蟾兔其笑人㉗,竟江湖之落魄。偶然今夕重逢,愿有新诗之作,想当日铜鞮争唱㉘,都如宵梦一场;算几番玉镜高悬,未及少年行乐。因慨夫老大依人,关山作客。桃园春色之宵㉙,牛渚秋江之夕㉚。谢公别处㉛,客散天青;宛水歌中㉜,沙寒鸥白。历数游踪,都成浪迹。空学浣花老友㉝,儿女遥怜㉞;只同中圣浩然㉟,风流自适。孰若髻挽青丝,头峣紫玉,捉花底之迷藏,向墙阴而踯躅㊱。银床高卧,翻疑地上霜华;翠袖同看,未解闺中心曲。可惜流光弹指,此景难追;即今皎魄当头,童心顿触。盖其别翻隽语,故作疑团,真粲花之有舌㊲,拟琢玉以成盘。早岁香名,艳说谪仙位业㊳;扁舟午夜,饱看采石波澜㊴。仰公千载,对月三叹。我自惭绿鬓年华㊵,曾无才调㊶;恨未识锦袍仙客㊷,相与盘桓。

【注释】

①碧宇:青天。

清人辞赋选释

②茫茫：遥远。

③渺渺：幽远貌。

④皓魄：明月。

⑤总角：古时儿童束发为两结，向上分开，形状如角，故称。多用以借童年。

⑥了了：聪慧，明晓事理。

⑦青莲：唐诗人李白号青莲居士。　　骨格：同"骨骼"。

⑧琼筵：盛宴。

⑨三人：李白《月下独酌》："举杯邀明月，对影成三人。"

⑩广寒宫：月中宫殿之名。

⑪前尘：往事，前迹。

⑫篝：燎也。

⑬长干：古建康里巷名。李白《长干行》有"郎骑竹马来，绕床弄青梅"句。

⑭绳床：一种可以折叠的轻便坐具。

⑮湘管：以湘竹制作的毛笔。　　鄂不：花萼和花托。

⑯绮阁：华丽的楼阁。

⑰玉阶：台阶的美称。

⑱中情：内在的实际情况。陆贾《新语》："惑于外貌，失于中情。"

⑲七宝：泛指多种宝物。

⑳"不用"句：用李白《襄阳歌》："清风朗月不用一钱买"诗意。

㉑珠箔：即珠帘。

㉒"未曾"句：用李白《春思》"春风不相识，何事入罗帏"诗意。

㉓星潢：银河。

㉔依依：依恋不舍的样子。

㉕香饼：焚香用的炭饼。

㉖华屋：华丽的屋宇。

㉗蟾兔：蟾蜍和玉兔。旧说两物为月中之精，因作月的代称。

㉘铜鞮：曲名，即《白铜鞮歌》。

㉙"桃园"句：指李白与诸弟春园桃园聚会，饮酒赋诗事。

㉚牛渚：又称采石矶，在今安徽马鞍山采石江边。

㉛谢公：指南朝齐诗人谢朓。李白有《谢公亭》诗云："谢公离别处，风景每生愁。客散青天月，山空碧水流。"

— 358 —

㉜宛水：即宛溪，在今安徽宣城市东。李白有《题宛溪馆》诗云："吾怜宛溪好，百尺照心明。"

㉝浣花老友：指杜甫。

㉞"儿女"句：用杜甫《月夜》"今夜鄜州月，闺中只独看。遥怜小儿女，未解忆长安"诗意。

㉟中圣：酒醉的隐语。

㊱踯躅：徘徊不进貌。

㊲棃花：指言论典雅隽丽，有如明丽的春花。

㊳谪仙：谪居世间的仙人。此指李白《本事诗》载：李白初至京师，贺知章往访，读其《蜀道难》，称叹不已，誉之为"谪仙"。　　位业：名位与功业。

㊴采石：即采石矶，并见前㉚注文。

㊵绿鬓：乌黑而有光泽的鬓发，形容年轻美貌。

㊶才调：才气。

㊷锦袍仙客：指李白。

【今译】

　　天宇清光澄澈，年轻时的梦幻萦绕在心头，往事悠悠，我的情怀也杳远难收。月亮不分古月今月，可人却少小难忘此情依旧。抬头就是那轮圆圆的月亮，童年无知，还夸什么通晓事理玲珑剔透！昔时李白有神仙般的气宇，在他的诗酒生涯中，偶尔身临盛宴，望着玉宇引发了他的诗思，可以邀请月亮，对着影子便可三人共饮。年华易逝，奈何两鬓飞霜，不知道短暂的过客光阴，能遇见几次这样的圆月？每次看着月亮，便会想起小时候，一件一件往事。还能依稀记得，和别人一起燃起灯笼，向母亲索要果品。帽子在鬓边歪斜，彩衣拖到地上，长干里的小伙伴欢欣地骑着竹马；卧榻酣眠，可曾梦见彩笔生花？结伴在华屋前嬉戏，看见玉阶月色和满地的银辉，不解其中的奥妙。是怎么修凿的，竟然如同七宝妆成；它是从那儿飞来的，竟然不用一钱便可获得！昨天晚上，高挑着珠帘，邀约月亮到来，就好像春风一样吹进罗帏，虽然未曾相识，为什么新月像一枚弯弯的玉环？为什么又能像车轮一样出没？是凝聚着珠宝的光华，使银河的光影更加明艳。相逢使人留恋。可一些怪异又让人难于索解。倘若登上梯子便能取得，我愿登上百尺高台；分取香饼时，还误指是中秋之月呢！问天无语，愈让人模糊，几次低头沉思，要相唤而又呼不出它的名字。阿姊聪明，掀起帘子，学着祭拜的模样。三数

清人辞赋选释

个小儿，在捕捉着地上的影儿。多少次从华屋中凝眸睇视夜空，每见银河移转，便拍手呼喊，这样的心情，还可以测度。明月多少次圆了又缺，可是人的容颜已经不是昨天的模样了。恐怕月亮笑人，竟然在风尘中如此失意！今夜偶然相逢，应有新诗述作。想当年"襄阳小儿齐拍手，拦街争唱白铜鞮"，就像一场梦。算起来一次次的月轮高照，都没来得及及时行乐！因而感慨于老大一把年纪，还要依人作幕，远客关山，想李白春夜桃园之宴，牛渚秋江之夜游，吟着"客散青天月"的诗句，想着宣城宛水的风光；那秋日的洲渚，翔飞的鸥鹭。一件件细数游踪，都成了漂萍往事。空效仿杜陵老友，对月兴杯，遥怜儿女；而自家只浩然而醉，风流自适！哪比得上年轻人发挽青丝髻，头绾碧玉簪，在花间捉迷藏，在墙影下徘徊。一榻高卧，还疑是地上霜华；翠袖同看，不解女儿家心事。可惜流光弹指间已成过去，这种景致已经难于追还了。今夜皓月当空，还是触发了我的童心，原来这都是谪仙别创的隽语，故意布成一个个疑团，真如舌底粲发的春花，生发出琢玉成盘的奇想。人们争说谪仙早岁的名声、事业，一叶小舟，看尽采石的风光；千秋之后，仰慕者犹叹惋不已。我年轻轻地，没有才气，遗憾不认识先生，不能和他交往受益。

欧阳子方夜读书赋

徐 琪

　　尔其万籁寂寂，一灯荧荧，黄叶如雨，凉花满庭。无枕勾蝶①，有囊留萤②。客顾而喜，倚手疏棂。骋怀邺侯之架③；挹爽醉翁之亭④。虚室生白⑤，寒毡拥青。几帏罗列，卷帙零星。其客伊谁？庐陵名阀⑥。从尹洙游而望高⑦；得昌黎文而兴发⑧。朋党之论别渭泾⑨；太学之体删奇突⑩。修史则毡毹未铺⑪，集古而鼎彝成窟⑫。感荻画于慈云⑬，理芸编而映月⑭。夜如何其，碧空未晓，斜河引绳，疏星漾沼。棋敲而灯花不落，门掩而车尘未扰。把酒则秋愁转增，伏案而小时已了。倘抛卷而梦寻，负空阶之月皎。时则宝鸭香沉⑮，铜龙漏咽⑯，万轴森排，五车环列⑰。鸿未泣夫村砧，马不嘶乎檐铁⑱。树定而风铎停响⑲，花明而月波如雪。盖秋声之未来，犹吟韵之独绝。经研伏女之菑畬⑳，史慕孟尝之高洁㉑。忽报商声㉒，吟怀暗惊，如激怒浪，如驱敌兵，风雨疑至，金戈并鸣。淅淅沥沥㉓，鈥鈥铮铮㉔。欧阳子乃慨然长叹㉕，郁乎不平。闷掩蠹卷㉖，寒挑雁檠㉗。耿耿不寐，迟乎宵明。于斯夜也，手披既倦，心慨弥多。秋情似此，人事如何？仲淹则已闻放弃㉘，尧臣则仅与诗歌㉙。举韩杜而求贤谁急㉚？治李冯而执法难阿㉛。建储体阴阳之节㉜，赦降存天地之和㉝。感兹怀抱，安暇吟哦？岂惟毡滁冈之落木㉞，响广陵之残荷㉟。秋山忆丰乐之阜㊱，秋水虑商胡之河㊲。枨触三更㊳，踟蹰百倍㊴。宵炯炯兮欲曙㊵，秋年年兮不改。但觉凉晕薜萝㊶，香消兰芷㊷，露下生漪，天空若海。因而骋词华，奋墨采，写秋光之沉寥㊸，想伊人之宛在。乃若仆本恨人，兴怀往贤，抚良夜于三秋，手陈书之一编。昔等宋玉之善感㊹，今为永叔之无眠㊺。繁星华发，新霜少年，童子不解，书生自怜，那堪霜钟，更摇暮天。

【注释】

①"无枕"句：即寻梦之谓。
②留萤：用纱囊盛萤以聚光。
③邺侯：唐李泌，封邺县侯，家富藏书，插架三万卷，号称藏书之富。
④醉翁：欧阳修的自号，写有《醉翁亭记》以记其事。

⑤虚室：空室。

⑥庐陵：郡名，即今江西省吉安。

⑦尹洙：字师鲁，河南人。博学有识度，素以儒学知名，世称河南先生。

⑧昌黎：唐人韩愈的别称。

⑨朋党论：欧阳修所作的政论文章，逻辑严密，内具锋芒，其"用君子，退小人"之思，为历来所称道，具有深远影响。

⑩太学体：嘉祐二年贡举时，士子尚为险怪奇涩之文，号太学体。欧阳修对此曾痛加排抑。

⑪毡毹：即毡毯。

⑫集古：收集古物。王辟之《渑水燕谈录》："欧阳文忠公好古石刻，自歧阳石鼓、岱山邹绎之篆，下及汉魏以来碑刻，山崖川谷，荒林破冢，莫不皆取以为《集古录》。"　　鼎彝：古代祭器。

⑬荻画：欧阳修四岁而孤，家甚贫，母郑氏亲教以荻画地学书。

⑭芸编：指书籍。

⑮宝鸭：香炉。因作鸭形，故称。

⑯铜龙：指滴漏器。

⑰五车：《庄子·惠施》："惠施多方，其书五车。"后用以形容读书多，学问渊博。

⑱檐铁：悬于檐间的铃。

⑲风铎：风铃。

⑳伏女：指西汉经学家伏胜之女，曾奉父命传《尚书》于晁错。　　畬畲：耕耘。

㉑孟尝：指后汉上虞人孟伯周。杨乔说他"安仁弘义，耽乐道德，清行出俗，能干绝群"。然竟不见用，年七十卒于家。

㉒商声：秋声。

㉓淅淅沥沥：形容雨声。

㉔𨱔𨱔铮铮：金属相击的声音。

㉕欧阳子：指欧阳修。

㉖蠹卷：被虫蛀的书卷。

㉗雁檠：即雁足灯。

㉘仲淹：指北宋名臣范仲淹。

㉙尧臣：指诗人梅尧臣。

㉚韩杜：韩琦、杜衍，皆为北宋名臣。因以党议罢去，修慨然上疏曰：

"杜衍、韩琦、范仲淹、富弼,天下皆知其有可用之贤,而不闻其有可罢之罪。"

㉛李冯:李昭亮、冯博文。以事迕犯律法,有人主张扩大打击范围,以达震慑目的;修独抒己见,不予迎合。

㉜建储:立皇太子。

㉝赦降:即不追究李昭亮、冯博文事件的胁从者一事。

㉞滁冈:指滁州的山。

㉟广陵:地名。在今江苏省江都市东北。

㊱丰乐:欧阳修有《丰乐亭记》。

㊲商胡:古称到中国经商的胡人。

㊳怅触:感触。

㊴踟蹰:逗留、叹息。

㊵炯炯:明亮。

㊶薜萝:薜荔和女萝,常攀缘于林木之上。

㊷兰芷:香草。

㊸沆寥:晴朗、空旷。

㊹宋玉:战国楚著名辞赋家。或称是屈原弟子,主要作品有《高唐赋》《神女赋》《风赋》《九辩》等。

㊺永叔:欧阳修的字。

【今译】

万籁俱寂,只有孤灯的青光在闪烁。枯黄的木叶像雨点似的纷纷飘落,秋天的花还在庭院中寂寞地开放,纱袋里盛着闪光的秋萤,衾枕生寒,令人难于入梦。他见此情景,却反忧伤为喜悦,手扶着窗棂,在万卷图书中驰骋怀抱,领略着昔时在醉翁亭上的欢乐。

空旷的居室洒满月光,他拥着寒毡,几案、帷帐、书籍零乱地摆放着。这人是谁?原来是庐陵郡的名门。他和尹师鲁同游,声望很高;发现韩愈的文章而兴致勃发。一篇《朋党论》可以让人分清泾渭;而对于崇尚险怪奇涩的太学体,更是痛加贬抑。修史勤勉,集古有成。忆昔画地学书,难忘慈母的恩德;发奋读书,且借它秋月映庐。

夜到了什么时候?天还没亮,星河像绳亘长空,疏星的光影在浅沼之中荡漾。悠闲地轻敲着棋子,连灯花都没有震动;门户深掩,更不受车尘的干扰。斟一杯浊酒,秋日的闲愁又增添了几分,于是伏案小憩了片刻。倘若放

清人诗赋选释

下书籍去追寻梦境，则辜负了阶前明洁的月光。这时候炉香渐息，残漏声咽，上万卷的图书在周遭环绕排列；檐前铁马无声，村头砧声未起，树梢不动，风铃无声，月光照耀得花明如雪。

原来，真正的秋声还没有到来，犹如诗人停止了苦吟。研习经书像伏女一般辛勤；读史则孺慕孟尝的高洁。忽闻秋声，使得诗怀震惊：那声音如同江海中的激浪喧腾，如同沙场上驰逐交锋的士兵。以为是风雨来临时的淅淅沥沥，以为是兵戈交击时的钑钑铮铮。欧阳修长叹一声，心情抑郁难平！掩上书卷，挑亮暗淡的油灯，心事重重难寐，长夜迟迟未明。在这一夜里，翻倦了图书，却生发了许多感慨：秋天的情绪是这样的，那么仕途之事呢？范仲淹听说又遭到贬黜；梅尧臣呢，还是日逐里拈韵吟诗；举荐韩琦、杜衍求取贤士，又有谁真个忧心？惩治李昭亮、冯博文一事，自己又岂敢曲从！立东宫储君是遵循阴阳的节序；赦免降顺者胁从的罪责，是为了体现天地的祥和。

有感于这些事情，哪还有心思去寄意吟哦？岂止是为了风摇滁山的落木，摧残广陵的莲荷！见秋山则忆丰乐，望秋水则忆胡商呢？深宵有感，徘徊不安，天光即将破晓，秋色年年如是，秋凉涂抹着薜萝，残香渐消于兰芷，秋露飘落，长天如海。因而他骋词华，奋文采，写秋光之晴朗广阔，恍若被思念的伊人音容犹在！更何况我本是个多愁善感的人，怀古昔贤士，在这三秋良夜，手握一编图书，几乎觉得自己就是宋玉一般！难怪自己要彻夜无眠了！

看那空际的繁星，慨此悠悠的华发，那暗里飘落的新霜，那世事不更的童子，只有自己顾影自怜，哪里还能忍受山寺的钟声在远处鸣响呢！

鸢飞鱼跃赋

来鸿瑨

　　一望兮上穷碧落①，下遍苍原。秋翮霄举②，春鳞浪翻。睹化生以万类③，悟理道之一元④。游自在天，高冲鹏鹄⑤；置活泼地，并乐鲸鲵⑥。入吾目中，到处静观有悟；超乎象外⑦，岂真得意忘言⑧。原夫道之有在也，与时鼓荡⑨，随物推移⑩。仰九穹而神爽，对万壑兮情怡。天空地旷之余，摩碧霄以奋翮，花放水流之际，鼓翠浪而扬鬐。逐来紫燕黄鹂⑪，化成广莫⑫；望到金鳞银尾，类各从其。于是有鸢焉⑬，影逐翱翔；有鱼焉，波流荡漾。跕跕则奋振双翎⑭，罩罩则奔腾万状⑮。几处飞空直上，乔木居迁；四围跳跃自如，桃花水涨。灾消罗网，匪鹑随高岭之巅；光界琉璃，于牣戏灵台之上⑯。化机游冶，薄言观者⑰。明烛灵犀⑱，疑消意马⑲。非空非色，合羽群鳞族以参观；绘影绘声，辨水面天心而摹写。此间不少佳处，成象成形；凡物作如是观，彻上彻下。遂乃界破乘三⑳，象穷垠八㉑。比银镜之高悬，喜金镄之乍刮㉒。举矣而山梁乍集，妙境澄空；乐哉而濠濮同观㉓，神光超拔。不物于物，智直运以昭昭㉔；太虚非虚，明岂矜乎察察㉕。是盖理悟灵通㉖，编精风雅㉗。望千仞而霜影摩空，印重潭而月华倒泻。弋人何慕也？类寰中鸾凤腾骞㉘；逝者如斯夫，供海外蛟龙挥洒。悟道在天光云影，行焉生焉；穷神遍俯察仰观，高也厚也。

【注释】

①碧落：道家语，天空，青天。

②翮：鸟的翅膀，代指鸟。

③化生：化育生长。

④一元：事物的开始。

⑤鹏鹄：鹏，传说中最大的鸟。鹄，即天鹅。

⑥鲸鲵：鲸鱼。雄为鲸，雌为鲵。

⑦象外：物外，物象之外。

⑧忘言：谓心中领会其意，不须用言语来说明。

⑨鼓荡：鼓动，激荡。
⑩推移：变化，移动或发展。
⑪逐：跟随。
⑫广莫：辽阔，空旷。
⑬鸢：鸟名，俗称鹞鹰。
⑭跕跕：象声词。袁宏道《隆中偶述》云："杖声跕跕冲山鸟。"
⑮罩罩：鱼游貌。《诗·小雅·南有嘉鱼》："南有嘉鱼，烝然罩罩。"
⑯于牣：鱼众多貌。
⑰薄言：自谦浅白。
⑱灵犀：喻两心相通。
⑲意马：喻难以控制的心神。
⑳乘三：即三乘。佛教语，一般指大、中、小三乘。三者均为深浅不同的解脱之道。
㉑垠八：即八垠。指八方的界限。
㉒金錍：古时治眼病的工具，用来刮眼膜，据说可使盲者复明。
㉓濠濮：濠梁与濮水。《庄子》记有庄子与惠子同游濠梁之上和庄子垂钓濮水的故事，记述庄子安适、无为的心境。
㉔昭昭：明白。
㉕察察：苛察，烦细。《老子》："其政察察，其民缺缺。"
㉖灵通：人与神灵之间感应相通，亦指人与人之间思想感情的贯通。
㉗风雅：指《诗经》。
㉘骞：飞起。

【今译】

放眼望去，上可尽观无穷尽的青天，下可遍览无边无际的大地。秋天，鸟儿在长空翱翔；春天，鱼儿在浪花里翻越。看着这万物的滋生化育，领悟事物起始的道理。高举的鹏鹄在天宇里自由地飞翔；畅游的鲸鲵在水波中尽情地欢乐。看到眼里的，静观则到处皆有领悟；超出于物象之外，难道真的到了得意忘言的地步？原来道是有其所在的，它与时而激荡，随物的变化而移动。仰视苍穹，精神倍感清爽，面对千山万壑，自是心情怡悦。在此天空地旷之外，那鸟儿飞翔碧空；在那花开水流之际，鱼儿在绿水中奋鬣扬鬐。跟着还有紫燕、黄鹂，衍化到无边辽阔的天宇；还有那些银鳞耀眼的鱼儿，它们都是各随其类的。鹞鹰飞翔，鱼儿游泳。鸟儿振翅有声，鱼儿奔跃万状。

鸢飞鱼跃赋

　　有些鸟儿，还离开自己的居巢，奋力向更高远的地方翔飞；四周春水弥漫，鱼儿也在自由自在地欢腾跳跃。消除罗网的灾难，鹑鸟怎能随着飞往高山峰顶？阳光照耀着琉璃一般澄明的水，有数不尽的鱼儿嬉闹在灵沼之中。

　　在冶游中领悟化机，说些粗浅的话，心有灵犀，解消了难以控制的疑虑。不是空，也不是色，把那些鸟儿、鱼儿合起来细加观察。描绘它们的声影，把平静的水面和深湛的天心详加体味。这里面有很多妙处，可以成像成形。倘能这般看待事物，就能上下通澈。于是成就了三乘的解脱之道，穷达了八方的界限，如同有明镜高悬于空，如同有金锟刮亮双眸，飞起来了，在山梁上翔集，那是空澈澄明的世界。如同庄子在濠梁之间的快乐，心神已超出于世俗之上。不为物所囿，运用通澈的智慧；太虚并不等于虚空，凡事又何必苛察？这就是理解于感应相通，才能编删就精辟的国风大雅。看着千仞高山，劲鸟才奋翼凌空；影照潭水，月华才尽情倾泻。天宇中鸢凤高飞，弋人有什么好办法呢？过去的这样了，任大海中的蛟龙随意挥洒吧！

　　在天光云影中领悟运行、生灭的规律，体察这天高地厚的道理吧！

名士赋

柳下敬

有无名子，生从海澨①，老向江潭。惟耽浊酒，不尚清谈②。号明经而有愧③，称盲史以无惭④。品异荀龙之八⑤，才非薛凤之三⑥。考姓氏则先生何许？问里居则陋巷难堪。盖久已自安樗栎⑦，不作梗楠者矣⑧！而乃有好名者，制荷为衣⑨，纫兰作佩⑩，团扇轻摇，角巾斜戴⑪。踵门而呼无名子曰⑫："子不思艺苑之中、词林之内，有北海之簪缨⑬，与东山之粉黛⑭，某人类皆望重一时，名高当代。予今老矣，回思二十年前，雁塔名驰⑮，黉宫声哄⑯，逢胜境以留题⑰，遇良辰而结队。亦尝月旦闲评⑱，风流自爱。胡为红绫未见书名⑲，而黄卷遽思告退乎⑳？"无名子闻之，为之浃背汗流，交颐泪泻㉑，伤国士无真㉒，叹名贤之实寡："周公非王莽所能为㉓；伊尹岂霍光所可假㉔？未登大雅堂前，谬托宗工门下㉕。诩诩然树帜骚坛㉖，联镳诗社㉗。自谓花国主人，书城王者，岂非闻之使耳污，言之使面赧。于是后先慨想，俯仰思维，能播声施于后世，不求闻达于当时。必也南阳王佐㉘，西蜀武师㉙，纶巾道貌，羽扇丰姿。可弹琴而退敌，不横槊而赋诗。指挥定而萧曹已失㉚，伯仲偕而管乐非宜㉛。以此当之，真可谓鸡中之凤，鱼中之鲥。沧海之波涛不竭，庐山之面目无欺㉜。外此少室旁分㉝。支流各涌：或轻裘缓带以相迎；或雅歌投壶以自重㉞；或对英君而扪虱高谈；或临大敌而弹棋无恐㉟；或坐帷幄而陈黄石之书㊱；或作宰相而受白衣之俸㊲。若此者武可兼文，智能备勇，柔即为强，辱无异宠，尚无惭处士之虚声㊳，或可语读书之真种。若夫拥琴书、脱簪绂㊴、蜡屐拖、练裙拂㊵，假丝竹以自娱，托烟霞而暂屈，见之者以为行地仙、出世佛；而不知旁若无人，中非有物，在山空羡其经纶㊶，出山未观其黼黻㊷。为小草兮依然，误生生而岂不㊸？似此文绣贻惭，圭璋抱屈㊹，诚不如丧面以为囚㊺，靦颜而行乞。要之小技堪夸，大名难冒。彼夫二陆声扬㊻，三张誉噪㊼，朋友七贤㊽，兄弟两到㊾，王谢乌衣㊿，嵇阮丹灶[51]，元白新词[52]，苏黄旧草[53]，非不使末俗震惊，群才颠倒。然而借风月以怡情，向林泉而寄傲，不过尽为墨氏之流[54]，雅有骚人之好而已！如曰名也，则进士曾传不栉之称[55]，女子亦有相如之号[56]。凡巾帼之多才，皆足夺须眉之前导[57]。而何堪弁

— 368 —

冕夫英贤[58]，而乌足权舆夫耆髦[59]！"言未已，好名者爽然若失，悚然以惊，自惭形秽，顿觉心倾。自此散发科头，青鞋布袜，而不敢复言名矣！而无名子则退而检其秃笔，挑其短檠，对一窗之夜雨，听四壁之秋声，而浩然以歌曰："五十年来底事成[60]？焚香修到左丘明[61]，旁人欲把头衔署，一个瞢朦颂太平。"

【注释】

①海澨：海滨。

②清谈：魏晋时期崇尚老庄空谈玄理的风气，亦称玄谈。

③明经：指通晓经术。

④盲史：盲目的史官。《大狱记·庄廷鑨》："庄廷鑨字子襄，少患疯疾。延良医治之，谓疾愈当损目，试之果然。延鑨遂妄以盲史自居。"

⑤荀龙之八：后汉荀淑有八子，皆备德业，时人谓之八龙。

⑥薛凤之三：唐人薛迈有三子，擅文学，时人谓之河东三凤。

⑦樗栎：不材之木，喻人之无用者。

⑧楩柟：大材，栋梁之材。唐陆龟蒙《京口与友生话别》："宗淢虽毗冾，成厦必楩柟。"

⑨荷衣：以荷叶编成之衣，为高隐者之衣。

⑩兰佩：以兰花为佩。

⑪角巾：巾之有角者，为古代隐者之服。《晋书·羊祜传》："既定边事，当角巾东路归故里。"

⑫踵门：登门。

⑬簪缨：贵人之冠饰，借指高官显爵。

⑭粉黛：指美女。

⑮雁塔：《嘉话录》："进士张莒偶游慈恩寺，题名雁塔下，后登科者遂为故事。"

⑯黉宫：学校。

⑰胜境：风景佳丽之处。

⑱月旦：品评人物。

⑲"红绫"句：《洛中纪实》载："僖宗方食饼馂，时进士在曲江，有闻喜宴。上命御厨依人数各赐红绫饼馂。"

⑳黄卷：指书籍。古代书籍用黄色纸以防蠹。此特以代读书求进取者。

㉑交颐：满腮。

㉒国士：全国推重仰望之士。

㉓周公：姓姬，名旦，周武王之弟，成王之叔。辅武王伐纣，既克，留佐武王。武王崩，成王幼，周公摄政。　　王莽：汉平帝时，以女为后，独揽朝政。后弑平帝，立孺子婴，寻篡位自立，改国号曰新，世称新莽。

㉔伊尹：商之贤相。名挚，耕于有莘氏之野。汤三以币聘之，始往。以灭夏之功，被尊为阿衡。　　霍光：汉平阳人，武帝时为奉常都尉，光秉政二十年，未尝有过；惟权倾内外，屡行废立，威震人主。既卒，宣帝收霍氏兵权，以谋反罪夷其族。

㉕宗工：宗匠。

㉖诩诩：欣然自得貌。

㉗联镳：同进。

㉘王佐：指王者之辅。《后汉书·荀彧传》："南阳何颙，名知人，见彧而异之曰：'王佐才也！'"

㉙西蜀武师：指蜀汉名臣诸葛亮。

㉚萧曹：汉高功臣萧何、曹参。《汉书·丙吉传赞》："近观汉相，高祖开基，萧、曹为冠。"

㉛管乐：指管仲和乐毅。蜀汉诸葛亮隐居隆中时，曾以管乐自况。

㉜庐山：在江西省九江县南。

㉝少室：山名，在河南省登封县（今登封市）北，嵩山之西。

㉞投壶：古代宴会礼制亦为娱乐活动。

㉟弹棋：古代博戏之一。

㊱黄石之书：指黄石公授予张良的兵书。

㊲白衣之俸：《南史·陶弘景传》："永明十年，陶弘景脱朝服，上表辞禄。诏许之，赐以束帛，敕所在月给茯苓。时号白衣宰相。"

㊳处士：未仕之士。

㊴簪绂：犹簪笏，转指官吏礼服。

㊵练裙：白绢下裳。

㊶经纶：以治丝之事。喻规划政治。

㊷黼黻：借指爵禄。

㊸生生：繁衍。

㊹圭璋：玉器之贵者，亦以喻人品之高贵。

㊺丧面：丢脸。

㊻二陆：晋人陆机、陆云兄弟，以文著称，世称二陆。

㊼三张：指晋人张载、张协、张亢。

㊽七贤：即竹林七贤：阮籍、嵇康、山涛、刘伶、阮咸、向秀、王戎。

㊾两到：指南朝梁到溉、到洽兄弟。

㊿王谢：指王导和谢安。

�嵇阮：指嵇康和阮籍。

㊼元白：指元稹和白居易。

㊽苏黄：指苏轼和黄庭坚。

㊾墨氏：墨翟。

㊿不栉：指女子之娴于文学者。

㊻女相如：隋人吴绛仙，有宠于炀帝，曾谓："绛仙才调，女相如也。"

㊼须眉：指男子。

㊽弁冕：首领。

㊾权舆：新生。　耆耋：老人。

⓺底事：何事。

⓻左丘明：人名，作《左氏春秋》者。

【今译】

有一位不知姓名的先生，生在海滨，而归老于江潭。他好饮几盅浊酒，不喜欢空谈。说他通晓经术吧他感到愧疚，说他是盲史，那倒是恰如其分！他的资质远逊于荀氏八龙，论才干也不如薛家三凤。考问他的姓氏和里居，他就推脱说陋巷难堪，不值得对人提起。原来他早就安心于这种无所作为的处境，不想去做那有用之才了！而偏有好名者，穿着荷叶制作的衣衫，佩戴着兰花，摇着团扇，戴着隐者的角巾，登门招呼无名先生说："你不想想，艺苑中、词林内，有的是北海的贵人达官，东山的红颜仕女，那些人大都是望重一时，名高当代的人物！我现在是老啊，回想二十年前，也是雁塔留名，声噪校园的人物。遇到风光佳丽的地方。少不得题诗留名，碰到吉日良辰，也必然结伴出游。也曾品评人物，风流自赏，可你为什么红绫未见书名，就忽然从读书人的队列中告退了呢？"

无名先生听了这番话，汗流浃背，泪流满面，痛心于没有真正的国士，真正的高贤太少了！他说："周公不是王莽所能做的，伊尹也不是霍光所能假借！没登大雅之堂，就谎称是大师的门下，欣然自得地标名立目，出入诗坛，自认是花国的主人，书城的王者，难道你听了不觉得耳朵受了污染，说它不觉得脸红吗？这样你再前前后后地追忆，上上下下地想一想，才明白能使声

清人辞赋选释

名流传后世，绝不追求闻达于当时！必然像辅佐王室、成就霸业的诸葛武侯。他头戴纶巾，手摇羽扇，道貌英姿，能弹琴退敌，却不横槊赋诗。他指挥若定，萧何、曹参不及；能与之比肩的，管仲、乐毅也不行！他称得起是鸟中的凤凰，鱼里的鲥鱼，是沧海的波涛永不枯竭，庐山的真面目没人能够遮蔽！此外像少室山的旁出，支流也纷纷涌现：有的轻裘缓带相送相迎；有的雅歌投壶以自重；有的在君主面前扪虱高谈；有的在大敌当前而着棋不误；有的在帷帐中陈列黄石公的兵书；有的隐者却受着白衣宰相的俸禄。像这样的人，武而能文，智不乏勇，柔亦是强，辱即是宠！他们无愧于处士的虚名，或可是这才使真正的读书人。像那些坐拥琴书，脱去官服，拖着木屐，拂着下裙，借丝竹而自娱自乐，寄托烟霞而屈身的人，见到他们还以为是地行的神仙，出尘的佛子；实不知他旁若无人，内中实在没有什么东西，在山中空羡其经纶满腹，若出山未必真有什么治国的大本事！还是做棵小草，不要误了繁衍不已的规律。像这样使华文丽藻生羞，使高贵人品抱屈，倒不如任其丢脸去做个囚徒，腆颜去长街乞讨！所以说小技可夸，大名是难以冒充的。像那些声名鹊起的二陆；誉噪文坛的三张；竹林七贤；到氏两兄弟，乌衣巷的王谢望族；炼丹的嵇康和阮籍，什么元白的新诗、苏黄的墨迹，不是不能让世俗震惊、众人倾倒啊！然则借风月陶情，在林泉中寄托高傲，不过都是墨氏之流，有点骚人的雅好罢了！如果说名，则女子也不乏娴于翰墨的人物，也有过女相如的称号。女子中多才多艺者，都能超过男人，让她们来领袖群贤，成为新生的宿老，真是情何以堪！"

话还没说完，好名的人茫然若失，感到非常震惊。自感形容污秽，顿时觉得非常佩服无名先生的这一番话！从此以后，便科头散发，白袜黑鞋，不敢再说名了！而无名先生呢，回去找了一支秃笔，挑亮油灯，对着窗外的秋雨，听四壁的秋声，于是作歌道："五十年来做成了什么事？焚香膜拜，只修成了一个盲史。旁人要给我署个什么头衔吗？我不过是个盲人在称颂太平盛世而已！"

李陵送苏武归汉赋

王恩涛

何处寻君，篱筵酒醺①，关河杳渺②，雨雪缤纷③。浩浩长河之水④，阴阴大漠之云⑤。几度星霜⑥，龙困池中之迹；重来桑梓⑦，羊空塞北之群。分明灞岸春风⑧，销魂左右⑨；惆怅河梁落日⑩，握手殷勤。惟汉孝昭始元六年⑪，苏属国自胡归汉⑫。斯时也，鸟孤向越⑬，马老思燕⑭，胡霜到处，边月重圆。雁足传书⑮，三千里刀环可卜⑯；乌头践誓⑰，十九年髦节依然⑱。问冠剑于去时⑲，红颜易老；起忠良于绝域⑳，紫诏遥宣㉑。爰有李都尉陵者㉒，金石论交㉓，冰霜协性㉔，寸心似铁，与尔相期。两鬓成霜，怜予多病，幸鸥侣之方成㉕，忽鸿飞以入咏。廿年旧雨㉖，终闻幕燕之吟㉗；万里西风，暂托釜鱼之命㉘。慨此际波涛萍梗，关山增逐客之悲；问何年马邑龙堆㉙，旗鼓听将军之令？陵于是黯然伤神，愀然变色㉚。拂宝剑而悲凉，掩金觞而怆恻㉛。去复去兮河之干，送复送兮山之侧。骊歌唱出㉜，千里行人；雁唳传来，一声故国。君今得意，荣增麟阁之光㉝；我自穷途，惨折溟池之翼㉞。转眼天涯地角，五言传出塞之篇㉟；关心落日浮云㊱，千载诵故人之德。君不见烟冷平芜㊲，风凄大泽㊳，贴地霜清，行天月白。念子意之悠悠㊴，敢予情以脉脉㊵。暮云春树㊶，两地相思，白草黄沙㊷，十年浪迹。回忆西京冠盖㊸，已无公子之家；转伤北地河山，莫赠征夫之策。况夫边笳秋苦，戍鼓宵铿㊹，野花入梦，塞草无情。绵绵远道，望望荒城，后会难期，眼底之青山处处；前程无限，耳中之画角声声㊺。嗟予投老蛮荒㊻，慷慨陨风前之涕；羡子重瞻天日，忠贞留身后之名。日夕长征，云阴送迎，虫声寂寞，雁阵纵横。听车声之杂沓，望鞭影兮分明，落月啼乌，夜夜归人之梦；秋风匹马，年年送客之程。从前苦雨愁烟，叹征衣之落拓㊼，此后山长水阔，听羌笛以凄清㊽。

客有低回往事㊾，想像英姿，感山谷酬人之韵㊿；唱杜陵寄友之诗(51)。春燕秋鸿，一般梦远；荻花枫叶，五夜神驰(52)。流水东西，怅此日离情之苦；夕阳今古，忆当年话别之时。

【注释】

①醺：微醉。

清人辞赋选释

②杳渺：悠远、渺茫貌。
③缤纷：纷飞貌。
④浩浩：水势盛大貌。
⑤阴阴：幽暗貌。
⑥星霜：喻年岁。
⑦桑梓：桑与梓为古代住宅旁常栽的树木，后遂用以喻故乡。
⑧灞：水名，源出陕西省蓝田县东，经长安，北入渭河。
⑨销魂：形容极其哀愁。
⑩河梁：指送别之地。《李陵别苏武诗》云："携手上河梁，游子暮何之？徘徊蹊路侧，恨恨不能辞。"
⑪孝昭：汉昭帝刘弗陵。　　始元：为汉昭帝年号。
⑫苏属国：指苏武。苏武出使匈奴十九年后归汉，拜典属国。
⑬鸟孤向越：越鸟于他国构巢必于南枝，思南方故国也。
⑭马老思燕：《古诗·行行重行行》："胡马依北风，越鸟巢南枝。"喻不忘本也。
⑮雁足传书：《汉书·苏武传》："昭帝即位数年，匈奴诡言武死。后汉使复至匈奴，常惠请其守者与俱，得夜见汉使，具自陈道，教使者谓单于言：'天子射上林中得雁，足有系帛书，言武等在某泽中。'使者如惠语以让单于，单于视左右而惊谢汉使。"
⑯刀环：环与还同音，谓可归还也。
⑰乌头践誓：燕太子丹质于秦，秦王遇之无礼，不得意欲求归。秦王谬言令乌白头，马生角，乃可。丹仰天叹，乌即白头，马生角，秦王不得已而遣其归。
⑱氅节：使臣所持之节，以氅牛尾作饰。氅，通作"旄"。
⑲冠剑：指苏武出使时戴的帽子和佩带的剑。温庭筠《苏武庙》云："去时冠剑是丁年。"
⑳绝域：极远之地。
㉑紫诏：指诏书。汉制，天子印以紫泥封之，故称。
㉒李陵：汉李广之孙，善骑射。武帝时，拜骑都尉，自请将兵伐匈奴。以少击众，矢尽而降。
㉓金石交：谓交谊坚如金石。
㉔冰霜：喻人操守的坚贞清白，凛然不可犯。
㉕鸥侣：本指隐者与鸥鹭为侣，引申为交友。

㉖旧雨：指故旧之交。

㉗幕燕：谓巢于幕上之燕，以喻至危之境。

㉘釜鱼：釜中之鱼，喻不能久存也。

㉙马邑：地名，在今山西省朔县东北，桑干河北岸。　龙堆：沙漠名，即白龙堆。

㉚愀然：忧惧貌。

㉛怆恻：悲痛。

㉜骊歌：离别之歌。

㉝麟阁：即麒麟阁。汉宣帝时，绘功臣像于阁。

㉞溟池：北方之大海。

㉟五言：指李陵的《别诗》。

㊱"落日"句：寄寓惜别之情。李白《送友人》："浮云游子意，落日故人情。"句意本此。

㊲平芜：草木丛生的平旷原野。

㊳大泽：大湖沼、大泽薮。

㊴悠悠：思念貌。

㊵脉脉：谓情思之含蓄未吐。

㊶暮云春树：杜甫《春日忆李白》："渭北春天树，江东日暮云。"此特指思友之情切也。

㊷白草：指生于北地之白草，干熟时，色白，故名。

㊸冠盖：指仕宦之冠服车盖，代指仕宦。

㊹宵铿：夜间鸣响。

㊺画角：古时军中用以警昏晓、振士气的乐器。

㊻投老：犹言到老也。

㊼落拓：失意。

㊽羌笛：乐器，原出古羌族。

㊾客：指本文作者。　低回：犹徘徊。

㊿山谷（道人）：宋代诗人黄庭坚的号。

㉛杜陵：即杜甫。

㉜五夜：与五鼓、五更同。

【今译】

上哪里去找你呀，你竟在离别的酒筵上喝醉了。关河悠远，又有纷飞的

清人辞赋选释

雨雪，浩渺的大河流水，幽暗的沙漠烟云，年华飞逝，只留下些龙困浅水的印迹。你重归故乡，我只能望着那空荡荡的羊群了！遥想昔时灞桥送别之时，伤心已极。望着河水上的落日，执手踟蹰。汉昭帝始元六年，苏武从匈奴归汉了，那时候，真是越鸟巢南枝，胡马依北风啊！秋霜降落，边月又圆。雁足捎书，归还是预料中的事，就像乌头马角，实践了誓言，十九年哪，髦节还依然存在。询问他当年奉使之时，真是红颜易老；这次诏书远远地传来，接回久困异域的忠良。有旧时都尉李陵者，和苏轼是坚如金石的老朋友，有冰雪一样洵洁的体性，坚贞如铁的寸心，相期相励。虽两鬓已斑，身体多病，幸有好友常伴；今忽鸿雁高飞，真堪吟诗相庆了！二十年的老朋友，终于听到身处危境的幕燕之吟，万里西风，只有我还像釜中之鱼一样暂托性命而已！此身如同漂浮在波涛中的浮萍断梗，关山万里，此时徒然增添逐臣的悲伤。什么时候，那马邑、龙堆才能重听将军的号令？李陵于是黯然伤神，忧惧变色，拂拭着宝剑，悲伤地用衣袖遮挡住金杯。别了在大河之滨，相送在大山之下，一曲送别歌，千里故人归。雁唳长空，一声声传达的是故国之情。你现今如愿以偿了，你的事迹使麟阁也增添了光彩！可我还在穷途末路，悲惨地在浩瀚的北海折断了羽翼。转眼间就天涯地角了，五言诗还流传着李陵送苏武的篇章，关念着浮云落日的故人之情，千秋之下犹为人传诵不绝！你没看见吗，大泽风劲，烟冷平野，地表上布满新霜，长天上月光如雪。念子思念之情。我也留恋不舍，暮云春树，两地相思，白草黄沙，十年浪迹！回忆在长安的簪缨仕宦，已经没有你的位置了！转而伤感于这北地的山河，快走吧，就不用再送你马鞭了。何况秋笳声咽，戍鼓夜鸣，野花入梦，塞草也显得无情呢！道路悠长，荒城犹在望中。眼前的青山处处，后会难期；前程无限，耳边是塞上的画角声声。可叹我终老边荒，慨然落风前之泪；羡慕你重见天日，忠贞留身后的美名。昼夜兼程，有天际浮云相送，雁阵横空，虫声凄寂。听杂沓的车声，看分明的鞭影。月落乌啼，夜夜都是归人的梦；秋风匹马，年年有逐客的途程。从前的苦雨愁烟，叹惋征人的失意；今后的山长水远，只好听凄清的羌笛了！

适有徘徊于往事者，他想象古人的英姿，有感于黄山谷答谢友人的诗作，以及杜甫赠友的佳篇，春燕也好，秋鸿也好，都一样地远去了；只有荻花枫叶，使他精神亢奋，彻夜难眠。流水各东西，惆怅此日离别之苦；夕阳自今古，常使人追忆当年话别之时。

送春赋

傅熊湘

登高楼兮送春,渺烟树兮愁人①。忍天涯兮极目②,怅独往兮伤神③。三月春归何处去?欲问春兮春不语。啼鸟声声空复情。飞花片片谁为主?荡一带之青山④,乱满天之红雨⑤。客子途长⑥,思归渺茫。燕剪愁而不断,莺织恨以逾忙。痛素帏兮远隔⑦,空掩泣以相望。悲莫悲兮生别,去复去兮恩绝。岂春去兮犹归,遂人亡兮永诀。惨桃李兮无言,讶杜鹃之啼血⑧。谓精灵兮可招⑨,何流水兮悲咽?天上人间,相思路单。叩九阍其未许⑩,思一见而终难。何处分甘之座⑪?谁家游射之山⑫?春与人兮共杳,云与鹤兮空还。已矣哉,春花放尽春草肥,春阴才霁又春归。红愁绿黯何时歇?辜负春来三月晖。感流光而作赋,纷涕泣以沾衣。

【注释】

①烟树:云烟缭绕的树木、丛林。
②极目:纵目。
③伤神:伤心。
④荡:广大。引申为渺茫。
⑤红雨:比喻落花。
⑥客子:离家在外的人。
⑦素帏:办丧事用的白色帷帐。
⑧杜鹃:鸟名。春末夏初,常昼夜啼鸣,其声哀切。
⑨精灵:灵魂。
⑩九阍:九天之门,也用来比喻帝王的宫门。
⑪分甘:分享幸福,同担艰苦。
⑫游射:习射也。《史记·封禅书》:"少君乃言与大父游射处,老人为儿时,从其大父行,识其处,一坐皆惊。"

清人辞赋选释

【今译】

　　登上高楼送别春天，云烟缭绕的树木，渺渺地引发人的愁思，还怎么能忍心去纵目远方？只有独自一人悄然伤心。三月，春天要回去了，要回到哪儿？想要问它，它却悄然无语。一声声啼鸟，白白地抒发着留恋之情，一片片落花，谁是它们的主人？广大而又杳渺的青山，漫天飘零着的落花，漂流在外的游子，不知何时才能够回返故乡。飞燕的双剪，怎能剪断游子心中的愁闷，黄莺在绿柳中穿梭，却织就了无尽的恨怨。素帐远隔，让人悲痛！只好抹着泪眼相望了。悲伤的事情，没有超过死别生离的，人就这么走了，多少人间欢爱就这么永远地断绝了。不像春天去了，还有再来的时候，人要走了，那可是永久的诀别！看着惨淡无言的桃李，心情沮丧，听着杜鹃的悲鸣，尤感惊诧！是可以见到逝去的灵魂吗？为什么流水也哽咽吞声？天上，人间，这中间只留下一条孤单单的相思路。想去叩响天门而不能得到允许，想再见一面是那么困难！春天和人一同去了，只有白云和仙鹤空自来去。还记得旧时的游踪？还上哪儿去找分享幸福的从前？算了，春花开过了，春草更茂盛了，春阴刚放晴，春又归去了！红花惨淡，绿叶生愁，什么时候算个完呢？倒是白白地辜负了九十天的春光了！有感于时光如流，写作了这篇小赋，不自禁的涕泪沾湿了我的衣襟。

重九赋

吴芳吉

　　自西南失镇①，羽檄交征②。贾客罢市③，啬夫弃耕④。帆樯绝渡，鸡犬无邻。但闻兵车辚辚，战炮轰轰。小子沧海遗孽⑤，水火余生，无斧柯以望鲁⑥，无桃源以避秦⑦。虽草莽之多故⑧，独蓬门而不惊⑨。维时秋醪初熟⑩，仙方在时⑪，枉驾亲朋⑫，欢作重九⑬。步黄花之残郊，乞茱萸于野叟⑭。趁王师之未屠⑮，陟高冈以搔首⑯。望战场兮日脚灭⑰，烽燧漫兮谯楼兀⑱。水光寒于征衣，山容瘦而见骨。雁亡侣以孤飞，马惊风而竖鬣⑲。既十室而九空，犹驱遣以行役⑳。父老归兮古丘㉑，桑梓墟兮戎塍㉒。不闻凯歌兮步步还，但见生人兮朝朝发。嗟故国兮肮肮㉓，莽神州兮无主。生民兮嗷嗷㉔，饥渴兮谁哺㉕。彼旦旦兮神奸㉖，乃动容兮樽俎㉗。假苛政以考文，复穷兵以黩武㉘。若乃四海离心，匹夫赫怒㉙，振臂歃血㉚，揭竿当路㉛，则舆台皂隶之夫㉜，下走顽童之庶㉝。朝随胡马尘，夕作羽林御㉞。宠嘉禾文虎之章㉟，颁上将大勋之祚㊱。百姓兮刍狗㊲，皇舆兮孤注㊳。国变以来，诚不知其数也。惟秦皇之无道兮，始博浪之椎复㊵。惟桀纣之盘游兮㊶，始汤武之放逐㊷。何忠恕之不广兮㊸，必鸱枭以弩戮㊹。是穴舟兮自亡㊺，徒负嵎兮蛮触㊻。勿责人兮诛心㊼，惟殊世兮异俗。舜禹皋陶㊽，非不穀也㊾；秦汉隋唐，盗而牧也㊿。今以大盗而攻群盗，转以群盗而攻大盗也。举国盗盗，偕归于徼㉛。民之所欲，天从其好。既防川而仇予㉜，曷长揖以归棹。惜德名之未晚㉝，乐荣华以终耄。四海之间，九州之表，消夏晶宫，舣帆珊岛㊴，梯火山之岩岩㉟，瞻极光之浩浩㊱。况乎贝珠约指㊲，驼翎曼冠㊳，履摇金步㊴，腹束小蛮㊵；酪浮玉乳，酒号白兰；象齿饰榻㊶，玛瑙呈盘。雕墙刻桷㊷，海阔天宽。而或潜艇飞船，云中海底，赏皓月于重洋，驾长风于万里。舞巴黎之名姝，携扶桑之仙子㊸，驱天方之驷骒㊹，钓黄石之沸鲤㊺。海市洋洋㊻，红轮迤逦㊼，群夷观光，格于都鄙㊽。曰：此中朝贵爵㊾，长安天子，亦可自豪已矣！胡乃形役心劳，自居芜秽。当潮流之冲，贪逆旅之位㊿。行带戈矛㉛，坐拥胄士㉜。食不知甘，寝不成寐。虽夏屋之逍遥㉝，实楚囚之怛悸㉞。道路憎于蟊贼，高明啮为儿戏。好杀不常，干财不智㉟，贻子孙之永羞，伤天地之和气。惟诸公之不乱国，岂吾民之

— 379 —

清人辞赋选释

携贰也⑯。嗟夫！项城已矣⑰，松坡不回⑱。百年至暂，万乘亦微⑲。虽天道之偶变，信吾民之是归。山河兮未改，争战兮胡为？

【注释】

①"自西南"句：指1916年至1917年，川滇黔三省军阀争夺地盘的战争。

②羽檄：军事文书，插鸟羽以示紧急。

③贾客：商人。

④啬夫：农夫。

⑤遗蘖：后裔、后代。

⑥"无斧柯"句：蔡邕：《琴操·龟山操》："予欲望鲁兮，龟山蔽之，手无斧柯，奈龟山何！"此喻指权柄。

⑦桃源：指避世隐居的地方。

⑧草莽：草野，民间。

⑨蓬门：以蓬草为门，指贫寒之家。

⑩醪：酒。

⑪仙方：传说中神仙所赐的药饵。

⑫枉驾：屈驾。

⑬重九：指九月九日重阳节。

⑭茱萸：植物名。古历九月九日佩之，能祛邪避恶。

⑮王师：天子的军队。

⑯陟：登。

⑰日脚：夕阳穿过云隙射下来的光柱。

⑱烽燧：古代边防报警信号，白天叫烽，夜晚称燧。　谯楼：城门上的瞭望楼。

⑲鬣：马颈上的长毛。

⑳行役：服兵役或劳役。

㉑古：通"故"。

㉒戎堞：交战时在前线临时构筑的防御短墙。

㉓朊朊：膏腴、肥沃。

㉔嗷嗷：众口愁怨声。

㉕饥渴：腹饿口渴。喻期殷切。

㉖神奸：能害人的鬼神怪异之物。

㉗樽俎：酒席。

㉘黩武：滥用武力，好战。

㉙匹夫：泛指平民百姓。　　赫怒：盛怒。

㉚歃血：古代盟会中的一种仪式，指结盟。

㉛揭竿：指武装暴动。

㉜舆台：泛指操贱役者。　　皂隶：指旧日衙门中的差役。

㉝下走：供使役的下人。

㉞羽林：禁卫军名。

㉟嘉禾：勋章的一种。民国初所定，中镂嘉禾，分九等。　　文虎章：北洋军阀统治时期的勋章名。

㊱大勋：大功业，大勋劳。　　祚：赏赐。

㊲刍狗：古代祭祀时用草扎成的狗，后用以喻微贱无用之物。

㊳皇舆：指王朝或国君。

㊴秦皇：指秦始皇。

㊵博浪：地名，即博浪沙。张良曾使人椎秦于此。

㊶桀纣：夏桀、商纣。　　盘游：游乐。

㊷汤武：指商汤和周武。

㊸忠恕：儒家提倡的尽心为人、推己及人的道德规范。

㊹鸱枭：鸟名，俗称猫头鹰。　　孥戮：诛及子孙。

㊺穴舟：即“藏舟”。《庄子·大宗师》：“夫藏舟于壑，藏山于泽，谓之固矣。然而夜半有力者负之而走，昧者不知也。”

㊻蛮触：《庄子·则阳》：“有国于蜗之左角者，曰触氏；有国于蜗之右角者，曰蛮氏。时相与争地而战，伏尸数万，逐北，旬有五日而后反。”后以喻为小事而争斗者。

㊼诛心：揭露、指责别人的用心。

㊽皋陶：传说虞舜时的司法官。

㊾不榖：不善。

㊿牧：治民的人。

(51)徼：招致，求取。

(52)防川：制止洪水泛滥。

(53)德名：德行与声望。

(54)舣帆：停靠船只。

(55)梯：登。　　岩岩：高大。

清人辞赋选释

�56浩浩：广大无际貌。

�57约指：环束于指的饰物。

�58驼：同"駞"。

�59"摇金步"句：即指金步摇，古代妇女的一种首饰。以金珠装缀，步则摇动。

�60"腹束小蛮"句：指年轻女子纤细灵活的腰肢。小蛮：为唐白居易的歌妓名。

�61象齻：象牙。

�62桷：方形的椽子。

�63扶桑：东方古国名，后亦代称日本。

�64天方：泛指阿拉伯。　驷骊：驾一车的四匹赤毛白腹马，此泛指马。

�65黄石：地名。在今重庆市涪陵区之黄石滩。

�66海市：大气因光折射而形成，反映地面物体的形象。　洋洋：盛大。

�67红轮：太阳。　迤逦：缓缓地。

�68都鄙：京城和边邑。

�69中朝：中原。

�70逆旅：客舍。

�71戈矛：泛指兵器。

�72胄士：全副武装的战士。

�73夏屋：大屋。

�74怛悸：畏惧，惊恐。

�75干财：理财。

�76携贰：怀有二心。

�77项城：袁世凯的别名。

�78松坡：蔡锷的字。

�79万乘：代指帝王。

【今译】

从西南地区发生战乱起，军情吃紧，羽书飞驰。商人停止了买卖，农夫停止了耕耘，舟船停止航运，四邻鸡犬无声。只听见辁辘辘的战车声，轰隆隆的火炮声。在这水与火的劫难中，我像沧桑后侥幸存活下来的人。手无权柄，不能助国家达到大治，难觅桃源，又怎能逃避嬴秦乱世！虽然生逢乱世，但，在这蓬门茅舍里又有什么可怕的呢！时当秋令，家酿初熟、亲朋屈驾过

重九赋

访，遵从古人祈福避灾的习俗，一同举行重九的欢会。在开满黄花的郊野散步，向山野老农讨一枝茱萸，趁着这些王师还没有光顾到这儿，登上高冈观望观望吧！那惨淡的战场，日脚已经隐没。烽火弥漫中依稀可见那高高的望楼。秋水凄清，就像征人身上的单薄衣衫，山也被砍伐得只剩下嶙峋的石壁。雁失去了伙伴，孤零零地飞，马在疾风中驰骤，鬣毛竖立。已经到了十室九空的地步，还逼迫丁男服役。父老被埋在山丘上，故乡的村落，都已变成战时的营垒。听不见人们奏凯归来，却光是看见征发的士兵从这儿上路。

可叹哪，我那富饶而广大的国土。竟出现了无人做主的混乱局面。老百姓叫苦不迭，他们啼饥号寒的处境谁来解救？那些天天害民的恶人，在酒宴上难道会感到有愧于心吗？假借苛刻的法令，玩弄堂皇的词句，一边穷兵黩武，滥施武力。倘若天下之人都离心离德，忍无可忍，他们振臂联合，武装暴动，那时操贱役的人，供役使的下人，还有愚钝无知之徒，他们早晨还在边塞服役，晚间就成了护卫王室的禁军。皇家把嘉禾、文虎等各种名目的奖章，作为对大将建立功勋的赏赐。老百姓算什么？他们像祭祀后扔在一边的草狗一样无用！国家的命运被他们当作赌注，自发生变故以来，这种局面已经是屡见不鲜了！秦始皇无道，才招致了博浪沙的椎击；夏桀、商纣的游乐无度，才被成汤、周武放逐。为什么不能广行忠恕之道，而要招致诛戮而祸及子孙呢？就算你把舟船藏在洞穴里，它也会丢失；蛮触两国的争执，也不过是白费力气！不要责备别人的用心，时代不同，崇尚自会发生变异。舜、禹、皋陶，并非是以谦逊驭民；秦、汉、隋、唐而是以暴力为政。现在，以大盗攻打群盗，反过来群盗又去攻打大盗，举国上下都是盗，归根到底是为了求取！民有所欲，天从所求，既然像惧怕洪水一般地看待你，还争个啥劲？干脆回家算了！珍惜德名还不算晚，乐得享受荣华以终天年。在世界之间，在中国之外，尽有好的去处：那水晶宫殿一般的消暑胜地，停舟在珊瑚岛边，便可登上高大的火山岩，看那浩瀚的极地之光。更有镶着珠贝的约指，饰着鸵鸟羽毛的帽子，走起来频频晃动的金步摇，束成唐代歌伎的小蛮形状的纤细腰肢。玉色的乳酪，名为白兰地的美酒、象牙床、玛瑙盘，墙上雕着花，真是赏心悦目。海阔天空，而或还有什么潜艇飞船、云间海底，可在重洋上赏月，可乘长风万里飞行。携着日本的女士，和巴黎美女共舞，驱驰阿拉伯的骏马，在黄石滩边垂钓。海市无涯，红日缓缓，众多的外族从京城、边邑来观光。啊，中原的贵胄，帝京的天子，不是很自豪的吗？为什么劳心劳力，甘居于芜秽之中，在潮流的驱动下，贪图这天地逆旅中的位置，行时全副武装，坐时有卫士环侍，吃不知味，寝不成眠，虽有高屋居住，和恐惧的囚徒

— 383 —

清人辞赋选释

又有何异？立身处世皆知憎恶盗贼，然而这论议又往往被人视同儿戏！好杀无常，治世又无良策，既为子孙带来耻辱，也使天地和气受到伤害，就算诸公不祸乱国家，难道是民众怀有二心吗？啊，袁世凯已经完了，蔡锷也死了。百年时间特短暂，万乘之君不也很渺小吗？虽然天道有偶然之变，民众也自会认同的。山河不改，争战不休又是为了什么呢？

附录：辞赋作者小传

【朱鹤龄】（1606—1683）字长孺，号愚庵，江苏吴江人。明诸生，入清不仕，著有《愚庵诗文集》。

【李　渔】（1611—1680）字谪凡，号笠翁，浙江兰溪人。清兵破金华，乃避居深山，顺治间移居南京，刊刻图书，著有《笠翁一家言》。

【钱澄之】（1612—1693）原名秉镫，字幼光，号田间，安徽桐城人。明诸生，曾起兵抗清，后归隐故乡，潜心著述。著有《田间易学》等。

【施闰章】（1618—1683）字尚白，号愚山，安徽宣城人。清顺治进士，康熙二十二年病逝京师。著有《施愚山先生全集》。

【尤　侗】（1618—1704）字展成，号悔庵、西堂老人，江苏长洲（今苏州）人。康熙时举博学鸿词科，授翰林院检讨。著有《西堂全集》。

【王夫之】（1619—1692）字而农，号薑斋，湖南衡阳人。明亡后隐居湘西，潜心著述，有《船山遗书》传世。

【陈维崧】（1625—1682）字其年，号迦陵，江苏宜兴人。晚年举博学鸿词，授翰林院检讨。与吴兆骞、彭师度有"江左三凤凰"之誉。著有《湖海楼全集》等。

【屈大均】（1630—1696）字翁山，广东番禺（今广州）人。清军陷广州，大均参加反清活动，屡次失败后，隐居不复出。与陈恭尹、梁佩兰合称"岭南三大家"。著有《翁山文外》《翁山诗外》等。

【吴兆骞】（1631—1684）字汉槎，号季子，江苏吴江人。顺治十四年举人，以科场案遣戍宁古塔。康熙二十年得友人助，纳资赎回。三年后病逝于京师客舍。著有《秋笳集》。

【蒲松龄】（1640—1715）字留仙，号柳泉居士，山东淄川人。青毡落寞，久困场屋，直至七十一岁始援例为岁贡生。平生肆力于诗古文，著有《聊斋志异》《聊斋文集》等。

【查慎行】（1650—1727）初名嗣琏，后改今名，字悔余，号初白，浙江海宁人。康熙四十二年进士，授翰林院编修，五十二年乞归。雍正四年，二弟嗣庭以诽谤成狱，坐家长失教罪，缇系入京。旋放归，未几卒。著有《敬

清人诗赋选释

业堂诗集》。

【纳兰性德】（1655—1685）字容若，号楞伽山人，满洲正黄旗人。康熙进士，官至一等侍卫。著有《通志堂集》《纳兰词》等。

【方　苞】（1668—1749）字凤九，号望溪，安徽桐城人。康熙进士，历仕康熙、雍正、乾隆三朝，人奉为桐城派之初祖，著有《望溪先生文集》等。

【全祖望】（1705—1755）字绍衣，浙江鄞县人。乾隆进士，因受时相排斥，遂不出。著有《鲒埼亭集》。

【张汝霖】（1709—1769）字云澍，号柏园，安徽宣城人。雍正十三年拔贡，官广东澳门同知。著有《张汝霖诗文集》《澳门纪略》等。

【袁　枚】（1716—1798）字子才，号简斋。乾隆进士，授翰林院庶吉士。乾隆七年改放外任，十三年辞官不复出仕。著有《小仓山房集》等三十余种。

【纪　昀】（1724—1805）字晓岚，晚年自号石云，河北献县人。乾隆十九年进士，官至内阁学士、礼部尚书，卒，谥文达。著有《阅微草堂笔记》。

【蒋士铨】（1725—1785）字心馀，一字苕生，号藏园，江西铅山人。乾隆二十二年进士，充武英殿纂修官。四十三年供职国史馆，五十年卒于南昌。有《忠雅堂文集》传世。

【钱大昕】（1728—1804）字晓徵，号辛楣，江苏嘉定（今属上海）人。乾隆进士，授编修。乾隆四十年父母相继病逝，遂不复出仕。著有《潜研堂文集》。

【张梦喈】（生卒年不详）字凤于，号玉垒，江苏华亭（今上海市松江区）人。著有《塔射园遗稿》。

【毕　沅】（1730—1797）字秋帆，号灵岩山人，江苏镇洋人。乾隆二十五年进士，授翰林院编修，历任陕西按察司使、湖广总督、湖北巡抚等职。嘉庆二年病逝于辰州官舍。著有《灵岩山人诗文集》。

【毕光祖】（生卒年不详）安徽旌德人。约生活于雍、乾年间。乾隆五十六年曾刊刻《南峰集》传世。

【陈　震】（生卒年不详）湖南岳州人。乾隆十八年癸酉科乡试第一名解元。

【吴省兰】（1738—1810）字泉之，江苏南汇（今属上海）人。官至工部侍郎，著有《听彝堂文稿》《艺海珠尘》等。

【吴锡麟】（1740—1807）字上麒，号竹泉，浙江嘉兴人。乾隆三十年举人，官遂安教谕。著有《自怡集》《岭南诗钞》等。

【洪亮吉】（1746—1809）字稚存，号北江，晚号更生居士，江苏阳湖人。

乾隆五十五年一甲二名进士，授翰林院编修，充国史馆纂修官。嘉庆十四年病逝。著有《卷施阁诗文集》《更生斋诗文集》。

【吴锡麒】（1746—1818）字圣征，号榖人，浙江钱塘（今杭州）人。乾隆进士，授翰林院编修。嘉庆六年，授国子监祭酒。乞归后寓居扬州，著有《有正味斋全集》。

【黄　钺】（1750—1841）字左田，晚年自号盲左，安徽当涂人。乾隆五十五年进士，官至户部尚书。道光二十一年卒于芜湖，谥勤敏。钺工书画，著有《壹斋集》。

【孙星衍】（1753—1818）字渊如，江苏阳湖人。乾隆进士，官至山东督粮道，有政声。平生勤于著述，有《尚书今古文注疏》等。

【阮　元】（1764—1849）字伯元，号芸台，江苏仪征人。乾隆末进士，官至体仁阁大学士，谥文达。平生重教育，在粤办海学堂，在浙创诂经精舍，学者奉为泰斗。有《揅经室集》传世。

【凌廷堪】（1755—1809）字次仲，安徽歙县人。六岁而孤，母鬻簪珥为其就塾。学贾不成，年二十余始复读书。乾隆进士，官宁国府学教授。著有《校礼堂文集》等。

【夏柔嘉】（生卒年不详）号甫德，字艾之，江苏江阴人。嘉庆时廪贡生，赠文林郎国子监典籍，为人豪宕清介，著有《师竹轩集》。

【叶兰生】（生卒年不详）字楚香，江苏吴江人。约生活于乾、嘉年间。

【孙尔准】（1770—1832）字叔平，江苏无锡人。嘉庆十年进士，授翰林院编修，官至闽浙总督。以病乞休，卒谥文靖。著有《泰云堂集》等。

【汪　橐】（1771—卒年不详）字芸棠，江苏南通人。诸生，酷嗜吟咏，多以民情入诗。道光十八年结集《咏兰轩诗稿》传世。

【钱之鼎】（1773—1824）字伯调，号鹤仙，江苏丹徒（今镇江市）人。嘉庆十五年举人，以辞赋为沈初所赏。有《三山草堂赋钞》《双花阁词钞》等传世。

【吴廷琛】（1773—1844）字震南，号棣华，江苏元和（今苏州）人。嘉庆七年会元，殿试复擢状元。历官金华、杭州知府，直隶清河道云南按察使。著有《归田集》。

【徐　谦】（1776—1864）字白舫，江西广丰人。嘉庆十六年进士，授吏部主事。著有《悟雪楼诗存》。

【黄安涛】（1777—1848）字凝舆，号霁青，浙江嘉善人。嘉庆十四年进士，官至潮州知府。有《真有益斋文编》传世。

清人辞赋选释

【顾元熙】（生卒年不详）字丽丙，号耕石，江苏长洲（今苏州）人。嘉庆十四年进士，授编修。二十四年督学广东，疾卒于官，年四十一岁。工制艺，有《兰修馆赋稿》行世。

【陶　澍】（1779—1839）字子霖，号云汀，湖南安化人。嘉庆进士，官至两江总督。著有《印心石屋诗文集、奏议》。

【孙炳荣】（生卒年不详）字芝亭，江苏南通人。约生活于嘉、道年间。道光间曾刊行其《芝亭赋草残存》。

【柯万源】（1787—1845）字小坡，号星庐，别号狎沤亭长，浙江嘉善人。诸生，著有《延绿草堂赋稿》等。

【杨　榮】（1787—1862）字羨门，江苏丹徒人。二十岁为诸生。道光二十二年英军占镇江，羨门身陷城中，后作《出围城记》以记其事。平生以设馆授徒，培育人才为乐。著有《蝶庵赋钞》。

【汪元爵】（1788—1834）字伯孚，号竺君，江苏太仓人。嘉庆间举人，道光七年入值军机处，官至刑部湖广司郎中。著有《泾西书屋诗稿》。

【黄金台】（1789—1861）字鹤楼，浙江平湖人。嘉庆间贡生。十试乡试不售。后入李联琇幕，踪迹遍江淮。金台长于骈俪，作诗力扫陈腐，著有《木鸡书屋集》。

【甘　熙】（1784—1855）江苏江宁人。道光元年副贡，官宝应、太平教谕。著有《贞冬诗前后录》。

【吴振棫】（1790—1870）字仲云，晚号再翁，浙江钱塘（今杭州）人。嘉庆十九年进士，官至云贵总督。著有《无腔村笛》等。

【严保庸】（1796—1854）字伯常，号问樵，江苏丹徒人。嘉庆二十四年解元，道光九年进士，入翰林，改官山东栖霞县令。曾因以官署为词场歌榭而罢官。从此浪迹江湖，有《严问樵杂著》传世。

【金长福】（1797—1871）字雪舫，江苏高邮人。道光二十九年贡生，官教谕。博洽经史，著有《小墨庄骈文诗集》《红雪吟馆诗稿》《广陵旧事》《淮海见闻录》等。

【王振声】（1799—1865）字宝之，号文村，江苏昭文（今常熟）人。道光十七年举人，晚年主讲于游文书院。有《鱼雅堂诗集》。

【朱　兰】（1800—1873）字心如，号久香，晚号耐庵，浙江余姚人。道光九年一甲三名进士，授编修，官至内阁学士。著有《朱兰文稿》《补读室诗稿》。

【胡光莹】（生卒年不详）字画溪，江西宜春人。道光十二年进士，授刑部主事，历官福建粮储道、摄兴泉永兵备道。著有《竹泉山房集》。

【劳崇光】（1802—1867）字辛阶，湖南善化人。道光十二年进士，官至云贵总督，谥文毅。有《常惺惺斋诗文稿》传世。

【林昌彝】（1803—1876）字惠常，号芗溪，福建侯官（今福州）人。道光举人，掌建宁、邵武等教席，晚年掌教海门书院。著有《小石渠阁文集》《衣讔山房诗集》等。

【吴嘉宾】（1803—1864）字子序，江西南丰人。道光十八年进士，授翰林院编修。所为文严峭深刻，有《求自得之室文钞》。

【孔继镕】（生卒年不详）或作孔继鏴。字宥函，号廓甫，一号晚闻生，山东曲阜人。道光十六年进士，官刑部主事。咸丰六年，钦差大臣德兴阿驻军江浦，被起用。八年，太平军破江北，死于军中。有《心向往斋集》传世。

【黄士珣】（生卒年不详）字芗泉，号扣翁，浙江钱塘（今杭州）人。为乾、嘉时期律赋的重要作家，有《翠云馆律赋》一卷。

【麟　魁】（生卒年不详）字梅谷，满洲镶白旗人。道光进士，六年殿试二甲第一名，授编修。官至兵部尚书，协办大学士。同治元年卒于兰州任所，赠大学士，谥文端。有《梦花书屋诗钞》。

【王敬熙】（1806—1881）字莲品，直隶天津人。著有《莲品诗钞》。

【潘遵祁】（1808—1892）字顺之，号西圃，江苏吴县人。道光二十五年进士，授编修。二十七年归隐太湖畔邓尉山中，著有《西圃集》。

【吴昌寿】（1810—1867）字少村，浙江嘉兴人。道光二十五年进士，官广西巡抚。所画山水颇负盛名。

【朱　梓】（生卒年不详）字梅溪，江苏丹徒人。以廪贡生授训导，著有《聘堂山馆诗钞》《梅溪赋钞》等。

【胡林翼】（1812—1861）字贶生，号润芝，湖南益阳人。道光进士，授编修。累官湖北布政使、巡抚，与太平军对峙，疾卒于军。谥文忠。有《胡文忠公遗集》。

【刘熙载】（1813—1881）字伯简，号融斋，江苏兴化人。道光进士。咸丰三年直上书房，同治三年补国子监司业，五年引疾归。著有《昨非集》等。

【刘家谋】（1813—1853）字仲为，福建侯官（今福州）人。道光十二年举人。有《外丁卯桥居士初集》等。

【江　璧】（1814—1886）字南春，江苏甘泉（今邗江）人。同治三年，举江南乡试第一，四年成进士。历知万载、进贤县令。著有《黄叶山樵诗草》《江南春杂体文》等。

清人辞赋选释

【袁　度】（生卒年不详）约生活于道、咸年间。

【何　栻】（1816—1872）字廉昉，号悔余，江苏江阴人。道光二十五年进士，官至吉安知府。后以事罢官，隐居邗上。擅骈体文，有《悔余庵文稿》传世。

【崔国琚】（生卒年不详）字兰生，安徽太平（今当涂）人。有《崔兰生稿》传世。

【范以煦】（1817—1860）字咏春，江苏山阳（今淮安）人。著有《淮流一勺》。

【周学濬】（生卒年不详）字彦深，号深甫，浙江乌程（今湖州）人。道光二十四年进士，授编修，官山东道监察御史。

【丁绍周】（1821—1873）号亦溪，江苏丹徒人。道光三十年进士，授编修。同治元年任湖广道监察御史。著有《蜀游草》等。

【冯培元】（生卒年不详）字因伯，浙江仁和（今杭州）人。道光二十四年一甲三名进士，授编修。历官光禄寺卿、侍讲学士、湖北学政。卒赠侍郎，谥文介。

【胡　琨】（生卒年不详）字美中，号次瑶，浙江仁和（今杭州）人。道光二十四年举人，候选教谕。

【汪承庆】（1827—1890）字馨士，江苏镇洋人。咸丰二年副贡生，授国子监博士。著有《墨寿阁词钞》。

【龚宝莲】（生卒年不详）号静轩，河北大兴（今北京市）人。道光二十一年一甲二名进士，授编修。

【陶　然】（1830—1880）号芭孙，江苏长洲（今苏州）人，咸丰十一年拔贡，以辞赋鸣于时。著有《味闲堂词钞》。

【王闿运】（1833—1916）字壬秋，号湘绮，湖南湘潭人。咸丰举人，光绪末授翰林院检讨，礼学馆顾问。入民国，曾任清史馆馆长，参政院参政。著有《湘绮楼日记》等。

【张　预】（1840—1911）字子虞，号虞庵，浙江钱塘（今杭州）人。光绪九年进士，授翰林院编修，官江苏松江府知府。有《崇兰堂诗存》《量月楼词》。

【卢　崟】（生卒年不详）字云谷，江苏江宁人。同治十年进士，授编修，官云南学政。著有《石寿山房诗集》。

【陆润庠】（1841—1915）字凤石，江苏元和（今苏州）人。同治一甲一名状元，官至都察院左都御史。庚子年八国联军入侵，慈禧太后西狩，达行在，代言草制。官至东阁大学士。

【施补华】（1835—1890）字均甫，浙江乌程（今湖州市）人。咸丰九年举人，初入左宗棠幕。光绪十六年奉旨以道员改发山东补用。著有《泽雅堂文集》。

【黄镜清】（生卒年不详）号可怡，江苏太仓人。约生活咸、同年间。有《可怡斋剩稿》传世。

【蒋师辙】（1847—1904）字绍由，江苏上元（今属南京）人。光绪二十四年为安徽知州，二十九年卒于无为州任所。卒后民为巷哭废市，建祠树碑。有《清溪词钞》《清溪诗选》传世。

【锡　珍】（1847—1889）字席卿，蒙古族，满洲镶黄旗人。同治七年进士，官至吏部尚书。著有《锡席卿先生遗稿十四种》。

【王颂蔚】（1848—1895）初名叔炳，字芾卿，号蒿隐，江苏长洲（今苏州）人。光绪六年进士，十八年试御史，名列榜首。中日甲午战争事起，心忧国事，竟染病不起。著有《写礼庼文集》。

【陈宝琛】（1848—1935）字伯潜，号弢庵，福建闽县人。同治进士，光绪五年擢侍讲，宣统三年简山西学政，不赴。辛亥革命后，成遗老。著有《沧趣楼文存》。

【黄遵宪】（1848—1905）字公度，广东嘉应人。光绪年间，历任驻日、美、英、新加坡等国外交使臣。光绪二十二年中日战争爆发，调任回国。著有《人境庐诗草》《日本杂事诗》等。

【徐　琪】（1849—1918）字花农，浙江仁和（今杭州）人。光绪进士，历官内阁学士，署兵部侍郎。有《日边酬唱集》等。

【来鸿璚】（1850—1909）字珏渠，号雪珊，浙江萧山人。光绪十五年举人，杜门著书，绝意仕进。著有《绿香山馆全集》。

【柳下敬】（生平不详）约生活于咸、同年间。

【王恩寿】（生平不详）约生活于咸、同年间。

【傅熊湘】（1882—1930）字文渠，湖南醴陵人。曾与聂其杰等人撰《天问周刊》等。

【吴芳吉】（1896—1932）字碧柳，号白屋吴生，四川江津人。曾任西北大学教席、成都大学国文系主任教授。著有《白屋吴生诗稿》。